Der wird Euch mit Feuer taufen

Faye Kellerman

Der wird Euch mit Feuer taufen

Roman

aus dem amerikanischen
Englisch von Susanne Aeckerle

Eichborn

Originaltitel: Jupiters's Bones

Lektorat: Doris Engelke
Umschlaggestaltung: Christina Hucke
Satz: Fuldaer Verlagsagentur, Fulda
Druck und Bindung: Wiener Verlag, Himberg
ISBN 3-8218-0828-4

Verlagsverzeichnis schickt gern:
Eichborn Verlag AG, Kaiserstraße 66, 60329 Frankfurt am Main
www.eichborn.de

Ich danke Special Agent Gayle Jacobs für die Einsichten, die sie mir vermittelt hat. Eventuelle Fehler gehen auf mein Konto, nicht auf ihres.

Für alle, für die es sich lohnt, morgens aufzustehen

Jesse für die Projekte und die Aufregung
Rachel für die Eleganz und den Stil
Ilana für den Spaß und die Freude
Aliza für das Kuscheln und die Wärme
Anne, meiner Mutter, für ihre bedingungslose Unterstützung
Barney, dem vielgeprüften Agenten, für das Ohr, das er mir vierundzwanzig Stunden am Tag leiht

Und Jonathan – meinem Partner im Verbrechen wie in der Liebe

» Prolog «

Da ihre wissenschaftliche Arbeit sie in letzter Zeit derart beanspruchte, hatte sich Europa nur die notwendigsten Pausen gegönnt – Essen, Trinken, aufs Klo gehen. Abends hatte sie sich dann bemüht, das Versäumte wieder aufzuholen, hatte sich auf ihrem Hometrainer abgestrampelt, Freunde angerufen und versucht, ein normales Leben zu führen. Die Zeit schien so unaufhaltsam wie die Sintflut. Das Tempo hatte gelegentlich Panikattacken und starkes Herzklopfen ausgelöst, ganz ungewöhnlich für sie, da sie sich in glänzender Verfassung befand und vollkommen gesund war. Wahrscheinlich würde sie steinalt werden, ihrer Familie nach zu urteilen. Ihre Mutter war zwar mit Anfang sechzig gestorben, allerdings als gebrochene Frau.

Im Gegensatz zu ihrem Vater.

Ihr Vater. Er war jetzt in den Siebzigern. Und erfreute sich, wie die meisten Narzißten, vermutlich bester Gesundheit.

Das glaubte sie zumindest.

Aber sie hatte keine Zeit, sich darüber groß Gedanken zu machen. Dazu war ihr Beruf zu fordernd.

Nur war da dieser immer wiederkehrende Tagtraum, dieser hinterlistige kleine Teufel, der sich in ihre Gedanken schlich, wenn Europa es am wenigsten erwartete.

Auf der Suche nach der verlorenen Zeit, um es mit Proust zu sagen.

Sie saß am See, die Wellen schwappten leise ans Ufer. Zu ihrem zehnten Geburtstag war ihr Vater mit ihr Zelten gefahren, nur sie beide; die quengeligen jüngeren Brüder waren zu Hause geblieben. Dad hatte sie in die San-Bernadino-Berge mitgenommen. Bis heute wußte Europa nicht genau, wo sie gewesen waren, und später, nach der Entfremdung von ihrem Vater, hatte sie sich nicht mehr die Mühe gemacht zu fragen.

Am besten erinnerte sie sich an die Nacht. Damals waren

die Sterne für sie noch keine Objekte wissenschaftlicher Forschung oder leblose Gegenstände kosmologischer Theorie gewesen. Sie waren Millionen von Diamanten an einem samtigen Himmel. Der Mond war aufgegangen. Sein Licht hatte auf den sanften Wellen getanzt. Sie hatten am Lagerfeuer gebratene Forellen gegessen und geröstete Marshmellows zum Nachtisch. Europa hatte sich neben ihrem Vater in ihren Schlafsack gekuschelt.

Nur sie beide. Damals war ihr Vater noch der wichtigste Mensch in ihrem Leben.

Zum Einschlafen hatte er ihr Geschichten erzählt, etwas, was er nur selten tat. Geschichten vom Reich des Bösen an weit entfernten Orten, die Schwarze Löcher hießen. Aber es gab auch die heldenhaften, schnellfüßigen Ritter von Quasar. Und immer wenn die Dämonen der Schwarzen Löcher versuchten, die Ritter von Quasar mit ihrer zerstörerischen Geheimwaffe namens *Gravitation* zu überwältigen, verwandelten die Ritter sich in unsichtbare, gewichtslose Strahlen und entkamen mit Überlichtgeschwindigkeit.

Eine phantastische Geschichte, weil ihr Physiklehrer ihnen beigebracht hatte, daß nichts schneller sei als das Licht. Als sie das sagte, hatte ihr Vater gelacht und sie auf die Wange geküßt. Es war das einzige Mal, soweit sich Europa erinnerte, daß ihr Vater ihr gegenüber zärtlich gewesen war. Nicht, daß Dad richtig grausam war, eher unaufmerksam. Aber meist war er sowieso nicht da.

An diese Nacht mußte Europa denken, als sie die Nachricht erhielt, daß ihr Vater nicht nur tot, sondern noch dazu unter verdächtigen Umständen gestorben war.

» 1 «

»Die haben die Leiche bewegt, Lieutenant.«

»Was?« Decker hatte Mühe, Olivers Stimme über dem Rauschen im Funk des Zivilfahrzeugs zu verstehen. »Wer sind ›die‹?«

»Wer auch immer sich jetzt als Oberboß des Ordens aufspielt. Marge hat's geschafft, das Schlafzimmer zu versiegeln. Da ist Jupiter gefunden worden ...«

»Kannst du nicht lauter sprechen, Scott?«

»... auf jeden Fall ist der Tatort versaut und an der Leiche ist auch rumgemacht worden, wegen des Schreins.«

»Schrein?«

»Ja. Als wir kamen, waren sie dabei, ihn anzukleiden und diesen Schrein zu errichten.«

»Wo ist der Tote jetzt?«

»In einem kleinen Vorraum von einer Art Kirche.«

Tempel, hörte Decker eine Männerstimme im Hintergrund. »Ist jemand bei dir, Detective?«

»Augenblick ...«

Decker trommelte aufs Lenkrad, wartete, daß Scott sich wieder meldete. Es dauerte eine Weile.

Oliver sprach mit leiser Stimme. »Ich hab gesagt, sie sollen aufhören, an der Leiche rumzufummeln, bis du kommst. Und da ich kein vertrauensvoller Mensch bin, hab ich die Leiche zusammen mit einem dieser Gurus bewacht, der sich Bruder Pluto nennt. Jetzt hab ich einen Uniformierten reingeschickt, der ihm Gesellschaft leistet, damit wir ungestörter reden können.«

Wieder knackte es. Decker sagte: »Du mußt lauter sprechen.«

Oliver hob die Stimme. »Dieser Pluto will keine Polizei hier haben. Er besteht darauf, daß es ein natürlicher Tod war, und wedelt mit diesem Pseudo-Totenschein herum, ignoriert die leere Wodkaflasche unter dem Bett. Sagt, die hätte nichts mit Jupiter zu tun, weil der nicht getrunken hat.«

»Totenschein?« fragte Decker. »War denn der Gerichtsmediziner schon da?«

»Nee. Das Ding ist von einem Kerl namens Bruder Nova unterschrieben.«

»Wer ist das denn?«

»Keine Ahnung, Sir.«

»Hast du ihnen erklärt, was das übliche Verfahren bei ungeklärter Todesart ist?«

»Ich hab's versucht, aber Pluto hört einfach nicht zu.« Er lachte. »Ich muß mir ständig auf die Zunge beißen, daß ich nicht frage, wo Goofy ist.«

Decker lächelte. Oliver war für gewöhnlich nicht so zurückhaltend. »Hast du ihm gesagt, daß wir die Leiche zur Obduktion ins Leichenschauhaus bringen müssen?«

»Diese gute Nachricht zu überbringen, überlaß ich dir. Im Moment sind Pluto und sein Haufen nicht gerade bester Laune, aber das sind sie sicher sonst auch nicht. Wer hat den Tod gemeldet?«

»Jupiters Tochter. Europa Ganz. Sie unterrichtet an der Southwest University of Technology. Jupiter war da vor Jahren ein berühmter Professor. Sein richtiger Name ist Emil Euler Ganz. Offenbar hat seine Tochter nichts mit dem Orden zu tun.«

»Woher wußte sie dann von seinem Tod?«

Gute Frage. »Keine Ahnung, Scott. Die Einzelheiten sind immer noch ziemlich unklar.« Decker zögerte. »Sieh zu, was du über Ganz' Totenschein rausfinden kannst. Dieser Nova ist Mitglied des Ordens?«

»Das nehme ich an. Wahrscheinlich der hauseigene Doktor. Aber das qualifiziert ihn nicht dazu, Jupiters Totenschein auszustellen.«

Allerdings. Deckers inneres Warnsystem lief auf Hochtouren.»Das Rauschen ist wirklich schlimm. Ich kann dich kaum verstehen. Halt bitte die Stellung, bis ich komme.«

»Wir werden's versuchen. Aber die Gemeinde wird allmählich unruhig. Ist Gemeinde das richtige Wort?«

Für Decker schon, obwohl man das bei einer Sekte nie so genau sagen konnte. »Versucht einfach, alle ruhig zu halten.«

»Wie weit bist du noch von der heiligen Stätte entfernt?«

»Vier, fünf Meilen. Der Verkehr ist ziemlich heftig. In einer Viertelstunde müßte ich's schaffen.«

»Bis dann.« Oliver schaltete das Funkgerät aus.

Der erste Anruf war gekommen, als Decker zu Hause mit seiner jüngeren Tochter frühstückte, die so dünn war wie die Strichmännchen, die sie malte. Hannah genoß es offenbar, die Rosinen aus ihren Haferflocken zu picken und den grauen Brei stehen zu lassen. Decker hatte versucht, sie mit dem Löffel zu füttern, damit sie wenigstens etwas in den Magen bekam, bis Rina ihm klarmachte, daß das Kind fünf sei und durchaus in der Lage, selbständig zu essen.

Er wohnte zwanzig Minuten vom Polizeirevier entfernt und etwa fünfunddreißig Minuten vom Tatort, wenn er den Freeway nahm. Das galt für gute Tage, und heute war kein guter Tag. Decker fuhr sich durch das rotblonde, inzwischen mit Grau durchsetzte Haar und lehnte sich auf dem Sitz des Buick zurück. Er trank einen Schluck von dem starken Kaffee aus der Thermosflasche. Neben ihm auf dem Beifahrersitz lag die Los Angeles Times von heute.

Acht Uhr fünf, und nichts bewegte sich.

Während er sich zentimeterweise der nächsten Ausfahrt näherte, beschloß er, abzubiegen und die Devonshire zu nehmen. Der sechsspurige Boulevard war eine der Hauptverbindungen von Ost nach West durch das San Fernando Valley. Im Westen lösten Wohnhäuser das Industriegelände ab. Rina und er hatten vor kurzem ein Haus in dieser Gegend gekauft und wollten nach einigen kleineren Reparaturarbeiten einziehen.

Die sich (wie vorauszusehen) als größerer Umbau entpuppten.

Er hätte es selbst machen können, wenn er beruflich nicht so eingespannt wäre. So hatten sie in den sauren Apfel beißen und Handwerker beauftragen müssen, wobei Rina als Bauherr fungierte. Eines Tages war Decker auf das Grundstück gekommen und hatte seine Frau auf einer Leiter balancieren und mit dem Dachdecker über eine undichte Stelle nahe des Schornsteins argumentieren sehen. Ihr Rock hatte im Wind geflattert, während sie lebhaft auf den Mann einredete. Offenbar hatte der Dachdecker zwanzig Minuten lang den Wasserschlauch voll aufgedreht auf das Dach gerichtet und das Haus dann stolz für wasserdicht erklärt. Aber Rina war skeptisch. Sie hatte das Wasser drei Stunden lang laufen lassen und nach zwei Stunden und zwanzig Minuten ein Leck entdeckt. (Beim ersten Regen wäre der Holzboden hin gewesen, Peter.)

Decker lächelte beim Gedanken an das Bild seiner jüdisch-orthodoxen Ehefrau, die – auf der höchsten Sprosse einer hohen Leiter stehend – mit einer Hand auf die schadhafte Stelle deutete und mit der anderen den Hut festhielt, der ihre Haare bedeckte.

Beim Gedanken an diese Szene besserte sich seine Laune. Der Tag war grau und häßlich, das typische bedeckte Maiwetter in Los Angeles. Wenigstens lief der Verkehr hier etwas flüssiger. Er fuhr Richtung Westen in offenes Gelände, die Hügel zur Rechten grün vom letzten Regen. Sie hatten sich in sanft wiegendes Gras und Blumenfelder verwandelt, verteilten ihre Pollen in der Luft und machten den Allergikern das Leben schwer.

Er dachte an Europa Ganz' Anruf in der Polizeizentrale, der als ungeklärter Todesfall registriert worden war. Was in diesem Fall Selbstmord hieß, statt natürlicher Tod. Woher wußte sie davon, wenn sie nicht dort gewesen war?

Jemand hatte sie benachrichtigt. Wer? Und warum?

Decker fand Selbstmorde lästig, weil alles in der Schwebe blieb, bis die Gerichtsmedizin ihr endgültiges Urteil abgab. Bis dahin hatte das Morddezernat die unerfreuliche Aufgabe, alles und alle hinzuhalten und gleichzeitig den »Tatort« unberührt zu lassen – nur für alle Fälle. Wenn Ganz unbedeutend gewesen wäre, hätte man Decker nicht hingeschickt. Aber da der Tote einst ein gefeierter Astrophysiker gewesen war – ein Visionär seiner Generation – und gleichzeitig das jetzige Oberhaupt einer Sekte mit über zweihundert Mitgliedern, hatte Strapp es für eine gute Idee gehalten, jemand von Rang hinzuschicken. Der Captain wäre selbst hingefahren, hätte er nicht zu einer Besprechung in die Innenstadt gemußt.

Nach dem, was Oliver Decker über Funk mitgeteilt hatte, beschwerten sich die Mitglieder des »Ordens der Ringe Gottes«, wie sich die Sekte nannte, über die Anwesenheit der Polizei. Natürlich würden sie über alles meckern, was mit der Außenwelt zu tun hatte. Decker war einmal auf dem Gelände gewesen. Das Innere war nicht so kahl und steril, wie er es nach dem bunkerartigen Äußeren der Gebäude erwartet hatte. Er fand hohe Wände und viele Oberlichter – Sonnenschein aus jedem Blickwinkel. Ein kompletter Ausblick auf den Himmel, als hätte Ganz die Kosmologie nicht vollständig aufgegeben.

Viele Oberlichter, einige schmale Giebelluken, aber sehr wenige Fenster.

Decker hatte damals einer Anzeige wegen Kindesentführung nachgehen müssen, die sich als weiterer Fall eines widerspenstigen Kindes herausstellte, das die Komplexität der Freiheit gegen kompromißlose Regeln und Vorschriften eingetauscht hatte. Er hatte nicht mit Ganz gesprochen. Statt dessen war er von einem Untergebenen mit einem Planetennamen abgefertigt worden. (War das Pluto gewesen?) Der Mann hatte betont, daß niemand gegen seinen oder ihren Willen festgehalten würde.

Er hatte Decker gestattet, den Jungen in der Eingangshalle zu befragen. Der Junge wollte eindeutig dort sein. Obwohl Decker großes Mitgefühl mit den Eltern hatte, waren ihm die Hände gebunden. Ihr Sohn war über achtzehn und daher juristisch gesehen volljährig – wenn auch emotional noch ein Kind.

Im Rückspiegel entdeckte Decker nun den Leichenwagen knappe zehn Meter hinter sich. Der Wagen schloß zu ihm auf. Sie parkten hintereinander am Straßenrand und stiegen aus.

Der Orden der Ringe Gottes hatte sich auf zweieinhalb Hektar flachem Land am Fuße der Hügel angesiedelt. Der Komplex bestand aus einer Reihe quadratischer, grau verputzter Gebäude, die miteinander verbunden waren. Von dort, wo er stand, konnte Decker die Oberlichter in den Dächern sehen. Und tatsächlich gab es nur wenige Fenster – kleine, quadratische Scheiben, die eher zu einem Dachboden gepaßt hätten. Das Gelände war von einem ein Meter achtzig hohen Maschendrahtzaun umgeben. Mehrere Dobermannpinscher tauchten auf und begrüßten sie mit drohendem Knurren.

Der Fahrer des Leichenwagens trug einen blauen Overall. Laut Namensschild hieß er Postham. Ihn begleitete die Gerichtsmedizinerin Dr. Judy Little, ein irreführender Name, da sie ein Meter fünfundsiebzig groß war und knappe achtzig Kilo wog. Sie erinnerte Decker an Marge, beide grobknochig, attraktiv und Mitte dreißig. Aber Marges Augen waren sanfter, braun und rehartig. Sie waren mit das Hübscheste an ihr.

Postham blinzelte in die Helligkeit des stahlgrauen Himmels. Judy Little ahmte das Knurren der Hunde nach, was diese nur um so lauter bellen ließ. »Der Postbote ist nicht zu beneiden. Wo ist das Tor? Die erwarten doch wohl nicht, daß wir ganz außen rum fahren.«

Decker zog sein Handy heraus und rief Oliver an. »Wie kommen wir rein?«

»Wo seid ihr?«

»Draußen vor dem Zaun, wo uns ein Trio wild gewordener Dobermänner ankläfft. Sorg dafür, daß jemand kommt und uns den Weg zeigt.« Decker drückte auf Ende und betrachtete die Betonklötze. Von seinem Standort aus zählte er sieben.

»Ein architektonisches Meisterwerk.« Little mußte gegen das Gebell der Hunde anschreien. »Wie nennt man den Stil? Neo-kultisch militärisch?«

»Durch die Blockbauweise bekommt man viel Platz für wenig Geld.«

»Mag ja praktisch sein, aber ästhetisch ist es nicht.«

»Stimmt.«

Little sagte: »Haben Sie Hintergrundinformationen für mich?«

Decker versuchte, die Hunde niederzustarren. Ohne Erfolg. »Ein Anruf in der Zentrale wegen eines verdächtigen Todesfalls. Oliver hat eine leere Wodkaflasche unter dem Bett des Opfers gefunden. Könnte ein Selbstmord à la Heaven's Gate sein – eine Kombination aus Medikamenten und Alkohol. Das Opfer ist Doktor Emil Euler Ganz. War früher ein großes Tier in akademischen Kreisen. Physiker. Dann verschwand er für zehn Jahre und tauchte später als Guru namens Vater Jupiter wieder auf. Ist seit fünfzehn Jahren Leiter des Ordens.«

Little brüllte die Hunde an, sie sollten die Schnauze halten. Was auch nichts half. »Ach, *der*. Er hat also diese Galaxie verlassen und ist in ein besseres Universum entschwunden? Tja, dann mal viel Glück. Ob er wohl jemand auf die Reise mitgenommen hat?«

Der Gedanke ließ Decker erschaudern. »Bisher haben wir nur die eine Leiche gefunden.« Er dachte kurz nach. »Aber da ist was dran.«

»Woran?«

»Daß Ganz seine Anhänger mitnimmt. Vielleicht hat er Anweisungen hinterlassen, daß sie nachkommen sollen. Selbst wenn nicht, gibt's da drinnen bestimmt ein paar labile Individuen, die bereit sein könnten, ihm zu folgen.«

»Nur ein *paar*?«

Decker hob die Augenbrauen. »Na ja, wenn Erwachsene sich umbringen wollen, würde ich versuchen, sie daran zu hindern, aber man kann nicht die ganze Welt retten. In diesem Fall geht's auch um Kinder. Das beunruhigt mich.«

Little verzog das Gesicht. »Da ist allerdings was dran.«

Ein silberfarbener Kleinbus kam von der anderen Seite. Er hielt, ein etwa zwanzigjähriges Mädchen streckte den Kopf aus dem Fenster. Kein Make-up, kein Schmuck. Sie hatte ein herzförmiges Gesicht. Ihre trüben, graubraunen Augen waren geschwollen, ihre Nase war rot. Sie wischte sich die Nase mit einem Papiertuch und fragte: »Wie viele von euch kommen sonst noch?«

»Wie bitte?«

»Polizei«, zischte sie. »Wie lange müssen wir dieses Eindringen in unsere Privatsphäre noch ertragen? Was wir machen, geht nur uns etwas an.«

Decker antwortete nicht, ließ das Schweigen in der Luft hängen. Schließlich sagte er: »Sollen Sie uns zum Eingang bringen, Ma'am?«

»Ich bin keine Ma'am! Ich bin Terra!«

»Na gut«, erwiderte Decker. »Terra! Sollen Sie uns zum Eingang bringen?«

Sie nickte. »Ja, soll ich.«

Decker öffnete die Tür seines Wagens. »Warum tun Sie es dann nicht?«

»2«

Feindseligkeit zu ignorieren, gehörte zu seinem Beruf. Decker war an düstere Blicke und gelegentliche Beschimpfungen gewöhnt. Aber diese Gruppe hatte etwas Beunruhigendes. So viele Jünger, die alle eine seltsame Mischung aus Wut und Verletzlichkeit ausstrahlten. Oder vielleicht waren es die weißen Baumwollgewänder, die sie wie Zombies in Totenhemden aussehen ließen.

Er überlegte kurz.

Nein, das war nicht fair. Juden trugen ebenfalls weiße Gewänder – *kittel*. Männer trugen sie bei der Hochzeit, während der Höchsten Feiertage und beim Seder – dem festlichen Pessachmahl. Und auch bei Beerdigungen. Eine morbide Assoziation, aber Decker konnte nicht anders, als sich zu fragen, ob diese Menschen an Tod dachten.

Die meisten Sektenmitglieder sahen stumm zu, wie Decker und Oliver das gelbe Absperrband vor der Tempeltür anbrachten.

Bruder Pluto dagegen hielt sich nicht so zurück. »Ist das *wirklich* nötig, oder brauchen Sie beide nur was zu tun, bis die Ärztin fertig ist?«

Er war dünn und klein, hatte schütteres Haar. Auch er trug ein langes Gewand, doch es war blau und aus Seide. Trotz des Gürtels glitt es auseinander. Darunter trug Pluto ein weißes T-Shirt und Jeans. Der amtierende Oberguru war sichtlich irritiert, sprach mit schriller Stimme. Hätte Decker ihm einen Planeten zuordnen sollen, wäre Pluto seine erste Wahl gewesen.

Decker befestigte das Band, richtete sich auf und überragte den kleinen Mann. »Tut mir leid, daß wir die Ermittlungen soweit ausdehnen mußten. Da die Leiche bewegt wurde, können wir uns leider nicht auf einen Raum beschränken.«

»Ein eindeutiger Verstoß gegen unsere bürgerlichen Rechte!«

Decker glättete seinen Schnurrbart und meinte dann: »Sagen Sie mir, wessen Bürgerrechte verletzt wurden, und ich werde das sofort unterbinden!«

Pluto wurde bombastisch. »Sie wissen genau, was ich meine! Ihre Leute verhören unsere trauernde Familie.«

Oliver fuhr sich durch das schwarze Haar und überlegte, ob der Kerl nicht in Wirklichkeit ein Außerirdischer war. Auf jeden Fall sah er ganz so aus. »Wir versuchen herauszufinden, was mit Ihrem Oberhaupt geschehen ist. Wollen Sie das denn nicht wissen?«

»Aber wir *wissen* es doch, Detective! Unser Vater Jupiter ist jetzt an einem besseren Ort.«

Und warum trauern dann alle? Decker schaute hinauf zu dem spitzen Oberlicht aus Buntglas – ein Wirbel aus Blau,

Gelb und Orange. Ein riesiges Ding, gehalten von Stahlträgern und Maschendraht.

Dann richtete er den Blick wieder auf Pluto. »Spirituell gesehen, haben Sie bestimmt recht, Sir. Nur leider müssen wir herausfinden, was physisch geschehen ist …«

»Das Spirituelle und das Physische sind ein und dasselbe. Natürlich werden die Verleumder das nie begreifen. Das Denken der Gesellschaft ist hoffnungslos aufgesplittert in eine permanente Trennung von Seele und Körper. Genau wie Sie es eben getan haben, Lieutenant. Doch das ist nicht Ihre Schuld. Sie sind eben nie unterwiesen worden.«

Decker sagte: »Vielleicht könnten Sie mich ein andermal darüber aufklären.«

»Sie sind sarkastisch. Ihre Einstellung ist typisch für einen Verleumder. Paßt zu Ihrer Arbeit als sogenannter Gesetzeshüter.«

Plutos beißender Hohn hatte einige Zuhörer angezogen. Es wurden schnell mehr.

Was sollte das Ganze, verdammt noch mal? Aber natürlich wußte Decker den Grund. Er sollte in Verlegenheit geraten, als Außenseiter – und *Verleumder* –, sollte als ein ignoranter Dummkopf dastehen. Trotzdem hielt er den Mund. Er dachte nicht daran, wegen eines, wie es aussah, simplen Selbstmordes einen Aufruhr heraufzubeschwören.

»Ich will mich nicht streiten. Ich bin nur neugierig. Wenn ich als nicht Erleuchteter daran interessiert wäre, mich dem Orden anzuschließen, wie würden Sie mir die wahre Natur des Universums erklären?«

»Unsere Philosophie ist kein Gesellschaftsspiel, Lieutenant!« schnaubte Pluto.

»Das habe ich auch nicht gesagt. Erzählen Sie mir von Ihrer Philosophie. Und falls noch Zeit bleibt, gebe ich dann meinerseits ein paar Theorien zum besten.«

Pluto verschränkte die Arme, lehnte sich an die Tempeltür und riß dabei das Absperrband ab. »Also gut. Lassen Sie uns Theorien austauschen. Aber Sie beide fangen an …«

Olivers Blick schoß über die Menge. Er hielt die Hände hoch. »Heh, lassen Sie mich da raus.«

»Wie Sie wünschen.« Pluto wandte sich an Decker. »Lieutenant?«

Es klang wie ein Schimpfwort. Decker griff nach dem Absperrband und pinnte es wieder fest, spürte, daß alle auf seine Antwort warteten. »Interessant, daß Sie das Universum erwähnen. Ich erinnere mich an einen Artikel von Ganz ...«

»Vater Jupiter«, unterbrach Pluto.

»Entschuldigung«, meinte Decker schnell. »Ich habe einige von Vater Jupiters populärwissenschaftlichen Artikeln gelesen ... damals, als er noch Kosmologe war.«

Decker wußte, genau wie Pluto, daß es sich hier um eine Show für das Publikum handelte. Er ließ seine Blicke zwischen den Sektenmitgliedern in ihren Baumwollgewändern und dem in Seide gekleideten Pluto hin und her wandern.

»Mir als gläubigem Juden hat sich eine von Jupiters Behauptungen sehr eingeprägt, nämlich daß das Universum weder eine Vergangenheit noch eine Zukunft habe. Es sei etwas, das einfach war ... oder ist. Das widerspricht allerdings der Theorie vom Urknall ...«

»Urknall?« Oliver lächelte. »Das hört sich gut an.«

Decker mußte sich das Lachen verkneifen. »Diese Theorie besagt, daß das Universum durch eine gewaltige Explosion entstanden ist.«

»Explosion von was?«

»Explosion von ... Materie.«

»Und wie ist die Materie dahin gekommen?«

»Das ist die große Frage«, erwiderte Decker.

Pluto mischte sich ein. »Nicht das Universum war schon immer da, sondern die Materie des Universums. Die war, ist und wird immer sein. Die physische Komponente sagt natürlich nichts über das Spirituelle aus.«

»Da stimme ich Ihnen zu. Deshalb haben wir Juden die beiden Aspekte miteinander vereint. Wir glauben, daß Gott – den wir Haschem nennen, das hebräische Wort für *Name* – der Ursprung aller Materie ist; er ist weder eine Schöpfung, noch kann er zerstört werden. Haschem *ist* einfach. Gott ist Materie, und Gott ist Geist. Und Er beschrieb Seine Himmel als grenzenlos, lange bevor die Wissenschaft auf den Plan trat.«

Pluto lehnte immer noch mit verschränkten Armen am Türrahmen. »Genau deshalb hat Vater Jupiter der Wissenschaft den Rücken gekehrt und sich dem Spirituellen zugewandt.« Er wedelte wegwerfend mit der Hand. »Ich finde, Sie haben nichts Profundes zur Existenz Gottes geäußert. Was Sie da behaupten, ist stark vereinfachend.«

Decker improvisierte. »Nun ja, ich dachte nur – verbessern Sie mich, falls ich falsch liege –, wenn das Universum oder zumindest die Materie da war, ist und immer sein wird … und alle Materie erhalten bleibt, dann ist Jupiter nach wie vor Teil des Universums.«

»Eine weitere Vereinfachung.«

»Wenn also Ihr Oberhaupt nicht tot ist, nur … transformiert, warum trauern Sie dann um ihn? Warum dieser Schrein? Warum dieses Theater um jemanden, der – wie Sie sagen – jetzt an einem besseren Ort ist? Sie sollten nicht trauern. Sie sollten ein Fest feiern.«

Oliver fügte hinzu: »Ja, ein Leichenschmaus oder so was. Wo jeder was zu trinken mitbringt. Nach der leeren Flasche unter Jupiters Bett zu urteilen, hat Ihr Anführer vielleicht genau das getan.«

Die Menge schaute Pluto an. Der kleine Mann war rot geworden. »Ihre saloppe Einstellung zu unserem geliebten Vater Jupiter ist obszön.«

Pluto machte auf dem Absatz kehrt und stapfte davon.

Decker zuckte die Schultern. Niemand sagte ein Wort, während die nun ihres Anführers beraubte Menge wie erstarrt war. Decker räusperte sich. »Sie möchten bestimmt, daß wir schnellstens verschwinden. Und wir werden alles daransetzen, Ihnen Ihre Ruhe sobald wie möglich wiederzugeben. Würden Sie also dafür sorgen, daß die Gänge frei bleiben, damit wir unsere Arbeit tun können?«

Keiner bewegte sich.

Decker sagte: »Na los. Gehen Sie. Die Debattierstunde ist zu Ende.«

Wie ferngesteuert, begannen sich die Leute zu zerstreuen. Oliver flüsterte Decker zu: »Glaubst du, die Lobotomie wird vor oder nach Eintritt in die Sekte durchgeführt?«

Decker meinte nur: »Manche Menschen haben einfach Schwierigkeiten, mit sich fertig zu werden.«

Oliver schüttelte den Kopf. »Du hast dich gut gehalten ... wo er sich so angestrengt hat, dich in Verlegenheit zu bringen.«

»Ich hab bei Rina abgekupfert. Sie hat mal die Verbindung zwischen dem Universum und der jüdischen Sicht Gottes hergestellt. Als wir uns eine dieser langweiligen Wissenschaftssendungen auf PBS oder dem Discovery Chanel angeschaut haben ... Nova oder Omni oder so.«

»Du meinst, es gibt Menschen, die sich dieses Zeug tatsächlich ansehen?«

»Rina tut das. Ihr gefällt so was. Ich kann mich kaum erinnern, weil ich eingeschlafen bin.« Decker schaute zum Oberlicht hinauf. Die graue Wolkendecke riß allmählich auf. »Wir haben Bruder Pluto verärgert. Das war dumm. Es erschwert uns die Arbeit.«

»Und worin genau besteht die?«

»Darin, die Leiche zur Autopsie ins Leichenschauhaus zu bringen. Sowie Dr. Little offiziell Selbstmord feststellt, können wir den Fall abschließen.«

»Dann laden wir doch den Toten in den Leichenwagen.«

Decker schüttelte den Kopf. »Augenblick noch. Laß mich erst mit Little reden. Wenn sie keine offensichtlichen Anzeichen für Mord feststellt, neige ich dazu, den Leuten hier ihren Willen mit dem Schrein zu lassen, damit sie sich gebührend von ihrem Anführer verabschieden können.«

»Warum? Wir sollten machen, daß wir hier rauskommen.«

»Geduld. Ich will, daß ihr, du und Marge, mehr Zeit habt, um das Schlafzimmer zu überprüfen. Und die Leute hier sollen das Gefühl haben, daß die Sache abgeschlossen ist. Vielleicht sind sie dann weniger feindselig uns gegenüber. Und wir haben weniger Probleme, falls wir zurückkommen müssen.«

»Die Körpertemperatur ist nicht sehr gesunken. Ich schätze, daß er weniger als sechs Stunden tot ist. Keine Leichenstarre, aber es war kühl letzte Nacht. Wenn der Raum ungeheizt war, hat die niedrige Temperatur den Prozeß wahrscheinlich verzögert. Aus der Leichenblässe läßt sich nichts mehr schließen, weil die Leiche transportiert wurde.« Little sah auf ihre Notizen. »Keine Stichwunden, keine Schußwunden, keine sichtbaren Prellungen, Quetschungen oder Strangulationsspuren. Nichts, was auf Gewaltanwendung hinweist.« Sie beugte sich über die Leiche. »Aber es gibt subtilere Wege, jemanden aus dem Weg zu räumen.«

Decker horchte interessiert auf. »Nämlich?«

»Er hatte ein paar Einstiche im Arm – am linken Bizeps. Sauber ausgeführt. Kein Anzeichen auf Gefäßverletzung oder ein subdurales Hämatom. Nur winzige Einstiche. Sehen Sie den kleinen Punkt hier?«

»Allerdings.« Und dann: »Selbst zugefügt?«

»Möglich«, sagte Little. »Er hatte auch ein paar Einstiche im Gesäß. Könnten harmlos sein, aber ich kann nichts Definitives sagen, bevor ich nicht die Ergebnisse der Blut- und Körpergasuntersuchungen habe. Ich bin hier fast fertig ... wir können Professor Ganz ins Leichenschauhaus bringen.«

»Ah ja, das könnte ein Problem werden.«

»Der Orden will keine Autopsie?«

»Genau.«

»Aber das ist gesetzlich vorgeschrieben.«

»Stimmt. Wieviel Zeit bleibt uns?«

»Je schneller ich ihn in die Kühlkammer bekomme, desto besser.«

»Die Leute hier planten so eine Art Prozession vorbei an dem Toten, um sich von ihrem Oberhaupt zu verabschieden.«

»Wie lange wird das dauern?«

»Es sind insgesamt zweihundertfünfunddreißig ...«

»Zweihundertfünfunddreißig?«

»Ja, einschließlich der Kinder. Aber ich denke, wir könnten das in einer halben Stunde … vielleicht fünfundvierzig Minuten hinter uns bringen.«

Little verzog das Gesicht. »Können wir ihn auf Eis legen?«

»Wird sich das auf die Tests auswirken?«

»Es ist nicht gerade ideal.« Sie lächelte, zeigte große, gelbliche Vorderzähne. »Sie wollen das für diese Leute tun, Pete?«

»Dann könnte ich mich genauer umsehen, und meine Leuten hätten Zeit, die Untersuchung des Schlafzimmers zu beenden. Wenn wir erst mal draußen sind, dürfte es schwierig werden, wieder reinzukommen.«

»Wird jemand die Leiche bewachen, damit nicht an ihr herumgefummelt wird?«

»Sie würden ihn gerne einkleiden … ihm seine königliche Robe anlegen.«

»Königliche Robe? Was zum Teufel ist das?«

»Ein purpurfarbenes Ding mit Goldstickerei. So was hätte ich gern als Hausjacke.«

»Sind Sie viel zu Hause?«

»Längst nicht genug. Sie wollen auch, daß er sein königliches Zepter hält. Können Sie seine Finger um den Stab drücken, ohne großen Schaden anzurichten?«

»Das hört sich alles sehr merkwürdig an.«

»Geht das? Ja oder nein?«

Little lächelte. »Klar, zieht ihm die Robe an. Steckt ihm das Zepter in die Hand. Und dann setzt ihm auch gleich noch eine Krone aufs Haupt und stopft ihm einen Rubin in den Bauchnabel. Sollen sie doch ihrem Großen Imperialen Bonzen die letzte Ehre erweisen.«

» 3 «

Die Prozession gab Decker Gelegenheit, sich etwas umzusehen. Nachdem er zwei uniformierte Beamte beauftragt hatte, Ganz' Leiche zu bewachen, schlüpfte er hinaus, als Pluto die Bühne betrat. Im Gehen sah er, daß der Guru noch sein blaues Seidengewand trug, darüber aber eine lange, purpurfarbene Weste, die bestimmt eine Bedeutung hatte.

Auf Zehenspitzen ging er einen Flur hinunter, wo sich Tür an Tür reihte wie auf einem Hotelkorridor. Er drehte ein paar Türknäufe – die Türen waren nicht abgeschlossen. Als er über die Schulter schaute, konnte er niemanden entdecken.

Nur ein rascher Blick.

Er öffnete eine Tür.

Der Raum war kahl und sehr schmal. Nackte Wände, bis auf ein winziges Fenster, das aufstand, um ein wenig Luft hereinzulassen. Eine Art Feldbett mit einer braunen Decke. Auf dem Bord über dem Bett eine Schüssel, ein Becher, eine Keramikschale und mehrere Bücher mit schwarzem Rücken. Eher eine Gefängniszelle als ein Schlafzimmer.

Wieder drehte er sich um. Der Flur war leer.

Er trat ein, schaffte es nur mit Mühe, sich in diesen schmalen Schlauch zu quetschen. Dann schloß er die Tür.

Die Zeit läuft. *Wenn du es tun willst, dann mach schnell.*

Er nahm die Schüssel vom Bord. Sie war benutzt, aber sauber ausgewaschen worden. Auch der Becher war sauber und enthielt einen Eßlöffel und einen Teelöffel. In der Keramikschale war Asche von verbrannten Räucherstäbchen. Decker roch dran. Vielleicht Sandelholz? Kein Anzeichen von Haschisch. Er stellte alles zurück. Die Bücher erwiesen sich als Videokassetten. Keine Aufkleber. Er zögerte, nahm dann eine der Kassetten und steckte sie unter den Riemen seines Schulterhalfters. Rasch knöpfte er das Jackett zu.

Nur geborgt, sagte er sich. Das kann doch nichts schaden.

Nirgends ein Schrank. Decker kniete sich hin und sah unter das Bett. Ein Koffer. Er zog ihn hervor. Darin lagen zwei sauber gefaltete weiße Baumwollgewänder, zwei Paar Bluejeans und zwei weiße T-Shirts. Dazu einige weiße Baumwollslips – das einzige Anzeichen, daß der Bewohner des Raumes weiblich war. Sorgfältig legte Decker alles zurück und schob den Koffer wieder unter das Bett.

Keine Verbindungstüren zu anderen Räumen. Also auch kein angeschlossenes Bad.

Decker öffnete die Tür einen Spalt breit und lugte in den Flur hinaus. Immer noch leer. Rasch schlüpfte er aus dem Zimmer, erreichte einen anderen Flur, öffnete mehrere Türen und schaute hinein. Alle sahen gleich aus. Spartanisch, selbst für Menschen, die keine materiellen Bindungen hatten. Doch waren sie auch ohne *emotionale* Bindungen? Nach Vater Jupiters Tod waren viele Tränen geflossen.

Schließlich kam Decker an den doppeltürigen Eingang zur Küche. Die Küche war riesig und zweckmäßig eingerichtet mit Metallschränken, Edelstahlflächen, großen Spülbecken und eingebauten Kühlschränken. Das Licht, das durch das große, kuppelförmige Oberlicht hereinflutete, machte sie sehr hell.

Die Küche war zwar menschenleer, aber ein würziger Geruch hing in der Luft, ließ Decker das Wasser im Mund zusammenlaufen. Er sah auf die Uhr – zehn Uhr zweiundvierzig. Dreiundzwanzig Minuten waren vergangen, seit die Prozession begonnen hatte.

Er betrat die Küche und ließ den Zeigefinger über die Arbeitsflächen gleiten. Fleckenlos und staubfrei. Schwere Kessel hingen an einem ovalen Gestell, das mit Ketten an der Decke befestigt war. Auf dem Herd standen vier gewaltige Töpfe. Decker benutzte seinen Jackettärmel als Topflappen, hob einen Deckel, bekam eine Ladung Dampf ins Gesicht. Suppe oder Eintopf. Er schloß den Deckel wieder und öffnete eine Backofentür. Warm, aber nicht heiß. Ein Blech mit Brotlaiben, die noch am Aufgehen waren. Rasch schloß er den

Backofen wieder und hoffte, daß er keinen Schaden angerichtet hatte.

Viel Helligkeit durch das Oberlicht, aber auch hier kaum Fenster. Hoch oben an den Wänden lange, schmale Schlitze. Die Hände in die Hüften gestemmt, sah Decker sich um.

Immer noch allein.

Er öffnete einen der Schränke über der Arbeitsplatte – Säcke mit Mehl, ein Dutzend Päckchen Trockenhefe und Gläser voll getrockneter Kräuter. Im Schrank daneben genau dasselbe. In einem dritten standen Büchsen mit verschiedenen Teesorten. Die Unterschränke waren voller Wasserkanister – mindestens hundert Zwanzig-Liter-Kanister. Decker schloß die Schranktüren und lehnte sich gegen die Arbeitsplatte.

Keine Teller, keine Schüsseln, keine Tassen, kein Besteck und keine weiteren Töpfe bis auf die Kessel. Suppe oder Eintopf auf dem Herd, eine kleine Schüssel und ein Becher in jedem Zimmer. Wahrscheinlich gab es hauptsächlich Suppe oder Eintopf zu essen, und jeder hatte eine eigene Schüssel und einen Löffel. Vielleicht ein persönlicher Becher für den Tee. Und das war's.

Als Decker einen der Einbaukühlschränke öffnete, hatte er Reihen von Einmachgläsern mit Obst und Gemüse vor sich, jedes sorgfältig beschriftet. Einiges war eingelegt, anderes zu Pürees oder Soßen verarbeitet. Die Zitrusfrüchte waren teilweise kandiert. Eines mußte man dem Orden lassen: Die Leute hier waren besser auf jedes Erdbeben vorbereitet als er. Sollte alles zusammenbrechen, würde die Sekte monatelang überleben können.

Decker zog seinen Notizblock heraus und skizzierte rasch den Grundriß der Küche. Während sein Blick durch den Raum wanderte, fiel ihm eine weiteren Tür an der Rückwand auf. Er öffnete sie und entdeckte einen großen Garten mit Reihen von Gemüsebeeten, durch Obstbäume begrenzt. Das Gelände schien groß genug zu sein für eine Handelsgärtnerei.

Er steckte den Block weg, stieg die drei Stufen hinab und schlenderte zwischen niedrigen Spalieren hindurch, an denen sich Tomaten- und Gurkenpflanzen hochrankten. Für die Stangenbohnen waren größere Metallspaliere aufgestellt worden. Es gab auch hüfthohe, aus Ziegelstein gemauerte Beete. Darin wuchsen Kürbisse mit senffarbenen Blüten, sechzig Zentimeter hohe, lila blühende Auberginen und verschiedene Paprikasorten. Dazwischen waren noch die Reste der Wintergemüse zu sehen – Salat und Spinat, die kurz vor dem Ausschlagen waren. Zwischen all dem Eßbaren waren Blumenbeete angelegt – frisch gepflanzte Ringelblumen und Petunien. Ein schöner Anblick und gleichzeitig praktisch, da Ringelblumen Insekten abhielten. Ein weiterer Pluspunkt für die Selbständigkeit des Ordens. Der Gemüsegarten war äußerst beeindruckend.

Decker blieb stehen, weil er etwas gehört hatte. Hundegebell – die Dobermänner. Er hoffte, daß sie eingesperrt waren, hatte aber den Verdacht, sie könnten ganz in der Nähe sein. Dumm, sich hier umzuschauen, solange sie frei herumliefen. Trotzdem ging er weiter.

Er kam an einen geräumigen Werkzeug- und Pflanzschuppen. Drinnen das Übliche – Pflanzenheber, Jätkrallen, Harken, Hacken und andere Gartengeräte. Borde mit Tontöpfen und Dutzende von Sämlingen in Eierkartons. Auf anderen Borden standen Dünger, Nährlösungen, Pflanzensprays und Unkrautvernichter. Es gab auch Büchsen mit Rattengift, alle mit dem Totenschädel und den gekreuzten Knochen gekennzeichnet, daneben Mäusefallen und Tierkäfige. Offenbar hatte der Orden der Ringe Gottes entschieden, daß Insekten und Ungeziefer hinter menschlichen Bedürfnissen zurückstehen mußten.

Nicht, daß Decker etwas gegen diese Sichtweise einzuwenden hatte. Für ihn galt die jüdische Philosophie, nach der Tiere den Menschen dienen und nicht umgekehrt. Gott hatte der menschlichen Rasse die Gabe der Vernunft gegeben, auch wenn Decker dies bei seiner Arbeit nur selten erlebte. Trotzdem hatten Menschen Pflichten gegenüber ihren Tieren. Grausamkeit war strikt verboten. Ja, Haustiere und Vieh mußten erst gefüttert werden, bevor man sich selbst zum Essen setzte, aus dem einfachen Grund, weil Menschen das Essen nicht vergessen. *Tsar ba'alij chajim* – Rücksichtnahme gegenüber Tieren.

Der Schuppen war aufgeräumt, die Gartengeräte hingen ordentlich an der Wand. Es gab mehrere Plastikmülleimer für Abfall und Blätter. Der Boden war gefegt.

Sauberkeit und Gottesfurcht gehen Hand in Hand.

Decker dachte über das Sprichwort nach.

An irgendeine Art von Gott mußte die Sekte wohl glauben. Warum würde sie sich sonst »Der Orden der Ringe *Gottes*« nennen. Warum nicht einfach ... Orden der Ringe. Oder schlicht Ringe. Über Namen wurde oft lange nachgedacht. Decker erinnerte sich an die endlosen Debatten mit Rina über den Namen des Babys, selbst nachdem sie beschlossen hatten, die Kleine Hannah Rosie zu nennen, nach Rinas Großmüttern. Wieviel wichtiger mochte dann ein Name sein, der für eine maßgeschneiderte Philosophie stand? Oder für eine neue Religion?

Decker hörte ein Räuspern und drehte sich um. Der Mann war nicht so groß wie Decker, aber gut über ein Meter achtzig. Mitte dreißig, mit schmalem Gesicht und braunen Augen. Er trug einen Schnurrbart und hatte das schwarze Haar zu einem Pferdeschwanz gebunden. Genau wie Pluto trug er ein blaues Seidengewand mit purpurfarbener Seidenweste darüber. Wie er wohl hieß? Mars? Oder Uranus? Das würde passen.

Der Mann ging auf Decker zu, streckte die Hand aus. »Bob«, verkündete er.

Unwillkürlich mußte Decker lachen. Er schüttelte ihm die Hand. »Lieutenant Decker.«

»Sie finden mich komisch?«

»Nur Ihren Namen.«

»Wieso? Bob ist ein ganz gewöhnlicher Name.«

Wieder lächelte Decker. »Ja, Sir, das ist er allerdings. Hoffentlich bin ich hier nicht unbefugt eingedrungen ...«

»Doch, das sind Sie. Sie können von Glück sagen, daß ich

die Hunde eingesperrt habe. Bei den vielen Polizisten, die hier herumlaufen, blieb mir keine andere Wahl. Sie mögen Fremde nicht.«

»Das tun gute Wachhunde nie.«

»Stimmt.« Bob lächelte. »Sie heißen Donner, Dance und Rudolph. Santa Claus hat seine Rentiere, ich habe meine Freunde.«

»Die Hunde gehören Ihnen?«

»Nein.« Bob wischte sich den Schweiß von der Stirn. »Sie gehören dem Orden. Aber da ich viel draußen bin, haben wir ein enges Verhältnis.«

Decker spürte die Botschaft dahinter, die versteckte Drohung: *Leg dich nicht mit mir an.*

»Als ich dem Orden beitrat«, sagte Bob, »fragte mich Vater Jupiter, ob ich meinen Namen ändern wollte, in etwas … Himmlischeres, wenn Sie so wollen. Das war der allgemeine Trend. Dem Vorbild unseres Oberhauptes zu folgen. Aber als Individualist und in gewisser Weise Oppositioneller lehnte ich das ab. Im Gegensatz zu den meisten Leuten hier bin ich nicht vor mir selbst weggelaufen. Eher auf etwas Besseres zugerannt, mit meiner Seele als Kompaß.«

Decker nickte, wartete ab.

Bob überlegte. »Ich habe einen Frieden gefunden, den ich vorher nicht kannte. Ich habe meinen persönlichen Gott gefunden.«

Deckers Gesicht blieb ausdruckslos. »Vater Jupiter ist Ihr persönlicher Gott?«

»Das ist vielleicht übertrieben.« Bob lächelte. »Er ist kein Gott, sondern ein Anführer. Der mir den Weg zeigt. Mein persönliches … Tao. Ich habe das Gefühl, wir sind aus der gleichen Materie.«

»Ist er ein Blutsverwandter?«

Bob lachte leise. »Wenn es nur so wäre.« Er ließ den Blick über den Garten wandern. »Schauen Sie sich um, Sir. Das hier ist ein moderner Garten Eden. Wissenschaftlich ausgedrückt haben wir hier das Ideal der Newtonschen Physik – eine perfekte Welt von Aktion und Reaktion und absoluter Zeit. Da draußen ...« er deutete mit dem Daumen über die Schulter »... das ist Einstein, alles relativ. Oder Max Planck und die Quantenmechanik, bei der die Dinge zufällig und unvorhersehbar sind.«

»Sie kümmern sich allein um den Garten?« fragte Decker.

»Ich habe Hilfe. Aber da ich länger hier bin als die meisten, habe ich das Recht, das blaue Gewand und die purpurne Weste zu tragen.«

»Und das bedeutet?«

»Ich bin ein offizieller privilegierter Helfer unseres Vater Jupiter. Wie bei Sokrates sitzen wir zu seinen Füßen und lauschen seinen Worten. Wir haben den Titel Guru. Offiziell bin ich also Guru Bob. Aber Sie können mich Bruder nennen. Schließlich sind wir alle eine große Familie.«

Der Gesichtsausdruck des Gurus blieb neutral, doch Decker hatte den Eindruck, daß Bob mit einer gewissen Ironie sprach.

Bob erklärte: »Vier von uns haben diesen Rang.«

»Ah, verstehe. Bisher kenne ich nur ...«

»Pluto. Er ist ein guter Organisator.«

»Ich hatte angenommen, er sei das amtierende Oberhaupt des Ordens, jetzt, wo Vater Jupiter tot ist.«

Bob blieb weiter undurchschaubar. »Man könnte ihn vielleicht als amtierendes Teil-Oberhaupt bezeichnen. Auf jeden Fall redet er viel.«

»Er hat seine eigenen Ansichten.«

»Das stimmt«, erwiderte Bob. »Kehren wir zur Newtonschen Physik zurück. Denn im Grunde haben wir es hier mit demselben Prinzip zu tun. Für unsere alltäglichen Reaktionen haben Newtons Gesetze Bestand. Sie kennen seine Gesetze?«

»Frischen Sie mein Gedächtnis auf.«

»Ein Körper in Ruhestellung bleibt in Ruhestellung ... ein Körper in Bewegung bleibt in Bewegung. Die Umlaufbahn der Planeten. Was in die Höhe steigt, fällt auch wieder herunter. Kommt Ihnen das bekannt vor?«

»Die Sache mit dem Rauf und Runter.«

»Die Einzelheiten sind nicht wichtig. Es kommt nur darauf an, daß diese Gesetze im gewöhnlichen Leben gelten, aber nicht mehr zutreffen, wenn Gegenstände Lichtgeschwindigkeit annehmen. Dann ist die Zeit nicht mehr absolut, sondern relativ, zusammengeballt in dieser Kategorie namens Raum-Zeit. Ganz zu schweigen von den Auswirkungen der Raumkrümmung – der gebogenen Oberfläche unseres Universums. Und der Auswirkung riesiger Gravitationskörper, die wir nicht sehen können und die Schwarze Löcher genannt werden. Mit anderen Worten, man bekommt massive Verzerrungen. Sie verstehen, was ich meine?«

»Die Analogie entzieht sich mir, Sir.«

»Bob.«

»Na gut, Bob. Waren Sie in Ihrem früheren Leben Wissenschaftler?«

»Student an der Southwest University of Technology. Ich verehrte Dr. Ganz als Wissenschaftler, als Physiker, als Kosmologen und brillanten Philosophen und Denker. Ich verschlang seine Veröffentlichungen, konnte ihn Wort für Wort zitieren. Er wurde zu dem idealisierten Vater, den ich nie hatte. Meiner ist ein ausgelaugter alter Trottel, der, selbst nachdem er zu Geld gekommen war, nicht glücklich wurde.«

»Aber Sie haben Ganz vor seinem Verschwinden nicht gekannt?«

»Natürlich nicht. Mein Held war eine reine Phantasiefigur. Wie alle anderen hielt ich ihn für tot. Als ich herausfand, daß Ganz noch lebte, war ich überglücklich. Mein Held war von den trockenen Seiten wissenschaftlicher Veröffentlichungen ins wirkliche Leben zurückgekehrt. Als andere sich über seine abrupte Veränderung lustig machten, wollte ich selbst herausfinden, was diese verblüffende Transformation ausgelöst hatte. Also kam ich her. Ich hörte ihn sprechen, redete mit ihm, dachte über seine Ideen nach. Und nachdem ich diese Welt einmal betreten hatte, verließ ich sie nie wieder. Für mich ist Vater Jupiter immer noch der König des Universums.«

Melech hoaulomim, dachte Decker. Der König, der ewig lebende Gott. Ein schwerwiegender Titel für einen bloßen Sterblichen. »Und wie lange sind Sie schon bei Vater Jupiter?«

»Vierzehn Jahre. Aber um auf Newtons absolute Zeit im Gegensatz zu Einsteins relativer Zeit zurückzukommen, die Analogie ist folgende: Ich habe unter den *meisten* Gesichtspunkten nichts dagegen, daß Guru Pluto als amtierendes Oberhaupt des Ordens auftritt – das heißt Newtons Physik. Solange er nicht versucht, uns absoluter Zeit nach Einsteinschen Bedingungen zu unterwerfen. Denn wenn er das tut, werde ich gewissermaßen seine Relativitätsuhr auseinandernehmen müssen.«

Decker dachte kurz nach. »Wollen Sie damit sagen, er kann als amtierendes Oberhaupt des Ordens agieren, solange er bestimmte Grenzen nicht überschreitet?«

»Genau«, bestätigte Bob. »Sie kapieren schnell für einen Polizisten.«

Decker starrte ihn an.

Wieder grinste Bob. Er machte eine ausholende Armbewegung. »Vater Jupiter liebte diesen Garten. Abgesehen vom Firmament liebte er dieses Fleckchen Erde am meisten. Das kann ich ihm nicht verdenken.«

»Es ist wunderschön hier.«

»Von der Eingangshalle bis hierher ist es ein ganz schöner Marsch. Sicher nicht gerade um die Ecke von der Prozession … wo Sie eigentlich sein sollten. Haben Sie sich ein bißchen in Raumfahrt geübt, Sir?«

»Ich hab mich verlaufen.«

»Aber gewiß doch. Mir ist es egal, doch den Hunden würde es nicht gefallen. Und Pluto bestimmt auch nicht.«

»Und das macht Ihnen etwas aus, Bob?«

Der Guru dachte nach. »Ich will es mal so sagen: Im Moment sind Plutos Nerven äußerst angespannt. Sie sollten ihn nicht noch mehr reizen. Er kann gut mit der Axt umgehen.«

Decker war verblüfft über diese verhüllte Drohung. »Wie bitte?«

»Holzhacken.« Bob grinste schief. »Ich zeige Ihnen eine Abkürzung für den Rückweg.«

»Wenn Sie mir statt dessen den Weg zu Vater Jupiters Schlafzimmer zeigen könnten, wäre ich Ihnen sehr verbunden.«

»Normalerweise hat da niemand was zu suchen. Aber da mir ein kleiner Vogel zugezwitschert hat, daß Sie dort schon einige Ihrer Lakaien geparkt haben, kann ich Ihnen ebensogut das sprichwörtliche Licht zeigen. Oder zumindest den Weg.« Bob ging los, aber Decker blieb stehen. Der Guru drehte sich um. »Was ist?«

»Meinen Sie, Sie kommen zurecht? Können den Status quo aufrechterhalten?«

»Worauf wollen Sie hinaus, Sir?«

Decker sagte mit großem Ernst: »Ich mache mir Sorgen, Bob. Ein paar labile Sektenmitglieder könnten versuchen, Vater Jupiter zu folgen.«

»Wenn sie das tun, dann ist es ihre Entscheidung.«

»Nicht, wenn sie unter achtzehn sind. Ein individueller Selbstmord eines Erwachsenen ist eine Sache. Massenselbstmord schließt Kinder mit ein. Und das gilt als Mord.«

»Fragen Sie sich, wen Sie als Täter verhaften sollen, wenn wir alle tot sind?«

»Bob, das ist kein Spaß. Ich mache mir wirklich große Sorgen um die Kinder.«

»Wir glauben hier an den freien Willen«, sagte Bob. »Und nichts ist freiwillig, wenn es unter Zwang geschieht. Vater Jupiters Worte, nicht meine. Soweit ich weiß, bestehen keine Pläne für den Sprung zur nächsten Ebene. Natürlich kann ich ebensowenig das Verhalten Einzelner voraussagen wie die Position des Photons zu einem bestimmten Moment. Aber ich verstehe, was Sie sagen wollen.«

»Und falls Sie etwas von einem geplanten Massenselbstmord hören, lassen Sie es mich sofort wissen, ja?«

»Ich kann mich nicht erinnern, daß Ihnen die Verantwortung für unser Wohlergehen und unsere Sicherheit übertragen worden wäre«, erwiderte Bob. »Ich sollte Ihre Sorge wohl als Kompliment auffassen. Sie meinen es ernst.«

»Besonders, wenn es um den Schutz von Kindern geht.«

»Lieutenant, ich lebe hier, aber ich lebe in keinem luftleeren Raum. Ich habe einen Sohn. Ich möchte ihn zum Mann heranwachsen sehen.«

»Also sind wir uns einig.«

»Bis zu einem gewissen Punkt.«

»Was bedeutet?«

»Solange die Newtonsche Physik Bestand hat, kann uns nichts geschehen. Aber wenn wir zu Einsteinscher Beschleunigung in Raum-Zeit kommen ... Was soll ich sagen? Die Dinge da draußen können sich ganz schön verzerren. Ich zeige Ihnen jetzt den Weg zu Vater Jupiters Schlafzimmer. Dort sind Sie dann auf sich allein gestellt.«

» 4 «

Guru Bob brachte Decker zurück in die Eingangshalle des Ordens, wo sie auf Terra stießen, die den Kleinbus gefahren hatte. Er verschwand mit ihr und ließ Decker unter den weiß gewandeten Trauernden zurück. Decker kam sich so willkommen vor wie ein Leprakranker.

Rasch verließ er die Halle und suchte, bis er das gelbe Absperrband vor einem Türrahmen sah. Er stieg darüber hinweg und betrat den Raum. Es gab nicht viel zu sehen. Im allgemeinen waren Selbstmorde durch Überdosis weder blutig noch unappetitlich. Man mußte nur herausfinden, was entweder die

Atmung oder das Herz zum Stillstand gebracht hatte. Mehr eine Sache für einen Arzt als einen Detective.

Ganz' Schlafzimmer war deutlich größer als die Zellen seiner Anhänger, aber durchaus nicht grandios. Er hatte ein breites Bett statt einer schmale Liege, eine Kommode für seine Kleidung statt eines Koffers unter dem Bett und eine Wand voller Bücherregale. Und am wichtigsten: Er hatte ein eigenes Bad. Die Spurensicherung hatte seinen Nachttisch, die Bücherregale und die Bettpfosten nach Fingerabdrücken untersucht. Im Moment sah Scott Oliver Ganz' Kleidungsstücke durch, und Marge Dunn schrieb etwas in ihren Notizblock. Sie trug beige Hosen, eine weiße Bluse und ein schwarzes Jackett. Dazu schlichte schwarze Mokassins mit Gummisohlen. Außer kleinen goldenen Perlohrsteckern keinerlei Schmuck. Die einfachste Halskette konnte zur Schlinge werden, wenn man es mit einem gewalttätigen Verbrecher zu tun bekam. Auch kein Parfüm, weil fremde Gerüche Beweise verfälschen konnten.

Sie sah auf. »Lieutenant.«

»Detective.« Eine Lächeln. »Was haben wir bisher?«

»Kopfschmerzen.« Marge schob sich die blonden Strähnen aus den Augen. »Hast du Schmerztabletten dabei, Pete?«

»Immer.« Vor Jahren war Decker in die Schulter und den Arm geschossen worden. Die Wunde war ohne Bewegungseinschränkungen verheilt, aber der Schmerz blieb wie ein unerwünschter Begleiter. Decker warf ihr das Fläschchen zu. Sie schüttelte zwei Tabletten heraus und schluckte sie trocken. Dann warf sie das Fläschchen zurück. Decker fing es mit einer Hand auf.

»Laut Pluto …« Marge senkte die Stimme. »Bist du Pluto schon begegnet?«

Decker lächelte. »Bin ich.«

Marge verdrehte die Augen. »Eine Nummer für sich.«

»Den würde ich nicht als Hausgast haben wollen.«

Sie lächelte ebenfalls. »Laut Pluto wurde Ganz etwa in dieser Stellung gefunden.« Sie warf die Hand zurück, öffnete den

Mund und breitete die Arme aus. »Wie eine Lumpenpuppe. Der Kopf und der linke Arm hingen über die Bettkante. Er lag diagonal, der Körper schräg nach links. Man kann die Umrisse noch auf dem Laken erkennen.«

Decker betrachtete die Vertiefung auf dem verknüllten Laken. Sie reichte von der linken oberen Ecke des Bettes bis nach rechts unten. »Wer hat ihn gefunden?«

»Venus – Jupiters Lebensgefährtin.« Sie überlegte. »Es gibt nur neun Planeten. Wie nennt sich dann wohl der Rest des Vereins?«

»Es gibt ja immer noch die Asteroiden«, meinte Oliver, der Jupiters purpurfarbene Gewänder durchwühlte. »Gibt's da nicht diesen eine Meile langen Asteroid, der in etwa zwanzig Jahren auf die Erde krachen soll?«

»Ja, ich hab so was in den Nachrichten gehört.« Marge kratzte sich am Kopf. »Soll ich mich vielleicht doch vorzeitig pensionieren lassen?«

»Wo ist Venus?« fragte Decker. »Und sagt mir ja nicht, das sei dieser Brocken neben der Sonne.«

»Bei der Prozession, wäscht Jupiters Füße, während die anderen vorbeidefilieren«, erwiderte Oliver. »Das ist ein Fulltimejob, weil all seine Anhänger Jupiters großen Zeh küssen wollen. Und nein, ich weiß nicht, was das bedeutet.«

»Mennoniten waschen sich vor dem Beten die Füße«, sagte Decker.

»Warum das denn?« fragte Marge.

»Ich glaube, Jesus hat vor dem Beten aus Demut die Füße seiner Jünger gewaschen. Genau wie Abraham – der tat es aus Freundlichkeit. Natürlich war das damals in diesen Ländern so üblich. Wenn man in der Wüste lebt und Sandalen trägt, hat man eben dreckige Füße.«

»Hier tragen die meisten Turnschuhe«, bemerkte Marge.

Decker meinte: »Juden waschen die Toten, bevor sie sie beerdigen. Zusätzlich zu seiner eigenen Philosophie hat der Orden vielleicht von verschiedenen etablierten Religionen das eine oder andere übernommen.«

»Und was ist die Philosophie dieser Gruppe?« fragte Oliver.

»Ich bin mir nicht sicher.« Decker zog das Video heraus. »Vielleicht gibt uns das hier ja Aufschluß.« Er ließ das Band in einen Plastikbeutel gleiten.

»Wo hast du das her?« fragte Oliver.

»Ich bring's zurück. Keine Bange.« Decker wechselte rasch das Thema. »Um wieviel Uhr hat Venus den Toten gefunden?«

»Pluto sagt, gegen fünf Uhr früh«, erwiderte Marge.

»*Pluto* sagt«, wiederholte Decker. »Hat schon jemand mit Venus gesprochen?«

»Ich hab's versucht, aber sie hatte sich zurückgezogen«, sagte Oliver. »*Incommunicado* bis nach der Prozession.«

»Sie muß aber noch vernommen werden.« Decker rieb sich die Augen. »Also stammen sämtliche Informationen zu Jupiters Tod von Pluto?«

Oliver nickte. »Er ist der offizielle Sprecher der Gruppe.«

»Da bin ich mir nicht so sicher.« Decker erklärte ihnen die Hackordnung der Sekte und erwähnte, daß es neben Pluto drei weitere privilegierte Helfer gab. Er erzählte ihnen von Bob.

»Und wer sind diese anderen zwei?« wollte Oliver wissen.

»Zähl die purpurnen Westen«, riet ihm Decker.

»Venus trägt eine purpurne Weste«, bemerkte Oliver. »Also fehlt uns noch einer.« Er hielt inne. »Soll ich rüber zur Prozession gehen und mich mal umsehen?«

»Bist du hier fertig?«

Oliver schloß die Kommodenschublade. »Ich bin fertig. Wie es bei Detective Dunn aussieht, weiß ich nicht.«

Decker wandte sich an Marge. »Hast du irgendwas gefunden, was auf etwas anderes als Selbstmord hindeutet?«

»Zumindest nicht auf den ersten Blick.« Sie ging ihre Notizen durch. »Leere Wodkaflasche unter dem Bett, leeres Tablettenfläschchen mit … wie hieß das gleich …« Sie blätterte in ihren Notizen. »Nembutal-Sodium-Kapseln … zwanzig Milligramm pro Kapsel. Fläschchen war leer, verschrieben worden waren zehn Kapseln, keine Nachfüllung. Außerdem hab ich ein Fläschchen Diazepam …«

»Valium«, sagte Decker. »Diazepam ist der Wirkstoffname.«

Marge sah auf. »Wenn du es sagst. Ich nehm das Zeug nicht. Ich fand ein leeres Fläschchen mit einer Rezeptur für zwanzig Tabletten, ebenfalls zwanzig Milligramm pro Tablette.«

»Stand Ganz' Name auf den Etiketten?«

»Nicht Ganz, Vater Jupiter.«

»Da stand tatsächlich ›Vater Jupiter'?« fragte Decker.

»Ja.«

»Wo hast du die leeren Fläschchen gefunden?«

»Auf dem Nachttisch. Beide sind auf Fingerabdrücke untersucht und als Beweismittel sichergestellt worden. Sieht wie die typische Mischung von Alkohol und Medikamenten aus.«

»Und was ist mit Ampullen?« fragte Decker.

Beide schwiegen. Dann fragte Marge, wie er darauf komme.

»Weil die Gerichtsmedizinerin intramuskuläre Einstichstellen an seinem Arm und seinem Gesäß gefunden hat.«

Oliver grinste verlegen. »Ähm … da ist noch ein Haufen Zeugs in seinem Medizinschränkchen. Ich hab alles aufgeschrieben, aber weder auf Fingerabdrücke untersucht noch eingetütet. Schließlich hatten wir ja schon die zwei leeren Fläschchen auf dem Nachttisch.«

»Ich tüte es ein«, sagte Decker.

»Ich hab keinen Mist gebaut …«

»Wer sagt denn, daß du Mist gebaut hast?«

»Du hast diesen Gesichtsausdruck, Deck.«

Oliver *hatte* Mist gebaut, aber Decker ließ es ihm durchgehen. »Such die zwei noch fehlenden Gurus.«

»Ja, ja«, brummelte Oliver und stieg über das Absperrband. Deck war kein schlechter Kerl. Er pochte gegenüber seinen Untergebenen nie auf seinen Rang, und er schleimte sich auch nicht bei den Vorgesetzten ein.

»Komm zurück, wenn du fertig bist, Scott«, rief Decker ihm nach.

»Mach ich«, erwiderte Oliver.

Als er verschwunden war, fragte Marge: »Einstiche?«

»Ja.«

»Selbst zugefügt?«

»Im Arm vielleicht. Aber im Gesäß?«

Marge sah ihn an. »Die leere Wodkaflasche ... die Pillen. Alles zu sauber, zu glatt. Du hast Zweifel, nicht wahr? Ich auch.«

»Ich mag es einfach nicht, wenn am Tatort was verändert wird. Wenn jemand versucht hätte, Jupiter wiederzubeleben – ihn bewegt hätte, um Mund-zu-Mund-Beatmung zu machen oder so, das wäre in Ordnung gewesen. Aber eine Leiche wegtragen und sie in einen Schrein legen, bevor man die Sanitäter oder die Polizei benachrichtigt? Das kommt mir doch sehr seltsam vor. Im allgemeinen sind Leute Toten gegenüber nervös.«

»Die ganze Gruppe ist seltsam. Vielleicht haben sie merkwürdige Vorstellungen von Tod und Leichen.«

»Und wenn schon, Marge, *irgendeiner* hätte es zumindest besser wissen müssen. Und keiner von ihnen hat den Tod gemeldet. Die Nachricht kam von Ganz' Tochter. Wie hat sie davon erfahren? Und da niemand vom Orden die Polizei angerufen hat, was genau hatten sie dann mit der Leiche vor?«

»Vielleicht wollten sie ihn hier auf dem Gelände begraben«, meinte Marge. »So wie die über die Außenwelt denken, wäre ihnen das glatt zuzutrauen.«

»Das stimmt allerdings.« Decker zog ein Paar dünne Latexhandschuhe über. »Zwei dringende Dinge müssen noch erledigt werden.«

»Wir müssen mit Venus reden«, sagte Marge.

»Genau. Willst du das machen? Vielleicht geht das von Frau zu Frau besser.«

»Klar. Ich bin so gut wie fertig hier. Außer du willst, daß ich die Medikamente im Badezimmer einsammle.«

»Nein, das übernehme ich. Das zweite, was wir wissen müssen, ist ...«

»Wer vom Orden Jupiters Tochter angerufen hat?« unterbrach Marge. »Was bedeutet, daß jemand mit ihr reden sollte. Das machst du, stimmt's?« Sie lächelte. »Alles, damit wir von hier wegkommen.«

»Warum verschwende ich eigentlich meinen Atem, wenn du doch schon weißt, was ich sagen will?«

Marge lachte. »Kein Grund, eingeschnappt zu sein, Deck. Es beweist doch nur, daß du mich bestens ausgebildet hast.«

Das Badezimmer war ein enger Schlauch mit Toilette, Waschbecken und einer Dusche ohne Kabine, nur ein Vorhang, der eine Ecke des Raumes abtrennte. Weiße Fliesenwände, weißer Fliesenboden, alles glatt und rutschig. Ein Abfluß im Boden. Über dem Waschbecken hing der Medizinschrank. Decker öffnete ihn und mußte sich dabei an die gegenüberliegende Wand drücken. Drinnen standen an die dreißig weiße Plastikfläschchen, jedes mit einem Etikett versehen. Auf den ersten Blick schien nichts doppelt da zu sein; es mußte also alles getrennt und eingetütet werden. Decker drapierte ein sauberes Tuch auf den Klodeckel und legte die Plastikbeutel für die Beweisstücke darauf. Auch über das Waschbecken breitete er ein Tuch. Dann nahm er seinen Block und einen Stift heraus.

Er begann oben links.

Echinacea purpurea – Zur Stärkung des Immunsystems. Einhundert Kapseln zu jeweils 404 Milligramm

Decker notierte den Namen des Mittels, die Anzahl der Kapseln und die Dosierung pro Kapsel. Dann leerte er das Fläschchen auf das über das Waschbecken gelegte Tuch und zählte die Kapseln. Sechsundzwanzig waren noch übrig. Sorgfältig ließ er sie nacheinander wieder in das Fläschchen gleiten und zählte sie dabei noch mal. Sechsundzwanzig bei der ersten Zählung, sechsundzwanzig bei der zweiten. Er tütete das Fläschchen ein und beschriftete den Beutel.

Eins fertig, blieben noch neunundzwanzig. Düster betrachtete er die Fläschchen. Ach, der unwiderstehliche Reiz der Polizeiarbeit! Vielleicht halfen die grauen Zellen, manche Fälle zu lösen. Aber das eigentliche Geheimnis waren Geduld und ein Blick für Details. Ein Geständnis war natürlich auch nicht zu verachten. Mit etwas Glück würde er hier fertig sein, bevor die Prozession endete. Und wenn nicht, hoffte er, daß die Gurus ihn in Ruhe seine Arbeit beenden ließen.

Er nahm das nächste Fläschchen von Bord: *Zinktabletten* (als Zitrat). Einhundert Tabletten zu je 10 mg. Zweiundvierzig Tabletten waren noch übrig.

Fläschchen drei: *Kalzium* (als Kalzium Zitrat). Einhundert Tabletten zu je 200 mg. Noch fünfundsiebzig Tabletten übrig.

Fläschchen vier: *Mangan*. Einhundert Tabletten zu je 100 mg. Noch siebenundsiebzig übrig.

Fläschchen fünf: *Vitamin C* (als Ascorbinsäure). Einhundertzwanzig Tabletten zu je 100 mg. Noch zweiundvierzig übrig.

Fläschchen sechs: *Sublinguales B-12 mit Folsäure und Biotin*.

Decker las die Beschreibung.

Diese einmalige Rezeptur wird sublingual (unter der Zunge) verabreicht, neben der Injektion die wirksamste Art, Vitamin B-12 und Folsäure zu sich zu nehmen.

Er dachte kurz nach.

Neben der Injektion.

Vielleicht erklärte das die Einstiche in Jupiters Arm und Gesäß. Er spritzte sich B-12. Vielleicht würde sich doch alles als ganz einfach erweisen.

Man kann immer hoffen. Decker drehte das Fläschchen in der behandschuhten Hand. Es enthielt einhundertzwanzig Tabletten zu 800 mkg Vitamin B-12, Folsäure und Biotin. Noch einhundertelf übrig.

Fläschchen sieben: *Super-Antioxydans* – einhundertzwanzig Tabletten, von denen jede 100.000 I.E. Vitamin C (100% als Beta Karotin), 500 mg Vitamin C, 200 I.E. Vitamin E und 25 mg Selenium enthielt.

Decker leerte das Fläschchen auf das Tuch. Die Dinger sahen wie Pferdepillen aus. Noch fünfundsiebzig übrig.

Fläschchen acht: *Knochenaufbaumittel*: Für einen gesunden Knochenbau. Die Tabletten enthielten Kalzium, Zink, Mangan, Magnesium, Kupfer (als Glukonat), Bor, Schachtelhalmextrakt, Yuccasaft und die Vitamine C, D2, B1 und K1.

Decker ging seine Notizen durch und betrachtete die Borde. Viele der Mittel enthielten dieselben Zusätze – die Vitamine C, D, K und die Mineralien Zink, Magnesium und Chrom. Fünf Fläschchen enthielten große Mengen Vitamin C. Wenn Ganz all diese Tabletten genommen hatte, dann hätte er viele der Vitamine und Mineralien in Überdosis geschluckt, von manchen das Zehntausendfache der empfohlenen Tagesdosis.

Konnte man an einer Überdosis Vitamine sterben? Wieso eigentlich nicht? Vitamine sind Arzneimittel. Judy Little würde es wissen.

Auf dem zweiten Bord fand Decker noch mehr vom selben – Vitamine, Mineralstoffe, Extrakte und Zusätze. Interessanterweise war aber unter all den Fläschchen nichts Rezeptpflichtiges und auch keine rezeptfreien Medikamente. Noch nicht mal ein Fläschchen Tylenol. Und doch hatten auf Ganz' Nachttisch zwei ihm vor kurzem verschriebene Medikamente gestanden, Valium und Nembutal. Und laut Marge stand auf beiden Etiketten sein Name.

Spekulieren kannst du später, Deck. Jetzt mach erstmal hier fertig.

Fünfzehn Minuten später war der Schrank leer. Als er die zahllosen Beutel einsammelte, spürte Decker hinter sich Feindseligkeit.

»Was tun Sie da?«

Plutos Stimme. Decker drehte sich um, stieß den kleinen Mann mit der Schulter. »Hab ich Ihnen wehgetan?«

»Ja, allerdings.« Pluto rieb sich die Schulter. »Sie haben mich angerempelt.«

»Das war ein Versehen. Hier ist nicht genug Platz für zwei.«

»Stimmt. Sie haben hier nichts verloren.« Plutos Gesicht war knallrot. Er rieb sich immer noch die Schulter.

Decker spürte, wie sich ihm vor Wut die Nackenhaare sträubten. Aber es gelang ihm, sich zurückzuhalten. »Das hier ist ein Tatort, Sir. Und *Sie* sind derjenige, der durch seine Anwesenheit mit dem Gesetz in Konflikt gerät. Ich weiß, daß Sie mich möglichst bald loswerden wollen. Also machen Sie es mir leicht und verschwinden Sie.«

»Sie vergreifen sich an persönlichem Eigentum.«

»Ich registriere Beweise an einem Tatort. Und wenn Sie mir jetzt nicht aus dem Weg gehen und augenblicklich diesen Raum verlassen, lege ich Ihnen Handschellen an und verhafte Sie vor Ihren Leuten.«

»Womit Sie deren Wut nur noch mehr schüren.«

»Ich bin bereit, das auf mich zu nehmen, wenn Sie bereit sind, eine Nacht im Gefängnis zu verbringen. Und jetzt raus hier!«

Pluto wippte auf den Füßen, zögerte und trat dann zur Seite. Decker stapfte mit den Beuteln aus dem Badezimmer, legte sie auf den Boden und suchte nach einer größeren Plastiktüte, um sie besser abtransportieren zu können. »Ist die Prozession vorbei?«

Pluto seufzte. »Ja.« Noch ein Seufzer. »Ja, sie ist vorbei.«

Decker betrachtete Pluto. Er schien aufrichtig zu trauern. Aber sobald er Deckers Blick bemerkte, wurde sein Gesicht hart. »Ich nehme an, daß Ihre Lakaien jetzt Vater Jupiters Leiche mitnehmen wollen. Wann können wir ihn beerdigen?«

»Wir werden den Toten nicht länger als notwendig behalten«, sagte Decker sanft. »Ihr Verlust tut mir sehr leid, Sir. Vater Jupiter war ein großer Mann.«

Pluto hielt seinem Blick stand und sah dann weg. »Ja, das war er. Danke … danke für Ihre Worte.«

Decker sagte nach kurzer Pause: »Vielleicht können Sie mir etwas erklären. Der Tod wurde von Ganz' …«

»Vater Jupiter.«

»Ja, natürlich. Vater Jupiters Tochter hat die Polizei benachrichtigt. Soviel ich weiß, hat niemand vom Orden der Ringe Gottes den Tod gemeldet.«

Pluto schwieg.

»Hatten Sie vor, den Tod zu melden, Guru Pluto?« hakte Decker nach.

»Es spielt keine Rolle mehr«, flüsterte Pluto.

»Also hatten Sie nicht vor, ihn zu melden.«

»Das habe ich nicht gesagt.«

»Sir, merken Sie sich bitte für die Zukunft, daß Sie jeden Todesfall melden müssen. Es ist gesetzlich vorgeschrieben.«

»Das ist jetzt irrelevant«, beharrte der Guru.

»Mag sein.« Wieder zögerte Decker. »Nur aus reiner Neugier, hatten Sie vor, die Leiche zu beerdigen?«

»Was wir vorhatten oder nicht, hat keine Bedeutung mehr.«

»Na gut«, erwiderte Decker. »Spekulationen nützen uns nichts. Nur noch eine Frage, Pluto. Wer von Ihren Leuten hat Vater Jupiters Tochter angerufen?«

»Ich wünschte, ich wüßte das. Wer auch immer es war, er muß zur Rechenschaft gezogen werden.«

»Zur Rechenschaft?«

»Dafür, daß gegen die Gelübde verstoßen und die Befehlskette durchbrochen wurde. Ihr habt eure Gesetze, wir haben unsere.«

» 5 «

Es dauerte einige Zeit und bedurfte gewisser interner Manöver, doch schließlich durfte Marge Venus befragen. Marge hatte erwartet, daß Venus' Schlafzimmer an das von Ganz grenzte, aber es lag auf der anderen Seite des Komplexes. Marge wurde von zwei finster dreinschauenden Wächtern zu ihrem Gemach geführt. Der eine hatte einen Bart, der andere war sauber rasiert, aber beide trugen das Haar sehr kurz geschnitten. Der Bärtige klopfte an die Tür. Eine rauchige Frauenstimme fragte, wer da sei. Nachdem Marge ihren Namen genannt hatte, forderte die Stimme sie auf, einzutreten. Der Bärtige öffnete die Tür, wagte aber nicht, die Schwelle zu überschreiten, als hielte eine unsichtbare Barriere ihn davon ab.

Marge betrat das Zimmer und sah sich um. Ein schlichter, heller Raum mit einem Doppelbett, einem Stuhl im Shakerstil und einem Bücherregal. Venus saß von Kissen gestützt auf dem Bett.

Sie wandte sich an einen der Wächter und sagte: »Du kannst jetzt gehen, Bruder Ansel.«

Der Mann zögerte und sagte dann mit schriller Stimme: »Bist du sicher, daß du mit einem Verleumder allein gelassen werden willst, Mutter Venus?«

»Ja, ich komme schon zurecht. Danke, daß du so besorgt um mich bist. Du kannst gehen.«

»Wie du wünscht.« Er drehte sich um, warf Marge einen feindseligen Blick zu und schloß die Tür hinter sich. Die Blicke der beiden Frauen trafen sich.

»Vielen Dank, daß Sie mich empfangen, Ms. ...«

»Nennen Sie mich einfach Mutter Venus. Oder nur Venus.« Sie hatte ein Taschenbuch gelesen, legte es mit dem Buchrücken nach oben neben sich aufs Bett und deutete auf den Stuhl. »Nehmen Sie doch Platz.«

»Vielen Dank.« Gutaussehende Frau, dachte Marge. Selbst mit den geröteten Augen und ohne Make-up waren ihre Gesichtszüge bemerkenswert. Venus schien um die Dreißig zu sein und hatte schulterlanges, kastanienbraunes Haar, das ihr ovales Gesicht einrahmte. Schimmernde grüne Augen, von langen Wimpern beschattet. Ihre seidige Haut war blaß – das war zu erwarten –, aber Marge entdeckte eine leichte Rosatönung auf den Wangenknochen. Venus war in ein strahlend blaues Gewand gekleidet, das am Hals etwas offen stand und über den Schenkeln auseinander fiel. Obwohl sie keinen Büstenhalter trug, hatte sie ein ansehnliches Dekolleté. Ihre Füße waren nackt, und ihren linken Knöchel schmückte ein Goldkettchen. Sie senkte die Augen und zog mit einer raschen Bewegung das Gewand über ihre unbedeckten Beine.

Marge kam sich komisch vor, sie mit Venus anzusprechen, obwohl die Frau als Modell für die Göttin der Liebe und Schönheit durchaus passend schien. Mit gerecktem Kopf gelang es Marge, den Titel des Taschenbuchs zu lesen – *Über den Glauben hinaus*. Den Autor konnte sie nicht entziffern. Sie zog einen Notizblock aus der Tasche und fragte: »Haben Sie etwas dagegen, wenn ich mir Notizen mache?«

»Warum sollte ich etwas dagegen haben? Ich habe nichts zu verbergen.«

Also hat sie was zu verbergen, dachte Marge. »Tut mir leid, wenn ich Ihnen einige für Sie vielleicht unangenehme Fragen stellen muß ...«

»Sie tun nur Ihre Arbeit.« Venus kreuzte die Knöchel.

»Was lesen Sie da?«

Die Frage schien sie zu verblüffen. Sie sah zur Seite und griff nach dem Taschenbuch. »Das hier?« Ein Schulterzucken. »Eines von Jupiters Büchern. Der metaphysische Teil ist interessant, aber das Wissenschaftliche ist sehr komplex.« Sie zog das Gewand am Hals zusammen. »Das war Jupiters Stärke – Naturwissenschaft ... Physik ... Kosmologie. Der Ursprung des Seins. Aber das wissen Sie bereits, nicht wahr?«

»Ja, wir wissen, wer Jupiter war.«

»Er war ein wirklich großer Mann.« Venus' Stimme klang belegt. »Ich kann nicht glauben ...« Ein Seufzer.

Marge fragte: »Wie lange leben Sie schon hier, Ma'am?«

»Venus, bitte. Ma'am gehört in Ihre Welt, nicht in unsere.«

»Gut, dann also Venus. Wie lange haben Sie hier mit Jupiter gelebt?«

»Etwa zehn Jahre. Als Jupiter mich aufnahm, war ich ein Wrack – Drogen, Alkohol, zwei Abtreibungen. Kein Glaube, keine Überzeugungen ... nichts. Nur eine selbstzerstörerische Idiotin. Jupiter hat mich sofort durchschaut.«

Sie sah zur Decke hinauf.

»Doch das ist irrelevant für Ihre Ermittlungen. Ich erzähle Ihnen das nur, weil ...« Tränen rannen ihr über die Wangen. »Sie wissen nicht, was für ein Retter er war. Das meine ich ernst. Genau das war Jupiter. Er gab eine brillante Karriere auf, verzichtete auf Ruhm und Vermögen, um Seelen zu retten. Mehr noch, er brachte auch anderen bei, Seelen zu retten – mir, Bob ... Pluto. Sie mögen es vielleicht nicht glauben, aber Pluto hat unter Jupiters Führung viele Obdachlose gerettet.«

Noch mehr Tränen. Sie wischte sich mit einem Zipfel des Gewandes über das Gesicht.

»Ich nehme an, Sie wollen wissen, was heute morgen passiert ist.«

»Ja bitte. War er schon tot, als Sie ihn fanden?«

»Ja.«

»Woher wußten Sie das?«

»Er bewegte sich nicht! Er atmete nicht! Sein Herz ... es hatte zu schlagen aufgehört.«

»Haben Sie seinen Puls gefühlt?«

Venus fuhr sich mit der Zunge über die Lippen. »Ehrlich gesagt, nein. Ich ...« Sie schloß die Augen, öffnete sie wieder. »Ich dachte, er schläft. Ich trat ins Zimmer und rief seinen Namen. Es war Zeit für die morgendlichen Waschungen und Gebete. Als er nicht reagierte, ging ich zum Bett und ... und schüttelte ihn ein wenig. Er ...« Sie atmete stockend. »Er kippte um, als ich ihn berührte. Sein Kopf ... fiel auf die Matratze ...«

Sie schluckte.

»Ich schrie. Pluto ... Pluto kam ins Zimmer. Danach weiß ich nichts mehr ... Eine meiner Helferinnen führte mich hinaus ... brachte mich zurück in mein Zimmer ... blieb bei mir. Später kam Pluto und sagte mir, was geschehen war.«

Marge fragte in mitfühlendem Ton: »Erinnern Sie sich, wie spät es war, als Sie Jupiters Zimmer betraten?«

Venus hatte Mühe zu antworten. »Die übliche Zeit. Gegen fünf.«

»Sie sagen, er …« Marge bemühte sich, so sanft wie möglich zu sein. »Sie sagen, er kippte um, als Sie ihn schüttelten. Lag er, oder saß er?«

»Er saß. Jupiter schlief meistens halb aufgerichtet. Er hatte Probleme mit den Nebenhöhlen. Wenn er ganz flach lag, bekam er keine Luft durch die Nase.«

»Und als Sie ihn fanden, schien er zu schlafen.«

Venus nickte.

»Die Augen geschlossen?«

Wieder nickte Venus.

»Kam Ihnen an seiner Haltung etwas seltsam vor?«

»Wie meinen Sie das?« fragte Venus.

»Schien sie bequem? Waren seine Glieder verdreht, oder war das Zimmer unordentlich?«

Venus schüttelte den Kopf.

»Haben Sie Medikamentenfläschchen auf seinem Nachttisch gesehen? Schmerzmittel oder Schlaftabletten …«

»Jupiter nahm so etwas nicht. Er war kein Anhänger der Schulmedizin.«

»Haben Sie irgendwelche Spritzen gesehen?«

»Nein«, erwiderte Venus. »Keine Spritzen. Obwohl sich Jupiter manchmal Vitamine injizierte.«

Interessant. »Wir haben keine Spritzen gefunden.«

»Sie sind in meinem Badezimmer. Eine ganze Schachtel. Einmalspritzen. Aus hygienischen Gründen.«

Wie passend. »Haben Sie ihm Vitamine gespritzt?« wollte Marge wissen.

Venus hob den Blick. »Ich habe ihm ab und zu Spritzen ins Gesäß gegeben.«

»Vor kurzem?«

»Vor drei, vier Tagen.«

»Aha«, sagte Marge. Das erklärte die Einstiche. Zumindest war das Venus' Erklärung. »Und was können Sie mir über die Wodkaflasche sagen?«

»Gewöhnlich trank Jupiter nicht. Wenn er sich also … bewußtlos … oder … oder tot getrunken hat …« Sie schnappte nach Luft. »Dann nur, um sich auf eine höhere Glaubensebene zu transportieren.«

Sich zu transportieren. Darauf würde Marge noch zurückkommen müssen. »Sahen Sie die Flasche, als Sie ihn wecken wollten?«

Venus schüttelte den Kopf.

»Lassen Sie mich noch mal rekapitulieren«, sagte Marge. »Nur um zu sehen, ob ich alles richtig mitbekommen habe. Sie gingen um fünf Uhr morgens in Jupiters Schlafzimmer, um ihn für die Gebete zu wecken. Er saß aufrecht …«

»Halb aufgerichtet.«

»Halb aufgerichtet«, verbesserte sich Marge. »Sie riefen ihn, und er reagierte nicht. Sie traten ans Bett, um ihn wachzuschütteln, und er sackte um, wobei sein Kopf über den Rand der Matratze kippte. In dem Moment schrien Sie, und Pluto kam herein. Ist das soweit korrekt?«

»Ja.«

»Kam Pluto allein?«

»Ich glaube. Aber innerhalb von Sekunden hatte sich eine Menschenmenge gebildet. Es war entsetzlich.« Wieder traten ihr Tränen in die Augen. »Einfach … furchtbar.«

»Dann hat Sie jemand hierher zurückgebracht, ja?«

»Eine meiner Helferinnen – Alpha-zwei, wenn ich mich nicht irre.«

»Alpha-zwei ist der Name der Helferin?«

»Alle meine Helferinnen sind Alphas.«

»Tragen sie Westen wie Jupiters Helfer?«

Ein leichtes Lächeln. »Jemand hat Ihnen die Farben erklärt«, sagte Venus. »Nein. Meine Helferinnen tragen weiße Gewänder mit pinkfarbenen Kragen. Sie genießen Privilegien gegenüber den anderen Frauen, aber keine von ihnen ist so privilegiert wie Jupiters Helfer. Der Orden ist eine männerdominierte Gesellschaft. Das wird jedem sofort gesagt. Auf mich trifft das übrigens nicht zu. Als die auserwählte Gefährtin Jupiters bin ich seine Stellvertreterin … nun ja, ich nehme an, daß ich jetzt offiziell die Führung habe, auch wenn Pluto momentan alles regelt. Bis ich mich wieder gefangen habe. Aber das ist nur vorübergehend. Ich habe nicht vor, Pluto Jupiters Platz einnehmen zu lassen. Ich glaube auch nicht, daß Pluto diese schwere Verantwortung übernehmen will.«

Marge nickte und notierte die Hackordnung der Sekte. »Wer wird Jupiters Nachfolger?«

»Ich weiß nicht, wer das sein könnte. Soviel ich weiß, hat Vater Jupiter keinen Nachfolger bestimmt. Und durch seinen plötzlichen Tod …« Venus' Blick wurde unruhig. »Man wird sich darum kümmern müssen. Aber ich versichere Ihnen, daß der Orden der Ringe Gottes intakt bleiben wird. Wir sind es Vater Jupiter schuldig, seine Ideale von Liebe, Wohltätigkeit und Spiritualität weiter zu verfolgen.«

»Noble Ziele.«

»Eines noblen Mannes.«

»Eine Frage noch«, sagte Marge. »Pluto kam in Ihr Zimmer, um Ihnen die Nachricht zu überbringen.«

»Das stimmt.«

»Erinnern Sie sich an die Uhrzeit?«

»Etwa eine halbe Stunde später. Also war es vielleicht halb sechs. Aber ich habe nicht auf die Uhr geschaut.«

»Das ist verständlich. Soweit Sie sich erinnern, kam Pluto gegen halb sechs in Ihr Zimmer und sagte Ihnen, was passiert war?«

»So war es wohl.« Sie verbarg das Gesicht in den Händen und sah dann auf. »Es geschah alles so schnell … war so surreal. Ich kann es immer noch nicht glauben … ich wußte, daß etwas mit ihm nicht stimmte, aber …«

»Was stimmte nicht mit ihm?« fragte Marge.

»Er war nicht direkt krank, aber er wirkte … erschöpft. Seit sechs Monaten war er nicht mehr in seiner üblichen Hochstimmung. Und er hielt sich oft den Kopf – als hätte er starke Kopfschmerzen. Ich war besorgt. Aber als ich ihn darauf ansprach, tat er es mit einem Schulterzucken ab und versicherte mir, alles sei in Ordnung. Es sei Teil des Prozesses.«

»Welcher Prozeß?«

Venus betrachtete Marge. »Wenn ich es Ihnen sagte, würden Sie nur verächtlich schnauben. Wie alle Verleumder.«

»Lassen Sie's drauf ankommen.«

Wieder zögerte Venus. Dann sagte sie: »Teil des Kommunikationsprozesses mit dem Jenseits. Vater Jupiter wußte, daß seinem Körper die Lebensenergie entzogen wurde, weil er ernsthaft Kontakt mit den Mächten aufgenommen hatte.«

Es wurde still im Raum.

»Sie würden es nicht verstehen. Sie können es nicht verstehen«, sagte Venus schließlich.

Marge bemühte sich, nicht allzu skeptisch zu klingen. »Welche Mächte?«

Venus winkte ab.

»Bitte. Ich möchte es verstehen, Venus. Mit wem hatte Jupiter Kontakt?« Vielleicht bedrohte ihn jemand. »Sagen Sie es mir.« *Ganz ruhig bleiben, Dunn.* »Waren es Menschen? Oder Außerirdische?«

Marge kam es so vor, als würde Venus ihre Aufrichtigkeit einschätzen. Schließlich sagte die verführerische Frau: »Keine Außerirdischen, wie Sie sie sich vorstellen – kleine piepende Wesen mit fünf Augen und Antennen.«

Ihre Stimme wurde eindringlich.

»Seit etwa sechs Monaten empfing Jupiter Signale … elektromagnetische Wellen, die seiner Ansicht nach aus einem Alternativuniversum kamen. Er fand es vor allen Dingen deswegen erregend, weil diese Signale nichts mit der klassischen Hintergrundstrahlung des Urknalls zu tun hatten. Sie wissen schon … Materie, die bei der Entstehung des Universums hinausgeschleudert wurde. Die Signale schienen einem Muster zu folgen. Wie er das erkennen konnte, weiß ich nicht. Aber genau das war es, was Jupiter ausmachte. Nur ein Mann mit seinem Verständnis konnte solche Dinge interpretieren.«

Marge klopfte leise auf ihren Notizblock. »Er war ein brillanter Mann.«

Venus' Gesicht nahm einen leicht verächtlichen Zug an. »Eine Untertreibung, Detective.«

Marge ignorierte den herablassenden Ton. »Erzählen Sie mir von diesen Signalen, Venus.«

Die junge Frau lächelte geduldig. Alles in allem wirkte Venus durchaus kooperativ. »Jupiter sagte, es wären Signale von weit entfernten Galaxien – viele, viele Lichtjahre entfernt. So weit weg, daß sie von der ursprünglichen Entstehung der Materie stammen könnten. Als das Universum noch zehn Dimensionen hatte statt vier. Sie kennen die vier Dimensionen, nicht wahr – Länge, Breite, Tiefe und die Zeit als Raumfunktion. Raum-Zeit. Einsteinsche Zeit. Kennen Sie Einsteins spezielle Relativitätstheorie? $E = mc^2$?«

»Ich war nicht sonderlich gut in Naturwissenschaften«, sagte Marge. »Vielleicht könnten Sie die Gleichungen überspringen und mir die Signale in mehr laienhaften Begriffen erklären?«

Der weibliche Guru schien erleichtert und fuhr fort: »Laut Jupiter gibt es andere Universen, sogenannte Paralleluniversen zu unserem eigenen. Man erreicht sie durch die Schwarzen Löcher. Nur kann man leider nicht wieder zurück, wenn man einmal den Ereignishorizont erreicht hat. Selbst wenn Jupiters Raumfahrttheorien schließlich Anerkennung finden und bewiesen wird, daß die Zeit multidirektional ist, gibt es bei einer Reise durch die Schwarzen Löcher keine Rückkehr. Niemand kann zurückkommen und uns davon berichten.«

Schweigen senkte sich über den Raum. Marge warf einen Blick auf ihre Notizen – Schwarze Löcher, zehn Dimensionen, multidirektionale Zeit. Sie kapierte nichts mehr, aber wozu auch? Schließlich war sie hier, um einen Selbstmord zu untersuchen, nicht die durchgedrehte Philosophie der Sekte. Trotzdem durfte man die Sache nicht vollkommen auf die leichte Schulter nehmen. Die »Ismen« des Ordens mochten der Grund für Jupiters Selbstmord sein.

Venus' Augen wurden trübe. »Vielleicht hab ich auch einiges

durcheinander geworfen. Ich weiß nur, daß es vollkommen logisch schien, als Jupiter es uns erklärt hat. Er hat uns auf die Eventualität all dessen vorbereitet. Vor allem wegen der Jahrtausendwende. Das Timing schien einfach perfekt.«

Marge spitzte die Ohren. »Eventualität wovon?«

»Die Reise durch den Raum zu einer anderen physikalischen und metaphysischen Ebene. Er behauptet, die Zeit sei nahe. Vom Big Bang, dem Urknall, zum Big Crunch. Natürlich unterscheidet sich Jupiters Zeitverständnis von unserem. Was ihm wie ein kurzer Zeitraum vorkam, hätte eine Million Lichtjahre sein können. Was sehr lange ist.« Sie senkte den Blick. »Das ist alles nebensächlich. Ich versuche nur zu verstehen, warum.« Sie atmete schwer. »Das Leben, wie wir es kennen, ist so … kurz … so temporär.«

»Jupiters Raumfahrt …« Marge beugte sich vor. »Schloß das auch Selbstmord mit ein?«

»Theoretisch könnte das wohl sein. Allerdings hat Jupiter Selbstmord nie als Transportmethode erwähnt. Er sprach in theoretischeren Begriffen darüber. Glauben Sie mir, Detective, der Orden der Ringe Gottes ist kein Heaven's Gate. Jupiter war kein Verrückter. Er glaubte nicht an Kastration. Wir haben Kinder hier. Massenselbstmord kommt in unserer Philosophie nicht vor.«

»Und doch sieht es so aus, als hätte Jupiter sich umgebracht«, sagte Marge.

»Wenn er diese Entscheidung getroffen hat, dann hatte er gute Gründe dafür.«

»Ist Ihnen vielleicht ein Abschiedsbrief aufgefallen?« fragte Marge.

»Nein. Aber ich wurde so schnell weggeführt … es hätte einer da sein können.« Sekundenlang herrschte Schweigen. »Haben Sie etwas gefunden?«

»Jupiter hat also nie von Selbstmord gesprochen?«

»Hauptsächlich sprach er über die Vergänglichkeit des Lebens. Gab es einen Abschiedsbrief, Detective?«

»Das versuche ich herauszufinden. Falls Pluto etwas aus Jupiters Zimmer entfernt hat …«

»Dann erfahre ich davon. Alles, was sich in Jupiters Zimmer befindet, gehört jetzt mir.« Und nach kurzer Pause: »Wenn Sie mit Ihren Befragungen fertig sind, wie lange werden die Ermittlungen dann noch weitergehen?«

»Nicht allzu lange.«

»Wie läuft das ab? Sie stellen die Todesursache fest und geben dann die Leiche frei?«

»Auf einen einfachen Nenner gebracht, ja.«

»Und wenn es ein natürlicher Tod war, gibt es kein Problem?«

»Keins.«

»Aber wenn es Selbstmord war, was dann?«

»Die Gerichtsmedizinerin stellt den Totenschein aufgrund ihrer Feststellungen aus.«

»Und dann geben Sie die Leiche zur Beerdigung frei?«

»Ja.«

Venus rieb sich die Augen. »Warum beschäftigt die Polizei sich dann damit? Wieso interessiert es Sie, ob er sich umgebracht hat?«

Marge zögerte. »Jupiters Ableben könnte als ungeklärter Todesfall eingestuft werden, Venus.«

Venus hob die Hand an den Mund. »Sie glauben … daß ihn jemand … das ist unmöglich!«

»Wir müssen Mord eindeutig ausschließen«, sagte Marge. »Sobald uns das gelungen ist, verschwinden wir.«

»Niemand würde Vater Jupiter umbringen. Alle haben ihn geliebt.«

Marge nickte. »Sein Tod wurde von seiner Tochter gemeldet.«

»Seiner Tochter? Europa?« Venus hob die Augenbrauen. »Tja, vielleicht haben ihn doch nicht alle geliebt.«

Marge schrieb eifrig mit. »Was können Sie mir über die Tochter sagen?«

Venus zögerte. »Ich glaube nicht, daß ich dazu etwas sagen sollte.«

»Warum nicht?«

»Falls Sie wegen Mordes ermitteln, will ich nicht diejenige sein, die … egal. Ich habe genug gesagt.«

»Ich nehme an, Europa ist nicht gerade Ihre beste Freundin?«

»Sie hat ihren Vater abgelehnt. Das hat ihn sehr verletzt. Natürlich hat es auch mich nicht kaltgelassen. Aber ich sehe nicht, wie sie irgendwas mit seinem Tod zu tun haben könnte. Sie hat ihren Vater seit fünfzehn Jahren nicht gesehen.«

»Und doch hat sie seinen Tod gemeldet.«

Venus schwieg. Dann stand sie auf. »Ich muß mich anziehen. Es ist wichtig, daß meine Getreuen mich sehen. Ich will ihnen nicht das Gefühl geben, daß Pluto jetzt das Sagen hat. Wenn Sie mich bitte entschuldigen.«

»Aber natürlich.« Auch Marge erhob sich. »Finden Sie es nicht seltsam, daß Jupiters Tochter den Tod gemeldet hat?«

»Ich finde es sehr merkwürdig.«

»Woher wußte sie, daß ihr Vater tot war?«

»Das ist eine sehr gute Frage, Detective.«

» 6 «

Die Thermosflasche war leer. Widerstrebend tauschte Decker das eine Laster gegen das andere. Er wühlte im Handschuhfach und fand eine einzelne Zigarette. Diesmal war es eine Marlboro, aber das war egal. Sie enthielt Nikotin, nur darauf kam es an. Er drehte die Fenster runter, lehnte sich zurück, zündete die Zigarette an, starrte durch die Windschutzscheibe und ließ den Rauch aus Nase und Mund quellen. Tadelte sich für seine Schwäche, wenn auch nicht sehr heftig.

Fast sechs Jahre lang hatte er diese üble Angewohnheit sein lassen können. Aber dann geschah ein Blutbad, und die entsetzlichen Bilder wollten einfach nicht weichen. Die fürchterlichen Erinnerungen – es lag schon über ein Jahr zurück – überfielen ihn in den unpassendsten Augenblicken. Und in solchen Momenten griff Decker automatisch zur Zigarette. Er wußte nicht, warum ihm gerade jetzt die grausige Szene in Estelle's Restaurant einfiel. Vielleicht wegen seiner Sorge um die Kinder, die sich immer noch im Komplex des Ordens befanden.

Langsam rauchte er seine Zigarette ... betäubte seine Nerven mit Chemie. Seit seiner Beförderung zum Lieutenant wurde er selten an einen Tatort gerufen – nur bei außergewöhnlichen Fällen. Wie ins Estelle's ... oder hier her. Der Tod berühmter Leute wurde immer sofort von den Medien aufgegriffen, auch wenn Ganz schon seit langer Zeit keine wichtige Rolle mehr in der Wissenschaft spielte.

Der Leichenwagen war vor zehn Minuten mit Ganz' Leiche abgefahren. Deckers Aufgabe vor Ort war damit eigentlich erledigt. Jetzt war die Pathologin dran. Wenn alles gutging, würde er die Ermittlungen hier in fünfzehn Minuten abschließen. Er hatte Hunger – es war schon nach zwei Uhr –, aber wenn er jetzt hier im Auto ein Sandwich runterschlang, bekam er nur Magendrücken. Besser, er wartete noch und fuhr, wenn möglich, zu einem späten Lunch nach Hause. Und wenn nicht, dann war es immer noch besser, an seinem Schreibtisch zu essen als im Auto. Er hatte gerade die Zigarette ausgedrückt, da traten Marge und Scott Oliver aus dem Tor des Komplexes. Decker stieg aus und winkte sie zu sich.

»Was hast du von Venus erfahren?« fragte er Marge.

Sie holte ihre Notizen heraus. »Sie ist um fünf Uhr morgens in Jupiters Schlafzimmer gegangen. Er saß halb aufgerichtet im Bett und schien zu schlafen.«

»Die Augen geschlossen?«

»Ja, die Augen geschlossen. Zumindest behauptet sie das. Venus hat ihn angesprochen. Als er nicht reagierte, wollte sie ihn wachrütteln. Er fiel zur Seite, und sie schrie auf. Ihre

Schreie riefen Pluto herbei. Sie wurde sofort hinausgeführt und in ihr Zimmer zurückgebracht. Eine halbe Stunde später kam Pluto und sagte ihr, daß Jupiter tot sei.«

Oliver warf ein: »Sie war also eine halbe Stunde in ihrem Zimmer und wartete auf eine Nachricht?«

»Ja.«

»Allein?« fragte Decker.

»Mit einer ihrer Helferinnen.« Marge zögerte. »Alpha-zwei.«

»Heißt die so?«

»Offenbar.«

»Und was geschah mit Jupiter zwischen dem Zeitpunkt, zu dem sie den angeblich Toten entdeckte, und dem Augenblick, als ihr Pluto die Nachricht überbrachte?« wollte Oliver wissen.

»Das weiß ich nicht. Wir sollten mit Pluto reden ...«

»Moment mal«, unterbrach Decker. »Scott, warum sagst du ›angeblich Toter‹? Bist du der Meinung, Jupiter war zu dem Zeitpunkt vielleicht nicht tot?«

»Wenn jemand das in solchen Fällen Übliche getan hätte – den Notarzt oder 911 angerufen hätte, sobald die Leiche entdeckt wurde –, dann hätte ich weniger Probleme, die Sache als Selbstmord zu behandeln. So, wie es jetzt aussieht, ohne jemand, der Ganz' Tod amtlich feststellen konnte, bis wir eintrafen, was gegen ... wie spät war es, Margie? Gegen sieben?«

»Eher viertel nach sieben.«

»Wann warst du hier?« fragte er Decker.

»Viertel vor acht.«

»Also sind zwischen dem Augenblick, in dem Venus Jupiters Zimmer betrat, und dem Moment, wo jemand, der nicht Ordensmitglied ist, die Leiche tatsächlich gesehen hat, zwei Stunden vergangen. Was ist während dieser Zeit passiert? Wir gehen davon aus, daß die Leiche vom Tatort in den Tempel gebracht wurde. Weil es hieß, Jupiter sei in seinem Schlafzimmer gestorben. Aber wir wissen nicht, ob das stimmt. Wir wissen nur, daß ein Kerl namens Nova den Totenschein ausgestellt hat.«

»Hat jemand mit ihm gesprochen?«

Oliver berichtete: »Sie schienen ihn nicht finden zu können – was mich ebenfalls mißtrauisch macht. Pluto sagt, ich kann nach dem Abendessen noch mal wiederkommen – gegen sechs. Da es schon nach zwei ist, dachte ich, die vier Stunden spielen auch keine Rolle mehr. Jetzt weiß ich, daß sie Nova vorbereiten wollen – ihm eintrichtern, was er sagen soll und was nicht. Aber falls er kein notorischer Lügner ist, werd ich die Sache schon durchschauen.«

Decker nickte. Oliver wandte sich an Marge. »Willst du mitkommen?«

»Ja, warum nicht.«

»Wollen wir vorher was essen? Wie wär's mit Chinesisch?«

»Von mir aus.«

Mit einem Blick zu Decker meinte Oliver: »Ich nehme nicht an, daß du dich uns anschließen willst?«

»Danke, aber ich fahr lieber nach Hause zu meiner Frau.«

»Tja, so was hatte ich auch mal«, sagte Oliver.

Decker lächelte. »Hm ... ich sag euch was. Ihr zwei kommt vorbei, nachdem ihr Nova vernommen habt.«

Marge lachte leise. »Rina wäre begeistert.«

»Sie wird nicht übermäßig erfreut sein, aber sie ist keine Spielverderberin, außerdem mag sie euch beide wirklich.«

»O je, da werde ich ja rot.« Oliver grinste. »Wie sehr mag sie mich denn?«

Decker drohte ihm mit dem Finger und wurde wieder ernst. »Du glaubst also, daß da was nicht stimmt, Scott?«

»Allerdings. Die Leiche zu bewegen, ist eine Todsünde, das hätten sie wissen müssen.«

Decker ordnete seine Gedanken. »Laß uns noch mal zurückgehen ... bis zu deiner Bemerkung von dem angeblich Toten. Nehmen wir mal an, daß Venus die Wahrheit gesagt hat: daß sie Jupiter entweder tot oder dem Tode nahe vorgefunden hat. Falls Jupiter seinem Ende nahe war, aber noch nicht tot, hältst du es für möglich, daß ihm jemand während der zwei undokumentierten Stunden das Licht ausgeknipst hat?«

»Warum nicht? Möglich wär's.«

»Aber warum sollte sich jemand die Mühe machen, Ganz umzubringen, wenn er bereits im Sterben lag?«

»Weil Jupiter vielleicht eine Überlebenschance hatte, wenn jemand den Notarzt geholt hätte. Könnte sein, daß Venus 911 anrufen wollte und Pluto sie daran gehindert hat. Er hat sie in ihr Zimmer geschickt und die Drecksarbeit gemacht.«

»Warum sollte Pluto Jupiter den Tod wünschen?« fragte Decker.

»Weil Pluto die Sekte unter seine Kontrolle bringen wollte.«

»Venus behauptet, die Sekte stände jetzt unter ihrer Kontrolle«, warf Marge ein.

»Na, siehst du«, sagte Oliver. »Jupiter ist noch keine vierundzwanzig Stunden tot, und schon gehen sie sich an die Gurgel. Wer weiß? Vielleicht haben sie die Sachen gemeinsam ausgeheckt.«

»Wer? Venus und Pluto?« Marge schüttelte den Kopf. »Das kann ich mir nicht vorstellen. Tatsache ist, daß Venus behauptet, keine Medikamente auf Jupiters Nachttisch gesehen zu haben. Sie sagt, sie sei sofort weggebracht worden und hatte keine Zeit, sich umzusehen ...«

»Das würde doch bestens zu meiner Theorie passen«, sagte Oliver. »Pluto befördert sie raus, bevor sie den Notarzt rufen kann. Dann plaziert er das leere Valiumfläschchen auf den Nachttisch, damit es wie Selbstmord aussieht.«

Decker meinte: »Wenn jemand einen Selbstmord vortäuschen wollte, glaubst du nicht, daß er dann das Valium ins Zimmer gestellt hätte, bevor Venus kam?«

»Vielleicht wollte Pluto das ja, wurde aber von Venus gestört.« Oliver wippte auf den Füßen. »Was die ganze Sache verdächtig macht, Loo, ist, daß die Leiche frisch war. Die Gerichtsmedizinerin vermutet, daß der Tod etwa zwei Stunden vor der Entdeckung eintrat. Die Leichenstarre hatte noch nicht eingesetzt.«

»Die meisten Menschen sterben in den frühen Morgenstunden«, sagte Marge.

»Aber wir reden von keinem natürlichen Tod, Margie.«

»Vielleicht brauchte Jupiter die ganze Nacht, bis er sich zum Selbstmord durchringen konnte«, sagte Decker. »Zuerst trank er den Wodka, um seine Hemmungen zu überwinden. Und dann schluckte er die Pillen, machte dem Ganzen ein Ende. Oder Jupiter war vielleicht ein Säufer und Pillenschlucker, und es war nur ein Versehen.«

Oliver sah ihn zweifelnd an. »Er hat schließlich eine ganze Flasche Wodka intus.«

»Wir wissen alle, daß Alkoholiker die Menge zum Frühstück verputzen.«

»Venus sagt, er hat nicht getrunken und keine Tabletten genommen«, stellte Marge fest.

»Das sagt *sie*.« Decker steckte die Hände in die Taschen. »Wir haben es hier mit einem verdächtigen Todesfall zu tun, also gibt es drei Möglichkeiten: Versehentliche Überdosis, Mord oder Selbstmord. Ob Überdosis oder Selbstmord, werden wir vermutlich nie ganz klären können. Aber das ist auch nicht so wichtig. Wir müssen nur wissen, ob es Mord war. Die Frage ist also: Kann man jemanden zwingen, eine Flasche Wodka runterzukippen und/oder den Inhalt eines Valiumfläschchens zu schlucken?«

Oliver meinte: »Wenn der Kerl ein heimlicher Säufer war, hat jemand vielleicht die Tabletten im Schnaps aufgelöst.«

»Valium läßt sich nicht auflösen«, hielt Decker dagegen.

»Dann sind die Tabletten vielleicht zerstampft und ihm unters Essen gemischt worden.«

»Valium hat einen bitteren Geschmack.«

»Also hat Pluto Ganz das Zeug gespritzt«, versuchte es Oliver erneut. »Falls du es vergessen hast: Die Leiche hatte frische Einstichspuren.«

»Venus sagt, Jupiter hätte sich oft Vitamine injiziert.«

»Sich selbst gespritzt?« fragte Decker. »Er hatte intramuskuläre Einstiche im Gesäß.«

»Manchmal hat sie es gemacht«, sagte Marge.

»Wie praktisch«, höhnte Oliver. »Die logische Folgerung ist, daß jemand ihm eine intramuskuläre Spritze verpaßt und behauptet, es seien seine Vitamine. Und ihn statt dessen mit einer tödlichen Dosis Valium vollpumpt.«

»Das Zeug brennt höllisch, wenn es gespritzt wird«, widersprach Decker. »Jupiter war Wissenschaftler. Er hätte sofort gemerkt, daß ihm Valium gespritzt wurde.«

»Aber dann wäre es schon zu spät gewesen.«

»Das gefällt mir alles nicht. Zu viele Unklarheiten.«

»Vielleicht war Jupiter ja auch total besoffen, als er das Valium verpaßt bekam«, gab Oliver zurück. »Vielleicht war er schon vom Wodka hinüber.«

»Willst du damit sagen, Ganz hat sich bewußtlos getrunken, und dann hat ihm jemand mit dem Valium den Rest gegeben?«

»Warum nicht?« fragte Oliver.

»Weil es eine Riesensauerei ist.« Decker hielt inne. »Du meinst, jemand hat sich so viel Mühe gemacht, nur um den Orden zu übernehmen?«

»Loo, du hast diesen Giftzwerg doch kennengelernt. Der giert nach Macht.«

»Du hast also nicht nur eine Theorie, sondern auch schon einen Hauptverdächtigen«, meinte Decker.

»Pluto hatte die Mittel, das Motiv und die Gelegenheit. Er war Jupiters privilegierter Helfer.«

»Er ist einer von vier privilegierten Helfern.«

»Aber der erste, der nach Venus am Tatort erschien, und er ist der einzige, der sich jetzt als Anführer aufspielt. Er will herrschen. Ich sag dir, mit dem Kerl stimmt was nicht.«

»Pluto ist seit Jahren bei Jupiter, Scott. Warum ausgerechnet jetzt?«

»Weil Jupiter vom Wodka völlig hinüber war. Es war die ideale Gelegenheit.«

Decker gab Oliver in einigen Punkten recht. »Aber selbst wenn das Labor Spuren von Medikamenten und Alkohol in Jupiters Blut findet, wissen wir immer noch nicht, ob es Selbstmord oder Mord war. Nicht ohne weitere handfeste Beweise. Wenn du noch eine Trumpfkarte im Ärmel hast, Scott, bin ich ganz Ohr.«

»Keine direkten Beweise«, erwiderte Oliver. »Nur zwanzig Jahre Erfahrung.«

»Dagegen sag ich ja gar nichts«, sagte Decker. »Aber wir können die Sache nicht nur wegen deiner Erfahrung zum Mordfall erklären.«

»Kann ich noch was zur Untermauerung der Selbstmordtheorie sagen?« fragte Marge.

»Raus damit.«

»Venus sagt, Jupiter sei in letzter Zeit nicht er selbst gewesen. Nicht direkt krank, aber ... wie hat sie sich ausgedrückt?« Marge blätterte in ihren Notizen. »Er sei nicht so schwungvoll wie sonst gewesen. Eher matt und energielos, hätte sich oft den Kopf gehalten ... als hätte er Kopfschmerzen. Aber als sie ihn danach fragte, versicherte er ihr, das sei alles Teil des Prozesses.«

»Welcher Prozeß?« wollte Decker wissen.

Marge lachte leise auf. »Tja, jetzt kommt's.« Als Marge die übernatürlichen Vorstellungen des Sektenführers wiederholte, klangen sie noch seltsamer als beim ersten Mal.

»Er hat also Strahlungen von all diesen Paralleluniversen empfangen.« Oliver grinste höhnisch. »Tja, warum hast du das nicht gleich gesagt. Das erklärt natürlich alles.«

»Ich glaube ihre Hypothesen ja auch nicht, Scott. Ich will damit nur sagen, daß er vielleicht ernsthaft krank war und das mit der quasi-wissenschaftlichen Theorie überspielte.«

»Warum sollte er das tun?«

»Um seine Anhänger nicht zu beunruhigen«, gab Marge zurück. »Vielleicht hat er beschlossen, würdevoll abzutreten, statt eines qualvollen Todes sterben.«

»Wie kommst du auf den Gedanken, daß er körperlich krank war?« fragte Decker. »Für mich hört sich das eher nach einer Psychose an ... Stimmen, die dir befehlen, seltsame Dinge zu tun.«

»Oder wie ein Besoffener, der eine ganze Flasche Wodka intus hat«, warf Oliver ein. »Solche Stimmen hab ich auch schon gehört. Sie klingen genau wie meine Kumpels, die mich anstacheln, weiterzusaufen.«

»Ich meine es ernst«, sagte Decker.

»Ich auch«, gab Oliver zurück. »Wenn Ganz viel gebechert hat, dann hat er garantiert Stimmen gehört.«

»So wie Venus Jupiter beschrieben hat … klang das nach einem Mann, den etwas beschäftigt. An Jupiters Krankheit ist mehr dran, als Venus zugeben wollte. Das spüre ich.«

»Das mag sein«, stimmte Decker zu. »Aber ich kann den Fall genausowenig wegen deines Gespürs als Selbstmord einstufen, wie ich ihn wegen Olivers Erfahrung zum Mord erklären kann.«

»Was willst du damit sagen, Deck?« fragte Oliver. »Wir suchen so lange weiter, bis wir etwas finden, was entweder das eine oder das andere beweist?«

»Genau. Und ihr könnt mit Nova anfangen. Findet raus, was um alles in der Welt ihn dazu gebracht hat, einen Totenschein auszustellen. Selbst wenn er Arzt ist – wodurch die Sache nicht völlig illegal wäre –, ist es ein grober Verstoß.« Decker sah zum Himmel hinauf. »Wir lassen den Jupiter/Ganz-Fall noch eine Weile offen, und sei es nur wegen der Kinder des Ordens. Ich will nicht, daß Jupiters Tod ein weiteres Heaven's Gate oder Jonestown möglich macht.«

»Genau«, bekräftigte Marge. »Wer weiß, was sie sich ausdenken – jetzt, wo Jupiter nicht mehr da ist.«

»Inzwischen gibt es noch einiges zu klären«, meinte Decker. »Zum Beispiel: Wer hat Ganz' Tochter vom Tod ihres Vaters informiert? Als ich Pluto fragte, tat er so, als wüßte er es nicht. Schien verärgert über die undichte Stelle, grummelte irgendwas von einer durchbrochenen Befehlskette. Der Kerl läuft rum, als hätte er 'nen Stock im Arsch.«

»Du kannst ihn also auch nicht leiden«, bemerkte Oliver.

»Ich kann viele Leute nicht leiden«, erwiderte Decker. »Nicht alle sind Kriminelle.« Kurze Pause. »Aber ein großer Teil davon.«

Marge lächelte. »Venus weiß auch nicht, wer Europa angerufen hat. Sie sagt, Europa hätte ihren Vater seit fünfzehn

Jahren nicht gesehen.« Sie schaute Decker an. »Hattest du nicht vor, sie zu befragen?«

»Früher oder später schon.« Decker warf einen Blick auf seine Lunchtüte auf dem Beifahrersitz. Tja, er würde wohl doch im Wagen essen müssen.

» 7 «

Am Telefon war nichts von Tränen zu merken, keine langen Seufzer, keine traurigen Bemerkungen. Europa war höflich, aber geschäftsmäßig. Natürlich hatte sie ihren Vater schon vor ungefähr zwanzig Jahren verloren, also nahm Decker an, daß sie ihren Schmerz damals durchlebt hatte. Sie war noch in ihrem Büro, als Decker anrief, und würde auch noch mindestens eine Stunde dort sein. Sie meinte, er könne gerne kommen, auch wenn sie nicht so genau wisse, warum er überhaupt mit ihr reden wolle.

»Nur ein paar Fragen«, sagte Decker. »Um einige Dinge zu klären.«

»Für ein paar Fragen ist das Telefon durchaus geeignet«, erwiderte Europa.

»Ich sitze Menschen lieber gegenüber«, entgegnete Decker. »Ich hoffe, das macht Ihnen nichts aus. Es wird nicht lange dauern.«

»Tja, ich hab's da mehr mit E-mail. Aber menschlicher Kontakt kann mir wahrscheinlich nicht schaden. Gut, kommen Sie vorbei.«

Decker stieg ins Auto, bat Gott um Vergebung, weil er auf das rituelle Händewaschen verzichten mußte, und biß in sein

Truthahnsandwich. Das Fleisch war dünn geschnitten und mit viel Mayonnaise und Dijon-Senf bedeckt, genau wie er es mochte. Nein, das Essen war nicht das Problem. Ihm fehlte die Gesellschaft. Er griff nach dem Handy und rief zu Hause an.

Rina nahm nach dem dritten Klingeln ab. »Irgendwas sagt mir, daß du nicht auf dem Weg hierher bist.«

»Woher weißt du das?«

»Du sprichst mit vollem Mund. Außerdem rufst du vom Handy aus an. Was heißt, daß du wahrscheinlich unterwegs bist.«

»Du solltest bei der Polizei sein.«

»Du fährst und ißt nicht nur gleichzeitig, du telefonierst auch noch. Wenn dich ein Verkehrspolizist sieht, hält er dich an.«

»Das krieg ich schon hin. Ich kenn genug Leute.«

»Um den Strafzettel mach ich mir keine Sorgen. Paß auf dich auf, Peter. Der Verkehr wird mit jedem Jahr schlimmer.«

»Das stimmt. Ist Hannah schon zu Hause? Oder hat sie heute ihren langen Kindergartentag?«

»Genau das.«

»Wir hätten also Zeit für uns gehabt?«

»Ja.«

»Aua.«

»Deine Entscheidung. Woran arbeitest du?«

»An der Ganz-Sache.«

»In den Nachrichten hieß es, er hätte Selbstmord begangen.«

»Vielleicht.«

»Heißt vielleicht *möglicher* Selbstmord? Oder *vielleicht ja*, aber *vielleicht auch nicht*?«

»Vielleicht heißt, ich muß die Sache von allen Seiten beleuchten.«

»Und das Department hat einen Lieutenant für die Ermittlung abgestellt?«

»Ganz war früher ein berühmter Mann.«

»Verstehe. Irre ich mich, oder riecht das nach Politik?«

»Was soll ich dazu sagen? Strapp sagt, er sorgt dafür, daß jemand für mich einspringt. Wenn er so was sagt, dann heißt das, er hat Druck von oben. Mann, du machst vielleicht ein Klasse Putensandwich!«

»Danke. Du bist mein bester Kunde.«

Decker legte das geborgte Video ins Handschuhfach. »Ich hab ein Video, das wir uns ansehen sollten, wenn ich nach Hause komme.«

»Was für ein Video?«

»Keine Ahnung.«

»Klingt aufregend«, sagte Rina. »Soll ich schon mal zu keuchen anfangen?«

»Spar dir die Mühe. Ist wahrscheinlich eher spirituell als körperlich.«

»Jetzt bin ich aber neugierig.«

»Gut. Das wird dich wachhalten, falls ich erst spät nach Hause komme.«

»Bevor ich's vergesse, Cindy hat angerufen.«

Deckers Herz machte einen Satz. »Was ist passiert?«

»Nichts«, sagte Rina. »Sie wollte dir nur ihren Dienstplan durchgeben. Vier Tage mit jeweils Zwölf-Stunden-Schichten.«

»Aber es geht ihr gut?«

»Bestens! Hab sie nie glücklicher gehört. Sie möchte mit dir auf den Schießstand«, fuhr Rina fort. »Ruf sie an, wenn du einen freien Moment hast.«

Mit Fünfundvierzigern und Berettas auf die Köpfe und Brustkörbe von Papierverbrechern zu schießen – ein echtes Vater/Tochter-Erlebnis. »Mach ich heute abend«, meinte Decker. »Vielleicht können wir morgen gehen, wenn du nichts dagegen hast.«

»Von mir aus.« Sie zögerte. »Und wenn es ein öffentlicher Schießstand ist, könntest du dann vielleicht auch Sammy mitnehmen?«

Decker war verblüfft. »Warum um alles in der Welt sollte ich das tun?«

»Weil Sammy sich entschieden hat, nächstes Jahr in Israel zu studieren. Er möchte eine Jeschiwa in Alon Shvut besuchen – Gush etzion. Sie liegt hinter der grünen Grenze und …«

»Warte mal! Was heißt das, *hinter der grünen Grenze*?«

»Auf der Westbank, also haben sie dort *schaumer* – Wachdienst. Es könnte nicht schaden, wenn er schon vorher weiß, wie man mit Waffen umgeht.«

»Was?!« Decker merkte plötzlich, daß er seine Abfahrt verpaßt hatte. Er merkte ebenfalls, daß sein Herz immer noch wie wild klopfte. Er lenkte das Auto auf den Randstreifen und stellte den Motor ab. »Warte, verdammt noch mal. Wann ist das entschieden worden?«

»Er wollte es dir heute morgen sagen, aber du warst so schnell weg.«

»Entschuldige, aber ich wurde weggerufen!« Er brüllte, doch das war ihm egal. »Wie konntest du dem zustimmen, ohne es vorher mit mir zu besprechen, Rina? Wie konntest du *überhaupt* zustimmen! Du bist seine Mutter, Himmel noch mal! Ist dir seine Sicherheit denn völlig egal?«

»Peter, ich habe selbst in Gush gelebt …«

»Und Höhlenbewohner haben gegrunzt, statt zu sprechen.« Decker atmete tief durch und unterdrückte das dringende Verlangen nach einer Zigarette. »Sammy überhaupt nach Israel gehen zu lassen, fällt mir sehr schwer. Ich liebe den Jungen!«

»Ich auch.«

»Und ich lasse nicht zu, daß er sich in Gefahr bringt! Kommt nicht in Frage, daß er in die umstrittenen Gebiete geht! Ende der Diskussion.«

Einen Moment lang war nur Summen in der Leitung zu hören.

»Bist du noch dran?« fragte Decker.

»Ja, ich bin noch dran.«

»Ich erwarte, daß wir in dieser Sache einer Meinung sind, Rina!«

»Als seine Mutter, Peter, stimme ich dir hundertprozentig zu. Aber wir sind nicht bloß zwei Elternteile, sondern drei. Er hat mir gesagt, wenn Gush für seinen Vater gut genug war, dann ist es auch gut genug für ihn. Was soll ich dazu sagen?«

Decker spürte, wie sein Kopf zu schmerzen begann.

Sein Vater. Damit war natürlich Rinas verstorbener Mann Yitzhak gemeint. Decker war seit über sieben Jahren Sammys Vater, fast zwei Jahre mehr, als Yitzhak mit dem Jungen gehabt hatte. Und trotzdem war das Wort Vater nach wie vor für dessen Geist reserviert.

Rina fragte: »Bist *du* noch dran?«

»Ja, ja.« Decker atmete tief durch. »Okay. Zumindest begreife ich jetzt das Problem. Nicht, daß ich mit irgend etwas einverstanden wäre. Aber ich verstehe … wir reden später darüber.«

»Ich hätte es nicht erwähnen sollen«, meinte Rina.

»Nein, ist schon in Ordnung«, erwiderte Decker. »Ich weiß, daß es leichter ist, mit mir am Telefon umzugehen als direkt. Ich will versuchen, mich zivilisiert zu benehmen. Aber versprechen kann ich nichts.«

»Na gut.«

»Ich liebe dich«, sagte Decker.

»Ich dich auch.«

»Nein, ich meine es ernst. Ich liebe dich.«

»Und ich auch. Ich liebe dich. Wir reden später. Jetzt iß erstmal dein Sandwich in Ruhe zu Ende … Hoffentlich schlägt es dir nicht auf den Magen.«

Schön wär's. Decker verabschiedete sich, unterbrach die Verbindung und lehnte sich zurück. Wie immer nach solchen Auseinandersetzungen fragte er sich, wieviel er als Ehemann und Vater taugte. Würden seine Kinder – im Gegensatz zu denen von Ganz – um ihn trauern, wenn er tot war? Spielte das überhaupt eine Rolle? Für ihn bestand das Leben nicht nur aus Erinnerungen, sondern auch aus dem Hier und Jetzt. Und doch versuchte sein Stiefsohn Sammy verzweifelt, mit dem Verstorbenen in Verbindung zu bleiben. Wozu ihm sagen, daß das unmöglich ist? Das würde nur Unmut und Groll auslösen.

Aber lieber Groll auslösen, als das Wohlergehen seines Sohnes aufs Spiel zu setzen. Junge Menschen hatten keine Vorstellung von Gefahr. Decker wußte das, weil er schließlich auch einmal jung gewesen war. Er ließ den Motor wieder an und reihte sich in den fließenden Verkehr ein.

Die Southwest University of Technology war in Pasadena beheimatet, einem ruhigen, biederen Städtchen nordöstlich von Los Angeles. Ein kleiner Ort, verglichen mit seiner überfüllten Schwesterstadt, in dem es noch wie in alten Zeiten zuging. Einmal im Jahr stand Pasadena mit seiner Rosenparade im Rampenlicht. Aber nach dem 1. Januar schien die Stadt genauso zu verblassen wie die Blumen an den Festwagen.

Der Campus der Universität bestand aus unauffälligen Gebäuden zwischen Kiefern und majestätischen Eichen. Die Luft war kühl, und Decker genoß den Spaziergang. Die Studenten mit ihren Rucksäcken gehörten den unterschiedlichsten ethnischen Gruppen an und schienen jedes Jahr jünger zu werden. Da das Wetter dazu einlud, saßen viele draußen auf dem Rasen oder in Cafés bei einem Milchkaffee, in Lehrbücher über Teilchenphysik oder nonlineare Topologie vertieft. Jeans und T-Shirt schienen die allgemeine Uniform zu sein, und keiner beachtete Decker oder dessen typische Polizistenaufmachung. Hier wurden die Urteile nach dem Inhalt des Paketes gefällt, nicht nach seiner Verpackung.

Dr. Europa Ganz hatte ein Eckbüro im dritten Stock des Astrophysikgebäudes. Es war mit den für solche Institutionen üblichen Schreibtisch, Metallstühlen, Aktenschränken und Hängeregalen ausgestattet. Durch das Fenster hatte man einen Blick auf den stahlgrauen Himmel und das Gelände. An der Wand hingen zwei Schwarzweißfotos von Planetenoberflächen, bestechend in ihrer Schärfe und Auflösung. Decker betrachtete sie genauer; auf beiden war die Oberfläche kalkweiß, pockennarbig und völlig kahl.

»Der Mond?«

»Das hier ist die Mojavewüste bei Nacht«, erwiderte Europa. »Das andere ist der Mond. Schwer zu unterscheiden, was? Wir waren früher alle eins – der Mond, die Erde und die Planeten, die Sonne, das gesamte Universum. Und wenn wir jung sind – im Babyalter –, sehen wir alle gleich aus. Der Differenzierungsprozeß beginnt erst später. Nehmen Sie mich. Vierzig Jahre alt, und ich versuche immer noch, mich vom Geist meines Vaters zu befreien.«

Decker nickte, während er die Wissenschaftlerin betrachtete. Ihr Haar war hellbraun und kurz geschnitten. Ponyfransen ließen ihre breite Stirn weicher wirken. Ihr Gesicht war eckig, und sie hatte ein energisches Kinn. Kein Make-up, aber goldene Ohrstecker. Sie trug Jeans, ein weißes T-Shirt und ein schwarzes Jackett. Sie deutete auf einen Stuhl.

»Nehmen Sie Platz. Sie sind Lieutenant Decker?«

»Ja.«

»Mein Vater muß offenbar wichtig sein.«

Decker lächelte. »Das können nur Sie beantworten.«

Europas Lippen verzogen sich zu einem Halblächeln. »Gut gekontert. Ich hoffe, Sie haben nicht vor, sich in das Psychodrama meiner Familie zu vertiefen. Dafür habe ich keine Zeit.«

Decker setzte sich. »Warum sollte ich das tun?«

»Jetzt klingen Sie wirklich wie ein Psychiater.«

Er nahm seinen Notizblock heraus. »Eigentlich bin ich nur hergekommen, Doktor, um zu erfahren, wer Sie vom Tod Ihres Vaters informiert hat. Niemand vom Orden der Ringe Gottes schien zu wissen, wer Sie angerufen hat.«

»Kann ich nicht beantworten, weil ich es nicht weiß.« Europa setzte sich hinter den Schreibtisch. »Sie sind doch hoffentlich nicht den ganzen Weg bis hier heraus gefahren, nur um mich das zu fragen?«

»Keine Vermutung?«

»Nein.«

»Männlich oder weiblich?«

»Eine Frau. Sie hat den Anruf wahrscheinlich heimlich gemacht.«

»Warum sagen Sie das?«

»Weil sie sehr schnell und leise sprach.« Europa erhob sich. »Kaffee?«

»Gerne.«

»Wie trinken Sie ihn?«

»Schwarz.«

»Mit Koffein?«

»Je mehr, desto besser«, erwiderte Decker.

Europa lachte. »Sie würden gut hierher passen.« Sie goß Wasser in die Kaffeemaschine. »Die Frau bat mich, die Polizei zu benachrichtigen.«

»Die Polizei?« Decker schrieb mit. »Hat Sie das nicht mißtrauisch gemacht?«

»Natürlich.«

»Sie haben gegen sieben angerufen?«

»Kann sein. Das müßten Sie besser wissen als ich. Werden eingehende Anrufe nicht aufgezeichnet?«

»Ich versuche nur, Ihr Gedächtnis aufzufrischen.«

Sie schwieg und rollte die Schultern. »Es war ein langer Tag.«

»Dessen bin ich sicher. Danke, daß Sie mich trotzdem empfangen haben. Versuchen Sie, sich so genau wie möglich an die Worte zu erinnern, die diese Anruferin verwendet hat.«

»So was wie … ›Ich dachte, Sie sollten es wissen. Ihr Vater ist gerade gestorben. Ich weiß nicht, wie es passiert ist. Verständigen Sie die Polizei.‹« Europa maß Kaffee ab. »Dann hängte die Frau ein. Ich wußte, daß es zwecklos war, den Orden zurückzurufen. Man hätte mir nichts gesagt. Also habe ich die Polizei informiert. In den Nachrichten hieß es, er hätte vermutlich Selbstmord begangen. Sind Sie auch dieser Meinung?«

»Wäre eine Möglichkeit.«

»Gerissener Bursche. Und die anderen?«

»Zu früh zum Spekulieren«, erwiderte Decker. »Im Orden wird behauptet, Sie hätten seit Jahren nicht mit Ihrem Vater gesprochen.«

»Das stimmt nicht. Reines Wunschdenken ihrerseits. Wenn

er seine leiblichen Kinder ablehnt, dann können die Ordensmitglieder seine Ersatzkinder sein.«

»Also haben Sie Ihren Vater vor kurzem gesehen?«

»Nein, nicht vor kurzem. Das letzte Mal vor etwa zehn Jahren. Aber ich habe mit ihm gesprochen. Er hat mich ab und zu angerufen, meist um meinen Geburtstag herum. Es überrascht mich, daß er sich überhaupt daran erinnerte. Allerdings nicht, um mir zum Geburtstag zu gratulieren. Er sagte nur, er hätte in letzter Zeit an mich denken müssen, und fragte, an was ich gerade arbeite. Ich erzählte ihm dann von meinen neuesten Forschungen. Wenn ich ihn nach seiner Meinung fragte, sagte er mir, was er darüber dachte. Fragte ich nicht, kam auch nichts von ihm. Wir redeten vielleicht zwanzig Minuten lang. Dann war Pause bis zum nächsten Jahr.«

»Warum hat er Sie angerufen, was meinen Sie?«

Sie zuckte die Schultern. »Vielleicht hat er mich vermißt. Wahrscheinlicher ist, daß er die Wissenschaft vermißt hat – die echte Wissenschaft. Nicht diesen pseudowissenschaftlichen Blödsinn, den er in den letzten fünfzehn Jahren verzapft hat.«

»Sie billigen das nicht?«

»Nein, aber das spielt keine Rolle.«

»Waren Sie jemals auf dem Ordensgelände?«

»Vor langer Zeit.«

»Und?«

»Und nichts. Ich war da, ich ging wieder weg. Jupiter war nicht der Vater, an den ich mich erinnerte. Ich wollte es auch nicht. Ich fand das ganze Erlebnis peinlich. Außerdem war ich damals wütend auf ihn. Mein eigener Vater verläßt mich zu einem entscheidenden Zeitpunkt meines Lebens … verschwindet für zehn Jahre. Da kann niemand erwarten, daß ich ihn plötzlich mit offenen Armen empfange.«

»Können Sie sich an andere Leute im Orden erinnern?«

»Nein, eigentlich nicht. Doch, da war dieser Bursche namens Pluto. Ein kleiner, unangenehmer Kerl. Haßte mich vom ersten Augenblick an, nur weil ich Jupiters Tochter bin.«

»Er ist immer noch da.«

»Das wundert mich nicht. Mein Vater kommandierte gerne Leute herum.«

»Er hat Pluto herumkommandiert?«

»Er hat alle herumkommandiert. Dad hatte es schon immer gern, wenn seine Untergebenen unterwürfig waren.«

»Ihr Vater war ein bemerkenswerter Mann« sagte Decker. »Während seiner akademischen Karriere hatte er sicher eine Reihe von Untergebenen.«

»Ja, das stimmt, aber er hatte auch Kollegen. Manchmal ist es hart, gefordert zu werden.«

»Hat Ihr Vater das so empfunden?«

»Ich weiß das nur aus zweiter Hand, aber ich bin mir ziemlich sicher, daß er sich nicht gern in Frage stellen ließ. Ich glaube, das ist einer der Gründe, warum er ausgestiegen ist. Als er immer verrücktere Ideen hatte, wurde er zur Zielscheibe heftiger Kritik. Ich glaube, das hat ihm nicht geschmeckt. Aber das gehört alles nicht zur Sache. Ich weiß nicht, wer mich angerufen hat. Und auch nicht warum. Aber ich bin froh, daß sie es getan hat. Es ist gut, daß sich die Polizei damit befaßt.«

»Sind Sie je von einem anderen Ordensmitglied als Ihrem Vater angerufen worden?«

»Nein.«

»Und die Stimme der Frau … die haben Sie zum ersten Mal gehört?«

»Wollen Sie wissen, ob mir die Stimme bekannt vorkam?«

»Ja?«

»Nein. Es war nicht Venus, falls Sie darauf hinauswollen.«

»Ich will auf gar nichts hinaus. Woher wissen Sie, daß es nicht Venus war?«

Sie nahm zwei Kaffeebecher vom Bücherregal. »Weil ich weiß, wie Venus klingt. Sehen Sie, Venus, geborene Jilliam Laham, war früher meine beste Freundin.«

»8«

Europa legte die Füße auf den Schreibtisch, nahm einen Schluck von ihrem Kaffee und sagte: »Früher hatte ich Freundinnen wie jedes andere Mädchen. Jilliam war eine davon. Uns verband die Einsamkeit. Wir hatten beide abwesende Väter und narzißtische Mütter, aber bei ihr war die Situation noch extremer. Mein Vater sprach zumindest ab und zu mit mir, weil ich wissenschaftlich interessiert war. Jilliam und ihren Vater verband nichts. Er war ein erfolgreicher Anwalt, der Kinder haßte, aber gern Sex mit jungen Mädchen hatte. Rückschauend nehme ich an, daß ihre Beziehung zu Dad eine natürliche Folge des Fehlverhaltens ihres Vaters war.«

Sie hielt inne.

»Auch unsere Mütter hatten gewisse Gemeinsamkeiten. Meine war sehr mit sich beschäftigt, aber ihre war selbstsüchtig und egoistisch. Wir lernten uns kennen, als wir elf waren. Ich hatte Mitleid mit ihr. Sie wirkte so verloren.« Europa verdrehte die Augen. »Ich hatte ja keine Ahnung.«

Decker stellte seinen Kaffeebecher ab. »Wann fing das Verhältnis zwischen Venus und Ihrem Vater an?«

»Schwer zu sagen. Mein Vater verschwand, als ich fünfzehn war. Als er zehn Jahre später als Jupiter wieder auferstand, wußte ich, daß ich ihn sehen mußte. Jilliam kam als moralische Unterstützung mit. Das Treffen war schrecklich.«

»Inwiefern?«

Europas Augen wurden feucht. »Ich wollte einen Vater.« Kurzes Schweigen. »Ich bekam keinen. Ich fühlte mich betrogen, war aber nicht überrascht.«

»Wie haben Sie von seiner Rückkehr erfahren?«

Europa schaute Decker an. »Durch einen Anruf.«

Es wurde still. Nur das Ticken der Uhr und die undeutlichen Geräusche von draußen waren zu hören.

»Er war nicht direkt grausam. Er konnte einfach nicht anders. Für Jilliam war das gut genug. Sie sog sein bizarres, pseudowissenschaftliches Geschwafel auf. Ich glaube nicht, daß sie auch nur ein Wort davon verstand. Aber sie reagierte auf seine starke Persönlichkeit. Dann merkte ich, daß die Verzückung gegenseitig war. Wie er sie ansah – dieser nackte Hunger in seinen Augen! Obwohl ich es damals nicht wahrhaben wollte, wußte ich, daß etwas passieren würde.«

»Glauben Sie, daß sie schon vor diesem Wiedersehen eine Beziehung hatten?«

»Das bezweifle ich.« Sie verzog das Gesicht. »Jilliam war erst fünfzehn, als mein Vater verschwand.«

»Hat er andere Frauen verführt?«

Europa starrte ihn an. »Warum fragen Sie mich nach Dads sexuellen Neigungen?«

»Wir ermitteln hier in einem Fall mit ungeklärter Todesursache.« Decker klopfte auf seinen Notizblock. »Ich habe mich nur gefragt, ob Ihr Vater sich jemand zum Feind gemacht haben könnte – einen gereizten Ehemann vielleicht oder einen eifersüchtigen Freund.«

Europa prustete laut los. Das Lachen kam so abrupt, daß es Decker völlig überraschte.

Sie sagte: »Die angebrachtere Frage wäre, wen mein Vater sich *nicht* zum Feind gemacht hat, Lieutenant. Bevor er verschwand, muß er jede Brücke hinter sich verbrannt haben. Meine Brüder und ich haben oft überlegt, ob er nicht noch etwas Ruchloseres getan hat, als nur Karrieren zu zerstören – übrigens eine seiner Lieblingsbeschäftigungen.«

Rasch schlug Decker eine neue Seite in seinem Notizblock auf. »Ihr Vater hat Karrieren zerstört?«

Europa betrachtete ihn eindringlich. »Irgendwie haben Sie es geschafft, daß ich Ihnen von unseren schmutzigen Familienangelegenheiten erzähle. Obwohl ich keine Ahnung habe, was das mit dem Tod meines Vaters zu tun hat. Nein, Lieutenant, ich glaube nicht, daß er jemanden umgebracht hat. Damals haben meine Brüder und ich kindische Phantasien ausgesponnen und meinem Vater eine exotische Entschuldigung für sein unmögliches Benehmen gegeben.«

Aber Decker blieb beharrlich. »Wie hat Ihr Vater Karrieren zerstört? Hat er Experimente sabotiert? Sich die Forschungsergebnisse anderer angeeignet?«

Europa sah aus dem Fenster. »Nein, nichts Illegales. Wenn er das getan hätte, wäre er nicht so gefürchtet gewesen. Er benutzte einfach die entsprechenden Kanäle. Um die Macht meines Vaters zu verstehen, muß man sich in der akademischen Welt auskennen.«

»Ich habe gehört, deren moralische Verantwortlichkeit liegt irgendwo zwischen der Politik und Hollywood«, sagte Decker.

»Genau.« Europa lächelte gequält. »In akademischen Kreisen ist die Verbindung mit den richtigen Leuten lebenswichtig. Und Dad war jemand, den man kennen *mußte*. Seine Zustimmung bedeutete Prestige. Er war im Vorstand vieler wissenschaftlicher Institutionen und Zeitschriften. Ein anerkennendes Wort von ihm konnte eine Karriere fördern, genau wie eine gut plazierte spöttische Bemerkung sie um zehn Jahre zurückwerfen konnte. Während seiner Zeit als Wissenschaftler hat Dad viel mehr Kritik verteilt als Lob. Mit einer einzigen abfälligen Bemerkung hat er vielversprechende Wissenschaftler ruiniert. Einige von Dads früheren Kollegen haben mich darüber aufgeklärt, wie abgrundtief sadistisch er war, wieviel Vergnügen es ihm bereitete, das Lebenswerk eines anderen zu vernichten.«

Sorgfältig formulierte Decker die nächste Frage. »Von all den Menschen, die Ihr Vater … gekränkt hat …«

»Ruiniert.«

»Ist Ihnen jemand Bestimmtes in Erinnerung geblieben?«

»Nein. Meine älteren Kollegen könnten Ihnen vielleicht weiterhelfen.«

»Ich werde mich umhören«, sagte Decker.

»Sich an Kollegen meines Vaters zu wenden, könnte dem Betreten von Feindesland gleichkommen. Jetzt, wo er tot ist, vielleicht nicht mehr. Ich denke, sie haben ihre Rache gehabt, als sie Zeuge seines Niedergangs in der Kosmologie wurden. Seit Emil Euler Ganz zum Gespött wurde, konnten Dads Feinde seine Kritik an ihrer Arbeit in Zweifel ziehen.«

Sie schien verbittert zu sein. Decker fragte: »Hat man Ihnen bei Ihrem Einstieg in die akademische Welt das Verhalten Ihres Vaters vorgeworfen?«

Europa dachte kurz nach. »Ein paar haben das sicher getan. Den meisten tat ich einfach nur leid. Als Kind wurde ich von ihm verlassen. Als Wissenschaftlerin war ich nun mit diesem peinlichen Verrückten namens Vater Jupiter geschlagen. Tatsächlich hatte mein Vater schon lange, bevor er Jupiter wurde, sein wissenschaftliches Ansehen verloren.«

»Wieso das?«

»Bereits vor seinem plötzlichen Abgang hatte er sich irgendwelchen exzentrischen Theorien verschrieben. Bei unseren wenigen Unterhaltungen wirkte sein wissenschaftlicher Verstand so scharf wie immer. Aber wir hielten die Gespräche neutral, sprachen nie über seine Theorien.« Sie stand auf und schenkte sich Kaffee nach. »Die heute übrigens nicht mehr so verrückt sind wie damals.«

»Was für verrückte Theorien hatte er denn?« fragte Decker.

Europa kehrte zu ihrem Schreibtisch zurück. »Das ist eine ebenso lange wie komplizierte Geschichte.«

»Ich habe Zeit.«

»Wieviel verstehen Sie von Physik?«

»Ich weiß, daß Newton drei Bewegungsgesetze aufgestellt hat.«

»Das ist doch schon was.«

»Darauf hat mich übrigens jemand aus dem Orden gebracht.«

»Wer?«

»Jemand namens Bob.«

»Ach ...« Sie schien ihn zu kennen. »Groß, dünn ... ich glaube, er hat einen Bart.«

»Einen Schnurrbart.« Decker bemühte sich, seine Überraschung zu verbergen. »Hat er auch einen Nachnamen?«

»Der ändert sich dauernd. Als ich ihn kannte, nannte er sich Robert Ross.«

Decker notierte sich den Namen. »Woher kennen Sie ihn?«

»Hier von der Universität. Wir haben zusammen studiert – sind sogar ein paar Monate miteinander gegangen. Er war ein fanatischer Bewunderer von Emil Ganz, dem Wissenschaftler. Da mein Vater verschwunden war, war ich seine einzige Verbindung zu dem großen Mann. Aber als Dad dann als Jupiter wieder auftauchte, zog es Bob schnurstracks an die Quelle. Früher hatte er mal einen funktionierenden Verstand. Inzwischen hat er bestimmt nur noch Matsch im Hirn.«

»Auf mich machte er einen durchaus vernünftigen Eindruck. Aber wer weiß.«

Europa zuckte die Schultern. »Mag sein.«

Decker warf ihr einen raschen Blick zu. Europa stand dem Orden längst nicht so fern, wie er angenommen hatte. Sie hatte telefonisch Kontakt mit ihrem Vater gehalten, war mit einem der Mitglieder liiert und die beste Freundin der Gespielin ihres Vaters gewesen. Außerdem erinnerte sie sich an Pluto, wenn auch nicht gerade freundlich. Und das war nur das, was sie zugegeben hatte. Wer weiß, womit sie noch hinterm Berg hielt. »Erklären Sie mir die verrückten Theorien Ihres Vaters«, bat er.

Sie seufzte schwer. »Dad hatte ein paar verschrobene Theorien über Teleportation und Zeitmaschinen zum Transport in alternative Universen – eine Kombination aus H. G. Wells und *Beam mich hoch, Scotty*.« Wieder ein Seufzer. »Was aber keine Relevanz für Ihre Ermittlungen hat.«

»Das könnte sogar sehr relevant sein«, widersprach Decker. »Vielleicht hat er beschlossen, sein Leben zu beenden, weil er glaubte, sich mit einer Zeitmaschine an einen besseren Ort befördern zu können.«

»Und wenn schon, wieso sollte das für die Polizei relevant sein?«

»Weil wir sicherstellen müssen, daß niemand dem Beispiel Ihres Vaters folgt. Ich will kein neues Heaven's Gate – nirgendwo, und schon gar nicht in meinem Bezirk.«

»Wie wollen Sie das verhindern?«

»Bei den Erwachsenen können wir das nicht. Aber bei Kindern ist das etwas anderes.«

»Ich verstehe, worauf Sie hinauswollen. Also betrachten Sie es doch als Selbstmord.«

»Noch ist alles offen«, sagte Decker emotionslos. »Vor allem, da Ihr Vater Feinde hatte.«

»Die hatte er allerdings.«

»Kommen wir auf die Theorien Ihres Vaters zurück ... waren sie in irgendeiner Form wissenschaftlich fundiert?«

»Selbstverständlich. Bevor mein Vater verschwand, hatte er über Wurmlöcher gearbeitet – Dinge, mit denen sich unmittelbare Zeitreisen, voraus oder in die Vergangenheit sowie Reisen mit Überlichtgeschwindigkeit erklären ließen.«

Decker runzelte die Stirn. »Okay.«

»Sie lesen keine Science-Fiction-Romane, Lieutenant?«

Decker lächelte. »Wie Han Solo die Sache mit der Warpgeschwindigkeit in seinem *Milleniumfalken* hingekriegt hat, das hat mir gefallen.« Er beugte sich vor. »Was bewegt sich schneller als Licht?«

»Unentdeckte subatomare Partikel namens Tachionen ...«

»Unentdeckt?«

»Sie sind dort draußen. Wir haben sie nur noch nicht gefunden. Außerdem Photonen, die von denselben elektromagnetischen Wellen stammen. Subatomare Partikel namens Kaonen bewegen sich *rückwärts* in der Zeit. Durch sie sehen wir das Ergebnis eines Ereignisses, bevor das Ereignis tatsächlich stattfindet.«

»Ich kann Ihnen nicht folgen«, sagte Decker. »Mir wurde beigebracht, daß sich nichts schneller bewegt als das Licht.«

»Damit meinen Sie sicher, man hat Ihnen beigebracht, daß sich nichts so schnell bewegt wie elektromagnetische Strahlung. Sichtbares Licht ist nur ein kleiner Teil des Spektrums. Es gibt ultraviolette Wellen, Mikrowellen, Radiowellen, Infrarotwellen ... klingelt es da bei Ihnen?«

»Nein.«

»Na gut, ich versuche, Ihnen eine Zusammenfassung der Physik des zwanzigsten Jahrhunderts in wenigen Sätzen zu geben.«

»Ich schreibe mit.«

»Unterbrechen Sie mich, wenn ich zu schnell bin.« Sie trank den Rest ihres Kaffees aus. »Jahrelang basierte die Physik auf den drei Newtonschen Bewegungsgesetzen. Das zweite Gesetz behandelt die Umlaufbahnen der Himmelskörper. Die Tatsache, daß manche der Umlaufbahnen nicht mit Newtons Berechnungen übereinstimmten, störte niemanden. Sie fügten nur einen Zufallsfaktor, eine willkürliche Zahl hinzu, durch die sich die Mathematik der Physik anpaßt.«

»Das kann man machen?«

Sie lachte leise. »Ist nicht gerade ideal – ungefähr so, als ob man einen Würfel in ein rundes Loch zwängt –, aber die Physiker machen das mit Theorien, die *fast* funktionieren, bis jemand mit einer Theorie kommt, die besser funktioniert. Newtons Theorien funktionierten für die meisten Fälle, warum sich dann mit den paar Ausnahmen herumschlagen? Irgendwas stimmte nicht, aber niemand wußte, wie man es beheben konnte.«

»So was kenne ich auch.«

»Kann ich mir vorstellen.« Europa beugte sich vor. »Dann kam Einstein, der uns in die moderne Welt einführte. Seine Theorie der Raumkrümmung erklärt die Folgewidrigkeit der Newtonschen Planetengesetze. Aber dem Laien ist Einstein besser bekannt durch seine bemerkenswerte Relativitätstheorie. Sie veränderte unser Zeitkonzept von etwas Absolutem und Unveränderlichem hin zu etwas Relativem, Veränderlichem.«

»Und das bedeutet?«

Sie schien daran gewöhnt zu sein, Menschen zu verwirren. »Worte werden dem nicht gerecht. Die Mathematik ist wunderschön, aber das hilft Ihnen auch nicht. Wie gesagt, unterbrechen Sie mich bitte, wenn ich zu schnell bin.«

»Keine Bange, das werde ich. Fahren Sie fort.«

»Na gut. Ich erkläre es Ihnen anhand des Standardbeispiels:

Stellen Sie sich einen Zug vor, der von einem Bahnsteig abfährt. Jemand, der auf dem Bahnsteig steht, hat den Eindruck, daß er still steht und der Zug sich bewegt, stimmt's?«

»Stimmt.«

»Aber für jemanden, der im Zug sitzt, scheint es so, als stünde der Zug still und der Bahnsteig würde sich bewegen.«

»Wir wissen jedoch, daß der Zug sich bewegt.«

»Nur weil uns beigebracht wurde, daß es der Zug ist, der sich bewegt.«

»Aber der Zug bewegt sich wirklich. Er fährt von einem Ort zu einem anderen. Der Bahnsteig rührt sich nicht von der Stelle.«

»Im Weltraum, Lieutenant, können Sie nicht wissen, was sich tatsächlich bewegt und was nicht. Sie können immer annehmen, daß Sie sich bewegen und der andere still steht.«

»Aber wenn man sich bewegt, dann bewegt man sich«, widersprach Decker.

»Tut mir leid. Bewegung ist relativ. Genauso wie Zeit, Entfernung und Masse. Und je schneller Sie sich bewegen, desto relativer ist es. Bei geringer Geschwindigkeit spielt der Relativitätsfaktor keine große Rolle. Nehmen wir an, Sie fahren mit sechzig Meilen pro Stunde auf dem Freeway, und ich stehe mit einem Platten am Straßenrand, weil ich keine Zeit hatte, meine abgefahrenen Reifen in der Werkstatt wechseln zu lassen. Wenn Sie um ein Uhr mittags an mir vorbeisausen, welche Zeit zeigt dann meine Autouhr an?«

»Gar keine, weil Ihr Motor abgeschaltet ist«, sagte Decker.

Europa lachte. »Das war keine Fangfrage, Sir.«

Decker grinste jungenhaft. »Ein Uhr.«

»Hervorragend.«

»Vielen Dank.« Decker merkte, daß sie viel lockerer wurde, wenn sie über wissenschaftliche Phänomene sprach. Gut. Je entspannter die Leute waren, desto mehr plauderten sie aus.

Europa fuhr fort: »Aber wenn sich Ihr Tempo der Lichtgeschwindigkeit nähert, verändert sich alles. Nehmen wir mal an, Sie befinden sich in einem Raumschiff und fliegen mit neunzigprozentiger Lichtgeschwindigkeit. Für Sie sieht im Inneren Ihres Raumschiffes alles normal aus. Die Uhr geht pünktlich, die Dimensionen Ihres Raumschiffs sind unverändert, und Ihre Kleidung paßt Ihnen nach wie vor. Soweit alles klar?«

»Kein Problem.«

»Aber von einem anderen Raumschiff aus, das ebenfalls durch den Weltraum fliegt, wirkt Ihr Raumschiff um die Hälfte verkürzt, Ihre Uhr scheint nur halb so schnell zu gehen, und Sie sind doppelt so schwer.«

»Sie sagen also, daß hohe Geschwindigkeit alles verzerrt. Das leuchtet mir ein.«

»Aber jetzt kommen wir zum entscheidenden Punkt der Relativität. Ihnen erscheint alles in Ihrem Raumschiff normal. In Ihren Augen ist es der andere, der verzerrt ist. Seine Uhr geht langsamer, sein Raumschiff ist kürzer, und es ist zweimal so schwer. Für *Sie* ist *er* verzerrt. Aber ihm erscheinen *Sie* verzerrt.«

»Und wer hat recht?

»Alle beide.«

»Eine salomonische Auffassung der Physik«, stellte Decker fest.

Wieder lächelte sie. »Es kommt auf die Perspektive an.«

»Um auf Ihren Vater zurückzukommen«, meinte Decker, »wollen Sie damit sagen, daß seine Theorien der Teleportation auf Einsteins Relativitätstheorie basiert? Daß er meinte, er könne sich von einem Ort zum anderen transportieren, weil alles relativ ist?«

»Genaugenommen spielte Einstein keine entscheidende Rolle für die Theorien meines Vaters.«

»Da gibt es also noch mehr.« Decker hielt den Bleistift hoch. »Schießen Sie los, Doktor. Ich bin bereit.«

Sie lachte leise. »Einsteins Theorien lösten eine Revolution aus, waren aber noch nicht das letzte Wort zur Kosmologie. Diese Ehre gebührt der Quantenphysik.«

»Werde ich jetzt endgültig als Dummkopf dastehen?«

»Ich mache es möglichst einfach«, sagte Europa. »Es gibt

zwei sehr unterschiedliche Möglichkeiten, Licht oder jede Art elektromagnetischer Strahlung zu betrachten. Newton behauptete , daß sich Licht wie eine Welle verhält, fortlaufend und endlos ist, ansteigt und fällt, Spitzen und Täler hat. Alles klar soweit?«

»Ja.«

»Die Quantentheorie besagt, daß das Licht keine Welle ist, sondern kleine, aus Photonen genannten Teilchen bestehende Päckchen oder Bündel. Zwei einander widersprechende Theorien – Licht als Welle, Licht als Teilchen.«

»Darf ich die Frage wagen, welche davon richtig ist?«

»Beide. Manchmal verhält sich das Licht wie eine Welle, manchmal wie Photonen. Wenn Sie gedacht haben, mit der Relativität sei es schon schwierig, etwas genau zu bestimmen, dann wollen Sie von der Heisenbergschen Unschärferelation bestimmt erst recht nichts wissen. Die besagt, daß man zwar Vorhersagen machen kann, wie sich die Photonen auf Dauer verhalten werden, aber daß man nie genau sagen kann, wie sie sich als nächstes verhalten. Man weiß nie genau, welchen Energiezustand ein beliebiges Photon einnehmen wird. Verstehen Sie?«

»Nein. Darf ich fragen, was Photonen mit Teleportation zu tun haben?«

»Sie sind ein beharrlicher Mann, Lieutenant.«

»Ein schlechter Physiker, aber ein ganz anständiger Polizist.«

»Photonen, Sir, werden mit der unmittelbaren Übertragung in Zusammenhang gebracht. Bevor mein Vater verschwand, war er einer der wenigen Männer, die zu beweisen versuchten, daß Photonen, die aus demselben Lichtbündel stammen, eine unmittelbare Verknüpfung besitzen. Was mit Photon eins geschieht, das geschieht auch mit Photon zwei, egal, wie weit sie voneinander entfernt sind. Und das alles, weil sie sich einst in derselben Lichtwelle befunden hatten. Verstehen Sie?«

»Sofortige Kommunikation.«

»Unmittelbare Kommunikation«, verbesserte Europa. »Da

sich Masse mit Lichtgeschwindigkeit in Energie verwandeln kann – $E = mc^2$ –, können sich Atome – wie die, aus denen Ihr Körper besteht – in elektromagnetische Energie oder in Licht in Form von Photonen verwandeln. Und da eine fortwährende, unmittelbare Verknüpfung zwischen Photonen aus demselben Lichtbündel besteht, kann man die eigenen Atome – jetzt in Photonenform – unmittelbar von einem Ort im Raum zu einem anderen transportieren, indem man diese überlichtschnelle Verbindung benutzt. Was wissenschaftlich als aussichtslos gilt. Obwohl sich Dinge schneller als Licht bewegen können, scheinen sie keine sinnvolle Information transportieren zu können … Dinge wie geordnete Atome. Daß es doch funktioniert, hat mein Vater wissenschaftlich zu untermauern versucht. Er rannte gegen Wände, aber das konnte ihn nicht bremsen. Als ihm das als Emil Euler Ganz nicht gelang, verlegte er sich aufs Methaphysische und versuchte, als Jupiter den Beweis zu erbringen.«

Sie runzelte die Stirn.

»Aber Sie wissen, wie schwammig alles werden kann, wenn man von der Theorie zur Praxis übergeht. Manchmal sagen wir Physiker das Richtige voraus – wie bei der Atombombe. Wir kannten die mathematischen Grundlagen, lange bevor wir die Technologie dazu besaßen. Aber meistens sitzen wir nur da und brüten über unseren eigenen Fehlern. Wie ein Baby mit schmutzigen Windeln, das schreit und darauf wartet, daß jemand, der sich auskennt, kommt und es sauber macht.«

» 9 «

»Die Sache mit der Zeitverlangsamung leuchtet mir ein«, sagte Oliver. »Wart ihr schon mal in der Oper?«

Decker lachte, aber Marge sagte: »Ich liebe Opern.«

»Das liegt daran, daß du eine Frau bist.« Oliver biß in eine Frühlingsrolle. »Willst du wirklich keine, Deck? Die sind vegetarisch.«

»Nein, danke. Wann trefft ihr euch mit dem Burschen, der den Totenschein ausgestellt hat ... wie hieß er noch? Omni?«

»Nova«, verbesserte Marge. »Wir haben rausgefunden, daß er Fußpfleger ist.«

Decker verzog das Gesicht. »Ein Fußpfleger hat Ganz' Totenschein unterschrieben?«

»Vielleicht hatte Ganz kalte Füße.« Oliver verputzte ein Wonton.

»Als er tot war, ganz bestimmt«, sagte Marge. »Nur zu deiner Information, Scott, viele Männer lieben Opern.«

»Aber keiner von denen ist heterosexuell.«

»Das ist doch lächerlich!«

Oliver dachte kurz nach. »Okay. Vielleicht gibt's ein paar blasierte Engländer, die Opern mögen. Aber zeig mir einen Kerl, der nicht schwul ist und sich für Ballett begeistert.«

Decker versuchte es erneut. »Wann trefft ihr Nova, den Fußpfleger?«

»Halb sieben«, erwiderte Oliver.

Decker sah auf die Uhr. »Also in einer halben Stunde.«

Oliver deutete auf Marges Vorspeise. »Mach mal voran mit deinem Cashew-Huhn, sonst schaffen wir es nie.«

»Ich laß mir den Rest einpacken. Die Suppe hat mich satt gemacht.«

»Das ist auch so was Schwules – Suppe. Heterosexuelle Männer werden nie von Suppe satt. Sie essen noch nicht mal Suppe. Suppe ist Weiberkram.«

»Hattest du schon immer so eindeutige Ansichten, oder fällt mir das nur stärker auf?« fragte Marge.

Oliver verdrehte die Augen. Zu Decker gewandt, sagte er: »Ganz war also ein Schmock. Das überrascht mich nicht. All diese Sektenführer sind größenwahnsinnig.« Er machte sich über die Reste seines mongolischen Huhns her. »Ich meine, sieh dir doch an, womit der sich beschäftigt hat – Zeitmaschinen, alternative Universen ... Teletransportation. Der hat doch Gott gespielt. Gute Science Fiction, aber für einen Mann von Ganz' Format ... der ist einfach durchgeknallt.« Er wandte sich an Marge. »Diese verrückten Ideen und dazu die Kopfschmerzen, von denen Venus dir erzählt hat ... vielleicht hatte er einen Gehirntumor.«

»Europa sagt, sein wissenschaftlicher Verstand sei bei ihren Unterhaltungen völlig intakt gewesen«, warf Decker ein.

»Das ist ihre Ansicht«, erwiderte Oliver.

»Ich fand es interessant, daß sich Ganz Feinde gemacht hat.«

»Völlig irrelevant, Deck. Es sei denn, einer von denen hat sich in den Orden eingeschlichen und Jupiters Wodka mit Zyanid versetzt.«

»Man weiß nie, wann einen die Vergangenheit einholt«, widersprach Decker. »Außerdem hat sich Ganz nicht vollkommen von seinem vorherigen Leben gelöst. Er blieb mit Europa in Kontakt, seine Lebensgefährtin ist eine Jugendfreundin von Europa ...«

»Was?« unterbrach Marge. »Du hast gesagt, Europa sei um die vierzig.«

»Ist sie auch.«

»Venus wirkt wie dreißig.«

»Na ja, dann sieht sie eben jünger aus«, erwiderte Decker. »Europa sagt, Venus sei ein hübsches Mädchen gewesen.« Er erzählte ihnen von Jilliams familiären Hintergrund.

»Also war Ganz der Vater, den Jilliam nie hatte«, bemerkte Marge. »Wo hab ich das schon mal gehört?«

»Und außerdem war sie ein knackiges junges Ding«, fügte

Oliver hinzu. »Ja, es ist immer dasselbe. Aber was beweist das? Wieso diese Faszination mit der Vergangenheit, Deck? Hast du einen ehemaligen Kollegen im Auge, der es deiner Meinung nach auf Ganz abgesehen hatte?«

Decker mußte zugeben, daß dem nicht so war. »Dieser Bob – der, mit dem Europa was hatte – sie sagt, er sei von Ganz, dem Wissenschaftler, besessen gewesen.«

»Aber Bob hat Ganz erst als Jupiter kennengelernt, oder?«

»Stimmt.«

»Also kann Bob kein Feind aus der Vergangenheit sein. Für einen Kollegen von Ganz ist er zu jung.«

Auch das mußte Decker zugeben. »Er war ein Kommilitone von Europa.«

»Sieh mal, auch wenn jeder von Ganz' früheren Bekannten den Mann gehaßt hat, will mir nicht einleuchten, was das mit seinem Tod zu tun haben soll. Ganz hat vor fünfundzwanzig Jahren aufgehört, Ganz zu sein.«

Marge warf ein: »Wenn er ermordet wurde, muß es eines der jetzigen Mitglieder des Ordens gewesen sein. Jemand, dessen Anwesenheit keinen Verdacht erregte, meinst du nicht auch?«

»Mag sein.«

Oliver wischte sich den Mund ab. »Dir gefällt diese Theorie von der Vergangenheit, die ihn eingeholt hat, was?«

»Ich versuche nur, mir ein Gesamtbild zu machen«, verteidigte sich Decker. »Damit ich genügend Ansatzpunkte habe, falls sich die Sache nicht als Selbstmord herausstellt.«

»Dann fang mit Pluto an«, sagte Oliver. »Er ist mein Kandidat für das Arschloch des Monats.«

»Mir gefällt Europa besser«, meinte Decker. »Sie hat der Polizei den Tod ihres Vaters gemeldet, und sie kennt alle Schlüsselfiguren des Ordens …«

»Pluto auch?« unterbrach Oliver.

»Sie behauptet, Pluto nicht unbedingt zu kennen, nur, daß sie ihn einmal getroffen hat und ihn nicht mochte.«

»Das spricht für sie«, sagte Oliver. »Warum sollte sie ihrem Vater jetzt etwas antun wollen?«

»Weil er ein lausiger Vater war«, schlug Marge vor.

»Das war er die ganze Zeit«, gab Oliver zurück. »Ich wiederhole. Warum jetzt? Glaubt ihr, sie hat fünfundzwanzig Jahre lang einen mörderischen Groll gegen ihn gehegt?«

»Ich hab gern einfache Motive«, sagte Decker. »Wie zum Beispiel Geld.«

»Ganz war in seinem früheren Leben Professor«, warf Oliver ein. »Wieviel Geld kann er da gespart haben?«

»Wenn er hoch dotierte wissenschaftliche Preise gewonnen hat, vielleicht eine ganze Menge. Wieviel ist heutzutage der Nobelpreis wert?« fragte Marge.

»Er hat keinen Nobelpreis gekriegt«, grummelte Oliver.

»Aber es gibt genug andere Organisationen, die Gelder an Genies zahlen, nur weil sie Genies sind«, hielt Marge dagegen.

»Ganz könnte auch für die NASA oder für eine andere Regierungsstelle gearbeitet haben«, sagte Decker. »Vielleicht hat er sich nebenbei als Berater in der Industrie betätigt – in der Luftfahrt, der Flugzeugindustrie oder bei einer dieser Denkfabriken. Tatsache ist, daß wir nicht wissen, über wieviel Geld Ganz verfügte. Wir wissen noch nicht mal, wer den Besitztitel des Ordens hält.«

»Du meinst, das Gebäude?«

»Das Gebäude, das Grundstück, die Bankkonten. Hat der Orden überhaupt eigene Bankkonten? Da es sich um einen Fall mit ungeklärter Todesursache handelt, sollten wir das vielleicht herausfinden.«

Einen Moment lang schwiegen alle. Dann sagte Marge: »Uns Ganz' Finanzen vorzunehmen … findest du das einen sinnvollen Einsatz unserer Zeit, Pete?«

Sie hatte vollkommen recht. »Ist wahrscheinlich sinnvoller, erst den Autopsiebericht abzuwarten. Vielleicht steigere ich mich zu sehr rein.« Decker überlegte. »Wieviel hast du morgen zu tun, Margie? Könntest du zwei Stunden dafür erübrigen?«

»Kein Problem.«

»Okay, kümmere dich nur um das Grundlegende: Bankkonten, Aktien, Versicherungen …« Er hielt inne. »Dazu brauchst du mehr als zwei Stunden. Margie, du übernimmst die Bankkonten und die Aktien. Scott, du rufst beim Liegenschaftsamt an und findest raus, wer im Grundbuch als Besitzer eingetragen ist, dann hörst du dich wegen der Versicherungspolicen um.«

»Bei Selbstmord zahlen Versicherungen nicht, Pete«, gab Marge zu bedenken.

»Sie zahlen Sterbegeld, wenn es ein Unfalltod war. Und wenn er eine Versicherung für den Erlebensfall abgeschlossen hat, dürfte da ein hübsches Sümmchen fällig werden *plus* dem Sterbegeld.«

Oliver blieb zweifelnd. »Du willst, daß ich ohne ausreichende Begründung irgendwelche Versicherungen anrufe? Das kommt mir ein bißchen ... weit hergeholt vor.«

Er hatte recht. Ein weiterer Pluspunkt für Deckers Mannschaft. Er sagte: »Wie wär's damit? Ganz hatte eine Professur an der Southwest University of Technology. Fakultätsmitglieder erhalten meist alle möglichen Vergünstigungen – Krankenversicherung, Autoversicherung, Lebensversicherung. Nimm das als Ausgangspunkt. Wenn du damit nicht weiterkommst, laß es sein, und wir überlegen noch mal.«

»In Ordnung.« Oliver sah zu Marge. »Ißt du deine letzte Frühlingsrolle noch?«

»Du kannst sie haben.« Sie wandte sich an Decker. »Wenn Ganz irgendwo Geld gehortet hatte, wäre Venus dann nicht eine bessere Verdächtige als Europa?«

»Venus war nicht mit Ganz verheiratet. Kinder stehen in der Erbfolge ganz oben«, erwiderte Decker.

»Außer, er hat testamentarisch andere Verfügungen gemacht«, sagte Marge.

»Jupiter wirkt auf mich nicht wie jemand, der ein Testament hinterläßt«, meinte Oliver.

»Da wäre ich mir nicht so sicher«, widersprach Decker. »Für jemanden, der es mit Spiritualität hatte, war er ganz schön erdgebunden – eine hübsche, jüngere Freundin, Getreue, die ihn bedienen, Menschen, die ihn verehren. Und eine leere

Wodkaflasche unter seinem Bett. Klingt nicht gerade nach einem Kapuziner.«

Marge lächelte. »Wie viele Kapuziner kennst du denn, Pete?«

»Was hat denn Cappuccino damit zu tun?« fragte Oliver verdattert. »Übrigens, will jemand Nachtisch?«

»Nicht für mich.« Decker trank seinen Tee aus. »Ich habe bereits Frühstück und Lunch mit der Familie verpaßt. Ich würde es nicht wagen, auch noch das Abendessen zu verpassen.«

Jedes Mal, wenn Decker in die Auffahrt bog, wurde er nachdenklich. Weil ihn jeder Tag dem Ende ein wenig näher brachte, dem Abschied von dem Land, den Pferden, der Ranch, den Obstbäumen, der Freiheit, dieser sorglosen Zeit nach der Scheidung.

Na ja, *sorglos* war nicht ganz der passende Ausdruck.

In Wirklichkeit hatte er sich in dieser Zwischenphase miserabel gefühlt – einsam und gereizt. Wem zum Teufel machte er da eigentlich etwas vor? Er hatte schon seit über sieben Jahren nicht mehr den Marlboro-Mann gespielt. Das einzige, was der Marlboro-Mann und er gemeinsam hatten, war das Nikotin, das sie inhalierten.

Als er ausstieg, öffnete sich die Haustür, und ein spindeldürres Persönchen mit rotblonden Locken und ausgebreiteten Armen kam auf ihn zugerannt.

»Daddiiiiiiiiie!«

»Hannah Rosiiiiiie!« Decker beugte sich vor, fing sie auf und warf sie sich über die Schulter – ein kleiner, glucksender Sack. Er stieß die Haustür mit dem Fuß auf, ließ seinen Aktenkoffer fallen und warf die vor Entzücken quietschende Hannah auf das Sofa. Gleich darauf erschien Rina, Teller und Geschirrtuch in der Hand. Sie trug einen kastanienbraunen Pullover über einem Jeansrock. Ihr dickes schwarzes Haar wurde von einer Spange zurückgehalten. Vor kurzem hatte sie ihre langen Locken abgeschnitten. Jetzt fielen sie ihr nur noch bis knapp über die Schultern. Die neue Frisur paßte gut zu ihrem hübschen Gesicht. Außer, daß sie die meiste Zeit, wie es ihre religiöse Überzeugung verlangte, die Haare mit einem Tuch oder einem Hut bedeckte oder zumindest als Knoten oder Zopf hochsteckte.

»Du bist schon da.« Sie sah auf die Wanduhr. »Und zu einer vernünftigen Zeit.«

Hannah hüpfte auf dem Sofa auf und ab. Wieder hob Decker sie hoch, warf sie in die Luft und setzte sie ab.

»Es duftet herrlich.«

»Hühnchen mit Knoblauch.«

»Hab ich noch Zeit, mich rasch zu duschen?«

»Meinetwegen schon.« Rina sah zu Hannah, die an Deckers Ärmel zerrte.

»Komm spielen, Daddy«, rief die Kleine.

»Gleich, Süße«, erwiderte Decker.

»Laß Daddy erstmal das Jackett ausziehen, Hannah.«

»Du kannst es in meinem Zimmer ausziehen.«

Hannahs Zimmer war ein Anbau an das Elternschlafzimmer. Decker hatte das Haus mit nur zwei Schlafzimmern gebaut. Nach seiner Scheidung hatte er nicht damit gerechnet, je wieder mehr Platz zu brauchen.

Hannah zog an der Hand ihres Vaters. »Komm schon, Daddy.«

»Hannah, laß ihn!« schalt Rina.

Das kleine Mädchen schaute enttäuscht, sagte aber nichts. Rina hatte sofort ein schlechtes Gewissen. »Na, geht schon. Wir reden später.«

Die Fünfjährige strahlte wieder. »Prima. Komm.«

»Gleich, Schätzchen.« Decker hielt seine Ungeduld im Zaum. »Mit den Jungs ist alles okay?«

»Sie müßten gleich kommen.«

»Brauchst du mich für irgendwas?«

»Laß nur. Geh du mit deiner Tochter. Wir haben ja noch den ganzen Abend.« Sie sah ihn durchdringend an. »Du bist doch fertig mit der Arbeit, oder?«

Decker wand sich. »Scott und Margie kommen gegen acht vorbei. Aber nur für eine Stunde oder so.«

Rina sagte nichts. Sie hatte das schon öfter gehört.

»Nein, wirklich«, versicherte ihr Decker. »Wir brauchen nicht lange. Es geht um diese Ganz-Sache. Die ziemlich unkompliziert zu sein scheint – wenigstens im Moment.«

Auch das hatte sie schon gehört. »Ist schon in Ordnung. Um die Zeit bringe ich Hannah sowieso ins Bett.«

Wieder verzog Decker das Gesicht. »Hab ich nicht gesagt, daß ich sie heute ins Bett bringe?«

»Du kannst es morgen machen.«

»Das hab ich gestern abend auch gesagt, stimmt's?«

»Komm, Daddy! Wir wollen Kasperletheater spielen!«

»Geh, Peter«, sagte Rina. »Ich ruf dich, wenn das Essen auf dem Tisch steht.«

Hannah sagte: »Du kannst auf dem Boden sitzen, und ich baue auf.«

»Darf ich mich erst umziehen, Hannah?«

»Klar!« rief sie großzügig.

»Und vielleicht kurz in die Zeitung schauen, während du aufbaust?«

Hannahs Gesicht verdüsterte sich.

»Treib's nicht zu weit«, riet Rina.

»Wie dumm von mir«, sagte Decker. »Ich meinte natürlich, nach dem Abendessen.«

Hannah wurde wieder fröhlich. »Klar kannst du nach dem Abendessen Zeitung lesen, Daddy. Wenn wir mit Squiggles fertig sind.«

»Sie hat mich verplant«, beklagte sich Decker.

»Ja, das hat sie.« Rina lächelte wehmütig. »Die Glückliche. Sie muß erst noch lernen, wie vergeblich Pläne sein können.«

Pluto führte die Detectives in einen Alkoven neben dem Allerheiligsten. Die Wände waren mit Bücherregalen voll gestellt. Alle Bücher hatten mit Metaphysik zu tun, was Marge kaum überraschte. Nova, der Fußpfleger, zögerte, bevor er Marge gegenüber Platz nahm. Sofort setzte sich Oliver neben ihn, rückte ihm sozusagen auf die Pelle.

Nova war untersetzt, hatte schütteres Haar und schien Mitte dreißig zu sein. Er trug das Gewand eines privilegierten Helfers – blau mit der purpurfarbenen Weste –, doch auf seiner Weste war ein Äskulapstab aufgestickt. Sein rundes Gesicht war glatt, die Augen dunkel und groß. Das dünne, sandfarbene Haar war von grauen Strähnen durchzogen. Seine Hände zitterten – wohl vor Nervosität. Zu Recht, wie Marge fand. Wie kam er dazu, einen Totenschein auszustellen!

Pluto blieb im Eingang stehen, die Arme vor der Brust verschränkt. Seine Haltung machte klar, daß er nicht daran dachte, sie allein zu lassen. Marge sah ihn an und sagte: »Danke, Sir, Sie können jetzt gehen.«

»Ich ziehe es vor zu bleiben«, erwiderte er.

»Das merke ich«, sagte Marge. »Ich versuche nur, höflich zu sein.«

Pluto blieb, wo er war.

Oliver zuckte die Schultern. »Wenn unsere Anwesenheit ein Problem ist, Sir, können wir Nova auch mit aufs Revier nehmen …«

Novas Stimme war ein bißchen zittrig. »Ich weiß deine Solidarität zu schätzen, Bruder Pluto, aber wenn sie mit mir allein reden wollen, habe ich nichts dagegen.«

Plutos Augen wurden schmal.

Rasch fügte Nova hinzu: »Du weißt, wie sehr ich deine Weisheit respektiere, Bruder Pluto. Wenn ich Hilfe brauche, werde ich dich sofort holen.«

»Machen Sie es uns doch nicht so schwer«, bat Marge.

Pluto funkelte die Detectives wütend an. »Wir haben alle zu arbeiten. Beeilen Sie sich.« Dann drehte er sich um und ging.

Oliver stand auf und schaute um die Ecke. Pluto war in der Nähe stehengeblieben. Oliver winkte ihn weg. Der untersetzte Mann wurde zornrot, verließ aber endlich den Tempel.

Oliver kehrte zu seinem Platz zurück. »Bruder Pluto hat wohl ein Vertrauensproblem.«

»Er will uns nur beschützen«, sagte Nova.

»Ich glaube, da steckt mehr dahinter.« Oliver gab Marge

den Kassettenrecorder. »Er will nicht, daß Sie das Falsche sagen.«

»Ich kann für mich selbst eintreten!« protestierte Nova.

Marge sprach die notwendigen Identifikationen auf Band und stellte den Recorder dann vor Nova auf. »Sie übernehmen also die volle Verantwortung für Ihre Handlungen?«

»Natürlich!« Nova war entrüstet. »Wir sind alle Erwachsene.«

»Dann sagen Sie mir«, fuhr Marge fort, »wieso Sie Jupiters Totenschein ausgestellt haben, wo Sie doch nur Fußpfleger sind.«

Nova hob die Stimme. »Ich habe eine Ausbildung als praktischer Arzt, Detective. Ich bin hier der Qualifizierteste für eine solche Entscheidung.«

»Wenn wir uns auf einer einsamen Insel befänden, würde ich sagen, gut und schön«, sagte Marge. »Aber hier in L.A. gibt es Leute, die für so etwas besser qualifiziert sind. Als praktischer Arzt sollten Sie wissen, daß Fälle mit ungeklärter Todesart eine Untersuchung erfordern.«

»Ich konnte nicht wissen, daß es sich um einen solchen handelte.«

»Genau«, erwiderte Marge. »Eben deshalb hätten Sie die Polizei rufen und den Fall denen übergeben sollen.«

»Ich verwahre mich gegen diese Art der Befragung.«

»Sie können sich gern dagegen verwahren, so lange Sie meine Fragen beantworten«, sagte Marge. »Warum haben Sie nicht die Polizei gerufen?«

»Ich sah keine Notwendigkeit ...«

Marge unterbrach. »Wie viele Autopsien haben Sie als Fußpfleger durchgeführt, Sir?«

Oliver mischte sich ein. »Sir, wir stellen hier nicht Ihre Fähigkeiten in Frage. Wir möchten nur wissen, warum Sie sich so weit vorgewagt haben.«

»Wurden Sie dazu gezwungen?« wollte Marge wissen.

»Keineswegs!«

»Warum haben Sie es dann getan?«

»Weil Vater Jupiter tot war!« Nova war puterrot, Schweiß tropfte ihm von der Stirn. »Jemand mußte den anderen klarmachen, daß er nicht zum irdischen Leben zurückkehren würde. Ich spürte, daß ich der Erwählte für diese Aufgabe war.«

»Wann haben Sie ihn untersucht?« fragte Oliver.

»Wann?«

»Um wieviel Uhr?« sagte Marge.

Nova wischte sich das Gesicht mit einem Papiertuch ab. »Gegen fünf Uhr morgens. Vielleicht ein bißchen später.«

»Und Sie haben ihn gründlich untersucht?«

»Selbstverständlich.«

»Haben Sie seinen Puls gefühlt?«

»Das ist beleidigend!«

»Sein Herz abgehört?«

Nova sprang auf. »So lasse ich mich nicht behandeln!«

»Auf einem offiziellen Totenschein muß die Todeszeit angegeben werden«, sagte Marge. »Welche Uhrzeit haben Sie eingetragen?«

Der Ordensbruder zögerte. »Ich kann mich nicht an den genauen Zeitpunkt erinnern. Wie ich bereits sagte, wurde ich kurz nach fünf gerufen.«

»Aber das war nicht der eigentliche Zeitpunkt des Todes«, sagte Marge.

»Was meinen Sie damit?«

»Ich meine, Jupiter ist nicht genau um fünf gestorben.« Marge sah ihn durchdringend an. »Oder doch?«

»Detective ...« warnte Oliver. Er wandte sich an Nova. »Ich weiß, es hört sich so an ... als würden wir Ihre Kompetenz in Zweifel ziehen.«

»Allerdings!« Nova warf Marge einen düsteren Blick zu. »Ich habe nur meine Pflicht getan – dem Orden und meinem Beruf gegenüber.«

»Das heißt, Sie haben Jupiters Füße auf Hühneraugen untersucht?«

»Detective ...« Diesmal meinte Oliver seinen Tadel ernst. Zu Nova sagte er. »Wollen Sie sich nicht wieder setzen?«

Widerstrebend nahm Nova Platz, weigerte sich aber, Marge anzusehen. Sie stand auf. »Ich muß auf die Toilette. Keine Sorge, ich finde schon hin.«

Sobald sie gegangen war, wischte Nova sich wieder die Stirn. »Die Frau ist eine Schande für Ihre Abteilung!«

»Sie ist eine gute Polizistin«, erwiderte Oliver entschieden.

»Sie ist niederträchtig!« Nova ahmte sie nach: »›Das heißt, Sie haben seine Füße auf Hühneraugen untersucht?‹ Sie hat nicht die geringste Ahnung, was ein Fußpfleger ist oder was er tut. Wir sind hervorragend ausgebildet.«

»Das bezweifle ich nicht«, besänftigte ihn Oliver. »Aber wir sind beunruhigt, weil Sie nicht sofort die Polizei verständigt haben.«

»Was spielt das für eine Rolle?« fragte Nova. »Die Polizei ist ja offensichtlich benachrichtigt worden.«

»Haben Sie sie gerufen?« wollte Oliver wissen.

Nova wurde nervös. »Nein.«

»Aber jemand hat es getan. Haben Sie eine Ahnung, wer das war?«

»Mir wurde gesagte, es sei Ganz' Tochter gewesen – Europa.«

»Irgendeine Vermutung, wer sie angerufen hat?«

»Nein.«

Aber er wand sich, als er das sagte. Oliver hakte nicht nach … noch nicht. »Wer hat Sie zu Jupiter gerufen?«

»Bruder Pluto. Er bat mich festzustellen, woran Jupiter gestorben ist … damit wir unseren Brüdern und Schwestern etwas sagen konnten. Ich mußte innerhalb von Sekunden entscheiden, was die Todesursache war. Vergessen Sie nicht, auch ich war wie betäubt. Schockiert! Obwohl Vater Jupiter mir nie schwächlich vorkam, war er immerhin schon über siebzig. Ein Herzinfarkt erschien mir da nicht abwegig. Ich wußte, falls mehr dahinter steckte, würde es sich später schon zeigen.«

Oliver kratzte sich an der Nase. »Was meinen Sie mit *mehr*, Sir?«

Nova stotterte: »Na ja, falls der Tod durch etwas anderes als einen Herzanfall ausgelöst wurde.«

»Hat Sie die leere Schnapsflasche nicht stutzig gemacht?«

Wieder zögerte Nova. »Alkohol kann einen Herzanfall auslösen, besonders bei einem älteren Mann.«

»Hat Vater Jupiter getrunken?«

»Nur gelegentlich ein Glas Wein.«

»Aber für gewöhnlich keine ganze Flasche Wodka.«

»Natürlich nicht ... zumindest nicht, soweit ich weiß.«

»Heißt das, er könnte getrunken haben, aber Sie wissen nichts davon?«

Die Nervosität des Fußpflegers wurde stärker. »Ich habe Vater Jupiter nie als unmäßig erlebt. Außerdem wissen Sie nicht, wieviel Alkohol er zu sich genommen hat. Die Flasche kann auch innerhalb eines ganzen Jahres ausgetrunken worden sein.«

»Der Autopsiebericht wird zeigen, wie hoch sein Blutalkohol war«, sagte Oliver.

»Dann schlage ich vor, daß Sie Ihre Fragen bis dahin verschieben.«

»Wir stellen unsere Fragen lieber gleich. Die Erinnerung ist dann noch frischer.«

»Es gibt nichts weiter zu sagen. Ich habe den Totenschein ausgestellt, weil er tot war.«

Oliver starrte ihn an. »Wie sind Sie an einen offiziellen Totenschein gekommen? Die gibt es nur im Büro des Coroners. Wieso hatten Sie überhaupt welche hier?«

»Das weiß ich nicht. Aber wir haben sie.«

Oliver bemerkte, daß Nova an ihm vorbei schaute und seinem Blick auswich.

Der Fußpfleger sagte: »Vielleicht hätte ich es als natürlichen Tod eintragen sollen. Aber wenn mehr daran ist, dann ist mir ungewollt ein Fehler unterlaufen.«

Marge kam zurück. »Ungewollt im Gegensatz zu gewollt?«

Nova sagte nichts, machte nur ein mürrisches Gesicht.

»Übrigens haben Sie die Todeszeit mit fünf Uhr zweiunddreißig angegeben«, sagte Marge. »Sie sagen, Sie seien gegen fünf gerufen worden. Was haben Sie in dieser halben Stunde gemacht?«

Nova sah sie triumphierend an. »Eine gründliche Untersuchung braucht eben Zeit, Detective.« Er wandte sich an Oliver. »Sonst noch etwas? Ich habe noch andere Verpflichtungen.«

Marge warf ein: »Haben Sie eine Ahnung, wer Europa von Jupiters Tod informiert haben könnte?«

»Darüber haben Ihr Kollege und ich bereits gesprochen.«

»Bitte beantworten Sie die Frage.«

»Nein, ich weiß nicht, wer Europa angerufen hat.«

Aber Marge bemerkte, daß Bruder Nova rot geworden war.

» 10 «

Der richtige Zeitpunkt war entscheidend. Als Decker noch darüber nachdachte, ob es klug sei, das Thema beim Essen anzuschneiden, kam ihm Sammy zuvor. »Hat Ima dir von meiner Entscheidung wegen Israel erzählt?«

Deckers Gabel schwebte in der Luft. »Hat sie.«

»Und was hältst du davon?«

Jetzt gab es kein Zurück mehr. Decker leerte die Gabel und kaute langsam; seine Ellbogen ruhten auf der Tischplatte aus Kirschholz – eine seiner Tischlerarbeiten aus der Junggesellenzeit. Er hatte den Tisch gerade fertig gebaut, als er Rina kennenlernte, und die Platte hatte dank ihrer unermüdlichen Pflege einen warmen, honigfarbenen Glanz. Deckers Blick wanderte in die Runde – zuerst zu seiner Tochter, dann zu seinen Stiefsöhnen. Jacob mit seinen knapp sechzehn Jahren würde in zwei Monaten seinen Führerschein machen. Das würde noch ein Spaß werden. Der Junge fing seinen Blick auf und lächelte ihm mit blitzblauen Augen zu, die er von seiner Mutter geerbt hatte. Decker lächelte zurück.

Und dann Sam – düster und ernst. Der Siebzehnjährige war inzwischen über einsachtzig groß. Ein schlaksiger Junge. Dabei auch muskulös. Dunkle Augen und dickes, sandfarbenes Haar – gutaussehend und intelligent. In gewissem Sinne war er fast ein Erwachsener. Aber die Betonung lag auf *fast*.

Decker legte die Gabel hin und wischte sich den Mund ab. Sorgfältig wählte er seine Worte. »Bist du offen für andere Meinungen, oder ist es eine beschlossene Sache?«

»Ich wüßte einfach gerne, was du dazu meinst.«

»Weißt du, was Sarah heute gemacht hat, Daddy?« unterbrach Hannah.

»Ob du es glaubst oder nicht, deine Meinung interessiert mich«, fuhr Sammy fort.

Hannah sprach lauter. »Sie hat meinen ganzen Lunch aufgegessen. Ist das nicht frech?«

»Toll, Hannah«, murmelte Sammy. »Also, was meinst du?«

»Ist das nicht frech, Daddy?«

Decker erwiderte: »Ich mach mir Sorgen, weil du in die umstrittenen Gebiete willst ...«

Hannah rief: »Ist das nicht *frech*, Daddy?«

»Sei ruhig, Hannah!« sagte Sammy.

Das kleine Mädchen machte ein langes Gesicht.

»Ja, das ist sehr frech«, erwiderte Decker. »Sam, vielleicht ist das jetzt nicht der richtige Zeitpunkt.«

»Warum sind ihre Bedürfnisse immer wichtiger als meine!« brauste Sammy auf. »Die Sache ist wichtig für mich! Kann sie nicht lernen, erstmal zu warten, bevor sie einen unterbricht?«

»Es geht nicht darum, daß ihre Bedürfnisse wichtiger wären.« Decker griff nach der Hand seiner schmollenden Tochter. »Aber sie ist erst fünf.«

»Na fein!« meinte Sammy wegwerfend. »Vergiß es. Ich schreib dir eine Postkarte aus Gush.«

»Schmuel«, versuchte es Rina.

»Ich sagte, *vergiß* es!«

»Schrei deine Mutter nicht an«, wies ihn Decker zurecht. »Schließlich steht sie auf deiner Seite.«

»Ich stehe auf niemandes Seite«, sagte Rina bestimmt.

Jacob stand auf. »Heh, Hannah. Sollen wir ein Gesicht auf dem Computer malen?«

Die Kleine hatte immer noch Tränen in den Augen. Sie sah zu Jacob, dann erwartungsvoll zu ihrer Mutter. Rina sagte: »Nur ein paar Minuten, Hannah. Dein Bruder hat noch nicht gegessen.«

Jacob streckte seiner kleinen Schwester die Hand hin. »Komm, Spatz. Willst du noch mal das Mädchen mit dem Schnurrbart malen?«

Hannah kicherte, sprang auf und warf dabei ihren Stuhl um.

»Danke, Yonkele«, sagte Rina und richtete den Stuhl wieder auf.

»Ja, Jake, der *gute* Sohn«, murmelte Sammy.

»Er versucht nur, dir zu helfen, Schmuel«, rügte Rina.

»Ich weiß, ich weiß ...« Er sah Decker an. »Ich bin nervös. Ich hab Angst, daß du nein sagst, ohne mir überhaupt zuzuhören. Und selbst wenn du mir zuhörst – was ich nicht glaube –, wirst du trotzdem nein sagen.«

Decker versuchte, sein Aufbrausen zu unterdrücken. »Du hast mich also schon verurteilt, bevor ich ein einziges Wort gesagt habe.«

»Ich kenn dich einfach.«

»Warum reden wir dann noch darüber?«

»Weil ich nach wie vor an deiner Meinung interessiert bin.«

»So wertlos sie auch sein mag...«

»Das hab ich nicht gesagt«, unterbrach Sammy.

»In Ordnung«, sagte Decker. »Jetzt beruhige dich erstmal.«

»Ich bin ruhig«, zischte Sammy. »Du bist derjenige, der nicht ruhig ist.«

Langsam, Deck, du kannst nicht gewinnen. Decker nahm einen großen Schluck Wasser. »Ich war von Anfang an nicht begeistert davon, daß du nach Israel willst, Sam. Aber daß du auf eine Jeschiwa willst, die hinter der grünen Grenze liegt, macht mich sehr nervös. Ich mache mir berechtigte Sorgen um deine Sicherheit.«

»Dad, ich habe mit vielen geredet, die dort waren«, sagte Sammy. »Sie sagen, es ist sehr sicher. Viel sicherer als Jerusalem. Weißt du, das größte Problem in Israel sind die verrückten Fahrer – ein viel größeres Problem als der Terrorismus. Und Gush ist draußen auf dem Land, also ist es da viel ruhiger.«

»Wenn sie nicht gerade auf dich schießen.«

»Die palästinensischen Dörfer liegen weiter unten, Dad. Gush ist oben auf dem Hügel.«

»Du willst also ein ganzes Jahr in dieser winzigen Enklave verbringen und nie ins eigentliche Israel hinüberfahren?«

»Nein, natürlich nicht. Gush liegt zwanzig Minuten von Jerusalem entfernt auf dieser neuen *kfeesh*, die an ...«

»Was ist eine *kfeesh*?« fragte Decker.

»Eine Straße«, sagte Rina. »Vor drei Jahren haben sie die Tunnelstraße gebaut, die einige der palästinensischen Dörfer umgeht.«

»Die *Tunnel*straße?« fragte Decker.

Rina nickte. »Sie haben zwei Tunnel unter den Hügeln hindurch gegraben.«

»Warum Tunnel?«

»Ich nehme an, es war einfacher, den Berg zu untertunneln, als die Straße drüber weg zu bauen. Die Straße umgeht Bethlehem.«

»Das ist der größte Unruheherd«, fügte Sammy hinzu.

»Sammy, die ganze Gegend ist ein einziger Unruheherd.« Decker konnte nur daran denken, wie einfach es war, einen Tunnel zu zerstören. »Du sitzt da mitten im Palästinensergebiet.«

»Gush liegt nicht in der Mitte von irgendwas«, gab Sammy zurück. »Es ist ein eigener Ort. Den gibt es schon seit ... wie vielen Jahren, Ima?«

»Ungefähr dreißig.«

»Dad, das ist kein Camp mit Zelten und Schlafsäcken, wie die Zeitungen behaupten. Da gibt es Märkte und Schulen und Häuser …«

»Wie viele Juden leben da und wie viele Palästinenser?«

»Dad …«

»Es geht mir nicht um Politik, Sammy. Ich spreche von Zahlen, Bevölkerungszahlen. Und die Palästinenser sind weit in der Überzahl. Jedes Mal, wenn einer unserer Präsidenten hier zu Hause Schwierigkeiten kriegt, verlegt er sich auf die Außenpolitik. Was ihn gewöhnlich auf den Nahen Osten bringt und auf einen neuen Friedensplan. Und jedes Mal, wenn Amerika mit einem Friedensplan hausieren geht, regt sich irgend jemand da drüben furchtbar auf. Mir ist nicht wohl dabei, dich – meinen Sohn, den ich sehr liebe – mitten in der Gefahrenzone zu wissen.«

»Es ist nicht gefährlich!« beharrte Sammy.

»Wieso? Nur weil ein paar Halbwüchsige, die sich für unsterblich halten, das behaupten?« sagte Decker. »Vielleicht bin ich nur ein dämlicher Amerikaner, der daran glaubt, daß es ein Krisenherd ist, wie die Zeitungen behaupten. Vielleicht lieben die Palästinenser uns wirklich und wollen den Frieden und helfen dir mit Freuden, wenn dir nachts um drei das Auto kaputtgeht.«

»Hier nachts um drei eine Autopanne zu haben, ist genauso gefährlich«, rief Sammy.

»Der Unterschied ist nur, daß du ein Autotelefon hast und mich anrufen kannst. Wen wirst du da drüben anrufen, Sammy?«

Sammy sackte in sich zusammen. Schweigen senkte sich über den Raum. Schließlich sagte er: »Abba war dort.«

Das Schweigen dehnte sich. Dann sagte Decker: »Ich weiß. Glaubst du, er würde wollen, daß du dein Leben in Gefahr bringst?«

»Mein Leben wird nicht in Gefahr sein! Du übertreibst. Wie immer!«

Decker wollte etwas sagen, hielt sich aber zurück. »Na gut, Sammy. Du hast mich nach meiner Meinung gefragt. Du weißt, wie ich darüber denke. Wenn ich zu entscheiden hätte, würdest du direkt auf die Jeschiwa-Universität gehen.«

»Ich hab dir doch gesagt, daß mir mein Jahr in Israel angerechnet wird.«

Decker biß sich auf die Lippe. »Ich halte mich da raus. Es ist deine Entscheidung.«

»Gut, dann gehe ich nach Gush.«

Decker zuckte die Schultern. »Kann ich dich noch etwas fragen?«

»Was?«

»Wenn es Gush nicht gäbe, wohin würdest du dann gehen?«

»Kerem b'Yavneh«, sagte Rina. »Shalavim.«

Decker sah Rina an. »Sind das schlechte Orte?«

»Schlecht?«

»In gefährlichen Gebieten?«

»Sie sind diesseits der grünen Grenze.«

»Und sind es gute Jeschiwas?«

»Hervorragende.«

»So gut wie Gush?«

»Auf jeden Fall«, erwiderte Rina.

Decker blickte Sammy an, ohne etwas zu sagen. Der Junge warf die Hände hoch. »Wenn du mir verbietest, nach Gush zu gehen, würde ich mich wahrscheinlich für Shalavim entscheiden.«

»Geht David nicht nach Shalavim?« fragte Rina.

»Ich muß doch nicht alles machen, was David macht, Ima. Wir sind keine siamesischen Zwillinge.«

»Ich meinte doch nur …«

»Hört zu, ihr entscheidet«, explodierte Sammy. »Schließlich bezahlt ihr ja auch.« Er stand auf. »Ich geh Yonkie ablösen. Damit der *gute* Sohn sein Essen bekommt.« Er stapfte hinaus.

Schweigen machte sich breit. Dann flüsterte Decker: »Wo hat er denn diese Guter-Sohn-, Schlechter-Sohn-Idee her?«

»Wahrscheinlich fühlt er sich wie ein schlechter Sohn – sowohl dir als auch Yitzhak gegenüber«, flüsterte Rina zurück. »Er möchte, daß du die Entscheidung für ihn triffst.«

»Das werde ich nicht tun. Ich hab gesagt, was ich zu sagen habe. Alles andere liegt bei ihm … oder dir.« Decker hielt kurz inne. »Hast du eine Meinung dazu?«

»Ich hätte ihn gern diesseits der grünen Grenze.«

»Warum hast du das dann nicht gesagt?«

»Ich fand, einer ist genug. Warum sollen beide auf ihn einreden?«

»Das hat nicht zufällig etwas mit Loyalität gegenüber dem Andenken deines Mannes zu tun, oder?«

Rina war bestürzt. »Du bist mein Mann, Peter. Deine Meinung ist ausschlaggebend für mich. Ich dachte, das wäre inzwischen klar.«

Decker rieb sich die Stirn. »Tut mir leid.«

Sie beugte sich vor und gab ihm einen Kuß. »Es war ein langer Tag, was?«

»Ja.«

»Und dann kommen nachher auch noch Marge und Scott. Du arbeitest zu schwer.«

»Mag sein.«

»Sollen wir hinterher eine kleine Tour mit dem Porsche machen? Die Jungs können auf Hannah aufpassen.«

»Aber nur, wenn du mir versprichst, den Porsche nicht als Naziauto zu bezeichnen.«

Rina lächelte. »Ich versprech's.«

Decker grummelte: »Eine Fahrt wohin? Zum neuen Haus?«

»Ich hab ein paar Tapetenmuster in der Küche hängen.«

»Und so was schlägst du als Entspannung vor? Tapeten für die Küche auszusuchen?«

»Wenn du dich ordentlich benimmst – ich weiß, das ist sehr viel verlangt –, zeige ich dir vielleicht auch die neue Matratze im Schlafzimmer.«

Decker lachte leise. »Tja, das eröffnet ganz neue Möglichkeiten.«

»Allerdings.«

Er lächelte. »Du hast wirklich großartige Ideen, weißt du das?«

Rina streichelte seine Hand. »Ich hab eben den Dreh raus.«

Decker führte sie ins Wohnzimmer, weil dort der Fernseher und das Videogerät standen. Marge setzte sich aufs Sofa, Oliver in einen Sessel. Rina blieb stehen, neugierig, aber schweigend.

Decker legte die »geborgte« Videokassette ein.

Jupiter erschien auf dem Bildschirm. Er wirkte jünger als siebzig; wahrscheinlich war das Video schon älter. Es hatte die Körnigkeit alten Materials.

Alle sahen schweigend zu. Fünf Minuten vergingen, dann zehn. Immer noch sagte keiner ein Wort.

Ganz' Haar war silbrig-weiß, aber noch sehr dicht. Er hatte ein paar Falten im Gesicht, doch seine Haut wirkte straff. Sie hatte einen Farbton, der zwischen rot und orange schwankte, und schien zu schimmern, was aber vermutlich an der Aufnahmequalität lag. Seine Augen – ein undefinierbares Blau-Grün-Grau-Schwarz – blitzten, während er sprach. Obwohl der Guru direkt in die Kamera sah, war er schwer zu verstehen. Seine Stimme schien willkürlich lauter und leiser zu werden, unabhängig von dem, was er sagte.

Um die Wahrheit zu sagen, selbst nach fünfzehn Minuten war Decker noch nicht klar, worauf der Mann hinauswollte. Es hatte etwas mit Wohltätigkeit und Pflicht, Liebe und Ehre zu tun. Seine Sprache war größtenteils blumig und diffus. Und doch hatte er etwas Magnetisches. Eine starke Ausstrahlung und Persönlichkeit. Decker sagte: »Der Mann ist eindeutig von etwas besessen.«

»Begreift ihr, was er sagt?« fragte Oliver.

»Ist nicht wichtig«, erwiderte Marge. »Der versteht bestimmt selber nicht, was er sagt. Aber er hat etwas Fiebriges.«

»Halleluja!« sagte Oliver. »Die Dummen sterben nicht aus.«

Marge sah zu Decker. »Wie lang ist das Band?«

»Keine Ahnung.«

»Der Mann kann wirklich reden – und das nonstop.«

»Vielleicht wurde das Band geschnitten.«

»Das glaube ich nicht«, sagte Rina. »Mir kommt es ungeschnitten vor.« Sie lächelte. »Es liegt daran, daß er auf einer Kanzel steht. So was kann selbst einen Taubstummen in einen Vielredner verwandeln.«

»Da sagst du was«, meinte Marge. »Im Gottesdienst hatte ich immer das Gefühl, der Pastor würde nie fertig.«

»Wirklich?« Rina lächelte. »Und ich dachte, das gilt nur für Rabbis an Jom Kippur. Begeistert darüber, daß sie endlich mal vor vollem Haus sprechen können.«

Auch Decker lächelte. »Ich seh schon, keiner von euch ist je bei einem Erweckungstreffen der Baptisten gewesen. Das dauert keine Stunden, sondern Tage.«

Während Rina auf den Fernseher sah, runzelte sie die Stirn, konzentrierte sich auf die nur schwer verständlichen Worte. »Das kommt mir bekannt vor.« Sie wiederholte die Worte. »›Fürwahr, wie ich es erwog, so geschieht es, und wie ich es beschlossen habe, so kommt es zustande.‹ Kannst du das noch mal zurückspulen, Peter?«

»Kein Problem.« Peter hielt das Band an, spulte zurück und drückte auf Play. Rina hörte sich Ganz' Predigt aufmerksam an.

Der große Jupiter sprach mit Stentorstimme. Sein unnatürlich rotes Gesicht füllte den Bildschirm. »Daß ich sie zerschmettern werde in meinem Land … das ist der Ratschluß, den *ich* über die ganze Erde beschlossen habe. Die ganze Erde, meine Brüder und Schwestern. Wer will's mir wehren? Wer an meinen Worten zweifeln? Wer will sie anfechten? Wer sich abwenden?«

»Hältst du da bitte mal kurz an, Peter?«

»Ja, Ma'am«, sagte er gehorsam.

Rina ging zu ihrer jüdischen Bibliothek und zog ein Buch heraus. »Das klingt wie die Worte eines der Propheten. Ich versuch's mal bei Jesaja. Hört sich ganz nach ihm an.« Sie blätterte in dem dicken Band. »Was für ein Gedächtnis! Da ist es ja.« Rasch las sie die Passage durch. »Er gibt es etwas freier wieder.«

»Von welchem *Ratschlag* redet Jupiter?« fragte Marge.

Rina zuckte die Schultern. »Ich weiß nicht, auf was *er* sich bezieht. Jesaja sprach über die Babylonier. Daß Haschem – in dem Fall eher Gott – sie für die Zerstörung des Landes Israel bestrafen wird.«

»Bisher hat Jupiter nur sich selbst zerstört«, sagte Marge.

»Oder jemand hat Jupiter zerstört, bevor er ihn ... oder sie zerstören konnte«, hielt Oliver dagegen.

»Du hast dich wirklich in die Mordtheorie verbissen, Scott«, brummte Decker.

»Allerdings.«

»›Daß ich sie zerschmettern werde in meinem Land ...‹« Decker drückte auf die Stop-Taste. »Das läßt ja nun alle möglichen Interpretationen zu. Der Orden nennt uns ›Verleumder‹. Vielleicht denkt er, wir verleumden dieses Land, also die Erde, zerstören sie, wie es die Babylonier mit Israel getan haben.«

»Gibt der Bezeichnung ›Hollywood Babylon‹ eine ganz neue Bedeutung«, meinte Rina.

»Glaubst du, Jupiter hatte irgendwas vor?« fragte Marge.

»Für mich salbadert er nur«, erwiderte Rina. »Mehr noch, er ist ein Plagiator. Zitiert aus vorhandenen Texten, ohne die Quellen zu nennen. Ich wette, die meisten seiner Reden sind geklaut.«

Oliver runzelte die Stirn. »Dieser Jesaja hört sich nicht gerade fröhlich an.«

»Die Propheten waren alle eher düster«, sagte Rina. »Vielleicht passiert das, wenn man Visionen hat.« Sie hielt kurz inne. »Klingt, als hätte Jupiter auch Visionen gehabt. Und nicht gerade welche der göttlichen Art.«

»Ohne dir zu nahe treten zu wollen, Rina, aber wenn man die Propheten liest ... den Text, so wie er dasteht ... klingen sie schon ein bißchen abstrus«, meinte Decker.

»Könnte der Grund sein, warum keiner auf sie hören wollte«, sagte Rina. »Es ist nicht leicht, der Verkünder von Verderben und Verdammnis zu sein. Den Leuten das zu sagen, was sie nicht hören wollen. Aber der wichtigste Unterschied ist, daß Jupiter plagiiert. Die biblischen Propheten waren wenigstens echt.« Sie sah auf die Uhr. »Ich muß Hannah ins Bett bringen.«

Decker nahm das Video heraus. »Ich glaube, wir haben genug gesehen.«

»Selbst als älterer Mann sah Jupiter noch gut aus«, stellte Rina fest.

»Beeindruckendes Gesicht«, stimmte Marge zu.

»Siehst du das nur so, weil du weißt, wer er ist?« fragte Decker.

»Nein, er hat ... etwas Charismatisches an sich.«

»Was?« schnaubte Oliver verächtlich.

»So wie er in die Kamera schaut«, fuhr Rina fort. »Er schaut einen direkt an. Als wäre man der einzige, auf den es ankommt.« Sie lächelte. »Das hat schon was.«

»Und ich rede nicht so mit dir?« fragte Decker.

»Natürlich tust du das«, gab Rina zurück. »Du bist sehr charismatisch, Peter.«

Decker sah sie mit schiefem Blick an. »Warum höre ich da einen sarkastischen Unterton heraus?«

»Sie hat dir ein Kompliment gemacht, Loo.« Marge knuffte ihn in den Arm. »Sag danke.«

»Danke.«

Rina lächelte. »Wie kommt es, daß nur wir Frauen so etwas verstehen?«

»Die bessere Frage wäre, warum Frauen Opern und Suppe mögen«, warf Oliver ein.

»Wie bitte?« sagte Rina.

Marge winkte ab. »Hör nicht auf ihn, Rina.«

»Du findest Ganz also charismatisch?« fragte Decker.

»Ja, allerdings. Und so sehr kann ich eigentlich nicht danebenliegen. Wie viele Mitglieder hat der Orden?«

»Jemand sagte mir, es seien zweihunderfünfunddreißig«, erwiderte Decker. »Aber ich glaube, da sind die Babys nicht mitgezählt.«

»Also wie viele Kinder insgesamt?«

»Zu viele«, sagte Decker.

Marge wartete, bis Rina hinausgegangen war. Dann sagte sie: »Nova ist rot geworden, als ich ihn fragte, ob er wüßte, wer Europa angerufen hat.«

»Ich hab ihm dieselbe Frage gestellt, als du auf dem Klo warst«, sagte Oliver. »Bei mir hat er es ebenfalls abgestritten. Der Kerl ist ein miserabler Lügner. Was gut ist. Bedeutet vielleicht, daß er nicht total ausgeflippt ist.«

»Warum meinst du, daß er ausgeflippt ist?«

»Weil alle in dieser Sekte spinnen.«

Decker dachte darüber nach, überlegte, ob Ultra-Religiöse sektiererisch seien. An diesen Aspekt seines eigenen Glaubens mußte er jedes Mal denken, wenn er eine Jeschiwa betrat. Nach acht Jahren war ihm das orthodoxe Judentum immer noch fremd. Fremdartig, aber nicht bedrückend. Die Jeschiwa, die *er* kannte, war mit Sicherheit keine Sekte – nicht mit Rabbi Schulman an der Spitze. Jeder kam und ging, wie es ihm gefiel. Rina war das beste Beispiel. Nachdem sie vier Jahre dort gelebt hatte – zwei mit ihrem Ehemann und zwei allein –, zog sie mit dem Segen des Rabbis fort.

Er sah auf die Uhr. Es war fast neun. Eine halbe Stunde lang hatten sie sich das Video angesehen. Reine Zeitverschwendung. Einen Tag konnten sie dem Fall noch widmen. Um etwas zu tun zu haben, bis der Autopsiebericht kam.

Er griff nach der Thermoskanne mit dem Kaffee, die auf dem Beistelltisch stand. »Will noch jemand?«

Marge schob ihm ihren Becher hin. »Randvoll.«

Decker füllte ihren und seinen Becher auf. »Scott?«

»Für mich nicht«, lehnte Oliver ab. »Übrigens, das war Klasse, Dunn.« Er wandte sich an Decker. »Du hättest dabeisein sollen. Sie hat ihn auf die Palme gebracht, aber nicht so sehr, daß er nicht mehr reden wollte.«

»Gute Arbeit«, sagte Decker.

»Gehört alles mit dazu«, erwiderte Marge. »Wichtig ist, wir wissen jetzt, daß Nova etwas mit dem Anruf zu tun hatte.«

»Europa sagte, es war eine Frau«, sagte Decker.

»Also hat er jemand anders dazu gebracht«, meinte Oliver. »Jetzt ergibt das alles einen Sinn, Loo. Pluto hat Nova gezwungen, die Todesursache festzulegen und den Totenschein auszustellen. Nova mag dem Orden gegenüber zwar loyal sein, aber er ist nicht dumm. Er wußte, daß er kein qualifizierter Pathologe ist. Darum hat er jemanden dazu gebracht, die Polizei zu benachrichtigen und so seinen Arsch zu retten.«

»Aber der Anrufer hat Europa benachrichtigt, nicht die Polizei«, hielt Decker dagegen.

»Egal«, sagte Oliver. »Ich will damit nur sagen, daß Nova clever genug war, jemand anderem den Schwarzen Peter zuzuschieben. Er wollte nicht für die Diagnose, was zu Jupiters Tod geführt hat, verantwortlich sein.« Oliver lachte leise. »Ich komme einfach nicht über diese Namen hinweg – Nova, Jupiter, Venus … als ob Kinder ein Weltraumspiel spielen. Fehlt nur noch, daß sie einen Karton in Alufolie packen und als Raumschiff bezeichnen.«

»Nur, daß Jupiter tot ist«, sagte Decker.

Marge fragte nachdenklich: »Was denkst du, Pete? Falls Europa dahintersteckt, hätte sie Hilfe aus dem Orden gebraucht. Der Anruf hätte die Bestätigung dafür sein können, daß die Sache erledigt war.«

»Du sagst es.«

Oliver blieb skeptisch. »Wenn Europa ihren Dad aus dem Weg geräumt hat, warum sollte sie seinen Tod telefonisch melden?«

»Jemand mußte die Polizei informieren«, sagte Decker. »Hätten sie noch länger gewartet, hätte der Tod wirklich verdächtig ausgesehen, und wir hätten eine Untersuchung mit allem Drum und Dran einleiten müssen. Außerdem hat die Polizei durch Europas Anruf keine Stimmaufzeichnung ihrer Komplizin. Also wissen wir nicht, wer aus dem Orden ihr geholfen hat.« Er dachte über das Gesagte nach. »Wir wissen auch nicht, *wer* sie tatsächlich angerufen hat. Wir wissen noch nicht mal, ob es ein Mann oder eine Frau war. Wir haben nur Europas Aussage.«

»Hast du was gegen sie, Deck?« fragte Oliver.

»Nicht im geringsten«, erwiderte Decker. »Ich konstruiere bloß ›für alle Fälle‹.«

»Warum?«

»Aus verschiedenen Gründen. Ganz war ein berühmter Mann, dessen Tod alles andere als eindeutig ist. Sein Ableben wird zweifellos Wellen schlagen, und ich will sicher sein, daß wir vorbereitet sind. Außerdem wissen wir, daß die Leiche bewegt wurde ... einige Beweise sind verwischt, wenn nicht sogar beseitigt worden. Ich sage nicht, daß es Mord war. Aber sollte der Orden Ganz' Selbstmord absichtlich vertuschen, dann will ich wissen warum.«

» 11 «

Mit dem Hörer am Ohr blickte Decker von seinem Schreibtisch auf und sah Oliver am Türrahmen lehnen. Decker winkte ihn herein, hielt dann eine Hand mit gespreizten Fingern hoch, um anzudeuten, daß es noch fünf Minuten dauern würde. »Der Gerichtstermin ist um drei, Captain. Es wird eng für ihn, wenn er in die Stadt muß und dann hierher zurück ... nein, das sage ich doch, Sir. Der Fall ist vom Dezernat für Gewaltverbrechen bearbeitet worden, nicht von der Mordkommission … richtig, Angriff mit einer tödlichen Waffe, ist aus irgendeinem Grund den Kollegen in der Innenstadt übertragen worden … Nein, ich weiß nicht, warum. Mehr noch, ich habe keine Ahnung, warum der Richter damit einverstanden war.«

Er flüsterte Oliver zu, sich einen Stuhl ranzuziehen. Der Detective schloß die Tür und setzte sich. Deckers Büro war klein, aber abgetrennt, was zumindest ein gewisses Gefühl an Intimität vermittelte, wenn auch die Wände in der oberen Hälfte aus Milchglas bestanden – ein Fortschritt gegenüber den üblichen Kabuffs.

In den Hörer sagte Decker: »Wenn ich mich richtig erinnere, hat der Staatsanwalt zuerst Klage wegen schwerer Körperverletzung erhoben und später dann wegen Mord … vor etwa zwei Monaten … Ich glaube, das ist jetzt die dritte Vertagung. Diese Verzögerung ist absurd. Die Geschichte war vor einem Jahr, und der Staatsanwalt hat sich noch nicht mal entschieden, ob er auf Totschlag oder Mord plädiert. Aber das ist nicht unser Problem. Da geht's um internes Politikgerangel. Und von mir wird verlangt, daß ich einen meiner wertvollen Männer freistelle, nur damit sie gut dastehen. Ich sehe nicht ein, welchen Sinn das hat.«

Wieder sah Decker zur Tür. Jane Heard, die Sekretärin des Dezernats, war hereingekommen. Sie reichte ihm ein neues Bündel mit Telefonnachrichten und ging ohne ein Wort wieder hinaus. Auf Deckers Uhr war es halb zwölf. Er hing seit sieben Uhr am Telefon. Während er Strapp zuhörte, blätterte er den Stoß durch – jede Menge Routineanfragen, ein Anruf von Rina, die ihn daran erinnerte, daß sie nicht vor fünfzehn Uhr zu Hause sein würde, weitere Routineanfragen.

»Ja, ich fände es besser, wenn jemand eine Vertagung auf morgen früh beantragt. Das würde ihnen vor allem Zeit geben, sich endlich zusammenzureißen. Momentan ist Wiggins unterwegs … ein Familienstreit mit Waffengewalt. Warum sollte ich ihn davon abziehen, wenn die Anklage nicht mal steht … okay … okay. Das klingt gut. Ich rufe Sie an, sobald er zurück ist.«

Decker legte auf und spielte kurz den Irren, der den Kopf über die Welt schüttelt. Er griff nach einem Stift und notierte den morgigen Gerichtstermin in seinem überfüllten Tischkalender. »Was bringt dich denn in die Niederungen der Bürokratie, Detective?«

»Er war versichert«, erklärte Oliver.

»Was? Wer?« *Umdenken, Deck.* Er richtete sich auf. »Ganz besaß eine Versicherung? Wie hoch?«

»Eine Million Sterbegeld *und* eine Auszahlungspolice; etwa noch mal etwa eine Million.«

»Mein lieber Mann!« Decker machte große Augen. »Wer ist der Nutznießer?«

»Europa Dawn Ganz.«

»Einzige Nutznießerin?«

»Sie war in der Police angegeben, die er bei Mutual Guard über die Southwest University of Technology abgeschlossen hatte. Er kann noch Dutzende haben, von denen wir nichts wissen. Soll ich weiter nachforschen? Ich müßte von Null anfangen. Das braucht Zeit. Du entscheidest.«

»Wieviel hast du heute zu tun?«

»Im Moment nichts. Aber Webster und Martinez haben gerade einen Einsatz bekommen. Marge und ich sind beim nächsten dran.«

»Wenn ihr gerufen werdet, geht ihr. Aber bis dahin sieh zu, was du rausbekommen kannst.«

»Kein Problem. Ich telefoniere, während ich meinen Lunch esse.«

Die Erwähnung von Essen ließ Deckers Magen knurren. Er holte seine braune Papiertüte heraus. »Eine sehr hohe Police für einen Professor. Besonders, wenn man bedenkt, daß Ganz sie vor mehr als zwanzig Jahren abgeschlossen hat.«

»Fünfundzwanzig. Neunzehnhundertzweiundsiebzig.«

»Ich frage mich, ob Europa eine Auszahlung beantragt hat, als Ganz damals verschwand.«

»Komisch, daß du danach fragst. Mrs. Ganz, Europas Mutter, hat fünf Jahre nach Ganz' Verschwinden im Namen ihrer

Tochter Anspruch auf die Versicherungssumme erhoben. Aber Mutual Guard hat die Zahlung verweigert. Weil kein Beweis für seinen Tod vorlag.«

»Also wußte damals jemand von der Police.«

»Die Mutter. Ob Europa es auch wußte? Sie war erst fünfzehn.«

»Aber sie hätte trotzdem als Erwachsene gegolten.«

»Allerdings.«

»Und diese Police ist die ganzen Jahre über weitergelaufen?«

»Mehr als das, Boß. Im vergangenen Jahr wurde die Restsumme einbezahlt. Europa ist nicht nur die Nutznießerin der einen Million Sterbegeld, wenn wir ›Tod durch Unfall‹ bestätigen, sondern hat Anspruch auf die gesamte Versicherungssumme.« Oliver grinste vielsagend. »Plötzlich steht sie im Rampenlicht.«

Decker dachte nach. »Ob Ganz wohl geplant hatte, die Police zu Geld zu machen, als er verschwand? Andererseits kann er da noch nicht allzu viel eingezahlt haben. Vielleicht nur ein oder zwei Jahre. Damit hätte er sich kaum über Wasser halten können.«

Olivers Augen wurden schmal. »Wo war Ganz eigentlich während dieser zehn Jahre?«

»Das scheint keiner zu wissen ...«

»Verrückt ... einfach so abzuhauen.« Oliver schüttelte den Kopf. »Natürlich kann ich mir nicht vorstellen, wie es ist, so superklug zu sein. Sich mit den Ursprüngen des Universums zu befassen. Das muß doch seltsame Dinge mit der Psyche anstellen.«

Das erinnerte Decker an die Talmudgeschichte von den vier Rabbis, die in den Wald gingen, um über den Sinn des Lebens zu diskutieren. Einer der vier starb, der zweite wurde verrückt, und der dritte fiel vom Glauben ab. Nur Rabbi Akiva kam aus dem Wald zurück und hatte seinen Glauben nicht verloren. Die Geschichte bekam plötzlich eine ganz andere Relevanz.

»Als Ganz damals die Versicherung abschloß, Scotty, müssen die Prämienzahlungen für eine Million Dollar sehr hoch gewesen sein«, meinte Decker. »Warum hat er eine so hohe Versicherung abgeschlossen und sich so verausgabt, wo er doch nur Professor war?«

»Weißt du was? Ich wette, Ganz' Houdini-Nummer war von langer Hand vorbereitet. Vielleicht hat er das mit der Versicherung für seine Familie gemacht.«

»Du meinst, er wollte sein schlechtes Gewissen gegenüber seiner Familie beruhigen. Oder zumindest gegenüber seiner Tochter.«

»Könnte gut sein.«

»Aber du sagst, Mutual Guard hat nicht bezahlt.«

»Offenbar waren sie mißtrauisch. Und das zu Recht, weil Ganz vor fünfzehn Jahren wieder auftauchte.«

»Da muß Ganz schon gewußt haben, daß seine Tochter keine Millionärin war«, sinnierte Decker. »Irgendwann muß er rausgekriegt haben, daß die Versicherung nicht ausbezahlt wurde. Also kann er kein übermäßig schlechtes Gewissen gehabt haben.« Er nahm ein Sandwich aus der braunen Tüte. Roastbeef, und es sah sehr gut aus. Aber wenn er Brot aß, mußte er sich vorher rituell die Hände waschen. Daher zupfte er rasch eine Roastbeefscheibe heraus und verschlang sie mit einem Bissen. »Damit die Police all die Jahre weiterlief, muß jemand die Prämien eingezahlt haben. Ganz vielleicht?«

Oliver zuckte die Schultern. »Ich werde ein bißchen rumtelefonieren. Sehen, ob ich rauskriege, wer da bezahlt hat. Europa wäre logisch. Sie ist die einzige, die dabei etwas zu gewinnen hatte.«

»Woher hatte sie das Geld, um die Prämien zu bezahlen?« Decker blickte auf sein Sandwich und merkte plötzlich, daß er Kopfschmerzen bekam. Er mußte was essen. »Ich bin hungrig. Ich muß mir die Hände waschen.«

»Nur zu. Ich hol meinen Lunch rein.«

»Wenn Marge da ist, bring sie mit.« Decker stand auf, ging zur Toilette, wusch sich die Hände und sagte sein Gebet *außerhalb* des Klos. Regel Nummer eins. Keine Gebete auf dem Klo. Als er sein Büro wieder betrat, saßen Marge und Oliver an seinem Schreibtisch. Während Scott sie auf den neuesten Stand brachte, aß Decker sein Sandwich und trank zwei Flaschen Apfelsaft. Als Oliver fertig war, sagte Decker: »Angenommen, Jupiter hat plötzlich herausgefunden, daß die Police immer noch gültig war.«

»Er könnte beschlossen haben, sie sich auszahlen zu lassen«, sagte Marge. »Oder Venus als Nutznießerin einzusetzen. Europa paßte das nicht, also hat sie ihn flugs ins Jenseits befördert und es wie einen Tod durch Überdosis aussehen lassen.«

Decker kratzte sich an der Nase. »Kannst du mich nicht wenigstens meine Gedanken aussprechen lassen?«

»Hab ich recht?«

»Darum geht es nicht«, sagte Decker. »Falls Europa schuldig ist, muß ihr jemand aus dem Orden geholfen haben.«

»Wie wär's mit Guru Bob?« schlug Oliver vor. »Die beiden hatten mal was miteinander.«

»Warum nicht Venus?« fragte Marge. »Sie sind alte Freundinnen.«

»Meinst du nicht, Marge, daß Jupiter, wenn er die Police geändert hat, Venus als Nutznießerin eingesetzt hätte?« gab Oliver zu bedenken.

»Nicht unbedingt«, sagte Decker. »Wenn er sich als Vater Jupiter des Ordens der Ringe Gottes sah, könnte er vorgehabt haben, das Geld dem Orden zu vermachen, damit alle Mitglieder davon profitieren. Oder er könnte eine Kehrtwendung gemacht und beschlossen haben, es der Wissenschaft zu vermachen. Mir gefällt Marges Idee. Vielleicht haben sich die beiden Frauen wegen des Geldes zusammengetan.« Er wandte sich an Marge. »Besaß er sonst noch irgendwo Vermögen?«

»Nichts so Bemerkenswertes wie die Versicherungspolice, aber er hatte Ersparnisse, an die Fünfzigtausend, verteilt auf drei oder vier Bankkonten.«

»Vielleicht für die täglichen Ausgaben des Ordens.«

»Kann sein«, erwiderte Marge, »obwohl die Konten auf Ganz' Namen laufen – Emil Ganz, nicht Jupiter.«

»Der Kerl war reich«, stellte Oliver fest.

»Stimmt«, sagte Decker. »Trotzdem ist er tot mehr wert als lebendig.«

Der vorläufige Autopsiebericht war noch nicht da und würde wahrscheinlich erst am nächsten Nachmittag kommen. Kein Grund, den Orden zu beunruhigen und die Trauernden zu belästigen, solange sie nichts Konkretes in der Hand hatten. Decker war immer noch hungrig, und hier auf dem Revier gab es nur nicht-koschere Automaten. Er rief zu Hause an, doch niemand nahm ab.

Dann fiel ihm ein, daß Rina mit Hannahs Kindergartengruppe im Zoo war. Sie würden nicht vor drei Uhr zurückkommen.

Was bedeutete, daß das Haus leer war. Wenn er jetzt fuhr, hätte er zwei ruhige, ungestörte Stunden vor sich. Er packte seine dringendsten Akten ein und legte die Unterlagen für Wiggins' morgigen Gerichtstermin obenauf. Dann noch die vom Ganz-Fall und die Telefonnachrichten. Er trug sich aus, ließ aber seinen Pager für Notfälle an.

Die Vorstellung, allein zu sein, erfüllte ihn mit Vorfreude; in gewissem Sinne konnte er Leute wie Ganz und Gauguin und all die anderen Aussteiger verstehen – dieses überwältigende Verlangen, alles hinter sich zu lassen. Aber dann dachte er an die Zeit nach seiner Scheidung, an die erdrückende Einsamkeit. Bis jetzt hatte er noch keine sinnvolle Beziehung ohne Verantwortung erlebt. Ein gutes Beispiel war die Hündin. Es hatte Zeiten gegeben, in denen Ginger ihn genervt hatte. Aber er war tagelang tieftraurig gewesen, als der Setter eingeschläfert werden mußte.

Er dachte an seine Hündin, als er die Haustür öffnete und leise ins Wohnzimmer trat. Nach wie vor vermißte er Gingers überschwengliche Begrüßungen. Rina und er hatten überlegt, sich wieder einen Hund anzuschaffen, aber durch den bevorstehenden Umzug war jetzt nicht der richtige Zeitpunkt.

Decker spitzte plötzlich die Ohren.

Da war doch etwas ... Geräusche.

Er horchte mit geübter Präzision.

Es klang wie Keuchen, und es kam aus der Küche, was überhaupt keinen Sinn ergab. Instinktiv griff er nach seiner Waffe. Auf Zehenspitzen durchquerte er das Wohnzimmer und blieb vor den Schlafzimmern stehen. Die Tür zum Zimmer der Jungs stand offen, aber seine Schlafzimmertür war geschlossen.

Sofort kam ihm seine Exfrau Jan in den Sinn ... der Tag und was er damals vorgefunden hatte ... das Gefühl tiefster Demütigung.

Aber hier ging es um Rina! Sie konnte doch nicht ... das war unmöglich! Sie würde nie ... darauf würde er sein Leben wetten!

Trotzdem öffnete er das Schulterhalfter, während unerklärliche Wut in ihm hochstieg.

Mit klopfendem Herzen und schweißnasser Hand griff er nach dem Türknauf. Die andere Hand hielt die Waffe umklammert.

Er stieß die Tür auf.

Mit einem Blick hatte Decker alles erfaßt. Zwei halbnackte Körper auf seinem Bett. Er lag oben; sie hatte die Beine um seine Taille geschlungen. Seine Hand lag auf ihrer nackten Brust. Er schoß hoch, warf ein Hemd über das Gesicht seiner Freundin, die einen spitzen Schrei ausstieß. All das geschah innerhalb von Sekunden.

»Himmel!« stieß Decker hervor und knallte die Tür zu. Von draußen schlug er mit der Faust dagegen und brüllte: »Du hast fünf Minuten. Zieh dich an, und beweg deinen Hintern hier raus!«

Das Herz schlug ihm im Halse. Halbnackt, Decker. Sie waren halbnackt. Jake hatte seine Hose an – mehr oder weniger.

Er steckte die Waffe wieder ins Halfter, stürmte in die Küche und goß sich ein Glas Wasser ein – etwas zum Festhalten, damit seine Hände nicht zitterten. Er war wütend über die Situation, aber es ärgerte ihn noch mehr, daß sein Wunsch nach Ruhe so abrupt zerstört worden war und er nun noch eine Krise zu bewältigen hatte.

Plötzlich hörte er das Mädchen weinen. Sie schluchzte hysterisch – tiefe Schluchzer, die Decker schier das Herz zerrissen. Er verstand nur nicht, wieso er sie so deutlich hören konnte. Sie war in Panik.

»O Gott, ich bin am Ende! Ich bin absolut am Ende! Das wird so furchtbar …«

»Sha …«

»O Gott, ich bin *tot*! Absolut fertig. Das ist so schrecklich. Ich bring mich um! Ich bin – faß mich nicht an!«

Stille.

Wieder begann das Mädchen zu weinen, doch diesmal leiser. Mit tränenerstickter Stimme sagte sie: »Tut mir leid, Yonkie, ich hab's nicht so gemeint. Wirklich nicht. Ich hab nur so furchtbare Angst. Ich bin so …«

»Hör zu …«

»Du kennst meinen Vater nicht, Yonkie. Ich meine, du kennst ihn nicht so, wie ich ihn kenne. Er bringt mich um.« Sie ahmte ihn nach. »Wir müssen uns zusammensetzen und darüber reden! Zusammensetzen! Ja, das müssen wir! Die ganze Familie! Es ist Zeit, daß wir uns zusammensetzen und über unsere Gefühle sprechen! Er wird mich alle machen. Ich bin tot! Diesmal bringt er mich um!«

»Mein Stiefvater wird ihm nichts davon sagen«, meinte Jacob leise.

»Er bringt mich um.«

»Hast du gehört?« wiederholte Jacob mit lauterer Stimme. Er schien eher ärgerlich als verängstigt. »Mein Stiefvater wird ihm nichts davon sagen.«

Das Mädchen verstummte plötzlich.

Decker sah sich in der Küche um. Die Stimme kamen aus dem Babyphon. Rina ließ es oft tagsüber an, um Hannah hören zu können. Offenbar hatte sie vergessen, es auszuschalten. Im allgemeinen respektierte Decker die Privatsphäre anderer. Aber diesmal fühlte er sich im Recht, weil a) sein Sohn die

Schule schwänzte, b) sich ins Haus geschlichen hatte und c) Doktorspielchen mit einem unbekannten Mädchen in seinem, Deckers, Bett veranstaltete, verdammt.

Das Mädchen sagte: »Woher weißt du, daß er ihm nichts sagt?«

Ja, dachte Decker, woher zum Teufel willst du das wissen?

»Ich weiß es einfach«, antwortete Jacob.

»Was heißt das denn?«

»Das heißt, ich weiß es. Basta!« Jacobs Stimme klang barsch. »Ich behaupte ja nicht, daß es ein Zuckerschlecken wird. Aber ich krieg das schon hin. Mein Stiefvater ist in einer christlichen Familie in Südflorida aufgewachsen. Er hat sich geprügelt. Er hat Football gespielt. Er war in Vietnam. Er ist ein Cop. Bestimmt hat er oft genug auf Autorücksitzen rumgebumst …«

»Red doch nicht so!«

Wieder trat Stille ein.

Dann sagte Jacob: »Bei religiösen Dingen flippt mein Dad aus, weil er sie nicht versteht. Aber so was wie das hier … das versteht er. Am besten, du kletterst aus dem Fenster. Ich … ich krieg das schon hin.«

»Was wirst du machen?«

»Ich geh raus und halte den Mund. Laß ihn reden, bis ihm nichts mehr einfällt.« Er hielt kurz inne. »Mein Bruder hat das noch nicht kapiert. Weil Sammy der Aufrichtige ist. Streitsüchtig, das kannst du mir glauben, aber tief in seinem Inneren braucht er das, weil er ja so *sensibel* ist. Er braucht extra viel Aufmerksamkeit, weil er der einzige Mensch auf der Welt ist, der je gelitten hat. Nicht wie ich. Ich bin der Sonnenschein der Familie. So nett, als gäbe es mich gar nicht … als wär ich ein grinsender Dorftrottel.«

Erneutes Schweigen.

Dann sagte das Mädchen: »Was redest du da? Du bist der klügste Mensch, den ich kenne. Deine Familie denkt bestimmt nicht so über dich.«

»Auf irgendeiner kosmischen Ebene hast du wahrscheinlich

recht.« Er klang bitter. »Shayna, ruf deine Schwester an und sag ihr, sie soll dich abholen. Ich regel die Sache mit meinem Vater. Kein Grund, daß wir beide Hausarrest kriegen.«

Kurz darauf hörte Decker, wie das Fenster aufgeschoben und wieder geschlossen wurde. Er stellte das Babyphon aus und wartete in der Küche auf Jacob. Als der Junge hereinkam, brach es Decker fast das Herz. Unter seinem übergroßen Rucksack wirkte er wie ein Lastesel. Jake war sichtlich aufgewühlt, versuchte das aber hinter Teilnahmslosigkeit zu verbergen. Sein glattes Gesicht war erhitzt – feucht und rot –, sein schwarzes, zerzaustes Haar fiel ihm in die Augen. Sein weißes Hemd hing über der dunkelblauen Hose, die Fransen seines *tallis koton* baumelten unter seinem Hemd heraus wie vier dünne Schwänzchen. Er ließ den Rucksack zu Boden gleiten, fuhr sich durch die Haare und befestigte seine Jarmulke mit einer Haarklammer. Seine blauen Augen waren auf einen imaginären Fleck auf dem Boden gerichtet.

Jake war noch nicht ganz ausgewachsen, aber auf dem besten Weg dazu. Knapp einsachtzig groß und gutaussehend wie ein Filmstar. Die Mädchen umschwärmten ihn. Nicht schwer zu erraten, woher er das hatte: Er ähnelte Rina ungemein. Ein Vergleich von Jacob und Rina mit Joseph und Rachel lag nahe. Noch ein gutaussehender Mann, dessen Gesicht ihn in Schwierigkeiten gebracht hatte.

Aber Decker hatte seinen Sohn nie als Herzensbrecher betrachtet, weil Jacob für ihn einfach Jacob war – ein geselliger, *frumer* Junge mit vielen Freunden, einer unbeschwerten Persönlichkeit und einem einnehmenden Lächeln. Kein grinsender Idiot – Jacob war sehr intelligent –, aber jemand, um den sich Decker keine großen Gedanken machte, *weil* er so ein Sonnenschein war. Nachdem dieser Mythos jetzt zerstört war, betrachtete Decker seinen Stiefsohn mit anderen Augen. Jake übte eindeutig eine starke Anziehungskraft auf Mädchen aus. Wenn sie nicht bald miteinander redeten, würde es ernste Probleme geben.

Mit matter Geste deutete Decker auf einen Küchenstuhl,

und Jacob setzte sich. Decker drehte den anderen Stuhl herum und nahm rittlings Platz. »Beim nächsten Mal solltest du vielleicht Hannahs Babyphon ausschalten.«

Der Junge wurde rot, sein Blick schoß durch die Küche. Als er das Gerät sah, blieben seine Augen kurz daran hängen, bevor er sie senkte. »Du hast also alles gehört. Dann brauche ich mich ja nicht zu wiederholen.«

»Willst du noch etwas hinzufügen?« fragte Decker.

Jacob schwieg.

»Nichts?« hakte Decker nach.

Der Junge räusperte sich. »Na ja, ich wäre dir dankbar ... wenn du nicht ... wenn es eine Sache zwischen uns bliebe. Ich bin bereit, jede Strafe auf mich zu nehmen. Aber ich möchte, daß es zwischen uns bleibt.«

»Sehr nobel von dir.«

»Warum sollten wir beide bestraft werden?«

»Sie war da, genau wie du. Man könnte sogar sagen, ich hätte die elterliche Pflicht, ihre Eltern zu benachrichtigen.«

Jacob schwieg.

»Ist ihr Vater wirklich so schlimm?«

Der Junge blickte auf, spürte, daß ihm Aufschub gewährt wurde. »Er ist ein aufgeblasener Idiot. Ein reicher Anwalt im Showgewerbe, der zu allem eine Meinung hat. Und meist ist es die falsche. Er ist ein *bal teschuwo*.«

»Und deswegen ist er ein Idiot? Weil er ein reuiger Sünder, ein Wiedergeborener ist?«

»Nein, natürlich nicht. Ein *bal teschuwo* zu sein, ist ... bewundernswert. Aber er ... zwingt es der ganzen Familie auf. Shayna ... das Mädchen, mit dem ich zusammen war ... ist vor etwa einem Jahr auf unsere Schule gekommen. Ihr Vater hat sie gezwungen, ihren Namen von Shane in Shayna zu ändern, weil das jüdischer klingt. Sie gibt sich wirklich Mühe, aber das ist ... na ja, alles neu für sie. Sie kann kaum Hebräisch lesen. Sie vermißt ihre alten Freunde aus der öffentlichen Schule.« Er hielt kurz inne. »Du solltest das verstehen.«

Decker verstand es sehr gut, aber er würde den Teufel tun,

Yonkie irgendwelche Zugeständnisse zu machen. »Sonst noch was?«

Der Junge versuchte, Decker anzusehen, aber sein Blick schaffte es nicht ganz bis zu dessen Gesicht. »Also ... wenn du Ima nichts davon sagen würdest, wäre ich dir ebenfalls sehr dankbar.«

»Nichts zu machen, Jacob. Du bist ihr Sohn. Sie hat ein Recht, es zu erfahren.«

Jacob zuckte die Schultern. »Okay.«

»Kann ich dich etwas fragen?«

»Klar.«

»Wieso in *meinem* Schlafzimmer?«

Die Augen des Jungen starrten auf einen Punkt direkt über Deckers Schulter. »Das Bett ist breiter.«

Decker zwang seinen Stiefsohn, ihn anzusehen. »Du hast *meine* Privatsphäre verletzt, du hast die Privatsphäre deiner *Mutter* verletzt. Das war mehr als mies.«

»Es tut mir leid.« Jacob traten Tränen in die Augen. »Es wird nicht wieder vorkommen. Das versprech ich.«

Decker stand auf und zog den Jungen an sich. Jacobs Erstarrung wich. »Ich weiß nicht, wie du auf diese Sache mit dem grinsenden Idioten kommst, Jacob. Deine Mutter und ich sind voller Liebe und Respekt für dich. Aber offensichtlich müssen wir nach dem, was heute passiert ist, ernsthaft miteinander reden.«

Jacob machte sich los, stieß Decker beinahe von sich. »Wir haben überhaupt nichts gemacht.«

»Na ja, irgendwas habt ihr schon gemacht ...«

»Aber nichts im Vergleich zu dem, was andere machen, die ich kenne.« Er sank wieder auf seinen Stuhl. Schweigend starrte er an die Decke. Decker blieb nichts anderes übrig, als abzuwarten.

Schließlich flüsterte Jacob: »Irgendwas stimmt nicht mit mir. Ich bin ... ich steh einfach ... die ganze Zeit unter Strom.«

»Strom?«

»Du weißt, was ich meine.«

»Erregt?«

Der Junge nickte, den Blick immer noch nach oben gewandt. »Ich muß dauernd daran denken. Ich bin wie besessen davon.«

»Sex?«

Jacob antwortete nicht.

»Das nennt man fünfzehn Jahre und ein Junge sein.«

»Ich weiß nicht …« Jacob schüttelte den Kopf. »Sammy ist nicht so.«

»Du bist nicht Sammy.«

Zögernd, den Blick auf einen fernen Punkt gerichtet, sagte er: »Einer von den Jungs aus meiner Klasse ist vor sechs Monaten an ein paar Pornofilme gekommen. Wir sehen sie uns jeden *mauze schabbes* an … wenn seine Eltern weg sind.«

Schweigen senkte sich über den Raum.

Jacob fuhr fort: »Ich fühle mich so schäbig dabei – manche sind wirklich … abstoßend –, aber ich kann nicht aufhören.«

»Du kannst nicht? Oder du willst nicht?«

Er zuckte die Schultern. »Es ist nur so … alle Jungs in der Schule, die es mit Mädchen haben … haben es auch mit Schnaps und Drogen. Das sind richtige Wichser.« Kurze Pause. »Idioten.«

»Wer? Dovid? Steve?«

»Dovid, Steve, Ronnie, Joey … alle.«

Decker wartete.

Wieder sprach Jacob nur zögernd. »Aber die Jungs, die gute Schüler sind … sind alle *schojmer negija* – das heißt, sie rühren keine Mädchen an. Nicht, daß das schlecht ist. Sammy ist *schojmer negija*.« Ein Seufzer. »Die Religiösen in meiner Klasse, die sind einfach beknackt … und so selbstgerecht. Mit denen kann ich nicht reden, ohne mich … dreckig zu fühlen. Also häng ich mit den Wichsern rum. Ich weiß, daß das blöd ist. Wie lange kann man mit solchen Volltrotteln rumhängen, ohne selbst einer zu werden.«

»Sie trinken und nehmen Drogen?«

Der Junge nickte.

»Und du, Yonkie? Tust du das auch?«

Jacob sah weg. »Manchmal. Nichts Dolles.« Aber sobald er das gesagt hatte, zuckte er zusammen.

Decker ließ sich nichts anmerken. Er war nicht sonderlich überrascht. Es sind immer die Stillen ... »Und was genau hast du genommen?«

»Nicht viel. Sie reichen ihn rum, während wir uns diese Filme ansehen ... du weißt schon ...«

»Nein, weiß ich nicht.«

»Ich hab ein paar Züge genommen ...« Er verbesserte sich: »Vielleicht auch mehr. Aber es war nur Pot. Sonst nichts.«

Decker schwieg.

»Ich meine, ich war nie richtig high. Vielleicht ein bißchen, aber ... nur ... du weißt schon.«

»Nein, weiß ich nicht.«

Wieder sah der Junge auf – überall hin, nur nicht zu Decker. »Komisch ist nur, wenn ich ihn weitergebe, ohne zu ziehen, kümmert das niemanden. Ich muß nicht mitmachen, um akzeptiert zu werden. Aber ich hab das Gefühl, ich sollte.«

»Warum?«

»Um dazuzugehören. Außer, daß ich nirgendwo reinpasse. Ich bin zu ... akademisch, um ein Kiffer zu sein, und zu ... aufgedreht, um einer der kleinen Rabbis zu sein. Ich kann mich in beiden Gruppen ohne Probleme bewegen. Ich hab viele Freunde. Ich weiß nicht, warum ich diesen Schwachsinn mache. Aber ich mache ihn ... und später hasse ich mich dafür.«

Er rieb sich das Gesicht, fuhr sich über die Augen.

»Ich muß immer dran denken, wenn Ima mich so sähe. Es würde sie so verletzen.« Er sah Decker flehend an. »Ich weiß, daß du es ihr sagen mußt. Aber ich wünschte so sehr, du würdest es nicht tun.« Seine Augen weiteten sich, als die Angst nach seinem Herzen griff. »Du sagst ihr doch nichts von dem Dope, oder? Das hab ich dir im Vertrauen erzählt.«

»Was soll ich deiner Meinung nach tun?« fragte Decker.

»O Gott!« Jacob warf den Kopf zurück und betrachtete niedergeschlagen die Decke. »Wenn ich dir verspreche, es nie wieder zu tun? Dope rauchen, meine ich?«

»Sollte ich dir glauben?«

Beide schwiegen. Der Junge schien darüber nachzudenken oder wenigstens so zu tun.

»Ich glaube, das kannst du«, sagte er dann. »Ich hoffe das kannst du. Aber du kannst mich gern überprüfen, meine Sachen durchschauen … meine Telefongespräche mithören. Ich weiß, daß ich mir dein Vertrauen neu verdienen muß.«

Er war auf dem richtigen Weg. Decker fragte: »Was ist mit dem Trinken, Yonkie? Trinkst du auch?«

Der Junge wurde lebhafter. »Ehrlich, ich trinke nicht. Ich war mal betrunken, als ich bei Steve übernachtet habe. Davon ist mir so schlecht geworden, daß ich mir geschworen habe, es nie wieder zu tun. Ich trinke nicht. Na ja, ich trinke schon Wein am Schabbes. Aber ich trinke nie, nur um zu trinken.«

»Das ist gut.«

»Wirst du es ihr sagen? Die Sache mit dem Dope?«

Wieder zwang Decker den Jungen, ihn anzusehen. »Tja, Jacob, das liegt an dir. Warum soll ich deine Mutter beunruhigen, wenn du dich als zuverlässig erweist? Aber wenn ich auch nur den Hauch von merkwürdigem Verhalten bemerke … mein Sohn, ich bin ein Cop. Wenn du es vermasselst, wirst du sehen, *was* für ein Cop ich sein kann.«

Jacob nickte ernst. »In Ordnung. Das ist das Gute an Shayna. Wenn ich mit ihr zusammen bin, dann interessieren mich die anderen nicht.«

»Habt ihr was miteinander?«

»Wir … tun uns gut. Können uns aneinander festhalten – im wahrsten Sinne.«

»Habt ihr miteinander geschlafen?«

Jacob schüttelte den Kopf.

Decker sah ihn durchdringend an. »Du belügst mich doch nicht, Yonkie?«

»Nein.« Er seufzte. »Ich mußte ihr versprechen, daß wir unsere Slips anbehalten. Mir ist das eigentlich ganz recht. Ich könnte nicht damit umgehen … noch nicht. Gelegenheit hätte ich allerdings zur Genüge gehabt. Die Welt außerhalb der Jeschiwa ist wirklich … anders. Das brauche ich dir ja wohl nicht zu erzählen.«

»Sprich weiter.«

»Da gibt es jede Menge Mädchen, die richtig aggressiv sind. Du würdest nicht glauben, was sie alles zu mir gesagt haben. Na ja, *du* weißt wahrscheinlich Bescheid. Aber Ima wäre zu Tode erschreckt. Allein in den letzten zwei Monaten bin ich fünf oder sechs Mal eingeladen worden, zu kommen, wenn die Eltern nicht da sind.«

»Mädchen von deiner High School?«

»Nein. Mädchen aus weltlichen Privatschulen oder öffentlichen Schulen.«

»Shaynas alte Freundinnen?«

»Ja, einige davon.«

»Sind sie jüdisch?«

»Einige ja, andere nicht. Manche sind älter als ich. Die sind völlig durch den Wind. Scheidungen und Affären und all solche Sachen. Richtig traurig. Ich will damit nur sagen, daß ich im Vergleich zu denen ein Mönch bin.«

»Du hast also mit niemandem geschlafen, Yonkie? Was ist mit oralem Sex?«

»Nein … nur …« Er rutschte unbehaglich hin und her. »Wie genau willst du mich eigentlich ausfragen?«

»Ich will nur sicher sein, daß du dir nichts geholt hast, was dich umbringen könnte.«

Jacob sah weg. »Man kann kein Aids kriegen, wenn man noch Jungfrau ist.«

»Das stimmt nicht. Wenn du mir nicht glaubst, sprich mit dem dreizehnjährigen Mädchen, das gestern vom Jugenddezernat aufgegriffen wurde. Sie ist durch Drogen und Aids völlig zerstört, und sie schwört Stein und Bein, daß sie die Kerle nur oral befriedigt hat.«

Jacob war entsetzt. »Dreizehn?«

»Jawoll.«

»Stammt sie .... aus einer armen Familie oder so?«

»Mittelklasse. Um ihre Mutter zu zitieren: ›Sie hat sich einfach mit den falschen Leuten eingelassen.‹«

»Ist sie nur HIV positiv, oder hat sie Aids?«

»Sie hat Aids. Aber das spielt schon keine Rolle mehr. Ihre Lunge wird aufgeben, bevor ihr Immunsystem zusammenbricht.« Decker beugte sich vor und legte Jacob die Hand auf die Schulter. Der Junge spannte sich, entzog sich aber nicht. »Laß das mit dem Sex. Du bist emotional und physisch noch zu jung. Das erste Mal ist oft ein Desaster. Aber wenn du älter bist, kommst du besser damit zurecht.«

Jacob schwieg.

»Hast du mich gehört, Yonkie?«

»Ja, hab ich.«

»Aber wenn es passiert, sei nicht dumm. Benutz ein Kondom.«

»Das ist gegen das jüdische Gesetz.«

»Dieses Gesetz kenne ich nicht, Yonkie, aber ich weiß, daß es gegen das jüdische Recht verstößt, seine Gesundheit zu gefährden, ganz zu schweigen davon, sich umzubringen. Laß den Sex. Solltest du jedoch etwas Impulsives tun, dann will ich nicht, daß du stirbst oder ein Mädchen schwängerst. Verstehst du?«

Jacob nickte.

»Und wenn es dir zu peinlich ist, Kondome zu kaufen, dann mach ich das für dich. Was nicht heißt, daß ich damit einverstanden bin. Das bin ich nicht. Ich will nur nicht, daß du stirbst.«

»Ich werde sie nicht brauchen.«

»Aber wenn doch, kommst du zu mir?«

Wieder nickte der Junge . Dann schien er über Deckers Worte nachzudenken. »Wenn was ist ... laß ich es dich wissen. Versprochen.« Zum ersten Mal suchte der Junge von sich aus Blickkontakt. »Es tut mir wirklich leid.«

Decker streichelte Jacobs Wange und zog dann die Hand

zurück. »Ich möchte, daß du aufhörst, dir Pornofilme anzusehen. Sie steigern nur deine Erregung, und du hast kein anderes Ventil, als zu masturbieren. Ich weiß, daß auch das gegen das jüdische Recht verstößt. Aber ich hab kein Problem damit. Es ist sauber, einfach und bringt dich nicht in Schwierigkeiten. Trotzdem hat es keinen Sinn, deinen sexuellen Appetit noch zusätzlich anzuregen. Wenn deine Freunde sich die Streifen ansehen, geh einfach. Und wenn du keine Pornos mehr anschaust, bringt dich das auch von diesen Jungs weg und zwingt dich, Dinge zu tun, die besser für dich sind.«

»Wie in Nate's Pizzeria rumhängen«, witzelte Jacob. »Da geht wirklich der Punk ab.«

»Nach Sex und Drogen ist das bestimmt weniger aufregend. Aber genau so was solltest du tun. Oder geh mit Shayna ins Kino. Oder zum Bowling.«

Der Junge verdrehte die Augen.

»Bowling macht Spaß«, beharrte Decker.

»Ja, wenn man fett ist und vierzig und gern Bier säuft.« Er verzog das Gesicht. »Wenn du sehen würdest, was da für Typen rumhängen, würdest du mir das nicht als Alternative empfehlen. Früher hab ich andere Sachen gemacht. Da bist du jeden Sonntag mit mir ausgeritten. Dann hast du die Pferde verkauft …«

»Auf dem neuen Grundstück ist kein Platz für die Pferde.«

»Das ist nicht der Punkt. Wir machen … nie mehr was zusammen. Früher sind wir wandern gegangen. Du hast mich mit auf die Go-cart-Bahn genommen. Jetzt machst du nicht mal mehr eine Tour im Porsche mit mir. Seit du befördert worden bist, arbeitest du nur noch oder werkelst am neuen Haus rum.« Er seufzte. »Ich geb dir nicht die Schuld an meinem blöden Verhalten. Aber mir fehlt …«

Deckers Pager piepste. Instinktiv schaute er auf das Display. Das Revier. Ihm schwirrte der Kopf, sein Magen knurrte. Verantwortung war wie ein Blutsauger, der nie genug bekam. »Sprich weiter«, forderte er Jacob auf.

»Nein, ruf du erstmal an«, sagte der Junge resigniert.

»Du bist wichtiger. Sprich weiter.«

»Ich kann nicht, wenn ich weiß, daß da draußen irgendein Kid vergewaltigt wird. Wir können ein andermal weiterreden.«

Aber Decker wußte, daß daraus nichts werden würde. Bedrückt stand er auf und ging ans Telefon. »Es dauert nicht lange.«

»Ist egal.«

Decker gab die Nummer ein. Während er wartete, holte er sich rasch Saft und ein Stück kalten Hackbraten aus dem Kühlschrank. Dann war Marge am Apparat.

»Der Orden hat angerufen. Es ist etwas passiert.«

Decker verschluckte sich fast. »Noch eine Leiche?«

»Jemand wird vermißt. Eines der Mitglieder – eine junge Frau, etwa neunzehn oder zwanzig Jahre alt. Sie heißt Lauren Bolt; der Orden hat sie in Andromeda umbenannt. Ihr Zimmer ist unberührt, aber sie können sie nirgends finden. Pluto behauptet, sie sei von einem unserer Leute entführt worden.«

»Was?«

»Der von den Eltern des Mädchens bezahlt wurde.«

»Das ist doch nicht dein Ernst.«

»Und die ganze Sache wurde von Reuben Asnikov in die Wege geleitet.«

»Dem Deprogrammierer?«

»Genau. Pluto sagt, es würde ihn nicht überraschen, wenn Asnikov hinter Jupiters Tod steckt. Asnikov hätte die ganze Sache geplant, nur um das Mädchen rauszuholen. Nach der Methode: Der Zweck heiligt die Mittel. Er behauptet, Asnikov sei ein skrupelloser, mörderischer Bastard.«

Decker zog seinen Notizblock aus der Jackentasche. »Wann ist das passiert?«

»Der Anruf kam vor zehn Minuten. Scott und ich machen uns sofort auf den Weg.«

»Sichert das ganze Gelände mit Absperrband. Keiner darf rein oder raus. Nehmt zwei Uniformierte mit, die euch dabei helfen. Und überprüft alle, einschließlich der Beamten. Nur für den unwahrscheinlichen Fall, daß sich gestern tatsächlich jemand als einer von uns ausgegeben hat.«

Marge zögerte. »So was ist schon vorgekommen.«

»Ich weiß. Hoffentlich ist Pluto einfach nur hysterisch. Wenn nicht, haben wir ein Problem. Hast du Telefonnummer und Adresse der Eltern des Mädchens?«

»Wir haben angerufen. Keiner da.«

»Ist jemand von der Mordkommission im Büro?«

»Bert und Tom sind vor fünf Minuten zurückgekommen.«

»Schick Bert Martinez zu den Eltern und Tom Webster zu Asnikov.«

»Warum? Im Moment fehlt Plutos Anschuldigungen jede Grundlage.«

»Die Eltern müssen informiert werden. Ihre Tochter *wird* vermißt. Wenn sie an der Sache beteiligt sind und es gegen den Willen des Mädchens geschah, dann ist es Entführung. Wenn nicht, dann wissen sie vielleicht etwas, das der Polizei weiterhelfen kann. Und bei Asnikov kann man den Vorwand benutzen, daß der Orden wütend auf ihn ist.«

»Sie sind tatsächlich wütend auf ihn.«

»Dann hat Webster einen legitimen Grund, Asnikov aufzusuchen. Dabei kann er ihn gleich ein bißchen aushorchen. Sehen, ob er sich windet. Obwohl ich mir nicht vorstellen kann, daß er es sich bei seiner Art von Arbeit leisten kann, ins Schwitzen zu geraten.«

»Wie lange brauchst du bis zum Orden?«

»Gib mir fünfzehn, vielleicht zwanzig Minuten. Ich muß erst noch meinen Sohn zur Schule fahren.«

»Deinen Sohn?«

»Ich bin zu Hause.«

»Was macht dein Sohn denn da? Sollte er nicht in der Schule sein?«

»Frag nicht.«

»Na gut. Dann bis gleich.«

Decker legte auf und sah zu Jacob. »Es ist was passiert. Ich muß los.«

»Der Ganz-Fall?«

Decker starrte ihn an.

Jacob sagte: »Die Nachrichten sind voll davon.« Er hob seinen Rucksack hoch und schlang ihn sich über die Schulter. Wieder fuhr er sich durch das dicke schwarze Haar. James Dean mit *kippa*. »Ob du's glaubst oder nicht, mich interessiert deine Arbeit.«

»Ich weiß.« Decker fühlte sich, als hätte er einen Schlag in den Magen bekommen. »Mir ist klar, daß ich in letzter Zeit zu viel gearbeitet habe. Die Daytonas kommen nächsten Monat. Wie wär's, wenn ich uns Karten besorge – nur du, Sammy und ich?«

Jacob lächelte. »Hört sich gut an, aber versprich nichts, was du nicht halten kannst«.

Er hatte einen wunden Punkt getroffen. Decker schwieg. Gemeinsam verließen sie das Haus. Decker schloß die Haustür ab, während Jacob seinen Rucksack in das Zivilfahrzeug warf. Nachdem sie sich beide angeschnallt hatten, fragte der Junge: »Schreibst du mir eine Entschuldigung?«

»Für's Schwänzen? Findest du, das sollte ich tun?«

»Nein. Aber sie werden wissen wollen, wo ich war.«

»Sag ihnen, du warst zu Hause. Ich werde das bestätigen. Aber ich werde auch sagen, daß du von mir keine Erlaubnis hattest, die Schule zu schwänzen.«

»Ich werde wahrscheinlich nachsitzen müssen«, sagte Jacob.

»Du wirst's überleben.«

»Nein, ich meine, sie werden mich nachsitzen lassen, statt mich von der Schule zu werfen. Eigentlich steht auf Schwänzen Schulverweis. Aber die Kids machen das dauernd. Meistens müssen sie noch nicht mal nachsitzen. Keiner merkt, daß sie nicht da waren.«

»Ist ja eine tolle Schule, auf die ich dich da schicke.«

»Das ist nicht meine Schuld.« Jacob rutschte unruhig hin und her. »Hab ich jetzt Hausarrest oder was?«

Ganz wild darauf, bestraft zu werden. Das reinigt die Seele. Vielleicht war es auch nur der Wunsch nach Aufmerksamkeit.

Decker sagte: »Ich möchte, daß du mir in Zukunft im neuen Haus hilfst. Ich ziehe Rigipswände ein im neuen Schlafzimmer. Dabei könnte ich Hilfe gebrauchen.«

Der Junge verzog das Gesicht. »Dad, ich kann ja kaum eine Glühbirne einschrauben. Ich bin dir nur im Weg.«

»Dann wirst du es eben lernen. Und nicht nur du, Sammy auch. Ich wollte euch nicht mit dem Projekt eurer Eltern belasten. Aber ich glaube, das war ein Fehler.«

»Ich hab übers Wochenende jede Menge Hausaufgaben.«

»Teil dir deine Zeit ein. Und was die Samstag-Abende betrifft, du wirst einen Monat zu Hause bleiben und auf Hannah aufpassen. Danach kannst du machen, was du willst, solange du dich von Pot, Alkohol und Pornos fernhältst. Ich finde, das ist mehr als fair.«

»Ja, klingt ziemlich liberal.«

Der Rest der Fahrt verlief schweigend. Als Decker vor der Schule hielt, sagte Jacob: »Du magst deinen Job wirklich, nicht wahr?«

Zuerst wollte Decker die Sache herunterspielen. Doch nach allem, was vorgefallen war, verdiente Jacob mehr Ehrlichkeit. »Ich mag ihn sehr. Er ist stressig, aber zumindest kein Routinejob. Wahrscheinlich bin ich ein bißchen wie du. Ich langweile mich schnell.«

»Das kannst du laut sagen. Zweieinhalb Stunden *gemara*. Die reinste ... Verdummung.« Jacob öffnete die Autotür. »Ich wünschte, ich wäre wie Sammy und würde all das Zeug glauben, das sie uns um die Ohren hauen. Dann hätte ich's viel einfacher. Das Problem ist nur, daß ich das meiste nicht glaube.« Er stieg aus dem Wagen. »Wir reden später weiter.« Er lächelte. »Beim Aufstellen der Rigipswände.«

Jacob schloß die Autotür und ging davon. Decker sah ihm nach, fühlte sich unzulänglich und unzufrieden. Einen Augenblick später war der Junge von vier anderen umringt, die offenbar froh waren, ihn zu sehen. Decker war sich nicht sicher, hatte aber das Gefühl, eine plötzliche Veränderung im Gang seines Sohnes wahrzunehmen. Jacob war ein richtiger Charmeur.

Die Gefängnisse waren voll davon.

» 12 «

Sie hatten sich in der Haupthalle versammelt. Sonnenstrahlen fielen durch das Oberlicht, ließen die Gesichter wie ausgebleicht wirken. Die Nachmittagshitze und die vielen Körper hatten die Atmosphäre aufgeheizt; es roch wie in einer Turnhalle. In dem grellen Licht schien Plutos Gesicht neonorange zu glühen. Ihm lief der Schweiß über das Gesicht und tropfte auf seine Schultern. Auch sein blaues Gewand war unter den Achseln durchgeschwitzt. Die beiden Detectives und die vier Uniformierten hielten die Menge zwar in Schach, waren aber stark in der Minderzahl. Wieviel länger würden sie die Ordnung noch aufrechterhalten können?

Decker erfaßte die Situation mit einem Blick und forderte sofort über Funk alle Einheiten auf, sich in Bereitschaft zu halten, falls Verstärkung gebraucht wurde. Die Stimmung war angespannt, aber nicht so zermürbend wie der Umgang mit seiner Familie. Schließlich traf er diesen übergeschnappten Haufen nicht jeden Tag beim Abendessen.

Als Pluto Decker entdeckte, richtete der Guru seinen Zorn auf ihn. Wütend wackelte er mit dem Zeigefinger, als würde er Taufwasser versprühen. »Ich mache *Sie* verantwortlich für die Entführung!«

Über einhundert zornige Gesichter wandten sich ihm zu, alle schnaubten ärgerlich oder machten feindselige Bemerkungen.

Pluto dröhnte: »Wir erwarten, daß die Polizei alle Kräfte einsetzt und unsere Schwester Andromeda zurückbringt. Wir verlangen es. Wir werden uns nicht mit weniger zufriedengeben.«

Decker blieb stumm, wartete, daß sich der Lärm legte. Ein Moment verging, dann zwei, schließlich eine ganze Minute. Pluto wartete darauf, daß der Lieutenant etwas sagte. Da ihm nichts Scharfsinniges einfiel, glättete Decker seinen Schnurrbart. »Wo ist die Toilette?«

Oliver wollte laut losprusten, wurde aber noch rechtzeitig durch einen Rippenstoß von Marge gebremst.

Pluto wurde dunkelrot vor Zorn. »*Was?*«

»Ich muß Ihre Toilette benutzen«, sagte Decker. »Passiert den Besten von uns. Danach bin ich gerne bereit, Ihnen zuzuhören ...«

»Zuzuhören!« schnaubte Pluto. »Wir brauchen Ihre Therapie nicht! Wir wollen, daß Sie etwas unternehmen!«

Zustimmende Rufe der Gemeinde.

»Eines unserer Mitglieder wurde uns geraubt!« brüllte er. »Finden Sie es!«

Wieder brach die Menge in wütende Rufe aus.

»Wir stehen Ihnen zur Verfügung«, brüllte Decker über den Lärm hinweg. »Aber eins nach dem anderen. Kann mir jemand sagen, wo ich das Klo finde, bitte?«

Stille. Dann erwiderte eine Männerstimme: »Dritte Tür links.«

Decker ließ seinen Blick in Richtung der Stimme wandern. Ein dünner Mann mit Schnurrbart – Guru Bob mit einem rätselhaften Lächeln. Decker nickte. Dann bat er Pluto, sich mit ihm im Tempel zu treffen.

Sowie er die Toilette betreten hatte, schloß er die Tür hinter sich ab. Der Raum war kaum größer als ein Wandschrank. Viel zu eng für Decker. Er drehte das Wasser auf, wusch sich Hände und Gesicht, versuchte sich einen Plan zurechtzulegen. Er wollte keine Konfrontation mit Pluto, weder mit Publikum noch ohne. Viel wichtiger waren die Aussagen anderer, weniger feindselig gestimmter Ordensmitglieder. Er beschloß, ein Treffen aller Entscheidungsträger zu fordern. Ihm war daran gelegen, Nova kennenzulernen, und das schien der geeignete Zeitpunkt zu sein.

Als er die Toilette verließ, sah er, daß sich die Menge langsam zerstreute. Offenbar war sie dazu aufgefordert worden. Marge konnte er nirgends sehen, aber Oliver war mit ein paar Mitgliedern ins Gespräch vertieft, machte sich Notizen und tat sehr offiziell.

Decker suchte die Halle nach weiteren blauen Gewändern ab, hoffte, Nova zu finden, entdeckte aber nur Bob in der Menge. Er kämpfte sich zu dem Mann mit dem Schnurrbart durch.

Der begrüßte ihn mit einem knappen Nicken und sagte: »Pluto wartet auf Sie.« Bob sah zu Oliver hinüber. »Nur Sie, ihn nicht. Das hat er sehr klargemacht.«

»Warum kommen Sie nicht mit? Sie und Venus und Nova.« Decker hielt inne. »Wo ist Nova?«

Er wurde von einem weiß gekleideten Mann in den Dreißigern unterbrochen, der Decker sein bulliges Gesicht zugewandt hatte. Nase an Nase mit ihm, brüllte der Mann: »Das ist empörend! Werdet ihr Bullen endlich was unternehmen? Oder wollt ihr nur auf euren Ärschen sitzen und rumfurzen?«

Decker trat einen Schritt zurück. »Sie haben ja feine Manieren, Mann!«

Sofort mischte Bob sich ein. »Es wird etwas unternommen, Bruder Ansel. So oder so …«

»Das will ich auch hoffen!« unterbrach Bruder Ansel. »Wir können dieses Verbrechen nicht ungesühnt …«

»Natürlich nicht.«

»Eine Verletzung unserer Privatsphäre! Der Satan nutzt unsere Tragödie zu seinem Vorteil. Schlägt im Moment unserer größten Trauer zu.«

»Man wird sich um alles kümmern. Jetzt geh zurück auf dein Zimmer. Die Meditation beginnt in fünf Minuten.«

»Das ist wohl kaum der richtige Zeitpunkt …«

»Ganz im Gegenteil, Bruder Ansel, es ist genau der richtige Zeitpunkt«, wies ihn Bob zurecht. »Die Herausforderungen des Lebens fördern das spirituelle Wachstum. Bitte geh jetzt in dein Zimmer zurück.« Ein durchdringender Blick. »Du willst doch keine Strafe riskieren, nicht wahr?«

Der streitlustige Ansel grummelte böse vor sich hin, verschwand aber schließlich. Nicht ohne Decker einen wütenden Blick zugeworfen zu haben. Als er weg war, fragte Decker: »Wer ist der Satan?«

»Pluto erwartet Sie«, sagte Bob. »Wenn er wieder wütend wird, weiß man nicht, was er der Menge sagen wird.«

»Kommen Sie mit.«

»Das wäre unklug.«

Decker dachte kurz nach. »Ich dachte, Sie wären beide gleichrangig.«

Bob wurde rot vor Wut. »Das sind wir auch. Aber ich habe anderes zu tun. Wir haben alle unsere Aufgaben.«

Hieß das, er wollte sich nicht mit Pluto überwerfen? »Natürlich«, sagte Decker. »Kommen Sie nach, wenn Sie können.«

Bob saß eindeutig in der Klemme. »Ich komme, aber das dauert ein bißchen. Fangen Sie ohne mich an.«

»Gut. Bringen Sie Nova mit, wenn Sie ihn finden.«

»Ja, ja.« Bob wirkte zerstreut, hatte den Blick auf eine junge Frau von etwa zwanzig Jahren gerichtet. Er nickte ihr zu, und sie nickte zurück, eine wortlose sexuelle Aufforderung. Die Frau kam Decker bekannt vor.

Dann fiel es ihm ein. Das war Terra. Das Mädchen im Minibus, das sie gestern morgen durchs Tor – und an den Hunden vorbei – geleitet hatte.

»Bis später«, sagte Bob.

»Wo steckt Nova eigentlich?« wollte Decker wissen.

Bob wirkte angespannt. »Sie werden regelrecht dreist.«

Decker zuckte die Schultern. »Tut mir leid, so hartnäckig zu sein. Das ist meine Aufgabe. Aber ich will Sie nicht unter Druck setzen. Sie waren sehr hilfreich.«

»Tja, das kann sich auch schnell wieder ändern.«

»Ich habe gestern mit Europa gesprochen. Sie hat mir ein paar interessante Einsichten verschafft. Vielleicht können wir später darüber reden.«

»Vielleicht auch nicht.« Bobs Gesicht wurde ausdruckslos. »Auf Wiedersehen.«

»Bis nachher«, erwiderte Decker. Er ging auf den Tempel zu. Nach einigen Schritten blieb er stehen und sah über die Schulter zurück. Bob war verschwunden, zweifellos auf der Jagd nach einem sehr viel greifbareren Himmelskörper.

Die Zimmer sahen alle gleich aus, und das von Andromeda machte keine Ausnahme. Es war genau so, wie Decker die anderen Räume beschrieben hatte. Ein schmales Feldbett, eine grobe Wolldecke und ein selbstgezimmertes Bord, auf dem eine Tasse, ein Löffel und mehrere Bücher über Spirituelles und Physik untergebracht waren.

Auf diesem Bord stand sogar ein Roman. Nichts Aufsehenerregendes ... nur ein vor einigen Jahren erschienener Liebesroman. Aber trotzdem ...

Der schmale Raum hatte etwas Unheimliches, fand Marge. Alle irdischen Besitztümer des Mädchens waren noch vorhanden – von den Büchern bis zu dem Koffer unter dem Bett. Es sah zumindest nicht so aus, als hätte sie eine Flucht geplant. Alles war an seinem Platz. Nur die Bewohnerin des Zimmers fehlte.

Marge drehte sich um, als sie schlurfende Schritte hörte. Eine junge, noch kaum der Pubertät entwachsene Frau stand an der Tür. Eine Brünette mit alabasterfarbener Haut. Hübsch auf eine etwas verlorene Weise. Volle Lippen und hohe Wangenknochen. Ihre Hände und Finger waren lang und glatt wie aus Marmor. Sie trug ein weißes Gewand und weiße Slipper.

»Sie wurde uns geraubt, verstehen Sie«, sagte die junge Frau leise.

»Erzählen Sie mir davon«, bat Marge.

»Er hat es getan. Der Mann, den wir Satan nennen!«

»Hat er auch einen … konventionelleren Namen?«

Ihre zarten Finger schoben sich in eine Falte ihres schneeweißen Gewandes. »Reuben Asnikov. Ihre Eltern haben ihn beauftragt. Sie haben ihm viel Geld dafür bezahlt. Andromeda hatte schreckliche Angst, daß er sie entführen könnte. Er hat einen sehr schlechten Ruf.«

»Inwiefern?«

»Wegen seiner Methoden der Gehirnwäsche.«

Oder des Deprogrammierens – alles eine Frage der Perspektive, dachte Marge. »Wissen Sie mehr über ihn?«

»Nur, daß er vor nichts zurückschreckt.«

»Können Sie das näher ausführen?«

»Kann man die Bosheit des Teufels kategorisieren?« Eine Träne rann ihr über die Wange. »Keiner von uns ist hier eingesperrt. Wir können gehen, wenn wir wollen. Aber wir bleiben, weil wir hier unter dem Glanz und der Führung Vater Jupiters leben können.«

Sie begann zu weinen. Marge wartete. Als sich die junge Frau schließlich beruhigte, sagte Marge: »Ich habe Ihren Namen nicht mitbekommen.«

»Terra.« Sie wischte sich die Augen.

»Sind Sie mit Andromeda befreundet?«

»Wir sind beide für den Unterricht der Kinder zuständig. Die süßen, süßen Kinder. Die Zukunft des Ordens.« Wieder flossen Tränen. »Der Gedanke, daß sie nun nicht unter der Führung unseres verehrten Vater Jupiters aufwachsen, ist unerträglich.«

»Wo sind die Kinder jetzt?«

»Kommen Sie.« Terra griff nach Marges Hand. »Ich zeige es Ihnen.«

Sie führte Marge auf Zehenspitzen einen Gang entlang bis zu drei Türen. Gedämpftes Babygeschrei drang durch die eine Tür. Terra lächelte. »Das Säuglingszimmer.«

»Darf ich mal reinschauen?«

Terra öffnete die Tür gerade weit genug, daß Marge hineinsehen konnte, aber von drinnen nicht bemerkt wurde.

Drei Frauen in weißen Gewändern waren mit einem Dutzend Kinder beschäftigt – Babys und Kleinkinder. Die eine wiegte einen etwa Zweijährigen in den Armen und sang ihm ein Schlaflied vor. Zwei Säuglinge schliefen in ihren Bettchen. Die zweite Frau saß auf dem Boden und baute mit Kindern im Krabbelalter einen Turm aus Legosteinen. Die dritte deckte einen Picknicktisch.

»Würden Sie gerne hineingehen?« fragte Terra.

»Nein, lassen Sie nur.« Marge sah sie an. »Ich möchte nicht stören.«

Terra schloß die Tür, öffnete eine andere und betrat den Raum. Sofort sprang eine Gruppe Kinder auf, alle in weißen Baumwollhosen, langärmeligen weißen T-Shirts, weißen Socken und Turnschuhen.

Die Kleidung war strahlend weiß – leblos weiß. Entweder machten diese Kinder nie schmutzige Arbeiten, oder der Orden besaß Anteile an Chlorax.

Alle in Weiß und stocksteif – wie kleine Engel. Insgesamt etwa dreißig, keins älter als zwölf. Mit einem raschen Blick stellte Marge fest, daß etwa sechzig Prozent weiß waren, dreißig Prozent asiatisch und der Rest gemischtrassig.

Zarte, kleine Gesichter mit strahlenden, zu großen Augen, glatten Wangen und roten Lippen, manche mit den für dieses Alter typischen Zahnlücken. Sie standen in einem ultramodern eingerichteten Klassenzimmer, auf jedem Tisch ein PC mit Monitor und Drucker. An der Stirnwand hing eine weiße Tafel, auf der mit rotem Filzstift Gleichungen angeschrieben waren. An den anderen drei Wänden standen Bücherregale. Sämtliche Bücher schienen sich mit Physik oder Spirituellem zu befassen. Wie in den anderen Räumen des Komplexes gab es keine Fenster – nur Oberlichter.

Keine Fenster.

Was den Zugang zum Komplex – außer durch die Außentüren – so gut wie unmöglich machte. Das gestrige Durcheinander – die Polizei, die Spurensicherung, die Leute von der Gerichtsmedizin – hatte Asnikov womöglich eine seltene Gelegenheit zum Zuschlagen gegeben.

Terra stellte sich vor die Klasse. Sie war sehr ernst. »Guten Morgen, Generation der Zukunft.«

Einstimmig erwiderten sie: »Guten Morgen, Schwester Terra.«

»Ihr dürft euch setzen.«

Sie folgten der Aufforderung.

»Ich bin gleich bei euch. Ihr werdet in der Zwischenzeit eure Gebete verrichten und erneut um die sichere Reise unseres Vater Jupiter in das nächste Universum bitten. Wir hoffen alle, bald bei ihm zu sein.«

Beim letzten Satz sträubten sich Marges Nackenhaare.

»Gamma, unser lieber Sohn, würdest du das Gebet bitte vorsprechen?« sagte Terra.

Ein zehnjähriger Asiate erhob sich. Sofort stimmte die Klasse ein Mantra an, ein gedämpftes Flüstern so leise wie der Wind. Terra führte Marge aus dem Klassenzimmer. Sobald sie allein waren, fragte Marge, wie Terra den letzten Satz gemeint hätte.

Die junge Frau sah Marge verblüfft an. »Nur ein Ritual, Detective. Die Kinder müssen teilhaben an dem Prozeß der Trauer. Aber sie sollen auch wissen, daß sie eine bessere Zukunft erwartet.« Terra hielt inne. »Sie glauben doch nicht, daß wir etwas … etwas Endgültiges im Sinn haben?«

»So was ist schon vorgekommen.«

»Vater Jupiter hätte uns nie etwas aufgezwungen. Ich versichere Ihnen, daß die Gurus genauso denken.«

Nach der Auseinandersetzung mit Pluto war Marge sich da nicht so sicher. »Mir ist aufgefallen, daß die Kinder alle unter zwölf sind.«

Wieder rann eine Träne über Terras Wange. »Die Älteren wurden von Andromeda betreut.« Terra griff erneut nach Marges Hand und drückte sie. »Sie müssen sie schnell finden. Um der Kinder willen. Sie kommt so gut mit ihnen zurecht … mit den Teenagern.«

Vorsichtig machte Marge sich von Terra los. »Wie viele Kinder hat sie betreut?«

»Sieben. Sie sind vollkommen verloren ohne sie.«

»Und wer kümmert sich jetzt um sie?«

»Ich«, sagte eine tiefe Stimme. Der Mann war groß, dünn und trug einen Schnurrbart. Er streckte Marge die Hand hin. »Guru Bob. Und Sie sind …?«

»Detective Dunn.«

»Ah ja, stimmt. Sie waren auch gestern hier.«

»Ja. Ich hatte nicht erwartet, so rasch wieder hergerufen zu werden.«

»Wir auch nicht. Was machen Sie hier? Ich meine, speziell hier … vor den Klassenzimmern.«

»Schwester Terra hat mich ein bißchen herumgeführt.«

»So, so.« Er betrachtete Terra mit zornigem Blick. Marge kam ihr zu Hilfe. »Ich habe mir Andromedas Zimmer angesehen, und Terra war so freundlich, mir Auskunft zu geben. Sie sagte, Andromeda sei Lehrerin. So führte eins zum anderen.«

Aber Bobs Blick gab Terra nicht frei. Er sagte: »Ich übernehme. Du mußt dich um die Kinder kümmern.«

»Ja, Bruder Bob.« Terra war wie erstarrt. »Sofort.«

Der Ton des älteren Mannes wurde weicher. »Keine Bange. Dein Vergehen wird nicht gemeldet werden. Ich weiß, daß du es gut gemeint hast. Wir treffen uns in einer Stunde … und sprechen über den Unterricht der Kinder, ja?«

Terras Augen weiteten sich. »Selbstverständlich.« Sie brachte ein kleines Lächeln zustande. »Selbstverständlich.«

Marge wartete auf mehr, aber keiner sagte etwas. Zwischen den beiden ging es um mehr als nur den Unterrichtsstoff.

»Das ist alles«, sagte Bob in ruhigem Ton. »Du kannst gehen.«

Wieder lächelte Terra, aber diesmal entspannter. Sie drehte sich um und floh in die Sicherheit ihres Klassenzimmers.

Bob hatte ein Funkeln in den Augen. »Haben Sie nichts Besseres zu tun, als eine junge Frau zu belästigen?«

Wer belästigte hier wohl wen? »Welches Vergehen hat Terra begangen? Eigenständiges Denken?«

»Eigenständiges Denken ist kein Vergehen. Jede Meinung ist willkommen, solange sie in der Familie bleibt. Aber Sie ohne vorherige Genehmigung herumzuführen, ist inakzeptabel. Nur so können wir die Ordnung aufrechterhalten.«

»Kommt mir vor wie beim Militär.«

»Paramilitärisch. Wenn Ihnen das nicht paßt, können Sie ja gehen.« Sein Blick bohrte sich in den ihren. »Pluto übertreibt nicht. Andromeda wurde entführt. Sie ist über achtzehn. Ihre Eltern haben kein Recht, sie gegen ihren Willen festzuhalten.«

»Das Gesetz ist auf Ihrer Seite.«

»Ja, ich weiß, aber das reicht im Moment nicht. Je schneller Sie diese Krise bewältigen, desto besser. Wenn Sie das nicht mit Quasargeschwindigkeit erledigen, wird das Vertrauen meiner Leute in Sie exponentiell schwinden.«

»Irgendwelche Vorschläge?« fragte Marge.

»Ja. Setzen Sie Asnikov unter Druck. Werfen Sie ihn ins Gefängnis. Foltern Sie ihn, bis er gesteht.«

»In diesem Land gibt es so etwas wie ein ordnungsgemäßes Verfahren.«

Bob schnaubte verächtlich. »Asnikov kümmert sich einen Dreck um ordnungsgemäße Verfahren. Warum sollte ich es dann tun?«

» 13 «

»Was wissen Sie über Sekten?«

Webster überlegte. »Ich bin kein Experte…«

»Dann ist es gut, daß Sie zu mir gekommen sind«, unterbrach ihn Asnikov. »Denn hier können Sie von einem Fachmann lernen.«

Die Sprechanlage piepte, und eine körperlose weibliche Stimme sagte: »Jay auf Leitung zwei.«

»Stellen Sie es durch ins innere Büro.« Asnikov betrachtete Webster über den Schreibtisch hinweg. Die Cops hatten ihm einen von Baywatch geschickt – blond und gut gebaut. Einsachtzig groß ... jungenhaftes Gesicht, obwohl er vermutlich um die fünfunddreißig war. Mr. Muskelprotz saß da in seinem blauen Sergeanzug und grinste großmäulig. Hinterlistiger Bursche. Den mußte man im Auge behalten.

»Der Anruf ist wichtig.« Asnikov erhob sich. »Schenken Sie sich noch einen Kaffee ein, Detective, ich bin gleich zurück.« Er zögerte. »Wenn Sie hier rumschnüffeln, riskieren Sie eine Anzeige. Hier sind überall Kameras.«

Webster deutete auf die geometrische Deckenlampe aus Buntglas und dann auf das Gitter der Klimaanlage.

»Sie können ja versuchen, alle zu finden«, meinte Asnikov. »Dann sind Sie beschäftigt, bis ich wiederkomme.«

Als der Deprogrammierer den Raum verlassen hatte, lehnte sich Webster im Sessel zurück und bemühte sich, ganz entspannt zu wirken, weil die Kameras alles aufnahmen. Er schwitzte, doch zum Glück sah man das nicht. Reuben Asnikov war ein Stahltresor, der keinen Millimeter nachgab.

Webster gefiel das Büro. Die Decke war niedrig und mit Kirschbaumholz getäfelt. Die Deckenlampe, die rechteckig war und von Wand zu Wand reichte, war aus kleinen, milchigen Glasstücken in Gelb, Rot und Blau zusammengesetzt; vermutlich war dahinter ein halbes Dutzend Kameras verborgen. Webster sah hinauf und winkte.

Der Möbel waren aus geöltem Teakholz gefertigt, schlicht im Design und unbequem. Auch die Wände waren, genau wie die Decke, mit Kirschbaumholz getäfelt. Nirgends hingen Bilder, weil das Aussichtsfenster die nötigen Farbtupfer bot – das Laub der Ulmen und Platanen in den verschiedensten Grünschattierungen. Durch das Fenster sah man auf einen künstlichen Wasserfall.

Der vermeintlich heiteren Gelassenheit widersprachen der

massive Stahlsafe in der Ecke des Raumes, die modernsten Abhörgeräte hinter der verschlossenen Glastür des Wandregals und der Berge von Papier ausspuckende Computer. Asnikovs Telefonanlage hatte mehr blinkende Knöpfe als ein Flugzeugcockpit.

Ein paar Minuten später kehrte Asnikov zurück und hängte sein Jackett an den Garderobeständer aus Messing. Der Mann war gebaut wie ein Schweißer. Sein Gesicht war hart, die Augen von einem durchdringenden Grün, und sein eckiges Kinn verriet Entschlossenheit. Seine Kleidung paßte besser zu einem Hollywoodmanager als zu einem Privatdetektiv. Er trug einen locker sitzenden Anzug im Armani-Stil, dazu ein blau und braun gestreiftes Hemd. Zu dieser eleganten Aufmachung hatte er eine gelbe Krawatte und ein passendes Einstecktuch gewählt.

»Nehmen Sie Ihren Block raus, und machen Sie sich Notizen«, wies er Webster an.

Webster hielt den Block hoch. »Schießen Sie los.«

»Sekten.« Asnikov zählte an den Fingern ab. »Man braucht einen charismatischen Führer – jemand mit dem gewissen Etwas. Denn er ist der Magnet, der die Anhänger anzieht. Die das zweite sind, was man braucht.«

»Anhänger«, sagte Webster.

Asnikov lächelte mit geschlossenen Lippen. »Genau. Sekten brauchen Anhänger. Sie garantieren das Überleben der Sekte, sind die Drohnen, die die Arbeit verrichten und das *Wort* verbreiten – was das dritte ist, das man braucht.«

Drei Finger wurden hochgereckt.

»Das *Wort*!« sagte Asnikov nachdrücklich. »Die Philosophie, der *Ismus*. Sekten legen stets großen Wert auf Rituale und haben mit großer Wahrscheinlichkeit eine unorthodoxe Philosophie, die eine Wir-gegen-den-Rest-der-Welt-Einstellung fördert. Der ›Ismus‹ ist der Schlüssel zu einer erfolgreichen Sekte. Er mußte die Mitglieder isolieren und der Außenwelt entfremden. Daher wird eine erfolgreiche Sekte die Vergangenheit ihrer Mitglieder auslöschen. Denn sobald die

Vergangenheit ihrer Anhänger ausgelöscht ist, kann die Sekte sich ihre eigene schaffen, eine, die die Werte der Sekte *und* ihres Anführers glorifiziert, der seinerseits diese Werte bestimmt. Soweit alles klar?«

»Ja, durchaus«, erwiderte Webster.

»Also noch mal – drei Dinge. Das gewisse Etwas, die Anhänger und die Philosophie«, fuhr Asnikov fort. »Es gibt offene und geschlossene Sekten. Die meisten religiösen waren am Anfang offen, gründeten sich auf dem ›Ismus‹ eines charismatischen Führers, der eine Vision hatte. Beispiele dafür sind die von Mary Baker Eddy gegründete Christian Science, die von Ann Lee in unser Land gebrachten Shaker, die Mormonen unter Führung von Brigham Young, dem ein Engel erschien, die Maroni, der jüdische Chassidismus unter Baal Schem Tov. Heute sind viele dieser Sekten in die allgemeine amerikanische Religion eingegangen. Aber in den Anfängen wurden ihre Anführer verlacht und verfemt.«

»Genau wie Ganz«, stellte Webster fest.

»Ja, aber mit einem großen Unterschied«, erwiderte Asnikov. »Bei den offenen Sekten halten sich die Anhänger strikt an die ›Ismen‹, aber – und das ist ein wichtiger Punkt – sie können jederzeit kommen und gehen. Niemand zwingt sie zum Bleiben. Die Führer sind im allgemeinen nicht obstruktiv, und der Zugang zu den Mitgliedern ist einfacher.«

»Was Ihnen die Arbeit erleichtert«, sagte Webster.

»Allerdings. Wenn ich mit jemandem allein reden kann, außerhalb der Sekte, gelingt es mir entweder, den Betreffenden zu seinem früheren Leben zurückzuführen, oder es gelingt mir nicht. Wenn ich sicher bin, daß er nicht unter Zwang der Sekte beigetreten ist, ziehe ich mich zurück. Das mag den Eltern zwar nicht passen, aber wenn das Kind über achtzehn ist, müssen sie sich damit abfinden. Mein eigentliches Arbeitsgebiet sind die geschlossenen Sekten, in denen die Anhänger hinter Schloß und Riegel gehalten werden.«

»Und Sie haben das Gefühl, daß der Orden der Ringe Gottes in diese Kategorie fällt?«

»Zweifellos. Wann haben Sie das letzte Mal ein Mitglied dieses Ordens im Supermarkt gesehen?«

»Ich habe nie darauf geachtet.«

»Tja, Detective, aber ich. Und ich will Ihnen etwas sagen. Keiner hat den Komplex je verlassen oder betreten, ohne daß Emil Ganz – alias Jupiter – davon wußte. Haben Sie sich mal gefragt, wie eine Sekte von der Größe überleben kann, wenn keines der Mitglieder einen konventionellen Job hat?«

»Wie denn?«

»Durch zwei Dinge. Erstens wird alles Geld der Mitglieder in einen Topf geworfen. Wer in den Orden der Ringe Gottes eintritt, muß seinen gesamten weltlichen Besitz aufgeben. Und wer bestimmt, wie dieses Geld ausgegeben wird?«

»Jupiter.«

»Ganz genau, Detective. Über die Jahre muß Jupiter seinen Anhängern Hunderttausende von Dollar abgeknöpft haben. Wieviel davon in seine eigene Tasche geflossen ist, kann man nur raten. Ich weiß, daß er für den Orden eine Hühnerfarm ungefähr hundert Meilen nördlich von hier gekauft hat. Sie versorgt den Orden mit Eiern und Hühnern, und es bleiben genug Eier und Federn für den Verkauf und damit ein hübsches Taschengeld übrig.«

»Also hat Jupiter das Geld zum Wohle seiner Anhänger angelegt.«

»Aber die Farm ist auf ihn als Eigentümer eingetragen.« Asnikov sah auf seine Armbanduhr. »Hier haben wir also den Prototyp einer geschlossenen Sekte. Um die Hühner und Eier zu holen, muß jemand vom Orden regelmäßig dort hinfahren. Eier und Hühner und Federn einzusammeln, ist eine zeitaufwendige und untergeordnete Arbeit. Dafür teilt man einen Untergebenen ein. Und doch haben, soweit ich das beobachten konnte, ausschließlich Jupiter und sein innerster Zirkel – Pluto, Bob, Nova und die Dame Venus – den Komplex verlassen, um zur Farm zu fahren. Niemand sonst. Nicht ein einziges Mal. Man muß sich fragen, warum.«

»Jupiter will seinen Anhängern keine Freiheit geben.«

»Genau. Er hält seine Anhänger unter Verschluß, weg von der Freiheit, von ihrer Vergangenheit, ihren Eltern und Freunden und, Gott bewahre, von mir. Wenn Jupiter seine Anhänger verliert, dann verliert er seine Machtposition. Und mir persönlich sind alle Menschen suspekt, die Macht lieben.«

Asnikovs Kiefermuskeln begannen zu mahlen.

»Es heißt, ich sei ein Kidnapper. Bin ich nicht, absolut nicht. Ich bin ein *Erlöser*. Leute wie Ganz sind die Kidnapper.«

»Aber wenn das Mitglied freiwillig ...«

»Das gibt es nicht. Solange jemandem der Zugang zur Außenwelt verwehrt wird, ist er ein Gefangener. Vielleicht einer, der gut behandelt wird – ernährt und gekleidet und gevögelt wird –, aber abhängig wie ein Schoßtier ist. Haben Sie Kinder, Detective?«

»Allerdings.«

»Wie würde es Ihnen gefallen, wenn irgend so ein Bock Ihren Sohn oder Ihre Tochter wie ein Zirkustier behandelt, das blindlings jeden Befehl befolgen muß?«

»So was muß den Eltern das Herz brechen.« Webster sah den Deprogrammierer an. »Aber jemanden, der über achtzehn ist, einfach zu entführen – auch wenn es zum Besten dieser Person geschieht –, ist gesetzwidrig, das wissen Sie. Aber ich hab meine Zweifel, ob ein Gesetz Sie aufhalten kann.«

»Wenn diese Idioten vom Orden behaupten, ich sei im letzten Monat ihrem Gelände auch nur *nahe* gekommen, dann lügen sie. Schlimmer noch, Detective, sie verbergen vielleicht etwas wirklich Ruchloses.«

»Was denn?«

»Ein Mädchen wird vermißt, Sir. Machen Sie sich selbst einen Reim darauf.«

»Sie trauen denen alles zu, was? Und Sie versuchen nicht vielleicht, die Aufmerksamkeit von sich selbst abzulenken?«

Asnikov blieb gelassen. »Das habe ich nicht nötig. Lassen Sie mich beschatten, wenn Sie wollen. Wenn ich das Gesetz übertrete, verhaften Sie mich. Ich habe nichts zu befürchten.«

»Sie haben demnach nichts mit der Entführung von Lauren Bolt zu tun?« fragte Webster.

»Nein. Und wer sagt, daß sie entführt wurde? Bei all dem Durcheinander gestern könnte das Mädchen die Chance ergriffen haben, einfach abzuhauen.«

»Und wenn ich Ihre Unterlagen durchsähe, würde ich Millard und Patricia Bolt nicht auf der Liste Ihrer Klienten finden?«

»Das ist eine rein theoretische Frage.« Asnikov lächelte kaum merkbar. »Wenn es Ihnen gelänge, sich Zugang zu meinen Unterlagen zu verschaffen, die alle kodiert sind, würde ich Ihnen sofort ein sechsstelliges Anfangsgehalt anbieten.« Er hielt inne. »Wenn Sie mir nicht glauben, Detective, fragen Sie doch die Eltern von Lauren Bolt.«

»Das haben wir schon versucht«, sagte Webster. »Mr. Bolts Sekretärin behauptet, sie seien im Urlaub.«

»Wir leben in Amerika. Sie haben jedes Recht dazu.«

»Warum glaube ich Ihnen nicht?«

»Das weiß ich nicht«, erwiderte Asnikov. »Wir stehen im Grunde auf derselben Seite.«

»Genau das ist es, was mich beunruhigt«, sagte Webster. »Denn sehen Sie, ich bewege mich immer im Rahmen des Gesetzes.«

»Daher die zahlreichen Mißerfolge der Polizei.« Asnikov grinste. »Ich wiederhole: Wenn Sie meinen, ich übertrete das Gesetz, dann verhaften Sie mich. Sie machen Ihre Arbeit, ich die meine.«

Webster beschloß, dem Gespräch eine andere Richtung zu geben. »Was wird Ihrer Meinung nach mit dem Orden geschehen, jetzt, wo Jupiter tot ist?«

»Eine interessante Frage.« Wieder sah Asnikov auf die Uhr, schien aber nicht in Eile zu sein. »Da sind seine vier Untergebenen, die sich angeblich die Macht teilen. Aber jeder, der den Orden kennt, weiß, daß Pluto der zweite Mann ist.«

»Also übernimmt Pluto?«

»Ich sagte absichtlich, zweiter *Mann*. Das Problem ist, daß es da auch eine erste *Frau* gibt. Und sie besitzt genausoviel Einfluß wie Pluto. Im Moment denke ich, daß Pluto das Sagen hat. Zweifellos versucht er, Venus abzublocken. Aber sobald sie sich wieder gefangen hat, könnte sich das ändern.«

»Und wer gewinnt, was meinen Sie?«

»Keine Ahnung. Aber es wird zu einer Machtdemonstration von Pluto kommen, dann zu einem Gegenschlag von Venus ... und so weiter, bis schließlich jemand Sieger wird.«

»Wie lange wird das dauern?«

»Wer weiß?« Asnikov runzelte die Stirn. »Eine Woche, einen Monat, ein Jahr. Je länger es sich hinzieht, um so besser ist es für alle. Falls der Machtkampf zu hastig ausgetragen wird – ohne Rücksicht auf die Konsequenzen –, könnte es schlimm ausgehen. Wenn ich die Polizei wäre, würde ich das Gelände streng bewachen. Sie wollen doch nicht einen Haufen toter Kinder auf dem Gewissen haben.«

» 14 «

Pluto schien zu beten, was Decker Zeit gab, den Tempel ohne den Tumult der Prozession zu betrachten. Das Heiligtum war rechteckig, bis auf die gerundete, von einer Glaskuppel gekrönte Stirnwand. An dieser Wand befand sich auch ein aufsehenerregendes Fresko des Nachthimmels in dunklem, glitzerndem Blau und strahlendem Silber und Weiß. In der Mitte des Himmels thronte ein idealisierter Emil Euler Ganz. Vater Jupiter blickte streng auf seine Anhänger herab, mit stahlhartem Blick, der Granit durchdringen konnte. Er trug ein goldbesticktes königliches Purpurgewand mit einer Mönchskapuze aus Fell. Über seinem silbergrauen Kopf schwebte entweder ein Heiligenschein oder eine spiralförmige Galaxis. In der rechten Hand hielt er ein Zepter aus irisierendem kosmischem Staub, während seine Linke den Planeten drehte, dessen Namen er trug. Es hätte komisch wirken können – wäre Jupiter nicht so gottähnlich dargestellt, als könne er harte Strafen verhängen und Seuchen heraufbeschwören.

Die übrigen Tempelwände waren mit Buntglasfenstern der anderen acht Planeten geschmückt, jeder gehalten von der ihm zugeordneten griechischen Gottheit. Zehn Reihen mit jeweils zwanzigsitzigen Kirchenbänken waren zur Stirnwand hin ausgerichtet. Pluto kniete in der ersten Reihe, den Kopf gebeugt, die gefalteten Hände an der Stirn. Seine Lippen bewegten sich, aber es war nichts zu hören. Decker räusperte sich. Pluto sah auf und blickte über die Schulter.

»Schleichen Sie sich immer so an?« Seine Stimme hallte im Raum wider, obwohl er nicht laut sprach.

»Man lernt, sich leise zu bewegen, wenn man Überwachungen durchführt«, erwiderte Decker.

Pluto erhob sich. »Ist es das, was Sie hier machen? Eine Überwachung?«

Decker näherte sich gemessenen Schrittes. »Sie haben ein Mädchen als vermißt gemeldet, und ich bin hier, um den Fall zu untersuchen. Wir stehen auf derselben Seite.«

»Ich hoffe sehr, daß Sie das ernst meinen. Unternehmen Sie etwas!« Das Gesicht des kleinen Mannes rötete sich. »Fangen Sie mit diesem Wahnsinnigen an!«

»Asnikov ...«

»Natürlich Asnikov!« Der Guru begann, auf und ab zu gehen – den Gang hinauf und hinunter ... hinauf und hinunter, immer wieder. »Dieses Monster ist seit Jahren hinter uns her! Ohne Erfolg, worauf ich stolz bin. All seine Schmeicheleien und Bestechungen und seine plumpen Versuche sind jämmerlich gescheitert. Also hat er sich auf skrupellose Methoden wie diese verlegt.«

»Sie glauben, er hat das Mädchen entführt?«

»Nein, ich glaube es nicht, ich weiß es.«

»Okay.« Decker hielt inne. »Angenommen, Sie haben recht. Irgendeine Idee, wohin er sie gebracht haben könnte?«

Pluto blieb abrupt stehen. »Nein. Sie müssen gründlich gegen ihn ermitteln. Alle Ihre Leute einsetzen. Er muß beschattet werden ... da haben Sie Ihre Überwachungsarbeit. Wenn Sie wollen, kann ich Ihnen helfen, einen Plan auszuarbeiten.«

Beweise für ein Verbrechen wären mir lieber. Decker schaute nach oben. Die Decke war mit Sternen und Himmelskörpern bemalt. Komisch, daß ihm das noch nicht aufgefallen war. »Ich habe Bob und Nova gebeten, sich uns anzuschließen. Gemeinsam können wir vielleicht zu einer besseren Lösung kommen.«

»Vollkommen überflüssig. Zu viele Leute schaffen zu viele Probleme.«

Decker unterdrückte seinen Unmut. »Sind sie Ihnen nicht gleichgestellt?«

»Wie wir unsere Kräfte verteilen, geht Sie nichts an. Kümmern Sie sich um Ihre Angelegenheiten. Finden Sie Andromeda!«

»Wer entscheidet, wann und wo andere gebraucht werden?«

»Eine sehr gute Frage«, sagte eine heisere Frauenstimme.

Decker und Pluto fuhren herum. Venus blieb stehen, ließ sich betrachten und ging dann mit langsamen, entschlossenen Schritten auf sie zu; ihre rotgoldene Robe glitt über den Boden. Sie wirkte wie eine Königin, die sich ihrer Rolle bewußt war. »Warum wurde ich über diese neueste Entwicklung nicht informiert?«

Pluto ballte die Fäuste und entspannte sich dann. »Ich hatte vor, mit dir zu sprechen ...«

»Wann?«

»Sobald ich die Zeit dazu finde! Während du in deinem Zimmer meditiert und gebetet hast, mußte ich in der Halle einen Aufruhr verhindern!«

»Nach dem, was ich gehört habe, waren deine Worte eher aufwiegelnd als beruhigend«, sagte Venus.

»Dann hast du etwas Falsches gehört!«

Die beiden starrten sich in steinernem Schweigen an. Decker kam sich vor wie ein Kind, dessen Eltern sich um die Scheidung streiten. Die Minuten verticken.

Schließlich sagte Venus: »Ich bin kein Treibhauspflänzchen, Pluto. Ich kann es nicht hinnehmen, daß man mich über Dinge, die meine Familie betreffen, im ungewissen läßt! Besonders in einem Fall wie diesem. Andromeda ist mir ans Herz gewachsen. Ich liebe sie sehr.«

Pluto wollte etwas sagen, beschloß aber offenbar nachzugeben. »Wenn du dir die Hände schmutzig machen willst, gut. Nach allem, was du durchgemacht hast, wollte ich dir nur weiteren Kummer ersparen.«

»Ich weiß deine Besorgnis zu schätzen, auch wenn sie fehlgeleitet ist.« Venus wandte ihre Aufmerksamkeit Decker zu. »Ich verlasse mich darauf, daß Sie das Mädchen nach Hause zurückbringen. Hierher! Wohin sie gehört!« Sie fixierte ihn mit einem harten Blick. »Wenn Ihnen das nicht gelingt, kenne ich andere, die es können und tun werden.«

Auf illegale Weise. Leere Drohungen, oder hat sie ihre Quellen?

»Wissen Sie, wo sie sein könnte?« fragte Decker.

»Nein. Asnikov wird sie irgendwo verstecken. Ihnen steht viel Arbeit bevor.«

»Für einen solchen Einsatz, wie Sie ihn verlangen, wäre es hilfreich, wenn wir Beweise für ein Verbrechen hätten«, meinte Decker.

Pluto mischte sich ein: »Das Mädchen wird vermißt …«

»Sie ist über achtzehn, Sir, sie kann kommen und gehen, wie es ihr paßt.«

»Sie würde nie von hier fortgehen!« sagte Venus.

»Woher wissen Sie das?«

»Sie ist gerne hier. Sie ist hier glücklich. Und sie hätte niemals die Kinder verlassen. Sie liebt die Kinder!«

»Hat sie eigene Kinder?«

Eine Männerstimme mischte sich ein. »Nein, sie hat keine Kinder. Sie unterrichtet Kinder.«

Das Trio drehte sich nach der Stimme um. Guru Bob.

Er sagte: »Sie unterrichtet die Teenager und kommt sehr gut mit ihnen aus. Wahrscheinlich weil sie selbst kaum älter ist.«

Pluto war beunruhigt. »Hast du nicht gesagt, du übernimmst ihre Klasse?«

»Er wollte, daß ich herkomme.« Bob deutete mit dem Daumen auf Decker. »Für heute habe ich die Teenager mit Terras Klasse zusammengelegt. Es sind ja nur sieben.«

»Sieben?« wiederholte Venus. »Ich dachte, es wären acht. Ich bin mir sicher, daß es acht sind.«

Bobs Blick wurde unruhig. »Nein, sieben ...«

»Nein, es sind ganz bestimmt acht. Vega, Rigel, Gammas beide Mädchen ... Asa und ...«

»Myna«, sagte Bob. »Sie war da.«

»Orion, Leo, Ursa ...«, fuhr Venus fort.

»Sie waren alle da, Venus.«

»Nein. Es fehlt jemand!« beharrte Venus. »O Gott, hat das Monster etwa eines unserer Kinder in seiner Gewalt?«

»Warte, warte!« Bob war sichtlich irritiert. »Vega, Rigel, Asa, Myna, Orion, Leo, Ursa ... ich glaube, das sind alle.«

»Nein, sind es nicht!« Venus wurde immer nervöser. »Lyra!« rief sie triumphierend. »Moriahs Tochter. Sie ist jetzt dreizehn ...«

»Ich habe sie heute nicht gesehen«, sagte Bob. »Vielleicht fühlt sie sich nicht wohl.«

»Was soll das heißen?« brauste Pluto auf. »Sie befand sich in deiner Obhut.«

Sofort verdüsterte sich Bobs Gesicht. »Ich war aus reiner Herzensgüte bereit, sie zu unterrichten – nicht, den Babysitter für sie zu spielen! Hör zu, Pluto, ich habe nichts dagegen, daß du vorübergehend für Jupiter einspringst, um der Familie Stabilität zu geben, solange dir klar ist, daß du nicht Jupiter bist.«

»Ich versuche nicht, Jupiter zu sein!« wehrte Pluto ab. »Aber jemand muß den Orden führen, bis sich alles wieder beruhigt hat. Die anderen waren dazu jedenfalls nicht in der Lage ...«

»Was soll das heißen?« unterbrach ihn Venus.
»Ich meine Nova!« murmelte Pluto. »Nicht dich!«
Decker mischte sich ein. »Warum suchen wir nicht erstmal nach dem Mädchen? Zum Beispiel in ihrem Zimmer.«
»Lyra ist bei den Teenagern untergebracht«, erklärte Venus.
»Dann führen Sie mich dort hin.« Zu den Männer sagte Decker: »Sie beide holen ihre Zimmerkameraden zusammen. Ich will mit allen reden.«
»O Gott!« murmelte Pluto. »Und was sollen wir Moriah sagen?«
»Moriah ist das egal«, tat Bob ihn ab.
»Was soll das heißen, es ist ihr egal!« Wieder brauste Pluto auf. »Natürlich ist es das nicht!«
»Pluto, Moriah begreift gar nichts. Sie ist vollkommen daneben.«
»So was wagst du, über eine unsere spirituellesten ...«
»Sie ist nicht spirituell, Pluto, sie ist psychotisch!«
»Die Frau ist geisteskrank?« fragte Decker.
»Ohne jeden Zweifel«, erwiderte Bob.
Decker war entsetzt. »Sie beherbergen hier eine Geisteskranke?«
Ohne Vorwarnung brauste Bob wütend auf. »Bevor Sie irgendwelche Urteile abgeben, will ich Ihnen etwas sagen: Moriah hat ungefähr fünfzehn Jahre ihres dreißigjährigen Lebens in Institutionen und Krankenhäusern verbracht. Als Bruder Pluto sie fand, sie und ihre Tochter, die damals ungefähr fünf war, hausten sie in einem Karton, der mit ihren eigenen Exkrementen verdreckt war. Aus Barmherzigkeit nahm Pluto sie auf. Seit acht Jahren sorgen wir für Lyra als eine der Unseren und haben uns um Moriah gekümmert, was mehr ist, als ihre Eltern je für sie getan haben. Als wir Moriah fanden, hatten die Eltern sie enterbt. Jetzt, wo Lyra zu einem jungen Mädchen heranwächst, spielen sie sich plötzlich auf, schicken Drohbriefe an den Orden ...«
»O mein Gott und Jupiter!« unterbrach Venus.
»O nein!« Bob schlug sich an die Stirn. »Die wollen gar

nicht Andromeda! Die wollen Lyra! Diese Schweine! Durch all das Durcheinander ist es ihnen schließlich doch gelungen, sie zu entführen.« Er stapfte auf und ab. »Das ist ja schlimmer, als ich dachte. Andromeda hat wahrscheinlich versucht, Lyra zu beschützen, als Asnikov zuschlug. Ich hoffe bei Gott und Jupiter, daß er Andromeda nichts angetan hat!«

Pluto richtete seinen Zorn auf Decker. »Glauben Sie uns jetzt?«

Dieses unglückliche Szenario schien einen gewissen Wahrheitsgehalt zu haben. Denn diesmal war das Opfer ein Kind.

Bob stammelte: »Das ist einfach schrecklich!« Wütend schaute er Decker an. »Sie müssen das Monster umlegen!«

»Eins nach dem anderen. Erstmal müssen wir rausfinden, ob Lyra wirklich verschwunden ist.«

» 15 «

Marge saß in der unbenutzten Schlafraum-Zelle, die man ihr als provisorisches Büro zur Verfügung gestellt hatte, und versuchte festzustellen, wann die junge Frau und das Mädchen verschwunden waren. Es war kaum Platz genug für einen Klapptisch und zwei Stühle, aber es würde gehen. Guru Bob hatte sie hierher geführt, ein Zeichen dafür, daß ein offizielles Eingreifen gebilligt wurde, obwohl man das aus Plutos Verhalten nicht entnehmen konnte. Der kleine Mann warf immer noch mit Anschuldigungen um sich.

Vega, eine von Lyras Zimmerkameradinnen, wurde vor der Abendmeditation zu Marge geschickt. Die Vierzehnjährige wirkte klein für ihr Alter. Vielleicht lag es auch an der Haltung des Mädchens: die herabhängenden Schultern und der krumme Rücken, hielt es seine Bücher an sich gedrückt, als es den Raum betrat.

Vega war gemischtrassig und wie alle anderen Kinder, die Marge gesehen hatte, in Weiß gekleidet. Sie hatte bronzefarbene Haut, glattes schwarzes Haar und schrägstehende blaue Augen. Marge deutete auf den zweiten Stuhl. Das Mädchen setzte sich kerzengerade hin. Eine Sitzhaltung, die ihm eindeutig antrainiert war. Immer noch hielt es seine Bücher umklammert; Marge nahm sie ihm ab und legte sie auf den Boden. Das Mädchen faltete die Hände im Schoß. Marge lächelte, aber Vega erwiderte ihr Lächeln nicht.

Marge drückte auf den Aufnahmeknopf ihres Kassettenrecorders und stellte ihn vor Vega auf. »Du weißt, warum du hier bist?« fragte sie.

Vega nickte.

»Ein zustimmendes Nicken«, sagte Marge ins Mikrophon. »Sag mir, warum du hier bist.«

»Weil Andromeda und Lyra vermißt werden. Sie bitten uns um Hilfe.«

Ihre Stimme klang leblos ... roboterhaft. Marge fragte: »Du bist Lyras Zimmerkameradin, nicht wahr?«

Vega nickte.

»Wieder ein zustimmendes Nicken«, erklärte Marge. »Bitte antworte mit ja oder nein, Vega. Nur so kann der Recorder deine Antwort aufnehmen. Hat Lyra letzte Nacht in ihrem Bett geschlafen?«

»Korrekt.«

»Erinnerst du dich, ob du sie beim Aufwachen gesehen hast?«

»Korrekt.«

»Erinnerst du dich, ob sie sich angezogen und für die Schule fertiggemacht hat?«

»Ich glaube, Sie meinen, für die Morgenmeditation und das Frühstück.«

»Okay. Also erinnerst du dich, ob sie sich für die Morgenmeditation und das Frühstück fertiggemacht hat?«

»Korrekt.«

»Um welche Zeit seid ihr aufgebrochen … was kommt zuerst? Die Meditation oder das Frühstück?«

»Die Meditation.«

»Und die ist wann?«

»Um sieben Uhr morgens.«

»Du erinnerst dich also, sie um sieben Uhr morgens gesehen zu haben.«

»Korrekt.«

»Und ihr habt wann gegessen?«

»Um sieben Uhr dreißig.«

»Hat sie mit euch gefrühstückt?«

»Korrekt.«

»Und was habt ihr nach dem Frühstück gemacht?«

»Weiter meditiert.«

»Okay. Um welche Zeit begann die zweite Meditation?«

»Um acht.«

»Und Lyra war dabei?«

»Korrekt.«

»Was habt ihr nach der zweiten Meditation gemacht?«

»Wir sind in unser Klassenzimmer gegangen.«

»War Lyra dabei?«

Vega preßte die Lippen zusammen. »Ich … glaube. Aber ich bin mir nicht sicher. Unsere Lehrerin Andromeda war nicht da. Alles war sehr verwirrend.«

»Um wieviel Uhr war das?«

»Der Unterricht beginnt um acht Uhr dreißig. Also muß es acht Uhr dreißig gewesen sein. Wir sind immer pünktlich.«

»Und Andromeda war um acht Uhr dreißig nicht in eurem Klassenzimmer.«

»Nein. Das hat uns alle verwirrt.«

»War Lyra während dieser … verwirrenden Zeit bei euch?«

»Ich glaube. Aber wie ich schon sagte, es war verwirrend.«

»Hat ein Erwachsener im Klassenzimmer auf euch gewartet?«

»Nein. Das war ja so verwirrend. Irgendwann kam unsere Lehrerin Terra herein. Sie war erstaunt, daß unsere Lehrerin Andromeda nicht bei uns war. Sie war auch verwirrt.«

»Um wieviel Uhr war das?«

»Gegen neun. Ich glaube, einer der Jungen hat sie geholt. Weil wir so verwirrt waren.«

»Also war von acht Uhr dreißig bis neun Uhr kein Lehrer bei euch.«

»Korrekt.«

»Was habt ihr gemacht?«

»Was wir gemacht haben? Ich verstehe die Frage nicht.«

Marge sagte: »Eine halbe Stunde lang war kein Lehrer da. Was habt ihr gemacht, während ihr gewartet habt?«

»Wir haben an unseren Plätzen gesessen.«

Marge wartete auf mehr. Als nichts kam, fragte sie: »Ihr habt nur dagesessen?«

»Korrekt.«

»Habt ihr miteinander geredet?«

»Nein. Wir haben schweigend gewartet. Vielleicht haben einige von uns meditiert. Aber das ist erlaubt, solange es schweigend geschieht.«

Marge legte den Bleistift weg. »Bist du gern hier, Vega?«

Das Mädchen sah sie verständnislos an. »Es ist mein Zuhause. Natürlich bin ich gern hier.«

»Was gefällt dir daran?«

»Gefällt?«

»Ja, gefällt. Was machst du am liebsten?«

»Ich mache alles gern.«

»Wirklich alles?« hakte Marge nach.

»Korrekt.« Vega saß immer noch stocksteif da.

»Aber gibt es nicht etwas ... das du ganz besonders gern hast?«

Das Mädchen dachte über die Frage nach. »Unser Vater Jupiter war ein erfahrener Naturwissenschaftler. Ich glaube, Naturwissenschaft gefällt mir am besten.«

»Naturwissenschaft ist ein weiter Begriff. Was gefällt dir am besten davon?«

»Vielleicht die Teilchenphysik – die verschiedenen Farben des elektromagnetischen Spektrums, die aufleuchten, wenn die Atome in Bewegung sind und dann wieder zur Ruhe kommen. Diese Woche wird Guru Bob mit uns die Familien der Mesonen, Bosonen und Tau-Mesonen durchnehmen. Ich glaube, das könnte sehr interessant werden.«

Marge bemühte sich, das Mädchen nicht mit offenem Mund anzustarren. »Sehr interessant.«

Zum ersten Mal lächelte Vega schwach. »Sie mögen die Quantenphysik offenbar auch. Wir haben also etwas gemeinsam. Es würde Ihnen hier bestimmt gefallen. Vielleicht könnten Sie eine unserer geliebten Lehrerinnen werden.«

Marge spürte einen bohrenden Schmerz – dieses kleine steife und sich so gespreizt ausdrückende Mädchen versuchte, einen Bezug zu ihr herzustellen. Kaum zu glauben, daß sie erst vierzehn war. Die Teenager, die Marge während ihrer Zeit beim Jugenddezernat verhaftet hatte, waren zynisch und weltverdrossen gewesen. Die Kleine hier war so naiv, daß es schmerzte. Nur ein Kind, das gemocht werden wollte. »Das würde ich gern tun, Vega, aber ich bin nicht als Lehrerin ausgebildet. Ich bin Polizistin. Du weißt, was das ist, oder?«

»Natürlich.« Vega blieb ganz ernst. »Sie schützen und bewahren die Außenwelt davor, in vollkommenes Chaos zu versinken. Aber Sie können nur vorübergehende Abhilfe schaffen. Die Gesellschaft der Außenwelt ist viel zu entropisch, um einen permanenten Ruhezustand zu erreichen.«

Sie plapperte offenbar nach, was sie von ihren Anführern gehört hatte. Aber das Urteil war gar nicht so falsch. »Könnten wir jetzt noch mal auf Lyra und Andromeda zurückkommen?«

Das Mädchen nickte. »Selbstverständlich. Was immer Sie wünschen.«

Marge unterdrückte ein Seufzen. »Du sagst, Terra sei gegen neun Uhr morgens in euer Klassenzimmer gekommen.«

»Korrekt.«

»Und was ist dann passiert?«

»Sie fragte, wo unsere Lehrerin Andromeda sei. Natürlich wußte das keiner. Wir waren alle verwirrt.«

»Und dann?«

»Sie sagte, wir sollten zusammen mit ihrer Klasse – mit den jüngeren Kindern – meditieren, während sie der Verwirrung auf den Grund gehen würde. Wir warteten mit der Klasse der jüngeren Kinder.«

»Das ist jetzt ganz wichtig, Vega. Kannst du dich erinnern, ob Lyra mit euch zu Terras Klasse ging?«

»Nein, daran kann ich mich nicht erinnern. Das letzte Mal, daß ich Lyra bewußt gesehen habe, war beim Frühstück.«

»Schien Lyra hier im Orden glücklich zu sein, Vega?«

»Natürlich.«

»Sie hat sich nie über den Orden beschwert?«

»Nein, nie.«

»Hat sie mal über ihre Großeltern mit dir gesprochen?«

»Ich wußte nicht, daß sie Großeltern hat, die noch leben.«

»Leben deine Großeltern noch?«

»Ich weiß es nicht. Meine wahre Familie ist der Orden der Ringe Gottes.«

Marge zwang sich, nicht voreilig zu urteilen. Das würde nur der Ermittlung schaden und sie nicht weiterbringen. Sie sagte: »Hast du eine Ahnung, wo Lyra oder Andromeda sein könnten?«

»Nein.«

Marge schaute tief in die ausdruckslosen Augen des Mädchens, projizierte ihre eigenen Gefühle auf diesen leeren Spiegel. »Vega, machst du dir Sorgen um Lyra? Oder um Andromeda?«

Das Mädchen biß sich auf die Lippe. »Es wäre schön, wenn sie wieder da wären. Ich mag Lyra. Und ich mag unserer Lehrerin Andromeda sehr.«

»Warum magst du sie?«

Die Unterlippe des Mädchens zitterte. Das erste Anzeichen eines echten Gefühls. »Sie war sehr freundlich. Und sie hat so ein nettes, breites Lächeln. Wenn Sie sie nicht finden, werde ich sie vermissen.«

Eine Träne lief ihr über die Wange. Vega machte keine Anstalten, sie wegzuwischen.

»Andromeda hat uns mal ein Buch über einen kleinen Prinzen vorgelesen. Er flog durch alle Galaxien und erlebte viele aufregende Abenteuer.«

»*Der kleine Prinz*?« fragte Marge. »Von Saint-Exupéry?«

»Korrekt. Das ist das Buch.«

Marge lächelte. »Weißt du, Vega, wir haben tatsächlich viel gemeinsam. Ich hab diese Geschichten auch geliebt. Wir haben sie im Französischunterricht gelesen, als ich in deinem Alter war.«

»Wir haben sie auf englisch gelesen, aber Andromeda sagt, daß wir sie eines Tages auf französisch durchnehmen werden. Irgendwann würden wir soweit sein, die Geschichten auf französisch lesen zu können.«

»Sie hat euch also *Der kleine Prinz* vorgelesen?«

»Korrekt.« Vega seufzte. »Es waren eigentlich völlig alberne Geschichten, und Guru Pluto hat uns dann das Buch weggenommen und gesagt, sie wären zu unrealistisch und abstrus – was ja auch stimmte. Trotzdem ...« Noch ein Seufzer und noch eine Träne. »Die Geschichten waren wunderschön.«

Als klar wurde, daß sich Lyra nicht auf dem Gelände befand, beorderte Pluto alle in den Tempel.

Decker war als erster da, Oliver und Marge kamen ein paar Minuten später.

»Ich weiß nicht, was dieses Treffen bringen soll«, maulte Oliver.

»Ich auch nicht«, stimmte Decker zu. »Hat jemand Lyras Mutter befragt?«

»Sie redet nicht, Loo«, sagte Marge. »Sie schaukelt nur hin und her und brabbelt vor sich hin. Und das ist kein Theater.«

Oliver fügte hinzu: »Die ist echt neben der Tasse.«

»Tja, dann sind wir hier nicht mehr von Nutzen«, sagte

Decker. »Wenn wir annehmen, daß Lyra tatsächlich entführt wurde, ist die Befragung ihrer Großeltern der nächste Schritt.«

»Nehmen wir an, daß Lyra entführt wurde?« fragte Marge.

»Ich weiß es nicht«, erwiderte Decker.

»Mir kommt es so vor, als würde jemand versuchen, den Verein hier zu demontieren – erst Jupiter, dann die junge Frau und das Kind.«

»Was haben die Vermißten mit Jupiters Selbstmord zu tun?« wollte Marge wissen.

»Ich weiß nicht, ob da ein Zusammenhang besteht«, antwortete Oliver. »Es könnte so sein, wie Pluto behauptet – daß jemand die Verwirrung nutzte, um das Kind oder die Frau oder beide zu entführen.«

»Hat einer von euch den Namen der Großeltern erfahren?« fragte Decker.

Marge schüttelte den Kopf. »Ich war mit der Befragung der Mädchen beschäftigt.« Sie seufzte. »Sie tun mir so leid. Eingesperrt in dieser leblosen Welt aus Teilchenphysik und Einsteinscher Relativitätstheorie. Was ist nur aus Schulbällen, Tanzvergnügen und Footballspielen am Freitag abend geworden?«

Decker nickte, weil ihm schon oft ähnliche Gedanken gekommen waren, wenn er an die Schule seiner Söhne dachte. Die Jungen hatten von sieben Uhr bis siebzehn Uhr dreißig Unterricht, dazu noch Extrastunden an zwei Abenden der Woche. Es war eine gemischte Schule, doch die Klassen waren nach Geschlechtern getrennt. Kein Wunder, daß ein so »aufgeheizter« Junge wie Jacob die Schule schwänzte, um mit einem Mädchen rumzuschmusen. Aber Decker würde das Rina gegenüber niemals aussprechen. Gewisse Dinge waren tabu und mußten auch so bleiben, damit die Ehe hielt. Rinas Religiosität war so tief verwurzelt wie die Gene, die für ihr schwarzes Haar verantwortlich waren.

»Keines der Kinder, mit denen ich gesprochen habe, kann sich erinnern, daß Lyra mit zu Terras Klasse gegangen ist«, berichtete Oliver. »Was bedeutet, daß sie seit ... na ja ... etwa neun Uhr morgens vermißt wird.« Er wandte sich an Marge. »Wann haben wir den Anruf bekommen?«

»Gegen zwölf Uhr dreißig.«

»Vier Stunden, und keiner hat gemerkt, daß sie weg ist?« meinte Oliver zweifelnd.

»Alle waren mit Andromeda beschäftigt, nicht mit dem Mädchen«, sagte Decker.

»Trotzdem ...«

»Du hast recht«, stimmte Decker zu. »Irgendwas stinkt hier.«

Einen Augenblick später erschien Guru Bob, mit Terra im Schlepptau. In seiner Gegenwart wirkte sie scheu, regelrecht eingeschüchtert.

Marge begrüßte sie und stellte die mädchenhafte junge Frau den anderen vor.

Guru Bob erklärte: »Terra hat mit Andromeda gearbeitet. Ich dachte, sie könnte Ihnen ein paar Einsichten vermitteln.« Er tätschelte ihren Rücken. »Sag ihnen, ob Andromeda einfach ihre Sachen packen und den Orden verlassen würde.«

»Nein, das würde sie nicht!« hauchte Terra. »Sie würde uns niemals verlassen.«

Bob umkreiste Terra, als stände sie im Zeugenstand. »Was ist mit Lyra? Würde sie aus freien Stücken gehen?«

»Lyra würde niemals gehen. Sie ist ja noch ein Kind. Sie wurde bestimmt weggebracht – entführt.«

Bob sah Decker an, als wolle er sagen: »Da haben Sie's.«

Und damit wäre dann alles gelöst, was, Bob? Decker fragte: »Haben Sie eine Ahnung, wohin man sie gebracht haben könnte?«

»Die Großeltern stecken dahinter ...«, begann Bob.

»Das haben Sie bereits gesagt«, unterbrach ihn Decker. »Sie sprachen von Drohbriefen, die die Großeltern dem Orden geschickt haben. Ich muß diese Briefe sehen.«

Pluto stürmte in den Tempel und eilte den Mittelgang hinunter. »Was tut *sie* hier?« Er deutete auf Terra, durchbohrte sie mit seinem kalten Blick. »Wer paßt auf die Kinder auf?«

Mit derselben zarten Stimme erwiderte sie: »Sie sind beim Essen, Guru Pluto.«

»Und wer paßt während des Essen auf sie auf?«

»Bruder Ansel und Bruder Bär«, mischte sich Bob ein. »Sie sind also in den besten Händen.«

Pluto wirkte kaum besänftigt, hielt sich aber zurück.

»Sag ihnen, was du mir erzählt hast, Terra ... über Andromeda«, befahl Bob.

Terra redete, als sei sie programmiert. »Andromeda hatte große Angst, von Reuben Asnikov entführt zu werden.«

»Das Monster!« stieß Pluto hervor. »Wann wird er für seine Verbrechen endlich zur Rechenschaft gezogen?«

»Dazu kommen wir noch«, erwiderte Bob. »Weiter, Terra.«

Die junge Frau sagte: »Aber Andromeda machte sich auch große Sorgen um Lyra. Ihre Großeltern – Moriahs Eltern – hatten ihr Briefe geschrieben. In den Briefen steht, daß sie Asnikov beauftragt haben, Lyra zu ihnen zurückzubringen und ...«

»Moment mal«, unterbrach Decker. »Die Großeltern haben Briefe an ihre Enkeltochter geschrieben?« Er wandte sich an Bob. »Sagten Sie nicht, sie hätten Drohbriefe an den Orden geschrieben?«

»Vielleicht haben sie an alle geschrieben«, meinte Bob.

»Kann mir bitte jemand diese Briefe zeigen?« fragte Decker.

Terra fuhr fort: »Lyra hat Andromeda die Briefe gezeigt. Später hat sich Andromeda mir anvertraut und gesagt ...«

»Wer hat die Briefe?« unterbrach Decker erneut.

Keiner antwortete.

»Offenbar niemand.«

»Ich habe sie nicht«, sagte Bob. »Aber ich erinnere mich, sie gelesen zu haben. Deswegen kenne ich den Inhalt. Vielleicht hat Venus sie.«

Decker bemühte sich um Fassung. »Wie sind Sie überhaupt an die Briefe gekommen, Bob?«

»Jupiter hat sie mir gezeigt.«

»Jupiter?« bellte Pluto. »Er hat dir Briefe gezeigt, die an den Orden gerichtet waren?«

»Ja, das hat er, Pluto. Sonst noch Fragen?«

»Hat Jupiter immer die Post durchgesehen?« fragte Decker. »Ich gehe davon aus, daß Sie die Post regelmäßig zensieren?«

»Ich zensiere gar nichts«, sagte Pluto.

»Tja, irgend jemand muß es wohl tun«, sagte Decker. »Das hier ist keine öffentliche Einrichtung. Sie ist privat, und hier herrschen strenge Regeln. Irgendwas paßt nicht zusammen. Sie würden Lyra niemals erlauben, einen Brief von ihren Großeltern zu lesen, in dem Pläne für ihre Entführung erwähnt werden.«

»Vielleicht ist er ihr ohne unser Wissen persönlich überbracht worden«, sagte Bob.

»Wer könnte sich hier reinschleichen und einem dreizehnjährigen Mädchen einen Brief überbringen?« hielt Decker dagegen. »Das ist doch absurd. Meines Erachtens nach ist diese ganze Entführungsgeschichte ein einziger Trick ...«

»Aber warum wird Lyra dann vermißt?« Venus rauschte in vollem Ornat herein. Sie blieb stehen, richtete sich auf und kam dann gemessenen Schrittes den Tempelgang hinunter. Sie trug ein festliches Gewand, noch prunkvoller als das andere – voller Straß, Perlen und Stickereien. Wie ein Abendkleid der Haute Couture. Vor Decker blieb sie stehen. »Ich habe mit Moriah gesprochen.«

»Du machst Witze«, sagte Bob.

»Nein, mache ich nicht. Die Frau redet.«

»Sie brabbelt unverständliches Zeug.«

»Die Angst um ihre Tochter war deutlich genug.«

»Du hast es ihr gesagt?« Bob war entsetzt. »Ich dachte, wir wären uns einig ...«

»Ich dachte, sie weiß vielleicht, wohin man das Kind gebracht hat.«

»Und, wußte sie es?«

Venus setzte sich in die erste Reihe und glättete ihr Gewand.

Ihr Blick fiel auf das Porträt – ein gestrenger Jupiter, der seine Gemeinde mißbilligend betrachtete.

»Leider nein. Wir haben die arme Frau im Stich gelassen.«

»Du hättest es ihr nicht sagen sollen«, schimpfte Bob. »Übrigens, hat jemand Nova gesehen? Ich kann ihn nirgends finden.«

Geistesabwesende Blicke rundherum.

»Ich bekomme allmählich ein ungutes Gefühl.« Bob sah Decker an. »Sie tauchen hier auf, und plötzlich beginnen Leute zu verschwinden.«

Pluto lächelte bösartig. »Gut gesprochen, Guru Bob.«

Bob drehte sich zu Terra um. »Geh und such Bruder Nova.«

Sie sah verängstigt aus. »Ich?«

»Ja, du!« beharrte er. »Soviel ich weiß, hast du Augen und Beine. Los, geh ihn suchen!«

Die junge Frau rannte davon. Der Saum ihres weißen Gewandes schleifte über den Boden.

Zu Decker gewandt, sagte Bob: »Sie haben zwei vermißte Personen, die beide in Verbindung mit Asnikov stehen.«

»Moment mal«, widersprach Decker. »Wir haben nichts, was Asnikov mit den vermißten Personen in Zusammenhang bringt. Andromeda und Lyra könnten genausogut auf eigene Faust ausgerissen sein. Wenn Sie von mir erwarten, daß ich Asnikov auf den Zahn fühle, dann liefern Sie mir konkrete Beweise.«

»Warum können Sie ihn nicht vernehmen?! Was hält Sie davon ab?«

Decker funkelte Bob an. »Lassen Sie mich eines klarstellen, Sir. Ich führe diese Ermittlung. Und genau wie der Orden habe ich meine Vorgehensweisen. Wenn Sie Ihre Sache voranbringen wollen, dann zeigen Sie mir diese Briefe.«

»Was für Briefe?« fragte Venus.

»Die von Lyras Großeltern an den Orden, in denen sie gedroht haben, uns anzuzeigen«, sagte Pluto. »Hast du sie?«

»Nein«, erwiderte Venus. »Ich kann mich nicht mal erinnern, sie je gesehen zu haben.«

»Wo bewahrte Jupiter wichtige Unterlagen auf?« wollte Decker wissen.

»Ich weiß nichts von Unterlagen – weder seinen noch anderen«, sagte Venus.

»Was ist mit der Hühnerfarm? Könnte er sie dort aufbewahrt haben?« fragte Decker.

Pluto und Bob warfen sich einen raschen Blick zu, sagten aber nichts.

»Haben Sie was dagegen, wenn wir uns dort mal umschauen?« wandte sich Decker an die beiden Männer.

»Woher wissen Sie von der Hühnerfarm?« fragte Bob.

Weil Webster es mir erzählt hat. Decker ignorierte die Frage. »Also, haben Sie was dagegen? Es könnte ja sein, daß sich Andromeda dort mit Lyra versteckt.«

»Das ist absurd! Sie wußte ja überhaupt nicht, daß es die Farm gibt«, rief Pluto.

»Ich weiß, daß es sie gibt«, sagte Decker. »Vielleicht bewahren Sie Ihre Geheimnisse ja nicht so gut, wie Sie denken. Kann ich mich dort umschauen? Ja oder nein?«

»Zu welchem Zweck?« wollte Pluto wissen.

»Um die Briefe zu finden. Wie wär's damit, Pluto? Nehmen Sie die Detectives Oliver und Dunn mit zur Farm. Wenn wir die Briefe finden, haben wir etwas Konkretes in der Hand.«

»Ich kann mir nicht vorstellen, wieso Jupiter dort Unterlagen aufbewahren sollte«, nörgelte Pluto. »Ich bin dagegen ... daß Fremde in unseren Angelegenheiten herumstochern.« Er sah zu Bob.

»Mir ist das gleich«, meinte der schlaksige Mann.

»Die Küche braucht neue Vorräte. Einer von uns muß sowieso hinfahren«, sagte Venus.

»Na gut.« Pluto warf Marge und Oliver einen angewiderten Blick zu. »Ich fahre mit. Um das Unvermeidliche hinter mich zu bringen.«

Bob grinste boshaft. »Du kannst wenigstens mit Benton umgehen.«

»Wer ist Benton?« fragte Decker.

»Ein guter Mann«, wehrte Pluto ab. »Lassen Sie uns die Sache erledigen.«

»Ich habe hier alles getan, was ich tun konnte«, sagte Decker. »Wird Zeit, daß wir uns draußen umsehen. Ich brauche den Namen der Großeltern. Und ein gutes Foto von Andromeda und Lyra.«

Venus zog etwas aus der Tasche ihres Gewandes. »Komisch, daß Sie danach fragen. Moriah hat mir gerade das hier gegeben.«

Sie reichte Decker ein Schwarzweißfoto eines Mädchens mit dem üblichen Zahnlücken-Lächeln. Das Mädchen war etwa zehn oder elf Jahre alt. Sie hatte große dunkle Augen, eine breite Nase, ausgeprägte Wangenknochen und volle Lippen. Ihr Haar war zu einem Pferdeschwanz zurückgebunden. Sie hatte eine hohe Stirn und geschwungene Augenbrauen. Ein hübsches Ding.

»Ist sie schwarz?« fragte Decker.

»Ein Mischling«, erwiderte Pluto. »Ihr Vater war ein Schwarzer.«

»Diese Großeltern ... Moriahs Familie ... die sind weiß?«

»Moriah ist weiß«, sagte Venus. »Ihre Eltern werden es demzufolge auch sein.«

»Sollte Lyra dort auftauchen, wird man sie also bemerken. Wie heißen die Großeltern, und wo wohnen sie?«

»Sie heißen Herbert und Cecile Farrander«, antwortete ihm Bob. »Ich habe die Adresse in meiner Zelle. Und Terra könnte wahrscheinlich ein Foto von Andromeda finden.«

Decker klopfte mit dem Handrücken auf das Schwarzweißfoto. »Das ist ein Anfang.« Er wandte sich an Pluto. »Wann können Sie zur Farm fahren?«

»Ich leite gewöhnlich die Abendmeditation.« Er sah auf die Uhr. »Wir werden erst sehr spät loskommen.«

Damit uns jemand zuvorkommen und die Unterlagen durchsehen kann. Kommt nicht in Frage. »Kann Bob das nicht übernehmen?«

»Das ist nicht meine Aufgabe«, wehrte Bob ab.

»Dann übertragen Sie es jemand anderem«, meinte Decker. »Wie lange braucht man bis zur Farm? Eine Stunde? Anderthalb? Wenn Sie jetzt fahren, könnten Sie bis zweiundzwanzig Uhr zurück sein. Wann beginnen Ihre Gebete?«

»Eine halbe Stunde danach.«

»Dann mal los«, drängte Marge.

Pluto grummelte: »Sie lassen mir ja keine andere Wahl.«

»Stimmt«, sagte Decker.

Marge hängte sich die Tasche über die Schulter. »Sollen wir dich anrufen, wenn wir zurück sind?«

»Auf jeden Fall.«

»Und wir hören von Ihnen, wenn es gute Nachrichten gibt?« fragte Venus.

»Madam, Sie hören so oder so von mir«, erwiderte Decker.

» 16 «

Hinter Pasadena und der Rosenparade, noch an der Southwest University of Technology vorbei, lag die Rentnerstadt Santa Martina – altes Geld, hoch aufragende Magnolienbäume, ausladende Platanen, gepflegter, smaragdgrüner Rasen und zweistöckige Häuser. Ein Ort der Republikaner, Episkopalkirchen, Martinis vorm Essen und Strickpullover. Die Enklave hätte als exklusiv gelten können, aber sie war wegen ihrer schlechten Lage dem Smog ausgesetzt und litt in den Sommermonaten unter hohen Ozonwerten. Den Bewohnern machte das nichts aus. Hitze bedeutete, daß man auf Kreuzfahrt zu saubereren Gefilden ging.

Die Adresse der Farranders erwies sich als kittfarbene Hacienda an einem grünen Hügel. Zwei zwölf Meter hohe Trauerweiden rahmten das Haus ein, und der Vorgarten war mit üppig blühenden Azaleen bepflanzt. Decker parkte am Straßenrand und ging zu der bogenförmigen, zurückgesetzten Tür hinauf. Er drückte auf die Klingel; innen erklang harmonisches Glockengeläut. Eine blond gelockte Frau Ende sechzig oder Anfang siebzig öffnete die Tür, ohne vorher zu fragen. Sie hatte ein breites Gesicht mit glatter Haut, die sich straff über die ausgeprägten Wangenknochen spannte, und ihre schmalen Lippen waren rosa angemalt. Geliftete Tränensäcke umgaben ihre braunen Augen. Die schlaffe Haut an ihrem Hals verriet ihr wirkliches Alter. Sie trug eine beige Strickhose und einen weißen Pullover mit Zopfmuster. Ihre nackten Füße steckten in braunen Lederslippern.

»Ja?«

»Cecile Farrander?« fragte Decker.

»Ja, die bin ich.«

Decker zeigte ihr seinen Ausweis. »Lieutenant Peter Decker vom Los Angeles Police Departement. Dürfte ich Sie kurz sprechen?«

Sie sah auf die Uhr, obwohl sie nicht in Eile zu sein schien.

»Sind Sie gerade beschäftigt?« fragte Decker. »Ich kann auch später wiederkommen.«

»Worum geht es?«

»Es betrifft Ihre Enkeltochter.«

Ihr Mund formte ein O. »Welche?«

»Lyra.«

Sie sah ihn verständnislos an.

»Lyra … Moriahs Tochter …«

Ein weiterer verständnisloser Blick.

»Moriah« wiederholte Decker.

»Mori …« Ihr schien ein Licht aufzugehen. »Ach, Sie meinen Maureen.« Sie errötete vor Verlegenheit. »Geht es ihr gut?«

»Ja, es geht ihr gut«, sagte Decker. »Aber eigentlich wollte ich mit Ihnen über Ihre Enkeltochter sprechen. Darf ich hereinkommen?«

Doch die Frau zögerte. »Mein Mann ist nicht zu Hause ... vielleicht hätte ich das nicht sagen sollen. Sie könnten ja sonst wer sein. Er sagt immer, ich sei sehr naiv.«

»Ich kann später wiederkommen«, bot Decker noch einmal an. »Wann würde es Ihnen passen?«

»Wie wär's mit Mittwoch?«

»Heute ist Mittwoch.«

»Ich hatte nächsten Mittwoch gemeint.«

Sie wollte die Frage um das Wohlergehen ihres Enkelkindes tatsächlich um sieben Tage verschieben. Das klang ganz und gar nicht nach der besessenen, Briefe schreibenden, mit der Polizei drohenden Großmutter, die der Orden ihm geschildert hatte. Decker überlegte, wie er weiter vorgehen sollte. Aus dem Inneren des Hauses hörte er das langsame Ticken einer Großvateruhr. »Es wäre gut, wenn wir uns früher unterhalten könnten.«

Wieder spitzte sie die Lippen. »Na gut. Kommen Sie herein.« Sie zögerte. »Könnte ich Ihren Ausweis noch mal sehen?«

Decker reichte ihn ihr. Sie hielt ihn auf Armeslänge von sich weg. »Na ja, Sie sehen wirklich aus wie der Mann auf dem Foto.« Sie nickte. »Ein bißchen grauer.«

Decker lächelte. »Das stimmt.«

»Wann ist das Foto aufgenommen worden?«

Falls sie sich Sorgen um Lyra machte, verbarg sie sie gut. »Vor etwa zwei Jahren.«

Endlich machte sie ihm den Weg frei.

Decker betrat die zweistöckige Eingangshalle, in der die tickende Großvateruhr stand, und ging weiter in ein Wohnzimmer voller Licht und Staub. Große, schmutzige Fenster gewährten nach allen Seiten Aussicht. Der Fußboden bestand aus dicken, dunkelbraunen Eichenplanken. Die Möbel schienen Jahrzehnte alt zu sein. Der Couchtisch und die Beistelltische waren aus Glas mit Walnußholzrahmen und mit uralten Zeitschriften und Kunstbüchern bedeckt.

»Sie können Platz nehmen, wo Sie wollen.«

Decker wählte die eine Seite des Sofas, Cecile die andere. Er sagte: »Danke, daß Sie mich so kurzfristig empfangen haben, Mrs. Farrander. Ich würde mich Ihnen nicht aufdrängen, wenn ich es nicht für wichtig hielte.«

»Nennen Sie mich Ceese.«

Decker wartete einen Moment. »Okay.« Er nahm seinen Notizblock heraus. »Es geht um Lyra ... Ihre Enkeltochter.«

Die Frau faltete schweigend die Hände.

»Sie wird vermißt«, sagte Decker.

Keine Reaktion.

»Beunruhigt Sie das?« fragte Decker.

»Tja, ich weiß nicht«, entgegnete Ceese. »Ich kenne Lyra nicht. Und mit Maureen habe ich seit Jahren nicht mehr gesprochen.«

»Wissen Sie, wo Ihre Tochter und Enkeltochter leben?«

»O ja«, antwortete Ceese. »In irgendeiner Hippie-Kommune im West San Fernando Valley.« Sie seufzte. »Schon seit einer ganzen Weile, oder?«

»Seit etwa neun Jahren.«

»Ich bin froh, daß sie eine gewisse Stabilität gefunden hat.« Nach kurzer Pause fragte sie: »Hat sie noch mehr Kinder?«

»Äh, nein, ich glaube nicht.«

»Die kleine Schwarze ... ist also ihr einziges?«

»Lyra, ja. Ich glaube schon.«

»Und die wird vermißt?«

»Ja. Ihr Name ist Lyra. Haben Sie eine Ahnung, wo sie sein könnte?«

»Ich?« Sie schüttelte den Kopf. Ihre Locken, steif vor Haarspray, machten die Bewegung nicht mit. »Wie kommen Sie darauf?«

Decker räusperte sich. »Sie haben nicht an die Kommune geschrieben und das Sorgerecht für Lyra gefordert?«

Ceese sah ihn entsetzt an. »Warum sollte ich?«

Ja, warum. »Sie ist schließlich Ihr Enkelkind.«

Ceese starrte ihn an. »Haben Sie Kinder, Lieutenant?«

»Ja.«

»Mehr als eins?«

»Ja.«

»Dann wissen Sie, wie unterschiedlich Kinder sein können.«

»Natürlich.«

»Ich habe drei Töchter großgezogen, Lieutenant. Mo war die jüngste. Vom Tag ihrer Geburt an wurde ich nicht mit ihr fertig. Als sie älter war, wurde es noch schlimmer – sie war aufsässig und frech. Sie rauchte, trank, schlief in der Gegend herum, hauptsächlich mit schwarzen Jungs. Sie nahm Drogen, die ihr das Hirn zerstörten. Sie wurde sehr seltsam. Trotzdem hab ich sie nicht im Stich gelassen, Lieutenant. Ich hab's versucht! Ich hab's wirklich versucht!«

Ihr Gesicht zeigte Entschlossenheit.

»Ich hab sie zur Drogentherapie gebracht, nicht nur einmal, sondern zweimal!« Sie hielt zwei Finger hoch. »Zweimal! Und wie hat sie es mir vergolten? Sie entzog sich jeder Verantwortung, beschimpfte ihren Vater und mich am Telefon aufs Obszönste. Und dann hatte sie die Frechheit, hier aufzutauchen – an unserer Haustür – und um Geld zu bitten, hielt uns dieses kleine schwarze Baby hin, wollte unser Mitleid wecken. Tja, aber sie hat nichts bekommen. Sie war dreckig ... stank. Ich hab sie nicht ins Haus gelassen!«

Ceese verzog angewidert das Gesicht.

»Als diese Hippie-Kommune sie aufnahm, war ich dankbar, obwohl mein Mann und ich wußten, daß es nur ein Trick war, um an ihr Geld zu kommen.«

»Maureen hat Geld?«

»Sie hatte Geld. Die Hippie-Kommune hat es ihr bestimmt längst abgenommen. Gott sei Dank ist mein Vater tot. Es hätte ihn umgebracht, wenn er erfahren hätte, was mit dem Treuhandfonds passiert ist, den er für sie eingerichtet hat.«

»Maureen besaß einen Treuhandfonds?«

»Ja.«

»Darf ich fragen, wie hoch der war?«

»Sehr hoch. Über hunderttausend Dollar. Das meiste hat

sie bestimmt für Drogen verschleudert. Aber ich wette, es war noch ein bißchen für die Hippie-Kommune übrig. Warum hätten die sie sonst aufgenommen? Diese Sekten sind doch nur hinter Geld her.«

Decker rieb sich die Augen. »Und Sie hatten keinen Kontakt zu Maureen, Mrs. Farrander?«

»Ceese, bitte! Nein. Weder zu ihr noch zu dem Kind.«

Die Tür öffnete sich. Ein untersetzter älterer Mann schlurfte ins Zimmer. Sein Rücken war krumm, seine Schultern gebeugt. Vermutlich Herbert Farrander. Bis auf einen grauen Haarkranz war sein Kopf kahl. Er trug ein weißes Polohemd und eine blaue Sergehose und betrachtete Decker aus wässrigen, vom Smog geröteten Augen.

Ceese erhob sich. »Herbert, das ist Lieutenant Decker vom LAPD.«

»LAPD?« Herberts Stimme zitterte. »Was macht das LAPD hier draußen?«

»Es geht um Ihre Tochter Mo.«

»Die?« Herbert verzog das Gesicht und winkte ab. »Ich will's gar nicht wissen.« Er wandte sich an seine Frau. »Wollen wir mit den Harringtons Essen gehen?«

»Wo?« fragte Ceese. »Im Club?«

»Sie hatten an das Grillway gedacht.«

»Das wäre mal eine Abwechslung.«

Herbert warf Decker einen Blick zu. »Sind Sie immer noch da?«

»Herbert!« rügte Ceese. »Sei höflich.«

»Nicht, wenn es um Maureen geht.« Er ließ sich in einen Sessel sinken. »Was hat sie angestellt?«

Decker sah ihn an. »Gar nichts. Maureens Tochter wird vermißt. Ihr Enkelkind.«

»Dieses schwarze Baby ist nicht mit mir verwandt«, verkündete Herbert. »Ich wünsche dem Kind nichts Böses. Aber lassen Sie mich da raus.«

»Trotzdem würde ich Ihnen gern ein paar Fragen stellen.«

»Das dachte ich mir«, sagte Herbert. »Wie wär's mit einem Gin-Tonic, Ceese?« Zu Decker gewandt: »Und für Sie, Sir?«

»Danke, nichts.«

»Nicht mal ein Bier?«

»Nein, wirklich nicht. Ich möchte nur ein paar Fragen über Ihre Tochter stellen.«

»Ach, dann machen Sie schon.«

Herbert war verärgert. Wahrscheinlich war er immer verärgert, wenn er keinen Drink in der Hand hielt.

»Haben Sie ihr geschrieben, seit sie dem Orden der Ringe Gottes beigetreten ist?« fragte Decker.

»Hab ich nicht. Ceese auch nicht. Der Anwalt hat geschrieben. Sie wollte immer wieder Geld ... aus ihrem Treuhandfonds. Hat Ceese Ihnen von dem Fonds erzählt?«

»Den Ihr Schwiegervater eingerichtet hat?«

»Er wollte seinen Enkelkindern damit die Erbschaftssteuer ersparen. Gut gemeint, aber der Schuß ging nach hinten los. Hat seine Enkel nur faul gemacht.«

»Hier«, sagte Ceese und reichte ihm den Gin-Tonic. »Redest du schlecht über die Toten?«

»Hab nur meine Meinung geäußert, wie verderblich ererbtes Geld ist.« Er nahm einen Schluck. »Ich? Ich habe mir jeden Penny erarbeitet. Wenn Mo dasselbe getan hätte, wäre sie jetzt nicht in dieser miesen Lage. Obwohl ich Mitgefühl für Geisteskranke habe. Waren wir nicht beim Dinner für das Orlando Hospital?«

»Doch.«

»Manche Leute haben Probleme ... große Probleme. Aber man muß dagegen angehen und arbeiten. Maureen? Die hat doch nie gewußt, was Arbeit ist.«

»Sie haben also nie versucht, sich mit ihr wegen ihrer Tochter Lyra in Verbindung zu setzen?«

»Nein«, erwiderte Herbert. »Nie.«

Decker war plötzlich müde. »Der Orden behauptet, Sie hätten Drohbriefe geschrieben.«

»Was?« Herbert nahm einen weiteren Schluck, dann noch einen großen. »Das ist eine Ungeheuerlichkeit! Eine Lüge! Dieser Jupiter hat alles durcheinandergebracht.«

»Hast du es denn nicht vor ein paar Tagen in der Zeitung gelesen, Herbert? Jupiter ist tot.«

»Nein!«

»Ich schwör's dir.«

»Das glaube ich nicht! Wie alt war er?«

»Anfang siebzig.«

»Ein junger Mann!«

Decker unterbrach. »Sir, was hat Jupiter durcheinandergebracht?«

Herbert dachte einen Moment nach. »Wir haben nie Briefe geschrieben. Der Anwalt – wie heißt er noch, Ceese?«

»Anthony Ballard.«

»Stimmt. Anthony Ballard. Der hat an den Orden geschrieben. Die haben immer wieder versucht, an Maureens Geld ranzukommen, haben die Treuhänder bedroht. Was nicht funktioniert hat, weil mein Schwiegervater klug genug war, entsprechende Klauseln in die Treuhandfonds seiner Enkelkinder aufzunehmen. Ballard wurde wütend und schrieb ihnen, sie sollten aufhören, sonst würde er rechtliche Schritte einleiten. Dann war Ruhe. Die Sekte ist nicht an das Vermögen herangekommen, aber sie hat Maureens Konto abgeräumt. Und das war nicht gerade klein.«

»Wie viel hatte sie auf dem Konto?«

»Zwanzig-, dreißigtausend.«

»Das heißt, Maureen ist jetzt mittellos?«

»Nein, sie hat immer noch den Fonds. Sie kann nur nicht an das Geld ran ohne den Beweis, daß sie geistig gesund ist. Was bisher nicht der Fall war.«

»Wenn Maureen plötzlich sterben würde, wer bekäme dann das Geld?«

»Es sollte an ihre Geschwister zurückfallen.« Herbert hob den Finger. »Aber wo sie jetzt diese Tochter hat, könnte das Mädchen Anspruch darauf erheben. Was mir allerdings völlig gleichgültig ist. Sollen sich doch die darum streiten. Ich bin zufrieden mit dem, was ich habe.«

»Wieviel ist noch in dem Fonds?«

»Fünfzig-, sechzigtausend, nehme ich an.« Er schaute seine Frau an und hielt ihr das leere Glas hin. »Kann ich noch einen haben?«

»Du mußt dich zum Essen fertigmachen.«

»Noch einen.«

»Du bist ein Tyrann!« Aber Ceese ging mit dem Glas hinaus.

Decker hakte noch einmal nach. »Sie haben also nie den Orden kontaktiert und gedroht, ihnen Lyra wegzunehmen?«

»Wie oft soll ich diese Frage denn noch beantworten?« protestierte Herbert. »Die Antwort ist nein.« Er nahm seiner Frau das frisch gefüllte Glas ab. Zu Decker sagte er: »Wollen Sie wirklich kein Bier?«

»Nein, wirklich nicht.« Decker stand auf und unterdrückte seinen vielleicht ungerechten Ärger auf die beiden. Mit ihrer kalten, selbstgefälligen und distanzierten Art waren die Faranders als Eltern ein Alptraum. Aber sie mußten mit Maureen auch die Hölle durchgemacht haben. »Vielen Dank für Ihre Hilfe.«

»Ich hoffe, Sie finden Lydia«, sagte Ceese.

»Lyra«, korrigierte Decker.

»Wie alt ist sie jetzt?«

»Dreizehn. Wollen Sie ein Foto von ihr sehen?«

Ceese runzelte die Brauen. »Gut, warum nicht.«

Decker zeigte ihr das Schwarzweißfoto. Ceese warf einen Blick darauf, versuchte wegzusehen, doch es gelang ihr nicht. Sie seufzte. »O je, mir verschwimmt alles.« Sie senkte die Augen. »Dreizehn ist ein schwieriges Alter. Vielleicht ist sie weggelaufen. Haben Sie daran schon gedacht?«

»Ja, Ma'am.«

»Ceese!« Sie drohte ihm mit dem Finger. »So alt bin ich noch nicht.«

Herbert begann zu glucksen. »Kommt darauf an, von welcher Seite man es betrachtet.«

»Du bist schrecklich!« sagte Ceese. »Ich zieh mich um.« Sie wandte sich an Decker, die Augen immer noch feucht. »Sie finden allein hinaus?«

»Ja, kein Problem.«

Herbert hievte sich aus dem Sessel. »Sollte mich auch frisch machen.« Er blieb stehen und hustete in sein Taschentuch. Dann sah er Decker an. »Wenn Sie Maureen sehen, sagen Sie ihr … sagen Sie ihr, daß ich nicht auflege, wenn sie anruft.«

Langsam schleppte er sich die Treppe hinauf, erklomm jede Stufe mit der Anstrengung eines alten Mannes.

» 17 «

Hinter dem Komplex des Ordens erstreckte sich das offene, südkalifornische Land. Eigentlich Ödland, soweit das Auge reichte, aber der vor kurzem gefallene Regen hatte das Grün und die Wildblumen sprießen lassen. Die knorrigen Eichen hatten grünes Moos angesetzt, und der hohe Eukalyptus war mit weißen, papierdünnen Blüten bedeckt. Die Sonne stand bereits tief, und Marges Augenlider wurden schwer. Die Fahrt war lang und monoton. Da Pluto mitfuhr, konnte sie nicht mit Scott über den Fall reden, was sie angeregt und wach gehalten hätte. Statt sich dem Schlaf hinzugeben, öffnete sie die Thermosflasche mit starkem Kaffee.

»Ich hätte gern auch welchen«, sagte Oliver über das Motorengeräusch hinweg.

»Bist du müde?« Marge reicht ihm die Thermosflasche. »Ich kann fahren.«

»Nein, laß nur. Alles okay.« Oliver nahm einen Schluck Kaffee und deutete nach hinten. »Wenigstens pennt er.«

Marge betrachtete Pluto. Die Augen des kleinen Mannes waren geschlossen, sein Mund stand offen, und sein Brustkorb hob und senkte sich gleichmäßig.

Oliver sprach mit leiser Stimme, weil Menschen oft Dinge im Schlaf hören. »Außerdem hab ich Hunger. Meinst du, wir können rasch was essen, wenn wir fertig sind?«

»Wenn es nicht zu lange dauert.«

»Wann will sich Deck mit uns treffen?«

»Wir sollen ihn nach unserer Rückkehr anrufen«, sagte Marge. »Gegen zehn oder elf, nehme ich an. Ich glaube nicht, daß wir da oben Unterlagen oder Briefe finden werden. Aber man kann nie wissen. Ich hab Konzertkarten für Freitag abend – Mozart. Nichts allzu Schweres. Willst du mitkommen?«

»Was ist mit James?«

»Die Notaufnahme ist diese Woche unterbesetzt. Er muß einspringen.«

»Ich hab eine Verabredung«, sagte Oliver.

»Eine neue Flamme?«

»Ich kenn sie noch nicht«, gab Oliver zu. »Aber ich hab ein Foto von ihr gesehen ... hübsches Mädchen.«

»Laß mich raten – blond, blauäugig, große Titten.«

»Dreimal ins Schwarze.«

»Und ungefähr fünfzehn Jahre alt, Scotty?«

»Angeblich zwanzig.«

»Vermutlich mit verkümmertem Großhirn.«

»Zweifellos. Warum würde sich ein Mädchen sonst mit einem Kerl verabreden, der alt genug ist, ein Patriarch zu sein.«

»So alt bist du nun auch wieder nicht.«

»Ehrlich gesagt, mir ist es egal, ob sie was zwischen den Ohren hat. Man bumst ja nicht das Hirn.«

»Und dann wunderst du dich, daß bei dir keine Beziehung hält.«

»Na, du gewinnst in der Hinsicht ja auch keine Medaillen.«

»Entschuldige mal! Ich bin seit fast sechs Monaten mit James zusammen.«

»Na großartig. Sag mir, wohin ich das Geschenk zum Jahrestag schicken soll.«

Marge lächelte und musterte ihren Partner. Scott war ein gutaussehender Mann mit seinem vollen schwarzen Haar, dem kräftigen Knochenbau und den dunklen Augen. Für sie war er nicht die Bohne attraktiv – sie kannte ihn zu gut –, aber sie konnte verstehen, was Frauen zu ihm hinzog. Oliver grinste. »Vielleicht ist sie Medizinstudentin.«

»Und ich bin das nächste Supermodel, Scotty.«

Oliver warf ihr einen Blick zu. »Margie, du stellst dein Licht unter den Scheffel.«

Zuerst wollte sie abwehren. Doch sie hielt sich zurück. »War das ein Kompliment?«

»Ja, war es wohl.«

»Na ja, dann vielen Dank.« Marge flüsterte ihm zu: »Nach was suchen wir eigentlich? Nach Briefen? Unterlagen?«

Oliver zuckte die Schultern. »Ich glaube, Deck will nur sichergehen, daß sich Andromeda und das Mädchen nicht da oben verstecken.«

»Warum sollten sie das tun?«

»Keine Ahnung. Aber ich weiß, daß Deck gern alles geklärt haben will. Momentan ist die Farm noch ein Fragezeichen. Er will sicher sein.«

Marge schaute aus dem Seitenfenster. Nur noch Schatten und dunklere Flecken waren auszumachen. »Wie lange noch?«

»Warum? Mußt du auf den Topf?«

»Könntest du einfach meine Frage beantworten?«

»Halbe Stunde, schätze ich.«

»Vielen Dank.«

Schweigen.

Oliver stellte das Radio an. »Magst du Country-Musik?«

»Hier kriegen wir doch sowieso nichts anderes rein.«

»Ich mag Country.« Er suchte, bis er Shania Twain fand, die

herzerweichend von einer lange verlorenen Liebe sang. »Hast du die schon mal gesehen? Ist 'ne echte Nummer. Sie und die Dixie Chicks. Mann, das sind vielleicht heiße Puppen.«

»Die Dixie Chicks?«

»Die heißen wirklich so.«

»Die Dixie Chicks«, wiederholte Marge. »Frauen als ›Chicks‹ zu bezeichnen, war mal eine Beleidigung. Was ist nur aus dem Feminismus geworden?«

»Sieh's mal von der Seite, Marge«, sagte Oliver. »Dixie Chicks ist ein besserer Name für eine Band als Hairy Armpits.«

Sie funkelte ihn an. »Hatte ich dich gerade zum Konzert eingeladen?«

»Hast du.«

»Muß ein Anfall von geistiger Umnachtung gewesen sein.«

»Oder geistiger Klarheit. Ich halte dich auf Trab. Mal ehrlich, Dunn: Jeder Kerl, mit dem du ausgehst, sieht besser aus als ich.«

Da weit und breit kein Licht brannte, war es stockfinster. Oliver, der angestrengt nach der Einfahrt Ausschau hielt, fuhr im Kriechtempo und wirbelte auf dem unbefestigten Feldweg dicke Staubwolken auf.

»Jemand hätte mir sagen sollen, daß ich einen Geländewagen brauche«, grummelte er.

»Daran hätten Sie denken sollen, bevor Ihr Chef mich hier rauszerrte«, gab Pluto zurück. »Was bezwecken Sie eigentlich mit diesem Trip?«

»Lieutenant Decker will diese Drohbriefe ausfindig machen.« Leise fügte Marge hinzu: »Falls es sie je gegeben hat.«

»Warum sollten wir das erfinden?« fragte Pluto.

»Damit Sie jemandem die Schuld für Andromedas Verschwinden in die Schuhe schieben können.«

Pluto wurde wütend. »Andromeda war keine Gefangene. Sie hätte jederzeit gehen können. Muß ich Sie daran erinnern, daß auch Lyra vermißt wird? Warum sollte ein kleines Mädchen aus freien Stücken verschwinden?«

Darauf wußte Marge keine Antwort.

»Ich mache mir schreckliche Sorgen um die beiden«, sagte Pluto. »Diesmal ist Asnikov wirklich zu weit gegangen. Wenn ihm Andromeda in die Quere gekommen ist ... na ja, sagen wir mal, Leute wie Asnikov werden unberechenbar, wenn sich ihnen jemand in den Weg stellt.«

Keiner sagte etwas. Pluto seufzte. »Sie müssen langsamer fahren. Die Einfahrt ist schwer zu sehen. Wir sind fast da. Links, bei der verkrüppelte Eiche. Da!«

Oliver fuhr noch langsamer. Das einzige, was er sehen konnte, war eine schmale, holprige Wagenspur. Er riß das Steuer scharf herum, und der Wagen pflügte durch eine Schicht loser Federn. »Himmel!«

»Fahren Sie weiter.«

»Wie weit noch?«

»Noch zehn Meter. Da können Sie parken.«

Oliver kroch zu der angegebenen Stelle, hielt und stellte den Motor ab. Selbst durch die geschlossenen Fenster war lautes Hühnergegacker zu hören. Er öffnete die Wagentür und trat in einen Haufen dreckiger Federn. Es roch nach Hühnerkot und Staub. »Mann, sind die laut. Schlafen die nie?«

»Das künstliche Licht hält sie wach. Regt die Eiablage an.« Pluto klopfte sich den Staub von seinem schwarzen T-Shirt und den Jeans. Für die Fahrt hatte er die purpurfarbene Weste und das blaue Gewand abgelegt. »Wir machen gegen zwölf das Licht aus. Dann werden sie ruhiger.«

Marge stieg aus und verzog das Gesicht. »Wie kann man bei dem Lärm überhaupt schlafen? Beschweren sich die Nachbarn nicht?«

»Welche Nachbarn?« Pluto ging mit schnellen Schritten auf einen dunklen Fleck zu. »Bringen wir diesen Schwachsinn hinter uns.«

Olivers frisch geputzten schwarzen Schuhe waren nach wenigen Schritten völlig verdreckt und hatten einen schlammigen Braunton angenommen. »Seit wann hat der Orden die Farm?«

»Etwa acht Jahre.«

»Ganz schön lange. Bringt sie Profit?«

»Profit ist immateriell. Sie versorgt den Orden mit Nahrung, macht ihn unabhängig von den Verleumdern der Außenwelt.«

»Haben Sie jemanden, der sich um die Farm kümmert und sie bewacht?« fragte Marge. »Damit die Hühner nicht gestohlen werden?«

»Das habe ich bereits beantwortet. Ein Farmarbeiter namens Benton wohnt hier.«

»Ach ja«, sagte Oliver, »der gute alte Benton. Ist er ein Mitglied des Ordens?«

Pluto blieb abrupt stehen. »Ein Sozialfall. Ähnlich wie Moriah. Ein guter Wächter, der nichts dagegen hat, Hühnerdreck zu schaufeln.«

»Ist er verrückt?« wollte Oliver wissen.

Pluto grinst ihn an. »Er ist kein Norman Bates, falls Sie das meinen.«

»Wie beruhigend.«

»Er verehrt Vater Jupiter sehr. Wir haben es ihm noch nicht erzählt.« Pluto ging weiter. »Jemand muß es ihm schonend beibringen. Das wird ein schwerer Schock für ihn. Aber nicht heute Nacht. Nicht, wenn Sie dabei sind.«

Marge fragte: »Wie oft kommen Sie hier raus?«

»Ein oder zwei Mal die Woche kommt jemand vom Orden, um die Eier abzuholen und die Hühner zu zählen.«

Marge mußte lange Schritte machen, um mit dem kleinen Mann mitzukommen. »Wer fährt hierher? Sie? Bob?«

»Wir beide. Nova und Venus ebenfalls. Und natürlich Jupiter. Er fuhr so oft wie möglich her. Die lange Fahrt gebe ihm Zeit für Meditationen und spirituelle Erleuchtung, sagte er. Sie entspanne seinen müden Geist ...«

»Und seine Kopfschmerzen?«

Wieder blieb Pluto stehen. »Was für Kopfschmerzen?«

Marge wartete einen Augenblick. »Venus sagt, Jupiter hätte Kopfschmerzen gehabt. Er hätte Stimmen gehört ... Stimmen, die zu ihm sprachen. Das hätte ihn müde gemacht.«

Pluto ballte die Fäuste, sagte aber nichts.

»Davon wußten Sie nichts, was?« meinte Oliver.

Keine Antwort. »Hier entlang«, sagte Pluto leise. Er blieb vor einem heruntergekommenen, einstöckigen Haus stehen und öffnete eine quietschende Fliegengittertür. Als er merkte, daß die Haustür verschlossen war, zog er einen Schlüsselring aus der Tasche.

»Wo ist Benton?« fragte Oliver.

»Wahrscheinlich beim Hühnerschlachten. Ich hab ihm gesagt, daß ich etwa drei Dutzend brauche.« Pluto sah Oliver durchdringend an. »Wenn Sie wollen, können Sie zuschauen, Detective.«

Scott schluckte den Köder. »Ich weiß was Besseres. Ich erschieß die Mistviecher für Sie.«

»Keine gute Verwendung für deine Dienstwaffe, Detective«, sagte Marge.

»Du mußt mir auch jeden Spaß verderben«, maulte Oliver.

Pluto fummelte weiter an dem Schloß herum. »Das Schloß klemmt.«

Marge betrachtete das Haus. Selbst im Dunkeln sah sie, wie baufällig es war. Die Farbe der Holzwände blätterte ab, als wäre das Haus ein gewaltiges Reptil in verschiedenen Stadien der Häutung. Die Holzplanken der Veranda waren zersplittert und an manchen Stellen durchgebrochen. Endlich hörte sie, wie der Bolzen zurückschnappte.

»Das Schloß scheint eingerostet zu sein. Ich muß Benton sagen, daß er es ölen soll.« Er schob die laut quietschende Tür auf. »Bitte sehr. Nehmen Sie sich vor Spinnen und Skorpionen in acht. Und streicheln Sie die Ratten nicht. Sie beißen.«

Mit flacher Stimme fragte Marge: »Gibt es hier irgendwo Licht?«

Pluto griff um den Türrahmen und knipste das Licht an. »Ich sehe nach den Hühnern.«

»Ich komme mit«, sagte Oliver.

»Das wird Benton nicht gefallen«, murrte Pluto.

Olivers Stimme wurde hart. »Das war eine Feststellung, Sir, keine Bitte.«

Pluto zuckte die Schultern. »Passen Sie auf Ihr Jackett auf, Detective. Blut geht besonders schwer raus.«

Der kleine Mann stürmte los. Oliver blieb ihm auf den Fersen. Jemand mußte Pluto im Auge behalten; Scott überließ es Marge, dieses mit Ratten und Ungeziefer verseuchte Loch zu durchsuchen.

Immer noch die angenehmere Aufgabe.

Tausende von Sternen funkelten am Himmel, aber das Gelände war dunkel. Und flach wie ein Teller. In der Ferne konnte Oliver ein paar krumme Gebilde ausmachen, die unheimliche Schatten auf die festgestampfte Erde warfen – wahrscheinlich uralte, verkrüppelte Eichen. Es stank abscheulich. Als sie sich den bunkerähnlichen Hühnerställen näherten, ging das Gegacker in Entsetzensgezeter über – Panikschreie auf einem sinkenden Schiff. Oliver wußte, daß seine Phantasie auf Hochtouren lief, aber das Gegacker war wirklich laut. Es übertönte das Knirschen des Kieses unter seinen Schuhen.

Die Hühner waren in langgestreckten, holzverschalten Stallungen untergebracht. Gelbliches Licht gab den Strohdächern einen eigentümlichen, nachatomaren Schimmer und warf helle Strahlen durch die Astlöcher der Bretter. Über all das Gegacker hinweg drang ein hoher, schriller Schrei an Olivers Ohr. Unwillkürlich machte sein Herz einen Satz. Seine Hand tastete nach dem Griff der Dienstwaffe unter seinem Jackett. Pluto wirkte unbeeindruckt.

»Benton?« rief er.

Keine Antwort.

»Hier entlang.«

Er führte Oliver um das Gebäude herum zur Rückseite der Hühnerställe. Hier stank es noch mehr – nach Metall und Fäkalien. Das Gelände wurde von zwei Kerosinlampen schwach erleuchtet. Drahtkäfige mit aufgeregt flatternden Hennen, die wie Gefangene protestierten, standen herum. Oliver wich ihnen aus. Eine große Taschenlampe an einer Metallstange beleuchtete die zerkratzte Oberfläche eines neunzig Zentimeter hohen Baumstumpfs. Auf diesem provisorischen Tisch lag eine Henne mit ausgestrecktem Hals festgebunden; schmutzige Flügel flatterten krampfhaft, und Beine zuckten hilflos.

Neben dem Baumstumpf stand ein vierschrötiger Mann – nicht groß, aber gebaut wie ein Hydrant. Sein eckiger Kopf saß auf einen dicken, kräftigen Hals. Er hatte eine breite, gewölbte Stirn. Dunkle, stumpfe Augen richteten sich kurz auf Oliver, bevor er sie wieder zu Boden senkte. Die eine fleischige Hand des Mannes quetschte den kopflosen Hals eines Huhns zusammen, dessen Beine wie wild zuckten, weil der motorische Impuls noch nicht aufgehört hatte. In der anderen Hand hielt er eine blutige Axt.

Er sah nicht auf. Über das Gegacker hinweg sagte er: »Willkommen, Bruder Pluto.«

»Gut, dich zu sehen, Benton.«

Bentons Blick blieb auf seine Füße gerichtet. Schuhe so groß wie Kanonenboote. Seine Wurstfinger lockerten den Griff um den Hühnerhals. Blut schoß aus der nun freigegebenen Öffnung und platschte in einen bereitgestellten Eimer. Benton warf das tote Huhn in eine Metallwanne. »Bin noch nich fertig.«

»Das macht nichts, Benton, wir sind früh dran.« Pluto nahm ihm die Axt ab und ging zum Hackklotz. Er hob sie hoch und ließ sie auf den Hals des angebundenen Huhns niedersausen. Als das Blut herausspritzte, sprang Oliver rasch zurück, den Blick immer noch auf den Hackklotz gerichtet. Langsam sah er zu Pluto auf.

Der kleine Mann ließ die Axt im Hackklotz stecken und sagte: »Von dem Gekreische bekomme ich Kopfschmerzen.«

Obwohl reichlich mitgenommen, sagte Oliver mit zitternder Stimme: »Ja, es war ziemlich laut.«

»Tut mir leid. Ich hätte Sie warnen sollen. Haben Sie Blutspritzer abbekommen?«

»Nein, ich bin rechtzeitig ausgewichen.«

»Gut.« Pluto ging zur Wanne und sah hinein. »Wie viele haben wir, Benton? An die zwanzig?«

»Achtzehn. Aber ich hab sie noch nich gerupft und ausgenommen.«

»Das macht nichts. Ich hab's nicht eilig. Ich will etwa drei Dutzend mit zurücknehmen.«

»Nicht in meinem Auto. Kommt nicht in Frage«, platzte Oliver heraus.

Bentons Blick hob sich vom Boden zu Olivers Gesicht. Seine Augen wurden schmal. Oliver starrte ihn herausfordernd an, war aber beunruhigt. Wieder tastete seine Hand nach der Waffe.

»Ich fahre nicht mit Ihnen zurück, Detective«, sagte Pluto. »Sie können machen, was Sie wollen. Ich helfe Benton mit den Hühnern und fahre mit dem Laster zurück, wenn's dir nichts ausmacht, Benton.«

»Tun Sie sich nich die Hände mit dem Schlachten schmutzig machen, Bruder Pluto«, sagte Benton. »Sie sind 'n saubrer Mann. Die Drecksarbeit mach ich.«

Pluto klopfte ihm auf die Schulter. »Wie wär's, wenn ich die Eier einsammle? Wär dir das lieber?«

»In den Hühnerställen isses auch dreckig.« Der vierschrötige Mann band das tote Huhn vom Hackklotz los. Er warf den abgetrennten Kopf in einen Plastikeimer und ließ auch dieses Huhn ausbluten. »So'n gottesfürchtiger Mann wie Sie soll nich durch Federn und Hühnerdreck waten. Im Haus issses auch nich besser. Ich hätt ja saubergemacht, wenn ich gewußt hätt, daß Sie kommen.«

»Dreck ist gut für die Seele, Benton«, philosophierte Pluto. »Bringt uns auf den Boden zurück. Zurück zu Mutter Erde.«

Der Farmarbeiter sah verwirrt aus. »Wenn Sie's sagen, wird's wohl stimmen.« Er dachte kurz nach. »Wann kommt Vater Jupiter?«

Pluto zögerte. »Vater Jupiter fühlt sich in letzter Zeit nicht wohl.«

Bentons Unterlippe schob sich vor. »Hab ich ihn wütend gemacht?«

Pluto lächelte freundlich. »Aber nein, Benton, nicht im geringsten. Er ist nur müde und braucht Ruhe.«

Tja, davon kriegt er jetzt mehr als genug, dachte Oliver.

»Sie tun mich nicht beschwindeln?« fragte Benton.

»Nein, ich lüge nicht.«

»Ich hab gedacht, ob ich was falsch gemacht hab.«

»Nicht im geringsten.«

»Weil er schon zwei Wochen nich mehr hier war.«

»Vater Jupiter war sehr müde.«

»Er kommt gern her.«

»Ja, das tut er.«

»Er sitzt immer da drüben.« Benton zeigte auf eine unsichtbare Stelle in der Dunkelheit. »Da guckt er dann. Sie wissen schon, mit dem Tellerskop. Manchmal darf ich auch durchgucken. Da sieht man so Sachen, ganz nah ... so Zeug, was man nur mit'n Augen gar nich sehn kann.«

»Ich weiß. Interessant, nicht wahr?« Mit einem Ruck zog Pluto die Axt aus dem Baumstumpf und reichte sie Benton. »Ich will dich nicht von deiner Arbeit abhalten.«

Benton nickte, öffnete einen Käfig und zog ein flatterndes Huhn heraus. Die Henne pickte nach Bentons schwieligen Fingern. Falls er es spürte, zeigte er es nicht. »Die hier is schön fett. Gibt 'ne Menge Fleisch.«

»Das ist gut, wir haben viele Münder zu füttern.«

»Yo, Oliver«, schrie Marge über das Gegacker der Hühner hinweg. »Scott, hörst du mich?«

»Ich hör dich«, rief Oliver zurück.

»Wo bist du?«

»Hinter den Hühnerställen.«

»Komm rüber zum Haus«, brüllte Marge. »Ich fürchte, wir haben ein Problem.«

» 18 «

Nur jetzt, wo Lyra zu einem jungen Mädchen heranwächst, spielen sie sich plötzlich auf ...

Die Farranders bestimmt nicht.

Ein vermißtes Kind und Drohbriefe, aber von wem?

Gegen sieben bog Decker in seine Einfahrt.

Entweder waren die Drohbriefe reine Erfindung, oder jemand anderer war hinter Lyra her. Aber wen hatte sie sonst noch? Einen unbekannten Vater, keine Geschwister, apathische und desinteressierte Großeltern ... irgendwas stimmte da nicht.

Er stellte den Motor ab und stieg aus.

Es wäre nett gewesen, heiß zu duschen, zu essen und dann ins Bett zu gehen. Statt dessen mußte Decker jetzt Vater sein. Kein Vater wie Emil Euler Ganz – ungebunden, egoistisch, großspurig und verantwortungslos. Oder wie Herbert Farrander, der seine Tochter abschrieb, als wäre sie eine Schuldenlast. Nein, er mußte der *gute* Vater sein, der Fernseh-Dad – verständnisvoll, weise, streng, fröhlich, kindlich, ohne kindisch zu sein. Und er mußte diese Rolle spielen, auch wenn er ständig an ein entführtes Kind und ein vermißtes Mädchen denken mußte, das kaum älter war als seine halbwüchsigen Söhne und nur wenig jünger als seine Tochter Cindy, und dazu an Hunderte von Männern, Frauen und Kindern, deren Leben in der Hand einiger labiler Individuen lag, die die Stabilität eines Hologramms besaßen.

An der Tür begrüßte ihn Rina mit Hannah und der Zeitung. Sie küßte ihn auf die Wange. »Schön, daß du da bist. Wie fühlst du dich?«

»Erledigt.« Er hielt die zusammengefaltete Zeitung hoch. »Was ist damit?«

»Sieh dir Seite vierzehn an.«

»Was steht auf Seite vierzehn?« Irgendwie war es Hannah

gelungen, auf seinen Rücken zu klettern und sich wie ein Klammeraffe an seinen Hals zu hängen.

»Leserbriefe«, sagte Rina. »Gestern war ein Nachruf auf den Großen Ganzby, den Wissenschaftler, drin. Heute wird deutlich, daß er nicht von allen betrauert wird, wenn man den Leserbriefen glauben kann. Hannah, du erstickst ihn ja.«

Decker schwenkte die Kleine nach vorne in seine Arme. Sie schlang ihre dünnen Beine um seine Taille. »Mein Dadiiiiiie. Ich liebe meinen Dadiiiiiiie!«

»Ich liebe meine Hannah Rosiiiiiiie!« Er blätterte durch die Zeitung, so gut es ging, suchte Seite vierzehn. Hannah schlug mit der Faust dagegen und zerriß eine Seite. »Hannah!« bellte Decker gereizt.

Sofort streckte die Kleine die Arme nach Rina aus. Sie nahm ihm das Kind ab. »Laß Daddy sich erstmal umziehen.«

»Danke.« Decker hob die zerrissene Zeitung auf und ging ins Badezimmer.

Es gab drei Briefe, einer milde in seiner Mißbilligung, der zweite hitziger und der dritte vernichtend:

Epistel Nummer eins:

Emil Euler Ganz mag einmal eine Leuchte der Wissenschaft und der Kosmologie gewesen sein. Aber das ist lange her, und jetzt ist ein Mann namens Jupiter gestorben. Dieser Mann war nichts als ein zweitklassiger Schmierenkomödiant, der arme Irre um ihr Geld betrogen und verwässertes, pseudowissenschaftliches Geschwafel von sich gegeben hat. Nach einer Umfrage unter meinen Kollegen kann ich Ihnen versichern, daß der Guru Ganz niemandem fehlen wird.

Dr. Kevin Doss, Ph.D.
UCSD, Naturwissenschaftliche Fakultät
San Diego, Kalifornien

Der zweite Brief:

Ich weiß nicht, warum die Gesellschaft es für nötig hält, Männer und Frauen zu rühmen, nur weil sie Talent besaßen, selbst wenn es ein bemerkenswertes Talent war. Ein Beispiel dafür ist der Tod des Betrügers Jupiter alias Dr. Emil Euler Ganz. Ja, der Mann mag brillant gewesen sein – und wenn schon! Er war ein Halunke, der ahnungslose Kinder entführt und viele Leben zerstört hat. Ich weiß das leider nur zu genau. Unsere liebenswerte, aber naive Tochter wurde vor über zwei Jahren in seine Sekte gelockt – der Orden der Ringe Gottes. Egal, wie oft wir versucht haben, sie zu erreichen, unsere Bemühungen blieben unbeantwortet, und unsere Briefe kamen ungeöffnet zurück. Das ist am schmerzlichsten für mich, da ich nicht weiß, ob sie überhaupt davon erfahren hat. Jedes Mal, wenn ich sie sehen wollte, wurde mir die Tür vor der Nase zugeschlagen. Vor langer Zeit mag Ganz etwas für die Menschheit getan haben, aber der Mann, der jetzt gestorben ist, war alles andere als menschlich.

Emily Whilte
Brentwood, Kalifornien

Nummer drei:

Emil Euler Ganz war ein Betrüger ersten Ranges, der sein verbrecherisches Potential bereits lange, bevor er Vater Jupiter wurde, voll entwickelt hatte. Ganz war ein mittelmäßiger Physiker, clever genug, sich mit brillanten Köpfen zu umgeben, und schlau genug, deren Begabung auszubeuten. Er war ein Pirat, ein Plagiator, ein Dieb, ein Kidnapper und ein Ehebrecher, und ich kann jeden dieser Vorwürfe beweisen. Daß er für zehn Jahre verschwand, überrascht mich nicht. Er war nicht auf der Suche nach Erleuchtung, sondern vermutlich auf der Flucht vor einem wütenden Ehemann, der es satt hatte, sich von Ganz zum Hahnrei machen zu lassen. Ich wünsche Jupiter, daß er in ein Schwarzes Loch gesogen wird und auf der anderen Seite als zerschnitzelter Kohl wieder herauskommt. Ein Glück, daß wir ihn los sind.

Dr. Robert Russo, Sr.
Russos holistische Vitaminpräparate
Lancaster, Kalifornien

Decker faltete die Zeitung zusammen und legte sie in seinen Aktenkoffer. Europa hatte nicht gelogen – ihr Vater hatte sich tatsächlich Feinde gemacht. Aber den zweiten Brief fand er am interessantesten. Die Frau sprach von unbeantworteten und zurückgeschickten Briefen. Wenn der Orden Briefe erhalten hatten, die Lyra betrafen, warum waren die dann nicht auch ungeöffnet zurückgeschickt worden? Wer entschied, welche Briefe geöffnet wurden und welche nicht?

Decker stellte sich unter die Dusche, atmete tief durch und versuchte, alle Gedanken an den Fall zu verdrängen. Unter dem heißen Strahl wusch er sich Staub und Anspannung weg. Als er herauskam, war seine Haut gerötet, und sein Kopf dröhnte von der Hitze. Er ließ die Arme kreisen und machte ein paar Dehnübungen, um seinen steifen Rücken zu entspannen. Die Übungen lockerten die Muskeln, aber gegen den Knoten in seinem Magen halfen sie nicht.

Vielleicht brauchte er etwas zu essen.

Als Decker an den Eßtisch kam, fühlte er sich schwer angeschlagen. Zu seiner Überraschung saßen die Jungs auf ihren üblichen Plätzen. Jacob starrte auf seine Hände – Mr. Schwerenöter.

Ach je, damit mußte er sich ja auch noch befassen.

»Wo ist Hannah?« fragte Decker.

»Ich hab ihr schon vor einer Stunde zu essen gegeben«, sagte Rina. »Sie malt in ihrem Zimmer. Vielleicht können wir mal in Ruhe essen.«

»Ihr habt mit dem Essen auf mich gewartet?«

»Die Jungs wollten es so.«

Decker betrachtete seine Söhne. »Vielen Dank.«

»Gern geschehen«, erwiderte Sammy. »Wie war dein Tag?«

»Ganz okay ... viel zu tun.« Decker schaute zu Jacob. Der Junge sah nicht von seinem Teller auf. Rina hatte gefüllte Putenbrust gemacht. Es roch und sah köstlich aus. Aber um die Wahrheit zu sagen, Decker war so ausgehungert, daß er selbst Haferschleim verschlungen hätte. Trotzdem vergaß er seine Manieren und die Glaubensgebote nicht. Nach dem rituellen Händewaschen und dem Brechen des Brotes machte er sich mit Genuß über das weiße Fleisch her. »Es schmeckt wunderbar. Ich hab einen Mordshunger.«

»Wirklich toll, Ima«, sagte Sammy.

»Sehr gut«, stimmte Jacob zu.

»Danke.« Rina lächelte. »Ist das nicht nett?«

Mal sehen, wie lange es so bleibt, dachte Decker.

Für einige Minuten sagte niemand ein Wort, alle waren mit Kauen, Trinken und Schlucken beschäftigt.

Es war sehr ruhig.

Rina bemühte sich, ein Gespräch in Gang zu setzen. »Die israelischen Philharmoniker sind in der Stadt. Soll ich vielleicht Karten besorgen?«

»Hört sich gut an«, meinte Decker. »Nehmen wir Hannah mit?«

»Nein, ich glaube nicht, Peter. Meine Eltern können auf sie aufpassen.«

»Noch besser. Es ist so angenehm, sich bei einem Konzert zu entspannen.«

»Finde ich auch.« Rina wandte sich an ihre Söhne. »Wollt ihr mitkommen?«

»Wann?« fragte Jacob.

»Irgendwann nächste Woche. Vielleicht am Mittwochabend.«

Der Junge zögerte. »Ich kann nicht.«

»Warum nicht?«

Er legte seine Gabel hin. »Ich muß die ganze Woche nachsitzen.«

Decker spürte, wie sich sein Magen zusammenzog.

Rina schaute verwirrt. »Du mußt nachsitzen?«

»Ja, Ima.«

»Die ganze Woche?« fragte Sammy.

Jacob nickte.

»Warum?« rief Rina. »Was hast du getan, Yaakov?«

Jacob sah zu Decker und dann in seinen Schoß. »Ich hab heute die Schule geschwänzt.«

»*Was?*« kreischte Rina. »Warum? Wo warst du?«

»Hier.«

»Hier?« stieß Rina hervor. »Du meinst, zu Hause?«

Jacob nickte.

»Rat mal, wer ihn erwischt hat«, sagte Decker. »Ich kam nach Hause, um zu arbeiten, und er war da.«

»Du hast ihn erwischt?« Rina war außer sich. »Warum hast du mir nichts davon gesagt, Peter?«

»Rina, ich war den ganzen Tag unterwegs. Ich bin gerade erst heimgekommen ...«

Aber sie hörte nicht zu; ihre Aufmerksamkeit war voll auf ihren Sohn gerichtet. »Du hast die Schule geschwänzt, warst hier, weil du wußtest, daß ich weg bin. Du wußtest, daß ich mit Hannahs Kindergartengruppe im Zoo war. Du hast das absichtlich gemacht!« Rinas Gesicht hatte sich vor Verärgerung gerötet. »Du warst mit Shayna hier, was? Ihr wart beide hier.« Sie funkelte Decker an. »Sie war bei ihm, stimmt's?«

»Ja.«

»Und hattest du vor, mir das *auch* zu sagen?«

»Wenn du mir die Chance dazu gegeben hättest ...«

Wieder schnitt ihm Rina das Wort ab, ihre Empörung galt Jacob. »Du hast die Schule geschwänzt, um mit ihr zusammen zu sein. Na, das ist ja großartig! Das Mädchen hat einen schlechten Einfluß auf dich!«

»Also, du bist wirklich voreingenommen, Ima!« mischte sich Sammy ein. »So was würdest du nie sagen, wenn sie aus einer *frumen* Familie käme.«

»Was redest du da!« schnappte Rina zurück.

»Shayna hat es nicht leicht gehabt«, fuhr Sammy unbeirrt fort. »Genau genommen, ist die ganze Familie völlig durch den Wind. Ihr Bruder Ben ist in meiner Klasse. Weißt du, was sein Vater mit ihm gemacht hat? Er hat Ben im Abschlußjahr aus der High School genommen und in eine jüdische Schule gesteckt, nur weil der Alte plötzlich beschlossen hat, religiös zu werden. Der arme Ben spricht überhaupt kein Hebräisch und hat keine Ahnung, was eigentlich los ist. Also kriegt er nicht ein verdammtes Wort mit …«

»Würdest du bitte nicht fluchen!« fuhr Rina ihn an. »Wo bleiben dein Manieren?«

Aber Sammy ließ sich nicht aus dem Konzept bringen. »Der Kerl schwimmt total. Hängt den ganzen Tag nur mit den Junkies rum und ist ständig bekifft.«

»Den Junkies?« fragte Rina. »Was für Junkies?«

»Ich will damit nur sagen, wenn Yonkie Shayna hergebracht hat, dann hatte er bestimmt einen guten Grund dafür. Sie war wahrscheinlich völlig deprimiert oder so. Und wenn er in der Schule mit ihr zu reden versucht, gehen ihm gleich jede Menge Rabbis an den Kragen, weil das Reden mit dem anderen Geschlecht ja sooo verderblich ist.«

»So ein Blödsinn!« schnaubte Rina.

»Das ist kein Blödsinn, Ima, es ist eine Tatsache«, beharrte Sammy. »Sie braucht dringend Hilfe. Und ihr Bruder auch. Also statt froh zu sein, daß Yonkie versucht, sich für jemanden zu *makreven*, machst du ihn fertig.«

»Mamiiii!« rief Hannah aus dem anderen Zimmer.

Rina wandte sich wütend Sammy zu. »Das ist doch die Höhe!« Sie deutete mit zitterndem Finger auf Jacob. »Er schwänzt die Schule, und ich bin schuld.«

»Mamiiii!«

»Ich komme«, brüllte Rina zurück. »Mir reicht's! Räumt den Tisch ab, wenn ihr fertig seid!« Sie stapfte davon.

Aufgebracht funkelte Decker seinen älteren Stiefsohn an. »Und was sollte das jetzt?«

»Ich glaube eben an Toleranz«, sagte Sammy.

»Wie wär's, wenn du dann deiner Mutter gegenüber Toleranz *und* Respekt zeigen würdest?« schoß Decker zurück. »Dein Benehmen war unmöglich. Darüber reden wir noch.« Er warf seinen beiden Stiefsöhnen einen verärgerten Blick zu und stand auf.

Sammy wartete, bis sein Stiefvater die Schlafzimmertür hinter sich geschlossen hatte. Dann flüsterte er seinem Bruder zu: »Du hast sie *hierher* gebracht? Bist du denn wahnsinnig?«

Jacob starrte auf seinen Teller und sagte nichts.

Sammy sprach leise weiter. »Du kannst von Glück sagen, daß er dich nicht bei was anderem erwischt hat.«

Wieder blieb Jacob stumm.

Sammy sah ihn an. »Oder hat er das?«

Abrupt stand Jacob auf und schob seinen Stuhl zurück. Er nahm seinen Teller und trug ihn in die Küche. Sammy folgte ihm mit seinem eigenen Teller. »Er hat dich erwischt, stimmt's?«

Wütend schaufelte Jacob das Essen in den Mülleimer.

»Was hat er gemacht?« fragte Sammy.

Jacob wollte etwas sagen, überlegte es sich aber anders. Er schüttelte den Kopf.

»Du lebst noch. Also hat er dich offensichtlich nicht windelweich geschlagen.«

»Ich will nicht drüber reden.« Jacob wusch seinen Teller ab, schrubbte immer weiter daran rum, obwohl der Teller längst sauber war.

»Willst du meinen auch gleich abwaschen, wenn du schon dabei bist?« fragte Sammy.

Jacob riß seinem Bruder den Teller aus der Hand, hielt ihn unter das fließende Wasser und bespritzte sich dabei von oben bis unten. Sammy ging zurück ins Eßzimmer und begann den Tisch abzuräumen. Auf dem Weg zur Küche steckte er sich rasch noch ein paar Bissen Putenfleisch in den Mund. Wirklich köstlich. Arme Ima. Ihre kulinarischen Fähigkeiten blieben heute ungewürdigt. Trotzdem hatte er seinen Bruder gegen die Angriffe verteidigen müssen. Jacob wirkte geknickt und mitgenommen, was sonst gar nicht seine Art war.

»Komm schon«, sagte Sammy. »Sprich mit mir. Was ist passiert?«

Jacob drehte den Wasserhahn zu. »Ehrlich gesagt ... war er ziemlich cool. Was mich beunruhigt. Als ob er ...« Er löffelte die restliche Füllung aus der Servierschüssel in ein kleineres Gefäß. »Als ob er mir noch eine zweite Chance geben wollte. Und wenn ich die vermassel, dann ist alles vorbei. Dann schickt er mich zur Armee oder so was.«

»Hör doch auf!«

»Ima hat recht, weißt du.« Jacob drehte sich zu seinem Bruder um. »Shayna hat einen schlechten Einfluß. Ihre Freunde auf alle Fälle.« Er stellte das Gefäß in den Kühlschrank und lehnte sich an die Arbeitsplatte. »Vor einem Monat war ich auf einer Party bei ihrer Freundin. Da müssen an die hundert Leute gewesen sein.«

Er fuhr sich mit der Zunge über die Lippen.

»Ich hab noch nie außerhalb einer Apotheke so viele Drogen gesehen. Sammy, die hatten *alles*. Das war wie ... wie diese babylonische Orgie. Wenn Nebukadnezar ins Wohnzimmer spaziert wäre, hätte mich das nicht gewundert.« Er schüttelte den Kopf und sah weg. »Sie haben mir immer wieder Zeug angeboten.«

»Was für Zeug?«

»Alles mögliche – Pot, Pillen, LSD, Koks ...«

»Du hast doch nichts von den harten Sachen genommen, oder?«

»Nur Pot.«

»Man muß ja schon für Kleinigkeiten dankbar sein.« Sammy legte seinem Bruder die Hand auf die Schulter, aber Jacob schüttelte ihn ab.

»Ich hab die harte Sachen nicht genommen, aber ich wollte auch nicht wie ein Schlappschwanz dastehen. Also hab ich mich an das Gras gehalten. Ich meine, richtig rangehalten ... um was zu tun zu haben, weißt du.«

In der Küche wurde es still.

Jacob knackte mit den Fingerknöcheln. »Ich war total drüber. Ich wußte nicht mehr, wie mir geschah. Bin völlig ausgeflippt!« Bei der Erinnerung wand er sich. »Ständig hab ich gedacht, daß die Polizei gleich reinkommt. Und daß sie mich festnehmen ... und Peter seinen Job verliert ... und alles in die Zeitung kommt. Und daß Ima weint und *schiwwe* für mich sitzt. Ich hab mich dauernd gefragt, warum ich das eigentlich mache. Warum ich überhaupt dort bin.«

»Warum bist du nicht gegangen?«

»Ich *weiß* es nicht!« Jacob begann, auf und ab zu tigern. »Zum einen kann ich noch nicht Auto fahren, und ich hatte niemanden, bei dem ich mitfahren konnte, und ich war viel zu vollgedröhnt, um zu laufen ...« Er hielt inne und sah seinen Bruder an. »Willst du das Schlimmste wissen?«

»Das ist noch nicht alles?«

»Ich habe meine *zizits* und meine *kippa* abgelegt, bevor ich hingegangen bin,« sagte Jacob. »Hab mir eingeredet, es wäre ein *chillul haschem* – du weißt schon ... diese heiligen Dinge an einem so verrufenen Ort zu entweihen. Aber in Wirklichkeit war es mir peinlich, sie zu tragen. Ich hab mich geschämt, so ... so jüdisch auszusehen.« Er schloß die Augen. »Abba wird sich wahrscheinlich im Grab umdrehen.«

Sammy wartete einen Moment. Dann sagte er: »Weißt du, du bist kein so hoffnungsloser Fall, wie du denkst.«

»Bitte!« Jacob zog einen Stuhl heran und setzte sich. Er ließ den Kopf auf die verschränkten Arme sinken. »Erspar mir das!«

Sammy setzte sich auf den Stuhl neben ihn. Er machte mehrere Versuche, brachte dann endlich die Worte raus. »Weißt du, was das Problem ist, Yonkie? Ich will's dir sagen. Du bist viel zu intelligent für diese Schule.«

»Was redest du da?« Jacob hob den Kopf. »Ich bin nicht annähernd der *gemara kopp*, der du bist.«

»Du tust dich schwer mit der *gemara*, weil du das Religiöse nicht ausstehen kannst. Du versuchst es noch nicht mal. Aber du schnappst das säkulare Zeug mit der Geschwindigkeit eines Dämons auf. Du weißt mehr in Mathe als ich, obwohl du zwei Klassen unter mir bist. Mann, deine Freunde haben Muffensausen nach dem Vorexamen. Ich frag dich, wie's gelaufen ist, und du zuckst nur die Schultern, als wär's gar nichts. Keine große Sache. Du rufst nicht mal an, um das Ergebnis zu erfahren.«

»Das ist mir egal.«

»Ich hab angerufen«, sagte Sammy.

Jacob starrte ihn an. »*Du*?«

»Ja, hab ich. Ich hab deine Examensnummer auf deinem Schreibtisch gefunden und so getan, als wär ich du.«

Beide schwiegen. Dann fragte Sammy: »Willst du wissen, wieviel Punkte du gekriegt hast?«

»Nein, ich ...«

»1560 Punkte«, unterbrach ihn Sammy. »Weißt du, wie unglaublich gut das ist? Ich hab mir den Arsch abgearbeitet für das Collegeexamen, und du schlägst mich glatt um sechzig Punkte.«

»Das Vorexamen ist nicht das Collegeexamen.«

»Hör doch auf, Yonkie.«

»Was spielt das schon für eine Rolle. Das einzige, was die Jeschiwa-Universität verlangt, ist ein Männerkörper mit einem *briss*.«

»Ich glaube, der akademische Standard ist *ein bißchen* höher.«

»Nicht viel.«

Sammy schüttelte den Kopf. »Du beleidigst dein eigenes Volk.«

Jacob senkte den Blick. »Ich weiß. Ich bin schrecklich!«

Sammy sagte leise: »Yonkie, *ich* gehe auf die Jeschiwa-Universität. Ich will auf die JU. Sie paßt zu dem, was ich vom Leben will. Ich werde wahrscheinlich Medizin oder Zahnmedizin studieren, und ich will aufs College gehen und gleichzeitig mein Talmudstudium weiterführen können. Die JU ist wie für mich gemacht. Aber das gilt nicht für alle.« Er hielt inne.

»Hast du je an die Ostküsten-Colleges gedacht? Viele *frume* Kids sind in Harvard …«

»Na klar, was sonst!« schnaubte Jacob. »Kannst du mal eben dreißigtausend Dollar lockermachen, Schmueli?«

»Erstens gibt es Stipendien.«

»Vergiß es.«

»Und zweitens hat Peter seine Tochter auf die Columbia University geschickt. Er würde es nicht wagen, für dich weniger zu tun. Er kann es sich nicht leisten, jemanden zu bevorzugen.« Sammy grinste. »Ima würde ihn umbringen.«

»Ich hab kein Interesse.«

»Das solltest du aber.«

»Sammy, ich hab nicht die geringste Chance. Meine Noten sind nicht gerade phänomenal, ich hab in meinem ganzen Leben noch nicht an einer einzigen … normalen außerschulischen Aktivität teilgenommen.«

»Dann fang jetzt damit an! Laß dich in die Schülermitverwaltung wählen! Du bist überall beliebt. Du wirst garantiert gewählt.«

»Ich will mich nicht wählen lassen. Ich hasse die Schule.«

»Dann mach bei der Schulzeitung mit.«

»Nein.«

»Tritt in die Basketball-Mannschaft ein. Du bist doch sportlich.«

»Kein Interesse.«

»Mach Sozialarbeit. Tu *irgendwas*, Yonkie! Fahr Essen für die Alten aus, oder arbeite bei der Selbstmord-Hotline für Jugendliche.«

Decker hörte nur das Wort Selbstmord. Sein Herz machte einen Satz, und er vergaß plötzlich seinen angestauten Ärger. »Worüber redet ihr Jungs?« fragte er.

Die beiden drehten sich um. Sie hatten ihn nicht reinkommen hören. Jacob schwieg, aber Sammy sagte: »Yonkie ist daran interessiert, Sozialarbeit zu leisten. Er will bei der Selbstmord-Hotline für Jugendliche mitarbeiten. Ich finde, das ist eine prima Idee.«

»Was?« Decker zuckte zurück, und er runzelte die Stirn. »Sozialarbeit? Wann seid ihr darauf gekommen?«

»Gerade eben«, sagte Sammy. »Ich glaube, er könnte das gut. Was meinst du?«

Decker zog sich einen Stuhl heran. »Damit übernimmt man eine große Verantwortung. Man hat es mit echten Krisen zu tun. Und wenn man einmal eingearbeitet ist, kann man nicht einfach auftauchen, wann es einem paßt. Man muß zu festgelegten Zeiten da sein. Die Arbeit kostet viel Zeit und ist zermürbend. Körperlich und seelisch sehr, sehr anstrengend.« Er schaute seinen jüngeren Stiefsohn an. »Ich kann mir nicht vorstellen, daß du dich für so was interessierst.«

»Mann, du kannst einem echt Mut machen«, sagte Sammy.

»Könntest du vielleicht ein einziges Mal den Mund halten?« fuhr Decker ihn an. »Ich hab deinen Sarkasmus und deine vorlaute Art wirklich satt!«

Sammy verstummte.

Keiner sagte etwas.

Dann meinte Jacob: »Ich glaube, ich könnte das schaffen.«

Aber Decker blieb skeptisch und mißtrauisch, hielt diese neueste Idee für Beschwichtigungstaktik, einen schäbigen Versuch Jacobs, sich bei ihm einzuschmeicheln. Decker war enttäuscht, daß sich Jacob so bemühte, sein schlechtes Benehmen zu überspielen. »Und wann willst du das machen?«

»Am Wochenende.«

»Jacob, wenn du neben dem Lernen noch bei einer Hotline mitarbeitest, hast du überhaupt keine Freizeit mehr.«

Jacob zuckte die Schultern. »Ist mir egal.«

»Das sagst du jetzt, aber wenn du bis über beide Ohren mit Arbeit eingedeckt bist und deine Kumpel sich amüsieren gehen, wirst du anders darüber denken.«

Jacob richtete sich auf und sah seinen Stiefvater an. »Du wischst das einfach so weg. Aber ich glaube, ich hab wirklich was zu bieten. Mein Leben war nicht gerade ein Zuckerschlecken, weißt du. Ich weiß, was es heißt, mit der Decke über dem Kopf zu schlafen.«

Decker wurde sanfter. »Ich wisch das nicht weg.«

»Doch, das tust du, aber das ist nicht der Punkt. Der Punkt ist, daß ich weiß, wie es ist, wenn man total verzweifelt ist. Mein Vater ist einen schrecklichen Tod gestorben ...«

»Ja ...«

»Und gerade, als Ima sich etwas davon erholt hatte, passierten all diese schrecklichen Dinge in der Jeschiwa ... und du kamst an und hast Ima im Flüsterton all diese Fragen gestellt, die wir nicht hören sollten. Erinnerst du dich an den Tag im Park, als wir uns kennengelernt haben? Du hast mehr oder weniger gesagt, wir sollen uns verpissen.«

»Meine Erinnerung ist da etwas anders ...«

»Ich weiß, du hast es nicht so ausgedrückt. Du hast versucht, uns mit einer Fahrt im Polizeiwagen zu bestechen, wenn wir dich und Ima für eine halbe Stunde in Ruhe ließen.«

»Ich dachte, die Fahrt hätte dir gefallen.«

»Ja, aber darum geht es nicht.«

Wieder hatte Decker nicht kapiert, worum es ging.

»Dad, da kommt dieser Hüne von einem Cop und fängt an, deiner Mutter Fragen zu stellen .. ich meine, wir wußten, daß da was faul war.« Jacob sah zu Sammy. »Stimmt's?«

»Absolut.«

Jacob stand auf, konnte nicht mehr stillsitzen. »Und dann wurde diese Frau ... die vom Wachdienst ... ermordet. Das war verdammt traumatisch.«

Decker öffnete den Mund und schloß ihn wieder. »Das war es bestimmt.«

»Du dachtest, wir wüßten nichts davon, was? Erwachsene halten Kinder offenbar für blind oder taub. Natürlich wußten wir Bescheid. Wir haben nur nichts gesagt, weil Ima so verängstigt war und alles drunter und drüber ging. Wer hatte da schon Zeit, zwei lästigen Kindern zuzuhören?«

»Jacob ...«

»Dad, dich haut es um, wenn du mitkriegst, daß der Mann, der dir Computerunterricht gegeben hat, als Vergewaltiger verhaftet wird. Ich wußte zwar nicht genau, was ein Vergewaltiger war, aber ich wußte, daß er verhaftet worden war, weil er was Schlimmes getan hatte. Und dumm, wie ich war, dachte ich, er sei verhaftet worden, weil er uns Pornos gezeigt …«

So schnell, wie Jacob geredet hatte, so schnell klappte er jetzt den Mund zu – als würde er an seinen Worten ersticken.

Tödliche Stille erfüllte den Raum.

Deckers Blick schoß zwischen seinen Stiefsöhnen hin und her. »Das Schwein hat euch Pornographie gezeigt?«

Die Jungen tauschten Blicke aus, sagten aber nichts. Sie waren etwa sieben und acht Jahre alt gewesen, als die Vergewaltigungen bei der *Mikwe* passierten. Decker spürte, wie sich sein Herz zusammenkrampfte, Übelkeit und unbändige Wut in ihm aufstiegen. Zornig flüsterte er: »Hat dieser Dreckskerl etwa einen von euch belästigt?«

Wieder tauschten die Jungen Blicke, blieben aber stumm. Schließlich sagte Sammy: »Kommt drauf an, wie du Belästigung definierst.«

Decker trat der Schweiß auf die Stirn. Er wischte ihn mit dem Taschentuch ab und ballte die Fäuste, um das Zittern seiner Hände zu unterdrücken. Er stand auf. »Ich will nicht, daß Ima das hört. Laßt uns nach draußen gehen.«

» 19 «

Die Nacht war kühl und dunkel und vermittelte die Illusion von Abgeschiedenheit. Sie gingen zu den Obstbäumen und blieben unter einem Orangenbaum stehen, der die Luft mit Blütenduft erfüllte. Aber statt das süße Aroma zu genießen, meinte Decker, an dem Geruch zu ersticken.

Sammy setzte sich sofort. Jacob blieb stehen, lehnte sich an den Stamm und brach kleine Rindenstücke ab. Alles lag im Schatten, die Gesichter wie mit Holzkohle skizziert. Kaum zu erkennen. Das war gut. Es erleichterte das Reden.

Decker gelang es, mit ruhiger Stimme zu fragen: »Was hat er gemacht?«

Sammy wandte das Gesicht dem zunehmenden Mond zu, dessen Strahlen Nase und Mund des Jungen hervorhoben. »Wir waren in seinem Computerclub, weißt du.«

Ja, das wußte Decker. Das wußte er.

»Dann kam dieser eine Tag. Ich glaube, es war ein Donnerstag.« Er sah zu seinem Bruder.

»Es war Donnerstag«, bestätigte Jacob.

»Jedenfalls«, sagte Sammy. »Er behielt uns da, nachdem alle anderen gegangen waren ... nur uns beide.« Er atmete aus. »Gott, das ist schon so lange her ...«

Aber Decker spürte, daß der Junge sich daran erinnerte, als sei es eine Stunde her.

»Na ja, nachdem die anderen gegangen waren ...« Er lachte leise. »Die Großen ... waren vielleicht zehn. Für mich waren sie groß. Also, Gilbert behielt uns da und sagte so was wie: ›Jetzt zeig ich euch mal die richtig *guten* Sachen.‹«

Er sah seinen Stiefvater an.

»Gilbert muß so einen Porno-Onlinedienst abonniert haben – den, Gipfel der Ironie, die Jeschiwa auch noch bezahlt hat.« Er hielt inne. »Er hat uns Pornobilder gezeigt ... ziemlich hartes Zeug. Er bekam einen ...« Sammy schluckte. »Er bekam einen Ständer davon.«

Decker beherrschte sich mühsam, nicht auf irgendwas einzuschlagen. »Red weiter.«

»Es war wirklich nicht so schlimm«, wiegelte Sammy ab. »Er faßte sich nur an den Schwanz und sagte irgendwas Blödes wie ›So ist es, wenn man ein richtiger Mann ist‹ – irgend so was Blödes.«

Der Junge verstummte. Decker fragte: »Und mehr hat er

nicht getan. Sich nur an den Schwanz gefaßt und was Blödes gesagt?«

»Na ja, er hat verlangt, daß wir ihn anfassen.« Rasch fügte er hinzu: »Über der Hose.«

»Ihn über der Hose anfassen?«

Sammy zuckte zusammen. »Mehr wie … du weißt schon … ihn reiben. Aber über der Hose.«

Decker hätte am liebsten gekotzt. »Hat er ejakuliert?«

»Äh … ja.« Sammy umklammerte seine Knie. »Obwohl wir damals nicht wußten, was das war. Plötzlich wurde seine Hose naß. Er wurde ganz ernst und sagte so was wie ›Ihr schlimmen Jungs …‹«

Jacob unterbrach. »Seht bloß, was ihr schlimmen Jungs …«

»Ja, stimmt. ›Seht bloß, was ihr schlimmen Jungs angerichtet habt. Ihr seid schuld, daß ich mir in die Hose gepinkelt habe.‹ Und wir dachten nur, wieso sind wir schuld, daß er sich in die Hose pinkelt? Ich weiß, daß wir mal darüber geredet haben, Yonkie und ich. Und Yonkie sagte: ›Warum ist er denn nicht aufs Klo gegangen?‹ Ich hab mich dasselbe gefragt.«

Sammy kaute an seinem Daumennagel.

»Dann mußten wir in den Waschraum gehen und uns die Hände waschen. Damit wir nicht nach Pisse rochen.«

»Ich hab nicht nach Pisse gerochen«, sagte Jacob tonlos.

»O ja, und stell dir vor!« Sammy wiegte sich vor und zurück. »Er sagte noch so was wie ›Auch wenn ihr Jungs böse wart, werde ich eurer Ima nichts davon erzählen. Also, wenn ihr nichts sagt, dann sage ich auch nichts.‹ Und wir dachten, na, wie toll! Ima wird nicht erfahren, daß wir böse waren.«

Er kicherte, war aber alles andere als amüsiert.

»Eigentlich war es eher widerlich als traumatisch. Und dann später, wenn man hört, wie verboten Homosexualität ist, und man begreift, was passiert ist, dann überlegt man, ob man gesündigt hat … oder ob man schwul ist, weil man einen Kerl angefaßt und ihm einen runtergeholt hat.«

»Du weißt, daß nichts davon zutrifft«, sagte Decker.

»Natürlich. Aber man braucht ein bißchen, bis man das kapiert. Jetzt macht es mir nichts mehr aus. Der Kerl war ein Perverser. Ich war ein Kind. Und wie gesagt, es ist schon lange her.«

Es wurde still.

Dann fragte Decker: »War das wirklich alles, was er mit dir gemacht hat?«

»Mehr war nicht.«

»Du verschweigst mir doch nichts, Sam?« hakte Decker nach. »Es war nur das eine Mal?«

»Jep! Danach sind wir immer mit den großen Jungs heimgegangen. Und als dann die Sache mit der Jeschiwa begann, hat uns Ima aus dem Computerclub genommen. Gilbert ist ihr wohl unheimlich geworden.«

Wieder wurde die Nacht um sie herum still.

»Und das war das *einzige*, was er dir angetan hat, Sammy?« fragte Decker noch einmal.

»Ich schwör's bei Gott.«

Decker sah zu Jacob, versuchte, dessen Blick aufzufangen. »Was ist mit dir, Yonkie? War das auch das einzige, was er dir angetan hat?«

Aber Jacob wollte ihn nicht ansehen. Decker spürte, wie sein Kopf leer wurde. Er sah zu Sammy, hoffte, von ihm irgendwelche geheimen Informationen zu bekommen, aber der Junge zuckte die Schultern, wußte nichts. Blind vor Wut, bemühte sich Decker, Ruhe zu bewahren. Doch es fiel ihm immer schwerer. »Was hat dieses Schwein mit dir gemacht, Jacob?«

Keine Antwort.

Sammy meinte: »Vielleicht sollte ich einen Spaziergang machen.«

»Nein, nein ...« Jacob rieb sich die Augen. »Es ist nur ... du kannst ...« Er seufzte, wie nur jemand seufzen kann, der schon in sehr jungen Jahren die ganze Bürde des Lebens zu spüren bekommen hat. »Da war ... dieses eine Mal.« Er fuhr sich mit der Zunge über die Lippen und sah zu seinem Bruder. »Du warst krank.«

Sammy sog scharf die Luft ein. »Was ist passiert?«

»Er hat mich abgefangen … mich festgehalten … am Arm gepackt … damit ich nicht mit den großen Jungs weg konnte.« Seine Unterlippe zitterte. »Er hat mich gekniffen … ganz fest. Hat meine Eier zusammengequetscht. Es tat höllisch weh.«

Decker wartete auf mehr.

»Das war's.« Jacob preßte die Lippen zusammen.

»Über der Hose?« fragte Decker.

Jacob schüttelte den Kopf. »Nein … er hat … Ich war damals furchtbar dünn. Meine Hose rutschte dauernd runter, wenn ich gerannt bin.« Er atmete schwer. »Ima hat mir immer Jeans mit Gummiband in der Taille gekauft … das einzige, was hielt … er hat seine Hand …« Jacob wischte sich über die Augen. »Ist dir aufgefallen, daß ich immer einen Gürtel trage? Und den ganz eng schnalle?«

Keiner sagte etwas.

»Ich hab versucht, wegzulaufen«, fuhr Jacob fort. »Er hat nur … gelacht. Er sagte: ›Was ist los, Yonkele? Hast du Angst, es könnte dir gefallen?‹«

»Arschloch«, knurrte Sammy.

»Schließlich konnte ich mich losmachen. Ich sagte, ich würde es Ima sagen. Und weißt du, was er gesagt hat? Gott, was war das für ein Scheißkerl. Entschuldige meine Ausdrucksweise …«

Er sah zum Himmel, auf seine Schuhe, überall hin, nur nicht in ihre Gesichter.

»Er sagte: ›Wenn du's deiner Ima erzählst, dann wird sie sterben, genau wie dein Abba gestorben ist.‹«

Jacob schniefte, kämpfte gegen die Tränen; er war kreidebleich.

»Da wußte ich, daß er mich reinlegen wollte. Mit sieben wußte ich, daß Menschen nicht einfach so sterben.«

Wieder schniefte er.

»Aber gleichzeitig passierten all diese merkwürdigen Sachen … und Ima war schon völlig aufgelöst. Dann wurde die Frau vom Wachdienst ermordet. Und niemand hat uns was erklärt.

Ich meine, ich hatte schreckliche Angst.« Er sah zu Sammy. »Du hattest auch Angst, oder?«

»Entsetzliche Angst.«

»Ich wußte, ich hätte Ima was sagen sollen, aber ...« Er wischte sich über die Augen. »Aber dann hab ich doch nichts gesagt, weil er es nie wieder getan hat. Und dann brauchten wir nicht mehr hinzugehen, wie Sammy schon sagte.«

Der Junge lehnte sich an den Baumstamm, schlang die Arme darum.

»Ich hab ein Jahr gebraucht, bis ich geglaubt habe, daß Ima nicht sterben würde. Dann sagte sie, daß wir nach New York ziehen.« Er sah seinen Stiefvater an. »Ich mochte dich wirklich. Ich wollte nicht von dir weg. Du hast uns viel von dem Schmerz über Abbas Tod genommen. Aber da gab es auch diese andere Seite ... Ich war so erleichtert, von da wegzukommen! Mit der Jeschiwa sind so viele verschiedene Erinnerungen verknüpft – Abba, als es ihm gut ging, und Abba, als er krank war. Du und Ima ... und natürlich Rabbi Schulman ... den liebe ich sehr. Aber da war auch *er*! Meistens denke ich nicht mehr daran. Dann steht mir plötzlich wieder dieses Bild vor Augen ... es macht mir angst. Ich komm mir vor wie ein Baby ... verstehst du, warum hört das nicht auf?«

Ein Seufzer und ein Schulterzucken. Dann nichts mehr.

Decker wollte etwas sagen, aber die Worte blieben ihm im Hals stecken. Zur Zeit des Mordes und der Vergewaltigungen hatte er im Dezernat für Sexualverbrechen und Jugendkriminalität gearbeitet, galt als hervorragender Polizist mit jahrelanger Erfahrung. Er hatte mit zahllosen Kindern gesprochen, die mißbraucht worden waren – emotional, körperlich, sexuell. Eines der wichtigsten Anzeichen dafür, daß bei Kindern etwas nicht stimmt, sind Schlafstörungen.

Jacobs Alpträume.

Decker hatte sie selbst miterlebt. Doch er hatte sie als Angstzustände wegen des Todes seines Vaters abgetan, obwohl Yitzhak bereits zwei Jahre zuvor gestorben war.

Plötzlich ergab alles einen Sinn. Jacobs freundliches, aber

distanziertes Verhalten, sein ruhiges, aber verschlossenes Wesen. Und das alles direkt unter Deckers Augen, wenn er sich die Mühe gemacht hätte, die Scheuklappen abzunehmen. Er hatte gewußt, daß die Jungen Kontakt mit einem Sexualstraftäter gehabt hatten. Er hatte gewußt, daß Steve Gilbert, ein Perverser und Vergewaltiger, den Jungs Computerunterricht gegeben hatte. Er hatte es gewußt! Er hatte es verdammt noch mal gewußt und die Jungs trotzdem nie nach Gilbert gefragt.

Denn zu der Zeit war er viel, viel mehr an Rina interessiert als an ihren vaterlosen Söhnen. Seine ganze Aufmerksamkeit galt ihr. Selbst wenn er sich um ihre beiden Söhne kümmerte, wollte er damit nur bei ihr Punkte sammeln. Rina stand immer im Vordergrund, die offensichtlichen Hinweise auf die Qual eines siebenjährigen Jungen hatte er übersehen. Selbst nachdem er gestern Jacobs Sexualverhalten mitbekommen hatte – sehr frühreif für einen Jungen, der in einem orthodoxen Zuhause groß geworden ist –, hatte er immer noch nicht zwei und zwei zusammengezählt. Sogar seine Ausdrucksweise:

Ich kann nicht reden, wenn ich weiß, daß da draußen irgendein Kid vergewaltigt wird.

Ein Kid. Nicht ein Mädchen! Ein Kid!

Jeder Polizeianfänger hätte es besser gemacht.

Wenn Decker nur ein Jota an Einsicht besessen, nur einen Hauch von dem Einfühlungsvermögen gezeigt hätte, das er für zahllose fremde Kinder besaß, dann hätte er seinem eigenen Sohn, seinen beiden Söhnen, acht Jahre Kummer und Elend ersparen können.

Kein Loch war tief genug für Deckers Schuld.

Jacob redete mit ihm.

Decker biß sich auf die Lippe. »Tut mir leid, ich hab nicht zugehört, Jacob.«

»Ich hab dich gefragt, ob du wütend auf mich bist.«

Decker war sprachlos. Schließlich brachte er hervor: »Ob ich wütend auf dich bin?«

»Weil ich es dir nicht erzählt habe.«

Decker blinzelte, um die Tränen zurückzuhalten. Das war das letzte, was er wollte – Mitgefühl von den Jungs. »Nein, natürlich bin ich nicht wütend auf dich. Wieso ...« Er räusperte sich. »Ich bin wütend auf mich selbst. Ich hätte ...«

Er ging zu Jacob und legte ihm die Hand auf die Schulter. Sofort lehnte sich der Junge an seine Brust. Decker umarmte ihn und drückte ihn fest an sich, als könne er damit alles wiedergutmachen. Aber das war unmöglich. Acht Jahre voller Geheimnisse und Scham. Sie hatten noch einen weiten Weg vor sich.

»Ich hab dich so im Stich gelassen ...« Decker sah zu Sammy, der immer noch mit angezogenen Knien unter dem Baum saß. Unnatürlich schweigsam. »Euch beide«, sagte Decker. »Ich wünschte, ich hätte ...«

»Du konntest es doch nicht wissen«, unterbrach Sammy.

Aber er hätte es wissen können. Er hätte es wissen müssen.

Jacob seufzte in Deckers Armen. »Hätte schlimmer sein können. Wenigstens hatten wir uns, Sammy und ich.«

Leise sagte Sammy: »Manchmal denke ich an Gilbert ... wie er im Gefängnis verrottet. Er war ein ziemlich gutaussehender Typ. Und ich stell mir vor, daß er da drinnen vergewaltigt wird, von einem nach dem anderen ... oft.« Er umklammerte seine Knie. »Dann geht's mir besser.«

Jacob löste sich aus Deckers Umarmung. »Du darfst Ima nichts erzählen.«

»Das hab ich auch nicht vor.«

Jacob wirkte ruhiger. Aber er war immer noch sehr bleich. »Ich will nach wie vor bei der Selbstmord-Hotline mitmachen. Hilfst du mir?«

»Sag mir, wann du anfangen willst.«

»Dieses Wochenende.«

»Abgemacht.«

Ein hohes Stimmchen schrie: »Dadiiiiiie!«

Rina rief: »Peter? Jungs?«

»Ja, wir sind hier«, rief Decker zurück. »Ein bißchen frische Luft schnappen.«

»Ich muß mich erst mal einkriegen.« Jacob ging weg.

Wortlos stand Sammy auf und folgte ihm. Einen Augenblick später legte er seinem Bruder den Arm um die Schultern. Jacob behielt die Hände in den Taschen, schüttelte den Arm aber nicht ab. Decker sah ihnen nach, wie sie in der Dunkelheit verschwanden.

Die Jungs waren so verdammt unterschiedlich. Und doch hatte Decker nur selten erlebt, daß sie sich angifteten, von einem Streit ganz zu schweigen. Er hatte sich oft gefragt, warum sie so gut miteinander auskamen. Jetzt wußte er es. Zwischen ihnen bestand eine Verbindung aus Kummer, Einsamkeit und heimlichen Tabus.

»Dadiiiiie!« krähte Hannah. »Komm her.«

»Marge ist am Telefon, Peter. Sie sagt, es sei dringend«, rief Rina.

Decker schloß die Augen. »Ich komme.«

»Dadiiiie!« Hannah rannte auf ihn zu ... so viel überschäumende Freude beim Anblick ihres Vaters. Für sie war er immer noch ein Held.

Wie lange, bis er dieses Bild zerstörte?

» 20 «

Marge stand am Rand der kaum erkennbaren Einfahrt, eine Taschenlampe in der Hand. Decker fuhr langsamer und hielt. Sie öffnete die Beifahrertür und stieg ein. »Das ging ja schnell.«

Decker sah auf die Uhr. Fünf nach zehn. »Eine Stunde und fünf Minuten.«

»Wie schnell bist du gefahren, Lieutenant?«

»Geht dich nichts an. Wer kümmert sich um den Laden?«

»Oliver bewacht Pluto und seinen Henker.« Sie hielt kurz die Luft an. »Henker im wahrsten Sinne des Wortes. Sein Name ist Benton. Er schlägt den Hühnern die Köpfe ab, ist von oben bis unten voller Blut. Im Moment ist er an einen Pfosten gefesselt. Oliver konnte nicht beide bewachen, während ich hier unten war. Pluto schreit übrigens Zeter und Mordio, pocht auf seine Bürgerrechte. Aber es ist nicht viel Feuer dahinter.«

Vorsichtig gab Decker Gas, und der Wagen kroch vorwärts. »Mal sehen, ob ich das alles richtig verstanden habe. Du warst dabei, das Farmhaus zu überprüfen, und hast mitten im Wohnzimmer eine Blutlache entdeckt.«

»Und blutige Schuhabdrücke.«

»Frische?«

»Noch klebrig.«

»Du weißt aber nicht, ob es tierisches oder menschliches Blut ist.«

»Genau.«

»Und Benton sagt, es sei Hühnerblut.«

»Natürlich.« Sie starrte durch die Windschutzscheibe. »Und er hat wirklich Hühner geschlachtet, Peter. Mal angenommen, ich kaufe ihm ab, daß er Blut an den Schuhen hatte. Aber seine Erklärung für die Lache macht mich mißtrauisch.«

»Und die wäre?«

»Er hat einen Eimer voll Blut ins Haus getragen, ist gestolpert, und dabei ist das Blut übergeschwappt.«

»Je nun, so was passiert mir dauernd«, meinte Decker.

Marge kicherte leise. Aber sie war nicht froh.

»Hat er dir auch gesagt, warum er einen Eimer voll Blut ins Haus getragen hat?«

Sie verzog die Nase. »Er wollte es in die Küche bringen und mit Hühnerbrühe mischen, die er aus frischen Hühnerknochen macht. Er sagt, das sei die nahrhafte Grundlage für die Suppen und Eintöpfe des Ordens.«

»Bah«, sagte Decker angewidert. Aber da kam auch sein Vorurteil zum Tragen. Die jüdischen Speisevorschriften verbieten den Verzehr von jeder Art Blut. Trotzdem aß Decker weiterhin Leber, was ja ziemlich blutig war.

»Wenn er die Wahrheit sagt, steh ich blöd da«, sagte Marge. »Ganz zu schweigen davon, daß ich dir den Abend verdorben habe.«

»Es war völlig richtig, daß du mich angerufen hast.«

»Ich hoffe wirklich, daß ich mich irre. Wer möchte bei so was schon recht behalten? Wo doch das kleine Mädchen vermißt wird …« Sie deutete in die Dunkelheit. »Nach links, Pete.«

Decker gab dem Steuerrad einen kleinen Schubs und kroch weiter den pechschwarzen Pfad hinauf. »Erzähl mir von Benton.«

»Ein großer, vierschrötiger Mann. Gebaut wie ein Zementblock. Ich glaube, er ist geistig zurückgeblieben. Hat nicht viel geredet.«

»Das hat Pluto für ihn übernommen?«

»Du hast es erraten.«

»Und der Guru war wütend?«

Marge dachte über die Frage nach. »Mir kam er eher überrascht vor. Ich bezweifle, daß er oft im Haus war, aber er wußte, wie es da drinnen aussieht.«

»Woher denn?«

»Vielleicht weiß er, daß Hausarbeit nicht Bentons Stärke ist. Er sagte nämlich kurz bevor ich reinging, das Haus sei voller Ratten und Ungeziefer. Ich dachte, er wolle mir Angst einjagen. Er war derjenige, der gegen unsere Fahrt hierher protestiert hat. Trotzdem wirkte er nicht nervös, als ich reinging.« Ihre Stimme verlor sich. »Es war eine ziemlich große Pfütze …«

»Dunkel wie die Sünde hier«, flüsterte Decker. Und still, wenn auch nicht friedlich. Die Stille senkte sich über sie wie ein Daunenkissen.

»Du hast die örtliche Polizei noch nicht benachrichtigt?«

»Da du darauf bestanden hast, herzukommen, obwohl ich dir gesagt habe, daß das nicht nötig ist …«

»Ich bin hier, weil ich es wollte, Margie. Nicht, weil ich an deiner Professionalität zweifle.«

Er klang angespannt. Sie fragte: »Alles in Ordnung zu Hause, Pete?«

»War schon mal besser. Also gut, ich seh mir die Sache rasch an. Wenn wir die Ortspolizei brauchen, rufe ich sie an.«

Als er um eine Kurve bog, sah Decker Licht und dann das Gebäude. Das einstöckige Farmhaus war mehr als heruntergekommen. Es war abbruchreif. Als er näher kam, entdeckte er die an den schiefen Verandapfosten gefesselte ungeschlachte Gestalt. Daneben wanderte ein kleiner Schatten auf der Veranda hin und her. Decker parkte den Wagen.

Pluto war an der Tür, noch bevor Decker aussteigen konnte. »Wenn Sie glauben, Sie kommen mit dieser eklatanten Verletzung der Bürgerrechte durch …«

»Sir, wollen Sie rumlamentieren, oder wollen Sie hier weg?« Decker stieg aus und baute sich vor dem kleinen Mann auf. »Ich kann dafür sorgen, daß es ein sehr langer Abend für Sie wird, Bruder Pluto. Das liegt ganz bei Ihnen.«

Plutos Auge zuckte. »Muß er unbedingt gefesselt bleiben, Lieutenant? Sie würden ja jeden Hund besser behandeln!«

Decker betrachtete Bentons riesigen Schatten. »Er ist ein großer Bursche.«

»Ich übernehme die Verantwortung«, sagte Pluto.

»Nett, aber Ihre Verantwortung nützt uns gar nichts, wenn er um sich schlägt.«

»Könnten wir nicht einen Kompromiß finden?« Der Guru schien ernstlich um Bentons Wohlergehen besorgt zu sein.

Decker atmete aus. »Warten Sie hier.« Er rief Oliver zu sich. »Wirst du mit dem da allein fertig, wenn ich Pluto Marge zuteile?« Er deutete mit dem Daumen in Bentons Richtung. Der Mann war ein richtiger Klotz.

»No problemo.«

»Der hat Muskeln wie Drahtseile, Detective. Kann dich mit

einem Prankenschlag umhauen. Der kann sogar mich umlegen, und ich bin zwanzig Kilo schwerer und zehn Zentimeter größer als du.«

»Hab verstanden. Ich paß schon auf.«

Wieder betrachtete Decker den Farmarbeiter. Er stand am Pfosten und wirkte nicht sonderlich aggressiv. Aber so was konnte sich schnell ändern. »Geh und mach ihn los. Ich decke dich, falls er rabiat wird. Wenn er friedlich bleibt, bring ihn her.«

Ohne zu zögern, ging Oliver zu Benton und nahm ihm die Handschellen ab. Der Farmarbeiter schüttelte die Hände und rieb sich die Handgelenke.

Die beiden kamen auf Decker zu. Scott ging voran, Benton trottete hinterher. Seine Kleidung war dreckig, überall klebten Federn und Hühnerinnereien. Seine Hände waren schwielig und blutverschmiert. Er stank.

»Wie geht es Ihnen, Sir?« fragte Decker.

Bentons Blick blieb zu Boden gerichtet. »Besser, wo Sie mir die Dinger abgenommen ham.«

»Sind Ihre Handgelenke in Ordnung?«

Der Mann nickte, ohne den Blick zu heben.

Zu Oliver gewandt, sagte Decker: »Helfen Sie Detective Dunn mit Bruder Pluto. Ich möchte einen Moment mit Mr. Benton allein sein.«

Oliver antwortete mit einem offiziellen »Ja, Sir« und ging. Decker zog ein Diktiergerät heraus, stellte es an und sprach seinen und Bentons Namen in das kleine eingebaute Mikrophon. »Es macht Ihnen doch nichts aus, wenn ich das hier benutze? Das dient Ihrem Schutz.«

»Brauch kein Schutz.«

»Wissen Sie, warum ich hier bin, Benton?«

»Ja.«

»Ich möchte mich in Ihrem Haus umsehen.«

»Is nich mein Haus.«

»Gut, ich möchte mich in dem Haus umsehen.« Er deutete auf die Bruchbude. »Sind Sie damit einverstanden?«

Der Farmarbeiter zuckte die Schultern.

»Haben Sie eine Ahnung, was ich da finden werde?« fragte Decker.

Bentons Augen wurden schmal. »Hühnerblut. Ich hab Hühner geschlachtet. Das hab ich der Lady schon gesagt. Ich hab ihr auch gesagt, daß mein Eimer übergeschwappt ist, wo ich gestolpert bin. Aber sie glaubt mir nich.«

»Niemand behauptet, daß Sie lügen. Ich muß es aber trotzdem überprüfen.«

Schweigen.

»Sie haben also nichts dagegen, wenn ich reingehe und mich ein bißchen umschaue?«

»Von mir aus.«

»Seien Sie vorsichtig mit dem, was Sie sagen«, riet ihm Decker. »Wenn Sie das Falsche sagen, habe ich es hier auf dem Band. Es könnte Ihnen schaden.«

Der Farmarbeiter schwieg.

»Wenn Sie meinen, daß Sie einen Anwalt brauchen, Benton, dann kann ich Ihnen einen besorgen.«

»Brauch kein Anwalt«, erwiderte er trotzig. »Brauch kein Anwalt, weil ich nix gemacht hab.«

Eine einzelne Glühbirne tauchte den Raum in ein grünliches Licht. Es roch scharf und sauer. Als Decker eintrat, knarrten die Dielenbretter unter seinem Gewicht, und seine Schuhe schienen festzukleben. Es war stickig wie in der Umkleidekabine einer Turnhalle – feucht und warm und muffig. Die gelblichen Wände waren voller Wasserstreifen, offensichtlich vom Regen, der durch das undichte Dach getropft war. Durch die größeren Löcher konnte Decker den Himmel sehen. Fliegen und Mücken surrten um die staubige Glühbirne. Eine kam ihr zu nahe und wurde sofort gegrillt. Sie fiel wie eine Bleikugel zu Boden und landete bei ihren Artgenossen in einem Massengrab auf dem mit Schmutz und Essensresten verkrusteten Boden. In der Mitte dieser Müllhalde stand ein braunes Sofa, aus dem die Füllung quoll. Vor dem Sofa lag ein ovaler See aus

Blut, von der blutige Fußspuren wegführten. Die Anspannung in Deckers Magen verwandelte sich in Brechreiz.

»Weiter bin ich nicht gekommen. Sobald ich das da sah«, Marge deutete auf die Blutlache, »hab ich Scott hergerufen.«

Decker richtete die Taschenlampe darauf. Er betrachtete den Boden sorgfältig. »So groß ist sie nicht. Spritzer an allen Seiten. Siehst du diese feinen Zacken an den Rändern? Das passiert, wenn Holz Feuchtigkeit aufsaugt – in diesem Fall das Blut aus der Lache. Wenn an dieser Stelle jemand umgebracht worden wäre, würden wir mehr Blut sehen, Flecken und Spritzer bis rüber zum Sofa. Hier könnte etwas ausgegossen und wieder hochgeschwappt sein. Sieht nicht nach einem noch lebenden Körper aus, der Blut aus den Venen pumpt, oder einer Leiche, aus der Blut auf den Boden läuft.«

»Du glaubst, Benton ist mit dem Eimer gestolpert?«

»Kommt darauf an, ob es menschliches Blut ist. Dann müssen wir ihn fragen, was er mit einem Eimer Menschenblut gemacht hat.«

Er ließ das Licht der Taschenlampe mehrfach über die dreckigen Wände wandern.

»Keine größeren Flecken oder Blutspritzer zu sehen.«

Decker sah über die Schulter zurück zur Tür und in die Dunkelheit. Pluto lief immer noch auf und ab. Oliver lehnte an einem Verandapfosten, fixierte unverwandt Benton, der wie ein Granitblock auf einer Verandastufe saß.

Decker war schweißgebadet vor Erschöpfung. »Ich mache hier weiter. Geh du wieder raus und behalte Pluto im Auge. Dann kann sich Oliver besser auf Benton konzentrieren.«

»Ich hab nichts dagegen.« Marge hob die Augenbrauen. »Viel Glück.«

Rote Fußabdrücke führten in eine stickige, feuchtwarme Küche. Auf der Arbeitsfläche lag ein Dutzend frisch geschlachteter Hühner – alle noch in vollem Federkleid und kopflos; aus ihren Hälsen rann Blut an den Küchenschränken entlang auf den Boden. Auf dem Tisch standen Körbe voller

Eier, und auf dem kleinen Herd kochte etwas in einem großen Topf vor sich hin. Decker zog Handschuhe über, ging an den Herd und hob den Topfdeckel.

In einer trüben Brühe schwammen Hühnerteile und Knochen und obenauf Blutkügelchen. Angewidert verzog er das Gesicht und schloß den Deckel wieder.

Aus dem Hahn lief Wasser in das Becken. Decker drehte es ab. Das Becken war halbvoll mit einer hellroten Flüssigkeit – von derselben unnatürlichen Farbe wie Maraschinokirschen oder rote Punschfarbe.

Der Gestank wurde intensiver, fast überwältigend. Decker zog ein Döschen Wick VapoRub aus der Tasche und schmierte sich etwas davon unter die Nase.

Er betrachtete die Hängeschränke. Keine Spritzer, keine Tropfen. Öffnete sie – und schloß sie wieder. Dosen mit grünen Bohnen, Dosen mit Thunfisch, Dosen mit Oliven. Eine Büchse mit Zucker und eine mit Kaffee. Ein halbes Dutzend Flaschen billiges Bier. Eine ungeöffnete Tüte mit Brezeln. Ein Menge Küchenschaben – manche tot, andere krabbelten noch.

Im Kühlschrank gab es einen Liter Frischmilch, zwei rote Äpfel und eine halbleere Packung Maistortillas. Ein offenes Glas Mayonnaise, ein Glas Salsa, eine offene Büchse Oliven und eine Plastiktube mit Senf. Das Tiefkühlfach war vereist und leer.

Dann kamen die Unterschränke dran. Decker ließ den starken Lichtstrahl seiner Halogentaschenlampe über die unteren Holzrahmen wandern. Jede Menge frischer Spuren von den ausblutenden Hühnern auf der Arbeitsplatte, Tropfen, die oben begannen und bis nach unten führten.

Ein weiterer rascher Schwenk über die Fußleiste und den Sims.

Und noch einer. Plötzlich ließ er den Lichtstrahl an einer Stelle verharren. Wieder brach ihm der Schweiß aus. Seine Hände begannen zu zittern. Das Licht der Taschenlampe war auf schwächere, parallel verlaufende Linien gerichtet, die am unteren Teil eines einzeln stehenden Unterschrankes begannen und bis hinunter zur Fußleiste reichten.

Schwächer, aber gut sichtbar. Älter, aber nicht alt. Trockener … brauner. Da sie unten begannen, mußten sie von etwas stammen, das in den Schrank gestopft worden war.

Mit revoltierendem Magen starrte Decker auf die verräterischen, matten Spuren. Der Schrank war zu schmal für einen Erwachsenen. Aber für ein Kind …

Er wischte sich den Schweiß von Stirn und Nacken.

Ging in die Hocke.

Fliegengesumm um ihn her.

Der entsetzliche Gestank nach verwesendem Fleisch.

Er riß die Tür auf. Sofort ergoß sich halb geronnenes Blut auf den Boden, und eine schwarze Fliegenwolke umschwirrte Deckers Gesicht. Er wehrte sie ab und versuchte, nicht zu schlucken. Der Anblick und der Gestank ließen ihn unwillkürlich zurückzucken. Rasch kam er hoch, versuchte aufrecht zu stehen, schwankte, griff nach der Arbeitsplatte und faßte in das matschige Fleisch eines rohen Hühnchens.

Er schloß die Augen, rang nach Luft. Seine Übelkeit war mehr durch den Gestank als den Anblick der Leiche ausgelöst. Die Leiche sah zwar grotesk aus, war aber Gott sei Dank nicht die eines Kindes.

Decker zwang sich, wieder in die Hocke zu gehen, und mußte erneut die Fliegen abwehren. Im Hinterkopf war ihm klar, daß er die Leiche eines erwachsenen Mannes vor sich hatte. Man konnte kaum erkennen, was wozu gehörte. Jemand hatte es geschafft, den gesamten Körper in den Schrank zu stopfen. Aber er hatte es im wahrsten Sinne Stück für Stück gemacht.

An den nach vorne gesunkenen Schultern des kopflosen Torsos waren nur noch Stümpfe, wo die Arme hätten sein sollen. Die Oberschenkel waren gegen den Bauch und den Brustkorb gedrückt. Nur die Oberschenkel. Weil die Beine unterhalb der Kniegelenke amputiert waren. Die Unterschenkel und die abgetrennten Arme lagen vor dem Torso – glatte Arme, aber die Beine waren behaart. Die Hände waren zu Klauen erstarrt. Die Fingerspitzen waren grau und verschrumpelt.

Und dann war da noch der Kopf – lehmfarben, runzelig und ausgetrocknet, lag er auf den Gliedmaßen wie ein Totenkopf. Ein fast kahler Schädel über einem runden, aufgeschwemmten Gesicht. Leere Augenhöhlen. Die Augäpfel waren vermutlich nach hinten in den Schädel gesunken. Kein Bart oder Schnurrbart. Decker erkannte das Gesicht nicht.

Er ging nach draußen und rief Marge. Sie sah sein Gesicht und wurde bleich. »O mein Gott …«

»Nein, es ist weder das Kind noch Andromeda.«

»Wer dann?«

»Ich weiß es nicht, aber vielleicht kennst du ihn. Zieh Handschuhe an.«

Sie begann zu schwitzen. »Schlimm?«

Selbst wenn Decker ruhig genug gewesen wäre, um die Worte zu finden – er hätte es nicht beschreiben können. »Hier entlang.« Er führte sie durch das Wohnzimmer in die Küche. Sie begann zu schwanken.

»Wird dir schlecht?«

»Es ist nur der Gestank.« Marge atmete in ihre Hände.

»Wird noch schlimmer. Hältst du durch?«

»Wenn es schnell geht.«

Decker half Marge, sich hinzuhocken. »Halt den Mund geschlossen und die Hand über der Nase.« Er öffnete den Schrank, aus dem sofort wieder die Fliegenwolke schoß.

Marge stöhnte in ihre Hände. »O mein Gott!«

»Ist das Nova?«

Sie wandte den Blick ab. »Wahrscheinlich.«

»Wahrscheinlich?«

»Definitiv. Ja, er ist es. Bring mich hier raus!«

»21«

Sergeant Deputy Kirt Johannsen war ein Mann, der nicht viele Worte machte. »Was können Sie mir über den Fall erzählen?«

Decker begann mit seiner Geschichte, während Johannsen Kaugummi kaute. Sie standen draußen in der Dunkelheit, nur beleuchtet von dem fahlen Licht, das aus den staubigen Seitenfenstern des Hauses drang. Der Sergeant schien Anfang fünfzig zu sein – ein großer Mann mit dem Ansatz eines Bierbauchs. Rundes Gesicht, dicke Lippen, gesunde Gesichtsfarbe, hellblaue Augen, die fast durchsichtig wirkten, dünnes weißes Haar. Er trug die Khakiuniform eines Sheriffs und hielt einen breitkrempigen braunen Hut in der Hand. Nach einem einzigen Blick auf den zerstückelten Leichnam hatte er vorgeschlagen, nach draußen zu gehen.

Decker war halbwegs durch mit seinem Bericht, als einer von Johannsens Männern näherkam. Ein sommersprossiger Junge mit offenstehendem Mund, der ihn dümmlich aussehen ließ.

»Sir?«

»Was ist?« Johannsen hatte aufmerksam zugehört und war irritiert über die Unterbrechung.

Der Sommersprossige wurde rot. »Der kleine Bursche da drüben … der sich Pluto nennt und mehr brüllt als redet …«

»Komm zur Sache, Stoner«, knurrte Johannsen.

Stoner zuckte nervös zusammen. »Na ja, Sir, er sagt, wir können Benton nicht ins Gefängnis bringen, bevor sein Anwalt nicht hier ist.«

Johannsen schnaubte. »Ich brauche keine Erlaubnis von irgendwem, um einen Mann zu verhaften, der Leichenteile in seinem Küchenschrank aufbewahrt. Nimm Benton mit, und sperr ihn in Zelle A.«

»Was ist mit … Pluto?«

Johannsen grinste fast. »Da Abner heut mal zufällig nicht seinen Rausch ausschläft, kannst du Pluto in Zelle B stecken.« Er wandte sich an Decker. »Was für eine Rolle spielt er bei dem Ganzen?«

»Er ist ein hochrangiges Mitglied des Ordens der Ringe Gottes. Genau wie Nova es war.«

»Nova ist der Kerl im Schrank?«

Decker nickte.

»Und was hat Pluto hiermit zu tun?«

»Ich weiß es nicht. Ich will nicht behaupten, daß er unschuldig ist, aber er war die letzten neun Stunden mit meinen Detectives zusammen.« Decker zog ein Zigarettenpäckchen raus, zündete eine für Johannsen an und dann eine für sich. »Ich weiß, daß Sie Pluto verhören müssen. Sie haben vermutlich Gründe genug für eine Festnahme. Aber der Mann ist äußerst streitsüchtig. Er wird sich nicht kampflos ergeben. Und unter Kampf versteht der Orden, alle zu verklagen, die ihn angreifen.«

Johannsen grummelte: »Verdammte Wirrköpfe. Ich hab Horace und Mary Jane davon abgeraten, an die zu verkaufen.« Er zog an der Zigarette. »Aber ich kann's ihnen nicht verdenken. Sie haben einen wirklich guten Preis dafür gekriegt.«

»Die Anzeige des Ordens wird vor Gericht keinen Bestand haben. Doch die können Ihnen erst mal viel Scherereien machen.«

Johannsen erwog seine Möglichkeiten. »Stoner, du tust folgendes. Hörst du mir zu?«

»Ja, Sir.«

»Ich meine, hörst du wirklich zu?«

»Ja, Sir.«

»Du, Hal und Doug, ihr nehmt Benton mit und überlaßt diesen Verrückten Lieutenant Deckers Leuten.« Er sah Decker an. »Sind Sie damit einverstanden?«

»Ja, durchaus.«

»Ich komme gleich nach«, fuhr Johannsen fort. »Macht es Benton bequem, aber stellt ihm keine Fragen. Ihr könnt ihn nichts fragen, bevor sein Anwalt kommt. Ihr sorgt nur dafür, daß er nicht abhaut. Meinst du, das kriegst du hin, Stoner?«

»Nehmen wir ihm die Handschellen ab, Sir?«

Johannsen runzelte die Stirn. »Nein, Stoner. Ihr laßt ihn die ganze Zeit in Handschellen.«

»Auch im Gefängnis?«

»Ja, auch im Gefängnis. Hast du verstanden, Stoner?«

»Ja, hab ich, Sir.«

»Dann los.« Johannsen wartete, bis Stoner weg war. Er nahm einen tiefen Zug aus seiner Zigarette und blies ein dünnes Rauchwölkchen aus. »Denken Sie nicht schlecht von Stoner. Unser Gefängnis brauchen wir hauptsächlich für Betrunkene … gelegentlich mal für einen Mann, der seine Frau verprügelt hat. Wir haben hier gewöhnlich nichts mit Leichenteilen in Küchenschränken zu tun.«

»Ist auch für mich ziemlich ungewöhnlich. Was können Sie mir über Benton erzählen?«

»Ein Einzelgänger. Aber die meisten Farmer hier aus der Gegend kümmern sich um ihren eigenen Kram. Ich hab ihn hin und wieder gesehen, wenn er zum Einkaufen in die Stadt kam. Hat noch nie Ärger gemacht.« Johannsen zog wieder an seiner Zigarette. »Er hat eine Frau.«

Decker hob die Augenbrauen. »Wen denn?«

»Ruth Young. Ist vielleicht fünfzig. Geschieden. Wohnt fünfzehn Meilen von hier entfernt. Hat eine Peacan-Pflanzung.«

»Bleibt er über Nacht bei ihr?«

»Ich hab mich nie um ihre Gewohnheiten gekümmert. Aber wenn ich's recht überlege, hab ich seinen Lieferwagen schon vor ihrem Haus gesehen.« Er zuckte die Schultern. »Schätze, ich sollte sie anrufen. Erstens, um zu sehen, ob sie noch lebt. Und zweitens will sie vielleicht wissen, was mit Benton ist. Bisher haben Sie nur diese eine Leiche gefunden, oder?«

»Ja. Aber wir haben noch nicht gründlich gesucht. Ich wollte Sie erst anrufen.«

»Glauben Sie, daß hier noch mehr vergraben sind?«

»Nein.«

Johannsen sah ihn überrascht an. »Sie glauben, Benton ist keiner von diesen Serienmördern?«

»Nein.«

»Irgendeine Idee, warum er es getan hat?«

»Ich bin mir noch nicht mal sicher, daß er es war.«

»Freut mich zu hören. Benton ist bestimmt kein Genie, aber selbst er würde nicht so dämlich sein, eine Leiche in seinen eigenen Küchenschrank zu stopfen.«

Decker widersprach nicht, kannte aber den Trugschluß solcher Argumentationen. Über die Jahre hatte er Dutzende von Beispielen ungeheuerlicher Blödheit erlebt. »Das hat nichts mit Dämlichkeit zu tun, Sergeant. Es ist die Leiche. Sie wurde absichtlich in den Schrank gestopft. Jemand will damit eine Botschaft schicken.«

»Was für eine Botschaft?«

»Legt euch nicht mit mir an.«

»Tja, dann hat derjenige seinen Standpunkt aber ziemlich gut rübergebracht. Sie werden sich also diesen Pluto vorknöpfen?«

»Jep.«

»Der Kerl kommt mir wie ein harmloser Dummkopf vor.«

»Mag sein. Sie haben also Nova nie getroffen … den Mann im Schrank. Er war schon früher hier. Hat Hühner und Eier für den Orden geholt.«

»Nein, hab ihn nie gesehen. Nicht, daß ich mich erinnern könnte.«

Decker trat seine Zigarette aus. »Sind Sie jemals Jupiter begegnet?«

»Ein oder zwei Mal.«

»Wie war er denn so?«

»Ein netter Mann. Sah einem in die Augen beim Reden. Und verdammt, konnte der reden – meistens über Sterne und Planeten. Manches war mir zu hoch, aber er schien zu wissen, wovon er sprach. Benton hat mir erzählt, der Mann wäre früher ein berühmter Wissenschaftler gewesen.«

»Stimmt.«

»Benton hat mir auch erzählt, daß Jupiter dabei war, eine Zeitmaschine zu erfinden. Das hab ich natürlich nicht ernstgenommen. Was Benton sagt, ist mit Vorsicht zu genießen.«

Decker hörte aufmerksam zu. »Interessant.«

»Gibt's so was? Zeitmaschinen?«

»Ich weiß es nicht. Zeitmaschinen waren eins von Jupiters Lieblingsprojekten, als er noch Emil Ganz war, der bekannte Wissenschaftler. Seine verrückten Ideen haben ihm viel Spott und Hohn eingebracht. Dann verschwand er plötzlich für zehn Jahre. Als er wieder auftauchte, war er Vater Jupiter, der geistige Führer des Ordens der Ringe Gottes. Wann hat Benton Ihnen von Jupiters Zeitmaschine erzählt?«

»Vielleicht vor sechs Monaten.« Johannsen drückte die Zigarette aus. »Ich kam hier auf meiner üblichen Runde vorbei. Die beiden hatten das Teleskop aufgebaut. Er hat mir sogar den Planeten Jupiter gezeigt. Der war damals zu sehen.«

»Und das war vor sechs Monaten?«

Der Sergeant nickte. »Vielleicht ist Jupiter ja zu seiner alten Leidenschaft zurückgekehrt.«

»Klingt ganz danach.« Decker dachte kurz nach. »Obwohl ich keinen Zusammenhang zwischen Zeitmaschinen und Novas Leiche im Küchenschrank erkennen kann.«

»Das übersteigt meinen Horizont, Sir.« Johannsen setzte seinen Hut auf. »Hören Sie, Lieutenant. Sie kommen hierher, Sie rufen mich an. Sie sind sehr respektvoll. Sie teilen Ihre Zigaretten mit mir und reden, als wären wir alte Kumpel. Ich weiß das zu schätzen. Aber wir wissen beide, daß ich für keine ausgewachsene Mordermittlung ausgerüstet bin. Und genau das ist es.«

Decker wartete.

Johannsen steckte sich ein Kaugummi in den Mund. »Ich weiß, daß das hier mein Zuständigkeitsbereich ist. Das heißt, ich könnte zweierlei tun. Ich könnte in Bakersfield anrufen, was ich auch machen würde, wenn es keine Hintergrundinformation gäbe. Aber da es die gibt, kann ich die Sache ebensogut

Ihnen überlassen. Tun Sie, was ihr Jungs aus der Großstadt in solchen Fällen zu tun pflegt. Holen Sie Ihre Männer und die Spurensicherung und all diese Leute. Ich hab nichts dagegen.«

»Sie sind ein Gentleman, Sergeant.«

»Bloß so schlau, daß ich weiß, was ich kann und was ich nicht kann.«

»Wie gut, daß Sie mich gerufen haben.«

Nachdem sie Novas Kopf und die Gliedmaßen aus dem Schrank geholt hatte, war die Gerichtsmedizinerin Judy Little jetzt damit beschäftigt, langsam und vorsichtig den Torso freizubekommen. Die Hitze hatte ihn anschwellen lassen, und es war mühsam, ihn herauszuholen, ohne das Gewebe zu beschädigen. Dr. Little trug eine Gesichtsmaske. Decker konnte sie kaum verstehen, obwohl er direkt neben ihr kniete.

»Wieso?«

»Ich hab einen vorläufigen Bericht über Emil Euler Ganz alias Vater Jupiter bekommen. Er hatte Arsen im Körper.«

Deckers Herz schlug schneller. »Er wurde vergiftet?«

»Nein, das habe ich nicht gesagt. Wenn alle Tests abgeschlossen sind, werden wir als Todesursache höchstwahrscheinlich Atemstillstand aufgrund einer Mischung aus Alkohol und Barbituraten feststellen. Sein Blutalkohol lag bei 1,4 Promille, dazu genug Nembutal und Seconal – beide alkohollöslich – in seinem Körper. Die Befunde stimmen mit dem überein, was Ihre Detectives am Tatort gefunden haben – eine leere Wodkaflasche und die Fläschchen mit Barbituraten. Aber außerdem haben wir noch Arsen in seinen Haaren und der Haut gefunden. Nun ist Arsen ein normales, im Körper vorkommendes Element. Davon sind immer Spuren vorhanden. Doch bei ihm war es mehr als normal.«

»Aber nicht genug, um ihn umzubringen?«

»Kann ich nicht beantworten, weil ich nicht weiß, wie hoch seine TMD ist.«

TMD – tödliche Minimaldosis. »Jemand hat ihn langsam vergiftet?« fragte Decker.

»Könnte sein.« Sie stöhnte. Schweiß lief ihr über das Gesicht. »Wenn wir hier kalte Luft reinblasen könnten, würde der Kerl schrumpfen, und ich könnte ihn leichter rausholen.«

»Ich hab noch ein paar Fragen«, sagte Decker.

»Dachte ich's mir doch.« Little richtete sich auf. Sie lehnte sich gegen die Arbeitsplatte. »Schießen Sie los.«

Decker dachte kurz nach. »Könnte es sein, daß jemand versucht hat, Jupiter durch eine allmähliche Arsenvergiftung zu töten ... um keinen Verdacht zu erregen? Aber es ging ihm zu langsam, also hat er oder sie noch Barbiturate dazugenommen?«

»Mutmaßungen sind Ihr Gebiet«, sagte Little. »Aber möglich wäre es. Sie wissen so gut wie ich, daß eine Überdosis Alkohol und Nembutal längst nicht so verdächtig ist wie Tod durch Arsenvergiftung.«

»Laut Venus hat Jupiter seit sechs Monaten über Kopf- und Bauchschmerzen geklagt.«

»Kopf- und Bauchschmerzen – Schwindelgefühle, Krämpfe, Durchfall – passen zu einer Schwermetallvergiftung in kleinen Dosen. Größere Dosierungen hätten zu heftigen Leibschmerzen, motorischen Störungen, Benommenheit und nervösen Zuckungen geführt. Er hätte sich blutig gekratzt, denn Schwermetall kann zu Hautablösung führen. Wenn man noch höher dosiert, stirbt der Vergiftete. Und es ist kein angenehmer Tod.«

»Dr. Little?«

Sie drehte sich um. »Was ist, Anna?«

Die junge Laborantin hielt ein Röhrchen mit einer roten, dicken Flüssigkeit in der Hand. »Das ist kein menschliches Blut.«

»Hühnerblut?« fragte Decker.

»Ich habe noch nicht alle Proteine typisiert, daher kann ich nicht sagen, welche Art Blut es ist. Nur, daß es kein Menschenblut ist.«

Little sah Decker an. »Sie sehen nicht überrascht aus.«

»Wenn Nova im Wohnzimmer getötet worden wäre, dann wären die Wände voller Blutspritzer gewesen.«

»Sie haben die Leiche also aufgrund einer Lache von Hühnerblut gefunden?«

»Pech.« Decker betrachtete den blutigen Torso, der immer noch im Schrank klemmte. Die Brustwarzen waren braun von getrocknetem Blut. Ohne den Kopf und die Gliedmaßen ließ sich der Rest besser ertragen.

Kopf und Gliedmaßen.

Plötzlich hatte er ein Bild vor Augen. Einen Totenschädel über gekreuzten Knochen auf einer Büchse, die auf dem Bord eines Werkzeugschuppens stand. »Rattengift enthält doch Arsen, oder?« fragte er.

»Jep.«

»Und es schmeckt bitter.«

»Der Geschmack läßt sich überdecken. Wenn man kleine Mengen in Cola mischt oder in gesüßten Eistee ... denken Sie an den Mensa-Killer in Florida. George ... sowieso. Er hat's mit Tallium gemacht.«

»George Trepal.«

»Man kann es auch als Pulver inhalieren, zusammen mit Kokain, oder es mit Crack rauchen.«

»Möglich.« Aber Decker dachte an die Dutzende von Vitaminfläschchen, die er in Jupiters Medizinschrank gefunden hatte. »Kann man das Rattengift in Medizinkapseln tun und dem Opfer weismachen, es wären Vitamine?«

»Das würde gehen.«

»Haben Sie die Fläschchen aus Jupiters Medizinschrank schon analysiert?«

»Nein. Dazu gab es keinen Grund.«

»Bis jetzt.«

»Von wie vielen Fläschchen reden wir?«

»Zwei Dutzend.«

»Das wird lange dauern, Lieutenant. Jede Kapsel muß geöffnet und durch den Gaschromatographen geschickt werden. Und selbst wenn wir Arsen in den Kapseln finden, was hilft Ihnen das? Ich habe Ihnen bereits gesagt, daß er Arsen im Körper hatte. Die Kapseln verraten Ihnen nicht, wer es da reingetan hat.«

»Ich brauche die Ergebnisse trotzdem.«

»Kein Problem. Ich warne Sie nur, daß es lange dauern wird.«

»Wie lange kann man mit einer Arsenvergiftung leben?«

»Wenn das Gift langsam, in kleiner Dosierung und in unregelmäßigen Abständen zugeführt wird, dann lebt man schon noch eine Weile.«

»Sechs Monate?«

»Bestimmt.«

»Ein Jahr?«

»Möglich.«

Little kniete sich wieder hin und arbeitete weiter. Sie zwängte ihre Hände zwischen die Schrankwände und den Torso und begann zu ziehen.

»Wie schon gesagt, Arsen ist ein natürliches Element. Es zersetzt sich nicht, wird nicht ausgeschieden, baut sich also immer mehr auf. Größere Mengen lagern sich für gewöhnlich zuerst im Haar und in der Haut ab, wegen der raschen Zellerneuerung. Um wirklich feststellen zu können, über welchen Zeitraum er vergiftet wurde, muß ich Jupiters Knochen untersuchen. Knochenwachstum ist wie Baumringe. Wenn er Arsen in den Knochen hat, dann wissen wir, daß er seit langer Zeit vergiftet wurde.«

»Aber er würde sich ständig krank fühlen?«

»Absolut. Langsame Vergiftung ist ein gutes Mittel, um jemanden außer Gefecht zu setzen.« Ein letztes Ziehen, und der blutige Klumpen kam endlich frei. »Ja!« Little sah so zufrieden aus, als wäre sie eine Geburtshelferin. »Ich brauche sofort einen doppelwandigen Leichensack!«

Decker verzog das Gesicht bei dem Anblick, redete aber weiter. »Sie meinen damit, jemand wollte Jupiter am Leben halten, aber funktionsuntüchtig machen?«

»Ich meine gar nichts. Ich spiele nur Möglichkeiten durch«,

erwiderte Little. »Vielleicht hat Jupiter trotzdem Selbstmord begangen, Lieutenant. Die furchtbaren Nebenwirkungen der Vergiftung haben ihn womöglich so fertig gemacht, daß er seine Qual beenden wollte.«

»Klar ist das möglich.« Decker erhob sich. »Alles ist möglich. Trotzdem leuchtet mir Jupiters Ende durch Mord sehr viel mehr ein als noch vor ein paar Tagen.«

» 22 «

Rina legte ihr Buch weg, als sie das Klopfen an der Schlafzimmertür hörte. »Komm rein.«

Jacob trat ans Bett seiner Mutter, beugte sich vor und küßte sie auf die Stirn. »Ich wollte dir nur gute Nacht sagen.«

Rina sah auf die Uhr – halb eins. »Ganz schön spät.«

»Ich mußte noch lernen. Wir schreiben morgen zwei Tests.«

In seinem Pyjama sah Jacob aus wie zwölf. »Setz dich, Jacob, ich möchte mir dir reden.«

Der Junge setzte sich. »Tut mir wirklich leid, Ima. Es wird nicht wieder vorkommen.«

»Yonkie, warum hast du mir nicht erzählt, daß du im Vorexamen 1560 Punkte bekommen hast?«

Jacob fuhr sich mit der Zunge über die Lippen. »Hat Sammy dir das gesagt?«

»Sammy?« wiederholte sie. »Du hast es Sammy erzählt, aber mir nicht?«

»Nein, natürlich nicht. Ich hatte ja selbst keine Ahnung. Sammy hat es mir gesagt. Er hat angerufen und so getan, als sei er ich. Ich wollte warten, bis ich die Karte per Post bekomme. Aber das ist typisch Sammy … er will immer alles wissen.« Jacob schüttelte sein Bein aus. »Ich hab's erst heute abend erfahren. Und wer hat es dir gesagt?«

»Die Schule hat angerufen.« Rina seufzte. »Ich hatte gestern ein langes Gespräch mit Rabbi Wasserstein und Mrs. Gottlieb.«

Sie klang so müde, und das war seine Schuld. Seine Augen schossen hin und her. »Weshalb denn?« *Als ob er das nicht wüßte.*

»Rabbi Wasserstein sagt, daß deine Noten in *gemara* und *halacha* immer schlechter werden …«

»Deshalb bin ich ja so spät auf«, unterbrach Jacob. »Ich habe gelernt. Ich weiß, daß ich nicht gut war, Ima. Ich versuche, mich zu bessern.«

»Es geht nicht um deine Noten, Yonkie. Es geht um dich.« Sie sprach mit sanfter Stimme. »Rabbi Wasserstein sagt, deine Einstellung zur Schule hat sich in den letzten sechs Monaten geändert. Du bist kein Problemkind – du würdest nie Ärger machen –, aber er hat den Eindruck, daß dir alles egal ist. Die Hälfte der Zeit döst du an deinem Platz oder sitzt nur apathisch da. Er glaubt, daß du dich schrecklich langweilst.«

»Schule ist langweilig. Ich langweile mich wirklich.« Jacob sah zur Decke hinauf. *Ach, wenn sie wüßte! Sie ist so vertrauensvoll.* »Aber ich werde mich mehr anstrengen. Kein Problem. Ich muß mich nur dahinterklemmen. Ich werde mir Mühe geben, Ima. Ich versprech's. Mach dir keine Sorgen.«

»Denk nicht an mich, Liebling. Ich möchte über dich reden.« Rina küßte seine Hand. »Mrs. Gottlieb sagt, du wärst in Mathe etwa zwei Jahre voraus, ohne dich überhaupt anstrengen zu müssen. Du bist erst in deinem zweiten High-School-Jahr. Sie sagt, wenn du in die Abschlußklasse kommst, wird es niemanden mehr an der Schule geben, der dich unterrichten kann.«

»Dann belege ich eben Kurse an der CSUN. Oder besser noch, an der UCLA.« Der Junge lächelte. »Dafür brauche ich aber ein Auto.«

Rina wich diesem Thema aus und sagte: »Ich möchte, daß du mir zuhörst, Jacob, und das, was ich sage, ernst nimmst. Okay?«

»O je, jetzt wird's schlimm.«

»Nein, nicht schlimm. Hör mir einfach zu. Rabbi Wasserstein hat mir von einem Programm erzählt, das wie gemacht ist für Jungs wie dich – Kids, die eine Begabung für Mathematik und Naturwissenschaften haben.«

»Eierköpfe!«

»Laß mich bitte ausreden, Jacob.«

»Entschuldige.«

»Du würdest auf die Ner Yisroel-High School gehen, aber nebenbei Kurse in Mathematik und Naturwissenschaften an der Johns Hopkins belegen.«

»Ner Yisroel?« Jacob machte ein entsetztes Gesicht. »Das ist doch nicht dein Ernst!«

»Yonkie, das ist eine einmalige Gelegenheit.«

»Das sind Fanatiker!« rief Jacob. »Da sterbe ich!«

»Du wirst nicht sterben«, sagte Rina. »Du könntest eventuell sogar was lernen.«

Jacob biß sich auf die Lippe und schwieg.

»Ich weiß, daß du sehr gesellig bist«, fuhr Rina fort. »Und daß du Mädchen magst. Es wäre ja nicht für immer. Nur für ein Jahr. Ich glaube, das könntest du schaffen.«

Jacob atmete aus. Er war immer noch fassungslos. »Wann müßte ich denn da hin? Nächstes Jahr?«

»Nein, nein, nein. Erst im letzten Schuljahr. Ich schicke Sammy und dich doch nicht zur gleichen Zeit weg. Das wäre zu schwer für mich.«

»Also wäre ich nächstes Jahr auf jeden Fall noch hier?«

»Ja. Und das ist auch gut so, denn deine Noten in Hebräisch müßten sehr viel besser werden, damit du dort angenommen wirst. Außerdem mußt du eine sehr gute Abschlußprüfung machen, mit mindestens achthundert Punkten in Mathe. Wasserstein meint, das dürfte für dich kein Problem sein – die achthundert Punkte.«

»Tja, er muß die Prüfung ja auch nicht machen.« Jacob ließ seine Fingergelenke knacken. »Aber ich glaube, das könnte ich hinkriegen. In Prüfungen bin ich nicht schlecht.«

»In der Schule sind alle der Meinung, daß du unterfordert bist, Yonkie, aber sie wissen nicht, was sie tun sollen.« Rinas Augen wurden feucht. »Mir gefällt die Vorstellung, dich wegzuschicken, gar nicht. Dein Leben war bisher voller Brüche. Aber die Zeit ist so kostbar. Warum sie verschwenden, wenn es etwas Besseres für dich gibt?«

»Ich weiß. Du versuchst, das Beste für mich zu tun.«

»Das ist zwar ein Klischee, aber es stimmt.« Rina streichelte sein Gesicht. »Du brauchst dich nicht jetzt zu entscheiden. Ich mache dir nur einen Vorschlag.«

Der Junge schwieg einen Moment. Dann sagte er: »Wenn ich im Abschlußjahr auf die Ner Yisroel nach Baltimore ginge, wäre Sammy schon in New York?«

»Ja. Die beiden Städte sind sechs Stunden mit dem Zug oder vierzig Minuten per Flugzeug voneinander entfernt. Ihr beide könntet den Schabbes miteinander verbringen, wann immer ihr wollt.«

Jacob zuckte die Schultern. »Ich überlege es mir. Ich weiß, daß es dir wichtig ist.«

»Jacob, es geht nicht um mich. Es geht um dich.«

»Nein, Ima, es geht um *dich*. Wenn es nach mir ginge, würde ich die Schule schmeißen und … um die Welt segeln.«

Rina war verblüfft, nicht über seine Worte, sondern über seine Ehrlichkeit. »Du bist so unglücklich, Jacob. Was ist los?«

Wieder zuckte der Junge die Schultern.

»Bedrückt es dich, religiös zu sein?«

Er betrachtete seine Mutter. *Woher wußte sie das?* »Manchmal.« Er zögerte. »Es ist nicht nur das Religiöse. Es ist … na ja … ich weiß nicht. Alles kommt mir so sinnlos vor. Sieh dich an, Ima. Du bist ein guter Mensch. Du glaubst an Haschem. Du machst alles richtig. Du lebst nach den Regeln. Und dann, peng!« Er klatschte laut in die Hände. »Abba wird krank und stirbt. Und plötzlich bist du eine Witwe mit zwei kleinen Kindern.«

»Yonkie …«

»Und du machst weiter und heiratest wieder und denkst, das Leben wird wunderbar. Aber sieh dir an, was passiert. *Er* ist nie da. Und trotzdem wartest du bis spät in die Nacht auf ihn. Ich wette, daß er heute nicht mal nach Hause kommt.«

»Er kommt nicht heim.«

»Was hab ich dir gesagt?«

»Das ist nicht deine Sache, Yonkie.«

»Doch. Weil ich Tag für Tag mit ansehen muß, wie das Leben dich fertig macht.«

»Wie kommst du auf so was? Ich bin ein sehr glücklicher Mensch!«

»Fühlst du dich denn nie einsam, Ima?« fragte Jacob hitzig. »Ich meine, Nacht für Nacht für Nacht … wie viele Bücher kann man denn lesen?«

Rina betrachtete ihren Sohn. »Du bist wirklich wütend auf Peter, oder?«

»Das ist es nicht, obwohl ich nicht weiß, warum er so gegen einen neuen Hund ist.«

»Wenn du wirklich einen neuen Hund willst, dann holen wir uns einen.«

»Darum geht es nicht.«

»Gingers Tod hat deinem Vater fast das Herz gebrochen, Jacob. Er tut sich sehr schwer mit Verlusten. Nicht nur mit seinen, mit denen aller Menschen! Er fühlt sich persönlich verantwortlich für alle Probleme der Welt.«

»Und was ist seine Entschuldigung? Er hat nie einen Vater verloren.«

»Vielleicht liegt es daran, daß er adoptiert wurde. Ich weiß es nicht.«

Das hatte Jacob ganz vergessen. »Hör zu, ich liebe Peter. Ich weiß, er gibt sein Bestes. Und mag sein, daß ihm die Welt in abstraktem Sinne am Herzen liegt. Aber ich glaube nicht, daß er viel Zeit darauf verwendet, an die Bedürfnisse anderer zu denken.«

»Er hat einen sehr anstrengenden Beruf, Yonkie.«

»Niemand hat ihn gezwungen, die Beförderung anzunehmen, Ima.« Jacob verdrehte die Augen, angewidert über sich selbst. »Ich jammere hier rum. Wenn es dir nichts ausmacht, allein zu sein, warum soll ich mir Sorgen machen?«

»Yonkie, Peter liebt seinen Beruf. Und es ist sehr selten, das zu lieben, was man tut.«

»Ich dachte, er sollte dich lieben.«

»Das tut er auch.«

»Und darum läßt er dich dauernd allein?«

Rina dachte über seine Worte nach. »Weißt du, allein zu sein, sollte mir nichts ausmachen. Ich neige offenbar dazu, Männer zu heiraten, die nicht viel zu Hause sind.«

Jacob sah sie an. »Wie meinst du das? Abba war immer zu Hause.«

»Schatz, Abba war nie zu Hause. Gewöhnlich stand er um fünf Uhr auf für den frühen *minjen*. Dann kam er eine halbe Stunde später zurück und kümmerte sich um euch, bis ich aufstand … was meist so gegen sieben war. Sobald ich auf war, ging er in die *beis midrosch* und lernte bis zum Abendessen. Er aß jeden Abend mit der Familie … das tat er wenigstens. Und er nahm sich auch die Zeit, mit euch Jungs zu lernen. Aber sobald es Zeit fürs Bad oder fürs Zubettgehen war, verschwand er wieder. Er lernte dann weiter bis Mitternacht oder wann auch immer. Ich weiß nicht mal, wann er nach Hause kam, weil ich da immer schon schlief.«

Schweigen.

Jacob schaute in seinen Schoß. Rina merkte, daß sie gerade einen Traum zerstört hatte. »Es hat mir nichts ausgemacht, Yonkie. Ehrlich. Abba liebte sein Studium, Peter liebt seinen Beruf, und ich scheine die Einsamkeit zu lieben. Besonders nach einem Tag mit deiner Schwester, die ständig in Bewegung ist. Du denkst, ich bleibe wach und gräme mich über Peter.

Tatsächlich lege ich mich in ein sehr bequemes Bett, ruhe mich aus, ohne daß jemand irgendwelche Forderungen an mich stellt, und lese ein interessantes Buch.«

»Tja, das klingt mächtig aufregend.«

»Du bist derjenige, der Aufregung will, Jacob. Ich hatte in meinem Leben genug Aufregung. Ich will Frieden.«

Der Junge lachte leise. »Und den nehme ich dir auch noch.« Es war fast ein Uhr früh. »Ich halte nicht nur dich wach, sondern auch mich. Ich sollte sehen, daß ich etwas Schlaf bekomme.«

»Ich liebe dich.«

»Ich liebe dich auch.« Dann: »Ich möchte nicht, daß du denkst, ich sei unglücklich, Ima. Die meiste Zeit geht es mir prima. Aber dann ... manchmal kommt eben alles zusammen.«

»Du langweilst dich, Jacob. Du mußt noch eine andere Leidenschaft außer den Mädchen finden.«

Er grinste. »Wenn man schon eine Leidenschaft haben muß, dann finde ich die für Mädchen prima.«

»Ich sage ja nicht, daß Mädchen nicht toll sind. Nur solltest du zusätzlich noch etwas anderes haben.«

Jacob dachte nach. »Du hast recht. In ein paar Wochen werde ich sechzehn. Autos wären 'ne gute Alternative.«

»Sagst du das, um mich zu ärgern?«

»Vielleicht ein bißchen.« Jacob lachte. »Gute Nacht.« Er wurde ernst. »Ich werde über das Hopkins-Programm nachdenken. Vielleicht ist es ja gar nicht so schlecht.« Ein angedeutetes Lächeln. »Eigentlich ist es überhaupt nicht schlecht. An der Hopkins gibt es Mädchen.« Das Lächeln wurde zu einem breiten Grinsen. »Collegestudentinnen.«

Decker wollte beides gleichzeitig. Es funktionierte nicht.

Marge sagte: »Okay, angenommen, wir verhaften ihn. Dann hat er das Recht, einen Anruf zu machen. Und er kann anrufen, wen er will. Zumindest seinen Anwalt.«

»Genau das wollen wir nicht. Daß Pluto telefoniert, bevor

wir den Durchsuchungsbefehl für den Orden haben. Wir können nicht zulassen, daß er die anderen warnt.«

Decker räusperte sich.

»Wir müssen ihn aufhalten, ohne ihm allzu offen seine Rechte zu verweigern.« Er dachte nach. »Okay. Angenommen, wir nehmen ihn in Gewahrsam, ohne ihn zu inhaftieren.«

»Er hat das Recht auf einen Anruf, selbst wenn er nur in Gewahrsam ist.«

»Nein, hat er nicht.«

»Er hat das Recht auf einen Anwalt.«

»Nur, wenn wir ihn verhören. Also verhören wir ihn nicht.«

»Warum nehmen wir ihn dann in Gewahrsam?«

»Im Zusammenhang mit unseren laufenden Ermittlungen. Bis wir seine Aussage überprüft haben, daß er in den letzten zwei Tagen nicht hier war.«

»Das kann Zeit kosten, Peter. Tage. Wir können ihn nicht so lange ohne Anwalt festhalten.«

»Das weiß er ja nicht.«

»Doch. Und selbst wenn er es nicht weiß, wissen wir es! Wenn wir das vermasseln, kippt am Ende die ganze Sache wegen eines Formfehlers.«

Natürlich hatte sie recht. Decker runzelte die Stirn. »Na gut. Wie wäre das: Wir nehmen ihn in Gewahrsam, und er hat das Recht auf einen Telefonanruf. Wir sind auch bereit, ihm den zu gewähren. Aber wir können ihn hier nicht telefonieren lassen, weil das Telefon Teil des Tatorts ist. Und wir können ihn nicht zu einem anderen Telefon bringen, weil … weil … warum?«

Marge zuckte die Schultern. »Weil wir zu beschäftigt sind.«

»Genau. Wir sind zu beschäftigt. Also bleibt uns nichts anderes übrig, als ihn in ein Auto zu sperren, bis wir unsere Ermittlungen hier zu unserer Zufriedenheit abgeschlossen haben. Wenn wir wegfahren, werden wir ihm natürlich ein Telefon suchen. Aber bis dahin ist es mindestens drei Uhr früh. Und um die Zeit hat fast alles zu.«

»Münztelefone?«

»Die sind doch ständig kaputt, Marge.«
Marge blieb skeptisch. »Du kannst von Glück sagen, daß sein altmodisches Mobiltelefon keine große Reichweite hat.«
»Allerdings.«
»Und wenn er unseren Funk benutzen will?«
»Wir können keinen Zivilisten an den Polizeifunk lassen. Das ist gegen die Vorschriften.«
»Nicht den Polizeifunk, Pete. Angenommen, er bittet Scott oder mich, ihn über unsere Funktelefone zu verbinden."
»Dann kommt ihr nicht durch.«
»Er wird zetern«, maulte Marge.
»Laß ihn doch.«
»Du brauchst dich ja auch nicht mit ihm rumzuschlagen.«
»Ich mußte mich mit einer zerstückelten Leiche rumschlagen, Margie.«
Sie dachte kurz nach. »Ich tausche mit dir.«
Decker grinste. »Weil es einfacher ist, mit einem toten Arschloch zu arbeiten als mit einem lebendigen?«
»Du hast's kapiert.«
»Nichts zu machen«, sagte Decker. »Ich verteile die Aufgaben. Einer der Vorteile, wenn man Lieutenant ist.«

» 23 «

Moderne Gefängniszellen sind hermetisch abgeschlossen, und man kann nur durch ein in eine Stahltür eingelassenes, mit Draht verstärktes Doppelglasfenster hineinschauen. Sheriff Johannsens Gefängnis bestand aus zwei nebeneinander liegenden altmodischen Zellen – mit eisernen Gitterstäben wie in einem alten Western. Auf Marge wirkte das ganze Sheriffbüro wie eine Westernkulisse. Im Fenster klebte das Abziehbild eines großen Sheriffsterns. Drinnen standen drei verkratzte Holzschreibtische auf engstem Raum. Der Linoleumboden war braun vor Alter, und an den Wänden hingen grellfarbige Poster von örtlichen Veranstaltungen neben offiziellen Verlautbarungen, alle kreuz und quer an eine Korkwand gepinnt. Eine nackte Glühbirne baumelte von einem lethargischen Deckenventilator. Marge meinte, im Hintergrund einen Waffenschrank zu erkennen, der sich aber bei näherem Hinsehen als ein fünfzig Jahre alter Eisschrank erwies.

Die Zellen lagen im hinteren Teil und waren durch eine Tür in der Rückwand des Büros zu erreichen. Hier war es sogar mitten in der Nacht noch heiß und stickig. Eine gelbliche Deckenlampe tauchte alles in sepiafarbenes Licht. Benton saß vornüber gebeugt auf einer Metallpritsche. Die Füße flach auf dem Boden, die Knie gespreizt, hielt er die mit Handschellen gefesselten Hände vor den Körper, als wolle er ihn schützen. Er schwitzte übermäßig, aber es schien ihn nicht zu kümmern. Seine Kleidung stank nach Schweiß, Blut, Dreck und Hühnerkot. Das Haar klebte ihm am Kopf, und seine schmutziges Gesicht wirkte düster und verunsichert. Als die Zellentür geöffnet wurde, nahm er Blickkontakt mit Johannsen auf, weigerte sich aber, Marge oder Oliver anzusehen. Marge lehnte sich in einer Ecke an die Gitterstäbe, Oliver in der anderen.

Johannsen setzte sich mit einigem Abstand neben Benton auf die Pritsche. »Wie geht's dir, Junge?«

Der Farmarbeiter antwortete mit leiser Stimme. »Ging mir schon besser, Sheriff, aber ich tu mich nich beklagen.«

»Hat dir Stoner Kaffee angeboten?«

»Ja.«

"Willst du noch eine Tasse?«

»Nein, jetzt nich.«

»Eine Zigarette … ach ja, du rauchst ja nicht.«

»Nein.«

Nach längerem Schweigen sagte Johannsen: »Ich hab vor zwanzig Minuten Ruth angerufen und ihr gesagt, was los ist.«

Eine lange Pause. »Warum?«

»Du kennst Ruth. Sie möchte immer helfen.«

»Brauch keine Hilfe nich.«

»Benton, du wirst Hilfe brauchen, und das nicht zu knapp«, widersprach Johannsen. »Du sitzt ganz schön in der Tinte.«

»Ich hab keinen tot gemacht, Sheriff. Das wissen Sie.«

»Hast du den Mann im Küchenschrank gekannt, Benton?«

»Ja, Sir, das war Guru Nova.«

»Hattest du was gegen ihn?«

»Nein, Sir. Überhaupt nich. Aber kenn den nich gut. Pluto kenn ich besser.«

»Hat Pluto dich in letzter Zeit besucht?«

»Vielleicht so vor 'ner Woche.«

»Ist sonst noch jemand auf die Farm gekommen?«

Benton dachte über die Frage nach. »Nee, nur Old Guy Shoe, wollt sich 'n Hühnchen schnorren.«

Johannsen wandte sich an Oliver. »Er wird Old Guy Shoe genannt, weil er alte Schuhe um den Hals hängen hat.« Er drehte sich wieder zu Benton um. »Was war mit Old Guy Shoe?«

»Nix.«

»Nichts?«

»Hab ihm 'n paar Hühnerköpfe und Füße gegeben.« Eine Pause. »Wann komm ich hier raus, Sheriff?«

»Zuerst müssen diese Leute hier dir noch ein paar Fragen stellen«, erwiderte Johannsen.

»Dann solln sie doch fragen.«

»Ich glaube, Pluto möchte, daß ein Anwalt bei der Befragung dabei ist«, sagte Marge.

»Brauch kein Anwalt. Hab nix gemacht.«

»Das geschieht zu Ihrem Schutz, Sir«, erklärte Oliver.

Zum ersten Mal schauten Bentons trübe Augen die beiden Detectives an. »Dann möcht ich Vater Jupiter anrufen, wenn Sie nix dagegen ham.«

Oliver und Marge sahen sich an. Scott sprang ein. »Das wird schwierig sein, Benton. Ich hatte gehofft, Bruder Pluto hätte es Ihnen inzwischen gesagt.«

»Mir was gesacht?«

»Daß Vater Jupiter vor zwei Tagen gestorben ist«, antwortete Marge mit sanfter Stimme.

Einen Augenblick lang reagierte Benton nicht. Er saß da wie vorher, nur seine Brust hob und senkte sich. Dann sagte er: »Also darum is er nich gekommen. Ich dacht, er wär wütend auf mich.« Er sah Marge an. »Warum hat Bruder Pluto mir das nich gesacht?«

»Weil er Sie nicht traurig machen wollte.«

Benton schien das Gesagte zu begreifen. »Wie is er gestorben?«

»Ich kann nicht viel dazu sagen, Benton«, meinte Marge. »Aber ich sage Ihnen, was in der Zeitung steht. Es ist ein ungeklärter Todesfall, ausgelöst durch eine Überdosis. Vermutlich Selbstmord ...«

»Hühnerkacke!« Er wurde rot. »Tschuldigung, Ma'am.«

»Keine Ursache.« Marge hockte sich hin. So war sie mit Benton auf Augenhöhe. Sie wollte ihn nicht nach Nova fragen. Aber was konnte es schaden, wenn sie ihn wegen Jupiters Tod befragte? »Warum halten Sie das für – Mist?«

»Weil er nich der Typ dafür war.«

Marge wartete. Nichts. Sie fuhr fort: »Sagen Sie mir, warum Sie meinen, daß Vater Jupiter nicht Selbstmord begehen würde.«

»Ich bin nich wie Bruder Bob oder Bruder Pluto, Ma'am. Hab nich soviel Grips. Aber ich seh, wenn ein Mann glücklich is. Wenn wir das Tellerskop aufgebaut ham, war keiner so zufrieden wie Vater Jupiter. So wie der sich die Sterne angeguckt hat ... als wär er eins mit'm Himmel. Er tat immer sagen, daß er eines Tages da oben is ... bei den Sternen.«

»Damit könnte er seinen Selbstmord gemeint haben«, gab Oliver zu bedenken.

»Nee, Sir«, korrigierte ihn Benton. »Das war wegen seiner

Zeitmaschine. Die er gebaut hat.« Er blickte zu Johannsen. »Hab ich doch von erzählt, Sheriff, oder?«

»Ja, das hast du.«

»Vater Jupiter hat gesacht, er tät mit 'ner Universität drüber reden. Über seine Ideen. Er war ganz aufgeregt.«

Alle schwiegen. Oliver sah zu Marge. »Welche Universität?« fragte er.

»Weiß ich nich mehr. Aber er hat gesacht, es wäre 'ne große.«

»Southwest University of Technology?« fragte Marge.

»Genau die isses.«

Wieder tauschten die beiden Detectives Blicke aus. »Seine alte Wirkungsstätte«, meinte Marge.

»Dort arbeitet auch seine Tochter«, fügte Oliver hinzu. Marge fragte den Farmarbeiter: »Hat Jupiter je seine Tochter Europa erwähnt?«

»Weiß nich mehr. Vielleicht hat er mal was über 'ne Tochter gesacht. Weil, all die Ladys im Orden der Ringe Gottes, das warn doch seine geistigen Töchter.«

»Sie gehört nicht zum Orden«, sagte Marge. »Sie ist Jupiters echte Tochter – seine leibliche Tochter. Jupiter war verheiratet, bevor er Jupiter wurde. Wußten Sie das?«

»Nein, Ma'am, wußt ich nich. Tut mich aber nich wunnern.«

»Wie lange kannten Sie Jupiter?« fragte Oliver.

»Zehn Jahre.«

Ein Jahrzehnt ist eine lange Zeit. »Wie haben Sie ihn kennengelernt, Benton?« wollte Marge wissen.

Der Farmarbeiter konzentrierte sich sichtlich. »Ich glaub, das war, wie ich bei Harrison gearbeitet hab ... oben in Saugus. Nich weit vom Orden. Vielleicht zwanzig Minuten mit'm Auto.«

»Ich weiß, wo Saugus ist«, sagte Marge.

»Aha. Ja, dann wissen Sie's.« Benton richtete sich auf und kratzte sich mit seinen gefesselten Händen die Nase. Man hatte ihm eine wichtige Frage gestellt, und er hatte sie mit dem nötigen Respekt beantwortet. »Da is Vater Jupiter einfach eines Tages hingekommen. Wir ham geredet. Dann is er wieder weg.«

»Worüber haben Sie mit Vater Jupiter geredet, Benton?«

Er dachte nach. »Über mich, denk ich. Ob mir mein Job gefallen tut. So Sachen.«

Sie warteten, daß er weitersprach. Aber es kam nichts mehr.

»Und was ist dann passiert?« drängte Marge.

»Er war noch mal da. Wir ham wieder geredet. Das ging vielleicht zwei Wochen so. Dann hat er mich gefragt, ob ich seine Hühnerfarm hier in Central City machen will. Er tät mir genau so viel zahlen, wie ich bei Harrison krieg, und ich hätt 'n ganzes Haus für mich – nich nur 'n Zimmer. Klang gut, da hab ich ja gesacht.«

Oliver hatte seinen Notizblock herausgeholt. »Erinnern Sie sich an die Adresse der Harrisons?«

»Nich Harrisons. Nur Harrison. Ohne s.«

»Aha«, sagte Oliver. »Das ist der Name einer Institution, nicht der eines Ehepaars.«

»So isses.«

Die Unterhaltung weckte Marges Interesse an Bentons früherer Beziehung zu Jupiter. »Was genau ist Harrison?«

»Wie?«

»Was für Menschen leben da?«

»Oh.« Wieder kratzte sich Benton an der Nase. »Lauter verschiene. Manche ham aufgehört mit Saufen, manche mit Drogen, manche warn ganz einfach nur alte Leute. Ich, ich hab's nich mit Saufen oder Drogen. Hab mich nur um alles gekümmert. Reparaturen und so Sachen. Sie ham mich da wohnen lassen …«

»Wer sind ›sie‹?« fragte Marge.

Benton dachte lange über die Frage nach. »Die Frau, die wo mich eingestellt hat, die hieß Florine. Mehr weiß ich nich über sie.«

»Wie haben Sie den Job gefunden, Benton?« wollte Oliver wissen.

Ein längeres Schweigen. »Ich glaub, da hat mir 'ne Schwester von erzählt.«

»Schwester?« hakte Marge nach. »Waren Sie in einem Krankenhaus, Benton?«

»Pflegeheim«, erklärte der Farmarbeiter. »Wie ich vonner Armee entlassen wurd, da hab ich 'nen ziemlich schlimmen Blutstau gehabt. War zwei Jahr im Vetranenkrankenhaus, dann ham sie mich ins Pflegeheim Newhall getan. Hat 'ne Weile gedauert, bisses mir besser ging. Ziemlich lang sogar. Die Schwestern da ham mich oft gebeten, was zu reparieren. Die wußten, daß ich so was gut kann.«

Erneutes Schweigen.

»Die ham mir das von Harrison gesacht. Ich war fünf Jahre lang da. Hab nich ein Tag gefehlt, hab aber oft die Schnauze voll gehabt. Von dem Gejammer, und wie die Leut sich ihr Leben versauen. Drum hab ich Vater Jupiter sein Angebot angenommen.«

Saugus gehörte zum Foothill-Revier. Vor zehn Jahren hatte Marge als Detective bei der Abteilung für Sexualdelikte in Foothill gearbeitet. Soweit sie sich erinnerte, hatte es damals keine Mordfälle gegeben, die dem von Nova glichen. Wenn Benton damals ein Serienmörder gewesen war, hatte er seine Vorgehensweise geändert. »Wie hat Jupiter Sie gefunden? War er selbst mal Insasse von Harrison?«

»Weiß nich.«

»Was hatte Jupiter mit Harrison zu tun?«

Der Farmarbeiter zuckte die Schultern. Mit seiner Fähigkeit zu Mutmaßungen war es offenbar nicht weit her.

»Und das war vor ungefähr zehn Jahren?« fragte Marge

»Ja, Ma'am.«

»Hat er damals schon von Zeitmaschinen geredet?« warf Oliver ein.

»Nein, Sir. Da hat er immer nur von Gott geredet un wie schlecht die moderne Wissenschaft und die Wissenschaftler sind. Drum war ich auch so erstaunt, wie er vor 'nem Jahr das Tellerskop angebracht hat. Weil, ein Tellerskop is ja echt ein wissenschaftliches Instrument. Aber er war glücklich damit.«

Oliver warf Marge einen Blick zu. »Ich muß mal kurz mit meiner Partnerin reden, Sheriff. Lassen Sie uns eine Pause machen.«

»Von mir aus.« Johannsen öffnete für sich und die beiden Detectives die Zellentür. Er schloß hinter sich wieder ab. »Wir sind gleich zurück, Benton. Möchtest du was Kaltes zu trinken?«

»Nee.« Er legte sich auf die Pritsche. »Ich tu lieber 'ne Runde schlafen.«

»Mach das.«

»Laß uns einen kleinen Spaziergang machen, Marge«, meinte Oliver.

Sie traten hinaus unter den sternenbedeckten Himmel. Die Luft war erfüllt vom Zirpen der Grillen und Zikaden und dem tiefen Quaken wollüstiger Ochsenfrösche. Das Büro des Sheriffs lag mitten in der Stadt – das einzige Fenster, das noch erleuchtet war. Kein Wunder, es ging auf ein Uhr früh zu.

»Glaubst du Benton? Daß Jupiter glücklich war und nicht der Typ, der sich umbringt?« fragte Oliver.

»Wir sollen einem Mann glauben, der Leichenteile in seinem Küchenschrank aufbewahrt?«

»Guter Punkt. Warum hab ich dann das Gefühl, daß uns etwas entgangen ist?«

»Laß uns mit dem anfangen, was wir wissen.«

»Was für eine ungewöhnliche Idee. Also, wir wissen, daß Jupiter tot ist. Und wir wissen, daß er vergiftet wurde.«

»Aber nicht mit tödlicher Dosierung.«

»Und jetzt haben wir diesen Farmarbeiter … der ganz offensichtlich nicht besonders helle ist und eine Leiche im Küchenschrank hat …«

Marge unterbrach. »Die Fakten sind folgende: Entweder hat Jupiter sich mit einer Überdosis umgebracht oder nicht. Falls er es getan hat, widerspricht das Bentons Behauptung, daß Jupiter ein glücklicher und zufriedener Bursche war. Wenn er sich nicht selbst die Überdosis verpaßt hat, dann war es jemand anderer. Und das paßt zu der Vergiftung. So wie es aussieht, hat das Arsen nicht schnell genug gewirkt, deshalb hat jemand zu drastischeren Maßnahmen gegriffen.«

»So weit, so gut. Wer wollte Jupiter tot sehen?«

»Dr. Little sagt, daß man eine Weile mit Arsen im Körper leben kann, aber nicht ewig. Weil das Zeug sich nach und nach im Körper aufbaut. Die Vergiftung kann noch nicht ewig lang gelaufen sein – vielleicht ein Jahr oder so.«

»Was mit dem Zeitpunkt übereinstimmt, als Jupiter die Wissenschaft wiederentdeckte ...«

»Europa hat Decker erzählt, daß Jupiter völlig klar im Kopf war, wenn sie über wissenschaftliche Fragen geredet haben«, teilte Marge ihm mit.

»Mir kommt das so vor, als sei Jupiter nach einem, was ... zwanzig Jahre langen Winterschlaf zu seinem alten Fachgebiet zurückgekehrt.«

»Könnte sein. Aber was hat das damit zu tun, daß ihm jemand Arsen verabreicht hat – nicht genug, um ihn umzubringen, aber ausreichend, um ihn krank zu machen.« Marge hielt inne. »Es hat ihn krank gemacht, Scotty. Vielleicht hat es ihn auch verwirrt. So konfus gemacht, daß er sich nicht mehr konzentrieren konnte.«

Sie schwiegen beide.

Dann sagte Marge: »Daher stellt sich die Frage: Hat ihn jemand allmählich vergiftet, damit er sich nicht wieder seiner früheren Beschäftigung mit Zeitmaschinen zuwandte?«

Plötzlich weiteten sich Olivers Augen. »Stell dir vor, du wärst eine Wissenschaftlerin, die sich einen Ruf als ernstzunehmende Kosmologin aufzubauen versucht, Margie. Und du hast diesen Vater, der früher ein brillanter Kopf war, aber dann als totaler Spinner galt – ein verrückter, geistig umnachteter Mann, der nur noch von Zeitmaschinen brabbelte. Und wenn du denkst, er ist endlich von der Bildfläche verschwunden ... taucht er wieder auf mit denselben verrückten, peinlichen Ideen.«

»Europa?«

»Hat Benton nicht gesagt, Jupiter würde mit den Leuten von der Southwest University reden? Sie unterrichtet dort, Margie. Sie muß doch jedesmal den Pips kriegen, wenn jemand seinen Namen erwähnt.«

»Europa hat ihren Vater seit Jahren nicht mehr gesehen.«

»Falls sie die Wahrheit sagt.«

Marge dachte ernsthaft darüber nach. »Es gelingt ihr endlich, diesen Klotz am Bein loszuwerden, und gerade, als sie es auf ihrem Gebiet zu etwas bringt, taucht er wieder auf.«

»Genau«, sagte Oliver. »Was kann es also schaden, wenn sie ihm ein bißchen Arsen in seine Vitamine mischt, damit er langsamer denkt? Ein bißchen Pulver in Jupiters Getränke oder in seine Vitaminkapseln ...«

»Warte mal. Wer sagt, daß Jupiters Vitamine Arsen enthielten?«

»Deck hat es als Möglichkeit erwähnt.«

»Du weißt also nicht, ob in den Vitaminen tatsächlich Arsen ist.«

»Nein.«

»Dann ist das alles reine Theorie.«

»Natürlich ist es rein theoretisch. Wenn wir Fakten hätten, würden wir ja nicht darüber diskutieren.« Oliver machte sich auf den Weg zurück zum Büro des Sheriffs. »Aber vergiß nicht, Marge, Europa ist die Nutznießerin einer Lebensversicherung über eine Million Dollar plus noch mal derselben Summe, wenn der Tod ein Unfall war.«

»Aber die Lebensversicherung läuft schon seit Jahren. Warum sollte sie ihn jetzt umbringen, wenn sie nur auf das Geld aus ist?«

»Weil er bis vor kurzem nichts getan hatte, was ihren Ruf ruinieren konnte«, gab Oliver zurück. »Vielleicht wollte Europa ja nicht, daß er starb. Sie wollte ihn nur außer Gefecht setzen, damit er sich nicht wieder zum Gespött macht. Als das Arsen nicht so wirkte, wie sie gehofft hatte, und er sich weiter mit seinen Zeitmaschinen beschäftigte, mußte sich Europa eine andere Lösung ausdenken.«

»Aber wie hat sie ihm die Überdosis verabreicht, wo sie ihn seit fünfzehn Jahren nicht gesehen hat? Wie ist sie überhaupt auf das Gelände gekommen?«

»Sie hatte Hilfe«, sagte Oliver. »Bob.«

»Sie hat seit Jahren keinen Kontakt mehr zu Bob.«

»Dann lügt sie. Oder vielleicht auch nicht. Keine Ahnung.« Oliver zuckte die Schultern. »Jede Theorie hat irgendwo einen Haken.« Schweigend gingen sie weiter. Dann meinte er: »Was ist mit dieser Einrichtung, in der Benton gearbeitet hat? Harrison. Hast du je davon gehört?«

»Nein.«

»Was glaubst du, was das ist? Eine Entzugsklinik?«

»Hört sich so an.«

»Und was, meinst du, hat Benton da wirklich gemacht?« Oliver verzog das Gesicht. »Wenn du mich fragst, der hat Demerol eingeworfen, um die Teufel in Schach zu halten. Sieht mir ganz so aus, als hätte er 'ne Schraube locker.«

»Das wird sich leicht nachprüfen lassen«, erwiderte Marge. »Mich interessiert viel mehr, welche Verbindung Jupiter mit Harrison hatte.«

»Allerdings.« Oliver sah auf die Uhr. »Wann kommt endlich dieser Anwalt? Johannsen hat gesagt, das dauert eine Stunde, und das ist jetzt über eine Stunde her.«

»Laß uns einfach abwarten«, meinte Marge.

»Na prima. Wir sitzen hier am Arsch der Welt fest. Ich wette, die haben noch nicht mal Kabel. Warum krieg ich immer diese tollen Aufträge?«

»Muß an deinem unwiderstehlichen Charme liegen.«

»Ihr ungeheuerliches Vorgehen ist eine eklatante Verletzung der Bürgerrechte«, stieß Pluto hervor. »Ich werde das keinesfalls hinnehmen. Jemand wird Ihnen dafür Ihre Dienstmarke abnehmen!«

Decker fuhr langsamer. Die Straße war pechschwarz und keine Freude für die Reifen. »Soll mir nur recht sein, wenn jemand meine Dienstmarke haben will. Meine Frau wird sich freuen.«

»Mir absichtlich den Zugang zu Benton zu verweigern!«

»Das dient nur Ihrem Schutz, Bruder Pluto. Sie wollen doch nicht als Mittäter angeklagt werden.«

»Was?!«

»Jeder, der in den letzten zwei Tagen auf der Farm war, steht unter Verdacht.«

»Dann habe ich nichts zu befürchten.«

»Sobald wir Ihre Geschichte überprüft haben.«

»Es geht mir nicht um mich! Ich bin unschuldig. Ich bin total entsetzt über das, was Sie … entdeckt haben. Es ist schrecklich! Obszön. Widerlich. Grotesk. Ich bin tief betrübt über Bruder Novas vorzeitigen und gewaltsamen Tod. Er wird uns allen fehlen als der große Mann, der er war, und der Täter hat die Höchststrafe verdient. Aber im Moment mache ich mir mehr Sorgen um Benton!«

»Sie glauben also nicht, daß Benton der Täter ist?«

»Dazu kann ich nichts sagen.«

Bisher hatten sie keine Beweise gefunden, die für die Farm als Tatort sprachen. Aber Decker hatte eine Ahnung, wo die Tat begangen worden sein könnte.

Pluto redete weiter: »Er braucht einen Anwalt. Sie und Ihre Lakaien verwehren Benton die ihm zustehende Hilfe. Sie wissen genau, daß der Mann den Ernst seiner Lage nicht begreift.«

»Benton bekommt Rechtsschutz. Man wird ihm einen Anwalt zur Seite stellen, bis Sie jemanden beauftragt haben.«

»Ich weiß genau, was für eine Art Anwalt Sie ihm schicken. Irgendeinen Idioten namens Jeb aus dem hintersten Kuhkaff.«

»Ich habe einen Vetter namens Jeb. Er ist ein sehr fähiger Geschäftsmann.«

»Was hat das denn damit zu tun?«

»Sie scheinen etwas gegen den Namen Jeb zu haben.«

»Sie denken, Sie können mich einfach niederreden. Aber da

irren Sie sich gewaltig. Und zu allem Überfluß lassen Sie mich noch nicht mal telefonieren.«

»Das habe ich Ihnen doch bereits erklärt, Bruder Pluto. Die Telefonleitung der Farm wurde für taktische Anweisungen gebraucht.«

»Es gibt Telefonzellen, Lieutenant.«

»Sir, ich kann nicht zulassen, daß vertrauliche Informationen zu einem Mordfall über ein öffentliches Telefon verbreitet werden.«

»Ich kann Ihr privates Telefon nicht benutzen. Und ein öffentliches auch nicht. Sie verletzen eindeutig meine Rechte.«

»Ich verletze Ihre Rechte nicht, weil ich Ihnen nichts zur Last lege ... zumindest bisher noch nicht.«

»Und was genau machen Sie mit mir? Sie verhaften mich nicht offiziell. Aber Sie halten mich hier fest.«

»In einer gewissen Weise ja. Nur bis wir ein paar Fragen geklärt haben.«

»Aber Sie lassen mich nicht mal einen einfachen Anruf machen.«

»Sobald wir auf dem Revier sind, können Sie anrufen, wen Sie wollen.« Decker sah auf die Uhr. Es war halb zwei. »Gedulden Sie sich noch zwanzig Minuten, dann sind wir da.«

»Sie sperren mich ein wie ein Tier unter Quarantäne.«

Decker gab auf, verschloß seine Ohren vor Plutos Gegeifer. Die Unverschämtheit, die Demütigung, der emotionale Streß, die Anzeige, die er erstatten würde, blah, blah, blah. Decker ließ das alles an sich abprallen. Weißes Rauschen.

Decker hörte über Funk seinen Namen. Er griff nach dem Mikrophon und antwortete. Seine Geduld und der schlau eingefädelte Plan wurden endlich belohnt. Die Durchsuchungsbefehle für den Orden waren ausgestellt. Er bestätigte die Information und schaltete ab. Pluto schien einiges mitbekommen zu haben. Er begann Fragen zu stellen.

»Wovon hat sie geredet? Welche Durchsuchungsbefehle?«

Decker antwortete nicht.

Pluto wurde aufgeregt. »Was für Durchsuchungsbefehle?

Sie hat den Orden erwähnt. Was haben Durchsuchungsbefehle mit dem Orden zu tun? Sie glauben doch wohl nicht im Ernst, daß einer von uns etwas mit dem Mord an Nova zu tun hat! Glauben Sie wirklich, daß einer von uns so blöd sein würde, den armen Nova auf unserer eigenen Farm zu verstecken und Ihren Leuten dann zu gestatten, sie zu durchsuchen?«

Damit hatte der wütende Pluto nicht ganz unrecht. »Ich weiß es nicht«, sagte Decker. »Würden Sie so dumm sein?«

»Ich gedenke nicht, das einer Antwort zu würdigen.«

»Soll mir recht sein. Lassen Sie uns die Stille genießen.«

Pluto reagierte nicht auf den Wink. »Die Feindseligkeit und der Unwillen unserer Leute werden wachsen, wenn Sie ihren Männern erlauben, wieder und wieder durch unsere Räume zu trampeln. Dieser entsetzliche Mord ist auf der Farm passiert. Wieso wollen Sie dann den Orden zu dieser unchristlichen Zeit durchsuchen?«

»Sie glauben also, daß Benton es getan hat?« fragte Decker.

»Ich sagte Ihnen schon, daß ich mich dazu nicht äußern werde ... aber wer könnte es sonst getan haben? Nova war ein äußerst angesehenes, wichtiges Mitglied des Ordens. Weshalb sollten wir unser eigenes Nest beschmutzen?«

»Wieso glauben Sie, daß Benton der Täter ist?«

»Er ist doch offensichtlich nicht ganz bei Trost.«

»Warum sagen Sie das?«

»Also hören Sie, Lieutenant. Sie haben den Mann gesehen. Jupiter hat alle möglichen Sozialfälle aufgenommen. Benton war einer davon.«

»Wo hat Jupiter Benton gefunden?«

»Ich kann mich nicht erinnern«, schnappte Pluto. »Ich glaube, Benton war in einer Entzugsklinik. Früher ist Jupiter oft in Entzugskliniken gegangen, um die Botschaft spiritueller Erweckung zu verbreiten. Als der Orden wuchs, hatte er kaum mehr Zeit dazu. Aber oft genug forderte er mich auf, für ihn einzuspringen. Auf diese Weise habe ich Moriah Farrander gefunden.«

»Sie sind ein Heiliger.«

»Sie hatten mich danach gefragt.«

»In welchen Entzugskliniken verbreitete Jupiter Erleuchtung?«

»Machen Sie sich nicht darüber lustig.«

»Können Sie mir Namen nennen?«

»Nein.« Pluto seufzte. »Wenn Sie bereit wären, mit mir zusammenzuarbeiten, dann könnte ich eventuell bereit sein, Ihnen die Namen rauszusuchen.«

Decker schwieg.

»Ich möchte, daß unsere lieben Brüder und Schwestern sich sicher fühlen. Mir ist klar, daß ich Sie nicht von Ihrer Invasion abhalten kann, aber können Sie nicht wenigstens bis zum Morgen warten?«

»Auf keinen Fall.«

»Was versprechen Sie sich davon, unsere Anhänger zu dieser unchristlichen Zeit zu wecken?«

»Es haben sich Dinge ergeben, Bruder Pluto, die die sofortige Durchsuchung nötig machen.«

»Dinge? Was für Dinge?«

»Das werden Sie bald genug erfahren«, sagte Decker. »Wir fahren zum Orden. Dort können Sie endlich Ihr Telefonat führen, Bruder Pluto. Und wenn ich Sie wäre, dann würde ich meinen Anwalt anrufen.«

» 24 «

Zwei Blocks vom Orden entfernt parkten drei Polizeiwagen. Dazu Detective Bert Martinez' Honda und Detective Tom Websters Audi. Decker lenkte sein Auto hinter einen der Streifenwagen und stieg aus. Er öffnete die Beifahrertür.

»Raus.«

Pluto war verblüfft über Deckers autoritären Ton. Uniformierte Beamte näherten sich dem Auto, die Hände an der Waffe. Besorgt stieg der Guru aus. »Was geht hier vor? Das gefällt mir nicht.«

Decker zeigte seine Marke und gab den Uniformierten ein Zeichen, sich zurückzuhalten. Zu Pluto sagte er: »Ich muß kurz mit meinen beiden Detectives sprechen. Wenn Sie zurück in den Orden wollen, bleiben Sie einfach hier stehen, und seien Sie ruhig.«

»Wohin gehen Sie?« wollte Pluto wissen.

Die Blicke des kleines Mannes klebten an den Uniformen. Decker nahm an, daß Pluto in jungen Jahren tyrannisiert worden war. Und was tat er mit seiner eigenen Macht? Tyrannisierte andere. Decker zeigte auf eine sechs Meter entfernte Stelle. »Ich bin da drüben.« Er nickte den Polizeibeamten zu. »Diese netten Herren werden gut auf Sie aufpassen.« Zu den Beamten sagte er: »Laßt ihn nicht aus den Augen.«

Martinez und Webster waren bereits aus ihren Autos gestiegen. Martinez' vollem Gesicht sah man die Müdigkeit an, aber seine braunen Augen waren wach und aufmerksam.

Webster, der jünger und besser in Form war, schien die späte Stunde mit Fassung zu tragen. Sein Gesicht war noch relativ glatt, und er hatte nur angedeutete Tränensäcke unter den blauen Augen. Decker kam sich ihm gegenüber wie ein weiser alter Mann vor.

Eine Rolle, die ihm nicht sonderlich gefiel.

Webster reichte Decker die Durchsuchungsbefehle. »Ist alles koscher.«

Martinez fügte hinzu: »Überprüft und nochmals überprüft. Aber wenn du willst, kannst du sie auch noch mal durchschauen.«

Decker wollte. Während er sich durch den Juristenjargon kämpfte, fragte er: »Habt ihr was von Dunn und Oliver gehört? Ich hab ihnen gesagt, sie sollen euch anrufen, wenn's was Neues gibt, während ich Prinz Charming am Hals hatte.«

»Marge hat sich zum letzten Mal vor zwanzig Minuten gemeldet«, nuschelte Webster. »Die Spurensicherung hat nichts gefunden, was auf das Haus als Tatort hindeutet, darum bleiben sie und Scott noch da. Sie haben vor, bei Morgengrauen das ganze Gelände zu durchkämmen ... hielten es für besser, in Central City zu übernachten, als hin und her zu fahren.«

»Klingt vernünftig.« Decker sah auf die Uhr. Inzwischen war es zwei. »Die haben sich ja nicht lange mit Benton aufgehalten. Sie haben wohl kein Geständnis von ihm bekommen.«

»Wenn ja, haben sie nichts davon gesagt«, meinte Martinez.

»Ich frag mich, warum sie so früh Schluß gemacht haben.«

»Weil der dickköpfig ist wie nur irgendwas«, sagte Webster. »Er hat seine Version, und an die hält er sich.«

»Und wie lautet seine Version?« fragte Decker.

»Er war's nicht. Dunn sagt, er wiederholt ständig dasselbe Mantra. ›Ich hab nix gemacht, ich hab nix gemacht.' Sie hatte das Gefühl, sie hätten ihn einen Monat lang befragen können und nichts anderes aus ihm rausgekriegt.«

»Es muß ja kein Monat sein«, knurrte Decker. »Aber zwei Stunden sind ein bißchen dünn.«

»Der Sheriff behält Benton in der Zelle, bis die Suche beendet ist«, sagte Martinez. »Dunn und Oliver wollen ihn noch mal vernehmen, nachdem sie das Gelände durchkämmt haben. Wenn sie entsprechendes Beweismaterial finden, haben sie was, worauf sie sich stützen können.«

»Oder zumindest einen neuen Ansatz für ihr Verhör«, ergänzte Webster. »Im Moment haben sie gar nichts, weil die Gerichtsmedizin nur geringe Spuren von Novas Blut im Farmhaus gefunden hat. Sie sagt, das entspräche den Spuren, die beim Transport der Leiche von der Haustür zur Küche heruntergetropft sind.«

»Wer sagt das?«

»Dr. Little«, sagte Martinez. »Wir haben vor etwa einer Stunde mit ihr gesprochen. Die Leiche war längst ausgeblutet, als sie in den Schrank gestopft wurde.«

»Bentons Hühnerschlachtmethode?« fragte Decker.

Martinez und Webster tauschten Blicke, warteten auf Deckers Erklärung.

»Läßt man nicht Hühner ausbluten, indem man ihnen den Kopf abhackt und sie an den Beinen hochhält?« fragte Decker.

Martinez zuckte die Schultern.

»Keine Ahnung«, meinte Webster.

»Novas Kopf wurde abgetrennt«, sagte Decker.

»Willst du damit sagen, daß Benton Nova für ein Huhn gehalten hat?«

»Sehr komisch, Tom.«

»Ich bin für nichts verantwortlich, was ich um zwei Uhr morgens von mir gebe.«

»Ich sage ja nur, daß Benton Erfahrung mit dem Ausbluten hat.«

»Glaubst du, er hat es getan, Loo?« fragte Webster.

»Im Moment habe ich noch meine Zweifel, aber die entsprechenden Beweise könnten mich überzeugen.«

»Allerdings hat Benton die letzten beiden Nächte bei einer Frau verbracht, Loo«, gab Martinez zu bedenken. »Und das ist – laut Little – der Zeitraum, in dem Nova ermordet wurde. Die Frau heißt Ruth ...« Er blätterte in seinen Notizen. »Ruth ...«

»Ruth Young«, sagte Decker. »Johannsen hat mir von ihr erzählt. Sie hat Benton ein Alibi gegeben?«

»Jep. Aber Marge hat gleich darauf hingewiesen, daß Benton trotzdem viele Stunden allein im Haus war.«

Decker fuhr sich durch das schmutzige, verschwitzte Haar. Es kam auf das unterstützende Beweismaterial an. Zu Tom gewandt, sagte er: »Du hast gerade gesagt, daß sie menschliches Blut im Haus gefunden haben.«

»Die Tropfen, die ein ausgebluteter Torso auf dem Weg zur Küche hinterlassen hätte.«

Decker rekapitulierte: »Also werden Oliver und Dunn, nachdem sie auf der Farm mit der Suche nach Beweisen fertig sind, Benton erneut verhören?«

»Das haben sie vor«, bestätigte Martinez. »Sie rufen dich

an, wenn es hell wird, und halten dich auf dem laufenden.« Er hielt Decker einen Zettel hin. »Oder du kannst sie anrufen, wenn du willst, Loo. Aber dort, wo sie übernachten, gibt es nur ein öffentliches Telefon.«

Decker überlegte, sagte dann: »Sie sollen sehen, daß sie ein paar Stunden Schlaf bekommen.«

»Gegen ein paar Stunden Schlaf hätte ich auch nichts einzuwenden«, sagte Webster. »Eins noch, bevor ich es vergesse. Marge läßt fragen, ob du je von einer Einrichtung namens ...« Er zog seinen Notizblock heraus und blätterte. »Namens Harrison gehört hast. Sie meint, das sei eine Entzugsklinik in Saugus.«

»Harrison ...« Das kam ihm bekannt vor. Decker versuchte, sich zu erinnern. Er hatte über zehn Jahre in Foothill gearbeitet – bei der Mordkommission, dem Dezernat für Sexualverbrechen und dem für Gewaltverbrechen. Saugus gehörte zu Foothill. »Ein grünes, zweistöckiges Holzhaus, in dem ein Rehazentrum untergebracht ist. Acht Zimmer plus einem Hausmeisterzimmer im Keller. Leute, die einen Drogen- oder Alkoholentzug hinter sich hatten, aber es gab auch ein paar GBs.«

»GBs?« fragte Martinez

»Geistig Behinderte«, erklärte Decker. »Eine Frau namens Flora ... nein, nicht Flora ... Florine ... Florine Vesquelez hatte die Leitung. Nicht nur von Harrison, auch noch von den anderen offenen Einrichtungen in Foothill. Eine tüchtige Person. Was ist mit Harrison?«

»Benton war dort fünf Jahre lang als eine Art Hausmeister«, erwiderte Webster.

»Hat er da gearbeitet oder gewohnt?«

»Beides. Da hat er auch Jupiter kennengelernt. Er sagt, Jupiter sei eines Tages einfach aufgetaucht und hätte sich mit ihm unterhalten. Schließlich hat Jupiter ihn auf die Farm geholt.«

»Wie lange ist das her?« fragte Decker.

»Zehn Jahre.«

»Also war es während meiner Zeit in Foothill. Ich kenne immer noch eine Menge Leute dort. Ich kümmere mich darum. Weißt du, ob Jupiter Insasse von Harrison war?«

»Nicht, als Benton dort war.« Websters Blick wanderte zu Pluto. »Und was machen wir mit Mr. Shorty?«

»Die Lage ist folgende«, sagte Decker. »Wir ermitteln gleichzeitig in zwei Mordfällen – Nova und Jupiter. Höchstwahrscheinlich besteht ein Zusammenhang, aber wir wissen es nicht genau. Jupiter kann durch eine selbst zugefügte Überdosis gestorben sein, doch jetzt sieht es eher nach Mord aus, weil er mehr als nur Spuren von Arsen im Körper hatte. Soweit alles klar?«

»Sonnenklar«, erwiderte Webster.

»Es sieht so aus, als sei Nova nicht im Farmhaus ermordet worden; ob auf dem Grundstück, wissen wir noch nicht. Es könnte sein, daß er auf dem Gelände des Ordens ermordet wurde und jemand die Leichenteile zur Farm geschafft hat. Laut Asnikov hatten außer Jupiter nur drei Leute Zugang zur Farm – Venus, Bob und Pluto. Wenn das stimmt, sind alle drei Verdächtige. Könnt ihr mir folgen?«

»Wir stehen dir fast auf den Füßen«, sagte Martinez.

»Außerdem muß ich die drei Verdächtigen wegen Jupiters Tod verhören, da die Arsenvergiftung eine ganz neue Spur ist. Die Durchsuchungsbefehle geben uns die Gelegenheit, uns gründlich umzusehen. Alles, was wir finden, können wir als Beweisstücke mitnehmen. Tom, du durchsuchst die Räume, in denen die Wäsche gewaschen wird – Becken und Waschmaschinen –, nach blutigen Kleidungsstücken. Dann überprüfst du die Toiletten, Badewannen und Abflußrohre auf Haare und Knochenstücke. Martinez, du fängst mit Novas Zimmer an. Außerdem suchen wir nach allem, was Arsen enthalten könnte. Ich nehme mir den Werkzeugschuppen vor. Ich meine, ich hätte dort Rattengift gesehen.«

Totenschädel.

»Das wird aber einige Zeit dauern«, meinte Webster.

»Wahrscheinlich bis zum Mittag«, stimmte Decker zu. »Da ihr hier beschäftigt seid und Dunn und Oliver noch in Central

City festsitzen, werde ich jemand anderen auf die Verschwundenen Lyra und Andromeda ansetzen.«

»Was für ein Schlamassel!«

»Das sind Verbrechen meistens.«

Sobald sich die Autos dem Gelände näherten, begannen die drei Dobermänner drohend zu bellen. Decker stieg aus und knallte die Tür zu. Die anderen folgten.

Zu den sechs Uniformierten sagte Decker: »Bleiben Sie mit gezogener Waffe hinter den Autotüren in Deckung, bis ich Ihnen ein Zeichen gebe. Dann möchte ich, daß sich zwei an der Nordseite, zwei an der Südseite und zwei hinter dem Gelände postieren. Keiner verläßt seinen Posten, bevor ich nicht das Zeichen dazu gebe. Irgendwelche Fragen?«

Es kamen keine.

»Dann los.«

Martinez deutete auf die Wachhunde. »Was machen wir mit den Krokodilen im Burggraben, Loo?«

Keiner konnte sich dem Tor nähern, an dem jetzt die Dobermänner ihre scharfen Zähne fletschten.

»Hast du ein paar Hühner mitgebracht, Loo? Vielleicht könnten wir die Biester damit ablenken«, schlug Webster vor.

Decker war nicht in der Stimmung für witzige Bemerkungen. Sein Kopf tat ihm weh, und sein Mißmut wurde allmählich zu Wut.

Mit verächtlichem Grinsen meinte der Guru: »Sieht aus, als hätten Sie ein Problem, Lieutenant.«

Decker riß sich zusammen. »Rufen Sie Ihre Monster zurück.«

Auf heimatlichem Territorium zeigte Pluto wieder seine alte Selbstsicherheit. Er schnaubte nur. »Die Hunde betrachten Sie als Feind. Sie tun nur das, wozu wir sie ausgebildet haben.«

»Hören Sie, Freundchen. Es ist mitten in der Nacht, und ich habe noch viel Arbeit vor mir. Ich habe alle erforderlichen

Papiere, und Sie behindern mich. Ich bin kurz davor, Sie wegen Behinderung der Justiz zu verhaften.«

»Ihre Müdigkeit macht sich bemerkbar.« Der kleine Mann genoß seinen kurzen Machttrip. »Und Sie haben nicht bitte gesagt.«

Decker knirschte mit den Zähnen und zog die Handschellen heraus.

»Okay, okay«, lenkte Pluto rasch ein. »Keinen Sinn für Humor.«

Er ging zum Tor und beruhigte die Hunde. Dann schloß er das Tor auf.

Sowie Pluto das Grundstück betreten hatte, sprang der größte der Hunde an ihm hoch und leckte ihm das Gesicht ab. Er warf ihn fast um.

Pluto war nicht liebesbedürftig. »Runter, Dancer, sofort!« Er griff nach dem Stachelhalsband des Hundes und zwang ihn mit einem scharfen Ruck auf alle vier Pfoten. Dann drehte er sich zu Decker um. »Das ist alles nur Angabe, wissen Sie.«

»Sie haben dreißig Sekunden, um die Hunde wegzubringen, bevor ich eingreife«, sagte Decker.

»Ich erzittere.«

»Fünfundzwanzig.«

»Kommt, Jungs«, sagte Pluto und dehnte die Sache so lange wie möglich aus. »Die Gestapo will rein.«

Mit Dancer am Halsband schlenderte Pluto auf die Eingangstür zu, die beiden anderen Tiere folgten dicht auf.

An der Stahltür wirkte Pluto wie ein kleiner, stämmiger Schatten vor einer gewaltigen Festung. Von dort, wo Decker stand, wirkte der Komplex im bleichen Sternenlicht wie ein uneinnehmbarer Bunker. Pluto hatte das Außentor aufgelassen, und Decker überlegte, ob er ihm auf das Gelände folgen sollte. Aber zwei der Hunde liefen immer noch frei herum.

Pluto tippte eine Reihe von Zahlen auf eine Schalttafel. Ein lautes Summen erklang, und er drückte die Eingangstür auf. Er machte einen Schritt hinein.

Als der kleine Mann die Schwelle überschritt, erfüllten zwei dröhnende Explosionen die stille Nachtluft. Die erfahrenen Veteranen Decker und Martinez warfen sich sofort zu Boden und zogen instinktiv den verdutzten Webster mit nach unten, während Pluto wie von einer Sturmbö zurückgeschleudert wurde.

Blut strömte aus Brust und Kopf des kleinen Mannes. Der Guru fiel, sein Schädel krachte auf den harten Boden. Gleich darauf feuerten die Uniformierten ganze Salven ab. Blendend helle Blitze aus der Eingangstür des Komplexes antworteten ihnen.

Das waren automatische Waffen!

»Scheiße!« schrie Decker und warf schützend die Arme über den Kopf. »Scheiße, Scheiße, Scheiße!« Den Bauch gegen den Boden gepreßt, brüllte er: »Feuer einstellen! Stellt das verdammte Feuer ein!«

Noch ein paar vereinzelte Schüsse von den Uniformierten, dann tödliche Stille.

Einer der Hunde hatte den Schußwechsel nicht überlebt.

Der zweite schickte ein durchdringendes Heulen gen Himmel.

Decker hob die brennenden Augen und versuchte, durch den Rauch des Gewehrfeuers etwas zu erkennen. Dancer, der dritte und größte Dobermann, wimmerte mitleiderregend und leckte das Blut von Plutos Kopf.

Durch den Rauch ertönte eine laute Stimme. Ein böser Zauberer von Oz durchdrang den Nebel und den Gestank des Schießpulvers: »Ich konnte den Mann nie leiden.«

Die Stimme in der Nacht.

Bobs Stimme.

Er brüllte: »Sagen Sie ihnen, sie sollen aufhören! Wir haben Kinder hier drinnen.«

Um Decker drehte sich alles. »Nicht schießen!« rief er erneut.

Die Stille dehnte sich.

Decker hörte nur seinen schnellen, rasselnden Atmen. »Alles noch ganz?« flüsterte er.

»Mir ist nichts passiert«, flüsterte Martinez zurück.

»Tom?«

Webster zitterte so sehr, daß er sich nicht bewegen konnte. Schließlich griff er sich an die Eier. »Alles heil.«

Immer noch Stille.

Dann ertönte wieder die Stimme.

»Sie sind sehr aufdringlich, Lieutenant! Wie ein Zufallsfaktor, der sich nicht einschätzen läßt. Sie gehn mir auf den Geist!«

Decker fand seine Stimme wieder. »Das war nicht meine Absicht, Bob.«

»Der Weg zur Hölle ist mit guten Absichten gepflastert. Und genau das haben Sie hier, Lieutenant. Eine langen gepflasterten Weg zum heißesten Hades.«

Wieder ein langes Schweigen, das von dem Heulen ferner Sirenen unterbrochen wurde.

Bob schrie erbost: »Sie sollten besser *Ihre* Monster zurückrufen, Decker. Wenn sie aufdringlich werden, wird mir das nicht gefallen. Wie gesagt, wir haben Kinder hier drinnen! Ich weiß, wie sehr Sie und ihre Freunde da draußen Kinder mögen!«

Decker wurde übel. Er brüllte: »Wenn Sie nicht schießen, Bob, dann schießen wir auch nicht. Wir wollen nicht, daß jemand verletzt wird.« Er sah hinüber zu dem leblos daliegenden Pluto. Die Blutströme waren zu kleinen Rinnsalen geworden. Ausgeblutet. »Wir wollen nicht, daß es noch *mehr* Verletzte gibt.«

Die Sirenen wurden lauter.

Decker rief: »Ich krieche jetzt rüber zu meinem Wagen, Bob. Ich muß meinen Männern Anweisungen geben … um Mißverständnisse zu vermeiden.«

»Sie sind kein Tier, Decker«, schrie Bob. »Wenn Sie von da weg wollen, gehen Sie aufrecht wie ein Mensch! Ich will Sie sehen!«

»Der ist vollkommen durchgeknallt!« flüsterte Martinez.

»Haben Sie verstanden?« brüllte Bob.

»Ja, ich hab Sie verstanden! Aber ich halte das für keine gute Idee, Bob!«

»Ich habe Kinder hier, Decker. Kleine Kinder mit strahlenden Gesichtern. Sie geben prima Titelbilder ab für all die großen Zeitschriften. Verstehen Sie, was ich damit sagen will?«

Decker wußte verdammt gut, was er meinte.

»Das ist wie mit dem hypothetischen Graviton«, fuhr Bob fort. »Es ist da, aber man kann es nicht sehen. Sie müssen mir glauben, oder wir bekommen ein echtes Problem.«

Deckers Gesicht war schweißnaß. »Tu das nicht!« riet ihm Webster.

»Halt die Klappe, und hör zu!« fuhr Decker ihn an. »Wenn ich aufstehe, kriecht ihr beiden hinter den Polizeiwagen in Deckung.«

»Sir, ich …«

»Das ist ein Befehl, Webster! Findet alles über diesen Bob Ross raus, sobald ihr in Sicherheit seid. Ruft Europa Ganz an. Sie hatte mal was mit diesem Drecksack.«

»Decker!« brüllte Bob. »Ich verliere die Geduld!«

»Sobald ich mich aufrichte«, flüsterte Decker seinen Männern zu, »kriecht ihr los. Jetzt!« Decker zwang sich Zentimeter für Zentimeter auf die Knie hoch.

So sichtbar wie der Mond.

Langsam stand er auf.

So sichtbar wie die Sonne.

Er blieb bewegungslos stehen … und wartete.

Nichts.

Mit winzigen Schritten bewegte er sich rückwärts auf die Autos zu.

Bob brüllte: »Kommen Sie ja nicht auf dumme Gedanken. Wir haben Infrarot-Sichtgeräte. Wir können Sie ganz genau sehen. Und heben Sie die Hände über den Kopf.«

Decker hielt die Arme hoch. »Alles klar.« Ein rascher Blick über die Schulter; er sah, daß Webster und Martinez es geschafft hatten.

»Keine Bewegung!« brüllte Bob.

Decker erstarrte. »Bob, ich muß meinen Männern Befehle geben, zum Schutz aller Beteiligten.«

»Dann rufen Sie eben. Laut«, schrie Bob. »Warum konnten Sie uns nicht in Ruhe lassen, Sie …«

Die Sirenen übertönten ihn. Polizeiwagen, deren blaue und rote Lichter stroboskopisch aufflammten. Einer nach dem anderen fuhr heran, brachte mehr und mehr Beamte, die mit gezogener Waffe heraussprangen und hinter den Türen in Deckung gingen. Fünf, sechs, sieben … Captain Strapp würde bald hier sein.

Noch einer und noch einer. Ein Dutzend insgesamt.

Endlich verstummten die Sirenen, nur die grellen Lichter pulsierten noch – als hätte jemand auf der Fernbedienung den Ton weggedrückt, um diese Szene aus einer Polizeiserie lautlos zu genießen. In der Stille war Deckers Stimme gut zu hören.

»Nicht schießen!« brüllte Decker. Dann noch lauter, nur um sicherzugehen. »Nicht schießen!«

Stille.

Immer noch rotierten die Lichter auf den Polizeiwagen. Blau, rot, blau, rot, blau, rot … hypnotisierend.

Decker spürte, wie sein Herz mehrfach aussetzte; der Herzschlag dröhnte ihm in den Ohren. Er konnte nicht ewig so stehen bleiben, als Zielscheibe für die Psychospielchen eines Verrückten.

»Ich gehe jetzt zu einem der Wagen.«

»Bleiben Sie da, wo ich Sie sehen kann!« verlangte Bob.

»Nein, Bob, das werde ich nicht.« Pause. »Denken Sie an das Graviton. Sie improvisieren nicht, und wir auch nicht. Dieses Spiel heißt Vertrauen.«

Keine Antwort.

»Bob, hören Sie mich?«

Nichts.

Mit fast unmerklichen Bewegungen schob sich Decker rückwärts auf den nächsten Polizeiwagen zu.

Eine Sekunde, zwei Sekunden, drei, vier, fünf …

Es dauerte fast eine Minute, bis er an die Motorhaube stieß. Sein erster Instinkt war, einen Satz hinter die Tür zu machen.

Aber damit hätte er Furcht gezeigt.

Laß den Feind niemals sehen, daß du schwitzt!

Sein Gesicht war schweißnaß, also war es dafür zu spät.

Er zwang sich, nicht sofort in Deckung zu gehen.

Bob schien stolz auf seine perverse Vorstellung von Vertrauen. Decker beschloß, sich das zunutze zu machen. Er rief: »Ich bin immer noch hier, Bob. Leicht zu treffen. Vollkommen ungeschützt. So sehr vertraue ich Ihnen. Ich weiß, daß Sie mich sehen können ...«

»Ich hab Sie genau im Fadenkreuz«, brüllte der Guru.

»Und Sie können mich hören.«

»Laut und deutlich.«

»Ich habe ein Handy in der Tasche, Bob. Ich gebe Ihnen die Nummer.«

Stille.

Decker rief ihm trotzdem die Nummer zu.

Zehn Sekunden vergingen.

Nichts.

Zwanzig Sekunden.

Immer noch nichts.

Rotierende Lichter.

Dreißig Sekunden.

Das schrille Klingeln durchschnitt die Stille. Decker zuckte zusammen und stellte dann mit zitternden Händen die Verbindung her. »Hallo, Bob.«

»Warum konnten Sie uns nicht in Ruhe lassen, Lieutenant. Jetzt sehen Sie, was Sie davon haben!«

»Einen fürchterlichen Schlamassel.«

»Mehr als ein Schlamassel, mein Freund!«

Mit einer fließenden Bewegung glitt Decker in den Schutz des nächsten Autos. Seine Hände zitterten so stark, daß er fast das Handy hätte fallen lassen. Er holte tief Luft und atmete auf Yoga-Art langsam wieder aus. »Ich glaube, wir sitzen in der Zwickmühle, Junge.«

»Sie sind ein kluges Kerlchen.« Bob lachte. »Stimmt genau. Und falls Sie oder einer Ihrer Leute versucht, den Helden zu spielen, wird für jeden Ihrer Fehler ein Kind sterben. In dieser Hollywoodwelt der schnellen Bilder und knappen Kommentare gibt das bestimmt höchste Einschaltquoten. Die ganze Welt wird Ihr Versagen mit ansehen.«

» 25 «

Decker saß in Martinez' Honda, sprach schnell und wütend. »Uns bleiben noch höchsten fünf Minuten, bis Strapp eingreift und mir den Fall wegnimmt. Ich will, daß ihr zwei von hier verschwindet.«

»Was?« mischte sich Webster ein. »Warum?«

»Wenn ihr hierbleibt, müßt ihr die Fragen des Captains beantworten. Außerdem ist das jetzt ein Fall von höchster Priorität. Wahrscheinlich werden die Bundesbehörden zugezogen. Solange ihr hier Fragen beantwortet, könnt ihr keine Mordfälle lösen. Wenn ihr weg seid, könnt ihr vielleicht was erreichen. Solange Bob mit mir redet, muß ich hierbleiben. Also haut ihr beiden ab. Mir wird schon eine Ausrede für euch einfallen.«

»Was für eine Ausrede?« fragte Martinez.

Decker dachte fieberhaft nach. In der Ferne hörte er das Heulen weiterer Sirenen. »Hat sich einer von euch die Haut aufgeschürft, als er sich zu Boden warf?«

»Ich glaube, ich hab mir das Knie angekratzt«, sagte Webster.

»Prima!« rief Decker. »Ich habe befürchtet, daß die Wunde

von einem Streifschuß stammen könnte und Martinez mit dir ins Krankenhaus geschickt, um das untersuchen zu lassen.«

Das Sirenengeheul wurde lauter, die großen Bosse waren im Anmarsch. »Tom, ruf Dunn und Oliver an. Sie sollen nach Los Angeles zurückkommen, aber sich nicht beim Orden blicken lassen, bis sie von mir hören. Und in der Zwischenzeit informiert ihr sie.«

»Verstanden.«

»Außerdem findet alles über Guru Bob alias Bob Ross raus. Überprüft sämtliche Dateien im Polizeicomputer. Aber mein Gefühl sagt mir, daß Europa unser aussichtsreichster Kandidat ist. Dreht sie durch die Mangel. Sobald wir mehr über Bob wissen, kriegen wir vielleicht raus, warum er das hier macht. Und dann können wir hoffentlich eine Strategie entwickeln.«

Die Sirenen waren jetzt sehr nahe. Decker mußte brüllen. »Irgendwann werden sie das Ordensgelände stürmen oder Leute einschleusen wollen. Das SWAT-Team wird Marge, Scott und mich brauchen, weil wir drinnen waren. Ich war in Teilen des Komplexes, Marge und Scott in anderen. Sie werden mit unserer Hilfe einen Lageplan erstellen wollen. Das ist unser As im Ärmel – so können wir ihr Interesse wachhalten und Zeit schinden. Wäre nett, wenn wir jemanden finden, der sich da drinnen wirklich auskennt. Irgendwelche Vorschläge?«

»Was ist mit Reuben Asnikov? Vielleicht kennt der ein paar ehemalige Sektenmitglieder, die uns helfen können«, meinte Webster.

»Macht euch an ihn ran«, erwiderte Decker.

»Die Chefs sind da«, sagte Webster.

Decker sprang aus dem Honda, als Strapps Wagen den Kies aufspritzen ließ. Er schlug mit der flachen Hand auf die Motorhaube. »Los!«

Martinez gab Gas, und der Honda schoß davon. Während Strapp aus seinem Wagen stieg, trabte Decker davon und versuchte, sich im Schatten zu verstecken. Er wählte die Nummer des Ordens. Als nach dem zwanzigsten Klingeln nicht abgehoben wurde, unterbrach er die Verbindung und beschloß, sich seinem Chef zu stellen. Doch da klingelte sein Handy.

Decker drückte auf den Knopf. »Mir wird die Sache gleich aus der Hand genommen, Bob.« Er wartete auf eine Antwort, aber es kam nichts. »Die höheren Ränge werden übernehmen. Sie werden wahrscheinlich das FBI zu Hilfe rufen, obwohl das genaugenommen kein Fall für die Bundesbehörden ist. Jemand wird vermutlich mein Handy konfiszieren. Ich will wenigstens so höflich sein, Ihnen zu sagen, daß das nicht meine Idee war.«

»Das gefällt mir nicht. Die vom FBI sind Hitzköpfe. Denken Sie an Waco.«

»Ich würde ja gerne hierbleiben, Bruder Bob, aber genau wie in Ihrer eigenen Organisation gibt es auch bei uns eine Hackordnung. Ich stehe ganz weit unten in der Rangfolge.«

»Genau das ist es, was mit unserer Welt nicht stimmt«, sagte Bob. »Ich versuche, die Sache klein und persönlich zu halten – ich meine, wir kennen alle am Spiel Beteiligten –, und die Regierung vermasselt das Ganze. Deswegen kommen wir im Wettlauf um den Weltraum nicht voran. Deswegen hinken wir beim Wettrüsten hinterher. Wir verfügen über die Kenntnisse und die Technologie, aber die Bürokraten halten uns zurück. Die und die Fundamentalisten. Die fürchten von Natur aus jeden Fortschritt.«

»Das mag sein, aber es gibt immer noch Realitäten, mit denen wir umgehen müssen. Meine sind meine Vorgesetzten.«

»Ich verhandle nicht mit Ihren Vorgesetzten oder dem FBI, Lieutenant. Sagen Sie ihnen das. Und sagen Sie denen auch, daß ich hier drinnen genug Zeug hab, um Oklahoma City wie ein Sandkastenspiel aussehen zu lassen.«

Decker verdaute die Worte. Meinte er etwa Bomben?

Bob fuhr fort: » … sagen Sie ihnen das, Decker!«

»Guru Bob, falls Sie was explodieren lassen wollen, könnten Sie damit warten, bis ich von der Bildfläche verschwunden bin?«

»Zu spät, Lieutenant. Aber ich sag Ihnen was. Falls ich das

alles hochgehen lasse, werde ich denen sagen, daß Sie nichts damit zu tun hatten.«

»Wollen Sie das nicht lieber lassen?«

»Jetzt werden Sie wieder aufdringlich. Sie wollen mich nur ablenken, damit ihr Clowns einen Überfall planen könnt.«

»Man kann den Orden nicht stürmen«, sagte Decker. »Das ist ein Bunker.«

»Klug erkannt!« Ein gekünsteltes Lachen. »Trotzdem würde ich gern zusehen, wie sie es versuchen. Das wäre bestimmt … amüsant.«

Jemand tippte Decker auf die Schulter – Strapp. Decker sagte: »Captain Strapp ist hier, Bruder Bob. Wollen Sie mit ihm sprechen?«

Aber die Leitung war tot.

Der Orden der Ringe Gottes bekam seine üblichen fünfzehn Minuten im Scheinwerferlicht, dazu die albernen Fragen der Fernsehreporter, auf die es keine Antwort gab. Fehlinformationen verbreiteten sich schneller als der Schall und machten es um so schwieriger, Tatsachen und Spekulationen zu unterscheiden. Die Guten hatten ihr Lager hinter einer Barriere aus Polizeiwagen aufgeschlagen – in Autos und Kleinbussen. Die Medienleute hatte man hinter eine Absperrung gedrängt, angeblich außer Schußweite, aber sie hatten ihre Teleobjektive auf strategische Punkte gerichtet. Innerhalb einer Stunde wurden drei verschiedene Behörden hinzugezogen, die eifrig ihre Unwissenheit potenzierten.

Wie erwartet, verlor Decker sofort den Befehl über die Operation, wurde abgelöst von Captain Strapp, der seinerseits durch den Chef der LAPD ersetzt wurde, mit dem Bürgermeister im Schlepptau. Weil Bob Bomben erwähnt hatte, holte der Bürgermeister die ATF und das FBI, um mit dem LAPD eine Einsatztruppe zu bilden. Der stellvertretende Direktor des FBI-Büros von Los Angeles befand sich nicht in der Stadt – er war in Sacramento –, würde aber mit der ersten Maschine am Morgen zurückkehren. Der erwähnte Sprengstoff hatte alle in Angst und Schrecken versetzt. Sowohl Polizei wie auch FBI verfügten über eigene SWAT-Teams und Experten, die auf Geiselnahmen und ähnliche heikle Situationen spezialisiert waren. Quantico war unterrichtet worden, ebenso das Büro des Generalstaatsanwalts, und zwischen den Agenten vor Ort und dem Weißen Haus bestand Telefonkontakt.

Normalerweise hätte man Decker längst weggeschickt. Aber da er als einziger mit Bruder Bob Verbindung hatte, wollten ihn die höheren Chargen dabehalten. Alle waren bereit und warteten darauf, daß es losging – bis auf eine unbedeutende Tatsache: Es tat sich *nichts*.

Die Supertechniker hatten ein paar James-Bond-Spionagefahrzeuge aufgefahren, die nicht nur mit den üblichen MP5-Gewehren der SWAT-Teams ausgerüstet waren, sondern auch mit fremdartigen Scharfschützenwaffen von hoher Durchschlagskraft. Die Waffen waren glatt, schwer und tödlich, ausgerüstet mit den neuesten Infrarot-Sichtgeräten und Zielfernrohren. Im Bus befanden sich außerdem allermodernste Kameras und Überwachungsgeräte.

All das wäre von unschätzbarem Wert gewesen, wenn der Orden seine Mitglieder in Zelten untergebracht hätte. Aber da die Gebäude aus dickem, stahlverstärktem Beton bestanden – und keine der Sicherheitskräfte über Röntgenaugen verfügte –, wußte niemand, was drinnen wirklich geschah. Decker saß verkrampft und gebückt in einem der stahlverkleideten FBI-Monster auf Rädern, ohne Telefon und ohne Job und betrachtete die Monitore, auf denen sich nichts tat. Sein Handy war ihm abgenommen und mit einem Aufzeichnungsgerät des FBI verbunden worden.

Alle warteten darauf, daß es klingelte.

Bei ihm waren drei FBI-Leute. Nummer eins war Special Agent Jan Barak, eine Spezialistin für die technische Ausrüstung. Sie schien Mitte Dreißig zu sein, hatte ein rundes Gesicht und wirkte nervös. Dann saß da Special Agent Darrel Lombardo, der ein bißchen älter schien – ein Afroamerikaner mit Halbglatze. Welche Aufgabe Lombardo hatte, war Decker nicht ganz klar. Wahrscheinlich sollte er ihn bewachen.

Das letzte Mitglied der Dreiercrew war Special Agent Armand McCarry. McCarry war ein Weißer – ein adretter Mann um die Vierzig, gekleidet in einen grauen Anzug, ein weißes Hemd und eine Krawatte mit einem schwarzweißen geometrischen Muster, die ihm lose um den Hals hing. Er hatte ein festes Kinn, hohe Wangenknochen und tief liegende Augen. Der Mann wirkte so angespannt wie ein Stahlkabel und war für den Funkverkehr verantwortlich – gab Befehle an seine Leute durch, nahm Befehle von weit entfernten Vorgesetzten entgegen, koordinierte das ganze Durcheinander mit dem Kommandoposten des Bürgermeisters, der in einem anderen Bus untergebracht war. Zwischendrin stellte er Decker unfreundliche Fragen.

»Wie sind Sie denn in dieses Fiasko hineingeraten?«

»Genau wie Sie in das von Waco und Ruby Ridge«, konterte Decker.

McCarry biß die Zähne zusammen. »Was wissen Sie über Guru Bob?«

»Meinen Sie, wie er aussieht?«

»Damit können Sie anfangen.«

»Ein dünner Bursche von etwa einsachtzig. Hager, mit Schnauzbart. Holen Sie mir einen Polizeizeichner, und ich fertige Ihnen ein Bild von ihm an. Seine Hobbys scheinen Gärtnern und Frauen zu sein. Er sagt, er sei Student an der Southwest University of Technology gewesen und ein Bewunderer von Emil Ganz' Arbeit.«

»Alias Vater Jupiter«, sagte Agent Barak laut. »Der Kopf des Ordens …«

McCarry unterbrach sie. »Jupiter ist vor mehreren Tagen gestorben. Unklare Todesursache. Eine Überdosis. Ein Nachahmer von Heaven's Gate – leere Wodkaflasche und Tabletten.«

Decker nickte. »Gestern abend hat mich die Gerichtsmedizin informiert, daß Jupiter Arsen im Körper hatte.«

McCarry horchte auf. »Also halten Sie es jetzt für Mord.«

»Nicht unbedingt. Dr. Little meint nach wie vor, daß ihn die Kombination aus Alkohol und Tabletten umgebracht hat. Vielleicht ein Unfall oder Selbstmord. Aber dank der Autopsieergebnisse bekam ich Durchsuchungsbefehle für das gesamte Ordensgelände. Was davor nicht möglich war, weil kein hinreichender Verdacht bestand. Wir kamen gegen zwei Uhr morgens hier an …«

»Wer ist wir?« warf Agent Lombardo ein.

»Guru Pluto und ich. Pluto ist der Tote, den Bob umgepustet hat. Er hatte die Wachhunde zurückgepfiffen – die Dobermänner – und wollte das Gebäude betreten, als Bob das Feuer eröffnete.«

McCarry wollte wissen, warum Decker und Pluto um zwei Uhr morgens zusammen gewesen waren.

»Eine gute Frage«, sagte Decker. »Warten Sie, bis Sie die Antwort gehört haben. Wir kamen von der Hühnerfarm des Ordens in Central City, wo wir versucht hatten, einen aufgequollenen, kopflosen Torso aus einem Küchenschrank zu zerren.«

Den Dreien sank der Unterkiefer herunter …

»Die Leiche entpuppte sich als ein weiteres hochrangiges Mitglied des Ordens«, fuhr Decker fort. »Ein Fußpfleger, der sich Guru Nova nannte. Die Leiche war weniger als zwei Tage alt, da wir ihn achtundvierzig Stunden zuvor vernommen hatten. Er hatte Jupiters Totenschein ausgestellt und als Todesursache eine Überdosis angegeben. Wir wollten wissen warum. Er wich unseren Fragen aus. Offensichtlich fürchtete er sich vor jemandem. Wie wir jetzt wissen, war seine Furcht durchaus begründet.«

Baraks Mund öffnete und schloß sich. »Hat Bob auch Nova zerstückelt?«

»Bob steht ganz oben auf unserer Liste. Erst weit danach kommt als zweiter Verdächtiger der Farmarbeiter – ein Mann namens Benton, der im Gefängnis von Central City sitzt. Ich hab zwei meiner Leute dort gelassen, um Benton zu verhören, während ich zurückfahren und die Durchsuchung des Ordens leiten wollte. Als Bob das Feuer auf Pluto eröffnete, stand ich etwa neun oder zehn Meter hinter ihm. Meine Jungs und ich haben uns sofort zu Boden geworfen. Wir konnten uns in Sicherheit bringen. Ich habe den Vorfall gemeldet.« Er hielt inne. »Jetzt wissen Sie alles.«

McCarry spielte mit seiner Krawatte. »Warum hat Bob Nova umgebracht?«

»Ich weiß nicht, ob er es war.«

»Na gut, warum hat er Pluto erschossen?«

»Keine Ahnung.«

»Sie müssen doch eine Theorie haben.«

»Ich habe mehrere, und sie sind alle unvollständig. Bevor ich mir den Mund verbrenne, warte ich lieber, bis ich mehr Fakten habe.«

»Bob übernimmt demnach die Führung des Ordens?« wollte Barak wissen.

»Sieht so aus.«

»Steht ihm noch jemand im Weg?«

Decker erzählte ihnen von Venus.

»Haben Sie eine Ahnung, ob sie noch lebt?« fragt McCarry.

»Nein. Wenn er anruft, kann ich ihn bitten, sie ans Telefon zu holen. Aber Bob ist ein reizbarer Bursche. Er mag keine Forderungen.«

»Sie sagen, Bob war ein Schüler von Ganz«, meinte Barak.

»Ja.«

»Er war also auch Wissenschaftler ... früher?«

»Ich weiß nicht, ob Bob tatsächlich wissenschaftlich gearbeitet hat. Er hatte an der Southwest Astrophysik im Hauptfach, als Ganz als Vater Jupiter wieder auftauchte. Bob folgte ihm in den Orden der Ringe Gottes, der Rest ist Geschichte.«

»Was meinen Sie damit, daß Ganz als Jupiter ›wieder auftauchte'?« fragte McCarry

»Was wissen Sie über Ganz?«

»Sektenführer des Ordens der Ringe Gottes. Seit etwa ... was, zehn Jahren?«

»Fünfzehn.«

»War früher ein bekannter Wissenschaftler.«

»Vor fünfundzwanzig Jahren ließ Dr. Emil Euler Ganz seinen Job und seinen guten Ruf an der Southwest sausen und verschwand. Zehn Jahre lang wußte keiner, wo er war. Vor fünfzehn Jahren kehrte er als Vater Jupiter zurück und gründete den Orden.«

»Wo war er während seiner zehnjährigen Abwesenheit?«

»Das weiß niemand. Seine Familie hielt ihn für tot. Ganz' Frau engagierte Leute, die nach ihm suchten, allerdings erfolglos. Sie gab schließlich auf. Plötzlich tauchte Ganz als Jupiter wieder auf.«

»Wie günstig.«

»Nicht für seine Frau.«

»Wo ist sie?«

»Sie starb vor vier Jahren.«

»Wer hat Ihnen das erzählt?«

»Ganz' Tochter.«

»Ganz hatte eine Tochter?«

»Ganz hatte drei Kinder. Die Tochter ist die einzige, die von Ganz Tod profitiert.« Er erklärte ihnen die Sache mit der Versicherungspolice.

McCarry runzelte die Stirn. »Sie kommen dauernd mit weiteren Kloppern. Was haben Sie mir sonst noch verschwiegen?«

Decker sah McCarry in die Augen. »Ich halte nichts zurück, Special Agent McCarry. Aber ich bin Ihnen um zwei Tage voraus.«

»Können Sie uns sagen, warum es in unseren Computern keinen Bob Ross gibt, auf den Guru Bobs Beschreibung paßt?«

»Ihre Computerdateien sind entweder unvollständig, oder Bob Ross ist nicht sein wirklicher Name. Was mich nicht überraschen würde. Die meisten Sektenmitglieder haben ihren Namen geändert. Die Mehrheit hat sich Planeten- oder Sternennamen zugelegt – Venus, Pluto, Andromeda …«

»Und warum ist Bob … einfach nur Bob?« warf Barak ein.

»Vielleicht um seine Unabhängigkeit zu beweisen.« Decker

zuckte die Schultern. »Venus' richtiger Name ist Jilliam Laham. Früher war sie mit Ganz' Tochter Europa befreundet. Andromeda heißt eigentlich Lauren Bolt. Sie wird übrigens vermißt. Sie und ein zwölf- bis dreizehnjähriges Mädchen namens Lyra sind vor rund achtzehn Stunden aus dem Orden verschwunden.«

»Wollen Sie mich auf den Arm nehmen?« schnaubte McCarry.

»Ich wünschte, es wär so. Gestern hat Pluto wutentbrannt die Polizei angerufen. Er hat uns praktisch beschuldigt, sie entführt zu haben. Was einer der Gründe war, warum wir zur Farm gefahren ... sind Sie sicher, daß Sie sich keine Notizen machen wollen?«

McCarrys Unglaube wurde durch das Klingeln des Handys unterbrochen. Die Bänder liefen an, und McCarry nahm den Anruf entgegen. »Hier ist Special Agent Armand McCarry vom FBI. Sprechen Sie mit mir.«

Guru Bob war stinksauer. »Geben Sie mir Decker!«

McCarry hatte Erfahrung mit dieser Art von Situationen. Er hatte mit den Freemen in Idaho und Montana verhandelt. Der Trick bestand darin, gelassen, aber fest zu bleiben. »Er ist gerade nicht da. Was kann ich für Sie tun, Bob?«

»Für Sie immer noch Guru Bob, Arschloch. Außerdem rede ich nicht mit Idioten, die ich nicht sehen kann ...«

»Ich komme nach draußen.«

»Unterbrechen Sie mich nicht!« brüllte Bob. Decker hörte ihn durch den Empfänger, sah die Stimmkurve auf dem Monitor in die Höhe schießen. »Sie haben eine Minute, um Decker herzuschaffen, Special Agent McCarry, oder ich pulverisiere sechsundneunzig Kinder zu Staub. Ich habe hier überall Plastiksprengstoff und konventionellen Sprengstoff deponiert. Also vergessen Sie einen Sturm auf das Gebäude. Wir haben über dreihundert Pfund von dem Zeug hergestellt – Schwefelsäure, Salpetersäure, Toluol, dazu Gelsprengstoff. Ich habe Batteriezellen voller TNT, mit Fernzündern, außerdem ist das Zeug in Projektilen und Patronen. Wenn Sie denken, daß ich bluffe, schicke ich Ihnen eine Probe für Ihr Labor. Ich ziele auf Ihr Gesicht, Special Agent McCarry, und Sie sind nur noch kosmischer Staub.«

»Verstehe. Ich glaube nicht, daß Sie bluffen, Bob. Ich gebe Ihnen Deck ...«

»Hören Sie auf, mich zu unterbrechen! Solange Sie am Telefon sind, halten Sie die Klappe und hören Sie mir zu! Kommen Sie nicht auf die Idee, uns den Strom abzuschalten. Wir haben eigene Generatoren. Wenn Sie auf irgendeine Weise versuchen, Ihre Muskeln spielen zu lassen, dann werden Sie Ihr blaues Wunder erleben. Ich schaue direkt auf einen Zündschalter, und mir juckt's in den Fingern.«

McCarry sagte: »Ich glaube Ihnen ja, Bob. Ich werde mein Bestes versuchen ...«

»Wie schon Yoda sagt, es gibt keinen Versuch – tu es oder laß es.« Ein heiseres Keuchen. »Und wissen Sie, was ich für Sie tun werde, Special Agent McCarry? Ich werde die Medien anrufen und denen Ihren Namen nennen. Damit sie, wenn sie über die sechsundneunzig in die Luft geflogenen Kinder berichten, der Welt verkünden können, daß Special Agent Armand McCarry sein Bestes versucht hat!«

»Warten Sie, warten Sie ...«

Aber Bob hatte aufgelegt. McCarry fluchte. Er hatte eine laute Stimme, und sein Fluchen hallte im Bus wider. Er schwitzte, als säße er in der Sauna.

Decker hob die Augenbraue, streckte die Hand aus.

Wortlos reichte ihm McCarry das Telefon.

» 26 «

Die Wohnung lag eine Meile von der Universität entfernt, eine Strecke, die sich gut mit dem Fahrrad bewältigen ließ. Was Europa, dem europäischen Rennrad in ihrem Wohnzimmer nach zu urteilen, offensichtlich tat. Sie war eine sportliche Frau und hatte die Zimmerwände mit Fotos von sich behängt – beim Skilaufen auf einer steilen Piste, beim Floßfahren in schäumenden Stromschnellen, in Wanderausrüstung im Urwald und mit einem Mountainbike auf einem hohen Berg. Auf anderen Fotos waren eisige Landschaften unter einem sternenübersäten Himmel zu sehen. Ihr Zugeständnis an das Gewöhnliche bestand in einer Kompaktanlage mit Stereoempfänger, CD-Spieler und einem kleinen Fernsehgerät. Es gab auch ein Regal mit Taschenbüchern, hauptsächlich Romane. Die Möblierung bestand aus zwei beigefarbenen, breiten Polstersesseln, einem Couchtisch, zwei niedrigen Stühlen und einem Teleskop.

Nachdem sie Europa geweckt hatten, gaben Martinez und Webster ihr eine kurze Zusammenfassung der Ereignisse im Orden. Sie stellte sofort den Fernseher an. Um halb vier morgens berichteten alle nationalen wie privaten Sender ausführlich. Die beiden Männer ließen Europa Zeit, sich anzuziehen. Aber als sie ins Wohnzimmer zurückkam, trug sie immer noch ihren grünen Bademantel. Sie hatte ein zerfleddertes Fotoalbum in der Hand.

Europa schob sich die weichen Ponys aus der Stirn und sagte: »Ich hab ein paar alte Fotos von ihm gefunden. Weiß nicht, ob die Ihnen weiterhelfen.«

Sie zeigte den Detectives die kreuz und quer eingeklebten Fotos. Der Mann auf den Schnappschüssen war spindeldürr, hatte langes Haar und einen Vollbart. Er trug ausgestellte Jeans und ein Hemd, das mit grellbunten tropischen Früchten bedruckt war. Den Arm hatte er um eine Frau gelegt, die ebenfalls sehr dünn war. Sie hatte strähniges, mausbraunes Haar und trug große Ohrringe. Dazu eine Stahlrandbrille und Schuhe mit Plateausohlen.

Europa merkte, daß Webster sie ansah. »Hippieklamotten. Sie waren wahrscheinlich noch zu jung.«

Webster lächelte. »Sie schmeicheln mir.«

Martinez betrachtete die Fotos. »Mehr wie eine Mischung aus Hippie und Disco.«

»Sehr genau beobachtet«, bemerkte Europa.

»Hippies hätten Earth Shoes getragen.«

»Studentenprotestler oder Veteran?«

»Veteran.«

»Sie Armer.«

»Ich weiß«, seufzte Martinez. »Ich hab die Hölle gesehen und den ganzen Spaß verpaßt.«

Sie betrachtete sich auf den Schnappschüssen. »Sie haben vollkommen recht. Das war nach der Hippiezeit, obwohl die Southwest nie eine Hochburg der Antikriegs-Bewegung war. Das ging nicht, weil die Waffenindustrie den halben Campus finanziert hat … modernste Laboratorien. Wir haben einen super Teilchenzerschmetterer – zweieinhalb Meilen lang. Die Dinger sind nicht gerade billig.«

Europa nahm die Fotos aus dem Album. »Die können Sie gern mitnehmen. Gott weiß, warum ich die überhaupt aufgehoben habe. Bob war nicht gerade die Liebe meines Lebens.«

Sie sah zum Fernseher hinüber. Nichts als Schwenks über das menschenleere Ordensgelände. Dann ein plötzlicher Schnitt auf das Durcheinander von Polizei und FBI.

Martinez musterte die Fotos. »Bobs Nachname ist Ross?«

»Als ich ihn kannte, nannte er sich Robert Ross«, sagte Europa. »Behauptete, er käme von der Ostküste. Aus New Jersey. Näselte beim Sprechen. Setzen Sie sich doch. Kann ich Ihnen etwas anbieten?«

»Nein, vielen Dank.« Webster hockte sich auf einen Stuhl. »Er heißt also tatsächlich Ross?«

»Vielleicht«, erwiderte Europa. »Bei Bob weiß man das nie

so genau. Er hat immer irgendwas verheimlicht. Das ist keine Einbildung, sondern eine Tatsache. Er ist schon sehr früh von der Southwest geflogen. Warum ich Ihrem Lieutenant gegenüber dieses pikante Detail nicht erwähnt habe? Weil Bob nicht im Mittelpunkt seiner Ermittlung stand, sondern mein Vater, und es nicht wichtig schien. Aber jetzt ist es wichtig. Setzen Sie sich, Detective Martinez.«

Martinez setzte sich auf einen Sessel. Europa hockte sich auf die Lehne des anderen.

»Bob tauchte eines Tages im Studentenwohnheim auf und stellte mir Fragen über meinen Dad«, begann Europa. »Das war nicht ungewöhnlich. Schließlich war die Southwest die Uni des großen Ganz gewesen, und ich war die Tochter des großen Ganz. Ich fand es nervig, daß mich jeder nach meinem Vater fragte, aber ich blieb höflich.«

»Was hat er für Fragen gestellt?« wollte Webster wissen.

»Das war sechs Monate vor Dads wundersamer Rückkehr. Damals hieß das beliebteste Gesellschaftsspiel an der Uni *Wo um alles in der Welt ist Dr. Emil Ganz?* Bob wollte wissen, ob ich Informationen über den Aufenthaltsort meines Vaters hätte. Als würde ich was verheimlichen.«

Sie umklammerte das Fotoalbum und seufzte.

»Bob hatte einen Notendurchschnitt von 3. Und das war, nachdem die Anforderungen gesenkt worden waren. Die Unis kamen den Studenten entgegen, obwohl die Wehrpflicht inzwischen aufgehoben worden war. Zehn Jahre früher wäre Bob glatt durchgerasselt. Nach dem alten Bewertungssystem lag sein Notendurchschnitt näher an einer 6.«

»Warum waren seine Leistungen so schlecht?« fragte Webster.

»Man kann sich nur schwer auf Mathematik konzentrieren, wenn man das Hirn voller Halluzinogene hat. Aber es gab andere an der Uni, die trotz Drogen gut waren. Bob war ein seltsamer Typ. Außerdem glaube ich, daß er nur durch Beziehungen an die Southwest gekommen ist.«

Martinez schrieb eifrig mit. »Wer hat ihm geholfen?«

»Ich weiß nicht, ob ihm jemand geholfen hat oder ob sein Dad Geld gespendet hat oder Bob vielleicht einen Onkel hatte, der ein ehemaliger Student der Southwest war. So was fragt man nicht. Es ist unhöflich.«

Plötzlich verstummte sie. Ihr Gesicht verzog sich schmerzlich.

»Ich kann es nicht fassen, daß Bob den armen Kerl einfach so abgeknallt hat. Gab es Auseinandersetzungen im Orden … war der Mann eine Bedrohung für ihn?«

»Das weiß ich nicht«, antwortete Webster. »Meinen Sie, Bob würde gewalttätig, wenn er sich bedroht fühlt?«

»Bob war immer äußerst mißtrauisch.« Sie lachte. »Kein Wunder. Schließlich tat er eine Menge illegaler Dinge. Da schaut man wahrscheinlich dauernd hinter sich. Zurück zu Bob und der Uni. Wie soll ich das ausdrücken?« Sie überlegte. »Bob hatte einige wirklich interessante Geistesblitze.«

»Sie meinen Visionen?« fragte Martinez.

»Nein, nein, nein«, wehrte Europa ab. »Obwohl er bestimmt genug Drogentrips hinter sich hatte. Ich rede von mathematischen Geistesblitzen. Teillösungen für uralte Probleme – was in abstrakter Mathematik und Physik die Spreu vom Weizen trennt.«

»Ich kann Ihnen nicht folgen«, sagte Webster.

»Das ist schwer zu erklären«, meinte Europa. »Die wahren Genies haben oft diese erhellenden inneren Vorstellungen von mathematischen Lösungen – eine bildliche Darstellung, eine Grafik, ein Diagramm oder ein Objekt –, bevor sie mit den eigentlichen Berechnungen überhaupt beginnen. Einstein visualisierte zum Beispiel seine Relativitätstheorie. Er sah, wie sich der Raum in Anwesenheit dunkler Materie krümmt, er sah, wie sich die Zeit verzerrt und Objekte sich verkürzen. Sie alle – Euler, Fermat, Gauß, Bohr, Heisenberg, Hawking, die berühmten Feynman-Diagramme, die Riemannschen Summen, die die Grundlage für die Differentialgeometrie bilden. Die Großen scheinen diese unheimliche Fähigkeit zu haben, Bilder zu sehen, die Antworten auf mathematische Probleme geben. Natürlich brauchen sie dann die Zahlen, um den entsprechenden Beweis zu erbringen. Aber Zahlen sind selten der Ausgangspunkt. Als Einstein versuchte, seine Theorie den Zahlen anzupassen, unterlief ihm einer der größten Schnitzer seines Lebens.«

»Bob hatte also diese genialen geistigen Bilder?« fragte Webster.

Europa lächelte. »Ich glaube, das Wort, das ich benutzte, war Blitze. Er hatte diese kurzen Geistesblitze, aber aus ihnen entwickelte sich nie etwas Bedeutendes, weil a) Lösungen Beharrlichkeit und Geduld und Arbeitsmoral erfordern, was Bob alles nicht besaß, und b) Mathematik nicht Bobs Stärke war. Klar, er konnte einer Gruppe von Ingenieurstudenten Differentialrechnung beibringen. Aber man braucht mehr als Grundwissen, um ein brillanter Astrophysiker zu sein. Ich weiß nicht, ob Bob einfach faul war oder es ihm hier oben fehlte.« Sie tippte sich an die Stirn.

»Er wurde rausgeworfen?« fragte Martinez.

»Ja, aber nicht, weil er durchgerasselt ist. Er wurde von der Uni verwiesen, weil er Geld unterschlagen hat. Er hätte ins Gefängnis gehört. Aber weil er sagte, er würde keinen Aufstand machen, haben sie ihn gehen lassen.«

»Erzählen Sie«, bat Webster.

»Er saß in der Mensa an der Kasse. Wenn es während der Mittagszeit hektisch wurde, zahlten die Studenten oft mit einem Dollar, auch wenn es nur neunzig Cent kostete, und warteten nicht auf das Rückgeld. Bob tippte diese Verkäufe nicht ein und behielt einfach den Dollar. Außerdem klaute er Geld, indem er den Sachen auf den Tabletts im Kopf weitere hinzufügte. Er war gut in Kopfrechnen. Er nannte den Kunden immer die exakte Endsumme – inklusive Steuer und allem. Diese Verkäufe tippte er ebenfalls nicht ein. Er behielt das Geld und nahm das Wechselgeld aus seiner eigenen Tasche. Und er war clever dabei. Er tippte genug in die Kasse ein, damit es nicht auffiel. Trotzdem kam er so täglich auf fünfzig bis sechzig Dollar. Und das fünf Tage pro Woche. Rechnen Sie selbst.«

»Er muß eine Menge Kleingeld mit sich rumgeschleppt haben.«

»Nee. Wenn er Kleingeld brauchte, wechselte er in der Kasse einen Zwanziger. Die Abrechnung stimmte immer einwandfrei. Schließlich hat ihn eine wütende Freundin verpfiffen.« Sie schüttelte den Kopf. »Er schaffte es immer wieder, daß andere die Drecksarbeit für ihn machten.«

»Sie eingeschlossen?« fragte Webster.

»Ich hab nicht für ihn geklaut, aber er hat mich zu Drogen überredet. Wir haben zusammen Trips geworfen. Ich war einsam, und wir vermißten beide meinen Vater.« Nachdenklich hielt sie inne. »Genau genommen, besaß Bob eine Menge von Dads schlechten Eigenschaften – er war egoistisch, großspurig, paranoid, scharfzüngig, besserwisserisch ...«

»Ein pathologischer Lügner?«

»Tja, er hatte schon etwas Psychopathisches – der Drogenkonsum, das Klauen, das Lügen, das Gefühl, daß es alle auf ihn abgesehen haben. Um so mehr, als er dann tatsächlich beim Stehlen erwischt wurde. Er war groß darin, andere fertig zu machen, um das eigene Ego zu stützen.«

Sie schüttelte den Kopf.

»Sexuell war er nicht besonders gut, wissen Sie. Aber er gab mir immer das Gefühl, daß ich ihm dankbar sein müßte. Er war so von sich überzeugt. Eines muß ich ihm jedoch lassen. Er war einer der wenigen, die sich nie über mich oder die wirren Ideen meines Vater lustig gemacht haben.«

»Die Zeitmaschine«, sagte Martinez.

»Ja, die Zeitmaschine.« Europa verdrehte die Augen. »Woher wissen Sie das? Ihr Lieutenant muß es Ihnen erzählt haben.«

Martinez nickte. »Ich habe gerade mit zwei Kollegen gesprochen, die die Nacht in Central City verbracht haben. Wußten Sie, daß Ihr Vater dort oben eine Hühnerfarm für den Orden gekauft hatte?«

»Eine Hühnerfarm?« Sie lachte. »Okay.«

»Der Mann, der auf der Farm arbeitete – sein Name ist

Benton –, hat uns erzählt, daß Ihr Vater dort ein Teleskop hatte. Er hat es oft aufgestellt, um den Nachthimmel zu betrachten.«

»Und worauf wollen Sie hinaus?«

»Er sagte, Ihr Vater hätte sich wieder für Zeitmaschinen interessiert.«

Europa sah ihn ausdruckslos an. »Wirklich?«

»Was halten Sie davon?«

»Von Zeitmaschinen oder vom Interesse meines Vaters?«

»Wie wär's mit Zeitmaschinen im allgemeinen?«

»Mein Fachgebiet ist subatomarer Teilchenspin. Zeitmaschinen überlasse ich H. G. Wells.«

»Und was halten Sie von dem neu erwachten Interesse Ihres Vaters?«

»Ich weiß nicht, was ich davon halten soll. Die Tragik ist, daß Dads Ideen von überlichtschnellen Verbindungen durch wissenschaftliche Daten untermauert wurden.«

»Was für Daten?« fragte Webster.

Sie lächelte. »Wollen Sie das wirklich wissen?«

»Ist es kompliziert?«

»Eher technisch. Es hat mit den Photonen zu tun, die abgegeben werden, wenn Elektronen von einer angeregten Deltaposition in den Ruhezustand zurückfallen. Es gibt die Theorie, daß Photonen, die sich im selben Raum befinden und gleichzeitig emittiert werden, sich für immer in unmittelbarer Verbindung befinden. Daher sind Übertragungen mit Überlichtgeschwindigkeit möglich, also schneller als das Licht. Das war Dads Ausgangspunkt. Das Problem war nur, daß sein gesamtes Projekt … paranoide Züge bekam. Ich kann mich nur an wenig erinnern, weil Mom uns nach Möglichkeit vor seinem unberechenbaren Verhalten abgeschirmt hat. Aber ich erinnere mich, daß er sagte, er müsse diese Maschine bauen, um vor den Außerirdischen zu fliehen, die bereits böse Gedanken in die Hirne seiner Freunde gepflanzt hätten. Wir wären die nächsten, wenn wir nicht bald fliehen würden. Da ich noch ein Kind war und mein Dad das sagte, hatte ich sehr große Angst.

Nicht nur wegen der Außerirdischen, sondern weil mein Vater an sie glaubte. Damals genoß Emil Euler Ganz noch großes Ansehen in der Kosmologie.«

»Verstehe«, erwiderte Martinez. »Wie alt waren Sie?«

»Vielleicht zwölf. Ich war fünfzehn, als Dad verschwand. Zuerst machte Mom sich Sorgen, aber nicht übermäßig viel. Als die Tage vergingen, wurde sie verzweifelt. Ich war starr vor Angst. Weil ich selbst mit fünfzehn noch tief in meinem Inneren glaubte, daß die Außerirdischen gesiegt hätten. Nach all dem, wovon er geredet hatte, hielt ich es für äußerst logisch, daß er von Wesen aus dem All entführt worden war.«

Einen Moment lang sprach sie nicht weiter.

»Irgendwo ... in dem kindlichen Teil meiner selbst ... glaube ich das noch immer. Wie ließe sich sonst sein zehnjähriges Verschwinden erklären?«

»Es gibt einsame Berggegenden in Nepal«, meinte Webster.

»Das stimmt. Er kann natürlich überall hingegangen sein. Aber von Wesen aus dem Weltall entführt zu werden, klingt nicht ganz so prosaisch.«

»Hat sich Bob für die Zeitmaschine Ihrer Vaters interessiert?« fragte Martinez.

»Wenn, dann hat er es nie erwähnt. Der Orden paßte zu Bob. Eine Menge Leute, die sich rumschubsen lassen, und viele junge, verletzliche Mädchen, mit denen er schlafen kann. Außerdem bewunderte er die Arbeit meines Vaters tatsächlich. Er ist Jupiter bestimmt in den Hintern gekrochen. Dad konnte Schmeicheleien und Bewunderung nie widerstehen. Genau das war Jilliams Trick – Entschuldigung, ich meine Venus. Sie wissen, daß ich Venus früher kannte. Ich war als Kind mit ihr befreundet.«

»Halten Sie es für möglich, daß Bob und Venus ein Paar sind?«

Europa dachte darüber nach. »Vielleicht. Aber ich glaube nicht. Jilliam war nie sonderlich an Sex interessiert. Als ich sie kannte, war sie auf der Suche nach Spiritualität. Aber für Bob spielt Sex eine große Rolle.«

»Obwohl er nicht gut im Bett war«, warf Webster ein.
»Zumindest mit mir nicht.«
»Ohne zu explizit zu werden, können Sie uns sagen, warum er nicht gut war?« wollte Martinez wissen.
»Ich kann gerne explizit werden. Das macht mir nichts aus.« Sie zuckte die Schultern. »Sein Glied wurde nie ganz steif. Was ich seltsam fand, den er kam stets zum Erguß, auch wenn seine Flagge auf Halbmast war. Es war nicht sehr befriedigend.«
»Kann ich mir denken«, meinte Webster.
»Warum, glauben Sie, hat er Geld unterschlagen?« fragte Webster. »War er arm?«
»Nein. Außerdem ist an der Southwest Geld nicht so entscheidend. Man muß was im Hirn haben, um anerkannt zu werden. Meine Meinung? Er hat's wegen des Kicks getan.«
Sie lehnte sich zurück.
»Ich hab ihn ein paar Mal in der Mensa seine Nummer mit dem Wechselgeld abziehen sehen. Er zwinkerte mir immer dabei zu. Aus irgendeinem Grund hab ich auf seine Hose geschaut. Er hatte einen Ständer. Unglaublich, was das Gedächtnis alles speichert. So was fällt einem wieder ein, wenn man nicht daran denkt.«
Sie schaute zum Fernseher.
»Hoffentlich ist dieser Alptraum bald vorbei. Zum Orden gehören eine Menge Kinder, auch zwei meiner Halbgeschwister – ein Mädchen und ein Junge. Der Junge ist Venus' Sohn, das Mädchen stammt von einer anderen Geliebten meines Vaters.«
»Und Sie haben sie nie kennengelernt?« fragte Martinez.
»Wahrscheinlich hätte ich das arrangieren können. Aber ich wollte nicht.« Sie schüttelte den Kopf. »Das ist alles so verdammt traurig!«
Websters Pager ertönte. Er schaute auf die Telefonnummer. Zu Martinez gewandt, sagte er: »Der Boß.«
»Das Telefon steht dort drüben«, sagte Europa.

Er dankte ihr und rief die Nummer an. Decker hob noch während des ersten Klingelns ab. »Wo seid ihr?«

»Bei Dr. Ganz ...« erwiderte Webster.

»Irgendwas erfahren?«

»Eine ganze Menge. Zum Beispiel, daß Bob von der Southwest geflogen ist.«

»Überrascht mich nicht. Weiß Europa, ob sein Nachname Ross ist?«

»Das hat Bob ihr zumindest gesagt.«

»Die FBI-Computer reagieren nicht auf den Namen.«

»Sie meint, er stamme aus einer Arbeiterfamilie in New Jersey.«

»Eine bestimmte Volksgruppe?«

»Vielleicht.«

»Ross könnte ein jüdischer Name sein.«

Webster drehte sich zu Europa um. »Ist Bob vielleicht Jude?«

»Eher Antisemit. Er war offen neidisch auf eine Menge jüdischer Studenten. Da er aus New York oder Jersey stammt, dachte ich, er sei vielleicht Italiener oder Puertorikaner.«

»Hast du das mitgekriegt?« fragte Webster seinen Chef.

»Ja, hab ich.« Decker dachte an italienische Varianten von Ross – Russo oder Rizzo ... der Name kam ihm irgendwie bekannt vor. Er senkte die Stimme. »Ist sie kooperativ?«

»Sehr.«

»Gib sie mir mal.« Decker versuchte, mehr Ellbogenfreiheit zu bekommen. Der Bus war klein, und McCarry saß ihm auf der Pelle. Durchs Telefon hörte er: »Hier ist Dr. Ganz.«

»Danke, daß Sie uns helfen.«

»Gott, die ganze Sache tut mir so leid.«

»Vielleicht können Sie uns noch etwas beantworten. Detective Webster sagt, Sie wissen eine ganze Menge über Bob Ross oder wie immer er heißt.«

»Das liegt alles fünfzehn, sechzehn Jahre zurück.«

»Glauben Sie, daß Bob die technischen Kenntnisse besitzt,

Bomben zu bauen? Ich meine keinen Kleinkram wie Rohrbomben. Mir geht es um das große, hochexplosive Zeug.«

»Eine interessante Frage«, sagte Europa. »Ich will es mal so sagen: Der Orden bestand ursprünglich aus enttäuschten Ingenieuren und Wissenschaftlern. Wenn zwei Laien ohne jedes Wissen die Bundesbehörde in Oklahoma City in die Luft jagen konnten, würde es mich nicht überraschen, wenn diese Verrückten eine Atombombe zusammengebastelt hätten.«

» 27 «

Abgeschirmt durch die Autos, entfaltete Special Agent McCarry draußen den ersten von mehreren Bauplänen, die der Orden bei der städtischen Baubehörde eingereicht hatte. Aber er konnte sich nicht auf die Kreise und Linien konzentrieren. Statt dessen starrte er immer wieder zu den düsteren Bunkern hinüber. Was ging da drinnen vor? Mehr noch, warum hatte dieser Dreckskerl nicht noch mal angerufen und Decker verlangt?

Die Architektin beugte sich über den Plan, strich ihn glatt. Sie legte Steine auf die Ecken, damit er sich nicht wieder zusammenrollte. Dann schob sie ihre Bifokalbrille zurecht. Die über sechzigjährige Adele Sawyer hatte nur mit den vorläufigen Entwürfen zu tun gehabt. Die endgültigen Pläne hatte sie nie gesehen. Aber sie war die erste, die das FBI hatte ausfindig machen können. Ihr graues Haar war zu einem dicken Pferdeschwanz zurückgebunden. Sie trug Pullover und Jeans.

Adele erklärte ihnen die Pläne. »Soweit ich mich erinnere,

wollte Jupiter eine Eingangshalle, die groß genug war, um gleichzeitig als Versammlungsraum zu dienen.«

»Woher hat der das Geld, so was Riesiges zu bauen?« schimpfte McCarry. »Wieviel hat das Ding gekostet? Vier Millionen? Vielleicht fünf?«

Die Architektin ließ sich von McCarrys Schroffheit nicht irritieren. »Die Außenwände bestehen hauptsächlich aus miteinander verbundenen Betonbauteilen. Stahlbeton. Schwer zu durchdringen, aber nicht allzu teuer im Bau, weil lauter Fertigteile.«

McCarry betrachtete die Blaupausen und versuchte, sich die tatsächliche Größe vorzustellen. Er sah hinüber zum Kommandostand ein paar Wagen weiter. Der Bürgermeister instruierte einige seiner Lakaien für einen Fernsehauftritt. Los Angeles war nichts als ein Zirkus mit drei Arenen. Er wandte sich an Decker. »Sie waren drin. Was können Sie uns erzählen?«

Decker knöpfte seinen Mantel zu und wartete auf die ersten Anzeichen der Dämmerung. Wie lange noch, bis die Leute ihre Fernseher für die Morgennachrichten einschalteten? Wie viele Stunden, bis die wenigen Schaulustigen eine nur schwer zu bändigende Menschenmenge wurden? Wieviel Zeit noch, bevor sich diese Pattsituation, bei der Menschenleben in Gefahr waren, in ein Tollhaus verwandelte? Er konzentrierte sich wieder auf die Blaupause. »Ist das die Eingangshalle?«

Adele nickte.

»Sie hat eine sehr hohe Decke, soweit ich mich erinnere.«

»Vier Meter sechzig laut diesem Plan.«

»In die Decke ist ein riesiges Buntglasfenster eingelassen.«

»Das heißt, wir können von oben rein?«

»Nicht ohne Rammbock«, erwiderte Decker. »Das Glas ist mit Draht verstärkt und hat Stahlträger. Als ich es zum ersten Mal sah, hab ich mich über das viele Metall gewundert. Aber es ist ein gewaltiges Fenster, und ich dachte, das sei zum Abstützen nötig. Es gibt in den Wänden noch ein paar kleinere Fenster nahe der Decke. Sie sind ebenfalls vergittert – aber das sehen Sie ja selbst. Haben wir die genaue Größe dieser Fenster?«

»Außen dreißig mal fünfundvierzig Zentimeter«, sagte McCarry. »Selbst ohne Gitter wären sie zu schmal für meine Männer. Außer sie sind wie Schießscharten gebaut. Außen schmal und innen breiter. Was sagen die Pläne?«

»Sie sind innen genauso groß wie außen«, sagte Adele.

»Ungefähr die Größe einer Hundeklappe«, meinte Decker.

»Ich frag mich, ob wir die Gitterstäbe beseitigen können«, sinnierte McCarry. »Sie aus der Entfernung mit flüssigem Stickstoff besprühen und auseinanderbiegen, wenn wir jemanden finden, der schmal genug ist, um da durchzukriechen. Vielleicht eine Frau.«

»Lieutenant?«

Decker drehte sich um. Vor ihm standen Webster und Martinez mit Europa Ganz im Schlepptau. Auch sie trug Pullover und Jeans. Adele und sie – beide mit grau meliertem Haar und jugendlichen Gesichtern – hätten als Mutter und Tochter durchgehen können.

»Wer sind Sie?« fragte McCarry.

»Die beiden gehören zu meiner Abteilung«, erklärte Decker. »Die Frau ist Dr. Europa Ganz – Jupiters Tochter. Die ich gefragt habe, ob Bob Bomben bauen kann.«

»Ach ja, natürlich.« McCarry schüttelte ihr die Hand und wirkte etwas wacher. »Demnach kennen Sie das Innere der Gebäude.«

»Ich war das letzte Mal vor fünfzehn Jahren drin.«

»Warum sind Sie dann hier?«

»Das habe ich mich auch schon gefragt.«

Decker sagte: »Sir, sie kennt Bob Ross ...«

»*Kannte* Bob Ross«, unterbracht Europa.«

»Ein Bob Risso, Russo, Rizzo. Irgendwas an dem Namen kommt mir bekannt vor.« Decker war ärgerlich. »Ich komme nur nicht drauf.«

»Da Sie Ross kennen, was können Sie uns über ihn erzählen?« wollte McCarry wissen.

»Ich *kannte* ihn!« verbesserte Europa erneut. »In der Vergangenheitsform.«

Martinez mischte sich ein: »Ich habe Asnikov aufgetrieben.«

»Bleib dran«, sagte Decker.

»Wer ist Asnikov?« schnappte McCarry. »Der Deprogrammierer? Was geht hier vor? Wenn Sie eine eigene Ermittlung durchführen und uns im dunkeln lassen ...«

»Ich kläre Sie gern auf, Special Agent McCarry, sobald ich selbst Bescheid weiß.«

»Was hat Asnikov mit der ganzen Sache zu tun?« McCarry versteifte sich. »*Ich* leite diesen Einsatz ...«

»Entschuldigen Sie«, unterbrach Adele. »Wenn Sie sich hier weiter rumstreiten wollen, gehe ich mir inzwischen einen Kaffee holen.«

»Ich komme mit«, sagte Europa.

»Nein, Sie bleiben hier«, forderte Decker. »Wir müssen mit Ihnen reden.«

»Aber ich habe den beiden schon alles erzählt, was ich über Bob weiß.« Europa deutete auf Webster und Martinez.

»Was denn?« fragte McCarry. »Was läuft hier eigentlich?«

»Entschuldigen Sie mich«, sagte Adele. »Ich bin gleich da drüben ...«

»Würde mich jetzt gefälligst jemand aufklären?« fauchte McCarry.

Decker nickte seinen Männern zu. Sie berichteten ihm in weniger als einer Minute, was sie von Europa erfahren hatten. Europa bestätigte den Bericht durch gelegentliches Nicken.

Decker sagte: »Sie kennt Venus und Bob. Außerdem, da sie Jupiters Tochter ist, dachte ich, sie könnte uns ein psychologisches Profil erstellen.«

»Ich?« sagte Europa. »Ich habe Dad kaum gekannt, als er noch mit uns zusammenlebte. Als er verschwand, war ich fünfzehn.«

»Sie standen in Kontakt mit ihm.«

»Nur die üblichen Freundlichkeiten«, erwiderte Europa. »Danke, daß du an meinen Geburtstag gedacht hast, Dad. Wir hören wieder voneinander. Und mit Jilliam oder Bob habe ich seit fünfzehn Jahren nicht mehr gesprochen.«

»Trotzdem wissen Sie mehr als wir«, warf McCarry ein. »Warum macht Bob das, was glauben Sie?«

»Falls Sie damit meinen, warum er Leute umbringt – ich habe keine Ahnung.«

»Sie haben uns erzählt, daß er zur Paranoia neigt«, erinnerte sie Martinez.

»Damals, aber da hat er auch geklaut. Außerdem hat er Drogen genommen, und das nicht zu knapp. Die Kombination macht jeden paranoid.«

Decker kam ein Gedanke. »Und wenn Bob wieder beim Stehlen erwischt worden ist, Dr. Ganz? Wie würde er Ihrer Meinung nach reagieren?«

»Wen hätte er denn beklauen sollen?« fragte Webster.

»Jupiter war der einzige mit Geld«, erwiderte Decker. »Nur er kam in Frage.«

»Aber Jupiter ist tot«, hielt McCarry dagegen. »Wollen Sie behaupten, Bob hätte ihn umgebracht?«

»Nicht unbedingt«, antwortete Decker. »Vielleicht hat Bob ihn langsam vergiftet, um ihn außer Gefecht zu setzen und ihn ausnehmen zu können …«

»Vergiftet?« unterbrach Europa. »Mein Vater wurde vergiftet?«

»Er hatte Arsen im Körper.«

»Seit wann wissen Sie das?«

»Seit zwölf Stunden.«

»Lieber Himmel!« Europa seufzte. »Wie lange ist ihm das Gift verabreicht worden?«

»Das konnte mir die Gerichtsmedizinerin nicht genau sagen. Sie wollte noch weitere Untersuchungen durchführen.«

»Hat Ihr Vater den Orden mit eigenem Geld gegründet?« wollte McCarry wissen.

»Ich … ich weiß es nicht«, erwiderte Europa.

»Hatte Ihr Vater Geld, als er verschwand?« fragte Decker.

»Ich war fünfzehn. Woher hätte ich das wissen sollen?«

»Vielleicht hat Ihre Mutter es erwähnt?«

»Wir haben nie über Dad gesprochen. Das Thema verbitterte sie.« Sie dachte nach. »Ich kann mich nicht erinnern, daß sich meine Mutter Sorgen um Finanzielles gemacht hat. Aber wir waren bestimmt nicht reich. Ich weiß, daß sie viel Geld für die Suche nach Dad ausgegeben hat. Das muß ja irgendwo hergekommen sein.«

»Aber Sie wissen nichts von Ersparnissen Ihres Vaters, als er verschwand.«

»Nein. Doch von irgendwas muß er ja gelebt haben. Er war zehn Jahre weg ...« Europa hielt inne. »Meine Erinnerungen sind ein bißchen verschwommen. Aber wenn ich mich richtig entsinne, hatte Mom es finanziell schwerer, nachdem er zurückkam. Da war ich allerdings schon erwachsen und hatte mehr Verständnis für Geldprobleme.«

»Oder Ihr Vater hat beschlossen, einen Teil des Geldes zurückzufordern, von dem Sie gelebt hatten«, meinte Martinez.

»Das ist durchaus möglich.«

»Zurück zu Bob«, sagte McCarry. »Sie sagen, er sei paranoid.«

»Ich sagte, er hätte eine Neigung dazu.« Sie zögerte. »Eigentlich wie mein Vater.«

»Bob bewunderte Ihren Vater«, bemerkte Decker.

»Er verehrte ihn.«

»Was ist mit seiner Familie?« wollte McCarry wissen.

»Er hat nie viel von seiner Familie geredet. Ist an der Ostküste aufgewachsen. Ich hatte das Gefühl, daß er nicht sonderlich gut mit seinem Vater auskam.«

»Das ist es!« rief Decker. »Das ist es, verdammt noch mal!«

»Was?« fragte Martinez.

Decker klatschte in die Hände. »Auf der Leserbriefseite der gestrigen Zeitung war ein vernichtender Brief über Emil Ganz von einem Rizzo oder Russo. Er behauptet, Ganz hätte jeden Teil seiner Forschung von anderen geklaut ...«

»Das ist Schwachsinn«, sagte Europa.

»Ich hab dir die Zeitung gegeben, Bert.«

»Sie liegt im Auto. Ich hol sie.«

Europa wurde erregt. »Mein Vater hatte viele negative Eigenschaften, aber ich habe nie gehört, daß ihn jemand des Plagiats beschuldigt hätte.«

»War Bobs Vater Wissenschaftler?« fragte Decker.

»Ich habe keine Ahnung.«

»Der Russo/Rizzo aus der Zeitung hat irgendein Importunternehmen für ganzheitliche Medizin.«

»Ach du liebe Güte!« kreischte Europa. »Bob hat mir etwas von einem Familienunternehmen erzählt.«

»Wenn ich mich recht erinnere, ging es in dem Brief von Russo/Rizzo um Ganz' wissenschaftliche Aufrichtigkeit«, sagte Decker.

»Ich würde auch gern was dazu sagen«, nuschelte Webster. »Dr. Ganz, Ihrer Meinung nach hat Bob einen Sponsor gehabt, der für seine Aufnahme an der Southwest gesorgt hat.«

»Ich dachte, vielleicht ...«

»Vielleicht war es sein eigener Vater«, schlug Webster vor.

»Wenn Bobs Vater für die Southwest ein wichtiger Mann gewesen wäre, dann wäre Bob nicht rausgeflogen«, entgegnete Europa. »Traurig, aber wahr. Wen man kennt, das zählt.«

»Und was ist, wenn der Plagiatsvorwurf stimmt?« fragte Webster.

»Das ist Blödsinn.«

»Wenn es aber doch stimmt, hat die Southwest Bob vielleicht nur aufgenommen, um seinen Vater zum Schweigen zu bringen«, spann Webster den Faden weiter. »Schließlich war Ganz ihr Stolz und ihr Aushängeschild.«

»Zu der Zeit nicht mehr«, widersprach Europa. »Da war er bereits eine lächerliche Gestalt.«

»Aber denken Sie daran, wie schlecht die Universität dagestanden hätte, wenn ihr hoch gelobter Professor seine Forschungsergebnisse geklaut hätte«, gab Decker zu bedenken. »Einen unehrlichen Wissenschaftler zu unterstützen, schadet einem Ruf viel mehr, als einen Verrückten zu unterstützen.«

»Ich weiß nicht, warum wir mit dieser Sache unsere Zeit verschwenden«, knurrte McCarry. »Dieser Bastard Bob hat noch nicht mal zurückgerufen.«

»Das wundert mich nicht«, sagte Europa. »Bob liebt Spiele.«

»Sie glauben, er betrachte das Ganze als Spiel?« fragte McCarry ungläubig.

»Zweifellos.«

McCarry spuckte auf den Boden. »Es gibt so viele Geiseldramen. Aber ich muß immer die Psychos kriegen.«

»Viele Verbrecher sind Psychos«, hielt ihm Decker vor.

»Ja, aber die meisten Psychos sind Dummköpfe – niedriger IQ mit Lernproblemen. Bob paßt nicht in diese Kategorie. Selbst unter den Anführern, die meist ein bißchen mehr auf dem Kasten haben, wäre Bob vermutlich einer der cleversten. Außerdem kann er Bomben bauen.« Er wandte sich an Europa. »Hab ich recht?«

»Bob ist sehr intelligent.«

»Ted Kaczenski mit einer Armee von Zombies.« McCarry seufzte. »Ein Geiseldrama mit einem Haufen Kinder und ein paranoider, aber intelligenter Anführer. Wir stecken tief in der Tinte.«

»Er wartet darauf, daß Sie etwas unternehmen«, sagte Europa. »Lassen Sie ihn warten. Denn jedes Mal, wenn Sie etwas unternehmen, kann er ein bißchen in Ihre Karten sehen. Das ist eine Tatsache. Wenn Sie Bob beschäftigt halten wollen, dann liefern Sie ihm Spiele, keinen Krieg. Er ist nicht an roher Gewalt interessiert, sondern an Raffinesse.«

»Ich dachte, Sie kennen diesen Kerl kaum«, sagte McCarry.

»Ich kenne ihn nicht per se«, erwiderte Europa. »Aber ich kenne Spieler. Die Southwest ist voll davon. Sehen Sie, Special Agent McCarry, Sie denken wie die meisten Militärs – oder Paramilitärs, wenn Sie wollen – in Begriffen von einem Zwei-Personen-Nullsummen-Spiel. Was bedeutet, daß einer verlieren *muß*. Und Verlieren bedeutet in diesem Fall hoch verlieren. Statt an Gewinnen/Verlieren zu denken, sollten Sie an eine Gewinnen/Gewinnen-Situation denken – der Nash-Equilibiriumpunkt –, bei der alle Beteiligten in optimaler Position sind ...«

»Wovon zum Teufel reden Sie?« fauchte McCarry

Europa seufzte tief auf, als sei es eine Bürde, mit dem minderbemittelten, mathematisch ahnungslosen Teil der Bevölkerung sprechen zu müssen. »Unternehmen Sie nichts, bis Ihre Chancen gut stehen.«

McCarrys Handy klingelte. Er zog es heraus, drehte der Gruppe den Rücken zu und sprach mit leiser Stimme. Martinez kam zurück, gab Decker die Zeitung. »Der Brief wurde von einem Dr. Robert Russo senior geschrieben, Sir.«

»Dr. Russo -« Decker überflog den Brief und las laut vor: »Mittelmäßiger Physiker ... Plagiator, Dieb, Kidnapper, Ehebrecher.« Er sah zu Europa. »Was wissen Sie davon?«

»Nichts.« Ihre Stimme klang gepreßt. »Kann ich den Brief mal sehen?«

Decker las weiter: »›... vermutlich auf der Flucht vor einem wütenden Ehemann, der es satt hatte, sich von Ganz zum Hahnrei machen zu lassen ...‹« Er reichte Europa die Zeitung. »Sieht so aus, als hätte Ganz eine Affäre mit Russos Frau gehabt.«

»Bobs Mutter«, sagte Webster. »Vielleicht war es ja *Ganz*, der Bob zur Aufnahme an der Southwest University verholfen hat. Vielleicht hat er es aus schlechtem Gewissen getan. Oder weil er unter Druck stand ...«

»Mein Vater war nicht mehr da, als Bob an die Southwest kam«, sagte Europa.

»Vielleicht doch, aber Sie wußten nichts davon.«

Europa runzelte die Stirn und studierte den Brief sorgfältig. »Das ist absolut lächerlich!«

»Was ist lächerlich?« fragte Decker. »Der Plagiatsvorwurf oder die Affären?«

»Ich weiß nichts von Dads Privatleben. Aber ich weiß, daß er kein Plagiator war. Die akademische Welt ist voller Kleingeister. Dieser Kerl ist ein Psychopath!«

»Dann ist er wahrscheinlich Bobs Vater«, meinte Martinez trocken.

Webster sah auf die Uhr und sagte leise zu Decker: »Es wird Zeit für unsere Verabredung mit Asnikov. Vielleicht sollten wir verschwinden, bevor Mr. FBI auf dumme Ideen kommt.«

»Macht das.« Decker dachte kurz nach. »Bringt, wenn möglich, Asnikov mit hierher. Er weiß vielleicht was über die Räume des Ordens. McCarry würde das bestimmt freuen.«

Europa hielt immer noch die Zeitung in der Hand. »Eigentlich erinnert mich der Ton des Briefes an Bobs Gegeifer während eines schlechten Trips.«

»Welcher Brief?« fragte McCarry.

Europa zeigte ihm die Seite.

»Lieber Himmel!« rief McCarry. »Ganz hatte also was mit der Frau dieses Burschen – die vermutlich Bobs Mutter ist?«

»Da würde ich mein Geld drauf verwetten«, sagte Decker.

»Bob junior muß eine äußerst miese Beziehung zu Bob senior gehabt haben, wenn er sich den Erzrivalen seines eigenen Vaters zum Helden erkor.«

»Also hat Bob meinen Vater vergiftet?« fragte Europa.

»Ihr Vater ist an einer Überdosis Tabletten und Alkohol gestorben«, erwiderte Decker. »Selbstmord ist immer noch nicht ausgeschlossen.«

»Und was ist mit dem Arsen?«

»Laut der Gerichtsmedizin war das nicht die Todesursache.« Decker hielt inne. »Wenn Bob tatsächlich Ihren Vater ausgenommen hat, wäre es sinnvoll gewesen, ihn am Leben zu halten. Denn jetzt, wo Jupiter tot ist, wette ich, daß all sein Geld an Sie fällt – oder an die noch lebenden Erben.«

»Wieso? Was wissen Sie von den Finanzen meines Vaters?«

»Er besaß eine Lebensversicherung über eine Million Dollar mit Ihnen als Nutznießerin.«

Europas Augen weiteten sich. »Das glaube ich nicht … sind Sie sicher?«

»Ich glaube schon.«

»Sie glauben?«

»Ich habe etwas Diesbezügliches gehört.«

»Warum habe ich dann nichts davon gehört?«

»Weil der Tod Ihres Vaters ungeklärt ist«, sagte Decker. »Die Todesursache muß eindeutig feststehen, bevor eine Versicherungsgesellschaft zahlt. Wenn es sich um Mord handelt, muß klar sein, daß Sie nicht zu den Verdächtigen gehören. Aber ich spreche nicht von der Versicherungspolice – die ganz eindeutig Ihnen zufällt. Mir geht es darum, daß Jupiter Bankkonten gehabt haben muß. Wir wissen, daß er seinen Anhängern Geld abgenommen hat.«

»Tatsächlich?« fragte Europa.

»Bedingung für die Aufnahme«, sagte Webster. »Man übergibt Vater Jupiter seinen weltlichen Besitz, der das Geld dann zum Wohle der gesamten Gruppe verwendet.«

»An diesem Geld – auf Jupiters Bankkonten – könnte Bob sich vergriffen haben. Jetzt, wo Jupiter tot ist, fällt das Geld an die nächsten lebenden Verwandten, wenn nichts anderes festgelegt wurde.«

»Meine Brüder und mich.«

»Außer, Jupiter hat anders bestimmt. Und selbst wenn, könnten Sie das Testament anfechten.«

»Da mein Vater tot ist, gehört also das Geld, das Bob unterschlagen hat, mir.«

»Und Bobs bequemes Leben ist vorbei.« Decker zögerte kurz. »Obwohl ich immer noch nicht weiß, welche Rolle Nova bei all dem spielte.«

»Wer ist Nova?« fragte Europa.

»Ein weiterer Guru aus dem Orden. Wir haben seine Körperteile auf der Hühnerfarm Ihres Vaters gefunden.«

»Mein Gott!« entfuhr es Europa. »Das ist ja entsetzlich. Und das war auch Bob?«

»Wahrscheinlich«, erwiderte Decker. Er sah zu McCarry, der den Blick auf die Blaupausen gerichtet hatte, aber nichts aufzunehmen schien. »Sie sind plötzlich so still.«

McCarrys Kopf schoß hoch. Er rieb sich die Stirn. »Mein

Boß nimmt die Sechs-Uhr-Maschine von Sacramento. Ich muß einen Plan haben, bevor er ankommt.«

»Man will Sie ablösen«, sagte Decker. »Kommt nicht in Frage. Ich denke nicht daran, mit Ihrem Boß zusammenzuarbeiten. Wir haben diesen Schlamassel zusammen angefangen, und wir stehen ihn auch gemeinsam durch.«

McCarry war verblüfft. Loyalität in dieser Form war etwas völlig Neues. Machte ihn mißtrauisch. Welche Asse hatte Decker noch im Ärmel? »Ist es mein gutes Aussehen?« fragte er.

»Ich weigere mich, noch einen FBI-Beamten einzuweisen, McCarry«, sagte Decker. »Wenn ich meine Geschichte noch ein einziges Mal erzählen muß, fange ich an zu kotzen.«

» 28 «

»Ner Yisroel!« rief Sammy. »Das kann nicht dein Ernst sein!«

Rina zwang sich, die Augen nicht zu verdrehen. »Wie wär's mit ›Guten Morgen, Ima‹?«

Sammy ließ sich am Küchentisch nieder. Er trug bereits seine Schuluniform, blaue Hose und weißes Hemd, hatte aber noch keine Schuhe an. »Das bringt ihn um.«

»Wird es nicht.« Rina nahm Hannahs Müslischüssel heraus. »Wenn dir wirklich was an deinem Bruder läge, dann würdest du ihm Mut machen.«

»Soll das heißen, daß mir Yonkies Wohlergehen egal ist?«

»Es ist noch zu früh zum Streiten, Schmuel. Wenn du dich kabbeln willst, dann mach das allein.« Rina verließ die Küche.

»Wie kann man sich denn allein kabbeln?« rief ihr Sammy nach.

Sie ignorierte ihn und ging in Hannahs Zimmer. Die Kleine war bis oben hin zugedeckt, nur ihre roten Ringellocken waren zu sehen. Rina schlug die Decke zurück. »Guten Morgen, Süße.«

Hannah öffnete die Augen, blinzelte und schloß sie wieder. Sie streckte Rina ihre spindeldürren Ärmchen entgegen.

»Ah.« Rina schloß sie in die Arme. »Meine tägliche Dosis Zucker.«

Hannah küßte ihre Mutter. »Ist Daddy schon weg?«

»Ja.«

Ein leichtes Schmollen in der Stimme. »Aber er hat nicht auf Wiedersehen gesagt.«

»Er ist gestern abend nicht nach Hause gekommen.«

Hannah öffnete die Augen. Sie war verwirrt. »Wo war er denn?«

Gute Frage. Rina sagte: »Er hat auf der Arbeit geschlafen.«

»Auf der Arbeit?«

Rina nickte.

»Warum?«

»Weil er zu viel zu tun hatte und nicht nach Hause kommen konnte.«

Hannah war immer noch verwirrt. »Auf Daddys Arbeit gibt es Betten?«

»Ja.«

»Aber das gibt es nicht überall.«

»Nein.«

»Nur auf Daddys Arbeit?«

Rina nickte.

»Kann ich Daddys Bett sehen?«

»Irgendwann mal.«

»Heute?«

»Nein, heute nicht.«

»Hat er auch Kissen in seinem Bett?«

Rina lächelte. »Ja, hat er.« Sie erhob sich von Hannahs Bettrand. »Kannst du dich allein anziehen, oder brauchst du Hilfe?«

»Ich zieh mein Kleid an. Und meine Socken. Und meine Schuhe. Aber du mußt mir mit der Schnalle helfen.«

»Prima. Komm in die Küche, wenn du fertig bist.«

»Machst du mir Haferflocken?«

»Wenn du magst?«

»Au ja.« Hannah setzte sich auf und rieb sich die Augen. »Kann ich Cartoons sehen?«

»Ein paar Minuten.«

»Dann zieh ich mich ganz schnell an.«

»Braves Mädchen.«

Mit einem Seufzen ging Rina in die Küche zurück. Sammy stocherte in einer Schüssel Rice Krispies herum. Inzwischen trug er Socken. Die Schuhe fehlten nach wie vor. Er sah auf, als seine Mutter hereinkam. »Ich bin immer noch da.«

»Das sehe ich.«

»Du magst mich nicht mehr.«

Rina lachte. »Ich liebe dich.«

»Ja, aber du magst mich nicht.«

»Schmuel ...«

»Das ist mein Ernst.«

»Du bist gegen alles, was ich sage.«

»Ich glaube, ich kenne Yonkie sehr gut ... besser als du.«

»Das kann sein. Trotzdem ist es ein gutes Programm. Er braucht eine Herausforderung.«

»Das stimmt. Aber nicht Ner Yisroel.«

»Es ist ja noch nichts entschieden. Außerdem geht es hier nicht um dich und mich, sondern um ihn und mich.«

»Mit anderen Worten, meine Meinung ist dir egal. Siehst du, du magst mich nicht mehr.«

Rina antwortete nicht. Es schien ihr das Klügste zu sein.

Jacob kam in die Küche geschlurft. »Morgen.«

Rina küßte ihn auf seine Jarmulke. »Morgen.«

Jacob wusch sich die Hände und sprach das dazugehörige Gebet *al netilas jodojim*. Dann goß er sich ein Glas Orangensaft ein und leerte es in einem Zug.

Rina fragte: »Bist du dann doch noch eingeschlafen?«

Er ließ sich auf den Stuhl sinken. »Für ein paar Stunden.«

»Du brauchst mehr Schlaf«, sagte Rina.

»Ich brauch eine Menge Sachen«, erwiderte Jacob.

Sammy schob ihm eine saubere Schüssel rüber. »Gibt's noch was anderes als Rice Krispies?«

»Apple Jacks.«

Jacob runzelte die Stirn und schob die Schüssel weg. »Verzichte.«

»Du mußt aber was essen.«

»Ich hol mir in der Schule einen Bagel.«

»Yonkie!«

»Cartoons! Cartoons! Cartoons! Cartoons!« sang Hannah und tanzte in die Küche .

Sammy stöhnte. »Sind die *Looney Toons* morgens um halb sieben nötig für ihr seelisches Wohlergehen?«

»Die sind sehr gewalttätig«, fügte Jacob hinzu.

Rina achtete nicht auf sie und stellte den Küchenfernseher an. Sofort erfüllten Bilder bunkerartiger Gebäude den kleinen Bildschirm. Im Hintergrund rotierten die blauen und roten Lichter der Polizeiwagen. Rina spürte, wie ihr Herz einen Satz machte.

Hat er letzte Nacht angerufen?

»Ich will Cartoons!« drängelte Hannah.

»Pscht!« schalt Rina.

»Ein Mann ist tot ...« sagte der Kommentator. »Die Situation hier draußen im West Valley ist sehr ernst, und es ist kein Ende abzusehen ...«

»O Gott, das ist ja hier bei uns!« rief Rina.

Sammy war plötzlich ganz wach. Er richtete sich auf. »Was ist, Ima?«

»Geh und sieh nach, ob Dad angerufen hat.«

»Er ist gestern nicht nach Hause gekommen?«

»Mach schon!«

Sammy stand auf.

Jacobs Augen waren starr auf den Fernseher gerichtet. Das Herz sackte ihm in die Hose. »Ist alles in Ordnung?«

»Ich weiß es nicht!«

»Ich will Cartoons!« quengelte Hannah.

Jacob stand auf, löste den Blick widerstrebend vom Fernseher. »Komm, Hannahle. Wir sehen sie in meinem Zimmer an.«

»In deinem Zimmer?« Sie hüpfte auf und ab. »Prima.«

Sammy kam zurück. »Auf dem Anrufbeantworter ist nichts.«

»Verdammt noch mal!« fluchte Rina.

Die Jungs sahen sie verblüfft an. Noch nie hatten sie ihre Mutter fluchen hören. »Soll ich auf dem Revier anrufen?« fragte Sammy.

»Nein!« Rina ging unruhig auf und ab. »Das mach ich schon. Bestimmt ist alles in Ordnung. Wenn nicht, hätten sie mich längst angerufen. Ich wünschte nur … dreh bitte mal den Ton lauter.«

»Komm!« Hannah zerrte an Jacobs Hemd.

»Gleich …«

Rina brüllte: »Bring sie raus!« Sie wählte Peters Handynummer. Die Leitung war tot.

Na toll!

Jacob nahm seine Schwester auf den Arm und verließ die Küche. Rina knallte den Hörer auf, nahm dann wieder ab und wählte die Nummer des Reviers. »Er weiß, wieviel Sorgen ich mir mache, und er kann einfach nicht … ja, hier ist Rina Decker. Ist mein Mann, Lieutenant … Nein, ich will nicht warten! Ich will nur wissen …«

Aber man hatte sie bereits in die elektronische Leere geschickt.

»Man sollte doch meinen, daß er nach sieben Jahren den Anstand hätte … ja, hier ist Rina Decker. Ich würde gerne meinen … wissen Sie dann wenigstens, wo er ist … ob es ihm gut geht?« Eine Pause. »*Ich glaube schon* reicht mir nicht … verbinden Sie mich mit jemandem, der Bescheid weiß, oder ich stürme das Revier!«

Sie stampfte mit dem Fuß auf.

»Gott, diese Leute können einen rasend machen.«

»Es geht ihm gut, Ima«, sagte Sammy. »Du sagst doch selber, wenn was passiert wäre, hätten die uns benachrichtigt.«

»Was ist da los?« fragte Rina ihren Sohn.

»Irgendein Geiseldrama ...«

»Na toll!« Rina spürte, wie ihr das Blut aus dem Kopf wich. Sie lehnte sich an die Arbeitsplatte. Sammy sah, wie sie kreidebleich wurde, und schob ihr einen Stuhl hin. »Setz dich.«

»Ist schon gut.«

»Setz dich!«

Es piepste leise. Ein Anruf war in der Leitung. Rina drückte auf den Knopf.

»Ich bin's. Alles in Ordnung!«

Rina brach vor Erleichterung und Wut in Tränen aus. »Hättest du vielleicht anrufen und eine Nachricht hinterlassen können?«

»Sie haben mein Handy konfisziert. Alle anderen Leitungen sind ständig belegt. Das ist meine erste Chance, an ein ziviles Telefon zu kommen. Du hast dir Sorgen gemacht. Das tut mir so leid.«

Sie schluchzte ein paar Mal. »Ist schon gut.« Ein Schniefen. »Entschuldige, daß ich dich so angefaucht habe.«

»Ich kann's verstehen. Ehrlich, es ging nicht anders.«

»Hauptsache, dir ist nichts passiert.«

»Mir geht's gut.«

»Es tut gut, deine Stimme zu hören.«

»Danke gleichfalls. Ich liebe dich. Du hast es aus dem Fernsehen erfahren?«

»Die Sendung läuft noch.«

»Kannst du mir sagen, was für Bilder sie zeigen?«

Rina sah auf den Fernsehschirm. »Außenaufnahmen von einer Reihe von Gebäuden. Der Orden, stimmt's?«

»Ja. Bringen alle Sender das gleiche?«

Rina griff nach der Fernbedienung und schaltete die Kanäle durch. »In etwa.«

»Keine Gesichter?«

»Bisher nicht.«

»Gut. Ich muß Schluß machen.«

Mit kleiner Stimme sagte sie: »Ich liebe dich.«

Decker spürte, wie ihm die Kehle eng wurde. »Baby, ich liebe dich auch. So sehr. Gib den Kindern einen Kuß von mir. Sag ihnen, daß ich sie lieb hab. Sehr.«

»Das weiß ich.«

»Keine Ahnung, wann ich heimkommen kann.«

Seine Stimme klang so sehnsüchtig. Rina sagte: »Egal, wann du kommst – ich bin hier. Versprich mir, daß du auf dich aufpaßt.«

»Immer.«

»Keine Heldentaten, bitte?«

»Liebste, sie winken mir. Ich muß Schluß machen.«

Er legte auf. Als Rina den Hörer einhängte, merkte sie, daß ihre Hände feucht waren. Sie rieb sie ab und sah Sammy an. »Sag den beiden, sie können aus dem Exil zurückkommen.«

»Alles in Ordnung mit ihm?«

»Es geht ihm gut.« Sie starrte auf den Fernseher. »Aber er wird eine Weile dort bleiben müssen. Erwarte ihn nicht vor dem Schabbes zurück. Und vielleicht noch nicht mal dann.«

»Das hat er dir gesagt?«

»Nicht wortwörtlich, aber es wird darauf hinauslaufen. Außer, die Sache nimmt ein rasches Ende.« Wieder sah sie auf den Fernseher. »Nach dem, was er mir erzählt hat, kann sich die Sekte über längere Zeit selbst versorgen. Das wird dauern.« Sie wischte sich die Tränen ab. »Oje, oje. Warum weiß man etwas erst dann zu schätzen, wenn man es nicht mehr hat.«

Stille breitete sich in der Küche aus.

»Sag den anderen, sie sollen reinkommen. Yaakov muß völlig verängstigt sein.« Rina küßte ihren Sohn auf die Wange, wusch sich das Gesicht. »Und zieh deine Schuhe an, Sammy. Es ist schon spät. Yaakov hat Prüfungen. Das Leben geht weiter.«

Aber der Junge zögerte.

Sie sah vom Spülbecken auf. »Was ist?«

»Das Leben geht weiter«, wiederholte Sammy. »Junge, hab ich das schon oft gehört.«

»Ich hab's im Autoradio gehört, auf der Fahrt hierher.« Asnikov öffnete die Tür zu seinem Vorzimmer. »Die Cops sagen nicht viel. Die Reporter nehmen an, daß ihr möglichst wenig rauslassen wollt. Ich glaube eher, daß ihr kaum was wißt. Der Orden war die ganzen Jahre sehr verschwiegen. Da ist nicht viel nach außen gedrungen, demzufolge gibt es auch wenig Einzelheiten.«

»Vielleicht können Sie uns in dieser Hinsicht helfen«, meinte Martinez.

»Ich wüßte nicht wie.« Asnikov knipste das Licht im Empfang an, durchquerte den Raum und schloß die Tür zu seinem Büro auf. Er schaltete auch hier das Licht an, zog sein Jackett aus und hängte es über seinen Schreibtischstuhl. »Jetzt, wo der Schlamassel passiert ist, verstehen Sie vielleicht besser, was ich tue. Ich befreie Menschen aus dieser Art von Verlies, bevor ihre monströsen Anführer durchdrehen und sie alle mit ins Verderben reißen.«

Mit einem Druck auf die Fernbedienung schaltete Asnikov den an der Decke befestigten Fernseher an. Die Kameras schwenkten weiterhin über die Außenwände der Gebäude. Die Wanduhr zeigte sechs Uhr dreißig.

Asnikov knirschte mit den Zähnen. Er deutete auf sein unbequemes Sofa. »Wenn Sie nun schon mal hier sind, können Sie sich auch setzen.«

»Es würde uns helfen, Sir, wenn Sie mitkämen«, sagte Webster.

Asnikovs grüne Augen bohrten sich in die von Webster. »Wohin? Sie wollen mich doch wohl nicht aufs Revier bringen, oder?«

»Nein, Sir. Wir würden Sie gerne zum Orden bringen.«

»Haben Sie einen Haftbefehl?«

Martinez bemerkte, daß der Deprogrammierer zusammengezuckt war, wenn auch nur ganz leicht. »Nein, Sir. Wir bitten Sie nur um einen Gefallen.«

Wieder wanderte Asnikovs Blick zum Bildschirm – zu dem metallenen Schutzschild aus Polizeiwagen und Kleinbussen. »Was könnte ich denn Ihrer Meinung nach für Sie tun?«

»Uns etwas über die Raumaufteilung der Ordensgebäude sagen.«

»Ich kenne die Raumaufteilung nicht.« Asnikov wandte seine Aufmerksamkeit wieder Martinez zu. »Diese Mistkerle haben Wachtposten auf mich angesetzt. Ich konnte mich dem Gelände nicht nähern, ohne beschossen zu werden.«

»Eine Übertreibung, Mr. Asnikov?« fragte Martinez.

Der Deprogrammierer lächelte rätselhaft. Ein gleichzeitig boshaftes und bitteres Lächeln. »Ich will damit sagen, daß *ich* niemals drinnen war. Glauben Sie mir, ich wäre mit Freuden dabei, wenn es den Dreckskerlen an den Kragen geht. Aber ich weiß nichts – genausowenig wie Sie.«

»Sie wollen also sagen, daß Sie nie jemandem geholfen haben, von dort zu fliehen?«

»Genau.«

Keine Frage: Martinez sah, daß etwas den Mann nervös machte. »Vielleicht hat einer Ihrer Leute jemandem bei einem Ausbruch geholfen?«

»Nein.« Asnikov blieb unerbittlich. »Ich wünschte, ich könnte Ihnen helfen …« Er ließ die Worte verklingen.

Ende der Unterhaltung. Webster versuchte es mit einer anderen Taktik. »Was wissen Sie über Guru Bob?«

»Wieso?«

»Rein informative Gründe«, sagte Martinez. »Ist sein Nachname tatsächlich Russo?«

»Da hat jemand seine Hausaufgaben gemacht. Die meisten glauben, sein Nachname sei Ross. So hat er sich an der Southwest University genannt. Die er ohne Abschluß verlassen hat.«

»Genaugenommen wurde er rausgeschmissen«, sagte Webster. »Er hatte die Wahl, zu gehen oder von der Uni zu fliegen.«

Asnikov hob die Augenbraue. »Dann wissen Sie mehr als ich. Bisher habe ich Bob nie sonderlich beachtet. Seit ich den Orden kenne, ist Pluto der Türhüter. Da Infiltration mein Job ist, habe ich mich stets darauf konzentriert, *ihn* zu umgehen. Bob zu ignorieren, war wahrscheinlich ein Fehler. Könnte der Grund für meine Probleme gewesen sein.«

»Was wissen Sie über Pluto?« fragte Martinez.

»Was wissen Sie über ihn?«

»Nichts«, sagte Martinez. »Im Moment versuchen wir immer noch, mehr über Bob herauszubekommen.«

Asnikov nickte. »Plutos Taufname ist Keith Muldoony. Er ist in äußerst ärmlichen Verhältnissen im hintersten West Virginia aufgewachsen, in einer großen Familie. War früher ihr strahlender Stern. Nicht nur der Held der Familie, sondern auch ein Vorbild für den ganzen Ort. Keith besaß einen Collegeabschluß.«

»Von wo?«

»Eins der dortigen Community Colleges. Nichts Besonderes, aber nicht übel, wenn man seine Herkunft bedenkt. Sein Hauptfach war Psychologie. Er hat sogar ein Jahr lang in einer Klinik gearbeitet, seine Verwandten beeindruckt, weil er einen weißen Kittel trug. Als ich mit ihnen geredet habe, waren das ihre ersten Worte. ›Unser Keith hat in einer Klinik gearbeitet und einen weißen Kittel getragen.' So ein weißer Kittel ist wahrscheinlich was ganz Tolles für einen, dessen Verwandte entweder von Sozialhilfe leben oder im Gefängnis sitzen.«

»Was hat er in der Klinik gemacht?«

»War wohl nicht viel mehr als ein Pfleger, nach meinen Informationen. Wahrscheinlich auf der Station für Geisteskranke, da er ja den Abschluß in Psychologie hatte.«

»Ein ganz schön weiter Weg von West Virginia bis zum Orden«, meinte Webster.

»Jep.«

»Was hat ihn hierher gebracht?«

»Jupiter. Pluto hat mit ihm zusammen den Orden gegründet.«

»Woher kannte er Jupiter?«

»Keine Ahnung. Aber eine Weile lang gab es nur Jupiter und Pluto und ein paar wunderliche Anhänger. Venus, Nova und Bob kamen erst später dazu.« Asnikov goß Wasser in die Kaffeemaschine und schaltete sie an. »Pluto sollte der Nachfolger sein. Aber die besten Pläne …«

Martinez dachte nicht daran aufzugeben. »Sie kennen doch bestimmt ein paar ehemalige Ordensmitglieder, Mr. Asnikov. Jemand, der sich in den Gebäuden auskennt.«

»Tut mir leid.«

»Was tut Ihnen leid?« fragte Webster. »Daß Sie kein ehemaliges Ordensmitglied kennen oder daß Sie uns nicht helfen wollen?«

Asnikovs Blick wanderte wieder zum Fernseher. »Wir drehen uns im Kreis. Ist das Ihre Vorstellung davon, etwas zu bewegen, oder reißen Sie nur die Stunden ab, damit Ihr Boß zufrieden ist?«

»Und Sie wissen nichts von Lauren Bolt?« drängte Webster.

»Ach, jetzt sind wir also wieder bei ihr?« Asnikov lächelte. »Dieser Haufen verrückter, mörderischer Schwachköpfe erzählt Ihnen, ich hätte Lauren Bolt entführt, und Sie glauben das?« Er schüttelte den Kopf. »Sie haben in diesen letzten paar Tagen weiß Gott nichts dazu gelernt.«

»Warum sind ihre Eltern immer noch verreist?« fragte Martinez.

»Keine Ahnung.« Asnikov deutete auf sein Büro. »Dort drinnen steht ein Lügendetektor. Den benutze ich bei potentiellen Klienten, um die Psychos von vornherein auzusortieren. Schließen Sie mich an. Stellen Sie mir Fragen über Lauren Bolt und/oder ihre Eltern. Gentleman, ich garantiere Ihnen, daß nichts dabei herauskommen wird.«

Martinez versuchte es noch ein letztes Mal. »Wir wissen, daß Ihre Unterlagen vertraulich sind, Mr. Asnikov. Aber wir befinden uns in einer Ausnahmesituation. Die halten Kinder als Geiseln fest. Haben Sie Kinder, Sir?«

»Detective, ich bin auf Ihrer Seite. Ich kenne zufällig einige der jungen Menschen, die dort festgehalten werden.«

»Wen?«

»Das sind laufende Fälle. Ich kann es Ihnen nicht sagen, wegen der Vertraulichkeit. Und selbst wenn ich es Ihnen sage, würde das nichts helfen. Weil sie noch drinnen sind, und diese Tatsache ist ein Beweis für *mein* Versagen!«

Keiner sprach. Die Kaffeemaschine gurgelte.

»Was wollen Sie von mir? Ich weiß nur wenig. Aber wenn ich Ihnen eine falsche Information gebe und dadurch etwas schiefgeht, ist nicht nur mein Ruf beschädigt, sondern ich werde mich auch für jedes Opfer persönlich verantwortlich fühlen. Warten Sie ab. Behalten Sie den längeren Atem. So mache ich es. Ich warte, bis ich weiß, was ich tue.«

»Warten ist gut – wenn man die Zeit hat«, sagte Martinez.

Asnikovs Gesicht wirkte angespannt – die Demütigung des Versagens. Webster spürte, daß er kurz vor dem Nachgeben war. »Sir, warum kommen Sie nicht mit und erzählen uns, was Sie über den Orden wissen. Sie beschäftigen sich so viel länger mit denen als wir.«

»Ich will mich nicht hineinziehen lassen. Weil ich weiß, daß Sie die Sache vermasseln werden. Ich habe absolut kein Vertrauen zu unseren Gesetzeshütern.«

Webster setzte zum Sprechen an, aber Martinez hielt ihn zurück. Er zog seine Visitenkarte heraus. »Wie Sie wollen. Falls Sie Ihre Meinung ändern, rufen Sie mich an. Oder besser noch, kommen Sie zum Ordensgelände. Solange sich die Situation nicht ändert, gilt unsere Einladung.«

Asnikov steckte die Karte in seine Brusttasche. »Ich sollte es vermutlich als Kompliment auffassen, daß Sie meinen, ich wüßte so viel.« Sein Gesicht wurde ernst. Wieder wanderte sein Blick zum Fernseher. »Meine Schwester ist in Jonestown gestorben … zusammen mit meiner Nichte – einer Dreijährigen mit Engelsgesicht und hinreißenden Locken. Meine Eltern haben sich nie davon erholt.«

Er brachte sie zur Tür.

»Ich bin nicht ohne Mitgefühl.«

» 29 «

Decker blinzelte in die Sonne, schirmte seine Augen mit der Hand ab. »Du meinst, daß Asnikov was verbirgt?«

Martinez erwiderte: »Nein, ich glaube, daß er ...«

»Dann hetz ihm einen Richter auf den Hals!« knurrte Decker ungeduldig. »Ich hab keine Zeit für Spielchen, wenn Leben in Gefahr sind! Wir haben das Gesetz auf unserer Seite – unmittelbare Gefahr für das Leben einer oder mehrerer Personen setzt die ärztliche Schweigepflicht außer Kraft.«

»Loo, wir wissen nichts Definitives«, sagte Webster.

Decker sah ihn an. Tom, sonst immer so proper, sah ziemlich verknautscht aus. »Also hält Asnikov nichts zurück?«

»Er benimmt sich vielleicht ein bißchen merkwürdig.«

»Was soll das heißen?« Decker war gereizt.

Webster gab Asnikovs letzten Satz wieder – von seiner Schwester und der dreijährigen Nichte, die bei dem Massenselbstmord der »People's Temple«-Sekte in Jonestown, Guyana, ums Leben gekommen waren.

»Mit so einer Geschichte fühlt man sich wahrscheinlich persönlich verantwortlich für jedes Kind in den Fängen einer Sekte. Ich glaube, er würde helfen, aber seine Schweigepflicht hält ihn zurück.«

»Dann nehmen wir ihm die Entscheidung ab und beschlagnahmen seine Unterlagen.«

»Selbst wenn wir die entsprechende Verfügung bekommen, wird es ewig dauern, die Unterlagen durchzusehen«, gab Martinez zu bedenken.

Decker sah hinüber zu den Bunkern. »Wenn Bob auf stur schaltet, haben wir alle Zeit der Welt.«

Martinez kaute auf den Spitzen seines buschigen Schnurrbarts. »*Falls* Bob auf stur schaltet ...«

»Falls«, wiederholte Decker. Er sah auf die Uhr. Halb acht. Er war seit über vierundzwanzig Stunden auf den Beinen. Seine müden Augen wanderten zu dem FBI-Bus. Da drinnen saß McCarry und brachte seinen Boß auf den neusten Stand. Der Agent war eigentlich ganz in Ordnung. Aber er war lästig – jemand, der von anderer Seite Befehle bekam. Jemand, der alles vermasseln konnte. Decker nahm an, daß McCarry über ihn dasselbe dachte.

»Was jetzt?« fragte Martinez.

»Ihr geht los und beantragt die Verfügung. Zumindest habt ihr dann was zu tun. Ich? Ich sitz solange hier rum, kratz mich an den Eiern und warte.«

»Wie die Baseballspieler«, bemerkte Webster.

»Wär nett, wenn ich so viel Kohle verdienen würde wie die.«

»Bob hat nicht wieder angerufen?« fragte Martinez.

»Nicht in den letzten vier Stunden.«

Schweigen machte sich breit … lähmendes Schweigen.

Webster fragte: »Wo ist Europa?«

»Wir haben sie nach Hause geschickt.«

»Warum?«

Decker zuckte die Schultern. »Keine neuen Erkenntnisse. Sie hat nur das wiederholt, was sie euch schon erzählt hatte. Wir haben ihre Pagernummer, falls sich was ergibt. Aber es gab keinen Grund, sie hier zu behalten. Zumal Bob nicht mit ihr reden wollte.«

Er steckte die Hände in die Hosentaschen.

»Ich dachte, sie könnte ihn aus der Reserve locken. So wie's aussieht, will Bob mit niemandem reden. Diese Tatenlosigkeit macht die hohen Herren nervös. Das LAPD und das SWAT-Team vom FBI reden davon, den Komplex zu stürmen.«

Martinez sah zu den Gebäuden hinüber. Auf ihn wirkten sie wie eine Festung. »Wie wollen die da reinkommen?«

»Vielleicht die Gitterstäbe mit einem rasch wirkenden Korrosionsmittel besprühen, sie aufbrechen, ein paar Kanister mit Tränengas durch die Fenster kübeln und dann jemanden finden, der klein genug ist hineinzukrabbeln. Aber erst müssen sie rauskriegen, ob die Fenster verkabelt und/oder an Detonatoren angeschlossen sind.«

»Wie soll das auf diese Entfernung gehen?«

»Keine Ahnung. Ich bin kein Waffenexperte. Die haben Abtastgeräte, alle nur erdenklichen Waffen und die neueste Hightech-Ausrüstung. Aber was ihnen fehlt, ist das Insiderwissen. Wenn wir in Asnikovs Unterlagen einen ehemaligen Insassen ausfindig machen, haben wir die Zauberformel.«

Stille.

Zehn Sekunden.

Zwanzig Sekunden.

Eine Minute.

Deckers Blick schweifte von dem leblosen Gebäudekomplex zu dem Getümmel im Pressebereich. Die Horden der Reporter und Kameraleute wurden durch gelbes Absperrband, ein halbes Dutzend Polizisten und viel Psychologie zurückgehalten.

»Welchen Richter sollen wir wecken, Sir?« fragte Webster.

Decker nannte ihm einen Namen und dann noch einen zweiten, falls der erste nicht zur Verfügung stand.

»Hast du die Telefonnummer?« wollte Martinez wissen.

»In meinem Büro.« Decker kramte in seiner Tasche nach dem Schlüsselring. »Marge und Scott sind im Moment dort ... auf dem Revier. Oder vielmehr, sie waren dort. Ich hab sie vor zehn Minuten gebeten herzukommen. Sie sind in die Stadt zurückgekommen, während ihr Asnikov befragt habt.«

»Was sollen sie hier? Ich dachte, du wolltest sie aus dem Weg haben, damit sie unabhängig arbeiten können«, meinte Webster.

»Befehl des Captains. Er braucht sie hier, weil Scott und Marge beide die Gebäude von innen kennen.«

Wieder schwiegen alle. Die Zeit schien im Schneckentempo zu kriechen.

McCarry konferierte immer noch mit seinem Boß.

Decker wartete immer noch auf Bobs Anruf.

Alles war sehr, sehr ruhig.

»Der Schlüssel, Loo?« fragte Webster.

Decker schnaubte abwesend, suchte den richtigen Schlüssel

heraus. »Wäre nett, wenn ich es schaffen würde, einen Gedanken zu Ende zu denken.«

»Liegt wahrscheinlich am Schlafmangel.«

»Zweifellos.« Decker löste den Schlüssel vom Ring und gab ihn Martinez. »Weiß einer von euch, wie mein elektronisches Adreßbuch funktioniert?«

»Keine Ahnung«, erwiderte Martinez.

»Ich krieg das schon raus«, sagte Webster. »Deshalb sind Bert und ich ja auch ein so gutes Team. Ich werde mit dem Computer fertig, und er zieht mich zu Boden, wenn jemand auf mich schießt und ich wie das Kaninchen vor der Schlange erstarre.«

Aber Decker hörte nicht zu. Zwei vertraute Gesichter in der Ferne lenkten ihn ab. Dunn und Oliver versuchten, an einer ganzen Armee von Sicherheitsleuten vorbeizukommen. Auch Martinez hatte sie entdeckt.

»Bert, geh und rette sie«, befahl Decker. »Wir vergleichen unsere Notizen, dann erkläre ich euch, wie meine Adreßdatei funktioniert.«

Fünf Minuten später saßen sie unter einer der vielen Ulmen. Decker rauchte eine Zigarette. Seine vier Detectives, alle Nichtraucher, wedelten den Rauch weg.

»Wie kannst du nur um ...« Marge sah flüchtig auf ihre Armbanduhr. »Um viertel vor neun morgens so ein Ding rauchen.«

»Viertel vor acht«, verbesserte Decker.

»Noch schlimmer.« Marge war gereizt durch den mangelnden Schlaf. Alle waren erschöpft und angespannt. Oliver schilderte die Vorkommnisse in Central City. Bevor sie nach Los Angeles zurückgekehrt waren, hatten sie sich im Gefängnis von Central City den Farmarbeiter Benton noch mal vorgeknöpft. Das war um halb sechs gewesen.

»Nicht gerade eines meiner besten Verhöre«, gestand Marge.

»Das macht nichts«, meinte Oliver. »Benton hat es sowieso verschlafen.«

»Stimmt nicht! Er hat geredet. Er hat gesagt, daß er es nicht war, immer und immer wieder.«

»Er hat im Schlaf geredet, Margie. Genau wie ich jetzt.« Oliver unterdrückte ein Gähnen. »Da wir in aller Eile wieder hergekommen sind, sollte jemand jetzt, wo es hell ist, zur Farm fahren und das Haus und das Gelände nach Spuren absuchen. Wir wissen immer noch nicht, ob Nova dort oben umgebracht wurde.«

»Ich schicke jemand hin«, sagte Decker. »Im Moment möchte Strapp euch beide hier haben.«

»Ich bin gerührt«, meinte Marge.

»Wenn das SWAT-Team beschließt, den Komplex zu stürmen, brauchen sie eure Kenntnisse, weil ihr schon mal drin wart.«

»Es liegt also nicht an meinem Charme?«

»Wohl kaum.«

Marge ballte die Fäuste. »Wann wollen sie stürmen?«

»Ich weiß noch nicht mal, ob, von wann ganz zu schweigen«, antwortete Decker. »Sobald McCarry mit seinem Chef und der Architektin fertig ist, werden die hohen Herren mit euch reden wollen.«

»Wie ist er denn so?« fragte Oliver. »McCarry meine ich.«

»Angespannt und nervös – wie wir alle. Er wirkt recht kompetent … als würde er seinen Job gerne gut machen. Seinetwegen und für das FBI. Die Jungs müssen Waco wiedergutmachen.«

»Wo ist Strapp?« wollte Marge wissen.

»Mit dem Polizeidirektor bei McCarry.«

»Ohne dich?« Marge war entrüstet.

»Als sie die Besprechung anberaumt haben, hab ich mich entschuldigt und behauptet, ich müsse bereit sein, falls Bob anruft. Für meinen Geschmack mischen zu viele Leute bei dieser Einsatztruppe mit.« Decker zog an seiner Zigarette. »Zu viele Leute, zu viele Meinungen und zu viele Besprechungen.«

Oliver konnte sich nicht mehr beherrschen. Diesmal gähnte er ganz offen. »Habt ihr eine Ahnung, ob bei unserem Wachdienst Essens- und Ruhepausen eingeplant sind?«

»Du träumst wohl«, brummelte Webster.

Marge wandte sich an Martinez und Webster. »Was habt ihr zwei in der Zwischenzeit gemacht?«

Bert berichtete. Oliver sagte: »Also war Asnikov eine Pleite.«

»Der Loo meint nicht«, gab Webster zurück. »Wir sollen uns eine Verfügung für Asnikovs Unterlagen besorgen.«

»Haben wir eigentlich erwähnt, daß Pluto eigentlich Keith Muldoony hieß?«, fragte Martinez.

»Muldoony?« Decker kniff die müden Augen zusammen. »Ire?«

»Könnte sein«, erwiderte Webster. »Aber Pluto stammt aus einer bettelarmen Appalachen-Familie. West Virginia. Ich dachte, die meisten dort kämen aus England.«

»West Virginia?« wiederholte Dunn. »Das überrascht mich. Ich hab ein paar Jahre in Fayetteville, North Carolina, gelebt, auf dem Stützpunkt. Normalerweise kann ich den Dialekt raushören.«

»Dito«, stimmte Webster zu. »Mich hat er auch hinters Licht geführt.«

»Wundert mich nicht, daß Pluto vom Land kommt«, meinte Oliver. »Ich hab gesehen, wie er ein Huhn geschlachtet hat. Hat ihm ohne zu zögern den Kopf abgehackt. Dann hat er Benton angeboten, den Dreck aus dem Hühnerstall zu schaufeln. Ich hätte mir denken sollen, daß er mal auf einer Farm gelebt hat.« Er dachte kurz nach. »Ein Bursche wie Bob … der hätte so was nie gemacht.«

»Ich kann mir gut vorstellen, wie Bob ein Huhn tötet«, widersprach Marge. »Er hat ja auch Pluto offenbar mit einem Schuß erledigt.«

Oliver schüttelte den Kopf. »Schießen ist was für Städter. Einem gackernden Huhn mit einem einzigen Axthieb den Kopf abzuschlagen, ist ausgesprochen ländlich. Und dann all das Blut. Bob macht sich bestimmt nicht gern drekkig.«

»Wenn er Nova umgebracht hat, muß er auf jeden Fall Blut abgekriegt haben.« Marge war noch nicht überzeugt.

»Nicht, wenn er ihn zuerst erschossen und dann zerstückelt hat.« Oliver hielt inne. »Vielleicht hat er Gummistiefel und einen Regenmantel getragen.«

»Wie ist denn Plutos Name ins Gespräch gekommen?« fragte Decker.

Martinez antwortete. »Wir kamen mit Asnikov nicht weiter, da habe ich ihn erwähnt, um das Gespräch in Gang zu halten.«

»Der alte Reuben behauptet, Pluto stamme aus einer großen, ungebildeten Familie«, fügte Webster hinzu. »Aber er hat immerhin den Collegeabschluß geschafft.«

»Mit Psychologie als Hauptfach«, ergänzte Martinez. »Er wurde zum Held der Familie, weil er in einer Klinik gearbeitet hat.«

»Trug einen weißen Kittel«, sagte Webster. »Das beeindruckte sie alle.«

»Pluto hat in einer Klinik gearbeitet?« Decker riß die Augen auf. »Was hat er da gemacht?«

»Asnikov meint, er war Krankenpfleger.«

»Krankenpfleger?«

»Die tragen weiße Kittel.«

»Du meinst, Pluto hat die Bettpfannen ausgeleert?« Oliver grinste. »Wie passend.«

»Vielleicht konnte Bob Pluto nicht leiden, weil der sich an den eigenen Haaren aus dem Sumpf gezogen hat", meinte Martinez.

»Und deshalb hat er ihn erschossen?« Webster verzog das Gesicht.

»Ich hab schon seltsamere Begründungen gehört«, sagte Marge. »Außerdem hat Pluto den Abschluß geschafft, während Bob rausgeflogen ist.«

»Du kannst die Southwest Uni nicht mit einem dieser ländlichen Colleges vergleichen«, sagte Decker. »Was Selbstgefälligkeit und Prestigedenken betrifft, ist Bob Pluto weit überlegen.«

»Wäre doch denkbar, daß Bob, der sich für was Besonderes

hält, sauer ist, wenn er von einem bettelarmen weißen Proleten wie Pluto herumkommandiert wird«, warf Oliver ein.

»Aber Bert hat gerade gesagt, Pluto war kein Prolet. Er war auf dem College«, hielt Marge dagegen.

»Trotzdem hat er unten angefangen«, sagte Oliver. »Herkunft ist alles.«

»Das glaub ich nicht«, meinte Webster. »Warum sollte Bob – auch wenn er Pluto haßte und eifersüchtig auf ihn war – das Feuer eröffnen und damit diesen Schlamassel auslösen? Bob scheint ein vernünftiger Mann zu sein. Das muß noch andere Gründe haben.«

»Ich habe Bob nie kennengelernt«, sagte Martinez. »Aber ich nehme an, der Mann hat Charisma.«

Decker nickte. »Stimmt.«

»Wenn es einen Machtkampf gab, Loo, wer hätte den deiner Meinung nach gewonnen? Pluto, Bob oder Venus?«

»Schwer zu sagen«, erwiderte Decker. »Pluto hat den Anführer gespielt. Aber Venus und Bob haben ihm nicht widersprochen.«

»Wenn Bob beschlossen hätte, Pluto herauszufordern, wäre es dann ein Kopf an Kopf-Rennen gewesen?«

Decker dachte nach. »Weiß ich nicht. Auf jeden Fall waren sie rangmäßig gleich.«

»Aber du weißt nicht, ob Bob die Wahl gewonnen hätte.«

»Worauf willst du hinaus, Bert?« fragte Decker. »Daß Bob nur übernehmen konnte, indem er den Feind umlegt?«

»Vielleicht hätte er die Wahl gewinnen können, wollte aber nicht so lange warten. Daher übernahm er die Macht auf die schnellstmögliche Weise.«

»Man kann das nicht wirklich als Macht bezeichnen, Bert. Sowie er sich draußen zeigt, ist er ein toter Mann.«

»Vielleicht reicht ihm das ja. Jetzt – in diesem Moment – ist er der Herr der Berge. Klingt wie ein typischer Psychopath – handle jetzt, bezahl später.«

»Der Mann giert nach Aufmerksamkeit«, stimmte Oliver zu. »Jetzt beherrscht er nicht nur den Orden, er hat auch die

Presse. Hast du die Presse in der Hand, kontrollierst du das ganze Land.«

»Jupiter ist tot, Pluto ist tot, Nova ist tot …« Martinez strich sich über den Schnurrbart. »Ich glaube, Bob ist nicht nur auf Macht aus, er tötet auch gerne.«

Webster war skeptisch. »Meinst du, Bob hätte plötzlich Mordgelüste entwickelt?«

»Wer sagt, daß er die plötzlich entwickelt hat, Tom?« fragte Martinez. »Vielleicht hatte er sie schon immer. Wir wissen von Europa, daß Bob es erregend fand, andere zu betrügen.«

»Das kann man doch nicht mit Mord vergleichen.«

Decker war sich dessen nicht so sicher. Er erwärmte sich allmählich für Martinez' Theorie – ein psychotischer Killer in einer Sekte. Sekten wie der Orden übten eine unwiderstehliche Anziehung auf enttäuschte Menschen aus. Menschen, die sich nach einem Guru sehnten, der sie zu einem neuen Leben führte. Alle Verbindungen zur Familie und früheren Freunden abgebrochen. Kein Kontakt mit der Außenwelt. Perfekte Opfer für einen Mann mit Mordgelüsten …

»Denkt an Jonestown … an Heaven's Gate … an Waco. Die Anführer überredeten ihre Mitglieder – angeblich rational denkende Menschen – zum Massenselbstmord, brachten sich selbst und, im Fall von Waco und Jonestown, auch noch ihre Kinder um. Wenn die Anführer ihre Jünger dazu bringen konnten, dann ist es ihnen bestimmt auch gelungen, ein paar Morde als ›notwendig für das Wohl der Gruppe' zu rechtfertigen.«

»Ideal für jeden Psychopathen«, spann Martinez die Idee weiter. »Eine völlig abgeschottete Sekte mit vielen potentiellen Opfern, wo man ungestört seine schmutzige Arbeit tun kann. Maßgeschneidert für einen Serienmörder. Vielleicht hat Bob Morde als sanktionierte Tötungen getarnt – Menschenopfer getarnt als Rituale.«

»Hast du in den vergangenen Jahren je von Menschenopfern gehört?«

»Nein, aber woher hätte ich davon erfahren sollen?«

»Gute Frage«, sagte Decker. »Solange die Untergurus ihre

Schützlinge hinter Schloß und Riegel hielten, wußten wir weder, *wer* in den Gebäuden lebt, noch *was* da drinnen vorgeht.« Er starrte hinüber zum Ordensgelände. »Bob kann seit Jahren Leute umgebracht und sie auf dem Grundstück verscharrt haben, ohne daß wir es erfahren haben.«

Alle schwiegen.

Leise meinte Decker: »Wer weiß, was sich unter den Gemüsebeeten befindet?«

»Jetzt trägst du aber zu dick auf«, protestierte Marge.

»Aber es ergibt einen Sinn, Margie«, sagte Oliver. »Wer hätte Bob aufhalten sollen?«

»Jupiter zum Beispiel«, erwiderte Webster. »Außer ihr haltet ihn ebenfalls für einen übergeschnappten Mörder.«

Oliver hob die Augenbrauen. »Eine Sekte der Serienmörder?«

»Also wirklich!«

»Angenommen, Jupiter hat nichts davon mitgekriegt«, meinte Decker. »Vielleicht hat Bob jedes Mal, wenn jemand verschwand, Asnikov die Schuld gegeben.«

»Genau wie gestern«, bestätigte Marge. »Andromeda und Lyra sind verschwunden, und wen haben sie beschuldigt? Asnikov!«

»Selbst, wenn ich diese Beweisführung akzeptiere«, sagte Webster. »Die nicht eben gradlinig ist …«

Decker lächelte. »Ein paar logische Sprünge.«

»Warum sollte Bob dieses wunderbar abgeschiedene, für einen Serienmörder maßgeschneiderte Arrangement aufgeben und so öffentlich morden, wie er es mit Pluto gemacht hat? Damit ist seine Tarnung geplatzt.«

»Die Dinge wuchsen ihm über den Kopf«, schlug Martinez vor.

»Außerdem haben Psychos einen selbstzerstörerischen Drang nach Aufmerksamkeit«, fügte Decker hinzu. »Oliver hat das hervorragend ausgedrückt. Guru Bob giert nach Aufmerksamkeit. Vielleicht hat er die nach Jupiters Tod zum ersten Mal gekriegt und Geschmack daran gefunden.«

»Es geht doch darum, Aufmerksamkeit zu kriegen, ohne erwischt zu werden, Loo.«

»Dann bleibt man anonym«, widersprach Martinez. »Das macht keinen Spaß.«

Decker überlegte. »Noch mal zurück zum Anfang. Womit hat dieser ganze Schlamassel begonnen?«

»Mit Jupiters Tod«, sagte Martinez.

»Genau. Jupiter stirbt – wird vielleicht sogar vergiftet. Meine Meinung? Jemand wollte ihn außer Gefecht setzen, aber am Leben erhalten. Solange Jupiter lebte, konnte derjenige sich Dinge erlauben, die nicht mehr möglich waren, als Jupiter starb.«

»Zum Beispiel Leute umbringen?« Webster war skeptisch. »Ihr denkt, Bob hat Leute umgebracht, und Jupiter hat einfach weggeschaut?«

»Nachdem ich ihn in Aktion gesehen habe, halte ich es für möglich, daß Russo Jupiter für seine dreckige Arbeit benutzt hat. Vielleicht hat er Jupiter eingeredet, daß seine Opfer Feinde des Ordens waren und vernichtet werden mußten.«

»Warum sollte Jupiter Bob glauben?« fragte Webster.

»Wieso sollte Bob ihn belügen? Wenn der alte Mann isoliert war und seine Informationen nur von seinen Gurus erhielt ...«

»Um Bob zu glauben, mußte der alte Mann verrückt sein.«

»Vielleicht war er das ja auch. Erinnert ihr euch an das Video? Wie Jupiter davon sprach, daß er sie in *seinem* Land zerschmettern werde? Wir dachten, er meinte damit die Außenwelt, Menschen wie uns. Vielleicht bezog sich das aber auf Feinde innerhalb des Ordens.«

»Selbst wenn Bob ihn davon überzeugen konnte, daß die Aktionen notwendig waren, glaubst du nicht, daß Venus oder Nova oder Pluto ihn aufgehalten hätten?«

»Zwei der drei sind inzwischen tot. Vielleicht haben sie es versucht, und Bob hat es ihnen übel genommen.«

Marge war bleich geworden. »Mir wird ganz schlecht. Vielleicht waren Andromeda und Lyra seine letzten Opfer.«

Decker zuckte die Schultern, wirkte aber nicht überzeugend.

Webster blieb skeptisch. »Das ist doch alles nur Spekulation.«

»Weißt du was Besseres mit deiner Zeit anzufangen?« fragte Oliver.

»Allerdings«, sagte Decker. »Er kann losgehen und sich die Verfügung holen.«

»Sowie wir von dir die Telefonnummer des Richters bekommen«, entgegnete Webster.

Decker fiel noch etwas ein. »Denkt an Nova. Das war kein gewöhnlicher Mord. Das war eine Vorführung! Der Mörder hat die Sache genossen. Die Leiche so zu arrangieren – Schädel und gekreuzte Knochen. Er hat mit seiner Tat regelrecht geprahlt. Typisch für einen Serienmörder mit System.«

»Pluto vor aller Augen zu erschießen, hatte nicht viel mit System zu tun«, meinte Webster.

»Aber es war sehr effektvoll«, hielt Oliver dagegen. »Bob hat kapiert, daß seine Tage gezählt sind, also ist ihm alles egal.«

»Wenn Bob tatsächlich dieser sadistische, nur auf sein Vergnügen bedachte Mörder ist, dann wird er es genießen, die ganze Sekte mit ins Verderben zu reißen – sie alle mit einem perversen Feuerwerk ins Jenseits zu befördern.«

»Das ist doch reine Phantasie!«

»Nein, wir entwickeln ein Szenario, Tom«, widersprach Oliver.

»Okay«, sagte Webster. »Angenommen, ich kaufe euch Bob Russo als Serienmörder ab. Angenommen, ich kaufe euch sogar ab, daß Bob Nova und Pluto umgebracht hat, weil sie seine Macht bedrohten. Aber warum um alles in der Welt hat Bob dann Pluto vor aller Augen erschossen?«

»Weil die Anspannung zuviel für ihn wurde«, sagte Martinez.

Webster winkte ab. Er sah zu Decker. »Erklärst du uns jetzt deine Adreßdatei oder nicht?«

»Du drückst auf *Enter*, dann gibst du den Namen ein ...«

Marges Handy schrillte los. Sie fuhr zusammen und drückte auf den Verbindungsknopf. »Detective Dunn.«

Eine panische Frauenstimme flüsterte: »Sie müssen uns hier rausholen! Er ist vollkommen durchgeknallt!«

Marge schnippte mit dem Finger, um Decker aufmerksam zu machen. Ihr Herzschlag dröhnte ihr in den Ohren. »Venus, sind Sie das?«

»Hören Sie genau zu! Mir bleiben nur Sekunden, bis er kommt.« Die Frau senkte die Stimme und war kaum noch zu verstehen. »Wenn Sie das nicht richtig machen, werden wir alle sterben! Haben Sie verstanden? Er hat an allen Fenstern und Türen Sprengladungen angebracht. Die Hintertür vom Garten in die Küche läßt sich wahrscheinlich am einfachsten entschärfen. Die benutzt er nämlich nach wie vor. Er muß da was angebracht haben, was sich leichter ein- und ausschalten läßt. Verstanden?«

»Ja.«

»Im Moment ist er dabei, den äußeren Zaun unter Strom zu setzen. Ihnen bleibt nicht viel Zeit. Es gibt ein Loch unter dem Zaun zwischen ...«

Knacken und Rauschen.

Verzweifelt wechselte Marge die Frequenz. Aber es nützte nichts. Die Leitung war tot.

Marge fluchte.

»Venus?« fragte Decker.

»Ich nehm's an. Sie ist die einzige, der ich meine Karte gegeben habe ... nein, warte! Ich hab auch Terra eine gegeben. Es könnte Terra gewesen sein.«

»Deine Handynummer steht auf der Karte?«

Marge nickte. »Venus hat eine rauchige Stimme. Terras klingt eher unterwürfig. Aber es war nicht zu erkennen. Ich habe nur ein verängstigtes Flüstern gehört.«

»Hat sie was von einer Hintertür gesagt?« fragte Martinez.

»Sie sagt, an allen Fenstern und Türen seien Sprengladungen angebracht, aber die Hintertür ließe sich am leichtesten entschärfen, weil Bob dort ein- und ausgeht. Sie sagt, wir sollen uns beeilen, weil Bob gerade den Zaun unter Strom setzt.«

»Könnte der Anruf eine Falle sein, um uns zum Handeln zu zwingen?« wollte Decker wissen. »Europa sagt, Bob sei ein Spieler. Wenn wir abwarten und nichts unternehmen, sagt sie, dann würde er den nächsten Zug machen. Das könnte dieser Zug sein.«

Schweigen. Dann sagte Marge: »Vielleicht. Aber die Stimme klang wirklich völlig verängstigt.«

»Ist vielleicht echt«, meinte Decker. »Könnte aber auch gespielt sein. Sekten ziehen die merkwürdigsten Leute an, genau wie Hollywood. Viele ehemalige Schauspieler sind bei den seltsamsten Gurus gelandet.«

» 30 «

Nachdem sie den LAPD-Oberen und den FBI von dem Anruf informiert hatten, warteten Decker und seine Mannschaft auf Anweisungen. Marge wurde zuerst befragt und ihr Handy sofort konfisziert. Jede Menge Fragen; zehn Leute und elf Meinungen. Diese verschiedenen Meinungen veranlaßten die Oberbosse, noch eine Einsatztruppe zusammenzustellen und sie – na was wohl? – zu einer weiteren Besprechung einzuberufen. Selbst wenn Decker dazu gebeten worden wäre, was nicht der Fall war, hätte er sich entschuldigt. Wo so viele Leute mitreden, war die Gefahr, das Ganze zu vermasseln, sehr hoch.

Die meisten hielten den Telefonanruf für eine Falle. Marge war die einzige, die widersprach. Sie stand an die Ulme gelehnt, starrte zu dem leblosen Gebäude hinüber und trank Kaffee aus einem Styroporbecher. Bei ihr waren Decker, Oliver und Special Agent Armand McCarry. Ihre eigene kleine Einsatztruppe – eine, die weder Macht noch Einfluß besaß, aber wenigstens wurde Marges Stimme gehört. Sie rieb sich die Augen, blinzelte gegen die Helligkeit des bedeckten Himmels an.

»Wenn Bob uns wirklich ködern will, warum hat er dann kein Kind telefonieren lassen? Er weiß, daß wir für die Kinder viel eher Risiken eingehen würden.«

»Kinder sind unzuverlässig«, erwiderte McCarry.

»Nicht die Kinder des Ordens«, widersprach Marge. »Die sind programmiert wie kleine Roboter.«

Sie dachte an das Gespräch mit der vierzehnjährigen Vega, wie deren Augen aufgeleuchtet hatten, als sie von den Abenteuern des Kleinen Prinzen in magischen Welten erzählte. So ein intelligentes Kind, aber sie hatte ihr kurzes Leben hinter Betonmauern verbracht, den Kopf vollgestopft mit schwer verständlicher Wissenschaft und dem Pseudoglauben eines Gurus und ehemaligen Astrophysikers. Marge spürte, wie ihr ein Stich durchs Herz fuhr.

McCarry redete immer noch. »… als ob sie auf Befehl von jemand anderem sprach?«

»Die Frau am Telefon?« fragte Marge.

McCarry konnte seine Gereiztheit kaum verbergen. »Ja, Detective. Die Frau am Telefon. Klang sie so, als würde sie einem Befehl gehorchen?«

Marge dachte nach. »Für mich klang ihre Verängstigung echt.«

»Selbst wenn es ein Trick war, um uns aus der Reserve zu locken, können wir ihn nicht ignorieren«, meinte Oliver.

»Die Einsatzleitung arbeitet bestimmt schon daran«, beschwichtigte Decker.

»Warum bist du nicht bei denen?« fragte Oliver.

»Mich wollen sie wohl nicht haben.« Decker gähnte, fragte dann McCarry: »Und was ist Ihre Ausrede? Wieso hängen Sie mit uns Verlierern herum, wo Sie doch bei den großen Tieren mitmischen könnten?«

McCarry zuckte die Schultern. »Ich mag Verlierer.«

Decker lächelte. Er konnte sich denken, warum McCarry bei ihnen blieb. Zum einen hatte Decker einen – wenn auch nur geringen – Einfluß bei Bob. Vielleicht wollte der FBI-Agent auf dieser Welle mitreiten. Aber Decker ahnte, daß auch McCarry die sinnlosen Besprechungen leid war. Er erwärmte sich allmählich für den Agenten, spürte auch bei ihm ein langsames Auftauen. Es gab kleine Anzeichen gegenseitigen Vertrauens. Zum Beispiel hatte McCarry für Deckers Leute frischen Kaffee mitgebracht, als er aus dem Wagen des Einsatzkommandos gestiegen war.

Der Agent fragte: »Wo sind die anderen beiden? Blondie und der Schnauzbart?«

»Webster und Martinez?« korrigierte Decker. »Sie besorgen sich eine Verfügung, um Asnikovs Unterlagen einzusehen.«

»Zu welchem Richter hast du sie geschickt?« wollte Marge wissen.

»Ryan.«

»Gute Wahl.«

»Asnikov ist ein Schweinehund«, knurrte McCarry. »Informationen zurückzuhalten, wo da drinnen Kinder sind.«

»Asnikov behauptet, nie jemanden aus dem Orden gerettet zu haben«, sagte Oliver.

»Haben Sie ihn im Orden mal erwähnt? Wie war die Reaktion?« fragte McCarry.

Marge nickte. »Mehrfach.«

»Für sie ist er der Teufel, stimmt's?«

»Allerdings.«

McCarry nahm einen Schluck Kaffee. »So viel nackten Haß löst nur aus, wer sich richtig mit ihnen angelegt hat. Allein das Büro in L.A. hat fast fünfzig Beschwerden gegen ihn wegen Entführung bekommen.«

»Beschwerden des Ordens?« fragte Marge.

McCarry schüttelte den Kopf. »Der Orden würde sich wegen

Asnikov nie an das FBI wenden. Erstmal sind sie selbst Kidnapper. Und zweitens haben die Gurus alle eine zwielichtige Vergangenheit, davon bin ich überzeugt. Nein, die meisten Beschwerden gegen Reuben kommen von geschiedenen Eltern. Weil er Kinder für den einen oder anderen Elternteil entführt hat. Sie kennen das Szenario. Dad beschließt, es Mom heimzuzahlen, indem er Söhnchen entführt.«

»Entführt er die Kinder für den, der das Sorgerecht hat, oder für den anderen?«

»Sowohl als auch. Wir haben mindestens fünfzehn Fälle, wo er das Kind der Partei entführte, der das Gericht das Sorgerecht zugesprochen hat. Obwohl es bei manchen Fällen so aussieht, als hätte das Gericht einen Fehler gemacht. Aber hauptsächlich scheint er dem Elternteil, der das Sorgerecht hat, das Kind wiederzubringen.«

»Das ist doch in Ordnung«, sagte Marge. »So was nennt man Familienzusammenführung.«

»Theoretisch ja.« McCarrys Blick wurde stahlhart. »Aber es sind seine Methoden.«

»Wenn es Ihr Kind ist, Sie das Recht auf Ihrer Seite haben und das System versagt ...« Marge zuckte die Schultern.

»Das ist Selbstjustiz.«

»Für mich ist das Gerechtigkeit.«

Der Agent ging nicht näher darauf ein. Decker schaute hinüber zu der Absperrung, hinter der sich alles drängte – Menschen, Autos, Laster, Kleinbusse, dazu die Medienleute mit ihren Kameras, Scheinwerfern, Maskenbildnern, Verstärkern und Mikrophonen. In den letzten zwei Stunden schienen sich die Leute durch Zellteilung vervielfacht zu haben. Ein Ameisenhaufen im Makrokosmos. Und alle warteten darauf, daß etwas passierte.

»Wir könnten die Hälfte der Leute nach Hause schicken, ohne irgendwas zu riskieren«, sagte Decker.

»Mindestens die Hälfte«, stimmt McCarry zu. »Was für eine Geldverschwendung.« Zu Marge sagte er: »Meine Techniker verbinden Ihr Telefon mit unserem Aufzeichnungsgerät und müßten in fünfzehn Minuten damit fertig sein. Bleiben Sie bitte hier, falls jemand Sie anruft.«

»Und wir sollten uns in der Zwischenzeit mal das angebliche Loch im Zaun ansehen, Loo«, meinte Oliver. »Rausfinden, ob es überhaupt existiert. Ich hab ein Fernglas im Kofferraum.«

»Klar, mach das, Scott. Man kann nie wissen.« Zu McCarry gewandt, fuhr Decker fort: »Hat irgend jemand vom FBI eine Ahnung, ob an den Türen und Fenstern des Komplexes tatsächlich Sprengladungen angebracht sind?«

»Nein«, antwortete McCarry.

Oliver mischte sich ein. »Die Frau am Telefon hat gesagt, Bob sei dabei, den Zaun unter Strom zu setzen. Ich frag mich, ob er das nicht bereits getan hat. Vielleicht mit einem Schalter. Wir stürmen los, denken, alles ist bestens, Bob sieht uns am Zaun rummachen, stellt den Strom an und röstet uns.«

Aber Decker sah in die Ferne.

»Wo siehst du hin?« fragte Marge.

»Da drüben, schräg links ... direkt vor der Absperrung.« Decker zeigte auf einen Punkt neben dem Pressebereich. »Sieht aus, als gäb's da ein Sicherheitsproblem.«

Mehrere Uniformierte verhörten eine Frau in Jeans, schwarzem Rollkragenpullover und roten Turnschuhen.

Es war mehr als ein Verhör; sie hatten ihr Handschellen angelegt. Sie wippte auf den Füßen. Bei näherem Hinsehen war zu erkennen, daß sie aufstampfte.

Ihre Körpersprache war die einer jungen Frau ... die Energie, mit der sie sich bewegte. Sie war dünn, hatte langes, strähniges braunes Haar. Sie schien etwas zu brüllen, aber Decker konnte nichts verstehen. Innerhalb von Sekunden war sie von Polizisten umringt, verschwand hinter einer Wand aus blauen Uniformen. Dann schleppten zwei Männer sie weg, ihre roten Schuhe schleiften über den Boden.

»Komm, Scott. Das sehen wir uns mal genauer an«, rief Marge.

Oliver trank den letzten Schluck Kaffee. »Bin schon da, Babe.«

Decker schaute den beiden nach. Er sah, wie sie ihre Dienstmarken vorzeigten und mit den Beamten sprachen, während die Frau unsanft in einen Polizeiwagen geschoben wurde. Zuerst schien Marge abwesend zu nicken. Doch dann veränderte sich ihr Gesichtsausdruck. Selbst aus dieser Entfernung sah Decker, daß sie die Augen aufriß.

Der Polizeiwagen fuhr los. Oliver schoß nach vorn und stellte sich ihm in den Weg. Marge rannte hin und schlug mit der flachen Hand gegen das Beifahrerfenster. Decker hörte sie brüllen, konnte aber nichts verstehen. Der Polizeiwagen bremste abrupt. Marge riß die hintere Tür auf und beugte sich hinein.

Ohne ein Wort rannte Decker auf das Auto zu. Hinter sich hörte er McCarry. Offenbar war ihm derselbe Gedanke gekommen.

Als Marge versuchte, ihr aus dem Auto zu helfen, wehrte sich das Mädchen und trat nach allen Seiten.

»Nimm deine dreckigen Pfoten weg!«

»Ganz ruhig.«

» … komm hierher, riskiere mein Leben, und ihr Idioten wollt mich festnehmen!«

»Die Beamten wußten nicht …«

»Dann hätten sie den Mund halten und zuhören sollen! Ich hab's gewußt, ich hätt nicht zurückkommen sollen!« Das Mädchen versuchte immer noch, sich aus Marges Griff zu befreien. »Laß mich los, du Idiotin.«

Marge ließ los, das Mädchen stolperte rückwärts und landete auf dem Po. Wortlos packte Marge sie am Arm und half ihr hoch.

Das Mädchen verstummte kurz, fuchtelte mit den Händen. »Könnt ihr mich nicht von diesen verdammten Sado-Maso-Fesseln befreien?«

»Ich bin auf Ihrer Seite«, sagte Marge.

»Hör zu, wenn du was erreichen willst, dann nimm mir diese Handschellen ab!«

Atemlos blieb Decker vor dem Mädchen stehen, dachte an das einzige, unscharfe Foto von Andromeda, das er gesehen hatte. Es konnte hinkommen. »Sind Sie Lauren Bolt?«

»Kommt drauf an, wer das wissen will«, antwortete das Mädchen trotzig. »Wer sind Sie?«

»Lieutenant Peter Decker – LAPD. Wo ist Lyra?«

»Das geht Sie überhaupt nichts an.«

»Sagen Sie mir nur ...« Decker keuchte immer noch. »Sagen Sie, daß ihr nichts passiert ist. Bitte. Ich möchte nur von Ihnen hören, daß es ihr gut geht.«

Zum ersten Mal schien das Mädchen die Besorgnis zu spüren. »Es geht ihr gut.«

»Ist sie in Sicherheit?«

Sie nickte.

»Gut.« Decker legte die Hand auf seine Brust. »Eine Sorge weniger, die an mir nagt.«

»Sie haben nach ihr gesucht?«

»Wir haben nach euch beiden gesucht. Der Orden behauptet, ihr wärt von Reuben Asnikov entführt worden.«

Ein verächtliches Schnauben. »Typisch für den Orden. Klingt nach Pluto. Aufgeblasener Lackaffe. Ist er wirklich tot?«

»Ja.«

»Nova wär auch nicht schlecht gewesen.«

»Nova?« fragte Marge.

Lauren betrachtete Marge. »Sie kennen ihn?«

»Wir haben ihn verhört«, sagte Oliver.

Wiedererkennen blitzte in ihren Augen auf. »Stimmt. Ich war ja noch da, als Sie ihn verhört haben. Er hat bestimmt vergessen, Ihnen zu erzählen, daß er pervers ist! Die sind alle pervers. Aber er ist der schlimmste, weil er Kinder mag.«

»Nova ist tot, Ma'am«, sagte Oliver.

Ein Lächeln breitete sich über Laurens Gesicht. »Wenn Sie jetzt noch den Rest fertigmachen, bekommt mein Leben einen Sinn.«

»Arbeiten Sie für Asnikov?« fragte Marge.

»Nein. Aber er ist der Grund, warum ich hergekommen bin … na ja, einer der Gründe. Selbst wenn er mich nicht angerufen hätte, wäre ich wahrscheinlich gekommen.« Sie sah auf ihre Füße. »Wegen der Kinder. Sie … wachsen einem ans Herz.«

Sie hob den Kopf und blinzelte ins Licht.

»Er hat mich im letzten Moment erwischt. Wir wollten uns gerade nach Australien einschiffen.«

»Aber Sie arbeiten nicht für Asnikov«, stellte McCarry fest.

In Laurens Gesicht flammte Feindseligkeit auf. »Das hab ich doch gerade gesagt, oder? Sind Sie taub?«

McCarry reagierte gereizt. »Ich dachte, Sie wären gekommen, um uns zu helfen.«

»Das hängt ganz von Ihnen ab, Bubi.«

Decker betrachtete sie. Lauren schien Anfang zwanzig zu sein und war so dünn, daß man sie mit einer festen Umarmung zerbrechen konnte. Und doch war sie hier, attackierte eine Horde von Sicherheitskräften, trat um sich und fluchte wie ein Seemann, ohne jeden Respekt vor Autoritätspersonen. Sie war frech und rabiat und schnell. Kein Wunder, daß sie ihr Handschellen angelegt hatten. Doch Decker verstand ihre offenkundige Unerschrockenheit. Die hatte sie gebraucht, um den Orden zu infiltrieren.

Einer der Polizisten, die sie verhaftet hatten, stand außerhalb der Gruppe, die Hand in die Hüfte gestemmt. »Sollen wir sie aufs Revier bringen, Lieutenant?«

»Nein«, erwiderte Decker. »Laßt sie in Ruhe.«

»Ja, laß mich in Ruhe, Bubi«, wiederholte Lauren.

Marge nahm McCarry zur Seite. »Ich erkläre es Ihnen.«

Decker nickte und betrachtete das Gesicht der jungen Frau, deren Züge von Wut und Trotz verzerrt waren. Er stellte sich vor, wie sie mit sechzig aussehen würde. »Die Farranders sagten, Maureen sei ihre jüngste Tochter, also können Sie nicht Lyras Tante sein. Ich würde sagen, Sie sind Maureens Nichte … die Tochter einer ihrer älteren Schwestern.«

Lauren funkelte ihn an, sagte aber nichts.

»Maureen?« fragte Oliver.

»Im Orden unter dem Namen Moriah bekannt. Als ich auf der Suche nach Lyra war, habe ich mit Ihren Großeltern gesprochen. Sie sehen Ihrer Großmutter ähnlich.«

Das Mädchen versteifte sich. »Die selbstlose Ceese – eine Bastion der Nächstenliebe!«

»Wir sind alle Gefangene unserer Vergangenheit«, seufzte Decker.

»Nicht alle, Bubi!«

»Nein, Sie nicht. Sie sind die rechtschaffene Cousine auf Ihrer Mission, Lyra zu retten. Prima, Lauren! Sie haben es geschafft! Sie haben Sie da rausgeholt und ihr wahrscheinlich das Leben gerettet. Das ist keine Übertreibung. Jetzt helfen Sie uns, die anderen Kinder rauszuholen, und Sie werden eine echte Heldin sein.«

Plötzlich schossen Lauren Tränen in die Augen. »Dann befreien Sie mich erst mal von diesen verdammten Dinger hier.«

Decker warf dem Polizisten einen Blick zu. »Nehmen Sie ihr die Handschellen ab.«

Der Mann war unschlüssig, gehorchte aber dem Befehl eines Vorgesetzten. Gleich darauf rieb sich das Mädchen die Handgelenke. Ohne die Fesseln wirkte sie weniger selbstsicher. Ruhig, aber auf der Hut.

»Ich glaube, ich bin Ihnen was schuldig«, sagte sie. »Die Ermittlungen der Polizei haben den minutiösen Tagesablauf des Ordens durcheinandergebracht.« Sie sah in die Ferne. »Sie haben mir die Chance gegeben, die ich brauchte.«

»Wie lange waren Sie da drin?«

»Etwas mehr als zwei Jahre.« Lauren wischte sich über die Augen. »Es war die Hölle, aber ich würde es wieder tun. Besonders nach allem, was ich jetzt weiß. Ich würde sie niemals da drinnen verkommen lassen.«

»Sie können Lyra nicht gekannt haben, bevor Sie dem Orden beitraten«, sagte Decker. »Wahrscheinlich hatten Sie sie nie zuvor gesehen. Sie wuchs im Orden auf. Was hat Sie dazu veranlaßt?«

Sie verschränkte die Arme. »So bin ich eben! Immer auf der Seite der Schutzlosen. Die Art Kind, die streunende Katzen und aus dem Nest gefallene Vögel mit nach Hause bringt.« Lauren sah weg, das Gesicht immer noch voller Traurigkeit. »Ich kann nicht aufhören, an die anderen Kinder zu denken.«

»Geht mir genauso«, sagte Marge. »Waren Sie sich der Gefahr bewußt, als Sie dem Orden beitraten?«

Lauren zuckte die Schultern. »Reuben hat es mir ziemlich genau geschildert. Er riet mir ab. Er sagte mir, wie gefährlich es werden könnte. Daß Pluto mich auf Schritt und Tritt überwachen würde. Daß ich bestraft werden würde, verprügelt, wenn ich nicht absolut gehorchte. Er sagte, Bob würde sich an mich ranmachen, weil ich jung und hübsch sei. Ich müßte mit ihm schlafen, und wenn ich es nicht täte, würde es mir schlecht ergehen. Er sagte, es könnte gut sein, daß ich nie wieder rauskäme. Und er könne mir nicht helfen – niemand könne das –, weil der Orden hermetisch abgeriegelt ist. Ich sollte es mir gut überlegen … nicht nur einige Tage lang, sondern Monate lang. Was ich auch tat.«

»Aber Sie haben es trotzdem getan«, stellte Decker fest.

»Ich habe Reuben einfach nicht geglaubt. Diese Arroganz war eine Hilfe. Wenn ich wirklich gewußt hätte, was …« Sie sah weg. »Ich hatte mit Kindern gearbeitet – Kindern aus den Slums – sehr zum Entsetzen meiner Mutter.« Sie sah Decker an. »Waren Sie bei meiner Mutter?«

Decker schüttelte den Kopf.

»Eine Mini-Ceese. Ich bin in einer Familie aufgewachsen, die der Meinung ist, Menschen sollten nur mit Vanille-Geschmack zur Welt kommen. Als ich entdeckte, daß Schokolade auch nicht schlecht ist, fing ich an, über Maureens Kind nachzudenken. Niemand von der Familie interessierte sich für das Schicksal der Kleinen – Nächstenliebe beginnt zu Hause.«

Eine Träne lief ihr über die Wange, während sie zum Bunker hinübersah.

»Es frißt mich auf. Da drinnen sind *gute* Menschen, Sir. Anständige Menschen, die am falschen Ort nach Gott suchen.

Sie sind nicht schlecht. Und Jupiter auch nicht. Ja, der Mann war ein Psychopath, aber ihm ging es mehr um seine Visionen als um Macht. Die wirklich Schlimmen sind die vier, die unter ihm standen – Pluto, Nova, Venus und Bob. Sie haben ja keine Ahnung.«

Oliver zog seinen Notizblock raus. »Offenbar nicht, wenn Sie sagen, daß Nova ein Pädophiler war.«

Sie konzentrierte sich auf Scotts Gesicht. »Nova, der Kinderschänder.«

»Mir kam er wie ein Schwächling vor.«

»Das sind die meisten Pädophilen«, schnappte Lauren. »Wie ist er gestorben?«

»Wahrscheinlich verblutet«, sagte Decker. »Jemand hat ihn zerstückelt und in einen der Küchenschränke auf der Farm des Ordens gestopft. Die Ortspolizei hält den Farmarbeiter Benton wegen Mordverdacht fest. Sagt Ihnen der Name etwas?«

Lauren schüttelte den Kopf. »Ich wußte nicht mal, daß der Orden eine Farm besitzt.«

»Sie gehörte Jupiter. Jetzt gehört sie vermutlich seiner Tochter Europa. Benton führt die Farm; allerdings glaube ich nicht, daß er Nova umgebracht hat. Ich halte eher Bob für den Täter.«

»Klingt logisch«, sagte Lauren. »Nachdem unser Vater Jupiter – nachdem Emil Ganz starb, hat sich Bob wie eine Kakerlake vorgearbeitet.«

»Für mich war Pluto immer die Kakerlake«, meinte Oliver.

»Pluto ist eher der Tyrannosaurus Rex. Er trampelt alles nieder, was ihm in den Weg kommt.«

Bob als Kakerlake und Pluto als Tyrannosaurus Rex. Interessant. Auch Decker hätte gedacht, es sei umgekehrt.

Marge fragte: »Warum sollte Bob einen Schwächling wie Nova umbringen?«

»Weil Bob Spaß daran hat, Leute umzubringen«, sagte Lauren.

Alle verstummten.

»Trotzdem, da muß noch mehr dahinterstecken.« Decker

hielt inne und ging im Kopf noch mal den ursprünglichen Fall durch. Ihm kam ein Gedanke. »Jupiter wurde gegen fünf Uhr früh tot in seinem Bett aufgefunden. Eine halbe Stunde später hat Nova den Totenschein ausgestellt. Und kurz danach hat Europa die Polizei angerufen.« Wieder hielt er inne. »Eine Frau aus dem Orden hat ihr telefonisch mitgeteilt, ihr Vater sei tot. Venus war es nicht.«

Decker warf ihr einen scharfen Blick zu. Lauren biß sich auf die Lippe.

»Kommen Sie, Lauren. Sie hätten nicht ohne Hilfe anrufen können, nur die Gurus hatten Zugang zum Telefon. Jemand hat Ihnen befohlen, anzurufen. Nach allem, was wir jetzt wissen, kann das nur Nova gewesen sein. Warum wollte er, daß Sie einen Verleumder informieren?«

»Jupiters Tod hat ihm Angst eingejagt. Bob und Pluto wollten Ganz auf dem Gelände begraben wie die anderen.«

»Die anderen?« McCarry schaute alarmiert. »Welche anderen?«

»Die anderen, die im Laufe der Zeit ›verschieden' sind«, erwiderte Lauren. »Zweifellos ebenfalls ermordet.«

»Wissen Sie das genau?« fragte McCarry.

»Ich weiß, daß rebellische Mitglieder immer wieder plötzlich verschwanden ...«

»Grundgütiger!« murmelte Marge.

»Was hat Nova Ihnen sonst noch anvertraut, Lauren?«

»Er sagte, Ganz' Tod könne man nicht geheimhalten. Ganz sei zu berühmt, und er hätte Kinder. Nova machte sich Sorgen wegen Europa, der Tochter. Ganz hatte noch Kontakt zu ihr. Diesmal wollte Nova den offiziellen Weg gehen. Er sagte, falls wir die Polizei jetzt nicht benachrichtigten, würde es später großen Ärger geben, wenn Europa vom Tod ihres Vaters erfuhr. Alles und jeder würde überprüft werden. Das wäre der Todesstoß für uns ... für sie ... den Orden.«

»Dachte wohl, er könne uns in die Irre führen, bevor wir zu intensiv suchten«, warf Oliver ein.

Lauren nickte. »Er sagte, ich solle Europa anrufen, selbst

wenn ich damit gegen die Gelübde verstoßen und die Kette durchbrechen würde.«

Decker platzte heraus: »Die Kette durchbrechen ... gegen die Gelübde verstoßen. Das hab ich doch schon mal gehört.«

»Eine der Grundregeln des Ordens«, sagte Lauren. »›Verstoße niemals gegen dein Gelübde, und durchbrich nie die Befehlskette.‹ Das haben uns die Gurus immer wieder gepredigt.«

Decker schlug sich mit der Hand gegen die Stirn. »O mein Gott!«

»Was ist?« fragte Oliver.

»Bei meinem ersten Gespräch mit Pluto habe ich ihn nach dem Anruf bei Europa gefragt. Er sagte, wer immer das war, müsse zur Rechenschaft gezogen werden, weil er die Kette durchbrochen und gegen sein Gelübde verstoßen hätte.«

Er verzog das Gesicht. Tyrannosaurus Rex ...

»*Pluto* hat Nova umgebracht. Er hat ihn für seine Gehorsamsverweigerung zur Rechenschaft gezogen. Der kleine Dreckskerl wußte ganz genau, daß er Nova zerstückelt hatte. Er wußte es, als er mit euch beiden zur Farm fuhr. Und er wußte, daß ihr die Leiche finden würdet. Aber es war ihm egal, weil er wußte, daß wir Benton verhaften würden.«

»Loo«, hielt Oliver dagegen, »Ms. Bolt hat doch gerade gesagt, daß Bob derjenige ist, der Freude am Töten hat.«

»Bob tötet aus sportlichem Ehrgeiz – zum Vergnügen. Pluto hat getötet, um seine Machtposition zu sichern. Er konnte nicht zulassen, daß Männer wie Nova sich ungestraft mit Verleumdern verbünden. Vor allem, weil Nova selbst ein Guru war. Diese Position verlangt absolute Loyalität gegenüber dem Orden. Und weil Nova nicht mehr zu trauen war, brachte Pluto ihn um.«

»Warum hat Bob dann Pluto erschossen?« fragte McCarry.

»Weil Bob wußte, daß es mit seiner Macht vorbei war. Solange Jupiter lebte, aber durch das Arsen außer Gefecht gesetzt war, hatte Bob ziemlich freie Hand. Auch mit Pluto als Stellvertreter war Jupiter noch immer die oberste Autorität. Aber als Ganz starb und damit Bobs Freifahrtschein verfiel, wußte er, daß er keine Anhängerschaft mehr hatte. Lieber als Anführer sterben, als unter einem kleinen, totalitären Gernegroß leben. Und nach Novas Tod dachte sich Bob vielleicht, daß er sowieso als nächster dran ist.«

»Und wer hat nun Jupiter umgebracht?« fragte McCarry.

»Da drinnen gab es zwei durchgeknallte Killer und einen Kinderschänder. Suchen Sie sich einen aus«, meinte Marge.

Wieder wischte sich Lauren über die Augen. »Ich sehe ständig die Kinder vor mir – die allem blind gehorchen, was man ihnen sagt.« Sie biß sich auf die Lippe. »Wir müssen was unternehmen. Sie machen schreckliche Dinge. Wir mußten dabei zusehen.«

»Sie haben Ermordungen mit angesehen?« Decker war entsetzt.

»Bestrafungen«, sagte Lauren leise. »Sie behaupten, das diene der Läuterung wie auch als Warnung für den Rest des Ordens.«

»Was für Bestrafungen?« fragte Decker.

»Glühende Schürhaken auf den Bauch und die Fußsohlen. Die dreifache Sechs des Teufels auf den Rücken einbrennen. Bei einem zweiten Vergehen amputierte Pluto Gliedmaßen – Finger, Zehen.«

Alle schwiegen. Oliver dachte daran, wie der kleine Mann dem Huhn den Kopf abgeschlagen hatte. »Und beim dritten Mal?«

Diesmal biß sich Lauren die Lippe blutig. »Es gab kein drittes Mal. Die Missetäter … verschwanden.«

»War Jupiter bei diesen Bestrafungen anwesend?«

»Ehrlich gesagt, kann ich mich nicht erinnern, ihn bei diesen Läuterungsritualen gesehen zu haben.« Ein Schluchzer kam aus ihrer Kehle. »Der Sadismus war immer Sache seiner Untergebenen.«

»Was ist mit Nova? Hat er mitgemacht?«

»Er achtete auf die Lebenszeichen des Büßers … des Opfers. Damit die Bestrafung nicht *zu* weit ging.«

»Wie bei der Spanischen Inquisition«, sagte Decker. »Während der Folterungen war immer ein Arzt anwesend, der darauf achtete, daß das Opfer nicht starb ... damit man es erneut foltern konnte.«

Zu Lauren gewandt, sagte Marge: »Die Opfer hatten nur zwei Chancen?«

»Ja.«

»Und niemand hat protestiert?«

»Wissen Sie, ich hab sehr schnell begriffen, daß Protest eine Erfindung der freien Gesellschaft ist. Alle waren total verängstigt. Niemand hat je ein Wort gesagt.«

Wieder trat Stille ein.

»Pluto hat die Gemeinde davon überzeugt, daß das Ganze eine notwendige Buße war«, fuhr Lauren fort. »Wenn das Opfer nicht gefoltert wurde, starb es als Verleumder und würde nie die nächste Ebene erreichen. Venus führte den Gesang an, während Bob oder Pluto ihre Greueltaten vollführten. Alles war ritualisiert.«

»Wie haben Sie sich dem entziehen können?« wollte Marge wissen.

Das Gesicht der jungen Frau war voller Schmerz. »Ich hab mich an Bob rangemacht.« Sie warf die Hände hoch. »Heh, den Feind mit Sex zu beschwichtigen, ist eine altehrwürdige Tradition.«

Sofort mußte Decker an Chanukka denken. Die meisten Menschen wußten von dem Sieg der tapferen Makkabäer über die Seleukiden. Kaum jemand wußte von der Heldentat einer Frau – Yael. Nach der Niederlage der Seleukiden hatte sich der feindliche General Sisera in ihr Haus geflüchtet. Sie gab sich ihm hin, bis er total erschöpft war. Als er schließlich einschlief, trieb sie ihm einen Zeltpflock ins Gehirn. »Wie sind Sie entkommen, Lauren?«

Lauren blinzelte. »Mit der uralten Methode aller Gefangenen. Ich hab einen Tunnel gegraben. Gleich vom ersten Tag an.« Sie zuckte die Schultern. »Ich hatte ja meine Fingernägel. In guten Nächten hatte ich auch einen Löffel.«

Decker war genauso verblüfft wie die anderen. All das für ein kleines Mädchen, das sie vorher nie gesehen hatte.

Lauren schob sich das Haar aus dem Gesicht. »Ich habe getan, was ich tun mußte.«

»Weiß jemand im Orden von dem Tunnel?«

»Vielleicht ist damit das Loch im Zaun gemeint?« warf Oliver ein.

»Welches Loch?« fragte Lauren.

Marge erzählte ihr von dem Anruf.

»Ich bin nicht unter irgendeinem Zaun durch, sondern viel weiter hinten in einem Waldstück hinter dem Komplex. Ich hätte nie in offenem Gelände gegraben. Viel zu gefährlich. Reuben und ich haben vorher darüber gesprochen. Er sagte, ich solle mich zu dem Buschwerk durchgraben, wo es viel Deckung gibt. Ich weiß nicht, welches Loch Ihre Anruferin meint.«

»Könnte es eine Falle sein?« erkundigte sich McCarry.

»Hängt davon ab, wer angerufen hat. Wenn es Terra war, dann ist es keine Falle. Sie hat panische Angst vor Bob.«

Decker nickte. »Wenn Sie ihr wieder begegnen würden, glauben Sie, Terra wäre auf Ihrer Seite?«

»Sie hat Angst vor Bob. Aber sie hat auch Angst davor, sich ihm zu widersetzen.«

»Wenn Venus die Anruferin war, könnte es dann eine Falle sein?«

»Keine Ahnung. Sie hat eine Menge in den Orden investiert, also kann ich mir nicht vorstellen, daß sie zu seiner Zerstörung beitragen würde. Venus weiß sich Respekt zu verschaffen. Mit ihr legt sich keiner an. Manche haben es versucht, und dann ist ihnen was passiert.«

»Was ist ihnen passiert?« hakte McCarry nach. »Erzählen Sie mir nicht, daß Venus auch eine Serienmörderin ist.«

Lauren war nachdenklich. »Wie gesagt, ich hab nie etwas gesehen. Aber ihre Feinde hatten, genau wie die Feinde von Bob und Pluto, diese Angewohnheit, plötzlich zu verschwinden.«

»Ein Wunder, daß der Orden sich nicht selbst ausgerottet hat. Es ist unglaublich!« sagte Marge.

»Ganz und gar nicht«, widersprach Lauren. »Wenn es keine Moral gibt und Menschen die Regeln aufstellen, ist jeder Freiwild.« Sie hielt inne. »Ich hab es nicht sehr mit organisierter Religion. Aber die Sache mit Gott hat auch ihre guten Seiten. Wenn die Zehn Gebote den Menschen von dem Schöpfer aller Dinge gegeben wurden, dann sind diese Gebote unveränderlich. Und das ist nicht schlecht. Denn wenn Menschen die Regeln verändern, führt das immer zur Katastrophe.«

McCarry riß sie aus ihren Überlegungen. »Erzählen Sie mir mehr über diesen Tunnel.«

Sie sagte ihnen alles. Wie sie sich die Stelle ausgesucht hatte – im Klassenzimmer der Teenager. Weil die Gurus sich kaum um die Kinder kümmerten. Und die Klassenzimmer nachts immer leer waren. Sie schlich sich hin und grub. Sorgte dafür, daß ihre Graberei vom Gebrüll aus dem Säuglingszimmer übertönt wurde. Jede Nacht kam sie ein winziges Stückchen voran. Sie hatte Glück. Hier draußen im Tal war die Erde locker. Nicht wie die Lehmerde unter dem größten Teil von Los Angeles.

»Wir sollten mit dem SWAT-Team reden«, sagte McCarry. »Ich würde die Sache so angehen: Wir lassen den Orden denken, daß wir nach einem imaginären Loch suchen ...«

»Es könnte tatsächlich existieren«, unterbrach ihn Lauren. »Vielleicht hat noch jemand versucht, sich nach draußen zu graben. Ich sage nur, es gehört nicht zu meinem Tunnel. Die Lage stimmt nicht mal für eines meiner Ablenkungsmanöver.«

»Ablenkungsmanöver?« fragte Decker.

»Ich hab draußen ein paar falsche Löcher gegraben. Das war ebenfalls Reubens Idee. Mal angenommen, ich fliehe und meine Flucht wird entdeckt, dann können meine Verfolger nicht wissen, welches das richtige Loch ist und welches in einer Sackgasse endet. Ich hab zwei falsche Tunnel gegraben. Sie führen nirgendwo hin. Der eine endet nach sechs Metern, der andere nach zwölf.«

Decker war platt. »Kann ich mir Ihren Einfallsreichtum zunutze machen und ihn vermarkten?«

»Ich habe nur versucht, mein Leben zu retten … und das von Lyra. Unglaublich, wie erfinderisch man wird.«

McCarry sagte: »Wenn wir nach diesem imaginären Loch irgendwo im Zaun suchen, wird Bob meinen, wir wären ihm auf den Leim gegangen. Und in der Zwischenzeit kann das SWAT-Team durch den Tunnel …«

»Äh, da gibt es nur ein Problem«, unterbrach Lauren. »Mein Tunnel war kaum groß genug für mich. Man muß auf dem Bauch durchkriechen, kann den Kopf nur ein paar Zentimeter heben. An manchen Stellen mußte ich mich regelrecht durchzwängen. Da kriegen Sie Ihre Männer nie durch. Selbst für einen kleinen Mann wäre es schwierig.«

»Und jemanden meiner Größe?« fragte Marge.

»Das könnte gehen.«

»Dann machen wir die Sache mit Frauen«, sagte Marge. »Ich übernehme die Führung.«

»Sie kennen sich im Tunnel nicht aus«, gab Lauren zu bedenken. »Die Biegungen sind knifflig. Wenn irgendein Teil des Tunnels eingebrochen ist, stecken Sie fest.«

»Das Risiko gehe ich ein!« sagte Marge.

Decker sah sie an. »Margie, das ist verrückt.«

Sie beachtete ihn nicht. »Wir müssen es bei Nacht machen.«

»Nacht, Tag, das ist egal«, antwortete Lauren. »Im Tunnel ist es stockdunkel. Und glitschig.«

»Ich dachte an die Nacht wegen der Deckung in den Hügeln.«

»Ach so. Gute Idee.«

»Wir brauchen Bergarbeiterhelme«, sagte Marge. »Schutzanzüge, Handschuhe, Mundschutz. Damit wir uns in der Erde keinen tödlichen Virus holen.«

»Eine leichte Sauerstofflasche wäre auch nicht schlecht«, meinte Lauren. »Nur für alle Fälle.«

»Was ist mit der Gefahr, daß sich Gase entzünden?«

»Der Tunnel ist nicht sehr tief unter der Oberfläche.«

»Wie tief?«

»Zwei Meter fünfzig vielleicht.«

»Zu gefährlich«, sagte Decker. »Kommt nicht in Frage.«

»Was soll das heißen, kommt nicht in Frage?« Marge war wütend. »Für Männer ist es in Ordnung, Gebäude zu stürmen und ihr Leben zu riskieren, aber schwache Frauen ...«

»Ich verbiete es *jedem*, der unter meinem Kommando steht! Marge, um Himmels willen, du bist Polizistin bei der Mordkommission, nicht Indiana Jones!«

»Lauren hat es auch geschafft!«

»Sie hat zwei Jahre Zeit gehabt, die Sache zu testen. Außerdem war der Orden nicht in Alarmbereitschaft, als sie ausgebrochen ist!«

»Pete, sie erwarten doch keinen Überfall aus einem Tunnel.«

»Die sind auf alles vorbereitet, egal von wo es kommt. Durch die Türen, durch die Decke, durch den Boden. Die haben ihre Augen überall!« Decker warf die Hände in die Luft. »Wenn überhaupt, dann überlaß es dem SWAT-Team.«

»Ich bin dem SWAT-Team gegenüber im Vorteil.« Marge deutete auf sich. »Ich war schon mal im Gebäude.«

»Marge, um diesen Vorteil zu nutzen, mußt du erst mal reinkommen«, sagte Oliver.

»Ich schaffe das.«

»Sie hat doch gerade gesagt, du bist zu groß!« beharrte Decker.

»Vielleicht nicht«, schränkte Lauren ein.

Marge wandte sich an sie. »Sind Sie bereit, noch mal reinzugehen?«

»Ja.« Lauren nickte entschlossen. »Ich könnte nicht ruhig schlafen, wenn ich das nicht versuchen würde.« Sie sah zu Decker. »Loo oder Pete oder Decker oder wie immer Sie heißen. Wenn sie bereit ist, da reinzugehen, dann bin ich es auch. Sie brauchen mich. Ich bin Ihre einzige Hoffnung.«

»Sie brauchen Profis für die Sache«, verkündete McCarry.

»Aber nicht mehr als drei«, sagte Lauren. »Ich weiß in etwa, wieviel Sauerstoff da unten zur Verfügung steht. Für drei Leute reicht er gut aus.«

»Wir nehmen Sauerstofflaschen mit«, entschied Marge. »Ich bin Nummer eins, Lauren ist Nummer zwei. Wir brauchen noch eine mehr.« Sie wandte sich an Decker. »Wer ist unsere Beste im SWAT-Team?«

»Wahrscheinlich Sharon Jacobs.«

»Ist sie hier?«

»Ich weiß es nicht!« Decker war aufgebracht. »Das ist reinster Selbstmord!«

»Pete, ich höre immer noch die Stimme des Mädchens, das ich befragt habe …«

»Wer war das?« fragte Lauren.

»Vega.«

»Ach, die ist wunderbar. Und sehr intelligent.«

»Ich geh rein, und damit basta!« Marge drehte sich zu Decker um. Diesen Ausdruck kannte er, dieses »Ich hör dich, aber ich hör nicht *auf* dich«.

»Special Agent Elise Stone ist seit zehn Jahren beim SWAT-Team«, sagte McCarry. »Ich weiß, daß sie hier ist.«

»Dann nehmen wir sie«, verkündete Marge. »Zuerst Lauren, danach komme ich, und Elise Stone bildet die Nachhut.« Sie blickte zum Himmel. »Wir haben noch etwa zwölf Stunden, um einen Plan auszuarbeiten. Also los.« Sie legte den Arm um Laurens Schultern. »Komm. Wir retten ein paar Kinder.«

» 31 «

Reuben Asnikov wurde geholt, um Lauren Bolt zu identifizieren und zu bestätigen, daß sie kein Spitzel des Ordens war. Er tat es mit Freuden, sagte erleichtert, daß nun die Kinder wenigstens eine minimale Chance hätten.

Die Kinder. Ihnen galt ihre Hauptsorge. Ob irgendeines von ihnen je die Volljährigkeit erreichen würde?

Nachdem Bolt und Asnikov ihre Aussagen gemacht hatten, wurde Lauren in einen Wohnwagen gebracht, um sich auszuruhen, während die Papiere für den Haftungsausschluß aufgesetzt wurden. Das würde Stunden dauern und mußte hieb- und stichfest sein. Sie würde unterschreiben müssen, daß sie auf die Gefahren – bekannte und unbekannte – des Vorhabens hingewiesen worden sei. Sie mußte einen Haufen Papiere unterschreiben, in denen sie auf das Recht verzichtete, die Stadt oder irgendwelche Einzelpersonen, die mit der Sache zu tun hatten, zu verklagen, sollte ihr dabei etwas zustoßen – egal, ob körperlich oder geistig, und wenn es sie das Leben kosten würde. Decker hoffte, daß Lauren kalte Füße bekommen würde. Aber je mehr Zeit verging, desto entschlossener wurde sie, die Kinder zu retten.

Asnikov durfte gehen, aber er wollte lieber bleiben. Er starrte zu den Gebäuden hinüber, kaute Kaugummi und ließ die Blasen platzen. Trotzdem arbeiteten seine Kiefermuskel viel heftiger als notwendig.

Zu Decker sagte er: »Lauren ist ein prima Mädchen, aber sie ist tollkühn.«

»Die Impulsivität der Jugend«, erwiderte Decker. »Wir alten Knacker sitzen in Besprechungen, sie geht einfach rein und tut es.«

»Ich hätte nie gedacht, daß sie es schaffen würde.« Asnikovs Blick blieb nach vorne gerichtet. »Es hat mich fast aufgefressen … daß sie da drin war und ich ihr nicht helfen konnte. Anfangs wollten wir ihr einen Sender implantieren. Aber am Ende hat sie sich dagegen entschieden. Sie war völlig auf sich gestellt.«

»Sie hat nie versucht, sich mit Ihnen in Verbindung zu setzen?«

»Die Sektenmitglieder haben keinen Zugang zu den Telefonen. Und selbst wenn sie eins hätte stibitzen können, wäre ein Anruf zu gefährlich gewesen. Die überwachen alles.« Er sah zu Decker. »Ich hab ihr abgeraten. Aber ich bin froh, daß sie es getan hat. Sie hat dort Erfolg gehabt, wo ich versagt habe.«

»Sie hatte Glück«, schwächte Decker ab. »Aber diesmal ist es anders. Diesmal wird die Sekte Ausschau halten nach Eindringlingen. Aus dem Gebäude zu fliehen, ist eine Sache, es zu stürmen und die Geiseln zu befreien, eine ganz andere.«

»Ich weiß«, sagte Asnikov. »Warum halten Sie sie nicht zurück?«

Decker biß die Zähne zusammen. »Wenn ich gewußt hätte, daß sie etwas Derartiges vorhat, hätte ich sie gleich verhaften lassen. Jetzt kann ich nichts mehr tun.«

Asnikovs Gesicht blieb ausdruckslos. »Sie sind also gegen die Aktion?«

In der jetzigen Form war Decker sehr dagegen. Aber er blieb stumm.

»Lauren hat mal gesagt, sie hätte etwas von einer Katze. Deshalb bewegt sie sich so schnell. Hoffentlich hat sie recht, denn sie wird neun Leben brauchen.« Asnikov schüttelte den Kopf. »Drei von uns gegen einhundert und mehr von denen. Schlechtes Verhältnis. Uns bleibt nur das Überraschungsmoment.« Er lächelte. »Lauren hat Ihnen die Mühe erspart, meine Unterlagen zu beschlagnahmen.«

»Und Ihnen, daß wir sie durchwühlen«, gab Decker zurück.

»Das hätte mir nichts ausgemacht. Natürlich hab ich Unterlagen im Büro. Aber die wichtigsten Informationen sind hier gespeichert.« Er tippte sich an die Schläfe. »Wann soll es losgehen?«

»Ich weiß es nicht.«

»Sie halten sich sehr bedeckt.«

»Nein, tu ich nicht. Im Moment hab ich nicht das geringste Fünkchen Arglist in mir. Dazu bin ich viel zu müde.«

Asnikov nickte verständnisvoll. »In gewisser Weise bin ich neidisch auf Lauren. Wünschte, *ich* könnte reingehen.«

»Ein Heldenkomplex, Asnikov?«

»Klar doch. Jedes Mal, wenn ich jemanden befreie, ist das ein verdammt gutes Gefühl. Auf jeden Fall um Längen besser, als mit ansehen zu müssen, wie die Kamera über die Leiche der eigenen Schwester schwenkt. Wenn die Sache klappt, wird es eine köstliche Rache.« Er biß die Zähne zusammen, und die Kinnmuskeln arbeiteten. »Ich würde alles dafür geben, dieses Konzentrationslager zu befreien!«

Der Vergleich hinkte. Aber nicht allzusehr. Ein wahnsinniger Anführer mit drei mörderischen Handlangern und einem Pädophilen als Hausarzt. In größerem Rahmen hätte es die SS sein können.

Die Rache ist süß – wenn es klappt, dachte Decker. Wenn!

Durch das grelle Klingeln des Telefons geweckt, schreckte Decker zusammen und fuhr hoch. Wie ein Feuerwehrmann bei Alarm, war er sofort einsatzbereit. Er blickte zu McCarry und dann zu der Nachrichtentechnikerin, Special Agent Jan Barak. Schweigend gab sie ihm Zeichen, bis Decker auf ihr Kommando zum Hörer griff.

Bob fragte: »Was machen Sie da draußen, Lieutenant?«

Ohne zu zögern, antwortete Decker: »Nicht viel, Bob. Was machen Sie da drinnen?«

»Hab gerade ein herrliches Schläfchen gehalten. Fühle mich besser denn je. Wie ist das mit Ihnen?«

»Mir geht's gut.«

»Sie klingen aber gar nicht so. Eher müde. Viel Zeit zum Verschnaufen gibt man Ihnen nicht, was?«

»Ich mag meine Arbeit, Bob. Schützen und dienen. Das ist unser Motto.«

»Schön gesagt, Lieutenant Decker. Wir alle haben unsere

Aufgabe. Sie ist durch das Universum kosmologisch vorherbestimmt. Denken Sie nur an die Planetenbahnen unseres eigenen Sonnensystems. Alles in einem vollkommenen Gravitationsgleichgewicht. Perfekte Umlaufbahnen, bis ein gewaltiger Meteor oder ein aus der Bahn geratener Komet daherkommt und alles durcheinanderbringt. Dann erhebt die alte Entropie wieder ihr häßliches Haupt. Totales Chaos. Verstehen Sie, was ich meine?«

»Wir sollen den Status quo aufrechterhalten. Hab schon verstanden, Bruder Bob.«

»Nein, ich glaube nicht, Lieutenant.« Er schien kurz zu überlegen. »Na ja, *Sie* vielleicht schon, aber einige Ihrer Leute scheinen da andere Ideen zu haben. Wir haben bemerkt, daß da draußen etwas vorgeht ... wir können sehen, daß sie da rumschleichen.«

»Sind Sie sicher, daß es welche von uns sind? Da draußen kriecht vieles herum.«

»Die Pumas beunruhigen mich nicht. Ich sprechen von Zweibeinern. Für die Dunkelheit haben wir Infrarot-Sichtgeräte an unseren Gewehren. Wenn ihr gerne Zielscheiben sein möchtet, nur zu.«

»Hab verstanden.«

»Da bin ich mir immer noch nicht sicher«, beharrte Bob. »Sagen Sie denen, daß wir Waffen mit gewaltiger Reichweite haben. Ich meine, ich kapiere das einfach nicht, Decker. Warum sollte sich irgend jemand freiwillig als Zielscheibe zur Verfügung stellen?«

»Ich werde rausfinden, was da vorgeht«, versprach Decker.

»Lieutenant, ich weiß, was da vorgeht. Läßt man Sie im dunkeln?«

»Was soll ich denen sagen?«

»Genau das, was ich Ihnen sage. Ich will Sie nur warnen, Decker. Der allerheiligste Orden der Ringe Gottes betrachtet jeden, der unser Gelände betritt, als Freiwild. Dabei spielt es keine Rolle, ob Sie durch die Vordertür oder die Hintertür kommen, wenn Sie wissen, was ich meine.«

»Sie halten alle Karten in der Hand, Bob. Das haben wir von Anfang an gewußt.«

»Warum verarschen die mich dann? Glauben die mir nicht? Brauchen die eine Demonstration?«

»Nein, Bob, das ist nicht nötig.«

»Ich gebe denen eine, bleiben Sie dran. Komm mal her, Schätzchen.«

»Bob, nicht!«

Ein ohrenbetäubender Knall kam durch die Leitung. Decker ließ das Telefon fallen, machte einen Satz rückwärts und preßte beide Hände auf die Ohren, während in seinem Gehirn Kanonen donnerten und Blitze in seinen Sehnerven explodierten. Schwankend kam er auf die Füße. Sein Herz klopft wie wild. Jemand berührte ihn.

Er wirbelte herum, torkelte, versuchte sich zu konzentrieren.

Jan Barak betrachtete ihn besorgt. Sie redete mit ihm, aber er konnte nichts hören. Auch McCarry war nicht zu verstehen. Der Agent gab tonlose Flüche von sich.

Decker atmete tief durch … versuchte, das unerträglich laute Getöse in seinem Kopf wenigstens etwas zu vermindern. Seine Blicke schossen herum, er sah das zu Boden gefallene Handy; er hob es auf und hielt es vorsichtig ans rechte Ohr, trotz des schrillen Protests in seinem Kopf.

»Bob, sind Sie noch dran?« sagte er in den Hörer. Stille. Sein eigenen Worte hallten in seinem Schädel wider. »Bob?«

McCarry schlug sich an die Stirn. Barak schien mit ihm zu reden. Er beachtete sie nicht und versuchte es erneut. »Bob, sind Sie noch da, Junge?«

Keine Antwort. Dann sagte McCarry kaum hörbar: »… Leitung ist tot.«

»Oh.« Decker ließ das Handy sinken. »Mann, das hat weh getan.«

McCarry redete immer noch. » … zu einem Arzt …«

»Mir geht's gut.«

»Decker …«

»Ich kann Sie hören, oder?« Decker spürte an seiner Kehle, daß er brüllte. Seine Stimme klang fremd, gedämpft. Das meiste konnte er tatsächlich hören, obwohl McCarry sich anhörte, als spräche er in einem Glockenturm. »Lassen Sie mir ein paar Minuten Zeit, dann geht's wieder.«

»Decker, seien Sie kein Idiot, Sie müssen …«

Doch seine Worte verklangen. Decker sah nur an seinen Lippenbewegungen, daß McCarry den Satz mit *Bastard* beendete.

Plötzlich hob sich Deckers Magen, und die Welt drehte sich um ihn. Er setzte sich rasch, steckte den Kopf zwischen die Knie. Barak trat zu ihm, berührte seine Schulter. Er ließ es zu, daß ihre Hand dort kurz liegenblieb, dann richtete er sich wieder auf. Sein Blick fiel auf einen der Monitore, die den gesamten Komplex zeigten.

»Schauen Sie!« Er deutete nach oben. Alle Blicke folgten seiner ausgestreckten Hand.

Die Eingangstür des Ordens wurde weit genug geöffnet, um eine Leiche hinauszuwerfen. Sie flog durch die Luft und landete drei Meter vor dem Eingang, lag da wie eine zerbrochene Marionette mit verhedderten Fäden. Eine schmale Gestalt in einem langen Gewand. Vermutlich eine Frau, wenn auch ihr Kopf vollständig in Handtücher gewickelt war. Sehr nasse Tücher, die sehr viel Blut aufgesogen hatten. Das konnte Decker selbst auf dem Schwarzweiß-Monitor erkennen.

Eindeutig eine Frau. Aber wer?

Nur der Herrgott wußte, wie ihr Gesicht aussah.

»32«

Marge hockte im Gebüsch, spürte, wie sich ihre Oberschenkel verkrampften. Angespannt sah sie in die Dunkelheit und lauschte. Während der Nacht war immer wieder aus den schmalen Fenstern an der Oberseite des Versammlungsaals geschossen worden. Keine gezielten Schüsse, aber genug, um das Adrenalin hochzuhalten. Die Einsatztruppe hatte vorgehabt, Kanister mit Tränengas durch die Fenster zu schleudern, doch während der letzten vierundzwanzig Stunden hatten die Sektenmitglieder die meisten Scheiben mit Brettern vernagelt.

Wieder sah Marge sich um, warf einen Blick über die Schulter. Die einzigen Geräusche waren die nächtlichen Stimmen der Natur, alles wirkte ruhig. Doch wie rasch konnte sich das ändern. Sie mußte das endlose Wartespiel mitmachen. Eine Sekunde, dann zwei … drei … vier … langsam zählen … langsam.

In ihrem Tarnanzug aus Nylon und den dicken Stiefeln wußte Marge, daß der Schweiß, der ihr von der Stirn lief, hauptsächlich auf Anspannung und Furcht zurückzuführen war. Denn die Nacht war kühl, der Anzug aus dünnem Material. Trotzdem schwitzte sie – im Gesicht, unter den Armen; der Schweiß rann ihr in Strömen an den Schenkeln herab. Mit dem Ärmel wischte sie sich das Gesicht unter dem Helm ab.

Weiter warten … sechsundzwanzig, siebenundzwanzig, achtund…

Eine Eule schrie, glitt von den Bäumen herab, Äste raschelten. Augenblicke später stieg sie mit einer zappelnden Feldmaus zwischen den Krallen wieder auf. Mit schweren Flügelschlägen flog sie, beschienen vom Vollmond, durch die Luft. Noch im Flug löste sie die Maus mit dem Schnabel aus ihren Krallen, landete auf einer knorrigen Eiche. Wenig später war die Maus verzehrt.

Marges Herz hämmerte. Das plötzliche Auffliegen des Vogels konnte unerwünschte Aufmerksamkeit auf sie ziehen. Rasch zog sie zweimal scharf an dem Seil um ihre Taille – das Zeichen für die anderen, sich nicht zu bewegen.

Rucken am Seil bestätigte ihr Signal.

Dann nichts mehr.

Noch mal von vorne, Dunn. Eins, zwei, drei, vier …

Sie hatten beschlossen, das Seil für Botschaften zu benutzen, weil das leiser als die Walkie-Talkies war. Natürlich hatte sie zur Sicherheit welche dabei.

Tatsächlich hatten sie alles dabei – Trockennahrung, Wasserflaschen, Ortungsgeräte, Funkgeräte, Schutzanzüge, Taschenlampen, Waffen mit normalen und mit Infrarot-Sichtgeräten, Granaten und Reizgas. Die Ausrüstung machte das lautlose Schleichen durch das Gebüsch noch schwieriger. Aber Marge tat, was nötig war.

Mehrere Minuten vergingen. Dann spürte sie das Morsezeichen an ihrer Taille – zweimal lang, einmal kurz. Lauren wollte weiter. Marge gab das Signal an Special-SWAT-Agent Elise Stone nach hinten weiter, erhielt das Zeichen zum Vormarsch. Marge übermittelte es an Lauren.

Noch ein Schritt vorwärts. Wieder anhalten.

Und so ging es weiter. Stundenlang, wie es schien.

Insgesamt brauchte Marge volle zwei Stunden für eine Meile.

Lauren flüsterte den anderen zu: »Wir müssen das ganze elektronische Zeug hier lassen. Die haben jede Menge Scanner, so paranoid, wie die sind. Das können wir nicht riskieren. Außerdem müssen die schweren Sachen hierbleiben. Ihr beide seid ziemlich breit gebaut. Sonst werdet ihr es nie durch den Tunnel schaffen.«

Elise Stone war ein paar Zentimeter kleiner als Marge, aber ebenfalls grobknochig. Ihr kurzes blondes Haar lugte unter dem Helm hervor. »Wir ziehen unsere kugelsicheren Westen aus. Aber du behältst deine an.«

»Ich kann mich nicht darin bewegen. Ich komm mir vor wie eine Mumie.«

»Lauren«, flüsterte Marge, »du bist unsere Vorhut, die erste, die reingeht. Du *mußt* geschützt sein. Du bist schlank genug. Laß sie an.«

»Ich schwitz mich tot.«

»Du wirst schwitzen, aber nicht sterben«, erwiderte Elise. »Wo ist der Eingang?«

»Der Felsbrocken, neben dem du stehst.«

Elise sah nach links unten. Überraschung malte sich auf ihrem Gesicht ab. »Wie hast du das Ding bloß hochgehoben?«

»Ich hab es nicht gehoben, sondern gerollt, Millimeter um Millimeter. Das einzige, was ich damals hatte, war Zeit.«

Elise versuchte, den Felsbrocken zu bewegen. »Das Ding muß an die zweihundert Kilo wiegen. Wo ist das Stemmeisen?«

Marge zog das Werkzeug aus ihrem Tornister. Sie schob es zwischen den Granit und den Boden.

»Wie spät ist es?« fragte Elise.

»Zwei Uhr fünfzehn.«

»Wann ist Sonnenaufgang?«

»Sechs Uhr dreißig.«

»Himmel, das wird knapp. Wir müssen uns beeilen. Lauren, geh aus dem Weg.«

Elise packte den mittleren Teil des Stemmeisens, Marge den oberen. Auf drei drückten sie mit aller Kraft so fest, daß sie stöhnten. Der Stein bewegte sich ein paar Zentimeter. Die beiden Polizistinnen tauschten Blicke.

Eine halbe Stunde später waren zwei Drittel der Tunnelöffnung freigelegt. Schweißüberströmt sagte Elise zu Marge: »Ich glaube, für mich reicht das. Du bist die Größte von uns. Meinst du, du schaffst es?«

Marge legte sich auf den Boden und kroch mit dem Kopf voran hinein. Sofort blieb sie mit den Schulter stecken.

Sie betrachtete den Tunneleingang genauer. »Wenn ich mit den Schultern ein bißchen hin und her wackle, müßte es gehen.« Sie stand auf, fühlte sich stark und fit. Das jahrelange Training erfüllte jetzt einen Zweck.

Elise band sich das Seil wieder um die Taille. »Dann los.«

Marge sagte: »Erst müssen wir den Stein verkeilen, damit er nicht zurückrollt.«

Elise zog eine Grimasse. »Wär nett, wenn ich auch ein Hirn hätte.«

Die beiden Polizistinnen arbeiteten Hand in Hand. Nachdem der Felsbrocken gut verkeilt war, gingen sie noch einmal alles durch und banden sich das Seil um. Sie ließen ihre Rucksäcke am Eingang, nahmen nur das Notwendigste mit – Helme, Taschenlampe, Wasserflaschen, eine kleine Sauerstoffflasche und eine Halbautomatik mit Magazinen. Marge befestigte ihren Mundschutz und betrachtete Lauren. »Willst du das wirklich tun?«

»Auf jeden Fall.«

»Bist du bereit?«

»So bereit wie nur möglich.«

»Dann auf in den Kampf, Mädchen.«

Lauren umarmte Marge ganz fest. Dann ließ sie sich ohne Zögern auf den Bauch fallen, knipste ihr Minenlicht an und kroch in die Dunkelheit. Sekunden vergingen, dann eine volle Minute. Die Öffnung wurde immer dunkler, bis Laurens Licht nur noch ganz schwach zu sehen war. Schließlich spürte Marge ein Rucken an ihrer Taille.

»Ich bin dran.«

»Viel Glück, Dunn«, sagte Elise.

»Dir auch, Stone.«

Marge rückte ein letztes Mal ihren Mundschutz zurecht und kroch in die Öffnung. Sofort blieb ihr Oberkörper zwischen der Erde und dem Felsbrocken stecken, der immer noch einen Teil der Öffnung bedeckte. Marge drehte die Schultern nach rechts, dann nach links, und zwängte ihre Körper weiter hinunter. Sie wiederholte das so lange, bis sich die Erde um ihren Körper lockerte und sie die nötigen Millimeter Spielraum hatte. Sie spürte, wie sie in den Stollen glitt, war Augenblicke später von dem dunklen, muffigen Tunnel umschlossen.

Vollkommen abgeschnitten von der lebensspendenden Luft! Als wäre sie lebendig begraben. Himmel, sie *war* lebendig begraben! Nur das kleine Eingangsloch versorgte alle drei mit natürlichem Sauerstoff. Ihre Reserve würde nur für eine halbe Stunde reichen. Wenn das Erdreich nachgab, war sie verloren. Marge kämpfte gegen die Wellen der Panik, hörte ihr eigenes angstvolles Keuchen unter dem Mundschutz.

Langsam, es ist alles okay, schimpfte sie mit sich. *Atme tief, atme regelmäßig. Ein und aus ... ein und aus.*

Es funktionierte sofort. Als sie hörte, wie sich ihr Atem beruhigte, ließ die Angst nach.

Vor ihr lag die dunkle Röhre. Sie konnte nur in einer Richtung – vorwärts. Mühsam gelang es ihr, die behandschuhten Hände über den Kopf zu strecken und sich in den Boden zu krallen. Sie zog sich vorwärts. Rutschte und glitt auf dem Bauch wie eine Schlange.

Mehr wie ein elender Wurm! dachte sie. *Denk nicht an dich. Denk an die Kinder! Oder an die arme unschuldige Frau, erschossen von einem wahnsinnigen Mörder, der etwas beweisen wollte. Oder an den armen Pete, dem immer noch die Ohren dröhnen.*

Obwohl dröhnende Ohren, verglichen mit Lebendig-begraben-sein, gar nicht so schrecklich waren.

Kies rieb sich an ihrem Körper; sie konnte es durch den Anzug spüren, an ihren Oberschenkelmuskeln, den Schienbeinen, dem Bauch und dem Brustkorb. Sie versuchte, den Kopf zu heben, stieß aber sofort mit dem Helm an die Tunneldecke. Erdklumpen fielen herab, und Staub drang ihr in die Augen.

Wieder machte sich Panik in ihr breit.

Atme langsam ... atme tief. Ein und aus ... ein und aus.

Das Licht an ihrem Helm funktionierte zum Glück, aber sie sah trotzdem kaum etwas. Sie wartete, spürte dann ein Rucken am Seil. Ein Signal von Lauren – obwohl sie nicht zu sehen war.

Während Marge weiterkroch, war der Tunnelboden das einzige, was sie sehen konnte. Die Luft war feucht und muffig, roch metallisch wie kurz vor einem Gewitter.

Zuerst war es totenstill im Tunnel ... nicht das kleinste Geräusch. Aber als Marge genauer hinhörte, nahm sie ein Tropfen wahr. Grundwasser. Es hatte vor kurzem geregnet. Wieviel hatte sich hier unten gesammelt? Würde sie in eine große Pfütze rutschen und ertrinken? Nein, wenn das jemand passierte, dann Lauren – *Nein, nein, nein, denk nicht an so was. Mach weiter!*

Marge hörte ein Kratzen, als huschten Mäuse über den Speicher. Aber Mäuse lebten nicht zwei Meter unter der Erde. Maulwürfe schon. Vielleicht war es ein Maulwurf. Beißen die?

Denk nicht daran.

Wahrscheinlich war es Lauren, die vorwärts kroch und mit ihrem leichten Körper über den Boden streifte.

Ein weiterer Ruck.

Marge schob sich in die Richtung, aus der der Ruck kam. Im Kriechen spürte sie, wie die Röhre enger wurde, die Wände ihren Körper umschlossen.

Das war keine Einbildung. Es war definitiv enger hier.

Gott, und wenn sie nun in der Mitte steckenblieb? Konnten die anderen sie rausziehen, ohne daß der Tunnel einbrach?

Denk nicht daran!

Langsam zählen ... eins ... zwei ... drei ...

Atme normal, befahl sie sich. *Eins ... zwei ... drei ...*

Immer tiefer hinein in den Tunnel – enger und dunkler. Das Erdreich war mit Grundwasser vollgesogen, verwandelte den engen Durchlaß in eine glitschige Röhre. Marge spürte, wie sich der Schleim an ihrem Anzug festsetzte.

Niemand vor ihr, niemand hinter ihr. Völlig allein.

Falls das Entsetzen und die Klaustrophobie unerträglich werden sollten, hatten sie als Signal vereinbart, ein halbes Dutzend mal fest am Seil zu rucken und das zweimal zu wiederholen. Aber Marge dachte nicht daran, als erste aufzugeben.

Weiter, schrie ihr Hirn. *Hör auf, an deine Angst zu denken. Denk lieber an die schreckliche Angst der Kinder!*

Aber als die Röhre ihren Körper noch enger umschloß, spürte sie die Panik wie Nadelstiche. Sie hob die Augen, hoffte, Laurens Helmlicht zu sehen. Vor ihr war nur ein dunkles Loch mit schwarzem Schlamm.

Keine Panik! Keine …

Plötzlich spürte sie, wie das Seil um ihre Taille enger wurde. Das Rucken kam von vorne. Lauren wollte weiterkriechen.

Marge hielt an … versuchte zu Atem zu kommen.

Konzentrier dich, Dunn! Hunderte von Menschen verlassen sich auf dich! Denk an die arme junge Frau mit dem Kopfschuß! Darum drängt die Zeit so! Bob beginnt Amok zu laufen.

Eine weiterer Atemzug.

Langsamer … langsamer.

Sie mußte das Signal weitergeben. Es gelang ihr, die Hand seitlich an den Körper zu pressen und zweimal am Seil zu ziehen. Das Zeichen für Elise.

Warten.

Sekunden später wurde das Rucken erwidert.

Elise würde jetzt in die schleimige, kalte Röhre gleiten.

Wieder vergingen Sekunden.

Dann von Elise das Zeichen, weiterzukriechen. Marge gab es an Lauren durch. Sie zählte bis zehn und robbte dann vorwärts.

Jetzt war es eher ein Rutschen, weil der Tunnel sehr feucht war. Es erinnerte Marge an die Rutsche im Schwimmbad … die Stunden, die sie in der Sommerhitze von Fayetteville in dieser nassen Plastikröhre verbracht hatte. Am Stützpunkt hatte es ein Schwimmbecken gegeben, das sie benutzen durfte.

Also stell dir den Tunnel als Schwimmbadrutsche vor.

Wieder ein schneller Atemzug.

Und du bist nicht von Dunkelheit umgeben, du machst nur die Augen zu …

Sie hatte nicht geahnt, *wie* klaustrophob sie war. Wie um alles in der Welt hatte Lauren das geschafft? Sie war nicht nur durch diesen Tunnel gekrochen, um Lyras Leben zu retten, sie hatte das verdammte Ding auch noch mit eigenen Händen gegraben.

Und da jammerten die Medien, es gäbe keine Helden mehr.

Denk an Laurens Mut, befahl sie sich. *Denk an die Schwimmbadrutsche. Denk an alles mögliche, nur nicht daran, daß du zwei Meter tief in einem Erdbebengebiet begraben bist und dein einziges Kommunikationsmittel ein Seil ist. Und das Seil würde dir auch nichts nützen, wenn der Tunnel zusammenkracht, weil die anderen mit dir begraben sein würden.*

Wieder die entsetzliche Angst.

Ein Rucken an ihrer Taille.

Lauren kam dem Ziel näher.

Das ist gut, Dunn. Sehr gut. Bleib cool, bleib supercool. Denk an die Kinder, die Kinder, die Kinder!

Ein Rucken nach hinten für Elise.

Das Signal wurde erwidert.

Weiter jetzt, weiter.

Ihr Kopf war ganz leicht.

Nein, Dunn, nein! Du wirst nicht ohnmächtig. Atme langsamer.

Ein Rucken am Seil ... Lauren gab ihr das Zeichen, anzuhalten.

Marge gab das Signal weiter.

Dann blieb sie still liegen.

Sie zählte, aber diesmal hörbar. Sie wollte etwas hören außer dem Tropfen des Grundwassers und Laurens Kratzen. Vor allem konnte sie die schreckliche Stille nicht ertragen, die sie zu verschlingen drohte, wenn Lauren nicht kratzte oder das Wasser nicht tropfte.

Eins ... zwei ... drei ... vier ... fünf ... sechs ...

Keine Panik, keine Panik!

Dreizehn ... vierzehn ... fünfzehn ...

Das Signal, weiterzukriechen.

Gib es nach hinten durch, Dunn, nun mach schon.

Wieder robbte sie vorwärts. Nichts vor ihr, nichts hinter ihr.

Wie hieß dieser Song noch? ›Nowhere to run'? Das ist gut, Dunn, denk an Songtitel. Da gab's doch auch noch ›Keep on truckin'. Ja, genau.

Die Sekunden wurden langsam zu Minuten – erst eine … dann zwei … dann fünf … dann zehn … fünfzehn … Zentimeter um Zentimeter vorwärts, Gesicht und Mundschutz mit Schlamm verschmiert und der Gedanke, wie viele Mücken, Moskitos und Krankheitserreger sie einatmete oder durch die Poren aufnahm.

Keep on truckin'. Du wirst richtig gut, Mädchen. Du schaffst es.

Wieder das Signal, anzuhalten.

Gib es weiter, Dunn, gib es weiter.

Langsam zählen. Eins … zwei … drei … vier …

Dreißig Sekunden vergingen. Dann eine Minute. Dann zwei.

Bleib ruhig, bleib ganz ruhig!

Drei Minuten. Vier.

Wieder die Panik. Das dauerte zu lange. Sie signalisierte Lauren – *was ist los da vorne?*

Ihre Frage blieb unbeantwortet.

Marges Herz raste. *Oh, allmächtiger Gott, sag mir, was da passiert! Bitte mach, daß ihr nichts geschieht!*

Wieder versuchte Marge, Lauren per Seil eine Botschaft zu schicken. Und wieder keine Antwort.

Um Gottes willen, war Lauren etwa entdeckt worden? Sollten sie und Elise umkehren?

Wart ab, Dunn. Noch ein paar Minuten länger. Wart ab!

Nach zehn Minuten spürte Marge einen Ruck von hinten. Stone fragte, was da vorne los war. Als ob sie das wüßte.

Eine Minute noch, dann würde sie das Zeichen zum Rückzug geben.

Zehn Sekunden … zwanzig …

Was sollte sie tun? Was sollte sie tun?

Dreißig … vierzig …

Endlich ein Rucken an ihrer Taille, ein Signal von Lauren.

Und was für eins!

Lauren hatte ihr per Seil mitgeteilt, daß sie den Orden erreicht hatte.

Verhaltet euch still, bis ich mich wieder melde.

Marge gab es an Elise weiter.

Wieder vergingen Minuten. Aber diesmal machte Marge das Warten nicht so viel aus. Denn wenn eine von ihnen es geschafft hatte, dann würden sie und Elise es bestimmt auch schaffen.

Lauren war in Sicherheit.

Fünf Minuten. Dann spürte Marge ein Ziehen am Seil. Das Signal, weiterzukriechen.

Rasch gab sie es an Elise weiter.

Mit neuer Kraft schob sich Marge voran. Ihr Atem hatte sich beruhigt, und ihr Kopf war wieder klar. Sie wußte es nicht, aber ihr standen Tränen in den Augen.

» 33 «

Eine schmale Hand streckte sich ihr entgegen, packte den schlammverkrusteten Handschuh. Marge blinzelte durch das enge Loch nach oben und sah Laurens verschmiertes Gesicht; sie hatte den Finger warnend an die Lippen gelegt. Marge stemmte die Füße gegen die rutschigen Tunnelwände. Obwohl Marge mindestens zwanzig Kilo schwerer war, zog Lauren so kräftig, daß Marges Kopf und Schultern über den Rand des dunklen Tunneleingangs hinauskamen. Aber ihre Hüften saßen fest. Ihre Handschuhe waren keine große Hilfe. Naß vom Schlamm, rutschten sie immer wieder ab. Trotzdem drückte Marge die Handflächen gegen den flachen Fußboden und versuchte, sich hochzustemmen. Lauren packte sie unter den Schultern, bevor sie wieder in den Tunnel zurückgleiten konnte.

»Gut gehalten«, wisperte Marge. »Jetzt noch einmal.«

Wieder suchte sie mit den Füßen Halt. Ihre Muskeln spannten sich, sie stemmte sich hoch, drehte sich in der Hüfte, schwang ihre langen Beine hinaus. Befreit aus diesem Urschlamm, lag Marge am Boden. Jetzt, wo sie wieder frischen Sauerstoff atmen konnte, fühlte sie sich wie neugeboren.

Lauren knipste Marges Helmlampe aus, flüsterte: »Alles okay?«

»Bestens.«

Es war stockdunkel. Aber Marge wußte, daß sie sich in einem der Klassenzimmer des Ordens befanden – genauer gesagt, im Wandschrank. Als Elise Stone auftauchte, drang der schwache Schimmer ihrer Helmlampe herein. In ihrem Schein sah Marge mehrere Gewänder an einem Haken, die wie Gespenster hin und her schwangen. Langsam rappelte sie sich auf.

Lauren wisperte: »Das Säuglingszimmer ist nebenan. Wir dürfen nur reden, wenn es unbedingt nötig ist. Wer weiß, wo die überall Wanzen angebracht haben.«

Marge nickte. Schweigend warteten sie, bis Elise sich den Schlamm von den Schuhsohlen gekratzt hatte. Elise herauszuziehen, war einfacher gewesen, weil sie zu zweit waren. Marge richtete ihre Taschenlampe auf die weißen Gewänder, zog eines über ihren dreckigen Anzug. »Bessere Tarnung als das, was ich anhabe.«

Elise und Lauren machten es ihr nach. Noch einmal ging Marge die Checkliste durch, las die Anweisungen nach.

»Planänderung, Lauren«, sagte sie. »Wir sollen erst die älteren Kinder rausbringen.«

»Was? Warum nicht die Säuglinge?«

»Die Babys kommen als letzte«, erklärte Elise. »Weil sie schneller weinen und uns verraten könnten. Falls wir dann durch ihr Geschrei erwischt werden, sind wenigstens die älteren Kinder schon draußen.«

»Aber das Säuglingszimmer ist gleich nebenan«, flüsterte Lauren. »Die Schlafzimmer der Kinder sind ein paar Türen weiter. Wir müssen über den Flur. Bestimmt wird er bewacht. Womöglich werden wir entdeckt, bevor wir auch nur eine Seele gerettet haben.«

»Den Wachposten übernehme ich«, erwiderte Marge. »Du mußt die Kinder dazu bringen, daß sie uns folgen. Das wird nicht leicht sein.«

Lauren seufzte. »Ich hoffe nur, du weißt, was du tust.«

Marge wußte es nicht. Aber das wußte auch sonst niemand.

»Was ist damit?« Lauren deutete auf die kugelsichere Weste unter ihrem Gewand.

»Behalt sie an.«

»Ich passe auf. Ihr müßt euch beeilen«, sagte Elise.

»Wenn dir jemand in die Quere kommt, weiß du, was du zu tun hast.«

»Ich weiß. Ihn töten.«

Marge überprüfte die Beretta. Als Lauren die Schranktür öffnen wollte, hielt Marge sie zurück. »Ich gehe als erste.«

»Aber …«

»Ich hab die Waffe.«

»Aber ich hab die kugelsichere Weste«, protestierte Lauren.

»Da hat sie recht«, pflichtete Elise ihr bei.

»Wir gehen zusammen raus«, sagte Marge. »Laß mich erst das Klassenzimmer überprüfen. Gibt es außer der Überwachungskamera hinter dem Lehrerpult noch eine?«

»Nicht, daß ich wüßte.«

Nach einem raschen Gebet drehte Marge den Knauf der Schranktür. Vorsichtig öffnete sie die Tür einen Spalt breit. Nur Schatten. Noch ein Stückchen. Nichts. Schnell stieß sie die Tür ganz auf.

Keine Schüsse.

Auf Zehenspitzen verließ Marge dem Schrank. Als erstes hielt sie nach der Überwachungskamera Ausschau. Die Frauen hatten den Winkel in etwa berechnet und den Radius festgelegt, den sie nicht betreten durften.

Noch ein Schritt.

Die wenigen Fenster waren hier von Vorteil. Sie konnten zwar nicht raussehen, aber von draußen auch nicht entdeckt werden. Der Mond schien schwach durch die Deckenfenster und tauchte die leeren Tische und Stühle in silbriges Licht. Marge ließ den Strahl der kleinen Taschenlampe durch das Klassenzimmer wandern. Nichts Ungewöhnliches. Sie gab Lauren ein Zeichen. Zusammen schlichen sie zur Flurtür. Marge schob die Tür ein Stückchen auf und lugte in den dunklen Korridor.

Völlige Stille.

Sie betraten den Flur, gingen mit leisen Schritten auf die Schlafzimmer zu.

Marge blieb stehen, drückte Lauren gegen die Wand.

»Schritte!« flüsterte sie.

Schützend stellte sie sich vor Lauren, konnte deren raschen Herzschlag spüren und ihren Schweiß riechen. Vielleicht war es auch ihr eigener. Ein weiß gekleideter Wächter erschien, starrte mit leeren Augen in das graue Zwielicht. Als er den Kopf in ihre Richtung drehte, gab Marge ihm keine Gelegenheit, Alarm zu schlagen. Sie machte einen Satz, rammte ihm den Griff der Waffe in den Solarplexus, dann auf den dicken Schädel. Er sackte sofort in sich zusammen. Marge fing ihn auf, bevor er zu Boden fallen konnte. Lauren flüsterte sie zu: »Durchsuch seine Taschen nach einem Funkgerät oder Walkie-Talkie.«

Lauren durchwühlte die Taschen, hielt ein schwarzes Kästchen hoch.

»Halt es so, daß ich es sehen kann.« Marge betrachtete den Apparat, während sie den schlaffen Körper umklammerte. »Okay. Drück nur nicht auf den roten Knopf, sonst hören sie unsere Stimmen. Nimm seine Füße. Wir tragen ihn zum Wandschrank.«

Lauren packte ihn an den Fußgelenken und erstarrte, als

sie sein Gesicht sah. »Das ist Bruder Ansel. Einer von denen, die das Läuterungsritual durchführen – ein absoluter Widerling.«

Marge nickte, fühlte sich besser, weil sie einen absoluten Widerling ausgeschaltet hatte. Vorsichtig trugen sie ihn in das leere Klassenzimmer.

Elise starrte auf den leblosen Körper. »Ist er tot?«

»Glaub ich nicht.« Marge ließ ihn auf den Schrankboden gleiten, prüfte seinen Puls. Kräftig. Außerdem atmete er. Sie untersuchte die Delle in seinem Kopf. Blut sickerte heraus, sprudelte aber nicht. »Er wird's überleben, aber mit gewaltigen Kopfschmerzen aufwachen.«

»Ich verbinde ihn, wenn ich ihn gefesselt und geknebelt habe«, sagte Elise.

Marge gab ihr das Funkgerät. »Sein Name ist Bruder Ansel. Einer der Folterknechte. Und ein Widerling.«

»Wenn sich jemand meldet, bin ich also ein Folterfreak namens Bruder Ansel.«

»Genau«, sagte Marge. »Komm, Lauren. Wir müssen uns beeilen.«

Wieder schlichen sie schnell und leise durch das Klassenzimmer auf den Flur hinaus. Lauren blieb vor einer Tür stehen. »Hier schlafen die Größeren.«

»Jungs und Mädchen?«

Lauren nickte.

Marge hob die Augenbrauen. Sie öffnete die Tür, sah hinein. Acht Betten, sieben davon belegt mit schlafenden Halbwüchsigen. Keine Aufsicht. Eine ideale Situation, falls keiner durchdrehte. Lauren flüsterte sie zu: »Sieh zu, daß sie so auf dich hören, als wärst du noch ihre Lehrerin.«

Laurens Atem ging schnell, Schweiß stand ihr auf der Stirn. Sie atmete tief durch, fing mit Vega an, schüttelte sie sanft an der Schulter. Das Mädchen schrak hoch.

»Schwester Andromeda!« rief sie.

Lauren legte ihr die Hand auf den Mund. »Schhhhh! Das ist ein Notfall, Vega. Wir müssen verschwinden!«

Das Mädchen strich sich das Haar aus den erstaunten blauen Augen. »Wohin?« flüsterte sie.

»Keine Fragen. Du mußt mir vertrauen und mir folgen. Und du mußt ganz, ganz leise sein.«

»Aber wo gehen wir hin?«

»Ich sagte, keine Fragen!«

»Ja, Schwester Andromeda.« Vega schlug die Augen nieder.

Laurens Blick wurde weicher »Vega, ich zähle auf dich. Du muß mir mit den anderen helfen.«

»Ich helfe dir, Schwester Andromeda ...« Sie verstummte, als sie Marge entdeckte. »Aber wir gehen doch nicht etwa mit den Verleumdern! Guru Bob hat gesagt, daß sie vielleicht kommen und ...«

»Vega, hör mir zu!« sagte Lauren leise und drängend. »Wenn du nicht tust, was ich dir sage, werden entsetzliche Dinge geschehen. Menschen werden sterben!«

»Aber Guru Bob sagt, daß der Tod etwas Gutes ist. Wir werden Vater Jupiter wiedersehen.«

Lauren beugte sich vor, umschloß das Gesicht des Mädchens mit beiden Händen, sah ihr tief in die Augen. »Es wird sehr, sehr schwer für dich sein, das zu akzeptieren, Vega. Aber Guru Bob irrt sich! Jetzt mußt du entscheiden ... wem du glauben willst. Bob? Oder mir?«

Vega fuhr sich mit der Zunge über die Lippen. »Ich folge dir, Schwester Andromeda.«

Lauren küßte sie auf die Stirn. »Ich danke dir. Jetzt mußt du mir helfen, die anderen zu überzeugen.« Sie weckten nacheinander erst die vier Mädchen, dann die beiden Jungen. Alle schienen sich sehr über Andromedas Rückkehr zu freuen, waren aber verwirrt über das, was ihre Lehrerin von ihnen verlangte.

Die Älteste war ein Mädchen namens Asa, mit braunen Augen und lockigem roten Haar. Sie sagte: »Ich vertraue dir, Schwester Andromeda, aber wir dürfen nicht gehen, ohne Guru Bob zu fragen. Das ist gegen die Regeln. Damit verstoßen wir gegen das Gelübde und durchbrechen die Kette. Außerdem verbinden wir uns mit einem Verleumder.«

Die anderen nickten.

Vega sagte: »Ich finde es auch merkwürdig, was Schwester Andromeda uns erzählt.«

Ein etwa dreizehnjähriger Junge mischte sich ein. Sein Name war Orion. »Vielleicht ist unsere Schwester Andromeda von den Verleumdern korrumpiert worden. Genau davor hat Guru Bob uns gewarnt.«

Er zeigte anklagend mit dem Finger auf sie.

»Ich glaube, das ist eine Falle.«

Die Zeit lief ihnen davon. Anfänglich hatten sie geflüstert, doch jetzt wurden ihre Stimmen lauter. Marge sah Andromeda flehend an.

Tu was!

Aber es war Vega, die vortrat und mit fester Stimme sagte: »Ja, sie ist eine Verleumderin. Aber ich versichere euch, daß sie nicht korrupt ist. Sie ist eine Träumerin wie unser allerheiligster Vater Jupiter. Eine Reisende zu den Sternen der Imagination.«

»Woher weißt du das?« fragte Asa.

»Ich hab mit ihr gesprochen.« Eine Träne lief über Vegas Wange. »Sie versteht unser Lieblingsbuch – *Der kleine Prinz*. Sie hat es auf französisch gelesen.«

Bewundernde Blicke. Vega richtete sich auf. »Ich werde Schwester Andromeda helfen. Ich vertraue ihr. Ich gehe mit der Verleumderin, weil ich in ihrem Herzen gelesen habe. Ich schlage vor, daß ihr alle dasselbe tut. Aber wenn irgend jemand bleiben will, bitte – ich flehe euch an … verratet Schwester Andromedas Geheimnis nicht.«

Eine lange Pause entstand. Dann sagte Orion: »Unser Vater Jupiter war ein Entdecker anderer Welten. Ich werde auch ein Entdecker sein. Ich werde in der Welt der Verleumder sein Wort predigen.« Er stand auf. »Ich schließe mich ihnen an.«

Asa war die nächste, die mitkommen wollte.

Da sich drei dafür entschieden hatten, folgten die anderen ohne Protest. Marge sagte, sie sollten ihre Gewänder über die Pyjamas ziehen. Vorsichtig sah sie auf den Flur hinaus.

Leer.

»Leise und schnell«, flüsterte sie.

Im Gänsemarsch führte sie die Kinder zurück in das Klassenzimmer. Sobald sie im Schrank waren, außer Sichtweite der Kamera, band sie einem nach dem anderen das Seil um die Taille. Der blinde Gehorsam der Kinder erwies sich als großer Vorteil. »Du kriechst voran, Lauren, die anderen folgen dir, und Elise bildet wieder die Nachhut.«

»Aber wenn wir so viele im Tunnel sind, wird der Sauerstoff zu schnell verbraucht.«

»Die Zeit drängt, Lauren. Wir müssen das Risiko eingehen. Die Kinder haben Erfahrung mit Meditation. Sag ihnen, sie sollen langsam und tief atmen.« Ohne zu zögern, hielt Marge ihr ihre Sauerstofflasche hin. »Im Notfall kannst du das hier benutzen.«

Lauren sträubte sich. »Was ist mit dir?«

»Ich hab eine prima Lunge«, sagte Marge. »Zumindest haben das die Jungs immer gesagt. Jetzt geh.«

»Bringen Sie die anderen Kinder raus?« fragte Vega.

»Sobald ihr alle in Sicherheit seid.«

»Dann bleibe ich hier und helfe Ihnen.«

Marge sah Vega an, umfaßte ihre zarten Schultern. »Wenn du das tust, wirst du es vielleicht nicht nach draußen schaffen.«

»Korrekt«, erwiderte Vega. »Aber das Risiko gehe ich ein. Ich fürchte mich nicht vor dem Tod. Ich fürchte mich nur davor, meine Pflicht zu vernachlässigen. Unser Vater Jupiter hat uns gelehrt, daß die Pflicht über allem steht. Und Sie werden meine Hilfe brauchen, um die anderen Kinder zu überzeugen.«

»Los jetzt«, drängte Elise. »Die Rettungsmannschaft wollte in einer Stunde da sein. Wenn wir die verpassen, sind wir geliefert.«

»Also gut, Vega«, stimmte Marge zu. »Du kannst bei mir bleiben.«

»Korrekt.«

Zu Lauren sagte Marge: »Komm zurück, sobald du kannst, und hilf mir mit den Jüngeren.«

Unter der Decke war ein ersticktes Stöhnen zu hören. Bruder Ansel schien aufzuwachen. Marge versetzte dem Bündel einen Tritt. Stille. Eines der Kinder wunderte sich über das Geräusch.

»Das ist unser Vater Jupiter, der uns ermutigt. Los jetzt«, sagte Lauren.

Auch Vega sprach ihren Freunden Mut zu. »Das ist unser erstes Weltraumabenteuer. Wir wollen dafür sorgen, daß es positiv und wissenschaftlich und voller Spiritualität ist. Denkt immer an unseren Vater. Laßt uns meditieren und beten.«

»Zu unserem Vater Jupiter und seinem Geist, der uns nie verläßt«, ergänzte Orion.

Die Kinder senkten ernst die Köpfe. Elise war ungeduldig, hielt sich aber zurück. Wenn sie zu sehr drängte, konnte sich das negativ auswirken. Lauren küßte die Kinder auf die Wange, eines nach dem anderen. »Gut gesprochen, liebe Kinder. Zu unserem Vater Jupiter. Laßt uns auf die Reise gehen.«

Ohne ein weiteres Wort kroch sie wieder in die schlammige, pechschwarze Röhre. Rasch schoben Marge und Elise die Kinder durch das dunkle Nadelöhr. »Haltet die Köpfe unten«, riet ihnen Elise. Als die Reihe an ihr war, sah sie Marge an. »Viel Glück.«

»Dir auch.«

Agent Stone verschwand unter der Erde.

Im Wandschrank wurde es ganz still; das einzige Geräusch war ihr leiser Atem.

Die Zeit dehnte sich.

Vega sagte nichts, saß auf dem Boden und wartete. Ganz von ihrer Aufgabe erfüllt, ohne äußerliche Anzeichen von Angst. Und wie sollte sie auch? Wie sollte sie wissen, was Gefahr … was Realität bedeutete? Sie hatte ihr junges Leben in einer anderen Realität verbracht.

Wieder stöhnte es unter der Decke.

»Wer ist da drunter?« fragte Vega emotionslos.

Marge wußte, daß sie das Mädchen nicht mit einer Lüge abspeisen konnte. »Bruder Ansel.«

»Ihr habt ihn überwältigt.«

»Ja.«

»Gefesselt und geknebelt.«

»Ja.«

»Ihr betrachtet ihn als Hindernis für eure Operation.«

»Korrekt.« Marge beugte sich hinunter, warf einen Blick unter die Decke. Ansel drehte den Kopf. Langsam öffnete er die Augen. Als er Marge erblickte, wollte er sich aufsetzen, aber Marge drückte ihn wieder zu Boden. Sie hielt ihm die Pistole zwischen die Augen. »Ein Mucks, und Sie sind ein toter Mann. Ich spaße nicht.«

Furchtgeweitete Augen. Verängstigtes Nicken. Marge betrachtete den blutigen Verbandsstoff über der Wunde. Elise hatte ihn nicht nur gut verschnürt und geknebelt, sie hatte ihn auch einwandfrei verbunden.

Plötzlich rauschte es im Sprechfunkgerät. Marge warf die Decke über Ansels Kopf und trat aus dem Schrank. Sie wollte nicht, daß sein Stöhnen übertragen wurde. Vega folgte ihr, schloß die Schranktür.

»Kennen Sie die Parole?« fragte sie.

»Parole?« Marges Herz klopfte laut. »Nein, natürlich nicht.«

»Die Planeten sind im Orbit«, erwiderte Vega wie selbstverständlich. »Bruder Ansel hat eine mittelhohe Stimme für einen Mann. Ein bißchen nasal.«

Marge nickte, drückte auf den Knopf. Knacken und Rauschen, dann eine unverständliche Frage. Marge sah zu Vega. Die nickte ihr zu.

»Die Planeten sind im Orbit«, sagte Marge in das Gerät.

Rauschen und eine weitere unverständliche Frage. Panik stieg in ihr auf, aber um Vegas Willen gelang es ihr, äußerlich ruhig zu bleiben. Wobei das Mädchen allerdings wesentlich ruhiger schien als sie.

Vega flüsterte ihr ins Ohr: »Sagen Sie ›Ich wiederhole. Die Planeten sind im Orbit. Hört ihr mich?’«

Marge atmete tief durch, senkte die Stimme, sagte durch die Nase: »Ich wiederhole. Die Planeten sind im Orbit. Hört ihr mich?«

Nur Rauschen, aber keine Antwort.

»Hört ihr mich?« sagte Marge langsam.

Eine Sekunde ... zwei ... schließlich ein knarzendes »Roger«, dann wurde abgeschaltet.

Marge ließ den Knopf los, atmete leise aus. Jedes Wort war zu schwach, um auszudrücken, was Marge für das junge Mädchen empfand. Sie dachte darüber nach, beschloß, das beste Kompliment würde ein Appell an ihren Verstand und Abenteuergeist sein. »Wußtest du, Vega, daß in meiner Welt ... der Welt der Verleumder ... Menschen in den Weltraum geschickt werden?«

»Korrekt«, erwiderte Vega. »Astronauten. Unser Vater Jupiter hat entscheidend dazu beigetragen. Aber er hat spirituellere Wege der Raumfahrt gefunden – Wege, die keine Raketen erfordert.«

Marge flüsterte: »Natürlich. Spirituelle Reisen sind solchen des Körpers stets überlegen. Trotzdem, jemand, der so brillant und spirituell ist wie du, würde bestimmt einen guten Astronauten abgeben.«

Vega betrachtete Marge verwundert. »Aber ich bin ein Mädchen.«

»Es gibt viele Astronautinnen«, erklärte Marge. »Das weißt du, oder?«

Vega sagte nichts. Ihr Gesicht blieb ausdruckslos.

»Und du«, fuhr Marge fort, »bist mindestens so brillant und spirituell und heldenhaft wie die besten von denen.«

Vegas Augen füllten sich mit Tränen. »Ich bin ein Kind.«

Marge lächelte, hielt die eigenen Tränen zurück. »Das war der Kleine Prinz auch.«

Vegas Lippen zitterten, die Augen liefen über, Tränen rannen ihr über die Wangen. Sie antwortete nicht; Marge beließ es dabei.

Schließlich sagte Vega: »Man darf sich keinen Phantasien hingeben, wenn man eine Aufgabe zu erledigen hat.«

Sie hatte recht, was Marge ihr auch sagte. Das Mädchen hatte der Welt der »Verleumder« so viel zu bieten.

»Ich muß darum beten, daß ich die richtige Entscheidung getroffen habe«, fuhr die Kleine fort.

In diesem Moment schien Beten eine gute Idee zu sein. Also betete Marge für das Leben der Babys und Kinder, die sich noch in diesem Gebäude befanden, betete für die unschuldigen Erwachsenen, die von Monstern unterjocht wurden, und für Lauren und Elise. Sie betete auch für ihr eigenes Überleben. Aber vor allem betete sie für Vegas Wohlergehen. Nach allem, was das Mädchen getan hatte, verdiente es die meiste Fürbitte.

» 34 «

Es dauerte zu lange.

Theoretisch war Marge auf das Unerwartete vorbereitet, wollte den Plan aber nur ungern ändern. Sie wollte sich durch ihre verzerrte Zeitwahrnehmung nicht zu übereilten Handlungen hinreißen lassen, vor allem, da Vega bei ihr war. Das Mädchen spürte Marges Anspannung, hörte auf zu meditieren und sah ihre neue Verbündete an.

»Glauben Sie, den Kindern ist was passiert?«

»Nein, ganz bestimmt nicht«, erwiderte Marge so ruhig wie möglich.

»Es ist viel Zeit vergangen.«

»Ja.«

»Vielleicht ist der Tunnel eingebrochen.«

»Das hoffe ich nicht.«

»Aber Sie wissen es nicht.«

»Nein.« Marge unterdrückte ein Seufzen.

»Glauben Sie, daß man sie gefangengenommen hat?«

»Das bezweifle ich, Vega. Da draußen sind viele gut ausgebildete Leute, die über sie wachen. Sie sind bestimmt in Sicherheit.«

»Aber wir wachen auch«, sagte Vega. »Wir beobachten Ihre Leute.«

Marge beugte sich vor, sah Vega in die Augen. »Was beobachtet der Orden?«

»Wie Ihre Leute versuchen, auf unser Gelände einzudringen. Wenn die Verleumder zu nahe kommen, passiert etwas. Die Erwachsenen denken, wir Kinder wüßten das nicht. Aber wir wissen es. Wir sagen nichts, aber wir hören alles.«

»Was weißt du, Vega?«

»Ich weiß von Mutter Venus' und Guru Bobs Plänen. Ich weiß, was passiert, wenn die Verleumder den Orden stürmen. Wir wurden angewiesen, unserer Mutter Venus und Guru Bob in den Tempel zu folgen. Gemeinsam werden sie uns zur anderen Seite bringen.«

»Die andere Seite.« Marge hielt inne. »Damit meint Guru Bob keine andere Seite im *physischen* Sinn, oder?«

»Ja. Mutter Venus und Guru Bob nehmen uns mit auf eine spirituelle Reise.«

Marge spürte, wie sich imaginäre Klauenfinger um ihren Hals legten. »Massenselbstmord.«

»Guru Bob und unsere Mutter sagen, es sei besser, unser Leben in dieser Welt zu beenden, als von den Verleumdern korrumpiert zu werden. Im Orden der Ringe Gottes gibt es viele, die ihnen zustimmen. Man hat Vorsorge getroffen.«

»Vorsorge?«

»Durch den Tempel sind Drähte gespannt, die unseren irdischen Besuch beenden werden. Guru Bob plant, es genauso zu machen wie bei der Erschaffung unseres Planten – mit einem Urknall. Das entspricht dem Kreismotiv von Vater Jupiters Mission. Erschaffung und Zerstörung – der endlose Kreislauf.«

Auf die Zerstörung konnte Marge gut verzichten. »Guru Bob hat also tatsächlich Sprengstoff?«

»Korrekt. Sprengstoff ganz verschiedener Art. Aber Guru Bob und unsere Mutter Venus werden nichts in die Luft jagen, bevor die spirituelle Reise für sie die letzte Hoffnung des Ordens ist.«

Vega hatte immer wieder erwähnt, daß Venus an den Plänen beteiligt war. Marge dachte an den Anruf. Wenn Venus sie nicht angerufen hatte, dann mußte es Terra gewesen sein.

Wo war Terra jetzt? Was empfand sie?

Vega unterbrach Marges Gedanken. »Die Verleumder sollten Guru Bob davon überzeugen, daß sie nichts planen.«

»Wir planen nichts.«

»Sie haben dies hier geplant.«

»Das ist was anderes«, fuhr Marge auf. »Hier geht es um die Kinder.«

»Für Sie ist es etwas anderes. Aber nicht für Guru Bob.«

Marge verstummte. Sie hörte kratzende Geräusche. Jemand kroch durch den Tunnel. Sie zog die Beretta, für den Fall, daß es nicht Elise oder Lauren war. Eine Minute später flüsterte Lauren drängend: »Helft mir raus.«

Marge packte Laurens schmutzige Hand und zog sie aus dem Loch. »Ist alles …«

»Ich weiß es nicht!« Lauren atmete schwer. »Ich bin wieder los, bevor …« Sie keuchte. »Wir haben im Tunnel sehr lange gebraucht. Elise sagt, wir liegen weit hinter dem Zeitplan zurück. Als ich wieder zurückgekrochen bin, hatte sie immer noch keine Verbindung mit dem Rettungsteam. Aber wir hielten es für besser, daß ich zurückkomme, bevor du in Panik gerätst.«

»Ich bin nicht in Panik …«

»Egal. Da draußen geht es schlimm zu. Ständiger Schußwechsel. Wahrscheinlich haben wir deswegen das Rettungsteam nicht erreicht. Sie wollen keine Aufmerksamkeit auf dieses Gebiet lenken. Ich weiß nicht, warum die Polizei so rasch vorrückt, vor allem, weil wir noch nicht alle Kinder draußen haben.«

»Vielleicht hat Bob noch mehr umge ....« Sie verstummte. Vega hörte zu. Marge sah auf die Uhr. Sie lagen tatsächlich weit hinter dem Zeitplan.

Lauren sagte: »Ich finde wirklich, wir sollten die Säuglinge zuerst rausbringen. Sie sind am verletzlichsten.«

»Na gut«, stimmte Marge zu. »Dann los.«

Lauren deutete auf Bruder Ansel unter der Decke. »Was ist mit ihm?«

»Der Kerl nervt. Während du weg warst, hab ich ihm eine ordentliche Dosis Beruhigungsmittel gegeben, damit er still ist.«

»Wollten wir das nicht für die Babys aufheben?«

Marge zuckte die Schultern. »Was sein muß, muß sein.« Sie tastete nach ihrer Waffe und Bruder Ansels Funkgerät. »Warte hier, bis ich nachgesehen habe, ob wir freie Bahn haben.«

Sie trat aus dem Schrank. Diesmal hörte sie leise Geräusche von draußen. Es war halb fünf. Der Orden wachte auf. Sie gab Vega und Lauren Zeichen. Gemeinsam schlichen sie zur Verbindungstür zwischen Klassenzimmer und Säuglingsstation. Lauren versuchte leise, den Knauf zu drehen.

»Sie ist abgeschlossen«, flüsterte sie.

»Dann müssen wir über den Flur.«

»Laß mich vorangehen«, sagte Lauren. »Wenn mich jemand sieht, errege ich weniger Verdacht.«

»Ich gehe mit«, sagte Vega. »Ich errege überhaupt keinen Verdacht.«

»Nein, Vega, du bleibst bei mir.« Marge öffnete vorsichtig die Klassenzimmertür.

Stille.

Sie trat in den Flur. Er war leer, aber sie hörte Schritte in der Nähe.

»Der Orden hat viele Frühaufsteher«, wisperte Lauren. Sie übernahm die Führung, schlich leise zur Tür des Säuglingszimmers.

Öffnete sie.

Sah hinein.

Alles schlief, und alles war ruhig.

Sehr ruhig für eine Säuglingsstation.

Lauren betrat das Zimmer, dicht gefolgt von Marge und Vega. Sie schloß die Tür.

Als sich ihre Augen an die Dunkelheit gewöhnt hatten, erblickte Marge eine schattenhafte Gestalt. Eine Frau in einem Schaukelstuhl, die Augen geschlossen, den Kopf zurückgelegt. In den Armen hielt sie einen schlafenden Säugling. Offenbar hatte sie ihn gefüttert; eine fast volle Flasche lag am Kinn des Säuglings, tropfte auf den Strampelanzug.

Lauren ging zu ihr. »Terra?« flüsterte sie.

Keine Antwort.

»Terra, Liebes, ich bin's, Andromeda.«

Nichts. Terra saß so still wie eine Schaufensterpuppe.

»Vielleicht schläft sie ganz tief«, meinte Vega.

»Hier stimmt was nicht«, sagte Marge. »Irgendwie unheimlich. Keinerlei … Bewegungen … nichts …«

Sie merkte, daß sie schwitzte.«Bleibt, wo ihr seid.«

Dann trat sie ans nächste Kinderbettchen.

Sah hinunter auf das Bündel in dem Babyschlafsack. Ein kleines Mädchen von etwa einem Jahr, das auf der Seite lag. Zitternd vor Furcht streckte Marge die Hand aus. Als ihre Finger die Stirn des Babys berührten, schien ihr ein Stromschlag durch die Wirbelsäule zu fahren.

Die Haut war trocken und kalt.

Vorsichtig drehte sie das Kind auf den Rücken.

Kein Widerstand. Keine Bewegung. Die Arme fielen wie ausgestopft zur Seite. Marge tastete nach der Halsschlagader. Kein Puls.

Lauren sah sie mit fragendem Blick an. Marge wurde übel. Sie ging zum nächsten Bettchen, dann zu einem dritten. Lauren begriff allmählich, was passiert war. »O Gott!« Sie zuckte zurück. »O Gott, nein!«

»Sieh du bei den Kleinkindern auf den Matratzen nach«, befahl ihr Marge.

»O Gott, o Gott …«

»Pscht!« schimpfte Marge. »Sei still, Lauren. Sonst hören die uns …«

Sie verstummte. Stimmen im Flur. Männerstimmen. Plötzlich wurde die Tür aufgestoßen. Zwei geisterhafte Gestalten in weißen Gewändern stapften herein.

Der eine sagte: »Wir nehmen die Leichen und bringen sie …« Sein Blick fiel auf Marge. »Wer zum Teufel …«

Marge stürzte vor, versetzte beiden zwei wohlgezielte Hiebe in die Weichteile. Als sie sich zusammenkrümmten, bekamen sie eins mit dem Pistolengriff auf den Schädel. Die Männer sackten zusammen, stöhnten, hielten sich die Eier. Ein letzter rascher Tritt gegen den Kopf, und sie fielen beide in Ohnmacht.

Der Orden machte Ernst!

Marge bellte Befehle, während sie die Babys nach Lebenszeichen abtastete. »Überprüft die Kleinkinder, damit wir wissen, ob eins überlebt hat.«

Vega gehorchte sofort, aber Lauren war wie versteinert. »Großer Gott, das ist ja wie in Jonestown. Jemand muß ihnen Gift in die Milch getan haben …«

»Mach schon, Lauren!«

»Ich kann nicht glauben, daß Terra so was tun würde«, schluchzte Lauren. »Die müssen sie dazu gezwungen haben. Sie hätte niemals …«

Vega unterbrach sie. »Ich glaube, sie sind alle tot.«

»O Gott!« jammerte Lauren. »Wie konnte sie das nur tun! Warum hat sie …«

»Halt den Mund!« fuhr Marge sie an. »Für so was haben wir keine Zeit! Los jetzt, verdammt noch mal!« Sie tastete nach Terras Puls. Nichts. »Geh und hilf Vega bei den Kleinkindern! Uns bleiben höchsten zehn Minuten, bevor diese beiden Arschlöcher hier vermißt werden.«

Terras Haut war glatt und kalt. Marge drückte gegen ihr Schulter. Die Leiche sackte zur Seite. Sie berührte die Wange des Säuglings in Terras Armen.

»Großer Gott! Der hier ist noch warm!« Ihr Herz hämmerte. »Er hat einen Puls! Und er atmet!«

Marge warf einen Blick auf die Flasche. Sie war so gut wie voll. Das Baby war eingeschlafen, bevor es genug von dem tödlichen Gift schlucken konnte. Marge zwang sich, langsam und gleichmäßig zu atmen.

Zu Vega sagte sie: »Lauren und ich müssen die Kleineren holen, falls sie noch am Leben sind. Uns bleiben nur noch Minuten. Vega, kannst du allein mit dem Baby durch den Tunnel kriechen?«

»Ja.«

»Der Tunnel ist dunkel und schleimig und angsteinjagend und sehr, sehr lang und ...«

»Ich schaffe das, Detective Marge.« Ein rasches Lächeln. »Sie haben gesagt, ich würde eine gute Astronautin abgeben. Wenn ich nicht durch einen Tunnel kriechen kann, wie soll ich dann im Weltraum bestehen? Geben Sie mir das Baby.«

Marges Augen füllten sich mit Tränen. Sie küßte Vega auf die Stirn. »Ganz egal, was passiert, komm nicht zurück! Sieh zu, daß du gerettet wirst, Vega!«

Vega erwiderte Marges Kuß und nahm ihr das schlafende Baby ab.

»Bei den Jüngeren ist immer eine Aufsicht«, sagte Lauren. »Die wird schreien, wenn sie dich sieht.«

»Dann erschieße ich sie, wenn's nicht anders geht. Los jetzt!«

Hinaus auf den Flur und in den ersten Kinderschlafsaal. Marge riß die Tür auf. Grelles Neonlicht blendete sie. Eine weiß gekleidete Frau wirbelte herum, machte große Augen, als sie Lauren erkannte. Sie hielt einen Plastikkrug in der Hand, zu drei Viertel gefüllt mit einer kirschroten Flüssigkeit. »Schwester Andromeda! Du bist zu uns zurückgekehrt!«

»Komm, Ceres, wir müssen hier raus.«

»Aber das tun wir doch schon!« verkündete Ceres lächelnd. »Genau das tun wir, Schwester. Ich helfe den Kindern, von hier fortzukommen, bevor die Verleumder eindringen.«

An die dreißig Kinder standen Schlange, die Augen noch halb geschlossen, weil sie so früh geweckt worden waren. Sie waren zwischen vier und zehn Jahren alt. Vierzig Pappbecher, gefüllt mit der kirschroten Flüssigkeit, standen auf einem Tisch. Marge fegte die Becher mit dem Arm vom Tisch, der vergiftete Saft ergoß sich auf den Boden. Ceres starrte sie bestürzt an. »Was machen Sie da …«

»Tut mir leid, Schwester!« unterbrach Marge. Sie holte aus und versetzte Ceres einen Kinnhaken. Die Frau sackte unter dem entsetzten Aufjapsen der Kinder ohnmächtig zu Boden.

»Still, Kinder!« befahl Lauren. »Ihr müßt still sein.«

Die Kinder erstarrten. Ihre Gesichtern waren voller Angst und Entsetzen. Und doch wagte keines, sich zu mucksen.

Marge wurde hektisch. »Bring sie zum Tunnel, Lauren.«

»Aber da sind noch mehr …«

»Ich hole die anderen!«

»Nein, ich hole sie«, beharrte Lauren. »Mir gehorchen die Kinder eher als dir.«

Sie hatte recht. »Sag denen hier, daß sie auf mich hören müssen und keine Fragen stellen sollen«, wies Marge sie an.

Als Marge feststellte daß der Flur leer war, befahl sie: »Los, Kinder, hier entlang! Und beeilt euch!«

Mit erregten Handbewegungen scheuchte sie die Kinder weiter. Die Hälfte war schon im Klassenzimmer, als ein weiterer Wächter auftauchte. Mit zitternden Händen richtete er seine Waffe auf Marge. Wäre er ein Profi gewesen, hätte er sie erwischt. Aber er zögerte.

Marge zögerte nicht. Sie schoß ihn in den Kopf.

»Beeilt euch!« schrie sie die Kinder an. »Hier entlang! Schnell, schnell, schnell!«

Sie schob sie durch das Klassenzimmer auf den Wandschrank zu. »Runter in das Loch! Das ist ein Tunnel, Kinder. Ein langer, dunkler Tunnel. Ihr müßt da durchkriechen. Ihr schafft das! Sobald ihr rauskommt, seid ihr in Sicherheit.«

Sie leuchtete mit der Taschenlampe in das dunkle Loch.

»Jetzt los. Alle! Runter auf die Knie, und fangt an zu kriechen!«

Keiner bewegte sich. Die Kleineren begannen zu weinen.

Marge nahm sich eins der älteren Mädchen mit dunklen Augen und kurzem schwarzen Haar vor. »Bring sie da runter, bevor es zu spät ist! Beeil dich, oder wir werden alle sterben!«

Das Mädchen konnte sich vor Entsetzen nicht rühren. Marge schüttelte sie kräftig. »Mach schon, oder ich sage Andromeda, daß du nicht gehorcht hast!«

Das Mädchen nickte, Tränen liefen ihm über die Wangen. Zitternd und weinend drängte es die Kleineren in das dunkle Loch, schubste sie hinein, wenn sie nicht von selber gehen wollten. Als sie laut zu jammern begannen, griffen die Älteren nach den zitternden Händen der Kleinen, zogen sie mit sich.

»Los, weiter, weiter, weiter!« Marge hielt das ältere Mädchen zurück. »Wie heißt du?«

»Centura.«

»Ich bin Marge. Und du wirst mir nicht nur helfen, Centura, du wirst eine richtige Heldin sein, wie Vater Jupiter.« Sie schob ein weiteres Kind in das schwarze Loch. »Los, los.«

Als das letzte im Tunnel war, gab Marge Centura die Taschenlampe. »Jetzt mußt du dafür sorgen, die Kinder da durch zu bringen. Hilf ihnen, wenn sie nicht weiterkrabbeln wollen. Auf der anderen Seite sind Leute, die euch helfen werden. Ab mit dir!«

Immer noch strömten dem Mädchen Tränen über die Wangen. Aber es gehorchte. Sobald alle Kinder im Tunnel waren, rannte Marge zu Lauren zurück. Sie führte die nächste Gruppe von Kindern im Schulalter zum Klassenzimmer.

»Sind das die letzten?« fragte Marge.

»Ja.«

Weitere Stimmen. Männerstimmen. Marge drehte sich um, zielte und schoß eine Salve in Bauchhöhe.

Dann rannten sie mit den restlichen Kinder zum rettenden Tunnel. Hinter ihnen knallte Marge die Tür zu und klemmte einen Stuhl unter den Türknauf.

Andromeda knipste die Helmlampe und die Taschenlampe an. »Los! In das Loch! Schnell!«

Die Kinder schrien und weinten. Manche weigerten sich.

Marge mußte Gewalt anwenden, drängte und schubste sie in die schlammige Öffnung, schob sie wieder nach unten, wenn sie umdrehen und hinauskrabbeln wollten.

»Weiter, weiter, weiter!«

Das Jammern war herzzerreißend. Marge kam sich wie ein Ungeheuer vor, aber die schrecklichen Bilder der ermordeten Säuglinge gingen ihr nicht aus dem Kopf. Sie schrie und brüllte, faßte die Kinder hart an, bis sie begriffen, daß ihnen keine andere Wahl blieb. Es ging nur in eine Richtung!

Endlich war auch das letzte Kind im Tunnel. Marge riß sich das weiße Gewand herunter, knipste ihr Helmlicht an, stürzte sich in die dunkle, enge Röhre.

Wieder erfaßte sie Panik, als Schlamm und Erde sie umschlossen. Aber ihr Herz schlug so rasch, daß sie die Furcht kaum wahrnahm. Sie hatte das Gefühl, der Tunnel sei in den letzten zwei Stunden noch enger geworden. Ihr Körper wurde vom Schlamm festgesogen, Dutzende von Füßen vor ihr wirbelten ihr dreckiges Wasser in Mund und Gesicht.

Ohne Vorwarnung öffnete die Erde ihren Rachen und brüllte. Sie wurden wie in einem Salzstreuer durcheinandergeschüttelt; Schlamm und Erde prasselten auf sie hinab. Gellende Schreie erfüllten die Röhre.

Marge hustete, spuckte Schlamm und Erde aus. »Weiter!« schrie sie, schob die vor ihr Kriechenden voran. »Weiter, weiter! Wir schaffen es.«

Ein neuer Einschlag! Diesmal noch kräftiger!

Der Tunnel brach ein! Erde prasselte in dicken Brocken auf sie hinab, bedeckte sie und die hustenden, keuchenden, schreienden und weinenden Kinder. Marges Unterkörper war unter einer Erdlawine begraben. Sie konnte sie nicht abschütteln – zu wenig Platz. Mit wilder Entschlossenheit krallte sie ihre Nägel in das tückische Erdreich und zog sich heraus.

»Weiter, weiter weiter!« kreischte sie, spuckte Schlamm aus. »Schneller, Schneller!«

Plötzlich stieg die Temperatur erheblich an, verwandelte die Röhre in ein dampfendes Schlammbad.

»Schnell, bevor die nächste Granate einschlägt!« keuchte Marge. »Schnell!« All der kostbare Sauerstoff, den sie verschwendete.

»Haltet die Luft an, wenn ihr könnt ...« Aber ihr wurde schwindelig. Sterne tanzten vor ihren Augen.

Nein, du wirst jetzt nicht ohnmächtig. Die Kinder brauchen ...

Tiefe Atemzüge.

Sie brauchen dich ...

Schwärzer und schwärzer.

Halt einen Augenblick an. Nur einen Augenblick ...

Die Sterne verblaßten. Jetzt hämmerte es in ihrem Kopf. Aber das war immer noch besser als das Schwindelgefühl.

Die Temperatur stieg weiter. Im Tunnel wurde es unerträglich heiß.

Bei lebendigem Leibe gebacken.

Das Kind vor Marge, ein Junge von etwa acht Jahren, bewegte sich nicht mehr. Marge wußte nicht, ob er vor Angst erstarrt oder ohnmächtig geworden war. Mit großer Mühe wuchtete sie ihn vorwärts, nutzte die Kraftreserve in ihren Armen. Sein Körper war schwer, bleischwer, aber ihr blieb keine andere Wahl. Wenn sie ihn nicht durchbrachte, würde sie es nie schaffen.

Hochstemmen!

Pause!

Heiß, heiß, heiß, heiß!

Hochstemmen!

Hoch, hoch, hoch!

Aua! Heiß, heiß, heiß!

Aber Wunder geschehen an den ungewöhnlichsten Orten. Der Junge kam plötzlich wieder zu sich. Er war zwar geschwächt, konnte sich aber vorwärts bewegen, wenn auch nur sehr langsam.

»Denk an Vater Jupiter!« drängte ihn Marge zwischen keuchenden Atemzügen. »Weiter, weiter ...«

»Heiß!« jammerte er.

»Wir sind fast ...« *Hör auf zu reden, Dunn!* Sie schnappte nach Luft. *Spar deine Energie!*

Der Tunnel wurde immer enger.

Marge strengte sich mehr und mehr an.

Keine Kraft!

Heißer und heißer.

Bei lebendigem Leibe gebacken.

Dem Delirium nahe.

Nein, du schaffst es!

Weiter, weiter … Keuchen … weiter, weiter … Keuchen …

Die Sterne tanzten wieder. Ihre Kraft ließ nach.

Ein ohrenbetäubendes Donnern, gefolgt von heftigem Beben der Erde. Schlamm prasselte ihr auf den Kopf, begrub ihren geschwächten Körper unter heißen Erdbrocken, versengte ihr die Nasenlöcher, den Mund und die Wangen, brannte ihr in den Augen.

Los, weiter …

Aber sie hatte keine Kraft mehr. Sie sank hinab. Alles verschwamm. Die Erde bebte, ihr schlaffer Körper überließ sich der »anderen Seite«.

Ein Rucken an ihrem Bein.

Jemand zog an ihr … zerrte an ihr.

Der Junge vielleicht? Klammerte er sich hilfesuchend an sie?

Armes Kind.

Begraben unter dem schweren Erdreich, das ihr keine Luft mehr zum Atmen ließ, gab sie auf. Als das letzte bißchen Licht aus ihrem Bewußtsein schwand, bewahrte sich Marge das vage Gefühl, daß sie irgendwie frische Luft einatmete.

»35«

Wieder explodierte ein Feuerball vor dem pechschwarzen Himmel, ließ die Erde erbeben, spie Flammen aus und versengte Deckers Nasenlöcher. Aus dem Gleichgewicht geraten, fiel er rückwärts in den Graben, landete schmerzhaft auf der Hüfte. Sein Anzug war mit Asche und Ruß bedeckt, seine Hände waren rauh und schmerzten von dem Herumwühlen im Schlamm. Gleich darauf wurde eine Maschinengewehrsalve in seine Richtung abgefeuert.

»Runter!« schrie er.

Decker warf sich über die Kinder, die es als letzte geschafft hatten, bevor der Tunnel einbrach und der Eingang verschüttet wurde. Ihm blieben noch etwa fünf Minuten, um Marge zu retten, sonst würde sie im Schlamm ersticken.

»Verdammte Arschlöcher!« Den Kopf gesenkt, tastete er nach dem Griff der Automatik. Er rollte sich von den Kindern weg, kniete sich hin, sah über den Rand des Grabens und feuerte. »Mit mir nicht, ihr gottverdammten Schweinehunde!«

Der Schußwechsel, der sich scheinbar endlos hinzog, dauerte nicht länger als dreißig Sekunden. Sobald er nachließ, kroch Decker aus dem Graben und überließ die Kinder dem Rettungsteam. Rasch lud das gemeinsame LAPD/SWAT-Team die Kinder in einen kugelsicheren Bus.

Es dämmerte bereits. Das war gut, weil sie dann mehr Licht bei der Arbeit hatten. Aber auch schlecht, weil sie sichtbarer waren. Decker robbte zum Schlammkrater und grub wie besessen. McCarry, Stone, Oliver, Martinez und Webster gruben neben ihm, alle auf dem Bauch, die Köpfe mit Schutzhelmen bedeckt.

Wieviel Minuten waren vergangen?

Zwei … vielleicht zweieinhalb?

Noch drei, vier Minuten, um sie zu retten.

»Komm schon, Margie, tu was, damit ich weiß, daß du da

bist!« Deckers Arme steckten bis zu den Ellbogen im Schlamm, blindlings tastete er mit den Fingern herum. »Warum lassen die Drecksäcke uns nicht in Ruhe und jagen sich selbst in die Luft?«

McCarry fluchte. »Das Mädchen sagt, Bob will sich mit einem Riesenknall verabschieden. Sieht aus, als erfüllt sich sein Wunsch.«

»Ich hab auch einen Wunsch«, sagte Decker. »Ich wünschte, ich könnte ihm ganz langsam die Haut abziehen ...« Seine Fingerspitzen berührten glatte Haut. Er wollte sie festhalten, aber sie entglitt seinen Fingern. »Da unten ist jemand«, brüllte er. »Ich hab was gefühlt!«

Mit verstärktem Eifer schaufelten sie den Schlamm weg. Aber wieder wurde auf sie geschossen, Decker mußte den Arm rausziehen, um seinen Kopf zu schützen.

»Verdammte Hurensöhne!« fluchte Decker. Diesmal schossen McCarry und Oliver zurück, damit Decker wieder in den Morast tauchen und diejenigen retten konnte, die noch da drinnen waren, einschließlich seiner besten Freundin und Partnerin der letzten zehn verdammten Jahre!

Ihm blieben vielleicht noch drei Minuten.

Los, Decker, los, los!

»Wie viele Kinder waren vor Marge?« brüllte Decker.

»Lauren kann sich nicht erinnern.«

»Wieso weiß sie das nicht?«

»Sie hatte keine Zeit, die Kinder zu zählen.«

»Hier! Ich hab was, ich hab ...« Wieder war Deckers Arm im Schlamm versunken, sein Gesicht nur Millimeter über der schwarzen Pfütze. Zum zweiten Mal berührte er Haut, Gliedmaßen, krallte sich daran fest. »Ich hab jemanden. Zieht mich raus, zieht mich raus!«

Webster, Martinez und Oliver zogen mit aller Kraft, während die anderen rund um seinen Arm Erde wegschaufelten.

Decker redete mit Gott. »Gib mir die Kraft festzuhalten. Und bitte laß sie jetzt nicht schießen.«

Wieder flogen Kugeln durch die Luft. Aber diesmal hörten

sie nicht auf. Die Männer zogen weiter, die anderen gruben, alle beteten, daß die Geschosse sie nicht trafen.

Decker hielt mit aller Macht fest und versuchte, den Körper aus dem Erdreich zu befreien. Bald wurde ein dünner Arm sichtbar. Die Männer griffen danach, krallten ihre Finger in das schlüpfrige Fleisch. Augenblicke später hatten sie einen schlammbedeckten Jungen aus der morastigen Hölle befreit. Rasch wischten sie ihm das Gesicht ab.

Marge blieben noch zwei Minuten! Während die anderen verzweifelt weitergruben, drückte Decker den Mund des Jungen auf, steckte ihm den Finger in den Hals, wollte einen Atemweg freilegen, ohne ihn zum Würgen zu bringen. Wenn Schlamm in die Lunge drang, konnte der Junge eine schwere Lungenentzündung bekommen. Als Decker spürte, daß er einen Atemweg freigelegt hatte, bedeckte er die Nase und den Mund des Jungen mit seinem eigenen und blies ihm drei rasche Atmenzüge ein.

Nichts.

Wieder steckte er ihm den Finger in den Hals und beatmete ihn. Diesmal hob sich der Brustkorb des Jungen.

»Ich hab einen Atemweg freigelegt!« brüllte er, während ihm der Schweiß über das verdreckte Gesicht lief. »Halleluja! Ich brauch einen Sanitäter! Wo sind die verdammten Sanitäter?«

»Sie sind hinter dem Graben!« rief Elise.

»Wie weit weg?«

Stone antwortete nicht. Völlig erschöpft, gab sie endlich nach und schluchzte, schaufelte aber weiter den Schlamm weg. Oliver warf ihr einen Blick zu, war selbst kurz vorm Heulen. Bilder seiner Partnerin standen ihm vor Augen, unter meterdickem Erdreich und Schlamm begraben …

»Komm schon, Baby! Komm schon!« Seine Kraft nahm ab, aber das Adrenalin ließ ihn weitermachen. »Komm schon. Du mußt da doch irgendwo sein!«

Irgendwas krachte hundert Meter von ihnen entfernt in die Erde. Fels- und Granitbrocken wurden hochgeschleudert.

»Hurensöhne!« brüllte Martinez, die Arme tief im

Schlamm. »Hurensöhne – oh, heilige Jungfrau, ich glaube, ich fühle was!« Er wühlte seine Arme tiefer hinein. »Ich hab was! Das ist Stoff! Grabt hier! Grabt um meine Arme herum!«

Erde flog nach allen Richtungen. Decker setzte die Beatmung des Jungen fort. Er hatte gebrüllt, jemand müsse ihm bei der Herzdruckmassage helfen, und Webster kniete jetzt neben dem Brustkorb des Jungen.

»Puls?« fragte Decker.

»Noch nicht.«

»Los, Junge, du kannst ...« Er sah hinüber zu Martinez. »Habt ihr sie schon?«

»Noch nicht.«

Webster zählte: »Und eins, und zwei, und drei, und vier und fünf.«

Decker atmete in die Mund des Jungen, hoffte, mit seiner Wiederbelebung Erfolg zu haben. Er hatte den Tod nie als Rache an bösartigen Schurken betrachtet. Aber während er sich abmühte und die anderen schwitzten und gruben, konnte er nur daran denken, Bob Russo zu foltern. Es jagte ihm Angst ein, wie befriedigend er diese Vorstellung fand.

Webster zählte immer noch. »Und eins, und zwei, und drei, und vier und fünf.«

Ein Atemzug.

Eins, zwei, drei, vier, fünf.

Ein Atemzug.

»Schneller!« brüllte Martinez die anderen an. »Ich verliere ... sie rutscht mir weg ...« Er lag praktisch mit dem Gesicht im Schlamm. »Schneller, schneller!«

Wie Treibsand schloß sich das nasse Loch fast ebenso schnell wieder, wie sie gruben. Aber langsam, ganz allmählich wurde es ein bißchen breiter, ein bißchen tiefer. Schließlich sahen sie Martinez Hand, die ein Stück Stoff umklammerte. McCarry und Stone griffen zu, hofften, daß der kräftige Schutzanzug es aushalten würde.

Als würde man einen Dinosaurier aus den Teergruben ziehen.

Sie zogen fester und fester.

Graben, ziehen, graben, ziehen, graben, ziehen …

Webster zählte: »Und eins, und zwei, und drei, und vier und fünf.«

Ein Atemzug. Decker rief: »Habt ihr sie?«

»Noch nicht ganz.«

»Ist ihr Gesicht draußen?«

»Noch nicht. Aber bald.«

»Und vier und fünf.«

Ein Atemzug. »Habt ihr sie?«

Wieder wurde geschossen.

»Scheiße!« brüllte Decker und bedeckte seinen Kopf. »Verdammte Scheiße!«

Die Polizei erwiderte das Feuer.

»Habt ihr sie?«

»Fast!« ächzte Martinez.

Langsam wurde das Stück Stoff zum Teil eines Hosenbeins, dann zu einem Bein mit einem Stiefel. McCarry schlang den Arm darum, zog das Bein nach oben, während die anderen weitergruben. Gleich darauf waren beide Beine freigelegt. Alle vier packten zu und zogen.

Webster zählte immer noch: »Und eins, und zwei, und drei …«

Plötzlich spuckte der Junge Schlamm aus und hustete. Decker drehte ihn auf die Seite, damit er nicht erstickte. Webster brach unerwartet in Tränen aus, schlitterte zurück zum Krater, half den anderen, Erde von dem halb freigelegten Körper zu schaufeln.

Der Junge atmete noch ungleichmäßig, auch der Puls war instabil. Aber Decker konnte nicht mehr warten. Er mußte helfen, mußte sich an der Rettung seiner Partnerin und Freundin beteiligen!

»Bring ihn zu einem Sanitäter!« wies er Webster an.

Er griff nach den Beinen und zog zusammen mit den anderen.

Zwei Beine … dann die Hüften …

Lange Beine, breite Hüften … ein Erwachsener im Tarnanzug. Es *mußte* Marge sein.

Bitte, Gott, laß es Marge sein!

Noch eine Minute, bevor der Sauerstoffmangel das Gehirn in Mitleidenschaft zog.

Decker zog mit solcher Kraft, daß er spürte, wie ihm Blutgefäße platzten. Er brüllte: »Zieht, zieht, zieht ...«

»Wir ziehen ja, verdammt noch mal!« brüllte McCarry zurück.

Zwei Beine und die Hüften.

Die Hüften, dann der Bauch und der Brustkorb.

Nur noch eine verdammte Minute.

Eine Sekunde verging, zwei, drei ...

Plötzlich war sie draußen, glitt mit so wenig Widerstand heraus, daß sie alle nach hinten fielen.

Der Körper war völlig leblos – keine Atmung, kein Puls, keine Nervenzuckungen. Der verkrustete Schlamm auf ihrem Gesicht bildete eine glatte, konvexe Oberfläche. In rasender Eile wischte ihr Decker das Zeug vom Gesicht, steckte ihr den Finger in den Hals und die Nasenlöcher.

Vielleicht fünfzig Sekunden – vielleicht weniger.

Marge war die letzte im Tunnel gewesen. McCarry hatte jetzt nur noch einen Gedanken – seine Leute hier lebend rauszubringen. Während sie Marge zum Graben zogen, bellte McCarry den Befehl in sein Funkgerät, das ganze Gelände zu räumen. Aber Decker hörte nichts davon. Er war zu sehr damit beschäftigt, Marges Nase zu säubern, einen Atemweg freizulegen, kroch neben ihr her, kümmerte sich nicht um das sporadische Maschinengewehrfeuer.

Schließlich waren sie hinter dem Schutzwall. In sechs Meter Entfernung standen die Transportfahrzeuge. Zwei behelmte Sanitäter sprangen aus dem Wagen, als sie den leblosen Körper sahen, und sprinteten gebückt mit einer Trage zu ihnen hinüber. Sie luden die Trage in den kugelsicheren Krankenwagen. McCarry befahl seinem Rettungsteam, in die gepanzerten Fahrzeuge des FBI zu steigen.

Decker schlüpfte ohne zu zögern mit in den Krankenwagen, bevor die hintere Tür zugeknallt wurde. Dadurch wurde es drinnen noch enger, aber keiner protestierte. Der Krankenwagen schlingerte vorwärts, holperte über das unebene, aufgewühlte Gelände. Zu beiden Seiten kurvten McCarrys gepanzerten Fahrzeuge in größter Eile zwischen den Einschußkratern und Felsbrocken hindurch.

Decker hielt Marges eiskalte Hand und starrte aus dem Rückfenster, während sich die Sanitäter mit ihrem teilnahmslosen Körper abmühten. Sie säuberten, sie legten frei, sie intubierten und beatmeten Marge mit Sauerstoff. Sie tupften ab und injizierten ihr Medikamente, beobachteten auf dem Monitor die Lebenszeichen. Nichts. Einer der Sanitäter begann mit der Herzdruckmassage, die auf dem Monitor als kleine Spitzen angezeigt wurde. Der Arzt stellte über Funk Fragen. Wegen des Lärms draußen und des Rauschens im Funkgerät war er kaum zu verstehen.

Jemand sprach mit Decker.

Konzentrier dich, Pete. »Wie bitte?«

»Sie müssen ihre Hand loslassen und zurücktreten.«

Der Sanitäter hatte die Plattenelektroden des Wiederbelebungsgeräts in der Hand. Decker begriff. Er mußte Marge loslassen, weil er sonst einen elektrischen Schlag bekommen würde. Widerstrebend ließ er ihre Hand fallen und trat zurück.

»Bist du so weit?«

»Ja.«

Abrupt wurde der Wagen durch einen schweren Einschlag zur Seite geschleudert. Die Erde erzitterte. Felsbrocken und Steine prasselten gegen die Plastikfenster und die Stahltüren. Die Temperatur im Inneren des Wagens stieg sprunghaft.

Der Fahrer fluchte, wich nach links aus, dann nach rechts, schlitterte wieder nach links. Aber er fuhr weiter. Er drehte den Kopf, sah über die Schulter.

»Alles okay da hinten?«

Decker brachte keinen Ton heraus. Er sah aus dem Seitenfenster. McCarrys Mannschaft schien nichts passiert zu sein; zumindest waren die Fahrzeuge noch auf allen vier Rädern.

Er nahm allen Mut zusammen, richtete den Blick auf

Marge, auf ihr graues, dreckverschmiertes Gesicht mit der Maske und dem Intubator. Ja, es gelangte Luft in ihre Lunge, aber konnte sie den lebensspendenden Sauerstoff aufnehmen?

Kugeln prallten gegen das Fahrzeug, hallten im Inneren wider.

»Diese verdammten Dreckskerle!« Der Fahrer fluchte und riß am Steuer. Der Wagen kam ins Schleudern, kippte fast um, bevor er mit einem dumpfen Aufprall wieder auf die Räder kam.

Sechs Meter … neun Meter … zwölf Meter … der Bunker des Ordens fiel allmählich zurück, verschwand langsam in der Ferne.

Schweißüberströmt machten die Sanitäter die Plattenelektroden erneut bereit. Obwohl die Temperatur weit über dreißig Grad betragen mußte, zitterte Decker immer noch vor Kälte.

»Noch mal«, keuchte der Sanitäter.

»Kannst du nicht schneller fahren?« rief der andere.

»Nicht, wenn du hier lebend rauskommen willst.«

»Eric, bist du so weit?«

»Alles bereit, Terry. Leg los.«

Ein Stromschlag.

Der Körper bäumte sich auf, alle Blicke richteten sich auf den Monitor.

Eine hohe Spitze bis zum oberen Rand des Schirms, übereinstimmend mit dem elektrischen Impuls.

Dann eine flache Linie.

Augenblicke später mehrere unregelmäßige Spitzen, gleichzeitige hörbare Pieptöne.

Dann wieder eine flache Linie.

Aber dann ein weiterer Piepton …

Und noch einer … und noch einer … und noch einer …

»Gleich beim ersten Versuch!« Der Sanitäter grinste. »Mann, soviel Glück hat man sonst nie!«

Decker starrte auf den Monitor, Tränen liefen ihm über die

Wangen. Ohne den Blick von den wunderbaren Spitzen zu nehmen, fragte er: »Atmet sie?«

»Noch nicht selbständig.«

Auf dem Monitor wurde der Puls kräftiger, regelmäßiger. »Ihr Herz schlägt. Es schlägt aus eigener Kraft!«

»Ja, Sir, das stimmt.«

»Ihre Lunge *muß* mitmachen.«

»Auf jeden Fall kriegt sie Sauerstoff.«

Decker betrachtete Marges Gesicht, streichelte es zärtlich, wischte seine herabtropfenden Tränen von der Sauerstoffmaske. »Du hast es schon halbwegs geschafft, Dunn. Komm, Baby, ich weiß, daß du mich hören kannst! Laß mich jetzt nicht in Stich!«

Ein weiterer heftiger Einschlag. Wieder war die Sicht gleich Null. Der Krankenwagen wurde durchgeschüttelt, schlitterte über den felsigen Boden, während im Inneren Ausrüstungsgegenstände herumflogen.

Doch gleich darauf verwandelte sich die Dunkelheit in blendendes Licht. Eine gewaltige Explosion schleuderte Feuer und Gesteinstrümmer in den Morgenhimmel.

Der Krach war unbeschreiblich. Decker hielt sich die Ohren zu, zuckte vor Schmerz zusammen. Die Erde wollte sich nicht wieder beruhigen. Nach der ersten Entladung öffnete sie plötzlich ihren Schlund und stieß tiefe, gewaltige Rülpser aus. Der Krankenwagen wurde davon erfaßt und wie in einem Sturm herumgewirbelt. Decker klammerte sich fest; als sich seine Augen an das grelle Licht gewöhnt hatten, sah er durch den Feuersturm, wie die Bunker einer nach dem anderen explodierten.

Ein Inferno wie bei einem Vulkanausbruch. Innerhalb von Sekunden waren die Gebäude, die einst den Orden der Ringe Gottes beherbergt hatten, verschwunden. Vollkommen ausgelöscht. Nur noch Feuer, hoch auflodernde Flammen, dicker Rauch und glühende weiße Asche.

» 36 «

Nach vier Stunden Schlaf wurde Decker von einer Krankenschwester geweckt, die ihm Puls und Blutdruck maß und eine Spritze gab. Er regierte gereizt, polterte los, daß man in Krankenhäuser nie seine Ruhe bekäme und warum sie ihn nicht, verdammt noch mal, einfach schlafen ließ. Rina sagte etwas zu ihm – und zu der Krankenschwester, aber er bekam es nicht mit. In halber Bewußtlosigkeit ließ er die Prozedur über sich ergehen und schlief sofort wieder ein, nachdem der weiß gekleidete Teufel das Zimmer verlassen hatte.

Als er das nächste Mal aufwachte, dachte er an Marge und daß er bei ihr sein sollte. Er mußte sich nur einen Bademantel anziehen und mit dem Fahrstuhl ein Stockwerk tiefer fahren; er wollte sie richtig reden hören.

Richtig reden.

Nicht nur Stöhnen und Ächzen und »ich hör dich« und »ja«. Er wollte ein Gespräch mit ihr führen, und wenn es nur ein einsilbiges war. Aber schon der Gedanke, sich zu bewegen, war unvorstellbar oder zumindest mit enormer Anstrengung verbunden. Außerdem zeigte der Wecker auf seinem Nachttisch 4 Uhr 06 an, und das schien 4 Uhr 06 am Morgen zu sein, nicht am Nachmittag , obwohl man in Krankenhäusern – wie in Kasinos – nie sagen kann, wie spät es ist.

Den Ausschlag gab Rina, die schlafend auf einem Feldbett lag. Ein Pfleger hatte es direkt neben das Krankenhausbett gestellt. Decker dachte sich, daß Rina um 4 Uhr 06 – nein, jetzt war es 4 Uhr 07 – am Nachmittag nicht schlafen würde. Sie wäre entweder wach, würde ein Buch lesen oder mit einer Schwester sprechen, oder sie wäre zu Hause und würde sich um Hannah kümmern.

Wer kümmerte sich um Hannah?

Wahrscheinlich seine Schwiegereltern. Oder vielleicht Cindy.

Er war sehr stolz auf seine Logik. Das bedeutete, daß er zu rationalen Schlußfolgerungen fähig war. Wieder fiel sein verschwommener Blick auf Rina, die in ein Laken gewickelt auf der harten Liege lag. Das Bild wurde überlagert von Bildern des Blutbades im Orden, von Körperteilen, die ins Leichenschauhaus transportiert wurden. Viele mit Laken bedeckte Tragen. Er wollte Rina aufwecken, nur um sicherzustellen, daß sie noch lebte, obwohl er genau wußte, daß sie am Leben war. Krankenhäuser bringen Patienten und Leichen nicht im selben Zimmer unter.

Also weckte er sie nicht, dachte, ja, sie ist am Leben, und ich sollte sie schlafen lassen. Und vielleicht sollte er auch noch ein bißchen schlafen.

Als er dann wieder zu sich kam, war Rinas Liege leer. Eine angstvolle Sekunde lang dachte er, sie sei vielleicht doch in dem Blutbad umgekommen. Aber wahrscheinlicher war, daß sie sich irgendwo in der Nähe befand und man demnach jetzt aufstehen konnte. Staubige Sonnenstrahlen drangen durch das briefmarkengroße Fenster des Krankenzimmers. Langsam schwang er seine Beine über die Bettkante und versuchte, sich aufzusetzen.

Die Welt begann sich zu drehen. In seinem Schädel wirbelte ein Karussell herum. Er senkte das Kinn auf die Brust und preßte die Finger gegen die Schläfen, wollte das immer lauter werdende Dröhnen in seinen Ohren vertreiben. Vielleicht wurde es besser, wenn er aufstand. Er drückte sich hoch, kam schwankend auf die Füße.

Rina sagte: »Was machst du denn da!«

Decker sank zurück auf die Matratze, zu müde, um sich zu verteidigen. Allmählich setzte die Realität ein – wo er sich befand und was passiert war. Nachdem man ihn zur Beobachtung eingewiesen und in diesem Bett untergebracht hatte, war er zu erschöpft für Träume gewesen, zu entkräftet für Alpträume. Aber er wußte, das würde kommen. Die schrecklichen Ereignisse ließen sich nicht im Wachzustand verarbeiten. Irgendwo mußten sie einen Auslaß finden, und das Unterbewußtsein war dazu bestens geeignet.

Hoffentlich würde das alles erst kommen, wenn er die Befragungen und den Papierkram hinter sich gebracht hatte. Denn das war es, was ihn erwartete – die Hölle und der Papierkrieg. Aber das Selbstmitleid dauerte nur einen kurzen Augenblick. Er war am Leben, Marge war am Leben, seine Kinder waren am Leben, und die meisten Kinder des Ordens waren gerettet worden.

Komm schon, Deck. Laß es gut sein.

Er fragte Rina, wie spät es sei. Seine Worte klangen ihm fremd in den Ohren.

»Zehn nach sieben.«

Zehn nach sieben. Er war gestern um vierzehn Uhr dreißig eingeliefert worden, also hatte er fast fünfzehn Stunden geschlafen. Er fuhr sich durch das feuchte rotblonde Haar. Offenbar hatte er im Schlaf geschwitzt.

»Ich muß Marge sehen«, verkündete er.

»Sie schläft.«

Es dauerte ein paar Sekunden, bis er das Gehörte verarbeitet hatte. *Sie schläft.* »Woher weißt du das?«

»Weil ich gerade bei ihr war.«

»Wie geht es ihr?«

»Ihre Lebenszeichen sind sehr kräftig.«

»Atmet sie selbständig?«

»Zum größten Teil. Sie bekommt noch Sauerstoff, aber den Intubator haben sie ihr schon vor Stunden abgenommen.«

Decker nickte, spürte, wie sich der Nebel in seinem Kopf lichtete. »Vielleicht gehe ich einfach nur runter und sehe ihr beim Schlafen zu.«

»Du mußt dich um dich selbst kümmern, Peter. Du brauchst Ruhe.«

Rinas Stimme klang sehr leise ... oder eher gedämpft. Sein Kopf summte immer noch, aber wenigstens konnte er hören. Dann sagte sie nichts mehr, und das einzige Geräusch war das lästige Summen in seinem Kopf.

»Ich hab *gomel* gesagt«, verkündete er stolz. *Gomel* war das jüdische Gebet, das man betet, wenn man einer Gefahr entronnen ist. »Oder zumindest meine Version davon.«

Rina nickte. »Es ist ein wahres Wunder, daß du noch auf zwei Füßen stehst.«

»Na ja, stehen ist vielleicht ein bißchen übertrieben.« Decker sank auf das Kissen zurück. »Wie lange muß ich hierbleiben?«

»Vierundzwanzig Stunden zur Beobachtung.«

»Du meinst, eingesperrt.«

Rina sah ihn an. Tränen füllten ihre Augen. Ihre Unterlippe begann zu zittern. Sie biß darauf, konnte die Tränen aber nicht zurückhalten.

»Ach, Liebste!« Decker streckte die Arme nach ihr aus. »Mir geht es gut, wirklich! Nur ein bißchen ... Schlafmangel.«

Sie setzte sich auf den Bettrand, schlang die Arme um seinen Hals. Es gelang ihm, sich halb hochzuziehen und sie an sich zu drücken.

Beide weinten sie lautlos, und ihre Tränen vermischten sich. Sie blieben so sitzen, bis die Krankenschwester hereinkam und trällerte, es sei Zeit, Deckers Blutdruck zu messen.

Diese Marge, die zwischen frischen, weißen Bettüchern schlief, war nur schwer mit dem dreckverkusteten Körper in Verbindung zu bringen, den sie am Tag zuvor aus dem Schlamm gezogen hatten. Trotz der Sauerstoffmaske atmete Marge selbständig. Durch den intravenösen Tropf wurden ihr Nährstoffe zugeführt. Ihr Herzschlag war kräftig und gleichmäßig. Decker war so von der lebenserhaltenden Maschinerie in Anspruch genommen, daß er das Kind im Pyjama am Fenster von Marges Krankenzimmer zuerst gar nicht bemerkte. Das Mädchen hatte die Ellbogen auf die Fensterbank gestützt, preßte den Kopf gegen das Glas, starrte hinaus.

Decker räusperte sich, und die Kleine drehte sich um. Sofort richtete sie sich kerzengerade auf.

»Ganz ruhig, Vega.« Decker band den Gürtel seines Bademantels fester. »Kein Grund zur Panik. Solltest du nicht bei den anderen im Zimmer sein?«

»Mir geht's gut.« Sie sah weg. »Ich mußte sie sehen. Nur um mich zu vergewissern.«

»Ja, das verstehe ich«, stimmte Decker zu. »Mir geht es genauso.«

Vega warf ihm einen Blick zu, sagte aber nichts.

»Wie fühlst du dich?« fragte Decker.

»Gut.«

»Weiß jemand, daß du hier bist?«

Vega senkte den Kopf, schüttelte ihn.

»Dann gehst du besser in dein Zimmer zurück. Du willst doch nicht, daß man sich Sorgen macht, weil du verschwunden bist.«

Das Mädchen rührte sich nicht.

»Vega?« sagte Decker. »Hast du gehört, was ich sagte?«

»Ja, Lieutenant.« Aber sie schien an ihrem Stuhl zu kleben. »Es ist falsch, daß ich nicht gehorche und der netten Krankenschwester nicht sage, wo ich bin. Ich bin sehr ungezogen.«

Decker trat um das Bett herum, ging zu ihr hinüber. Er setzte sich auf den Boden und zog erneut den Bademantelgürtel fester. Falls eine Krankenschwester hereinkam, wollte er nicht wie ein Perverser wirken. »Vega«, sagte er leise, »du hast nicht einen schlechten Knochen im Leib.«

Vega sah ihn verwirrt an. »Knochen können weder gut noch schlecht sein. Sie sind einfach nur Knochen.«

»Du bist ein guter Mensch, Vega. Ein sehr guter. Das weißt du doch, oder?«

Sie sagte: »Ich habe das Baby gerettet. Das war sehr gut.«

Decker atmete laut aus. »Nein, das war unglaublich heldenhaft! Ganz außergewöhnlich! Das geht weit darüber hinaus, gut zu sein! Aber du, du bist durch und durch gut. Verstehst du, was ich meine?«

Sie verstand es nicht. »Ich bin gut, wenn ich Gutes tue, und ich bin schlecht, wenn ich Schlechtes tue.«

»Nein!« Decker schüttelte heftig den Kopf. »So funktioniert

das nicht. Gute Menschen – wie du – sind immer gut, auch wenn sie Fehler machen.«

»Fehler habe ich nicht gesagt. Ich habe gesagt, ich bin schlecht, wenn ich Schlechtes tue.«

»Das stimmt so immer noch nicht. Du kannst ungehorsam sein, Dinge tun, die ungezogen sind. Aber das macht dich nicht zu einem schlechten Menschen. Das macht dich zu einem guten Menschen, der ungehorsam oder ungezogen ist. Du bleibst trotzdem gut. Begreifst du das?«

Sie schwieg.

»Ich gebe dir ein Beispiel.« Decker versuchte, an ihren logischen Verstand zu appellieren. »Du hast auf Marge gehört. Der Orden behauptet, du hättest etwas Schlechtes getan, weil du den Regeln nicht gehorcht hast. Aber ich weiß, daß du etwas Gutes getan hast. Wichtiger noch, *du* weißt, daß du etwas Gutes getan hast – auf Marge gehört hast. Wenn du nicht auf sie gehört hättest, wäre sie tot.«

Eine Träne rann ihr über die Wange. »Alle aus dem Orden der Ringe Gottes sind tot. Vielleicht habe ich ihren Tod verursacht, weil ich auf Marge gehört habe.«

»O nein, nein, nein!« widersprach Decker. »Sie hatten diese Todespläne gemacht, lange bevor Marge oder Lauren – Andromeda – oder Agentin Stone durch den Tunnel kamen. Außerdem hatten sie vor, andere zu töten, bevor sie selbst starben. Du weißt das, weil du die …« Er schluckte schwer. »Du hast die Babys gesehen. Wenn du dort geblieben wärst, hätte man dich ermordet, genau wie die Babys ermordet wurden.«

Sie hatte Decker unverwandt in die Augen gesehen. Nun schaute sie weg. »Die Babys sind jetzt in einer besseren Welt. Das ist doch nicht so schlecht.«

Ihr Tränen flossen stärker. Decker wollte sie in den Arm nehmen, hielt sich aber zurück. Alles in dieser Welt – der Welt der Verleumder – war ihr fremd. Wer wußte schon, was Vega trösten konnte? Kam Trost in ihrem Wortschatz überhaupt vor?

»Viele Erwachsene sind gekommen und haben mit uns geredet«, sagte Vega. »Die meisten tragen weiße Kittel wie die Leute im Orden. Vielleicht sollen wir denken, wir reden mit Freunden, nicht mit Verleumdern, weil sie sich wie wir anziehen.«

»In der Welt der Verleumder tragen Ärzte meistens weiße Kittel.«

»Sie haben also keine Hintergedanken dabei?«

»Nein.«

»Diese Ärzte«, sagte Vega. »Sie reden mit uns in Gruppen, sie reden einzeln mit uns. Sie stellen uns Fragen und lassen uns Tests machen. Die Frau, bei der ich den Test gemacht habe, sagt, ich sei sehr intelligent.«

»Das bist du auch.«

»Ich hab gehört, wie sie miteinander geredet haben. Sie sagen, wir sind alle sehr intelligent und verfügen über außergewöhnliche Kenntnisse in Mathematik und Physik, die weit über unser Alter hinausgehen. Sie sagen, unser Lesevermögen ist ebenfalls sehr hoch.«

»Das ist bestimmt alles wahr.«

Vega sah ihn an, wischte die Tränen weg. »Wenn wir als Nachkommen von Vater Jupiter und seinen Anhängern so intelligent sind, die Physik und Metaphysik des Universums studieren und zu verstehen suchen, warum sagen dann alle, daß Vater Jupiter und der Orden schlecht waren?«

Sie schniefte.

»Die Verleumder dürfen nicht sagen, daß der Orden schlecht war! Er war nicht schlecht. Er war *nicht* schlecht!«

Decker nickte.

Sie wischte sich die Nase an ihrem Pyjamaärmel ab. »Die Verleumder verstehen das nicht! Sie sagen, wir sind sehr intelligent, und dann sagen sie, der Orden sei schlecht. Das ist ein Widerspruch! Sie dürfen das nicht sagen! Es stimmt doch nicht!«

Solche Kritik zu hören, schmerzte sie, und sie verteidigte nur ihre Familie. Aus Gewohnheit, aus Loyalität oder aus schlechtem Gewissen? Als sie zum ersten Mal frei entscheiden konnte, hatte Vega Marge über den Orden gestellt, weil sie instinktiv wußte, was wirklich richtig war.

Decker wagte nicht, ihr das zu erklären. Solche Dinge überließ er lieber den Profis.

Bevor er schlafen gegangen war, hatte Decker mit dem Verantwortlichen gesprochen – einem Arzt, der seit Jahren als Polizeiberater tätig war und den Ruf hatte, einer der besten Kinderpsychologen zu sein. Die hohen Herren hatten ihn damit beauftragt, ein Eingliederungsprogramm für die Kinder zu entwickeln. Trotzdem hatte sich der Arzt die Zeit genommen, mit Decker zu reden.

»Viele Verleumder verstehen bestimmt nichts von Vater Jupiter und dem Orden der Ringe Gottes«, sagte Decker. »Aber ich will dir sagen, was ich verstehe.«

»Und das wäre?«

»Ich weiß, daß du eine sehr aufrechte junge Dame bist. Und ich weiß, daß du Großes vollbringen wirst. Du wirst nicht nur eine hervorragende Wissenschaftlerin werden – falls du das willst –, sondern auch eine mit hoher Moral, *weil* du so ein aufrechter Mensch bist.«

Vega schwieg.

Eine Wissenschaftlerin mit hoher Moral. Decker dachte an die Anschuldigung gegen Emil Euler Ganz alias Vater Jupiter. Diebstahl. Ehebruch. Plagiat. Laut seiner Tochter ein sadistischer Mann, der sich daran weidete, die Karrieren anderer zu zerstören. Und doch betrachteten ihn andere als Gott und Erlöser. Wo lag die Wahrheit?

»Eine sehr moralische Wissenschaftlerin und ein sehr moralischer Mensch«, fuhr Decker fort. »Denn du bist ein Mädchen mit hoher Moral. Du wurdest so geboren.«

»Jeder wird in einer bestimmten Weise geboren, Lieutenant. Aber das ist nicht alles. Mein Wesen wurde von unserem Vater Jupiter, unseren Lehrern und unseren Gurus im Orden geformt. Den Orden von mir zu trennen, ist unmöglich.«

Decker betrachtete das tränenfeuchte Gesicht. Natürlich hatte sie recht. Die Ironie war nur, daß dieses moralisch überlegene Wesen aus einer von Unmoral durchtränkten Sekte mit korrupten, mörderischen Anführern stammte. Jetzt war Vega von den Fesseln dieser Wahnsinnigen befreit. Würden Freiheit und Wahlmöglichkeit ihren reinen Geist korrumpieren?

»Die Leute sollen aufhören, Unwahrheiten über den Orden der Ringe Gottes und unseren Vater Jupiter zu verbreiten. Er war ein heiliger Mann. All die häßlichen Sachen, die die Verleumder über ihn sagen, stimmen nicht.«

»Was sagen sie denn?«

»Sie sagen, Vater Jupiter war böse und verrückt. Die haben keine Ahnung. Er war ein Prophet! Von Gott erwählt, um Sein Wort zu verbreiten. Sie verstehen nichts!«

Decker nickte zustimmend.

Vega sah aus dem Fenster. »Sie wissen nichts von den wunderbaren Lehrern des Ordens. Sie sehen nicht, wieviel Fürsorge und Liebe uns umgab. Wir brauchten nie zu hungern. Wir waren immer sauber und hatten es warm. Wir waren ständig von faszinierendem Wissen umgeben.« Sie schüttelte den Kopf. »Die verstehen nichts.«

Sie verstehen es nicht, weil für die Öffentlichkeit nichts als ein riesiges Massengrab übriggeblieben ist. So ein tragisches, vermeidbares Ende! Noch eine Minute, und Marge wäre nicht mehr zu retten gewesen. Decker sagte: »Vielleicht wirst du eines Tages ein Buch darüber schreiben und es uns allen erklären. Damit wir es besser verstehen.«

»Das würde ich sehr gern tun.«

Decker lächelte, sein Blick wanderte hinüber zum Krankenhausbett. Vega bemerkte die leichte Verlagerung seiner Aufmerksamkeit.

»Wird Detective Marge wieder gesund?«

»Ich hoffe.« Eine Pause. »Ich glaube schon.«

»Ist sie Ihre Freundin?«

»Ja.«

»Vielleicht kann sie auch meine Freundin werden, wenn es ihr wieder besser geht.«

»Das ist sie schon, Vega.«

Das Gesicht des Mädchens leuchtete auf. »Woher wissen Sie das?«

»Weil sie nur Gutes über dich gesagt hat, nachdem sie dich kennenlernte. Was glaubst du wohl, warum sie in den Tunnel gekrochen ist und ihr Leben riskiert hat? Weil du ihr wichtig bist.«

Vega schien über seine Worte nachzudenken. Dann räusperte sie sich. »Sie sagt, ich könnte Astronautin werden. Ich glaube, ich nehme ihren Rat an.«

»Eine sehr gute Idee.«

»Ich würde gern den Weltraum erforschen. Natürlich wäre es herrlich, ohne Schiff zu fliegen – wie der kleine Prinz. Aber das ist bloß Phantasie. Also werde ich Astronautin und fliege mit einem Raumschiff. Das ist zwar nur das Zweitbeste, aber wir sind an die Regeln der Physik gebunden.«

»Du wirst eine prima Astronautin abgeben, Vega.«

»Vielen Dank«, sagte Vega. »Und vielleicht habe ich eines Tages Glück und sehe den kleinen Prinzen.«

Decker lächelte. »Im Weltraum?«

»Nein, Lieutenant Decker, er existiert nicht im Weltraum«, erwiderte sie ernst. »Vielleicht begegne ich ihm eines Tages in meinen Träumen.«

»Sie sehen besser aus.«

Decker sah um die Schranktür herum. Auf Rinas Feldbett saß Dr. Little, die Gerichtsmedizinerin. »Hallo, Judy.«

»Na, weilen Sie wieder unter den Lebenden?«

»So ungefähr.« Decker unterbrach das Packen. »Ich fühle mich ziemlich ausgelaugt.«

»Das glaube ich Ihnen gern. Mußten Sie all diese Tests machen, Lieutenant?«

»Ja, und sie waren alle scheußlich.« Er setzte sich auf den Bettrand. »Diese ganzen Hand- und Augentests. Auf einem Fuß stehen und mit geschlossenen Augen die Hand an die Nasenspitze führen. So was können sich auch nur sadistische Neurologen ausdenken.«

Judy lächelte. »Die Ergebnisse sind in Ordnung?«

»Falls ich einen Gehirnschaden habe, stammt der aus einer Zeit, bevor der Orden überhaupt existierte.«

»Wann werden Sie entlassen, Peter?«

Decker sah auf die Uhr. »Meine Frau und die Kinder sollten in einer halben Stunde hier sein. Das Empfangskomitee. Ich bin überrascht, daß sie keine Band engagiert haben. Kennen Sie meine älteste Tochter, Judy?«

»Ich glaube nicht.«

»Sie ist Polizistin.«

»Das soll wohl ein Witz sein.«

»Nein, es stimmt. Ich war nicht glücklich über ihre Entscheidung, aber *sie* ist glücklich. Und nur darauf kommt es an.« Er lächelte. »Cindy ist ein prima Mädchen. All meine Kinder sind prima.«

»Ganz der stolze Vater, was?«

»Jeder hat das Recht, mit irgendwas zu prahlen.«

»Hat Ihre Familie Besucherausweise für das Krankenhaus?«

»Wahrscheinlich. Warum?«

»Die Sicherheitsmaßnahmen sind sehr streng. Viel strenger als am Unglücksort.

»Die Kinder des Ordens sind hier.«

»Stimmt. Jeder will einen Blick auf sie werfen. Was erwarten die Leute eigentlich? Kleine Roboter?«

»Vermutlich.«

»Die Wachposten haben alle Hände voll zu tun, die Reporter abzuwimmeln. Hat mich über eine halbe Stunde gekostet, hier reinzukommen.«

»Das Rauskommen geht hoffentlich schneller. Ich hasse Krankenhäuser. Ich kann's kaum erwarten, hier wegzukommen.« Er dachte an Marge. »Zumindest als Patient.«

Little sah besorgt aus. »Wie geht es Ihrem Kopf?«

»Er pfeift, jault, heult, dröhnt. Ich hab das reinste Schlagzeug in meinem Schädel. Die Heilung kann dauern, sagt der Arzt, also kann ich nur abwarten. Captain Strapp will, daß ich eine Woche frei nehme … mehr, wenn ich meine, daß es nötig ist. Wie Sie wissen, zahlt die Polizei eine gute Invalidenrente.«

»Das wird schon wieder.«

»Hoffentlich gilt das erst recht für Marge.«

»Wie geht es ihr?«

»Marge ...« Es klang wie ein Seufzer. »Tja, laut den Ärzten ist ihr Orientierungsvermögen gut ... sie weiß ihren Namen und den des momentanen Präsident. Ihre kognitive Fähigkeit ... gefällt Ihnen das Wort?«

»Ganz schön hochgestochen für einen Cop.«

»Da staunen Sie, was?« Eine Pause. »Ich glaube, Marge weiß viel mehr, als sie mitteilen kann.«

»Spricht sie?«

»Ja, das ist ein gutes Zeichen, auch wenn sie nur sehr kurze Sätze spricht. Sie erkennt alle, hat mich und Scott und die Jungs sofort erkannt.«

»Das ist gut.«

»Sie erinnert sich sogar, daß sie an dem Ganz-Fall gearbeitet hat – an Einzelheiten von der Hühnerfarm. Ihr ist bewußt, daß sie ins Krankenhaus gehört – sie kann nur schwer atmen, braucht die Sauerstoffmaske –, aber sie weiß nicht, wieso. Das ist alles sehr verschwommen, und sie weiß nicht, was mit ihr passiert ist. Alle halten das für normal.«

»Ihr Körper hat einen massiven Schock erlitten. Manchmal schaltet das Gehirn dann ebenfalls ab.«

»Ich weiß. Hab es oft genug in Vietnam gesehen.«

»Sie waren in Vietnam?«

»Ja, ich hab so gut wie alles in Vietnam gesehen. Was da beim Orden passiert ist ...« Ein Schulterzucken. »Das war nicht viel anders. Krieg ist Krieg.« Er rieb sich die Stirn. »Nur eine sehr viel kürzere Dienstzeit, wenn man so will.«

»Wenigstens ist es vorbei«, sagte Little.

»Hab immer noch einen Haufen Papierkram zu erledigen. Und bevor Marge nicht wieder auf die Beine kommt, ist es für mich nicht vorbei.«

Sie schwiegen beide.

»Marge wird es schaffen«, verkündete Decker mit Überzeugung.

»Sie wird sich bestimmt schnell erholen«, stimmte Little zu.

»Und wie geht's auf Ihrem Friedhof voran?«

»Es ist grausig«, gab die Pathologin zu. »Tausende von Körperteilen auszugraben, vermischt mit all dem blutbefleckten Schutt. Es wird Monate dauernd, alles zu identifizieren.«

»Sie haben also nicht die geringste Ahnung, ob sich Bob und/oder Venus unter den Toten befinden?«

»Im Moment sortieren wir Zähne zur Identifizierung aus. Wir haben Röntgenaufnahmen von Gebissen angefordert. Jetzt müssen wir sie mit dem bißchen vergleichen, was wir haben. Gleichzeitig sind da all die trauernden Familienangehörigen, die völlig im ungewissen schweben. Manche haben seit Jahren nichts von ihren vermißten Angehörigen gehört. Sie hoffen, daß ihre Verwandten den Orden schon vorher verlassen haben.« Little warf die Hände hoch. »Ich würde mich auch an alles klammern, wenn ich in deren Situation wäre.«

»Geht mir genauso. Haben Sie Annie Hennon angerufen?«

»Die Zahnfee?«

»Ich glaube, ihr offizieller Titel ist forensische Odontologin.«

»Natürlich haben wir sie angerufen.« Ein Seufzer. »Sie ist zusammen mit unseren besten Leuten bei den Ruinen ... siebt die Asche durch. Nett von ihr. Schließlich hat sie eine gutgehende Privatpraxis.«

Little sah zur Decke.

»Ich habe Hunderte von Leichen gesehen, Lieutenant. Ich habe Tausende von Leichen obduziert. Aber nichts bereitet einen auf diese Art von Horror vor. Nun hör sich das einer an ... da jammere ich über mein Los, wo Sie doch gerade an vorderster Front gekämpft haben.«

Decker zuckte die Schultern. »Ich darf wenigstens nach Hause gehen.«

»Seien Sie froh.« Little zog ein paar Notizen aus der Jackentasche. »Vielleicht ist das jetzt nebensächlich geworden, aber ich habe die Quelle des Arsens gefunden, das König Jupiter verabreicht wurde.«

»Und?.«

»Seine Vitamine.«

Decker dachte an all die Fläschchen, die er damals eingetütet hatte. Hauptsächlich Tabletten. Er fragte Little danach.

»Die meisten waren in Tablettenform, einige aber auch in Kapseln. Besonders die pflanzlichen Präparate wie Ginakoba und Ginseng. Offenbar hat jemand die Präparate mit einigen Mikrogramm Arsenpulver vermischt und sie dann wieder in die Kapseln gefüllt.«

»Das dürfte nicht schwer sein.«

»Nicht im geringsten.«

»Deutet auf einen typischen Giftmischer – konfrontationsscheu, feige, heimtückisch. Außerdem kann man in der Nähe bleiben und zusehen, wie das Opfer leidet.« Decker kratzte sich am Kopf. »Klingt sehr nach Bob.«

»Bob hatte keinerlei Konfrontationsscheu, wenn es darauf ankam.«

»Das war nach Jupiters Tod.«

Die Gerichtsmedizinerin schien immer noch Zweifel zu haben. »Bobs Nachname war Russo, nicht wahr?«

Decker sah sie an. »Warum fragen Sie?«

»Weil ich gehört habe, daß Bob seinen Namen von Zeit zu Zeit änderte.«

»Ach so … das.« Decker nickte. »Europa, Jupiters Tochter, hat erwähnt, daß Bob sich auf der Uni Ross nannte. Später fanden wir heraus, daß er Russo hieß. Worauf wollen Sie hinaus, Judy?«

»Die vergifteten Fläschchen waren mit Bobs Namen beschriftet.«

Decker war verwirrt. »Sie meinen, die Medikamente waren ihm verschrieben worden?«

»Nein. Die Vitamine waren alle frei verkäuflich. Ich rede vom Etikett des Herstellers. Es trägt die Aufschrift ›Russos holistische Vitaminpräparate‹. Ich habe die Firma im Branchenbuch nachgeschlagen. Es ist ein eingetragenes Unternehmen. Der Direktor heißt ...«

»Robert Russo!« vervollständigte Decker. »Allmächtiger!«

»Kein Zufall?«

»Der Direktor der Firma ist Robert Russo senior.«

»Bobs Vater.«

»Na ja, ich hab keinen DNS-Test mit ihnen durchgeführt, aber ich würde es vor Gericht beschwören. Bob senior haßte Emil Ganz. In einem Leserbrief, den er ein paar Tage nach Ganz' Tod schrieb, hat Big Bob ihm Diebstahl und Ehebruch vorgeworfen – wahrscheinlich Ehebruch mit *seiner* Frau.«

»Die Mutter von Little Bob?«

»Jep.«

»Und Little Bob hat Jupiter vergiftet, weil er mit Daddys Präparaten Rache für die verlorene Ehre seines Vaters nehmen wollte? *Très* ödipal. Wo ist der griechische Chor?«

»Nach allem, was ich weiß, hat Little Bob seinen leiblichen Vater gehaßt«, sagte Decker. »Little Bob hat mir erzählt, daß Emil Ganz sein Held und sein geistiger Vater war. Ich hatte das Gefühl, Bob wollte seinem Vater eins auswischen, als er sich Jupiter anschloß; eine Freude wollte er ihm damit bestimmt nicht machen.«

»Dann muß irgendwas Little Bobs Einstellung zu Jupiter verändert haben. Denn es war eindeutig Arsen in den Kapseln.«

Decker schwieg.

»Was ist los?« fragte Little.

»Die Fläschchen mit den mit Arsen versetzten Kapseln – haben die Laboranten die Proben aus den ungeöffneten oder den geöffneten entnommen?«

Little dachte kurz nach. »Ich weiß es nicht.«

»Sind im Labor noch irgendwelche ungeöffneten Fläschchen von ›Russos holistischen Vitaminpräparaten‹?«

»Keine Ahnung. Da müßten Sie nachfragen ...« Little lachte überrascht auf. »Glauben Sie, das Arsen kam von Big Bob?«

»Big Bob hat Ganz wirklich gehaßt.«

»Peter, woher sollte Big Bob wissen, daß Ganz seine Pillen nahm?«

»Ihm gehört die Firma, Judy. Er weiß, an wen er liefert. Er muß gewußt haben, daß seine Firma das Zeug an den Orden lieferte.«

»Wieso? Seine Firma liefert doch sicher Hunderte von Kartons am Tag aus.«

»Wenn man jemanden so leidenschaftlich haßt, jahrelang einen tiefen Groll gegen ihn hegt, dann findet man so etwas heraus.«

Judy hob skeptisch die Augenbraue.

»Für einen Hersteller wäre es doch leicht, ein bißchen Arsen in die Kapseln zu tun«, sagte Decker.

»Das ist nicht der Punkt.«

»Im Gegenteil, Judy, das ist genau der Punkt.«

Sie steckte ihre Notizen weg. »Selbst wenn Big Bob gewußt hat, Peter, daß seine Firma Pillen an den Orden liefert, konnte er doch nicht wissen, daß die Präparate speziell für Jupiter bestimmt waren."

»Vielleicht stand Jupiters Name auf den Kartons.«

»Aber Sie wissen es nicht?«

»Nein. Dazu müßte ich Big Bobs Unterlagen überprüfen. Mir einen Durchsuchungsbefehl für seine Firma besorgen.«

»Selbst wenn sie an Jupiter adressiert waren, ging Big Bob das Risiko ein, auch noch andere zu vergiften.«

»Vielleicht war deswegen ja keine tödliche Dosis in den Kapseln. Oder es war Big Bob egal. Diese Frage läßt sich leicht lösen. Wenn das Labor noch ungeöffnete Fläschchen hat, untersuchen wir die Proben auf Arsen. Enthalten sie Arsen, wissen wir, daß es von der Herstellerseite kam.«

»Was aber immer noch nicht beweist, daß es Big Bob war.«

»Mit dem Arsen in den ungeöffneten Fläschchen kriege ich ohne weiteres einen Durchsuchungsbefehl. Dann überprüfe ich die Etikettennummern in Big Bobs Unterlagen und finde heraus, ob sie mit denen der vergifteten Fläschchen übereinstimmen. Mit genug Beweisen könnte ich Big Bob vermutlich wegen Mordversuchs verhaften.«

»Das Arsen hat Jupiter aber nicht umgebracht.«

»Das weiß Big Bob ja nicht«, sagte Decker.

»Aber die Geschworenen schon.«

»Darüber können wir uns später Sorgen machen.«

»Und wenn das Labor keine ungeöffneten Fläschchen mehr hat?«

»Dann werden wir nie wissen, welcher Bob der Täter war.«

»Also kommt einer der Bobs damit durch, Jupiter vergiftet zu haben?«

»Keiner der Bobs kommt mit irgendwas durch. Wahrscheinlich ist Little Bob tot. Das heißt, Bob senior hat seinen einzigen Sohn verloren.« Decker überlegte. »Genaugenommen hat Senior den Junior schon vor langer Zeit an Jupiter verloren. Und selbst, wenn der Vater Rache an Jupiter genommen hat, zerstörte die Sekte am Ende seinen Sohn. *Middo keneged middo.* Das ist ein hebräischer Spruch. Der englische Rechtsbegriff dazu wäre Maß für Maß, aber eigentlich bedeutet es, was einen Anfang hat, hat auch ein Ende. Und das, liebe Freundin, trifft auf das ganze verdammte Leben zu!«

» 37 «

Decker spürte, wie ihm Europas Augen ein Loch in den Rücken brannten. »Sie müssen in der High School Football gespielt haben.«

Den Blick immer noch auf die Fotos gerichtet, erwiderte Decker: »Jep.«

Stille.

»O Gott, das war furchtbar von mir.«

Deckers Blick wanderte von der kahlen Mondoberfläche zu Europa. Sie wirkte kleiner, als er sie in Erinnerung hatte. Das lag wahrscheinlich an ihrer Haltung. Ihre Schultern hingen herab, genau wie ihr Kopf. Wie ein Esel, der eine schwere Last zu tragen hat.

»Was war furchtbar?« fragte er.

»Mein elitärer Snobismus. Sie einfach aufgrund Ihrer körperlichen Erscheinung einzuschätzen.«

Er betrachtete *ihre* körperliche Erscheinung – bleiche, fast fahle Haut. Sie trug ein schwarzes Kostüm und eine weiße Bluse. Seit ihrer ersten Begegnung schien ihr kurzes Haar viele graue Strähnen bekommen zu haben.

Europa wirkte deprimiert, und wer konnte ihr das verdenken? Laut Zeitungs- und Fernsehberichten hatte ihr verrückter Vater – der gefallene Engel der Astrophysik – eine Gesellschaft von Irren und Teufelsanbetern angeführt. Was nicht allzuweit von der Wahrheit entfernt war. Europa mußte wütend sein auf das Vermächtnis ihres Vaters und auch niedergedrückt davon. Wieder wurde sie mit Dreck beworfen, nachdem sich Ganz' Gruppe selbst vernichtet hatte. Die Zeitungen teerten und federten ihren Vater, obwohl er schon Tage vor der Auslöschung des Ordens gestorben war.

»Sie sind aufgrund meines Körperbaus von einer begründeten Annahme ausgegangen, Doktor«, sagte Decker. »Ich sehe wie ein Ex-Footballspieler aus.«

»Das ist nicht alles. Ich sagte High School-Football statt College-Football. Nur weil Sie Polizist sind, nahm ich an, daß Sie nicht aufs College gegangen sind. Entschuldigen Sie.«

Decker lächelte. »Spielen wir jetzt das Wahrheitsspiel?«

»Ich wundere mich über mich selbst«, erwiderte sie. »Wir sagen, der Raum, den ein menschlicher Körper einnehmen kann, ist begrenzt, aber ich scheine eine unbegrenzte Kapazität für Schuldgefühle zu haben.«

Ist damit nicht alles gesagt, dachte Decker. »Ich bin tatsächlich nicht aufs College gegangen ... zumindest erst sehr viel später. Da war ich schon zu alt für Football.«

»Was haben Sie studiert?«

»Politikwissenschaften. Danach drei Jahre Jura – Abendschule. Meine ganze höhere Bildung stammt aus der Abendschule. Immerhin hab ich meinen Abschluß mit Auszeichnung gemacht und das Anwaltsexamen bestanden. Beim ersten Versuch. Nicht schlecht für einen Cop, was?«

Sie lächelte schwach. »Und nicht nur für einen Cop.«

»Ich habe bei meinen Ex-Schwiegervater gearbeitet«, fuhr Decker fort. »Vermögensrecht – Testamente und Treuhandfonds. Sechs Monate hab ich das ausgehalten, dann wurde mir bewußt, daß meine Stärke woanders liegt.«

»Ein Verlust für die Anwaltschaft, aber ein Gewinn für die Polizei.«

»Danke. Ich glaube, ich bin gut in meinem Beruf.« Decker setzte sich Europa gegenüber. »Trotzdem frage ich mich, ob ich die Sache mit dem Orden richtig angepackt habe. Besonders Bob.«

»Wie meinen Sie das?«

»Wenn ich geschickter vorgegangen wäre, hätte ich Bob vielleicht von seinem Vorhaben abbringen können.«

»Meiner Meinung nach, Lieutenant, wäre das niemand gelungen. Bob war entschlossen, sich seinen Platz in der Geschichte zu verschaffen.«

»Warum haben Sie mich nach Football gefragt, Doktor?« wollte Decker wissen.

»Ich weiß es wirklich nicht.« Eine Pause. »Vielleicht, weil mein Vater Football mochte.«

»Hat er selbst gespielt?«

»Keine Ahnung. Das zeigt mal wieder, wie wenig ich von ihm weiß.«

»Aber Sie wußten, daß er Football mochte.«

»Er sah sich alle großen Spiele an – den Rose Bowl und den Super Bowl. Als ich noch klein war, saß ich mit dabei, obwohl ich die Regeln nie kapiert habe.«

»Keiner begreift die. Wir tun nur alle so.«

Wieder ein schwaches, flüchtiges Lächeln. Ihr Augen waren müde und traurig.

»Sie haben sich also zusammen mit Ihrem Dad die Spiele angesehen?«

»Hauptsächlich den Rose Bowl. Das war eine Neujahrstradition. Einmal hat er mich mit in sein Büro in der Uni genommen. Wir haben uns die Parade von da oben im fünften Stock angesehen. Eine tolle Aussicht! Das Gebäude ist längst abgerissen, hat dem Weltraumforschungszentrum Platz gemacht. Aber damals konnten wir von dort alles sehen. Wirklich toll. Nach der Parade haben wir uns das Spiel im Fernsehen angesehen.«

»Hübsche Erinnerung.«

»Eine der wenigen.«

»Sie haben sie die ganzen Jahre nicht vergessen.«

»Ja, das ist wahr.«

»Hat Ihnen über düstere Zeiten hinweggeholfen.«

Sie warf ihm einen scharfen Blick zu. »Sie sind nicht der Typ, den Seelenklempner zu spielen. Weswegen sind Sie wirklich hier, Lieutenant?«

»Um noch ein paar Kleinigkeiten zu klären.«

»Was für ›Kleinigkeiten'?«

»Nach der Zerstörung des Ordens hat man mir eine Zeitlang frei gegeben. Nicht allzulange, aber doch genug, um meine Nase in anderer Leute Angelegenheiten zu stecken.«

»Was soll das heißen?«

Europa reagierte gereizt. Offenbar wußte sie, was kommen würde.

»Sagt Ihnen der Name Harrison etwas?« fragte Decker.

Sie starrte ihn weiter an, senkte dann den Blick.

»Erinnern Sie sich, wir haben Ihnen von der Hühnerfarm des Ordens erzählt ... die jetzt wohl Ihnen gehört«, sagte Decker. »Benton, der Farmarbeiter, den wir anfänglich wegen des Mordes an Nova in Verdacht hatten, hat früher in Harrison gearbeitet. Dort hat ihn auch Ihr Vater kennengelernt. Laut Benton tauchte er eines Tages plötzlich auf.«

Sie sagte nichts.

»Jetzt ist es ein Rehazentrum«, fuhr Decker fort. »Aber während der Reagan/Bush-Jahre waren dort Geisteskranke untergebracht, nachdem die meisten größeren Psychiatrien aus Geldmangel schließen mußten. Harrison war weniger kostenaufwendig. Damals wurden dort noch Geisteskranke stationär behandelt. Und da Harrison staatliche Gelder bezog, wurden die entsprechenden Unterlagen geführt.«

Ihre Schultern sackten noch weiter nach vorne. »Können Sie zur Sache kommen, Lieutenant?«

»Die Leiterin ist eine Frau namens Florine Vesquelez. Sie arbeitet seit über zwanzig Jahren dort und ist sehr gewissenhaft mit ihren Unterlagen. Sie hat mir erlaubt, sie durchzusehen. Und raten Sie mal, auf welchen Namen ich gestoßen bin?«

Sie seufzte. »Keith Muldoony.«

»Wissen Sie, wer der wirkliche Keith Muldoony war?«

»Keine Ahnung.«

»Pluto.«

»Oh.« Sie kratzte sich an der Nase. »Hätte ich mir denken können.«

»War es Plutos Idee, Ihren Vater unter dem Namen Muldoony in Harrison einzuweisen?«

»Das weiß ich nicht. Damals wurde ich vollkommen im dunkeln gelassen.«

Decker nickte.

Europa seufzte resigniert. »Sie glauben mir nicht, daß ich nichts damit zu tun hatte. Tja, Sir, das ist Ihr Problem.«

Decker überlegte. »Doktor, können wir die Sache gemeinsam durchgehen?«

»Bleibt mir eine andere Wahl?«

»Sie können mich auffordern zu gehen«, antwortete er. »Ich habe keine rechtliche Handhabe gegen Sie.«

Sie betrachtete sein Gesicht. »Sie haben auf eigene Faust herumgeschnüffelt?«

»Jep.«

»Und Sie wollen nichts von mir?«

»Sie meinen, ich will Sie erpressen, Doktor?«
»Wollen Sie das?«
»Hat Pluto das getan?«
Sie antwortete nicht.
»Ich bin einfach nur neugierig und habe sonst nichts zu tun«, sagte Decker. »Was wir hier besprechen, geht nicht über diese vier Wände hinaus.«
»Und das soll ich Ihnen glauben?«
»Tja, Doktor, wenn nicht, ist das Ihr Problem.«
Sie lächelte schwach. »Fahren Sie fort. Bringen wir es hinter uns.«
»Als erstes habe ich mich gefragt, wie Pluto Sie dazu überredet hat, Ihren Vater aus West Virginia zurück nach Los Angeles zu bringen.«
»Er hat mich zu gar nichts überredet. Ich sagte Ihnen schon, daß ich keine Ahnung hatte, was da vorging. Meine Mutter hat Daddy nach L.A. zurückgeholt.«
»Ihre Mutter?«
»Ja, obwohl ich das damals nicht wußte.«
»Warum sollte Ihre Mutter plötzlich beschließen, Ihren Vater zurückzuholen? Ich nehme an, sie war diejenige, die ihn damals in die Psychiatrie in West Virginia einweisen ließ.«
»Das nehme ich auch an.«
»Um ihn aus dem Weg zu haben.«
»Wohl eher, um ihn vor der Öffentlichkeit zu verstecken. Ihn daran zu hindern, sich vollkommen lächerlich zu machen. Dabei war er eigentlich jemand, der Mitleid verdiente.«
»Warum hat sie dann riskiert, das bloßzustellen, was sie so verzweifelt verbergen wollte?«
»Ich *weiß* es nicht, Lieutenant. Und Mom ist tot. Also werden wir es wohl nie erfahren.«
Decker schwieg.
Europa sagte: »Auch das weiß ich nicht aus erster Hand, aber ich glaube, Pluto hat gedroht, Dads Geisteskrankheit an die Öffentlichkeit zu bringen, wenn sie sich Plutos Plänen widersetzte.«

»Aha!« Decker nickte. »Hab ich's mir doch gedacht. Erpressung war etwas, das Pluto lag.«

»Mag gut sein.«

»Sie müssen sehr wütend auf Ihre Mutter gewesen sein, als Sie die Wahrheit erfuhren. Daß Ihr Vater nicht verschwunden war, sondern als Geisteskranker dahinvegitierte.«

»Ich war ein bißchen verstimmt.« Doch ihre Gesicht zeigte Wut, keine Verstimmung. Sie stand auf und ging hinüber zur Kaffeemaschine. »Sie trinken Ihren schwarz, stimmt's?«

»Gutes Gedächtnis.«

Sie machte sich mit der Kaffeekanne zu schaffen. »Um ehrlich zu sein, ich habe danach lange Zeit nicht mit ihr gesprochen. In gewissem Sinne hatte ich meine beiden Eltern jahrelang verloren. Aber später … viel später … als ich zum ersten Mal mit eigenen Augen sah, wer und was mein Vater war … begann ich mich zu beruhigen.«

Sie goß Wasser in die Kaffeemaschine.

»Ich versetzte mich an Mutters Stelle. Während der Zeit von Dads Verschwinden …«

Das *Verschwinden* setzte sie mit den Fingern in Gänsefüßchen.

»Während der Zeit seines Verschwindens wurde Mom immer noch als die Frau von Dr. Emil Euler Ganz geachtet. Southwest zahlte ihr nach wie vor einen Teil seines Gehaltes, was ihr dabei half, sich und uns Kinder durchzubringen. Niemand wußte ja, was tatsächlich mit Dad passiert war. Er hatte seit Jahren Drohbriefe bekommen. Daher war ein Verbrechen nicht auszuschließen.«

»So wie die Leserbriefe nach seinem Tod?«

»Das nehme ich an. Als Kind habe ich die Briefe nicht zu sehen bekommen. Aber ich wußte, daß es sie gab.«

»Und daß Ihre Mutter Detektive angeheuert hat, wie Sie mir erzählten, war eine Lüge?«

»Nein, sie hat es tatsächlich getan, um den Schein zu wahren.« Europa lächelte. »Die haben Dad nicht gefunden, weil Mom ihn bemerkenswert gut versteckt hatte. West Virginia ist ziemlich weit weg von Los Angeles. Da er in der geschlossenen Abteilung war, gab es auch nur wenige Aufzeichnungen über ihn. Und er war wahrscheinlich zu verrückt oder zu weggetreten, um jemandem seine wahre Identität zu enthüllen. Jahrelang war er wirklich für die Welt verloren ... bis Pluto auftauchte.«

Decker überlegte. »Ich nehme an, Ihre Mutter wollte die wenigen Vergünstigungen nicht verlieren, die ihr aus ihrer Ehe geblieben waren.«

»Genau.« Sie nickte. »Sie hatte bereits Dad an den Wahnsinn verloren. Warum auch noch alles andere verlieren?«

»Dann muß Pluto die wahre Identität Ihrer Vaters herausgefunden haben, während er dort als Krankenpfleger arbeitete.«

Europa stellte die Kaffeemaschine an. »Geisteskranke Patienten geben oft vor, berühmte Leute zu sein. Selbst wenn Dad behauptet hat, ein berühmter Wissenschaftler zu sein, werden ihm die Pfleger kaum geglaubt haben. Aber irgendwie hat Pluto die Wahrheit erkannt. Er muß sehr scharfsinnig gewesen sein.«

»Äußerst scharfsinnig und äußerst verschlagen. Und als er Ihrer Mutter sagte, sie solle Dad nach L.A. zurückbringen, hat sie das mitgemacht.«

»So muß es gewesen sein.«

»Wer hatte die Idee, Ihren Vater ausgerechnet in Harrison unterzubringen? Ihre Mutter oder Pluto?«

»Weiß ich nicht.«

»Und Ihre Mutter hat ihn dort auf Plutos Geheiß eingewiesen?«

»Das müßten Sie besser wissen als ich. Sie haben die Unterlagen gesehen.«

»Unter dem Namen Keith Muldoony.«

Sie zuckte die Schultern.

»Zumindest ist das der Name, unter dem Sie ihn gefunden haben«, stellte Decker fest.

»Das stimmt.«

»Und all das wurde vor Ihnen geheimgehalten.«

»Vor mir und vor der Welt.« Sie goß ihm eine Tasse Kaffee ein.

»Ich kenne mich mit den Gesetzen von West Virginia nicht aus«, meinte Decker. »Aber ich weiß, daß es in Kalifornien schwierig ist, jemanden ohne seine Zustimmung einzuweisen.«

»Vielleicht hat Dad ja freiwillig zugestimmt.«

»Klingt das nach Ihrem Vater?«

»Nein. Aber vielleicht hat Mom ihn unter Medikamente gesetzt, um ihn ruhig zu halten.«

Das konnte sehr gut sein. »Pluto hat nie mehr Kontakt zu ihr aufgenommen, nachdem Ihre Mutter Ihren Dad in Harrison eingewiesen hat?«

»Nicht, daß ich wüßte.«

»Kein Kontakt, bis er Sie anonym anrief und Ihnen von diesem Mann namens Keith Muldoony erzählte, der behauptete, der große Wissenschaftler Dr. Emil Euler Ganz zu sein.«

»Kein Anruf, sondern ein Brief.«

»An Ihrem einundzwanzigsten Geburtstag.«

Europa staunte. »Sie haben wirklich Ihre Hausaufgaben gemacht.«

»Nein, ich hab mir nur ausgerechnet, daß Pluto in dem Moment mit Ihnen Kontakt aufgenommen hat, in dem Sie volljährig wurden.«

»Ah ja!« Sie nickte. »Natürlich. Darum ging es ja. Daß ich alt genug war, um die Verantwortung für meinen Vater zu übernehmen.«

»Weil sich Ihre Mutter geweigert hat, Ihren Vater wieder bei sich aufzunehmen«, sagte Decker.

Sie schwieg.

»Haben Sie Ihrer Mutter den Brief gezeigt?« fragte er.

»Ja.« Eine lange Pause. »Ihr wurde schlecht … beinahe wäre sie ohnmächtig geworden. Als sie sich wieder gefangen hatte, zerriß sie den Brief und befahl mir, ihn nicht zu beachten. Da wußte ich, daß es stimmte.«

Decker wartete.

»Ich fuhr nach Harrison ... sah ihn ...« Plötzlich wurde sie zornig. »Die ließen ihn als Hausmeister arbeiten! Man stelle sich das vor! Vollgestopft mit Thorazine, sabberte beim Sprechen, seine Hände zitterten. Ein gottverdammter Zombie! Voller Angst vor allem! Schließlich war das mein *Vater*! Ich konnte nicht zulassen, daß ein so bedeutender Mann weiter unter diesen unwürdigen Bedingungen lebte.«

»Ihre Mutter hatte kein Problem damit.«

Sie schoß von ihrem Stuhl hoch. »Meine Mutter hatte drei Kinder großzuziehen, und Dad hat ihr mit seinen verrückten Ideen und Theorien angst gemacht.«

»Aber Sie haben das nicht gemerkt?«

»Kinder sind groß darin, die Realität zu verdrängen. Sicher, er hatte verrückte Ideen. Aber die hatte er schon immer. Und für die *verrückten* Ideen hatte er eine Menge wissenschaftliche Anerkennung bekommen! Wie sollte ich, mit dreizehn oder vierzehn, wissen, welche seiner Ideen brillant und welche verrückt waren?«

Sie setzte sich wieder, versuchte sich zu beruhigen. »Am Ende sei er gewalttätig geworden, behauptete Mom. Was hätte sie sonst tun sollen!?« Sie hieb auf den Tisch, warf den Kopf zurück. »Sie muß geglaubt haben, unser Leben zu retten, wenn sie ihn von uns wegbrachte.«

»Vielleicht hat sie das.«

»Ich weiß es nicht. Für meine Familie ist es auf jeden Fall nicht gut gelaufen. Meine Brüder, eigentlich hochintelligente Jungs, sind beide Aussteiger. Wollten Dad vielleicht nachahmen. Weil sie ihn nie als Dad, den Wissenschaftler, gekannt haben, nur als ... Dad, den Irren. Einer lebt als Einsiedler in Indien. Der andere – Kyle – verbringt die meiste Zeit auf Walfang mit den Eskimos in Alaska.«

»Warum hat Ihre Mutter ihn anfänglich in West Virginia untergebracht?« fragte Decker.

»Ich weiß es nicht!« stieß sie hervor. »Vielleicht aus Angst vor Entdeckung. Oder vielleicht wollte sie ihn so weit wie möglich weg haben. Wer zum Teufel sind wir, über sie zu richten?«

»Sie haben recht, Europa. Es tut mir leid, wenn ich Sie gekränkt habe.«

»Ist schon gut. All das hab ich mich ja auch schon oft gefragt.« Ein Zögern. »Ich kann verstehen, warum sie uns Kinder belogen hat. Aber ich verstehe nicht, wieso sie die Lüge aufrechterhalten hat, als wir erwachsen waren. Die Wahrheit durch einen anonymen Brief zu erfahren, war schrecklich! Sie hätte es mir sagen sollen!«

»Also haben Sie mit einundzwanzig die Bürde auf sich genommen, für Ihren Vater zu sorgen. Sie haben einen Anwalt engagiert und sich zu seinem Vormund ernennen lassen.«

Europa schwieg.

»Sehr großmütig von Ihnen«, bemerkte Decker.

»Großmütig, aber kurzsichtig. Sobald Dad entlassen wurde, schnappte Pluto ihn sich. Zuerst war ich erleichtert. Ich war Studentin, hatte wenig Geld, und da war dieser Mann, der meinen Vater schon aus West Virginia kannte und immer noch bereit war, für ihn zu sorgen … ihn zu betreuen. Erst als sie den Orden gründeten, gingen mir Plutos wahre Absichten allmählich auf. Dad war, trotz all seiner Verrücktheit, nach wie vor ein charismatischer Anführer, der die Leute vollkommen in seinen Bann zog. Pluto war das genaue Gegenteil. Für ihn wäre es ganz unmöglich gewesen, Anhänger zu finden. Aber er konnte meinen Vater manipulieren, der diese große Anziehungskraft besaß.«

Sie verdrehte die Augen.

»Die zwei waren das perfekte Team – wie nennt man das doch? Folie à deux? Zwei Verrückte, die zusammenkommen, sich gegenseitig in ihrer Verblendung und ihrem Wahn hochschaukeln und dann Chaos verursachen?«

Ein weiterer tiefer Seufzer.

»Von Anfang an war es eine verlorene Schlacht. Pluto, der Dads verrückte Ideen schürte … ihn total manipulierte.«

»Aber sobald sich der Orden etabliert hatte, hat Ihr Vater die Führung übernommen.«

»Ich glaube, das ist auch Venus' Verdienst – sie hat Plutos

Macht über ihn reduziert. Dafür sollte ich ihr wohl dankbar sein. Obwohl ich damals verdammt wütend auf sie war.«

»Pluto hat ihn manipuliert, Venus hat ihn manipuliert. Aber eigentlich waren Sie diejenige, die Macht besaß. Und doch haben Sie Ihren Vater nie wieder einweisen lassen.«

»Ich weiß, das klingt seltsam, aber ich konnte die Vorstellung nicht ertragen. Als wäre mein Vater nichts als ein Psychofreak ... was er auch war.«

»Sie hatten Mitleid.«

»Es gab nur die beiden Möglichkeiten: entweder unter Medikamenten und Kontrolle oder verrückt, aber frei. Ich wollte, daß er ein einigermaßen würdevolles Leben führte.«

»Obwohl die Geisteskrankheit Ihres Vaters ihn – und dadurch auch Sie – innerhalb wissenschaftlicher Kreise zur Zielscheibe des Gespötts gemacht hatte?«

»Ja. Aber das war nicht das schlimmste. Er hatte diese verrückten Theorien über Außerirdische und Zeitreisen. Ein Teil davon – die Zeitreisen – basieren auf profunder Wissenschaft. Das meiste war höchst unglaubwürdig. Hätte er seine Zeitmaschinen auf der theoretischen Ebene belassen, wäre es nicht so schlimm gewesen. Aber er begann, eine zu bauen, und benutzte dazu das Geld von seinen alten Bankkonten. Dad mochte zwar dem Wahn verfallen sein, aber seine Kontonummern wußte er noch.«

»Komisch, wie so was funktioniert«, sagte Decker.

»Tragisch wäre der angemessenere Ausdruck. Er hob fast alles von Moms schwer verdientem, mühsam zusammengekratzten Geld von ihrem gemeinsamen Sparkonto ab, bevor wir dahinterkamen. Mom machte mich dafür verantwortlich. Sie sagte, wenn ich die Finger davon gelassen hätte, wäre das alles nicht passiert. Und ich war mit einundzwanzig plötzlich verantwortlich für die Probleme meiner beiden Eltern.«

»Kein Wunder, daß Sie ihn Pluto überlassen haben.«

»Das war ein Fehler. Zumindest hat sich Pluto das Geld nicht geschnappt und ist verschwunden.«

»Vielleicht hat Ihr Vater es ihm nie gegeben.«

Sie schlug sich an die Stirn. »Natürlich, so muß es sein. Dad muß das Geld des Ordens benutzt haben.«

»Er hatte Ersparnisse, als er starb.«

Sie zuckte die Schultern.

»Das gehört jetzt alles Ihnen«, sagte Decker.

»Nein«, widersprach sie. »Dads Versicherungspolice gehört mir. Aber seine Ersparnisse gehören all den armen Kindern, die jetzt elternlos sind.«

Beide schwiegen.

»Soll ich Ihnen was sagen?« rief sie aus. »Ich glaube, durch den Orden ging es Dad besser. Besser, weil er geistig gesunder oder … konventioneller war. Die Sekte verlieh ihm einen Titel, verschaffte ihm ein Forum für seine verrückten Ideen, erwies ihm Respekt, gab ihm ein Heim und eine Frau. Wenn er mich zu meinem Geburtstag anrief, klang er längst nicht mehr so paranoid wie kurz nach seiner Entlassung aus Harrison.«

Sie fuhr sich über den Mund.

»Damals war er so … verschreckt. Fürchtete sich vor seinem eigenen Schatten, sah mich mit diesem verängstigten Blick an. Als fürchtete er, ich würde ihm wehtun. Die Paranoia und die Medikamente hatten seine … Seele entblößt. Später war das anders. Klar, er war immer noch daneben, aber nicht mehr so … wie er in Harrison gewesen war. Vielleicht war der Irrsinn immer noch vorhanden. Aber das Grauen und die Angst waren wenigstens verschwunden.«

Decker nickte.

»Paranoide Halluzinationen sollen manchmal im Alter nachlassen«, fuhr sie fort. »Die Stimmen sind zwar immer noch da, aber der Patient ist klar genug, um nicht mehr auf sie zu hören.«

»Er hat Stimmen gehört?« fragte Decker.

»Stimmenhören ist eines der verbreitetsten Phänomene. Ich kann mich sogar noch erinnern, daß er kurz vor seinem Verschwinden davon sprach, die Außerirdischen würden uns holen, wenn er seine Zeitmaschine nicht bauen und wegfliegen würde.«

»Er hörte die Stimmen immer noch, Doktor.«

Sie setzte sich auf. »Woher wissen Sie das?«

»Kurz bevor er starb, plante er, eine Zeitmaschine zu bauen.«

»Dann ging es ihm vielleicht doch nicht besser. Vielleicht hatte er immer noch Angst vor den Außerirdischen. Wirklich zu schade.«

»Kann sein, daß es ihm besser ging und er wieder hinabgezogen wurde«, sagte Decker sanft. »Möglicherweise hat die Achterbahnfahrt zwischen geistiger Klarheit und Wahnsinn Ihren Vater schließlich dazu getrieben, bis zum Extrem zu gehen. Die Stimmen könnten ihm gesagt haben, er solle mit Hilfe des Wodkas und der Tabletten entfliehen. Vielleicht hat er sich deswegen umgebracht.«

»Sagten Sie nicht, er sei vergiftet worden?«

»Er wurde vergiftet, aber das Arsen war nicht tödlich.«

»Sie glauben also, er hat sich das Leben genommen?«

»Ja, ich glaube, Ihr Vater hat Selbstmord begangen.«

»Ich weiß nicht, ob ich mich dadurch besser oder schlechter fühle.«

»Wenigstens ist er friedvoll gestorben«, meinte Decker. »Das ist mehr, als man für die anderen sagen kann.«

Es wurde ganz still. Dann sagte sie: »Wenn ich ihn nicht befreit hätte, wäre der Orden vielleicht nie gegründet worden.«

»Sie denken also, daß Sie die Schuld an allem tragen?«

Sie verzog das Gesicht. »Nein, natürlich nicht!«

»Ihr Vater muß ein sehr willensstarker Mann gewesen sein. Er war der unbestrittene Anführer des Ordens der Ringe Gottes und beherrschte nicht nur die Sektenmitglieder – zweifellos nicht gerade die charakterfestesten Individuen –, sondern auch seine Gurus, die absolute Psychopathen waren. Jahrelang lebte der Orden unter Jupiters Führung in Frieden. Hätte Bob nur sich selbst vernichtet, würde der Orden jetzt unter Plutos Führung weiter existieren. Der *Tod* Ihres Vaters war es, der diese ganze häßliche Kettenreaktion ausgelöst hat.«

»Aber seine Entlassung aus Harrison hat dabei auch eine Rolle gespielt.«

»Wenn Sie weit genug zurückgehen, Dr. Ganz, dann steht alles miteinander in Verbindung. Behaupten die Wissenschaftler nicht, daß die vier größten physikalischen Kräfte, die das Universum beherrschen, vor dem Urknall eine einzige gewaltige Megakraft waren?«

»Ja, so lautet die Theorie. Es ist schon seltsam, wie die Dinge miteinander in Verbindung stehen. Man weiß nie, welche Langzeitwirkung etwas hat, nicht wahr?«

»Nein, das weiß man nicht, Doktor«, sagte Decker. »Und aus diesem Grund glaube ich an Gott und nicht an die Wissenschaft.«

» 38 «

Zwei Wochen Ruhepause, und Decker hatte das Gefühl, vor Langeweile durchzudrehen. Er konnte kaum erwarten, wieder an die Arbeit zu gehen. Bis er in seinem Büro saß. Da wünschte er sich, er wäre nicht so erpicht darauf gewesen, in diese Tretmühle zurückzukehren.

Genaugenommen war der erste Tag gar nicht *so* schlimm. Aber Decker war froh, als er vorbei war. Es tat gut, nach Hause zu kommen. Die Arbeit war eine Zuflucht, hielt Decker davon ab, an tote Babys, Erwachsene im Inferno und Unmengen von Leichenteilen zu denken. Doch jedes Mal, wenn er an Marges unbesetztem Schreibtisch vorbeikam, krampfte sich sein Magen zusammen. Sie erholte sich gut, sollte in einem Monat zurückkommen. Aber ihre Abwesenheit erinnerte ihn an Dinge, an die er nicht denken wollte. Damit war er nicht allein. Das gesamte Morddezernat hätte eine ordentliche Dosis Beruhigungsmittel vertragen können. Statt dessen hatten sie sich für die gute alte Polizistenkneipe entschieden und Decker zu ihrem Gelage eingeladen. Er hatte abgelehnt, wollte lieber nach Hause.

Als er die Haustür öffnete, sah er zu seiner Überraschung Marge auf dem Sofa sitzen. Er grinste und schloß sie fest in die Arme. »Bleibst du zum Essen?«

»Nein, Loo, heute nicht.«

Decker ließ sie los. »Was hast du vor? Wer ist der Glückliche?«

»Vier einsame Teenager, die immer noch im Krankenhaus sind.«

»Ah ja.« Kinder aus dem Orden. »Ich finde es bewundernswert, daß du dir solche Mühe gibst ... so eng mit ihnen in Verbindung bleibst.«

»Mir blieb keine andere Wahl. Solange die Kinder noch kein Heim, keine Pflegeeltern gefunden haben, muß ich mich um sie kümmern.«

»Zusammen mit Lauren Bolt?«

»Am Anfang schon. Aber ... sie hielt es nicht aus ... die Presse und all das. Selbst Helden müssen mal 'ne Pause machen. Außerdem«, fuhr Marge fort, »ist sie mit Lyra nach Australien abgereist. Jetzt, wo Lyras Mutter tot ist ... na ja, sie werden mal für eine Weile das Leben ›down under‹ ausprobieren.«

»Klingt gut.«

»Ja, finde ich auch.«

»Das solltest du dir auch mal überlegen – für einen Urlaub, meine ich.«

»Australien?«

»Australien, Fiji, Hawaii.« Er lächelte. »Margie, du hast die Zeit dazu. Nütz es aus.«

»Nicht gerade jetzt.« Sie lächelte zurück. »Im Moment bleib ich lieber zu Hause. Und dann sind da auch die Kinder.«

Decker betrachtete sie – die Frau, die über zehn Jahre seine

Partnerin gewesen war und seit mehr als fünfzehn Jahren seine Freundin. »Die Kinder werden von Profis betreut, Margie, sehr fähigen Leuten ...«

»Ich will nichts davon hören.«

»Du solltest dich entspannen, dich erholen, solange du die Zeit dazu hast.«

Sie griff nach seiner Hand. »Peter, ich weiß, daß du es gut meinst. Jeder meint es gut. Aber ich *muß* das tun. Du hast einfach keine Vorstellung davon, wo ich gewesen bin.«

Er schwieg.

»Die Ärzte meinen, es könne mir nicht schaden, mit den Mädchen zusammenzusein. Einer hat sogar gesagt, es sei wahrscheinlich eine gute Therapie für mich. Und ich glaube, er hat recht.«

»Ich finde es wunderbar, Margie, daß du dich so um sie kümmerst. Aber was passiert, wenn die Kinder untergebracht sind? Was bleibt dir dann?«

Sie lächelte, wenn auch mit feuchten Augen. »Das verkrafte ich schon.«

Diesmal griff Decker nach ihrer Hand. »Du gewöhnst dich zu sehr an sie. Und sie gehen dir unter die Haut.«

»Das stimmt.« Sie entzog ihm ihre Hand. »Vega wohnt im Moment bei mir ...«

»Was!« rief Decker. »Was heißt das, ›wohnt bei mir‹?«

Sie sah ihn durchdringend an. »Ich wüßte nicht, wie ich es deutlicher ausdrücken sollte. Vega wohnt bei mir.«

»Für wie lange?«

»Vielleicht fünf, sechs Jahre.«

»Bist du verrückt?«

»Na, vielen Dank für deine Ermutigung!« Marge versteifte sich. »Ich bin froh, daß ich zuerst mit deiner Frau gesprochen habe.«

Decker wollte etwas sagen, hielt sich aber zurück. »Okay...« Er räusperte sich. »Das ist wirklich sehr anerkennenswert ... ich meine, es ist toll, daß du das machst.« Leise fügte er hinzu: »Ich hoffe, du weißt, was du tust.«

»Nein, weiß ich *nicht*!« rief sie. »Ich weiß nur, daß ich es tun muß! Peter, du siehst nicht täglich Vegas kleines Gesicht. Du siehst den mitleiderregenden Ausdruck in ihren Augen nicht, dieses ›Bitte, lieber Gott, hilf mir, ich ertrinke'! Sie ist so schrecklich verloren! Sie sind alle so verdammt verloren!«

Sie wischte sich über die Augen.

»Mir wurde etwas gegeben, Pete, ein ganz besonderes Geschenk. Das Geschenk einer zweiten Lebenschance. Und die verdanke ich hauptsächlich dir ...«

»Ich hab gar nichts getan.«

»Nach dem, was ich gehört habe, hast du *alles* getan.«

Er antwortete nicht.

»Was für ein Mensch wäre ich, Peter, wenn ich den Kindern ... nicht mein Herz öffne? Wie könnte ich das ablehnen?« Sie unterdrückte die Tränen. »Ich weiß, daß ich die Welt nicht retten kann. Ich bin ein Cop, verdammt noch mal, und ich weiß, daß Ungerechtigkeit existiert. Ich kann die Welt nicht ändern. Aber vielleicht ... *vielleicht* kann ich für ein sehr verletzliches, verlorenes kleines Mädchen etwas Positives tun.«

»Ich ...« Decker biß sich auf die Lippe. »Ich habe größte Hochachtung vor dem, was du tust. Nur mach ich mir ... Sorgen, was dabei aus *dir* wird. Mit Kindern verändert sich dein Leben, Margie. Das ist unwiderruflich. Du kannst sie nicht zurückgeben, wenn es schwierig wird. Und es wird schwierig werden.«

»Ich bleibe bei meinen Entschluß. Würdest du deine Kinder für irgend etwas aufgeben?« fragte sie.

»Natürlich nicht. Aber ich habe Hilfe. Willst du die Wahrheit wissen? Ohne Rina könnte ich es nicht schaffen. Ich würde alles vermasseln. Der Himmel weiß, daß ich selbst *mit* ihr schon genug vermassele.«

»Wenn du müßtest, würdest du es auch als Alleinerziehender hinbekommen.«

»Bitte, Gott, leg mir niemals diese Prüfung auf!« betete er in vollem Ernst. »Was ist mir dir, Margie? Mit deinem Liebesleben? Wie werden deine Liebhaber auf diese neue Verantwortung in deinem Leben reagieren?«

»Wenn sie sich nicht mit Vega anfreunden können, kann ich solche Männer in meinem Leben nicht brauchen«, erwiderte Marge. »Himmel, Decker, ich bin sechsunddreißig, und kein Kandidat wartet am Horizont. Ich mag Kinder. Ich hab zehn Jahre im Jugenddezernat gearbeitet. Vielleicht seh ich nicht wie Mutter Erde aus, aber mir mangelt es nicht an mütterlichen Gefühlen.«

»Es gibt ja immer noch die Pfadfinderinnen.«

»Jetzt wirst du gemein.«

»Ja«, gab Decker zu. »Entschuldige.«

»Ich hab nicht darum gebeten, Peter. Sie ist mir ... in den Schoß gefallen – diese Herausforderung. Ich muß mich ihr stellen. Ich kann Vega nicht den Rücken zukehren. Jetzt nicht ... niemals.« Sie stand auf. »Ich muß gehen.«

Auch Decker erhob sich, faßte sie an den Schultern. »Wenn ich es nicht besser wüßte, würde ich sagen, du siehst tatsächlich glücklich aus.«

Marge verdrehte die Augen.

»Du hättest sie mitbringen sollen«, sagte er. »Hierher, meine ich.«

»Sie ist bei den anderen – ihren geistigen Brüdern und Schwestern. Jeder findet das richtig. Es wäre zu traumatisch, sie sofort voneinander zu trennen.«

»Sind sie alle Waisen?«

»Waisen ja, aber nicht ohne Familie. Manche haben Tanten und Onkel. Manche haben Großeltern. Aber dieser ganze rechtliche Kram nimmt Zeit in Anspruch. Ganz zu schweigen von der Anpassung. Und dann müssen all die Anträge gestellt werden für die Vormundschaft oder zur Adoption.«

Sie hielt inne.

»Aber es gibt auch andere, wie Vega, die keine Familie haben. Die vollkommen allein sind.«

»Erwähn das bloß nicht Rina gegenüber. Sie würde sie alle

adoptieren, wenn man sie läßt.« Decker sagte das nur halb im Scherz.

»Rina strahlt viel Ruhe aus, nicht wahr? Besonders, wenn man bedenkt, was sie alles durchgemacht hat.«

»Sehr viel Ruhe«, sagte Decker bewundernd. »Kindererziehung. Manche Menschen haben einfach mehr Toleranz.«

Marge küßte ihn auf die Wange. »Solltest du morgen anrufen, und ich bin nicht zu Hause, mach dir keine Sorgen. Wenn alles gut geht, nehme ich die vier verschreckten Mädchen zu ihrem ersten Ausflug in ein Einkaufszentrum mit.«

»Viel Glück!«

»Zuerst wollte ich mit ihnen nach Disneyland. Aber der Oberseelenklempner meinte, das sei eine zu starke Reizüberflutung.«

»Ein kluger Mann.«

Marge lächelte. »Bis später.« Sie reckte den Hals und rief: »Mach's gut, Rina.«

»Warte!« Rina kam aus der Küche gelaufen, eine Salatschüssel in der Hand. »Es bleibt also bei morgen?«

»Wir treffen uns Punkt zehn.«

»Du gehst auch mit?« fragte Decker.

»Cindy auch. Ob's dir paßt oder nicht, wir sind Komplizen.« Sie stellte sich auf die Zehenspitzen und küßte Decker auf die Wange. »Wie war dein erster Arbeitstag?«

»Ja, wie war er?« fragte Marge.

»Ganz gut.«

»Ich hoffe, daß ich in einem Monat wieder da bin.«

»Nichts würde mich glücklicher machen.«

Nach kurzer Pause fragte Marge: »Hat sich was Neues ergeben?«

»Ja, allerdings. Judy Little hat ...« Er sah zu Rina. »Brennt da nicht was an?«

Sie warf Marge ein wissendes Lächeln zu. »Er glaubt, daß er mich schützen muß.« Sie tätschelte Deckers Wange. »Ich laß ihm diese Illusion. Bis morgen dann.«

Rina verließ das Zimmer. Decker wartete noch einen Moment, dann flüsterte er: »Sie hat ein Stück von einem Unterkiefer gefunden, mit zwei Backenzähnen. Ziemlich verbrannt, aber das Amalgan hat gehalten. Annie Hennon hat eine Übereinstimmung mit einer Röntgenaufnahme von Venus festgestellt.«

»Ah …« Marge nickte. »Sie war also dabei?«

»Sieht so aus.«

»Und Bob Russo?«

»Immer noch nichts Definitives. Was aber nichts bedeutet. Das Ganze ist ein riesiger Friedhof. Ironischerweise sind nur die Knochen von Jupiter nicht dabei. Er liegt nach wie vor in der Kühlkammer und wartet darauf, genauer auf Arsenvergiftung untersucht zu werden – sollten wir jemals die Vitaminfläschchen finden …«

»Was heißt das?«

»Offenbar sind die Fläschchen verlegt worden …«

»Was?« Marge war entsetzt. »Das Labor hat die Fläschchen verloren?«

»Angeblich hat man sie in die Asservatenkammer zurückgebracht. Aber da sind sie nicht. Also muß ich jetzt Sherlock Holmes spielen und rausfinden, wo die verdammten Beweismittelbeutel sind. Hat sich übrigens alles erst heute herausgestellt. Kam auf meinen Tisch, kaum daß ich das Büro betreten hatte. Die Hälfte meines ersten Arbeitstages ist damit draufgegangen, die dämlichen Laborberichte durchzugehen.«

Er hielt inne und warf die Hände hoch.

»Du siehst, es geht mir psychisch bereits besser. Mich nerven schon wieder Kleinigkeiten.« Er lächelte. »Wenn du das nächste Mal kommst, bring Vega zum Essen mit. Vielleicht färben ihre Manieren auf meine Kinder ab.«

»Eher umgekehrt.«

»Wohl wahr.« Decker hörte den Motor von Sammys Auto. »Warte mal.« Er öffnete die Haustür und rief: »Park nicht direkt hinter ihr, Sammy. Sie will gerade gehen.«

Sammy steckte nur den Kopf aus dem Wagenfenster. »Sag

mir, wann, und ich fahr das Auto weg.« Dann stiegen er, Jacob und Hannah aus dem Volvo. Die Jungs wankten unter ihren schweren Schulrucksäcken, aber Hannah war frei wie der Wind.

»Dadiiiiiie«, schrie sie.

»Hannah Rosiiiiie«, rief Decker zurück, fing sie auf und schwang sie über seinen Kopf.

Marge trat hinaus in die dunstige Abendluft. »Ich fahr jetzt, Sam.«

Sammy warf seinem Stiefvater die Schlüssel zu. »Gut gefangen, Dad. Mit einer Hand. Kannst du das Auto wegfahren? Ich muß 'ne Menge Hausaufgaben machen.«

Marge starrte den Jungen an, der überhaupt nicht merkte, was er gerade getan hatte. Sie fing an zu lachen.

Decker lachte mit ihr. Er klimperte mit den Schlüsseln und trug Hannah auf den Schultern. »Und das willst du freiwillig auf dich nehmen?«

»Ich muß verrückt sein«, sagte Marge.

Sind wir das nicht alle? dachte Decker, als er den Wagen wegfuhr. Aber er betrachtete es als Kompliment, daß Sammy ihn nicht mehr mit Samthandschuhen anfaßte. Die Normalität hatte wieder eingesetzt.

Er ging zurück ins Haus, hob Hannah von der Schulter. »Warum gehst du nicht und schaust dir Cartoons an, Süße?«

»Kommst du mit?«

»Kann ich mich eine Minute lang ausruhen?«

»Daddy, du kannst dich auch zwei Minuten ausruhen.«

»Wie großzügig!« Er küßte sie auf ihre weiche Kinderwange. »Ich glaube, jetzt läuft *Scooby-Doo*. Bis gleich.«

Sie hüpfte davon. Er ließ sich auf das Sofa im Wohnzimmer fallen, legte den Kopf auf das Kissen und starrte zur Decke. Gleich darauf setzte sich Jacob neben ihn und legte den Kopf an Deckers Schulter.

»Müde?« fragte Jacob.

»Ein bißchen.« Decker küßte seinen Sohn auf die Stirn. »Und du?«

»Ein bißchen.«

»Es ist schon nach sechs«, sagte Decker. »Wo wart ihr?«

»Sammy und Hannah haben mich beim Krisenzentrum der Teenager-Hotline abgeholt.«

»Oh!« Decker setzte sich auf, genau wie Jacob. »Wie ist es gelaufen?«

»Na ja ... Großvater hat mich nie vergewaltigt, also kann ich mich wohl wirklich glücklich schätzen.«

Decker zuckte zusammen.

»Und ich hab rausgefunden, daß Scheidungen ... was ziemlich Beschissenes sind. Vielleicht ... vielleicht schlimmer, als ein Elternteil zu verlieren.«

»Kommt auf die Scheidung an.«

»Also, die von den Kids heute waren schon ziemlich schlimm. Aber es ruft ja auch keiner bei der Hotline an, wenn es gut läuft. Dann hatten wir ein paar Mißhandlungsfälle – körperliche Mißhandlung. Eltern, die ihre Kinder mit den Fäusten schlagen.«

»Hast du denn schon mit einem Anrufer gesprochen?«

»Nein, ich hab mir nur die Bänder angehört. Mann! Ich staune über die Berater. Die sind alle in meinem Alter und gehen wie echte Profis mit den Anrufern um. Ich wüßte überhaupt nicht, was ich sagen soll. Ich würde einfach ... erstarren. Oder ich würde am Ende das Falsche sagen und jemand ohne Schwimmweste in den Pazifik schicken. Wirklich erstaunlich ... was die machen.«

»Sie haben das gelernt, Jacob. Und du wirst es auch lernen.«

»Ich hoffe.«

»Waren sie nett zu dir?«

»Sehr nett. Es war ... okay. Gab mir ein gutes Gefühl.« Jacob ließ den Kopf wieder auf das Kissen sinken. »Manche haben es wirklich schwer.« Er sah seinen Stiefvater an. »Ich hab das nicht scherzhaft gemeint, weißt du. Ich glaube, ich hab wirklich Glück.«

»Das freut mich.«

»Ich hab eine Mutter, die mich sehr liebt. Ich hatte einen

Vater, der mich sehr geliebt hat. Und ich hab einen Stiefvater, der echt cool ist.«

Decker grinste. »Ich bin cool?«

»Total cool.« Er küßte Decker auf die Wange. »Spielst du eine Partie Schach mit mir, wenn Hannah im Bett ist?«

»Abgemacht.«

Jacob stand auf. »Tja, jetzt hab ich es lange genug hinausgeschoben. Muß endlich die *gemara* in Angriff nehmen. Hat Ima das Essen schon fertig?«

»Ich glaube.«

»Sag ihr, ich esse vielleicht in meinem Zimmer. Meine Noten in *gemara* sind echt miserabel. Ich muß lernen.«

»Denkst du über das Johns-Hopkins-Programm nach?«

Jacob zuckte die Schultern. »Vielleicht. Bis dann.« Er ging in sein Zimmer und knallte die Tür hinter sich zu, worauf das Dröhnen in Deckers Kopf wieder anfing.

Es dauerte zehn Sekunden, zwanzig Sekunden, eine halbe Minute.

Dann hörte es plötzlich auf, als sei ein Schalter umgelegt worden.

Nichts mehr.

Nur noch die üblichen Nebengeräusche – die Cartoons aus Hannahs Fernseher, Sammys CDs, ein bißchen zu laut gespielt, und das Brutzeln aus der Küche.

Häusliche, sehr beruhigende Geräusche.

Gesegnetes Alleinsein. Tiefe Atemzüge …

Zu Hause, auf seinem Sofa, ohne daß jemand seinen Namen rief, niemand ihn ans Telefon winkte, keiner was von ihm wollte *und* das Dröhnen in seinem Kopf hatte aufgehört.

Nichts als Friede.

Besser konnte es kaum werden!

Er genoß es noch einen Moment. Dann stand er auf und ging ins Schlafzimmer.

Scooby-Doo wartete.

» Glossar «

Abba	Vater
Beis Midrosch	Lehr- und Studienhaus
Briss	Kurzform von brissmilo = Beschneidung
Chillul Haschem	Entweihung des göttlichen Namens
frum	fromm
Gemara	(»Vollendung«); die Erläuterung und Erörterung der Mischna. Mischna und Gemara bilden zusammen den (Babylonischen) Talmud.
Halacha	religiöse Gesetzgebung
Haschem	(»der Name«); Gott
Ima	Mutter
Jarmulke	Scheitelkäppchen (gleichbedeutend mit Kippa)
makreven	sich opfern
Mauze Schabbes	Sabbatausgang
Mikwe	rituelles Tauchbad für Frauen
Minjen	Gebetsquorum von 10 Juden, die das 13. Lebensjahr vollendet haben
schiwwe sitzen	trauern; nach dem Tod eines nahen Verwandten eine Woche lang auf einem niedrigen Schemel zu Hause sitzen
Schmock	Idiot
Tallis Koton	Gebetsschal
Zizits	Schaufäden am Tallis Koton